中国古典文学名著丛书

［清］无名氏 著

狄青军西平南

华夏出版社
HUAXIA PUBLISHING HOUSE

前　　言

　　白话小说是清代小说对中国小说发展史作出的贡献之一。清代，尤其是顺治、康熙时期，是白话长篇小说创作与出版的繁荣时期。这一时期的长篇白话小说，以历史演义小说、英雄传奇小说的成就为最高，其中的《说岳全传》《水浒后传》《隋唐演义》等，继承和发展了明代著名小说《三国演义》和《水浒传》的优良传统，成为这类白话小说的佼佼者。从小说素材的摄取、剪裁以及艺术表现力看，历史演义与英雄传奇嫁接的小说最受社会大众欢迎，特别是为突出英雄事迹而虚构历史事件的演义类小说，成为市井争传的畅销书。于是很多著名或无名的作者纷纷效仿，取材于民间传说和评书话书，刊发编次了大量这类书籍。《狄青平西平南》就是其中一部较有特色和影响力的代表作之一。

　　《狄青平西平南》是《狄青平西前传》与《狄青平南后传》两部小说的合集。由清代无名氏所著，叙述的是大宋朝仁宗当政时期狄青、张忠、李义、刘庆、石玉五员虎将奉旨征西征南的故事。《狄青平西前传》描写狄青等五虎将，奉宋仁宗之命征伐青唐、上城，因误走单单（鄯善）国而被双阳公主计擒，狄青不得已而与双阳公主成婚，但是命张、李、刘、石四虎将暗中出行完成征西使命。狄青随后乘机逃走，被双阳公主追捕。狄青只得将征西实情相告，得到双阳公主谅解放行，并协取狄青大破西辽。《狄青平南后传》是《狄青平西前传》的续书。书中讲的是狄青五虎将平定西城后，南方蛮王反叛，自立为王挥师北上。狄青五将再接仁宗圣旨奉命南征，后在蒙云关被困。仁宗命杨文广挂帅，穆桂英等杨门女将协助救援狄青。众将历尽艰险，终于平定叛乱，班师回朝。

　　《狄青平西平南》在语言上富有浓厚的生活气息和艺术表现力，作品中人物语言更通俗化、个性化。同时吸取了历代文言小说的长处，用简洁的字面表述了故事人物复杂的情感变化，作者还依赖于古典文学的功底，引入了一些诗词骈文，以烘托故事发展情节的意境。这部小说刊发之后，在社会上产生了较大影响。其中的很多章回段落被后世改编成多种剧目上演,广受欢迎。

　　本书此次再版,我们对原著中一些生僻、缺漏、笔误之处进行了校勘、订正和释义,以扫除阅读障碍,对原书原来缺字的地方用□表示了出来,方便广大读者阅读欣赏。因时间仓促,难免有疏失、遗漏,望专家和读者予以指正。

编　者
2015 年 5 月

篇 目 目 录

狄青平西前传 ………………………………… (1)

狄青平南后传 ………………………………… (425)

狄青平西前传

目 录

第 一 回	赈民饥包公奉旨　图谋害庞相施计	(7)
第 二 回	孙兵部到关权理　狄元帅奉旨征西	(11)
第 三 回	火叉岗焦先锋问路　安平关秃总兵阵亡	(15)
第 四 回	正平关焦廷贵大败　单单国秃天虎原因	(19)
第 五 回	秃番兵生擒二将　狄元帅认错求和	(23)
第 六 回	石郡马沙场斩将　多花女雪恨兴兵	(27)
第 七 回	狄元帅求和受辱　乌麻海中箭身亡	(31)
第 八 回	巴三奈坚守石亭　八宝女兴师议敌	(35)
第 九 回	乾坤索生擒宋将　石亭关大破南兵	(39)
第 十 回	狄元帅出关迎敌　八宝女上阵牵情	(43)
第 十一 回	狄元帅被提下囚牢　八宝女克敌思佳偶	(47)
第 十二 回	美公主得胜班师　硬将军断头不降	(51)
第 十三 回	证姻缘仙母救宋将　依善果番主劝英雄	(55)
第 十四 回	却姻缘公主报怨　暂合婚宋帅从权	(59)
第 十五 回	假哄娇妻番王封爵　真嗔烈将张忠说因	(63)
第 十六 回	闻飞报图害中机关　强奏主奉旨拴家属	(67)
第 十七 回	飞山虎汴京探听　狄元帅痛母因牢	(71)
第 十八 回	八宝女真情待夫主　狄元帅假意骗娇妻	(75)
第 十九 回	全大义一心归宋　怨无情千里追夫	(79)
第 二十 回	狄元帅骗关逃国　八宝女感义从夫	(83)
第二十一回	出风火夫妻分别　离单单五虎征西	(87)
第二十二回	景花沙献关投降　张将军斩将立功	(91)
第二十三回	景花沙战死白鹤关　李将军大败酥而岱	(95)
第二十四回	白鹤关黑利逞威　沙场地狄青破敌	(99)
第二十五回	闻兵败辽王议敌　夸骁勇太子兴师	(103)
第二十六回	达麻花遇宝归原　扳天将兴兵拒敌	(106)
第二十七回	扳天将围困白鹤关　飞山虎求救单单国	(109)

第二十八回	贪酒食刘庆被擒　询因由公主得书	(113)
第二十九回	却求救番君劝女　明大义公主提兵	(117)
第 三 十 回	到三关焦孟讨救兵　出单单公主逢二将	(120)
第三十一回	八宝公主大破重围　星星罗海沙场殒命	(124)
第三十二回	解重围夫妇诉离情　下文书番王议投降	(128)
第三十三回	飞龙定计报夫仇　黑利阴魂现妻眼	(132)
第三十四回	归单单夫妻分别　降辽国宋将班师	(136)
第三十五回	到三关忠佞谈言　回本国宋帅复旨	(140)
第三十六回	杨宗保显圣逐冤魂　狄元帅伏罪见君王	(143)
第三十七回	奏诉前因明君剖断　叙谈远别狄后萱亲	(147)
第三十八回	南清宫姑嫂谈心　赵王府娘儿聚首	(151)
第三十九回	论功封爵狄青封王　立志报仇番女密访	(155)
第 四 十 回	番公主相府诉夫冤　庞国丈书房思偶合	(159)
第四十一回	荐行刺庞洪托友　居王府狄青思妻	(163)
第四十二回	假结姻缘奉旨完娶　真迎花烛不进洞房	(167)
第四十三回	平西王守义却欢娱　狄太君知情调儿媳	(171)
第四十四回	从母命遇害却除害　报夫仇图杀反被杀	(175)
第四十五回	鲁莽将夺首级报信　刁佞党乘机隙施谋	(179)
第四十六回	奏冤陷玄天收宝　命审断宋帝差臣	(183)
第四十七回	审疑案二忠辞办　赈饥民包拯回朝	(187)
第四十八回	包公奉旨审疑案　杨滔委曲掩真情	(191)
第四十九回	询丫环真情透露　赚凤姣曲折详明	(195)
第 五 十 回	露奸谋杨户部招供　图免罪庞贵妃内助	(199)
第五十一回	勘奸谋包公复旨　消罪案宋帝偏亲	(203)
第五十二回	悔前非杨滔解过　送骨柩张忠往辽	(207)
第五十三回	辽王定计贡天朝　国丈私通受贿礼	(211)
第五十四回	国丈通辽害狄青　宋王信谗惑奸计	(214)
第五十五回	验假旗狄青触君　求赦罪莽将飞报	(218)
第五十六回	平西王死中得活　嘉佑王发配功臣	(222)
第五十七回	庞国丈图谋托驿丞　平西王起解游龙驿	(225)
第五十八回	到驿所平西王遵旨　嘱王正庞国丈催书	(228)

第五十九回	存厚道驿丞告害　点门徒王禅赐丹	(232)
第六十回	装假病真诚嘱将　遵师言诈死埋名	(235)
第六十一回	莽将军飞报凶信　仁慈主悔忆功臣	(238)
第六十二回	众文武祭奠平西王　二将军迁柩天王庙	(241)
第六十三回	灵丹药狄青还魂　天王庙仙师赐宝	(245)
第六十四回	接公主二将回本邦　观星象崔爷断武曲	(249)
第六十五回	西辽国犯界兴师　大宋朝君臣议敌	(253)
第六十六回	宋帝闻兵思勇将　包公夜月访英雄	(257)
第六十七回	忠诚直告王正原谋　代主分忧包爷密访	(261)
第六十八回	包公密访赚英雄　狄青埋名逢铁面	(264)
第六十九回	访遇英雄包公劝仕　金銮立状国丈签输	(268)
第七十回	包龙图立状开棺　武曲星埋名又现	(272)
第七十一回	活英雄国丈忍气　复君命包拯抑奸	(276)
第七十二回	输立状庞洪降级　承君命五虎提兵	(280)
第七十三回	救三关五虎兴师　言讥消兵部忿气	(284)
第七十四回	破大敌宋辽对垒　立功劳石玉交锋	(287)
第七十五回	张将军出敌斩辽将　焦豪杰山林救英雄	(290)
第七十六回	遇英雄张忠劝仕　逢勇汉元帅收将	(294)
第七十七回	破辽营狄元帅奏功　败番将新罗国添兵	(298)
第七十八回	荐勇将辽主复兵　伐新罗宋军大战	(301)
第七十九回	辽将军逞勇被擒　狄元帅沙场破敌	(304)
第八十回	番将迷魂阵困英雄　宋帅开阳镜破妖法	(308)
第八十一回	劫宋营乌山罗中计　败回国麻麻罕捐躯	(311)
第八十二回	闻兵败新罗国议降　允投顺狄元帅班师	(314)
第八十三回	奉帅令孟将军报捷　伐西辽扒山虎破关	(317)
第八十四回	惧大宋辽王逢野道　议破敌老祖领兵符	(320)
第八十五回	施法宝花山逞能　遇妖术虎将被陷	(324)
第八十六回	鬼谷师灵丹救将　花山祖赛法沙场	(327)
第八十七回	斗法术花山逞能　收野道王禅借宝	(330)
第八十八回	劝番君仙母善点化　离单单公主再西行	(334)
第八十九回	镇妖球云内收蛇怪　飞山虎夜里劫辽营	(338)

第 九 十 回	收野道夫妻重叙会	遵师命鸾凤再分离	（341）
第九十一回	西辽臣恳切求和	狄元帅仁慈允降	（344）
第九十二回	辽王贡献珍珠旗	宋将验明传国宝	（348）
第九十三回	五虎将平西还国	狄元帅奏凯班师	（351）
第九十四回	成大功归家见母	复圣旨当殿参君	（354）
第九十五回	当金殿试验真旗	达朝廷鸣攻国贼	（358）
第九十六回	搜相府贪赃败露	证国贼瓜葛相连	（362）
第九十七回	嘉佑皇违法私亲	平西王荣封赐爵	（366）
第九十八回	孙兵部回朝到案	包龙图勘断群奸	（370）
第九十九回	定奸罪包公上本	溺庞妃宋主生嗔	（374）
第一〇〇回	狄太后扫除君侧	庞贵妃绞死宫中	（377）
第一〇一回	正典刑奸臣被诛	忆妃子宋主伤情	（381）
第一〇二回	遵国法庞孙回籍	叙奸苗作恶多端	（384）
第一〇三回	萧天凤镇守三关	张将军洞房花烛	（388）
第一〇四回	苏都督入赘纳英雄	安乐王奉宣朝太后	（392）
第一〇五回	遵宣诏公主到中原	大叙会狄府排筵宴	（396）
第一〇六回	平西府骨肉谈心	狄王爷进呈贡礼	（400）
第一〇七回	八宝女朝参天子	李太后主结姻缘	（404）
第一〇八回	平西王请旨荣归	佘太君宴邀公主	（407）
第一〇九回	狄太后姑嫂还乡	安乐王闲中判断	（410）
第一一〇回	修狄坟张文料理	送荣归兄弟同心	（414）
第一一一回	到家乡狄爷拜探	复圣旨包拯回朝	（417）
第一一二回	完祭祖太后回驾	大团圆五将荣归	（421）

第 一 回
赈民饥包公奉旨　图谋害庞相施计

诗曰：

　　圣主登基天下宁，万民欢乐兆升平。
　　妒贤国贼开端矗，导引君王费钧兵。

话说大宋开基之主太祖赵匡胤，此位天子，原乃上界赤龙临凡，英雄猛勇，豪侠情怀，创开四百年天下。陈桥兵变，黄袍加身，代位于后周而归一统。前书已有《两宋》表明，兹不絮谈①。

且说大宋相传继统四世仁宗嘉佑王，当时天子英明，群臣为国，四方宁靖，百姓安康。前者宋太祖既殁②之后，杨家父子众英雄相继而亡。今者人得五虎，英雄佐弼③，保护江山，扫除国敌。后话休提多表。

忽一日，仁宗天子临朝。但见祥光灿烂，瑞色辉煌。是时众文武百官员朝参已毕，文归文位，武列武班。有值殿传宣官说："万岁有旨，众臣有事启奏，无事卷帘退班。"不一会，有陕西本章一道启奏天子，奏本官呈上奏表，天子展开御案看罢，只为着陕西地禾稻失收，十分饥馑④之岁，万民冻馁⑤，苦楚难堪。天子看罢一想，复又开言呼声："包卿⑥啊，此一段忙劳，又要你代朕施行。只为陕西饥年，延缠不得，不要准日起程，到此开仓

---

① 前书句——《两宋》，盖指明人熊大木所撰《南北两宋南传》。《北宋志传》又名《杨家将传》、《北宋金枪传》，《南宋志传》又名《飞龙传》、《飞龙全传》。《北宋》叙杨业一门忠烈匡扶大宋，《南宋》叙赵匡胤开创宋江朝天下。兹，现在。
② 殁(mò)——死。
③ 弼(bì)——辅佐、辅助。
④ 饥馑(jǐn)——灾荒。《尔雅·释天》："谷不熟为饥，蔬不熟为馑。"
⑤ 馁(něi)——饿。
⑥ 包卿——包卿即包拯，字文正。西周春秋时天子、诸侯所属的高级长官都称卿，古代君对臣、长辈对晚辈亦此称。

以救众民。"包爷说:"臣沐我主隆恩,虽粉身难报,何独小小之劳!"天子大悦,拂袖退班,众官归府。

次日,天子降旨:金銮殿大排筵宴,与包爷饯行。众大臣俱到金銮,与包龙图饯别之际,百官各敬三觞①,也有一番行别之言,不须细表。宴毕,包爷众官谢过君恩退朝。

单说包爷回转府中不敢停留,即要登程,有夫人早已安排饯别宴,夫妻对酌。夫人说:"愿相公一路平安,完了公务,及早回来。"包爷称是。吃酒数盅,抽身辞别,即日行程。众文武官员俱来送别,包爷一一辞谢。相别众官,三声炮响,一路渡水登舟而去。所有城郭内外众百姓,一闻包爷起程,水陆一路,俱有香花焚烛送行。这包公,非是汴京众民知他是个铁面无私的忠臣,就是普天下,也知他断明多少疑案奇冤事,救尽不堪枉屈被陷人。或有鬼魂告状,或夜梦诉冤情——有传说他日断阳间屈,夜察阴府冤,倘枉死尸骸未腐,还能救活回阳。此话也难辨真是否。但当时百姓知他是个大忠臣,是以恭敬如神,一路香烟不绝,不多烦说。这包公一路而去,有各地方上文官武职迎送纷纷,包爷倒觉安然,径往陕西延安府去了。

非只一日程途,暂且不表。再说此时大宋朝内九王八侯以下文武官员,忠臣为国君多,独有一党权官居群上,位压百僚。此人姓庞名洪,仁宗王选了他的大女儿为贵妃,侍御宫中,隆宠非凡。他正是仁宗王的国丈,现为宰相钧衡之位。他之为人,立着妒贤嫉能的狠心,怀着诡计凶谋的恶念。在朝所惧包公一人,与着狄青素不相睦。又有二女婿姓孙名秀,此人也为兵部之职,与狄青有杀父宿仇。这狄青何故与他结下此仇?只因狄青之父狄广在朝与孙秀父亲不睦,后被狄广所杀,是故孙秀怨恨狄青。所以翁婿串通一党,二人独畏包公。当日见他领旨馑饥去了,却中二人陷害之怀思。

一日,孙兵部摆道,来到相府,家人传进,这庞洪吩咐请进相见。孙兵部下轿走入中堂,见礼毕,吃过香茗。这二人闲谈一会,庞国丈叫一声:"孙贤婿啊!想起三关狄青这小畜生,与老夫作对,贤婿你也尽知。前者西辽国王兴兵侵犯瓦桥关,包拯这老儿保举他提兵前往救瓦桥关。此时

---

① 觞(shāng)——古代饮酒器。

老夫与王天化女婿商酌要夺此功劳,当殿比武,王天化死在他金刀之下。此女婿身亡,皆因这小畜生而来。圣上怒责他误伤之罪,又被狄太后救了他,赦其斩罪,领了兵马大破辽兵。后来西辽复兴兵犯境,所以老夫仍荐他出敌,料知此日兵强,辽将勇猛,意欲借刀杀人,消了胸中忿恨。不想这小畜生本事果然厉害,更有一班小狗才亦是凶狠不过的,西辽兵将依然又被他杀得大败,杀却赞天王、子牙猜。大孟洋、小孟洋、薛德礼等,辽兵数十万杀个尽磬①尽绝。圣上十分大悦,封他为平西总镇大元帅,镇守三关,威风显耀,隆宠非凡,其实想来气他不过。前时包黑子在朝害手害脚,不能计算得他。如今黑子去了,我想下一计摆布他了。"

孙兵部说道:"岳父,小婿原为着狄青这小畜生,故此特来商议。不知岳父有何妙计摆布他,说与小婿得知。"国丈说:"贤婿,明日只消如此如此,上本奏闻圣上,必然准奏。那时岂怕狄青好汉,四将英雄,管叫他身丧番邦之地!他纵是三头六臂的英雄,焉能保全?"孙秀说:"岳父且慢快情!倘若西辽国果然兵微将寡,杀他不过,情愿投降,岂非他的功劳又更大了?此一节也要算到,方为妙用。"国丈说道:"若然狄青一去,则三关必调别人镇守。待老夫在圣上驾前保举贤婿调往三关,如此如此摆布他,你道如何?"孙兵部这才大悦,说道:"岳父果然好妙计!待我明日奏知圣上罢了。"此时,孙兵部告别出了相府,转归府中,不表。

且说次日天色黎明,五更鸡报晓,百官谒②龙颜,文武官员叙集朝房内。少停间,万岁登了金銮殿,排开龙案,文武朝参已毕,分列两行。有值官传旨说:"万岁有旨说,众文武有事启奏,无事卷帘退班。"旨意一传,忽左班者闪出庞太师,俯伏金阶说:"陛下,臣有事启奏天颜。"万岁开言说:"庞卿有何事,且奏上来。"国丈奏说:"臣因西辽国去年曾经兴兵侵犯我中国,全亏得五虎将军英雄,尽把他人马杀得大败而去。虽然目下安然无事,想来这辽王念头不少,一时未必肯倾心归服,恐防有再起风波。况西辽乃偏邦小国,理合年年纳贡,岁岁来朝,岂敢擅动干戈,兴兵犯境,有损天威,与叛逆可比。虽经狄青杀退,不过暂解一时之患耳。望陛下龙心详察。"万岁开言说:"依卿主见若何?"庞国丈说:"陛下在上,臣思下国冒犯

---

① 磬(qìng)——尽,完。
② 谒(yè)——下级僚属晋见上级官员。

天朝,律该兴兵问罪,岂容轻恕! 依臣愚见,莫若及早兴师问罪,使各番王知道陛下天威,严御强立中国,则我中国永无侵凌之患。臣虽不才,但忧国之心太重,伏乞陛下准臣所奏,天下安宁,臣之愿也。"

嘉佑王闻奏,开言说:"卿所奏者,无非使各异邦畏服,知道大宋有人故耳。依卿主见,保举何人提兵前往?"庞洪说:"臣思西辽国雄兵猛将尚还不少,我邦虽有几家武将,奈何不堪往的。呼千岁、高千岁①已经年迈,以下看来亦无可当此任之人。况且目前杨宗保如此英雄,尚且亡于此地。如今无佞府,只剩得这些寡妇,孤零的裙钗。杨元帅虽有子文广,奈他年少,武艺未精,舍此之外,别无可往之人。想来除非雄关狄元帅与四虎将。若然差他前往征剿,必然成功。"万岁听罢,就开言叫一声:"庞卿,朕思这西辽小国虽然无礼,他还为一国之主。一时愚见,兴兵犯界,朕意想他败去以后,未必敢再来了,可略宽饶。且命狄青提兵前向西辽去,见景生情便了。"庞洪说:"抚恤小邦,仰见陛下圣德仁慈。但国法森严,焉可草草宽恕! 将来各小邦见陛下国法从宽,效着西辽,终为不美。代国问罪,乃照律而行,以正国法,为何陛下命狄青前往见景生情? 微臣所不解,伏乞圣上谕臣知之。"万岁说:"庞卿有所未知朕意。差狄青前往,如若西辽王畏罪求降,则准其年年献贡,岁岁来朝;若不畏服求降,然后征讨便了。"这等吩咐,原是嘉佑王一点仁慈不忍之心。庞洪听了,也不敢多言再奏,俯首不言,又生一计,奏说:"陛下,臣闻西辽国曾有一榻珍珠烈火旗,乃是人间至宝。如若归服求降,需要此旗贡献,方可准其投降。若无此旗,不准他降,仍以兵征伐。伏乞陛下准臣所奏。"万岁说:"依所奏。但思三关要地,狄青五将提兵去了,差何人前去镇守才好?"庞洪说:"臣思兵部尚书孙秀可往。此人足智多谋,用他守此关,万无一失。"万岁开言点头说:"卿是朕的御连襟②,他去守关,朕才放心。"即忙降旨杨户部,往三关调取狄青,孙兵部奉旨守关。二人领旨谢恩既讫。万岁拂袖退朝,各臣回府。此时庞洪得计,孙秀也要打点行程,前往三关代守。此回有分教:

英雄虎将边关去,嫉妒奸臣陷害来。

----

① 呼千岁、高千岁——指宋朝老将呼延赞、高庞。
② 连襟(jīn)——姊妹的丈夫互称或合称。襟,衣裳的带子。

第 二 回
孙兵部到关权理　狄元帅奉旨征西

诗曰：

忠佞从来各异途，一人误国一人劳。

奸谋啜①主干戈动，五虎兴师枉用劳。

且说三关狄元帅平生耿直，铁面无私，智勇双全。自从幼年山西家乡遭逢水难，王禅老祖救了他，带上水帘洞传授兵书武略，知他仙道无缘，王侯有位。学艺数年，命他下山扶助宋君，原是一条国栋金梁，与单单赛花公主有宿世良缘。自从押送征衣，上年大破西辽，仁宗天子知他英勇，杨宗保败亡，便封他镇守此关。号令威严，兵遵将应，就是朝中文武，何人不看重这小英雄？又是狄太后娘娘的侄儿，外有包拯、潞花王提弼，所以庞、孙屡害不遂。这狄元帅不独一人镇守此关，还收得四位英雄与他结义拜为兄弟，如同亲情手足。一名张忠，一名李义，一名刘庆，一名石玉，四位英雄与狄元帅为五虎将。若各小邦闻得五虎将之名，闻风而惧。帐下又有二位英雄，一姓焦名廷贵，他是焦赞之后；一孟定国，是孟良之后，二人亦在狄元帅帐下，多是情投意合。自从前时狄元帅箭杀了赞大王等，大破辽兵之后，狄元帅仍令四虎将天天哨探，以防辽兵复作。忽一天，元帅升帐，与范仲淹、老将杨青谈言，一会二人辞别去了。原来范仲淹、杨青御史，仁宗任命他们到此同守雄关。老将军杨青是当日杨延昭的家将，跟随守关，立了多少汗马功劳。二人在此与狄元帅同志合心，是以常常在此叙谈国务。当时元帅独自静坐，计念前时，叹声说："可惜杨宗保元帅当世英雄，沙场丧命，化血身亡，忆想此，实乃惨伤也！本帅叨②蒙圣上洪恩浩荡，简授都总戎，已守边关三载了。细想本帅前时当殿考武，只为伤了王天化，几乎身亡。幸亏狄太后救了性命，死里逃生。不想这庞洪与孙秀二

---

① 啜（chuò）——哄弄，哄骗。

② 叨（tāo）——承受好处，客套话。

人结为一党,计害多般。幸托上苍庇佑,屡害本帅不成,皆吾之造化。又思前日西辽国兴兵犯界,难得杀他大败逃回,犹恐这辽王一时未必肯倾心畏服,还有防干戈之患,是以本帅天天令四位贤弟前往哨探,日日操习军兵以防不测之虞。又得兄弟四人不惜心劳,与本帅分忧,真难得也。但愿得四海升平,君民安泰,本帅深望也。所虑者庞、孙二人,贪婪财贿,播咨①朝纲,久后犹恐国家不宁。"

狄元帅正在计思,忽有小军进来说:"启上元帅,四位将军进来交令。候元帅爷将令。"元帅吩咐进来,不一刻,四虎将军一齐到了,来至帐前,参见元帅说道:"启上元帅,末将等奉令操军已毕,如今来交令了。"元帅说:"众位将军多受辛劳了!"传令各将士兵丁俱有犒赏酒筵。出令毕,又说:"你们众兄弟且往后堂吃酒罢。"四将与焦、孟六人谢过元帅往后营而去,卸下盔甲兵器有小军拾去,牵出马匹喂料,六位将军然后开怀畅饮。当时元帅又请至杨、范二人同酌。此夜关内众将大小三军一同吃酒。这狄元帅缘何忽又犒赏众军?只因众军奉令操军,乃军情过于劳苦,故有此犒劳,乃元帅一点爱将恤兵之心。当晚众将欣欢,各无挂念。独有石玉小将军一心怀念母亲,思念妻子,二人在汴京城岳丈赵千岁府安身。自从随着元帅在此关三载有余,不知母亲身体安康否,思妻郡主身怀六甲②,未卜生女生男,身心两地,好不愁烦。

慢言石玉是夜思念着母亲及妻子,却说狄元帅威镇三关,名扬敌国,不独边夷畏服,就是关城内外鼠辈毛盗也不敢动兴,众百姓安靖。此日闲中无事,这狄元帅与杨老将军、范大人对坐,说起西辽王屡次兴兵侵犯,有四将说与元帅:"小将想这西辽国人马已经杀得片甲不回,未必敢复来侵犯了。"元帅听罢,微笑说:"众位将军有所不知,凡事备求未至,况乎为将用兵!必以慎重为先。且西辽乃强悍蛮邦,彼虽一时败去,雄兵猛将还多,焉肯罢休侵凌之念!本帅既领君命把守边疆,倘有疏虞,恐有丧师辱国,罪极非轻了!"众将闻言齐说:"元帅高见不差,非末将等所及也!"众将言毕。帐下忽闪出一人高声呼:"元帅勿忧!若防番狗再来,我们何不先点齐人马,做个先动手为强,直攻进西辽,索性杀他一个尽罄尽绝,斩草

---

① 播咨——摆布,支配。
② 六甲——指妇女怀孕。

除根。省得零零琐琐,杀得这班番奴不爽不快,元帅又防他复兵侵扰的!"你看那将是谁?原来是焦廷贵。此人生来品质鲁莽,是粗心愚蠢之徒。当下元帅闻他说,喝声:"胡说!这辽王虽是一时犯界,妄想天朝,但如今圣上也宽恕了他,又何用你多言!倘若兴兵征伐,未奉圣旨,怎生前往?二者辽王原为一国之君,他若不来就罢了,再来时奏知圣上,请旨征讨才是。"焦廷贵说:"元帅到底是个善良人,造化这番奴了。"言谈之际,不觉金乌飞坠,玉兔升空①。晚膳毕,各归营帐不表。

次日,狄元帅仍令四将出关抄探,是日闲暇,把兵书观看。忽有小军报:"圣旨到!"元帅吩咐大开中门,恭迎到中堂,排开香案。元帅俯伏阶下,钦差开读:

> 旨到跪下听宣。诏曰:兹有首相庞卿,陈奏西辽兵犯中原,虽经狄卿杀退,但这西辽既为一小国之君,焉敢兴兵犯上!即同叛逆相等,重罪非轻,岂可宽恕!今命狄卿率同众将统领精兵,前往西辽征伐问罪。若辽王畏罪求降,彼邦有一镇国之宝,名曰珍珠烈火旗,要将此旗贡献,年年进贡,岁岁来朝。如其不顺,即行征讨平定,班师回朝,论功重赏以报卿劳。但因三关无主,今差兵部孙秀来权理。毋违朕意,即日提兵,肃此钦哉。

元帅谢过君恩起来,与杨钦差见礼毕。杨户部不敢久留,连忙辞别。元帅送出关外,杨钦差回朝复旨不表。

再说关中众将尽知,各个咬牙切齿,骂道:"庞洪这老狗才哄奏圣上,轻动干戈,差遣元帅及我等,真乃令人可恼!将他一刀两段方消此恨!"元帅说:"你们不必多言。虽庞洪所奏,然今圣上所差,你等不可独怪着庞洪。待等孙兵部到来,即要起兵前往了。"范大人说:"元帅,正是江山易改,本性难移,真乃奸臣只为奸计。那贼心狠,那里改得?这场干戈之患,又是由他来的!"杨青老将军说:"我想这庞洪忽奏圣上,要差元帅出师,料必有什么奸计,元帅须要提防他为妙。"元帅说:"老将军,目下兵权多在下官秉持,谅他有计难以施行,何足为惧!老将军但请放心!"焦廷贵说:"元帅!小将前日曾讲过这西辽兴兵前去,杀个爽快才是。元帅说

---

① 金乌飞坠,玉兔升空——太阳落下,月亮升起,指时间由昼入夜。金乌,指太阳。玉兔,指月亮。

没有圣旨不能前往。如今奉了圣旨,前去西辽,见一个杀一个,杀得这些番狗干干净净,方才晓得焦将军的本事!"元帅闻言大喝:"好匹夫,何用你多言!还不速退!"焦廷贵说:"元帅不必动怒,小将说差了。"即忙往内去了。

是夜,元帅暗说道:"我想那珍珠旗,乃是西辽传国之宝,如何圣上听信庞洪之言,要他贡献起来?倘或西辽吝惜不肯,下官难以复旨,眼见得干戈不息,奏凯难期,如何是好?"此夜元帅闷闷不乐,惆怅一夜,直至大明。

再候三天,孙兵部才到。原来这孙秀是个贪财好酒之徒,一路而来,有地方官迎接他,请他吃酒礼,一概收领。此有缠延,所以杨钦差先到了,数日他方才得到。狄元帅原与他不相善,此时闻报,只得同杨、范二人与众将大开关门出迎,同至帅府。四人分宾主坐下,两行立着四虎将军,不免四人客中闲话。一杯香茶饮过,兵部开言说:"元帅既领王命征伐西辽,为何至今尚未起程?"元帅说:"孙大人有所不知,只为此关乃边疆要地,岂可一天无主!大人一日不到,下官一日不离。大人今既到了,下官明日即便兴兵。"孙秀不答,点头辞过元帅,与范、杨二人进关内去了。

是夜,元帅查点明兵粮马匹及平西所用一切之外,其余的即晚造成册子交付孙兵部权掌。此日,元帅对范大人、杨将军说:"奸臣孙秀在此,二位须当留心打点侍候,本帅托圣上洪福,平西回来再与二位大人叙首。"二人听了,点头说:"但愿元帅此去一路旗开得胜,马到成功,及早回来再叙。"元帅微笑称谢。此日元帅升堂,便问众将中何人熟识西辽道程,可为向导官。焦廷贵说:"元帅,小将前者与父亲曾到过西辽,熟识此程。"元帅说:"既如此,点你为先锋,孟定国解粮。"当时元帅与四将领兵五万,分开队伍,别过孙、范、杨三人,祭了帅旗,高高树起一扇大幡,上书着"五虎平西"四字。三声炮响,马壮人雄,威威武武,出关望西而去。关外众居民香烟不断,齐齐跪送,元帅大悦。

只说西辽犯界,狄青杀败了不敢再来侵犯,此乃君王坐享民安逸。不料被庞洪哄奏君王,行伐西辽问罪,需要献出珍珠旗,自愿投降。这西辽国乃强悍之邦,焉肯献旗?这场干戈杀戮只为庞洪、孙秀算计狄青之由,究竟不知征战何时得息,真乃:

　　家生逆子家颠倒,国出奸臣国不宁。

第 三 回
火叉岗焦先锋问路　安平关秃总兵阵亡

诗曰：
　　向导先锋焦莽夫，火叉岗上错程途。
　　从今单单干戈动，虎战龙争枉用劳。
　　话说狄元帅奉旨征伐西辽，以为本事高强，所以只带得五万雄兵、四员虎将。点兵三千，令焦廷贵为前部先锋，点孟定国领兵三千为后队解粮官，大队人马排开行伍向西辽大道而行。且喜天色晴明，风和日暖，正是行兵的时候。一自出了雄关，行有十余天，人烟稠密地方还属中原辖管，也有文官武职接送，纷纷不绝不断。元帅一路甚是安然，日行程夜睡宿，不再烦谈。
　　又已行得了半月，人居渐渐稀疏了，多是荒郊野地，但看高山迭迭，古树森森，虎啸猿啼，禽鸣兽聚，却是凄凉枯槁的光景了。焦廷贵为向导官，带领三千人马，逢山便要开山岭，遇水还须搭水桥。一路行走了三十余天，到了一个地方，名为火叉岗。一条道路分出两条来，一路向西北，一路向东北，中央一带是高山，走不通路的。两条大路如此光景，焦廷贵一见，便有军士禀知。他想一会，说道："俺认不来的，但不知这条大路为何分作两路，不知从哪一方走才是。"呆想一会，说："罢了！待等一个乡民到来，问个明白。"遂吩咐众兵暂住。岂知地方上乃是人烟疏稀之所，等望半日不见一人来，此时焦廷贵等得十分烦恼，急起来。再等一会，方才有个白发公公，七十开外的年纪，远远而来。焦廷贵一见，忙忙催开坐骑①，飞马赶去，急急加鞭赶近这老人，向他对面冲来，勒住坐骑，摆开铁棍横拦住去路，大喝道："你这老头儿，俺家问你西辽国两条大路从哪一条去的？若说得明明白白，饶你老狗命；若不速急说明，俺将军就照头一棍，把你的脑浆打出来，无处讨命！"

---

①　坐骑(jì)——武将的战马。

当时那乡民是本处山上人,看见这位马上将军恶狼似的形容①,暗说:"从来问路没有这样问法,你看这人是难以言语相争的。罢了!待我捉弄他错走别国便了。"此时这老人叫一声:"将军爷,你且耐着性子,既然问路,何必动怒!你且望着那东北上这条大路,八十里之外乃是孩儿岗,再过一百五十里便是棋盘岭,又行一百二十里是麒麟埔,又过一百五十里之外是安平关,就是西辽地面。"焦廷贵大喝一声:"你这老狗才,俺问到西辽国去,因何说得许多的岗岭、许多里来!"原来这焦廷贵是个粗心愚蠢之人,听闻那老者说得几个地名,就恐要忘记了,所以动恼起来。此时焦廷贵说:"老头儿,你不必多言得许多支吾,此去向那东北上还有多少路方得到西辽?"那老者又说:"将军,小民指引这路途,说得明明白白,为何这等着忙?向此东北至西辽境界,还有四百余里,到安平关是西辽头座关了!"这焦廷贵信以为真,老者退去,吩咐众兵起程,望着东北大路而行,不觉又是红日归西明月上,安扎营盘,埋锅造饭。次日拔队起程。此回不独焦廷贵一人走错了国度,狄元帅大兵在着后队,多随错路而行。一路旗幡招展,剑戟如林。一连走了七八天,已到了安平关。一口难分两处事,按下宋军慢表。

且说安平关乃单单国头座关,守将名唤秃天龙,国王封他为总兵之职,命他镇守此关。那一日,在关中吃酒,半酣之际,忽有小军报说:"宋朝天子不知什么缘故,差遣大队人马,移山倒海地杀奔来了!"秃将军听罢说:"有这等事!离关还有多少路程?"小番禀道:"只有三十余里。"秃天龙喝声:"再去打听!"心中大怒,气冲云霄,立起身来说道:"我那狼主②是个顺天知命之君,自数十年来归服宋朝,岁岁贡献无亏,为何忽然无事兴兵,前来惹气,是何道理!若不出关与他理论,不算本帅英雄!"此时这秃天龙,一来是饮酒半酣之际,因他也是性急之徒,不待宋兵安营下寨,投递战书,急忙顶盔贯甲,上马提刀,带领一千精壮人马,炮响一声,大开关门,一马当先冲出关外。此时宋兵正在安营之间,有番将秃天龙带兵杀来,高声大喝:"宋将有能者快来纳命!"早有军士报知。焦廷贵闻报,

---

① 形容——面目、容颜。
② 狼主——古时对外族首领的称呼。书中秃将军不当以此称,这里流露出书作者的痕迹。亦作"郎主"。

不觉吃了一惊,说:"可恶番奴,尚未安营就来讨战,待俺前往,送他到阎王老子去处罢!"连忙飞马冲去。一见番兵,一字排开,杀气腾腾。来将脸如朱砂,眉浓眼大,赤发红鬓。焦廷贵一见,大喝道:"番奴,你且通名来!"秃天龙说:"俺乃安平关总兵秃天龙是也!但上邦下国久已相和,为何忽地兴兵犯界,是何道理?你且快快通上名来,待本将军取你首级!"焦廷贵大喝一声:"谁教你狼主从前无国法,兵犯上邦!所以兴兵征伐你国,早献上头来,待俺老爷立头功!"只因秃天龙此时酒已醉了,听得焦廷贵之言糊糊涂涂两处未曾说明,所以秃天龙大怒,喝声道:"胡说!你宋王昏君也!我狼主归顺宋朝数十年,你邦无故兴兵,贪利忘义,好生可恶!"提起大刀,当头就劈。焦廷贵全然不惧,呵呵发笑,把铁棍往上架开,二人杀起来。一场龙争虎斗,有三十回合。

再说狄元帅后队大兵已到,早有军士报知。元帅大怒,说:"尚未安营,这焦廷贵不奉军令,怎敢私自开兵!"传令速速鸣金收军,把焦廷贵捆绑起来。令已出,即时不住地鸣金。谁知焦廷贵杀出了神,由他连连不住地鸣金收军,只是不听,说道:"我焦廷贵不挑得番将下马,不为好汉!"果然秃天龙被酒醉了,招架不住,却被焦廷贵铁棍削开大刀,拦腰搠去,打翻了跌下马,割取首级,以为头功。焦廷贵满心欢喜,提起铁棍,踢开大步,把番兵乱扫,打得七零八落,各自逃生,四散东西,多往正平关飞报去了。焦廷贵哈哈大笑,回顾后队高叫道:"安平关已到手了,众人快些来入关!"他一马当先,抢入关中去了。狄元帅又恼又喜,只得传令众兵丁挨次而来。元帅大兵进了城中,这些番兵走散,百姓一并逃生,只剩得一座空城。

元帅进到关中,升了帅堂,众将兵参见毕,又到了焦廷贵,要报头关功劳,走到帅堂元帅跟前,提过首级来请功。元帅一见大怒,喝道:"焦廷贵,你好生大胆!因何不奉军令,私自开兵?本帅传令,还不收兵;不从将令,军法难容!"喝声:"刀斧手斩讫,以正军法!"两旁刀斧手一声答应,正要动手,焦廷贵急称一声:"元帅你在后队,不知前队事情。小将正在安营间,忽有番将秃天龙带兵杀来,不许安营,即要交锋踹营,来势十分凶勇。若被他踏破营盘,元帅的威风减尽;若请得军令来,已不及了。方与他交战,正在性命相关之际,顾不得鸣金了。若然元帅要杀我焦廷贵,分明要赖我功劳的了。得了安平关,我焦廷贵原有功无罪,如何元帅要杀我?你好不公心!"这几句话,倒说得元帅顿口无言。忽闪出四虎将军,上前一同力保焦廷贵,说:"元帅!这焦廷贵不奉军令,私自开兵,虽然有罪,但番将不投递战书,即日杀来,亦是凶狠之辈。焦廷贵原是不得已开兵,望乞元帅念他取关有功,赦其斩罪罢。"元帅见四虎将军保他,便说:"焦廷贵虽取关有功,但不遵军令,功罪两消。"焦廷贵起来谢过元帅,又谢四位将军保救。此时元帅吩咐,将人马安顿关中,所有粮草马匹,金银什物,查点分明。一面出榜安民,又将秃天龙的首级尸骸埋葬了。暂停三天,留偏将二员、三千兵丁守关,元帅与众兵将又要西行。按下慢表。

再说正平关主将,名唤秃天虎,他生得身高一丈,勇力异常,使一把丈八蛇矛,万人莫敌,秃天龙是他胞兄,年纪只得三十光景。原来这正平关与安平关离有二百五十里路程,所以此时并不知道失关之由。且岁岁平宁,并无探子在外。这一天关中无事,夫妇正在闲谈,忽有安平关上奔来了几个官儿、几百兵丁,慌慌忙忙前来一一报知。秃天虎吃了一大惊,怒气冲冠,咬牙切齿,说:"罢了!我邦与宋朝,未曾动过一兵一卒,两国久已相和,狼主岁岁入贡,天朝为何突然起兵前来征伐?破了关,把我哥哥伤害,此恨如何得消!待我带兵前去,见一个捉一个,拿回关砍为肉泥,方泄我胸中之恨!"多花夫人说道:"无事兴兵,果然无理。但大宋五虎,威名素重,相公需要小心。"秃总兵应允,又连忙写表,即差小番奏达狼主。次日天明,点齐人马,放炮出关,带了五千惯战貔貅①士卒,杀往安平关而来。此时若不是这焦廷贵问路不得,走错此路,如何战杀伤害这许多生灵?这也原是狄元帅、八宝公主有宿世良缘,合着:

　　气运道送开劫杀,姻缘会合应佳期。

---

① 貔貅(pí xiū)——古时书中常提到的一种猛兽,后以此比喻勇猛的军队。

第 四 回

正平关焦廷贵大败　单单国秃天虎原因

诗曰：
莽汉先锋逞勇刚，岂知番将更猖狂。
沙场大败奔逃窜，方信强中复有强。

却说秃天虎带兵出关要与哥哥报仇。此日天气晴明，狄元帅正要催兵前进，忽有探子报进，说："启上元帅，今有正平关番将秃天虎领兵前来，要与元帅爷答话，请令定夺。"元帅说："再去探来！"探子说声"得令"去了。不多一会，小军又来报："番将讨战！"元帅正要点将出马，旁边闪出焦廷贵。因他前日杀了秃天龙，自道英雄，不知厉害，连忙上前说："元帅，不怕死的番奴又来送命，且容小将出关，将他首级取来报功！"元帅说："上阵交锋，休得轻狂，小心才是。"焦廷贵说："元帅勿忧！想那秃天龙尚且死于小将之手，谅这秃天虎本事也不过如此。小将也不伤他，待我活捉他回关，献与元帅看看。"元帅说："既然如此，你领兵一千出关会战，需要小心。"

焦廷贵忙说声："得令！"即时上了花鬃马，提了镔铁棍，耀武扬威，带领一千精兵，一声炮响，一马飞出，来到阵中。只见番将生得凶恶异常，人高马骏，番兵列成阵势。焦廷贵便高声大骂："番狗乌龟，快来纳命！你可是秃天虎么？"秃天虎怒道："正是。你这南蛮，狗头狗脑，口出大言，且通过名来！"焦廷贵说："爷爷老子乃大宋狄元帅麾下前部先锋焦廷贵，你若献关投降，饶你狗命；如若半个不字，多照着秃天龙榜样的，死在俺铁棍之下了！你好不怕死的狗番奴，不以性命为重，看棍！"提起铁棍打去。秃天虎大怒："原来是你这狗南蛮伤害我哥哥，极大冤仇，不取你命，誓不为人！"把长枪架住铁棍，回枪当心就刺。二人兵刃交加，大战三五合。这秃天虎的本事果然高强，杀得焦廷贵浑身冷汗，招架不住，看看不好，架开长枪，大喝一声，拨马就走，败入关中，秃天虎追赶不上，只得勒马回营。

且说焦廷贵败进关来交令，说："元帅在上，这番将秃天虎果然厉害，小将杀他不过,捉他不得,求元帅宽限一天,明日准拿来!"元帅说:"你且退去,休得多言。"焦廷贵退去。到次日,有小军报说:"秃天虎讨战!"元帅即令石玉出马,带领精兵一千,大开关门,一马当先。二将会面,各通姓名。秃天虎一见来将不是焦廷贵,便开言说:"石南蛮,你且听着!我邦狼主,最是英明。有道两国久已相和,未曾动过刀兵,年年入贡天朝,为何上国白白兴无名之师,前来征伐,不知何故?古人有言:日月虽明,难照覆盆之下;钢刀虽利,不斩无罪之人。你兵犯安平关,杀害我胞兄,从此冤如深海。快些献出焦廷贵,待俺将他心肝来祭了兄长,消了仇恨,再作道理!但你师出无名,犯我边疆,其中必有个缘故,也要说个明白。"

石玉听了番将之言,冷笑说道:"秃天虎!依你说来,句句有理之言。但你邦狼主,好无分晓,妄想天朝锦绣江山,几次兴兵侵犯上国,岂不罪名深重!故我主万岁,命狄元帅提兵到来征伐,问个犯上之罪,何谓出师无名?"秃天虎说:"石玉,休得胡说!我邦数十年来,归顺天朝,从不曾兴过一兵一卒。怎说起屡次兴兵犯上之言?"石玉说:"秃天虎,你休得巧言,怎不认罪名?前数年屡次兴兵侵扰,幸得杨元帅屡屡杀退你邦人马,不计其多少。自去年秋季,你狼主大兴人马,赞天王、子牙猜等围困瓦桥关,声声要夺取中原,全亏得我狄元帅杀得你邦人马大败,雄兵猛将一齐消灭,至今才得干戈止息,怎言并不兴过一兵一卒?莫不是你初到番邦,新做官的不成?故不晓得从前缘故,胡说无理之言?"

秃天虎听罢,哈哈笑起来,说:"如此是你们走差了路,这里不是西辽地方。"石玉说:"既不是西辽,是什么地方?"秃天虎说:"我这里是单单国,与你大宋无仇,忽然兴兵前来,夺关斩将,令人可恼。既然西辽国犯了你们,也该前去征伐西辽才是。为何不去寻它,反来兵犯我国?这是宋王的主意,还是狄青胆怯了西辽,欺侮我单单国中无雄兵猛将的不成!"石将军听了,心中明白,连忙欠身打躬,叫道:"秃将军!如此说来,是我们走差了路?"秃大虎说:"不是你差是我差么!"石玉说:"将军请息怒,待小将回关禀知狄元帅,前来与将军赔罪便了。"秃天虎说:"石南蛮,休得胡思乱想!杀我胞兄,赔罪也消不了我的怒气。"喝声:"南蛮看枪!"石将军见他动手,也把银枪架开,自知理亏,不与交锋,带转马如飞奔过关去。番将赶他不上,住马带怒,仰天长叹说:"哥哥呵!大宋要去征伐西辽,误来我国,可怜把你一条性命白白送了,如今他肯干休退兵,但害了我哥哥。

必要拿住焦廷贵碎尸万段,方消我恨!但正平关兵微将寡,不免通知吉林关添兵相助,再上本章,奏知狼主,打点迎敌罢了。"不表番将回营。

且说石玉回到关中,低头丧气,面色无光。元帅见此光景,即问胜败如何,石玉说:"启上元帅,这场事情错了!此处不是西辽,乃是单单国,走差国度了。杀错这番将,这秃天虎声声要报仇,原来是我们的不是。故小将不好与他交战,奔回关来,禀知元帅,商量如何定夺才好。"元帅听罢说道:"怎见得这里是单单国?"石将军说:"方才小将与秃天虎答话,他说这番王最是英明有道,数十年来归顺天朝,从不曾兴过一兵一卒,何故上邦忽兴人马前来征伐?小将又说起西辽侵扰缘故,这秃天虎说明此去乃单单国,不是西辽。他口口声声与胞兄报仇,不肯干休之言,必要拿捉焦廷贵,想来此事如何是好?"

元帅听罢,怔呆了一会,还是将信将疑,吩咐传令焦廷贵来。不一会,焦廷贵来见元帅,说:"元帅在上,呼唤小将有何差遣?"元帅说:"焦廷贵,你说熟识西辽路途,故本帅点你为向导官。你因何不走西辽邦,来单单国是何缘故?"焦廷贵闻言,吃了一惊。想一会,呆一时,叫声:"元帅,这话哪里来的?"元帅说:"今日石将军出战,秃天虎说此处不是西辽,乃是单单国。这便如何?"焦廷贵说:"元帅不要信他,这番奴自知杀我们不过,故虚言哄弄的。"元帅喝道:"胡说!你走差了别国,还说强言,欺着本帅!"焦廷贵说:"元帅,小将实认得路途,明明白白,哪有此事!若果走差别处,小将理当军法。"这焦廷贵一口咬定不差,元帅听得心中疑疑惑惑,说:"且罢了,待本帅来朝亲自出马,便知明白了。"吩咐是夜埋锅造饭。

到来日天明,有小军报上元帅说:"番将秃天虎,坐名要焦廷贵出马。"元帅喝声:"再去打听!"自己连忙穿过黄金甲,戴上紫金盔,上了现月龙驹,手执定唐金刀,气宇轩昂,真好一位少年英雄!扶助宋室江山,乃社稷所重之臣。点了五千人马,带了四虎英雄,分为左右,随后有铁甲步军五百。三声炮响,冲关而出,旗幡招展,来至关处,队伍摆开。秃天虎一见来将,比众不同,真乃威风凛凛,杀气森森,便把枪一摆,喝声:"来将通上名来!"狄元帅说:"本帅乃大宋天子驾下、敕封平西元帅狄青是也。你可是秃天虎么?"秃天虎说:"既晓得本总兵威名,何劳动问!"元帅叫声:"秃天虎,你邦原是西辽国,因何称为单单?莫不是你邦原无雄兵猛将,怕死贪生,虚言哄着本帅不成!"秃天虎说:"狄南蛮!我邦猛将如云,雄兵如雨,狼主驾下尽是英雄豪杰,哪有诈言贪生畏死之理!本总可笑你身为主帅之职,统六师重任,做事甚是糊涂,以桃为李,以羊为牛,出无名之师,侵犯我国。你官又杀害我哥哥性命,全无道理。掌什么兵权,何不及早回头,做一个农夫罢了!"元帅说:"秃天虎,据你如此说来,此地既不是西辽,有何为凭?"秃天虎说:"我也知你等必从火叉岗走差路的。"元帅说:"怎见得在火叉岗走差的?"秃天虎说:"你一定到了火叉岗不向西北而去,却到东北而来,岂不是走错了路,到我邦单单国么?"元帅闻言,暗说道:"曾记得到了火叉岗有两条大路,向导官从东北方而走,此事乃焦廷贵这匹夫弄坏了本帅也。欠主张点错这鲁莽之徒为向导官,走差别国,惹起祸殃,圣上必然归罪于本帅,无可分辩①。"想罢,即欠身打躬说:"秃将军,请息平空之怒,听本帅奉告一言。"秃天虎说:"狄南蛮,有何话说,慢慢讲来!"不知狄元帅说出什么言语劝解他,且听下回分解。正所谓:

不是英雄真长敬,却缘莽将便差途。

---

① 分辩——辩解。

第 五 回
秃番兵生擒二将　狄元帅认错求和

诗曰：
　　天朝虎将被擒拿，只为当时走路差。
　　逞勇以强终自失，偏邦到底弱中华。

当日狄元帅自知理亏，在马上欠身打躬说："秃将军，向导官走差路途，误来贵国，错犯你关，原乃本帅之失。秃将军且请息怒，待本帅来日亲到贵关，赔了错失之罪，即日收兵前往西辽便了。"秃天虎说："狄青，你休得妄想！你身为主将，执掌兵符，事事全凭你指挥，差使向导，如何走差得路程？不到西辽，反侵我邦，无端杀害了我哥哥，说什么赔罪息怒之话，于情理上断难容你这匹夫！"说罢，把手中丈八长矛向心窝刺来。狄元帅急忙把金刀架开，放下笑脸，叫声："秃将军，本帅已走差了，赔罪也罢了，因何你还不干休？到底主意若何？"秃天虎喝声："狄青！你若误走国度，不伤我邦人口，还情有可原。你兵一到，便夺关斩将，伤了我哥哥，此仇此恨，与你冤如深海，今朝与你必要见个雌雄！"又是一枪刺来，元帅又用金刀枭①在一旁，复开言说道："秃天虎，你全不依理论定，如此凶狠。只为本帅一时走差了你国，误伤了你兄，乃本帅差错，所以三番两次即你动手也不较量。若问误伤你兄，今既死，已不能复活，本帅已经殓殡埋葬，待平定西辽，回朝奏知圣上，超度他的灵魂，封坟墓以补报也。我劝秃将军休得认真起来，古言山水也有相逢，将军你可想得来！"秃天虎喝声："胡说！无辜侵犯，你把我兄杀害了，就是这等罢了不成！若要俺的干休②，除哥哥复活还可，休想别的求和。有仇不报枉英雄！"说声："看枪！"又刺过来。

元帅金刀架住，暗想："看他如此硬性，料想以善言相劝未必和谐，不

---

①　枭(xiāo)——挡，推。
②　干(gān)休——罢了，了事。

免与他交战,杀败了他,方知我兵厉害,然后讲话自然允诺了。"复高声说:"秃天虎!今本帅自知理亏,以理而言。你却执一之见,不听本帅之言,如若必要交兵,倘有差池①,悔之晚矣!"秃天虎说:"狄青!你既伤我胞兄,俺便与你势不两立,不是你死,便是我亡,有何悔恨之理!"元帅听罢,回顾左右说:"哪一位将军与他交手?"闪出扒山虎张忠说:"元帅,待小将拿他!"元帅与三将一起退后,此时张忠一马当先,提起大刀砍去,秃天虎长枪急架相合。二将交锋,杀到六十余合。秃天虎果然武艺高强,张忠抵挡不住,却被他拦开大刀生擒过马,喝令众兵丁捆绑了。元帅一见大怒,正要出马,旁边又闪出一将,是李义,说:"元帅不必心烦,待小将拿这个番奴!"说罢一马飞出,提起长枪当心就刺。秃天虎把长矛架开,大杀一阵,战有五十个回合,李义招架不住,又被秃天虎活捉捆绑了。

　　石玉心中大怒,不待元帅将令,拍马上前,舞起双枪乱刺。秃天虎连拿二将,哪里看得石将军在眼,战到三十余合,不分胜负。原来这石郡马乃是王禅鬼谷的徒弟,与元帅同拜一师。前者老祖把枪法传授与他,比众不同。因赞天王部将薛德礼混元锤厉害,故赐他风云扇破他混元锤立功。但风云扇只破得混元锤,别样物件破不来的。况且此时乃用力战斗,纵有法宝也不中用的。秃天虎实有万夫不当之勇,石玉哪里是他的对手?但他是仙传枪法,所以还抵挡得住。此时沙场内杀得烟尘滚滚,日色无光。冲锋到八十个回合,元帅见二将杀得难解难分,恐防石玉有失,传令鸣金收军,二将退回。

　　秃天虎得胜回营坐下,吩咐小番绑过二员宋将。张忠、李义二人英姿勃勃立在一边。秃天虎叫声:"二南蛮,你既已被擒,何不下跪?"二英雄喝声:"秃天虎,休得大言!俺乃天朝上将,焉肯屈膝跪你!"秃天虎说:"我且问你,两国从来相和,为何兴兵侵犯,恃勇逞强,夺关斩将,是何道理?今日被擒,尚且强项!"张忠听了冷笑一声说:"秃天虎!这是你的糊涂,反说俺的无理。"秃天虎喝声:"好花言的南蛮!你们无礼,反来说俺的不是。"张忠说:"秃天虎!可见你外国之人,不读孔圣之书,不达周公之礼,古云:正理一条,蛮行千样。你的强蛮令人可杀。"秃天虎听罢,气得火烟直冒,怒跳如雷,立起身来,须眉倒上,双眼圆睁,喝声:"你这等

---

① 差(chā)池——差错,意外。

说,难道本总差了么!"张忠说:"为何不差?"秃天虎说:"俺怎生差处?你且说来!"张忠说:"我们奉旨征伐西辽,误走路程到来你国,也是平常之事。我兵初到来,营寨尚未安扎,你的哥哥秃天龙若问明情由,说明此处不是西辽,自然即日收兵前往西辽,如何不好!谁由他恃着强蛮,领兵杀来,把天兵看得如同儿戏,定要即刻交锋。岂不晓得刀枪乃是无情之物,二虎相争必伤其一。论起来,不说明即要战杀,还是你来犯上,还是你兄自来寻死,叫哪人偿他的命?俺今日好言问道,你不明白细细思量得来。俺二人乃是顶天立地的硬汉,既被擒拿,要斩就斩,要杀就杀,何惧之有!"

李义在旁,见他说此硬话,连忙说道:"张哥哥何必教导这番奴,既被擒来,谅情要做刀头之鬼,何必与他较量许多言词!"秃天虎听了喝道:"要杀也不为难!"二将说:"秃天虎!你可晓得我邦元帅为人有大将之才,前者一人杀败西辽数十万雄兵,你邦纵有雄兵猛将,哪里是俺元帅的对手!征灭扫平你邦,有何为难!若杀了我二人,就是狼主求降也难依了。况且焦廷贵误伤你兄,与我二人何干!"原来这些外国之人,虽是强蛮,到底愚直。这秃天虎听了二将之言,不觉想了一会,暗说道:"俺听这回南将之言,也觉有理。论起来我哥哥好不狂莽,俺与他原有几分不合之处,但无事被杀,总要报仇的。既然焦廷贵杀我哥哥,想来哪里要他二人偿命!罢了,待明日拿了焦廷贵,然后放还他二人便了。"秃天虎主意已定,吩咐小番:"张忠、李义二犯打入囚车,押在后营好生看守。待等拿了焦廷贵,然后放他们回去。"二将听了秃天虎不杀之言,方才安心,只虑不拿得焦廷贵,一人也放不成了。在下不表番营二将。

且说狄元帅收兵到关坐下,传令吩咐焦廷贵来见本帅。不一时,焦廷贵得令,还不知元帅何事,立刻上前说:"元帅在上,末将打恭①。不知呼唤有何吩咐?"元帅大喝一声:"匹夫!你说到过西辽地,熟识路途,故此本帅点你为向导官。你行到了火叉岗,不向西北而走,却从东北而行,混来单单,走差国度,罪于本帅。你又不问明缘由,便杀无辜的秃天龙,怪不得秃天虎不肯甘休!"焦廷贵说:"狄元帅当真走差了么?"元帅喝声:"该死的匹夫!若不走差了,本帅焉能怪着你!单单国向来与我国相和,如今

① 打恭——作揖行礼。

忽动起这场刀兵,祸端皆由你这匹夫之人!刀斧手上来,拿去斩讫!"两旁一声答应。

  这焦廷贵心中着急起来,倒身跪下,说:"元帅请息怒,末将还有辩言。"元帅大喝:"匹夫有何辩言,快快说来!"焦廷贵说:"元帅,你为一个千军万马之主,事事多要听从元帅,选他的才干调用。你用末将为向导官,若是末将不从,又恐违了军令。元帅应该查明果然谁人熟识西辽路途,为何乌乌糟糟①点小将做个向导官,开路先锋?大兵一到了火叉岗地方,小将就有些疑惑起来,两条大路像个火叉的形状,想去思来,记得不清,不知哪条路是走西辽。只见山脚下有一老乡民,故小将随即问他,这老人指点的路,我一一照依而行。就是走差了国度,乃元帅错用了人之过。若将我焦廷贵斩首,甚是不公平。"元帅听了高声说道:"本帅怎样不公平?你且说来!"焦廷贵说:"方才说过,大凡行兵调将,统凭元帅量才拨用,末将做不来的,元帅不该点我为向导官。"元帅喝声:"匹夫!你说到过西辽,故此本帅才点你的!"焦廷贵说:"元帅,我虽然到过一次,只因月久年多,就忘记了。走差国度,乃平常事,难道将末将斩首!"元帅大喝道:"好利口②的匹夫!走差国度,本帅已有欺君不小之罪;妄杀秃天龙,他的兄弟不肯甘休,本帅再三赔罪,他却执一之见不肯依允。况且二将被擒,不知性命如何,皆因你断送了。照依军法,断难宽恕!"喝令:"刀斧手斩讫来!"刀斧手一声答应,登时把焦廷贵捆绑,推下阶来。不知焦廷贵性命如何,正是:

  莽将难逃严法律,阴魂从此绕边疆。

---

① 乌乌糟糟——原意指脏。此处指随意,草率。
② 利口——能言善辩,口齿伶俐。

第 六 回

石郡马沙场斩将　　多花女雪恨兴兵

诗曰：
烈烈轰轰逞勇强，番军难免阵中亡。
与夫雪恨多花女，未报夫仇先被伤。

当下狄元帅将焦廷贵推出关外斩首，焦廷贵心下着急，高声说："元帅请息雷霆之怒，末将还有分辩！"元帅吩咐推他转来，大喝道："有辩快些讲来！"焦廷贵说："元帅，你责小将走差了路途，元帅与四虎将军还有多少兵丁在后，难道内中没有一人惯熟路途的？若内有知者，应该说一声不是这条路上走的。为何号炮一声不响，随着这条错路而来？若说众将兵皆不熟路途，众人多要杀了，连元帅也要斩首。此时到了安平关，营尚未安，就有秃天龙杀到营来，也不问明缘故，难道此时由他割去首级不成！他又不说这里是单单国，不是西辽。此时他不说明，小将哪里知道？所以大战起来，斩了秃天龙。元帅说小将不奉将令，私自开兵，赖了我的头功。次日应该差末将前去建二功才是，为何元帅差张忠、李义去出马？这两人又不是真材实料的英雄，自然一并拿去。此乃元帅行兵不通、调将不是之故。若今朝杀了我焦廷贵，众夷邦外国闻知，也耻笑着元帅屈杀将士的了。"

狄元帅听了他这些七颠八倒的鬼话，不觉呆了，答应不来。旁边闪出笑面虎石玉、飞山虎刘庆，上前打拱说："元帅在上，焦将军走差路途，理该问罪，但秃天龙不说明缘故，混行交战，也难分辨谁是谁非。错走路途，望元帅法外从宽，饶他初次犯界，留在军中将功赎罪，望乞元帅准末将之言。"元帅见二将讨饶，便喝道："饶了匹夫死罪，活罪难饶！"吩咐捆打四十大棍。小军领令，把他打了四十。焦廷贵起来谢了元帅不斩之恩，往后营去了。

且说元帅十分烦闷，只因误杀秃天龙，几番劝解，自认差错，秃天虎总是不允相和，反被他捉去了张忠、李义，倘有差池，失了英雄两弟兄，如何是好？便与刘庆、石玉商议此事。二将同声说："元帅今日阵上认了多少差处，秃天虎总是不依，如今没有别的什么打算，且到来天待小弟二人杀败秃天虎，他自然和服了。"元帅说："二位兄弟，算来实是我们理亏，杀了秃天龙，怪不得秃天虎不允。虽然焦廷贵这匹夫走差了国度，算来原乃本帅之过，不该点这鲁莽之夫为向导。如今主上得知，本帅罪已非轻。"二将说："依元帅的主意如何？"狄元帅说："本帅欲意修书一封，着人送与秃天虎，再依理讲。他如若允从，便收兵往西辽；若不允从，另行计较便了。"二将说："元帅之意不差。"此时元帅定了主意，即日修书一封，连忙差军士送到番营。秃天虎接过书一看，上写：

  平西总帅狄青书拜秃总戎麾下：伏以大宋、单单，天朝偏国，向日相和，毫无构怨①。缘因征伐西辽，误来贵国，乃本帅之差错。杀无辜将士，乃本帅之失，追悔无及。将军胞兄与各番兵皆非可杀之人，本帅好生不忍。既死难生，平西还国之日，奏闻我主，墓顶前封，以偿无辜被陷；免贡三年，以修向日相和。伏望将军海涵允诺，不较前非，足见情长。肃参投达，翘望好音。

  秃天虎细细看罢来书，不觉呵呵冷笑说："这狄青如此胆怯，哪里做得主帅！"就在书后批回：

  哥哥复活，两国相和；既然不若，永动于戈。

  写罢打发来军回复狄元帅去了。原来这狄青乃是依理而行，所以修书讲和；岂知这秃天虎说他胆怯，也是意思会差了。

  且说狄元帅见回书大怒，说道："秃天虎如此狂妄，全无一些理律之言。本帅只为自知理亏，所以忍气求和。谁知他执一不悟，无理逞强，我何惧也！也罢，明日必要与他见雌雄。但得张忠、李义二将无害，本帅才得放心。"是夜不必细表。

  且说次日各将士饱餐战饭，又有秃天虎前来讨战。元帅命石玉领兵出马，笑面虎便一马当先，冲到番军阵前，把双枪一起，喝声："番奴看枪！"秃天虎闪回，举手急架相迎。二人犹如龙争虎斗，杀得天昏地暗，沙卷尘飞。战了八十余回，石将军看看抵敌不住，败将下来，飞马逃走。秃天虎拍马赶去，喝声："你哪里走！"紧紧追上。早有飞山虎在关前看见，

---

① 构怨——结怨，指因征战失和。

连忙驾上席云帕,看定一箭射去,正中秃天虎的左颊,负痛一声,转马逃走。石玉在马上一枪刺去,中他肋下,疼痛难当,翻身跌落马下。石将军拔剑取了首级。刘庆叫声:"石四弟,趁此打破营盘,杀散番兵,放了张忠、李义,去见元帅罢!"石将军说声:"有理!"喝令众兵杀上前去,二虎将一同杀去,把番兵犹如砍瓜,各自逃生四散。二将打入番营,放出张、李二人,说明缘故,四人哈哈大笑,命军士放火把番营烧得干干净净。张忠说:"众哥弟,趁此天色尚早,我们带兵去赚了正平关,你道如何?"石玉说:"不奉元帅将令,不可妄动。且自收兵交令,再行去处才好。"三将说道:"即然如此,且收兵罢了。"众将收兵回关,下马入见元帅交令,说明杀了秃天龙情由。

元帅听了纳闷昏昏,说:"走差国度,妄动刀兵,连伤两员番将,只怕番国君臣怀恨,不肯休息干戈。本帅千军万马,何足畏惧!只忧征错无辜单单国,纵然得胜还朝,本帅终须有罪。想到其间,实难处置。"说罢,低首不言。无奈只得吩咐秃天虎首级不必号令,配尸骸备棺盛殓,与秃天虎的棺柩安放在一处,杀的番兵好生掩埋。等候三天,如若番兵没有动静,然后回兵,复往西辽;若他又有兵马到来,再作道理。

闲话休提。再说正平关秃天虎的夫人名唤多花女,在关内心中不安,说:"狄青兴无名之师,杀害我邦兵将,相公起兵前往进敌报仇,不知胜败如何?"夫人在关正在思想,只见众小军报说秃总兵阵亡。夫人一闻此报,悲哀大哭,骂声:"狄青,杀害我亲夫,我与你势不两立!"原来这多花女是番王驾下兵部尚书脱伦之女,也有些武略。她闻得丈夫阵亡,要报仇雪恨,等不到明日,连夜点齐人马杀奔安平关而去。两关相隔有一百五十里之程,一夜不能得到。

且说狄元帅在安平关候了几天,忽有探子报知多花女杀奔前来。元帅闻报,长叹一声,传令四虎弟兄且不必开兵,以礼讲和为妙。四虎将齐说:"元帅之言有理,末将等焉敢不遵!"忽闻号炮震响连天,停一会有小军报上:"元帅爷,多花女讨战!"元帅即差石玉出马,吩咐先以礼讲和为是。石玉得令,连忙上马提刀,英气凛凛,领兵杀出关前。跑到阵中,看见这番女手持双刀,满面怒容,石将军暗说道:"元帅叫我与她讲和,料想杀她丈夫,焉能听从?说之无益,不必讲,不免与她见个高低罢。"提起手中双枪刺过去。多花女双刀架开,一男一女战杀,一去一来,胜负不分。这多花女虽然是将门之女,有些本事,到底不是石将军的对手。这石玉一则见她丈夫已亡,二则她是女流之辈,所以让她几分。岂知这番女要报夫仇心急,认做石玉本事平常,被她舞起双刀战到六十余合。石将军一想,如此看来,让她不得了。忙把双枪一连挑了几枪,多花女两臂酸麻,眼花力微,却难抵挡,被石玉一枪正中心窝,翻身落马而亡。李义、张忠大喜,假传元帅有令,快些前往抢关。三将喝令众兵杀上前来,把番兵大杀一阵,四散奔逃,尸横遍野,满地鲜血成河,死者甚多。大小三军进了关中,满城百姓四散逃生,不必多谈。

石玉连忙安了众民,然后恭迎元帅进关,要把金银粮草点查。元帅说道:"错杀番邦无辜将士,抢占他的城池,本帅已经差之万倍,悔之不及。关内之物,不可妄动,尽数交还才是。"元帅军令森严,谁敢不遵!此时元帅心下十分烦恼,双眉紧皱,面带忧容,说道:"如此罪名越大了,如何是好?种下祸根,乃是这莽夫弄来的,纵将他斩首,也不中用的。本帅之罪,仍复不免,好不令人烦难也。"只得吩咐将番兵尸首好生埋葬,又把多花女的尸首一体备棺盛殓,与秃天虎的安放在一方,待等干戈平定,再行超度灵魂,稍尽本帅之心。是夜,狄元帅闷闷不乐,不知后事如何,正是:

    胜败已分终有碍,战征虽是不为功。

第 七 回

狄元帅求和受辱　乌麻海中箭身亡

诗曰：
　　阵上求和似可羞，只缘莽将少筹谋。
　　火叉岗上行差道，致与东番单单仇。

再表吉林关主将，名唤乌麻海，乃是单单国头等有名的一员上将，年方四十余岁，脸如锅底，环眼浓眉，身高体胖，武艺精通，力敌万人，持一柄宣花大斧。前十余天得闻秃天虎的飞报，气得他二目圆睁，双眉倒竖，待道："狄南蛮，你这等无礼！我邦狼主归顺宋朝已久，狄青你为何无风自浪，白来寻事，杀了安平关秃天龙？我想正平关秃天虎，他武艺高强，胜过胞兄，必须无败。但愿他杀败南邦人马，把狄青拿住，方消得俺家此恨。"正烦恼之间，忽有秃天虎的夫人差小番如飞报到，称说秃总兵阵亡，要求将军爷提兵火速前往破敌，不然正平关有失。次日，乌麻海正要整顿军马兴兵，忽又报道："多花女已被杀，正平关已失。"这乌麻海闻报，大怒如雷，气得面如土色，说："可恼！你狄南蛮无故连伤我二将，尚且容你不过，那多花夫人乃是女流之辈，为何也伤她性命？这还了得！狄青啊，前两关由你夺去，若要到我吉林关上就万难了，若容得你一兵一卒过此关，誓不为人！"他又想一回，说道："秃天虎尚且死于狄青之手，大宋这主将不是好惹的，须要提防一二才是。"天色已晚，埋锅造饭，是夜不提。

再说次日，乌麻海点起一万雄兵，顶盔贯甲，上了一匹乌龙豹，手持一柄开山大斧，领了一万番兵，一声炮响，大开关门，杀奔正平关来。喊声讨战，早有宋兵飞报入关。狄元帅亲自出关，来到阵前，四虎将军在后跟随。元帅一见番将，在马上欠身打躬，开言叫声："马上将军尊姓何名？"番将说道："本将乃吉林关主将是也，你是何人？"狄元帅说："本帅乃大宋天子驾下平西主帅狄青是也。"乌麻海说："原来你是狄青！俺且问你，既然宋君差你征伐西辽，为何兵反向我国？况且我邦狼主久顺天朝，年年入贡，你忽兴兵马，妄动干戈，连伤二将，眼底无人，欺我单单国，是何道理？"元帅听罢,放开笑颜,说:"将军且请息怒,听本帅告诉一言。元帅奉旨征西,只因向导官走差国度,错走东方,误来贵国,本帅罪无容辩。到了安平关,误杀秃总兵,悔恨无及!"乌麻海说道:"既不知地理,点他为什么向导官?若不识贤愚,做什么元帅!今日宋王差你总军元帅,前八百年倒运了!"乌麻海数言说得狄青面上无光,脸红面赤,把头一低,开言说:"将军,这也原是本帅的理亏,所以亲自出来见将军,万望海涵,不较前非,足见将军大德也。"乌麻海说:"狄青你可是做梦吗?连伤我将,夺我城池,莫说是你要求和,就是宋王亲来说,也不能了。既然你亲来出马,俺与你见个高低!"说罢,提起宣花大斧,当头劈将下来。元帅想道:"说也徒然,谅他必然不允了。"忙把定唐金刀往上架开。二员大将在沙场杀得天昏地暗,东西难分,战鼓之声不绝,冲锋到八十余合,不分胜负。自辰时杀至午刻,再战时:

　　沙尘滚滚惊天地,刀斧交加各逞奇。
　　豺狼虎豹藏山洞,野鹊乌鸦不敢飞。

当时又杀了一百个回合,你我不休。狄元帅自知杀他不过,又不肯失势与他,只退后数步,取出金头鬼脸戴起,念一声:"无量佛!"只道拿他下马,岂知这法宝全然不灵验。这乌麻海见他戴上鬼脸,不知何意。赶上数步,把大斧当头劈下,狄元帅全不知觉。只因他的金盔上藏着血结鸳鸯,一道毫光冲起,大斧不能下。四将一见,飞马上前,奔至元帅马前,除其鬼脸,一同跑回关去。乌麻海追赶不上,也自收兵回营,坐下说道:"那狄南蛮杀俺不过,取出一个鬼脸的东西戴在脸上,也觉可笑。但俺用一斧,只道结果他的性命,不知何故,他盔上冲起一道红光,不能下斧,这是什么缘故?也罢,待他今夜再活一天,明日擒来,也要死的。"不表乌麻海之言。

　　且说狄元帅败进关中坐下,四虎弟兄安慰一番。元帅闷闷不乐,说道:"乌麻海这番将本事高强,几乎失手于他,亏得众弟兄杀退。但不知因何法宝不灵验起来?如今杀败,如何是好?"四虎将军说声:"元帅勿忧,胜败乃兵家常事,何必烦心。且到来日,小将等出敌便了。"元帅说道:"众位兄弟,本帅尚且不能取胜,只怕你们也不济了。如之奈何?"四将说:"元帅,如若小将不能取胜,只消用计伤他便了。"元帅点头,吩咐众贤弟且回营,到来日再作商议。四将回营去了。此时狄元帅说道:"想来那人面兽既不灵验,这穿云箭只怕也不中用了。但这二物乃神人所赐,不

第七回　狄元帅求和受辱　乌麻海中箭身亡

可轻毁。目下虽然无用,且好收藏吧。"若说狄青的人面兽既是法宝,为何今日不灵验?只因玄帝殿下的神将,化生于西辽国内,故神圣将两件法宝赐于狄青,待他收回各将立功。只因单单国的番将,不是玄帝殿前神将化生,所以这人面兽用不得了。此时元帅心下十分不乐,身负欺君重罪,恐防庞洪弄权来暗算,纵有南清宫姑娘,又忧她不晓得内里缘由,难做主张。罢了,我忧不得许多,听天而已。此夜元帅纳闷,不必细表。

次日天明,众将来参见元帅。正与众将商议,忽报番将杀奔关下讨战,元帅即差飞山虎刘庆出敌。刘将军得令,领兵出关与乌麻海交手。战不上四十合,败进关中。元帅又差张忠、李义,又不是乌麻海的对手。连战数天,宋兵大败。狄元帅不悦,说道:"既是番人不肯和,唯要杀败了他,情愿求降,方能前去征西。岂知乌麻海本事厉害,与他力战不中用了,必须用计除他,方可使得。"是夜元帅见风清月明,卸下戎衣,穿起便服,带了张忠、李义两人步行出关数里外,四面观瞻。只见关左有座黄石岩,石岩高耸,林木森森。三人看罢,回转关中。此时已有三鼓更深,即与四虎弟兄商议定计。命刘庆往山后埋伏,石玉引战,此计必然成功。四将奉令,领兵分头而去。此夜三军不睡。

次日天明,闻报乌麻海讨战,元帅令石将军出马,杀出关外,与乌麻海大战六十余合,石玉大败而逃,乌麻海紧紧拍马追赶。石玉奉了元帅将令,且战且败,诱他到了黄石山,败进山中去了。乌麻海不知是计,奋勇当先,追赶上去。忽听得一声号炮惊天,喊杀如雷,宋兵杀奔而来。此时乌麻海方知不好,急急回马,早有飞山虎在山后一马赶上,喝声:"番奴,你往哪里走?今日休要活了!"乌麻海大怒,举斧正要打去,岂知张忠、李义喝令兵马杀上,三军箭如雨落,好不厉害。乌麻海看来不好,把大斧舞起,左挑右拨,就如蛟龙取水,宛如二凤穿花。乌麻海挡箭约有一个时辰,果然没有一箭着身。无奈不敢杀出,恐防被伤,此时危机,心慌力竭之际,手略慢了一慢,肩上早中了一支。顾得肩上一箭,又中了肋下一支。支支多中,可怜单单国一个头等上将,今日在黄石山下遭此一劫,中箭七十余支。自料不能活命,大叫一声:"狼主啊!臣乌麻海不能扶助你了!"说罢就在腰间拔剑自刎,翻身落马而亡。石将军看见,回马会同三将,带领兵马,乘势抢了吉林关,众兵一散,余者皆已投降。一同回关交令,恭迎元帅进了吉林关,埋葬了番将尸首,出榜安民不表。

且说石亭关主将,名唤巴三奈,也是英雄无敌,手下将广兵多。是日闻报,心中大怒,骂声:"狄青,你好逞强也!"即日带兵杀到吉林关讨战。狄元帅闻报,差焦廷贵出关迎敌。战了三十余合,焦廷贵抵挡不住,正要逃走,却被番将大刀拦开铁棍生擒去了。次日复战,又拿去李义。巴三奈得胜回关,把二员宋将一并囚在后营,说道:"待等拿尽南蛮,把狄青等解上狼主,定罪开刀。"自此日日交锋,胜败不等。狄元帅此时欲回兵,只为焦廷贵、李义被擒,番人不肯和息,只得在吉林关守候。终朝不悦,夜闷沉沉,不知何日东国干戈休息,西辽降伏,这是后话,不必烦谈。正是:

一月光阴容易过,巴三上表达番君。

风火鸳鸯开两座,添兵杀败宋朝人。

第 八 回

巴三奈坚守石亭　八宝女兴师议敌

诗曰：
　　巴山番将也称能，坚守营关与宋争。
　　表达狼君添勇将，召宣公主领兵临。

　　话说单单国虽是外邦番地，这国王知达天时，登基以来，三十余载，归顺天朝，岁岁无亏贡礼，就是本国诸臣，多是忠肝义胆之臣，匡扶这番君。狼主看待群臣，也无差处。邻邦各国相和，从无干戈侵扰，君臣共享太平，百姓安康。忽一天，闻知大宋兴兵犯界，人马到来征伐，势如破竹，夺去安平关，杀了守将秃天龙，此时番君闻报，怒气冲霄。凡为人知情达理的，凡事必然知情理为先，情理差了，必要动气。这番王一想，并无差池于①大宋，如何无端兴兵到来，夺关杀将，是何道理？越想越怒，说："孤家立位以来，并未亏贡于大宋，如今无故兴兵犯界，杀害大将，此恨难消！"即日降旨："着令鸳鸯、风火、石亭、吉林、正平各关主将，为之一路，与他交战。必要把狄青活的拿来，待孤家亲自下刀。孤家并无过犯，宋君为何大兴兵马到来，夺关斩将？且看狄青怎样，然后兴兵杀上汴京，并非孤家去寻他，别国未必有说孤家不是的。"降旨不上八九天，又闻报占了正平关，秃天虎夫妇一起阵亡。狼主闻报，忿愁难当。又至第三天，飞报道："吉林关总兵被害，城关被宋将夺去，狄青一连夺去三关，狼主须当打点迎敌才好。"番王一闻此报，大惊，一发心头大怒，说："狄青，你这等猖狂也！"

　　是日会同众文武商量，众臣多说道："吉林关乌麻海，正平关秃天虎，乃是我邦头等的上将，尚且死于狄青之手，看来以下武将虽多，只怕一个也不是他的对手。"番王听了大怒，喝道："难道由他杀到银安殿上不成？"文武官员各不回言，独有兵部尚书脱伦，只因狄青杀了他女儿多花女，深恨狄青入骨，即便出班奏说："唯望狼主，依臣所奏。"狼主说："卿家有何

---

① 差池——失误；疏忽。

主见,就奏上来。"脱伦道:"臣闻西辽国几次兴兵,要夺大宋江山,赞天王、子牙猜等,还有多少英雄上将,俱死于狄青之手。他把这些西辽人马杀得片甲不回,所以西辽畏惧,不敢再犯。他的本领果算高强。南邦五虎英名素重,能伤我邦乌麻海,果然名不虚传,料此人不是好惹之辈。我邦虽有武将,差去迎敌,却也不济;要捉拿末将,有何难处,须得我狼主的公主娘娘前往,不用吹毛之力,个个南蛮多要捉尽。"这狼主盛怒之际,一闻此言,说道:"依卿所奏。"即宣公主上殿。不一时,公主出来朝见父王,说:"愿父王千岁,千千岁。不知父王宣儿臣上殿,有何吩咐?"番王就把宋君差狄青无事兴兵犯界情由,细细说明。公主娘娘闻言说道:"父王,宋朝狄青夙称英雄无敌,任他五虎威名素著,哪里在儿臣心上!待女儿提兵前往,拿尽众南蛮。"番王说道:"女儿,救兵如救火,明日就要起程了。"公主说:"谨依父王之命。"拜辞父王,回宫去了。

番王吩咐退朝,群臣各散。退进后宫,有番后娘娘接驾,说声:"狼主,方才臣妾闻女儿说,大宋君臣无故兴兵,杀到我邦,抢关杀将,这等猖狂,可有其事么?"狼主道:"怎说没有?连伤四将,夺取三关,所以孤家①深恨这狄南蛮。但他英雄无敌,曾经杀得西辽军马大败,我邦乌麻海尚且被他伤害了。目今武将虽多,却难与敌,孤家故差女儿前往拿捉这狄青。"番后说:"狼主,倘若女儿前去,仍不是狄青对手,如何是好?"狼主听了,说:"御妻不必心焦。女儿本领何人可及?得圣母传授她的法力。八件宝贝,领兵到石亭关,何愁宋将英雄?"娘娘听得,点头说:"待来朝女儿前往,但愿退得狄青,女儿回来,奴家方才放得下心。"

若讲得单单国王,年登五十,生下二个太子、一个公主。大太子五岁夭亡,二太子十一岁时上北樵山,须臾被虎负去了。如今单存公主,名唤双阳,因她貌美超群,宛若嫦娥下降,故名赛花公主。十二岁时被庐山圣母收为徒弟,在仙山学法三年,传授许多武略。临回国之时,命她下山,圣母又赠她八件法宝,驾云还国。回见爹娘,说明缘由,父王、母后十分欢喜。如今有了这八件宝贝,更名"八宝"。圣母赠宝时曾对她说:"你虽生东番,身属中原,倘遇刀兵起日,是你婚姻之期。"公主谨记在心,从不说与爹娘知道。这公主常在御花园内试演仙法、武艺,教习女兵三百人,勇

---

① 孤家——古代帝王的自称。

猛胜似健兵。摆列阵图,多是训练精熟,已经三载。这脱伦明知公主有此仙传武艺,更兼法力精通,料想狄青不是她的对手,启奏请公主提兵出敌,报了杀他女儿之仇。这公主一因父王之命,二因有法不用,学也徒然,愿意前往与南蛮比比手段。意见已定,传令女兵三百,吩咐一回,众人领命。

到了次日,狼主升坐,众番臣朝参已毕,有兵部尚书脱伦启奏狼主:"今臣已点足雄兵五万,伺候公主娘娘了。"狼主即宣公主上殿。少停间,公主主殿:"见过父王,父王千岁、千千岁。"狼主说:"我儿平身,兵部脱卿已经点起兵马五万,候女儿起程。我儿速速前往走一遭。但此去需要小心,你虽然学得仙法,切不可自恃英雄。况且南邦五虎将非比寻常将士,也须防他有神通妖术,事事务要小心。但愿我儿此去旗开得胜,马到成功,把狄青生擒活捉了,方消为父的恨。"公主说声:"父王,休得介怀,且自放心!任他五虎将纵有通天本领,多要生擒活捉。儿臣如今前往,就此拜别父王。你休要挂念女儿,不待三天五日,就班师回来了。"公主辞出,百官齐送,说:"臣等请公主娘娘就此起驾。"公主说:"知道了,卿等回去罢,不必在此伺候。"

此时公主转回宫内,拜别母后。娘娘这番叮嘱再三,公主一一应诺。取出八宝囊藏在怀中,辞过母亲,带了三百女兵步出朝门外。文武俯伏相送,说:"请公主娘娘上马。"公主上了宝麒麟,手持一柄梨花枪,头带百合冠子,雉尾翎毛分开左右,金圈珠环皆是海外奇珍。五色鲜明,光彩夺目。怀中压了护心镜,腰挂龙头宝剑,威风凛凛一位女英雄,桃花粉脸,国色天姿,看来这公主浑如昭君出塞一般,独是梨花枪与琵琶不像。闲话休提。此时各官俯伏相送,公主说:"众位卿家请起,不必远送了。"众番臣应语退去。公主吩咐队伍摆开,五方番兵一路,旗幡招展,炮响三声,向石亭关而来,三百女兵紧紧随着公主左右。

先说石亭关巴三奈早已闻报,打点关内,备着地方,待公主安歇。此时公主路上威威武武。到了鸳鸯关,又无耽搁;风火关中也不停留。一日,到了石亭关。巴总兵带领众副将、兵丁到关外三十里恭迎。公主进关,巴总兵参见已毕,公主传令分开男女兵,然后开言问巴总兵:"近日交兵,胜负如何?说与俺家知道。"巴三奈说:"臣启公主娘娘:大宋这等无礼,兴无名之师,连抢三关,伤害四将,损了数万人马。石亭关臣日夜留心把守,头阵两场,把他二将生擒了,牢禁在后宫内。近日交兵,不分胜败。

今日娘娘驾到,必然成功了。"公主又问:"这狄青手下共有多少人马？战将几员?"巴总兵说道:"启奏公主娘娘,那狄青手下焦廷贵、李义被臣拿了之外,只有张忠、石玉、刘庆这三员战将,与臣曾交敌几场。兵马却有限的,不过五万余光景。"公主娘娘说道:"哎！我想他兵微将寡,能连伤我邦四员大将,占去三关,料不是无能之辈。且待俺家明日出关,与他对敌,一定把南邦五将生擒了,才晓得俺家的手段。巴将军你且暂退,明日待俺家出敌便了。"巴三奈点头称是:"微臣告退了。"此时公主独自一人坐下。二十四个宫娥分伴左右,三百女兵排列两行,听着公主娘娘教习武艺、枪刀之法。是夜二更时候,公主方才吩咐众女兵往后营安歇,四鼓将鸣,便要起身听令。此回公主领兵到来,明日开兵不知胜负如何,且看下回分解。正是:

　　秦晋未谐仇敌至,姻缘惹出甲兵来。

第 九 回

乾坤索生擒宋将　石亭关大破南兵

诗曰：
　　八宝多能法力高，擒拿宋将众英豪。
　　石亭关外施仙术，五虎将军尽捉牢。

再说这八宝公主奉了父王的旨意，仗了仙传的法宝，要拿尽五虎英雄。到了石亭关上，耽搁一宿。次日五鼓时候起来，传令男女兵丁饱食战饭，枪刀锐利，盔甲鲜明，放炮出到关前讨战，指名要狄南蛮出马。早有宋兵飞报入关中，狄元帅思想一回，说道："本帅与番将巴三奈交兵一月有余，胜负未分。本帅意欲收兵回去，一来番邦只道我畏惧了他兵，反为不美；二来焦、李二将被拿去，虽然未见首级号令，到底不知生死如何。所以权在吉林关安扎守候，这番王如何不差战将提兵，只打发女儿到来？不知有何缘故，令人难解。毕竟她来者不善，善者不来。"就与三将商量说："大凡行军对敌，须防僧道女流。不是妖术伤人，就是练成暗施刀箭，需要小心提防这员女将才是。"三位将军点头说："是。"元帅即差刘庆出马说："刘将军，着你领兵三千，前去会这番女。需要小心，不可粗心逞强，马不可乱追，须防她有什么暗物伤人。"

刘庆说声："得令！"即顶盔贯甲上马提枪，领了三千人马，气昂昂，一声炮响，飞马出关。来到沙场，果见一班女兵，中间马上一员青年女将威风凛凛，但见花容俊丽，身材窈窕。刘庆暗想："谅她有甚本事？单单国番王真倒运了，差她来送死何益？"公主一见关内冲出一支人马，为首一员大将，便问："来将何人？通上名来。"飞山虎暗说："俺不是好色贪花的，听了这样声音，却也有趣。何须用力与她交手，只消伸手拿她回关见元帅吧。"便说道："俺，飞山虎刘庆是也。"公主说："你叫刘庆？为何狄南蛮不来会俺家，难道惧怕了不成？"刘庆说："小贱人，你就是八宝吗？"公主说："你既晓得俺家的大名，应该早早送过首级来，免俺动手。"刘庆哈哈大笑道："我看你这小小年纪，倒会说大话。你是女儿家，理应拈针刺绣。而今不知死活，难道不知自己没鸡巴的？还来交锋对敌，你好不顾廉耻也。"公主道："咄！刘庆，你休得胡言！俺家看你是一莽之徒，不是我的对手，快唤狄青出来下马受缚，拿他回去见俺的父王。"刘庆闻言大怒，二目圆睁，大叫道："小贱人！休得把我元帅这等小觑①了！他曾杀得西辽大败，番兵番将胆丧魂消，盖世英雄多要丧命，岂惧你这小小弱质的小贱人！只消俺将军一枪，你就要翻身下马，杀鸡焉用牛刀！"公主听罢大怒，举掀梨花枪，照面就刺。刘庆急架相迎，却被公主一连几枪，几乎把刘庆捺翻下马。刘庆一连晃了几晃，想道："这小丫头，看不出果然好气力。元帅吩咐俺小心交战，不可粗心杀败了，待俺用力抵敌便了。"此时：

　　一来一往分高下，又迎又架定输赢。

　　当下公主想道："伤他有何难处？但父王也曾吩咐俺家，把宋将生擒活捉回去，不若先将刘庆拿住，再算账便了。"主意已定，战得二十余合，带转马退回数步，按下梨花枪，向宝囊中取出一条乾坤索，往空中一抛，只见一道霞光闪烁，早在空中旋旋飞舞，落将下来。刘庆一见，说声："不好！"眼花昏乱，正要取席云帕子逃走，岂知乾坤索已落下来，把他身躯捆绑，拖下马来。公主喝令女兵押捉回关而去。

　　公主复又讨战，说："大宋还有哪一个南蛮出来受绑？"早有败兵飞报入关，元帅闻报大惊，说道："本帅原知道此女将来者不善，却不料真乃手段高强。拿去刘将军，如何是好？"张忠大怒说："元帅，让小将军出去拿她！"元帅吩咐说："八宝女英勇厉害，需要小心。"张忠说声："得令！"提刀上马，赶出关外，威风抖抖，来到公主跟前，不问情由，提刀乱劈。公主长枪急架相迎，刀枪并举，杀不上四十合，张忠大败，逃走入关。元帅心中烦闷，免战牌高挂，不出交锋，来日商量。

　　且说公主见挂出免战牌，吩咐收兵，洋洋得意，回进关中。巴总兵迎进坐下。女兵抬过长枪，吩咐将刘庆解下乾坤索来，仍把他押进后营，囚禁到焦廷贵、李义之所。焦廷贵一见说："刘将军，为何你也来了？"刘庆说："不要讲起，气煞人也，失在没鸡巴阴人之手。"李义说："怎样没鸡巴阴人？"刘庆说："李三弟，我们元帅意欲收兵回去，一来只恐被蛮兵看轻了，二来因丢你二人不下，故此忍耐留住，在吉林关等候。岂知这番王便

----

① 觑（qū）——瞧，看。

差女儿领兵前来,名唤八宝,俺看她轻躯弱质,小小年纪,决不是英雄武勇之辈。岂知这娇娆①番女十分作怪,不消二十合之外,就被她擒了。我想这贱丫头如此厉害,一定有些来历的。"焦廷贵听了,发声大叫:"八宝!你这小贱人!若捉得完五虎英雄,方算你本事高强!刘将军席云帕的本领何人可及,何不腾云走脱了?"刘庆说:"焦将军你有所不知,俺正要席云逃走,岂知这贱丫头抛起一条小小索子,好不厉害,登时被她捆绑下马,羞愧难当。"焦廷贵说:"刘将军,我们在此二三十天,十分寂寞,得你来了,倒也热闹了。"

不提三将之言,且说八宝公主,次日出关复来讨战,有石将军自恃英雄,请命带兵出马,舞动双枪,与公主战在一处,杀在一堆,好不厉害,但见:

交加刀斧惊天地,杀气腾腾逐鬼神。
战鼓两边频侧耳,双枪并举刺纷纷。

这石玉小将也是仙传枪法,与公主杀了八十合,还没有高低。公主一想,把梨花枪架开双枪,退后数步,向八宝囊取出乾坤索,丢起空中。石玉一见,连忙回马跑走,谁知这法宝快同闪光!把石玉捆绑下马,小番押入关中去了。一切枪马,多已抢去,宋兵不敢上前追夺,大败回关。报与元帅得知,元帅心中愈加烦恼不乐。到次日,张忠出战,也被擒了,一并禁在后营。焦廷贵大笑道:"好!好!一个个被这贱丫头拿了,单剩得元帅一人,还不快快逃回本邦去,在此空关做什么?"四虎将军同说:"我们四人多害在你手内,还有什么快活发此大笑?"焦廷贵说:"哎,你们说哪里话来!古言:万事不由人计较,一生都是命安排。应该死在东番地,所以不走西辽,走来单单中,被他一刀两断,仍复去中原投胎,何等不美?你们要如此埋怨,俺岂不差了,这乃是命该遭此动数。"四虎弟兄闻他之言,好不气恼,按下四人囚禁不表。

再说狄元帅又见拿了张忠,心中烦恼,叹声:"罢了,我狄青误走他国,原是我万分差处。从前本帅还想去征服西辽,取了珍珠旗回朝,还可将功抵罪,不为官职也自愿了。岂知这番王差女儿领兵到来,把五将拿去了,却不见首级关前号令,莫非此时尚未开刀?想她乃是一个小小丫头,

---

① 娇娆——柔美妩媚。

为何如此厉害？我想一定有些蹊跷的。莫非她是个旁门左术的？兴妖作法拿去众将？若是个旁门妖术之人，倒也不妨。她妖法必须神法破。本帅的师父乃王禅老祖，也曾学得些仙法、咒语、真言，况且还有人面兽、穿云箭，曾伤过西辽几条番将性命。如若这番女果然有妖法，本帅还有正法可破，待等明天，本帅亲自会阵便了。"主意已定，闷沉沉又过了一天。

次日，正用过战饭，有小军报上："元帅，有番女八宝坐名要元帅出马，十分猖獗，请令定夺。"元帅吩咐："再去打听。"此时带领大小三军随着出关交战。先吩咐孟定国："你且暂为把守吉林关，本帅今日出敌，倘能得胜，不必言了；如若有什差池，速带人马回返中国①去吧。"孟定国说道："元帅出兵，自然大获全胜的。"元帅说："孟定国，本帅吩咐之言，需要谨记。"孟定国允诺，说："小将领命。"此时元帅顶盔贯甲，手持定唐金刀，跨上现月龙驹马，领了大小三军，吩咐放炮开关，杀到阵中与公主对敌交锋。不知胜负如何，且看下回分解。正是：

　　雄心岂畏番蛮女，御敌还须大宋戎。

---

① 中国——这里指中原，宋朝疆土的代称。

第 十 回

狄元帅出关迎敌　八宝女上阵牵情

诗曰：
　　姻缘非是今生定，五百年前宿有因。
　　暗里情牵丝挂碍，须然仇敌复相珍。

　　且说狄元帅因番女捉拿了四虎弟兄，是日亲自出马。炮响三声，关门大开，催开坐骑，加上三鞭，那匹龙驹十分作怪，一连三鞭，不肯跑走。狄元帅好生疑惑，想了一会，说声："马哎，今日本帅正在计穷力竭之际，若是困守关门不出，束手待毙不成？况且四弟兄已被擒拿，不由不出，纵有什么吉凶祸福，本帅也去走一遭的。"将马加上几鞭，又是不走。狄元帅此时心中烦恼，说道："莫不是今朝本帅临阵多凶少吉、有性命之忧吗？你莫若听着本帅主意，纵有祸福吉凶，不干你事，快走吧！"又加上几鞭，这龙驹此时听了吩咐之言，前后蹄一纵，元帅方得出关。大小众将得跟随左右，一马跑到战场。公主早已排开队伍相待。二人马上一见，各自想象，元帅想："本帅只道番邦外国，生来丑陋，男女皆非中国貌容，岂知这八宝番女……"但见：
　　含情一对秋波①眼，杏脸桃腮画不工。
　　小口樱桃红乍启，纤纤玉手逞威风。

　　当下狄元帅看这公主身材窈窕，丰姿秀丽，全无一点凶狠相貌。如此看来，有什么英雄本领，只好在深宫内闲来刺绣，怎能上阵交锋、拿捉了本帅的众兄弟？此时元帅暗赞番女花容，又想她未必有此本事，竟忘却交锋事情。这公主凤目一瞧，看这宋将，比前数天几个被擒之将大不相同，但见生得：
　　杏脸生辉双目秀，清奇两道卧蚕眉。
　　耳厚鼻直长梳口，背阔肩宽八面风。

---

①　秋波——喻指蕴涵着的深情。

此时公主看这狄元帅,年方弱冠①,海②下无须,堂堂一表,白袍相衬锁子黄金甲,心想:"他既然出阵交锋,有刀不举,因何事有意无言,却尽着发呆,只把俺家看着?我想本国男子多是粗俗,生来奇形怪状,何曾见有及得这南邦小将的容颜!俺家想来,前日拿来数将,难及得他,中原男汉还算他魁首。"

此时公主看这狄元帅也呆了,忘他是敌人。但闻两边战鼓不停催战,众女兵见公主住马不言语看着,家将个个难以猜测:"若不交锋,何不带马回营,莫非他两人有些意思,公主娘娘看中了这南将,所以交兵事情,心灰意懒起来?不知他两人看到几时,我们空自陪她。"内中有几个忍不住的,上前禀道:"请娘娘打话③交锋。"此时提起公主心事,不觉满面含羞,将脸泛出桃花,便把手中梨花枪一摆,说声:"南蛮通下名来。"元帅听了,只为走差路途,总是自认差错,为此在马上欠身打躬,答道:"本帅乃大宋天子驾下平西主帅狄青也。"公主一想说道:"原来此将就是狄青,真好气概也!"元帅也问:"女将军是谁,莫不是八宝公主吗?"公主说:"狄青,你既知俺家大名,还敢前来相会?"狄元帅说声:"公主,本帅有言奉告,所以亲自出关面告。"公主说:"既然有话,你且说来。"元帅说:"请公主暂止女兵喧哗。"

公主吩咐止了喧哗,两边战鼓不响,此时刀按金鞍,枪擎玉手。公主开言说:"狄青有话快些说来。"狄元帅说道:"公主,本帅奉旨征伐西辽,并不是到你贵邦侵扰。"公主说:"既然你去征伐西辽,因何兵犯我界?是何缘故?"元帅说:"只因兵到火叉岗上,不从西北去,反向东北而行,一差百错,误到贵邦,原是本帅之失。"公主说道:"胡说!你既知误走我邦,因何不早早收兵回去,又连伤四将,占夺三关,这般狂妄?明是有意而来,今见势头不好,巧语花言哄得谁信?"元帅说:"公主,你屈煞了本帅。大兵到了安平关,营尚未安扎,有秃天虎不问因由,提兵杀来,克日即要交战,猖狂不过。偶遇莽夫焦廷贵,也不问明缘由,伤了安平关秃天龙。本帅心

---

① 弱冠——未成年的男子。古时男子二十岁方行加冕礼,表示成年。冠,帽子。

② 海——这里指大嘴巴。古时男人的嘴大为美,这里即赞狄青相貌。

③ 打话——指阵前对话。

中不忍,好生埋葬了。杀错秃天龙,怪不得秃天虎不肯干休,大兴人马,要报兄仇。本帅自知理亏,三番五次求和,他却不依,不免刀枪相向,伤了他。至吉林关求和于乌麻海,他亦不允休息。连夺三关,伤了四命,皆本帅之罪。愿公主大量恕我。狄青明朝亲到朝见狼主,剖明心事,请罪求和,收兵前往西辽,感恩不忘了。"公主听罢,暗说:"行军乃重事,为何如此粗心?到底后生家人,宋王为何用少年之人为主将?"

此时公主越看这狄青越可爱,又叫道:"狄青,你若走差我国,不伤我邦大将,不占我关城,有何妨碍?自然允你回兵,我邦另差大臣护送你出疆,送你的礼,两国平和,何等不美?如何休说徒然话,可晓冤家结得深。你既伤我邦人口,今朝总要见个高低。"说罢,把梨花枪慢慢摆弄。元帅见此光景,暗说:"这番女却也奇怪,口中说些硬话,何故枪上似有留情?莫非她女儿家一念慈心,容我回去,把假言恐吓我,待本帅再将好话与她,说得情意恳切,或者肯和,放还擒将,收兵前往西辽,有何不可?"复又开言说:"公主,我狄青果然身负千斤重罪。只求公主大量慈悲,念恤本帅身为中原上国之臣,即有千差万错,还求公主宽恕,放还被擒五将,此德此恩,没齿难忘今日之情。"公主听罢这一番言,暗想:"这狄青不是等闲之辈。俺家曾记得下山回国之日,师父有言吩咐:虽然生长番邦地,该配中原上国人。狄青正是中国大臣,堂堂仪表,是俺家心中所愿。他看我不做声,我看他枪也懒举。他若有情,我也有意,莫不是此终身该属这员小将?俺家若放了他回去,谅情决不再来了,岂不当面错过?不免将他活捉回去,另行处置便了。"

此时公主假作怒色,开言说:"狄青,何必多言!你前邦曾杀得西辽国大败,原是个英雄无敌的好汉,为何今日见了俺家,就未进而先退?且来见个高低看看,何必细细烦言①,把时刻延挨!"元帅说:"公主既知本帅杀败了西辽,可见英雄好汉不是怕人的,无非本帅自知于情理上亏了几分,故此向列位说明。你今既不肯干休,也说不得了,本帅就与你见个高低,定个生死。"提起定唐刀,金光闪闪,公主也摆开梨花枪,两边战鼓复响,一男一女杀将起来。但是②公主有意南邦将,虽在交锋不认真,二人

---

① 烦言——指絮烦无用、于事无补的话。
② 但是——只是。

枪去刀迎，叮当并响，一连战了五十个回合，各无胜败。狄元帅暗说道："本帅今朝已在计穷力竭之际，只这一战之下以决生死。况且她是番邦之女，本帅又不想她为妻，管她什么有情没情。既不肯和息，与她决一个胜负便了。"紧拿着定唐刀，只见金光闪闪，不见人形，或一上，或一下，砍个不住。公主见此，想道："俺家不过道他丰姿飘逸，故不忍伤他，却有怜惜之心。不料他认真起来，如此模样，俺家岂可饶过他？"梨花枪一摆，梅花万朵齐开，左一挑，右一刺，恰似蛟龙取水，宛如二凤穿花。又战了三十余合，仍不分胜败。公主想道："他的本事果然骁勇，五虎英名果不虚传。与他力战，延挨时刻，费尽多少力气，不若用法宝拿他吧。"连忙架开大刀，喝声："狄青，俺家战你不过了！"虚晃一枪，勒马诈败而走。狄元帅提起大刀，拍马赶上，喝声："番婆！杀不过本帅了，你休走！"公主回马喝声："狄青，休得夸口！看俺家的法宝来了。"元帅听她"法宝"两字，料必是妖法，急取出穿云箭在手。公主向八宝袋取出一条乾坤索，向空中抛起，霞光一道，在空中转旋。狄元帅发出穿云箭，要伤公主的宝贝。岂知元帅这神箭，只收得西辽之将的旁门妖术。此宝是庐山圣母的法宝，穿云箭、人面兽多不能破得。公主见他发出一支箭，微微冷笑，把手往上一扬，倒被她收去这穿云箭。狄元帅一见，心中大惊，连发出三支，都被公主收去。不知狄元帅被擒如何，下回便知端的。此时：

　　　　四虎已遭罗网陷，宋帅争强倒又危。

第十一回

狄元帅被提下囚牢　八宝女克敌思佳偶

诗曰：

　　五虎英雄须被擒，天生女将助贤君。

　　姻缘定后称心愿，护众帮夫建大勋。

当下狄元帅的穿云箭尽被公主收去，急得心怯意乱，倒亏得金盔血结玉鸳鸯，两道霞光冲起，故此这乾坤索不能落下。此时公主见法不灵验，心中看惊。没奈何只得收了乾坤索，仍提枪相杀。元帅想道："神箭既不中用，不知人面兽灵验否？且取来试一试吧。"此时狄元帅戴上金面，念声："无量佛！"公主笑道："什么无量佛？"把手一招，此物即到了公主手中。此时元帅心中越加着急，舞起金刀乱砍。公主长枪急架，又杀起来。公主心想一计，回马诈败而走，去取圣母法宝一件，乃是锁阳珠，撒在空中，有霞光万道。这颗宝珠非同小可，全然不畏玉鸳鸯，一声打下来，狄元帅此时头晕眼花，跌下马来。公主一见，满心欢悦，急唤兵丁："好好将他绑了，决不可伤他。金刀、马匹一概收拾藏好。"女兵应诺。谁想这现月龙驹，见擒了他主，好生着急，发开四蹄跳跃，大吼三声。公主说："马哎，你不须着急，好随俺家回去，也不把你难为。主将虽然被擒，不得被害。"此马听了公主之言，便不跳不叫。公主心中大喜，说道："此马性灵真真是好的。"吩咐小番好生收管喂养它，金刀不许闲常玩弄。吩咐已毕，又向宋营队伍中大叫："南兵听着，俺家念你等是上邦人马，故不忍伤你等之命，愿降者，投于我邦；不愿降，听各自还去吧。"宋兵皆不肯投降，奔回吉林关，报知孟将军。

孟定国闻报，长叹说道："我父孟良也是宋朝一员名将，随着杨元帅建立多少汗马功劳，生下俺来，虽然颇晓武略，但想五虎英雄尚且如此，俺孟定国出敌，哪得济事？不免收拾残兵，弃关去吧。在于附近安闲之所，打听元帅的吉凶如何，再作道理便了。"遂带了众兵出关而去，又过正平、安平二关，觅得空闲之处，名曰白杨山，此山可能屯聚得众兵马。按下孟定国在此山屯聚。

再说公主拿尽宋将回关,有巴三奈总兵参见毕。公主吩咐说:"卿家,三关无主,你去替掌管便了。"巴总兵说:"是!"作别退去。公主又传令带过狄南蛮,两旁响声答应,把狄元帅押至公主跟前。公主微微冷笑道:"狄青,你乃上邦一员名将,因何没有道理?宋王差你去平西辽,不往西辽,反来寻我无犯之邦,夺关斩将,自恃英雄无敌,欺人不是这等极情。前日的威风今者何在,看得俺家如何草莽?只道女流之辈有何本领,今日被擒,可见我的武略原是不低。"狄元帅听了呵呵冷笑,说:"前事也曾一一说明、苦劝,说尽多少,你只是不依,自然要在刀枪之下见个高低。如今失手于你,我既不能回朝,有什么挂怀?要杀何容多说,再言前事?"公主说:"狄青,要俺家杀你,非为难事,可惜你丢下堂上双亲、房内妻子。"此时公主说到这句,乃是试探狄青有妻无妻之故,要引出他的口气来。狄青是心中无意的,焉①省得其中缘故。圆睁虎目,说道:"番婆!何必你多心!俺狄青父死娘存,若然侍奉母亲,有姐姐侍奉;妻房未娶,有何牵挂?要杀快些开刀!"直言随口冲出,公主听罢,不觉喜溢于色:"幸得他还未有妻室,正好与俺家配偶。"心花大开,此时吩咐小番:"把南蛮打入囚车内,与前擒来宋将一同解送狼主,听从正法。侍候俺家明早启程,不得有误。"

众小番遵旨,押送狄元帅往后营,有焦廷贵大喝:"好了!"刘庆闻得元帅也来的,四虎弟兄呆了,说:"元帅为何也到这里来?"元帅说:"列位兄弟,这八宝番婆法术厉害,故此失手于她。"众弟兄说:"不想番邦有此贱人,如今怎生是好?"元帅说:"众兄弟,事到其间,说不得了,生死由天便是。"焦廷贵说:"元帅,我们众人怎能变个神通法儿逃去,就活得成了。"元帅大喝道:"狗才!我们众人性命多被你决送了,还说此无根之话,岂不恼人吗!"焦廷贵不敢再说。四弟兄说:"元帅,你有两件法宝,是神人所赐,因何在阵上不用,任她拿捉了?"元帅说:"众兄弟有所不知,本帅如今必然绝了仙缘,这两桩宝多用不灵验,反被番婆收去。"四弟兄叹说:"真倒运了。"正说之间,只见四个小番送到两席酒馔与众英雄吃。众人说:"我们在此挨了几天,都是粗肴淡酒,不堪下食的。因何元帅到来,

---

① 焉——疑问句,怎么、哪儿的意思。

第十一回　狄元帅被提下囚牢　八宝女克敌思佳偶　49

有盛设款待？这倒也猜不出什么缘故。"焦廷贵说："不要管,且吃得干干净净,明日好做个饱鬼。"

不提众英雄吃酒,且说公主这日得胜,拿完宋将,干戈休息,犒赏三军。公主一心怀念着狄青,故送这酒筵与他。番营各将士开怀乐饮,公主帅堂上独自一桌,宫女旁边侍酒。公主吃酒之际,想到心中爱慕之人,想道："狄青这员小将,生得唇红面白,神威浩气,雅度非凡,莫说我邦从不见过这等气概,只怕中原也是无双的。幸得我胸中主见有定,将他拿了,待等回朝去见过父王保举,不要伤他性命,暗暗托母后暗中调停①,方能成事。谅父母必然依允,独难于启口。如若早放他还国,须与他面定明白,也难猜度得英雄之心。想来这狄青不是等闲之辈,又闻他是太后娘娘的侄儿,当今宋王的至亲,乃金枝玉叶,中国的大臣,他须然去平西番,若失却俺家的计较,岂不枉费我热肠一片爱慕之心？虽然赤绳系足,乃五百年前所定,到底不可当面错过。一旦父王赦他还国,不依俺家,轻轻放去了……曾记得他在阵前再三认错,哀告俺家,并非我无情不恤这小英雄,一则父王着我前来破敌保国,若私自放他还国,于理不合。若使放去,又不能面订此事,岂不永无相见了？今将他拿住,若得成事,与这员小将结为夫妇,就吃口清汤淡饭也是称快。狄青哎,我在这里想念你,不知你在那里可想念俺家否？看你在阵上时,并无怒色,一声称叫公主,恳恳告诉俺家,不是我定然要你争杀,只因众眼相看,须提防旁人猜测,便硬着心肠拿了你,自知无礼。方才闻你无妻室,好不令人开怀也！自想俺家的容貌不为丑陋,虽然抵不过中国,我本邦番国定是少有的。若我两人得成鸾凤之交,岂不两家有庆？"……此时公主呆想了一会。

　　　　放下杯儿全不举,抛开箸子总无声。

此时侍酒宫娥见公主娘娘如此光景,心想："莫非她今朝上阵损了精神,故此酒肴不用了？"上前禀道："请娘娘用酒,恐防冷了。"公主含笑饮上一杯,想念难会的心上人。此时红日西坠天色晚,关中各处点明灯。公主吩咐即撤去酒筵,各兵丁将士用酒已完。是夜公主酒不醉人人自醉,花不迷人人自迷。回归罗帐,睡卧不宁,正是：

　　　　二更时分蒙眬眼,梦见年轻小狄青。

------

① 调停——调解。此指安排。

双双携至鸳鸯枕,共吐知心说话长。

公主正在云雨巫山之梦,却被更锣冲散了。长叹了一声,耳底闻敲四鼓,挨了一会,只得起来,传令起程回朝。早有巴总兵同众将一齐送出关外。公主又令押送六架囚车,一车内坐着一位将军。焦廷贵一路高声大骂:"八宝番婆,淫贱小妖精,欺负天朝将士,拿得如此精光,真乃狼毒心肠的狗番婆!保佑她万世千年不转轮。"元帅喝声:"匹夫!休要骂得大呼小叫。"众人都说:"焦呆子莫要高声。"焦廷贵说:"死在目前,骂她一个痛快也心甘的。"

不言宋将囚车去。且谈公主起程,带了三百女兵,众番兵、巴三奈远送十里之外。公主传令说:"卿家不必远送了,回关去吧。"巴三奈领旨带兵回转。

且说公主一路起程,风火关有人,鸳鸯关有将,都来迎接。这公主越过两关,多不停留,一程直到锦霞城。狼主一闻此报,龙心大悦,即降旨众文武出城迎接。所有城厢内外的众居民,多是香烟喷鼻,灯烛辉煌,摆开衢①侧伺候。这公主一到城外,把这些番兵交还脱伦兵部,吩咐女兵:"随着俺家入朝见父王去吧。"此时众番兵押至六架囚车,众文武来观看,骂辱不停声。狄元帅塞埋两耳由他骂,英雄四虎不答言。只有焦廷贵听得心头火起,也骂这番狗番畜死乌龟,骂不绝口。狄元帅喝道:"我等六人俱乃笼中之鸟,已经死在须臾,何必与他斗骂!"不知焦廷贵如何回答,此时若是五将不是被擒,何等威风,破敌如龙似虎,被擒坐在囚车内,好比:

蛟龙原困沟河内,鹏鸟缩埋岩穴中。

---

① 衢(qú)——大道。

第十二回

美公主得胜班师　硬将军断头不降

诗曰：
>班师得胜女英雄，退敌回朝父宠隆。
>暗保南邦忠勇将，只缘匹配悦心中。

当下焦廷贵见元帅说他不必与番臣相骂，死在目前，且由他罢。焦廷贵说："元帅，我焦廷贵全不吃亏于人的。他骂我们，我骂还他，此乃公平相交之理。我焦廷贵不像你们这等好性儿，由得番奴，骂不回言。"不表宋将之言。

且说公主入见狼主，下马步行，来到银銮殿上，俯伏尘埃，朝见父王。这狼主一见女儿，满面笑颜，开言说："王儿，你且起来赐坐，把交战的事一一说与为父知道。"公主谢恩起来，坐下说："父王，这狄青乃是奉宋王之命，前往征伐西辽，错点先行官，走差国度，并不是有意前来与我邦争战。"狼主说："女儿，你休听信他的巧语花言。既然走差国度，乃是平常之事，何不早自收兵回去，因何占关斩将？明是有意而来寻我邦的。"公主说："父王，此是三关四将自家不好，不许狄青分辩，定要与他厮杀。这狄青出于无奈，与他们争战。谁料杀他不过。这宋将占去三关，四将丧命，想来是他自取的。在阵前狄青细细说明缘故，苦苦哀求，女儿不敢私自放去，今将宋将俱已拿来，现在朝门外。父王，但是狄青众将非是无名小将、闲等之流，皆是英雄无敌、武艺超群，不可将他伤害了，免得可惜了大宋擎天栋柱的英雄。如今到来我国，非易得的，但得宽容处且赦他几人。"狼主说："女儿，若依你的主意，放他回去吗？"公主说："父王，依女儿的主意，莫若用良言劝解投降我邦，有何不可？"这番王听了，微微笑说："女儿之言有理。你且进宫内赡养精神，为父且问明他，然后劝他投降便了。"公主说声："女儿领旨。"拜辞父王，先安顿三百女兵，然后得意洋洋往宫内去朝见母后。娘娘亲为更换官服，母女另有一番言说，不必细表。

再说番君传旨："带上南邦五将，单调狄青来见孤家。"番兵领旨，即推囚车。狄青一见推上囚车,与番王对面,在囚车内说:"狼主,念狄青刑具在身,不能朝见了。"番王暗说道:"这狄青原是个有礼之人。"定睛把狄青一瞧,见他乃弱冠之年,唇红面白,双目神威,气宇昂昂,堂堂一貌,心想:"这宋王真倒运灭福,为何差他往外邦,死也不归,生也不回。岂非折了国家栋梁之将?"即开言说:"狄青,你无事寻端,从来两国相和,因何起兵到来,占关斩将?今已被擒,可知罪否?"狄元帅说:"狼主在上,狄青已曾在公主跟前细细说明。只因奉旨要往西辽,走差路途,误来贵邦。尚未安营,先有秃天龙领兵杀至,猖狂不过,所以误伤他命。后来向秃天虎夫妻、吉林关乌麻海几人认差赔罪,他却不肯依允,所以伤了三关主将,原是罪孽渊深。"狼主说:"你既然走差国度,后来知了,连伤四将之后,何不收兵回去?尚敢占住吉林关,又与石亭关主将争战?明明是倚着上邦,欺孤下国,借伐西辽之名,要夺我邦。今日被拿,无奈何巧语花言,哄骗孤家。"

若议到狄青,不是贪生畏死,说这些软话,只因果然自己差了,是以认罪不清,免得番王疑他无端侵扰,便说:"此时若伤了四将,私自回兵,非是丈夫所为。又因焦、李二将被擒,故不得已在吉林关守候。"番王听了,想一会,暗想:"孤家与大宋,本无相犯,想必误走到来,狄青也不是虚言的了。不如依了女儿之言,劝他投降便了。"说声:"狄青,你的前事,孤家不与你理论。但是还朝二字休得妄想。往西辽之念也要息了。无故夺关斩将,罪大如天,将你斩首不为过。孤家念你大朝将士,免你死罪,投降孤国中为臣,你意下如何?"元帅闻言,说声:"狼主,我狄青身为天朝上将,深沐君恩,怎肯投降你邦为臣?宁可一刀两断,决然不把臭名遗于后日。"狼主说:"狄青,你不肯投降,不独你一人有身首分开之苦,还连累五将了。且你正在青春年少之时,该及早图高官显爵,如若在我邦丧了性命,五虎的英名何在?就是你走差路途,妄伐无辜之国,已有欺君之罪。孤家发怒起来,兴兵杀上长安,也要把你问罪。此地活不成,回邦也活不成,纵使孤家放你,还不免为刀头之鬼。不如听了孤家之言,一人投降,保全五人性命,何等不美?"

狄元帅听他一番劝降之言,激得心中大怒,说道:"本帅乃中国大臣,误到你邦,自知不合,既已被擒,甘心待死。要我投降,万万不能!快些开刀,本帅尚为刀下鬼,何妨五将尽遭殃?"番王听罢,暗说道:"只因方才女儿有言叮嘱,要留存他六人性命,所以孤家用好好良言劝解这狄青投降。怎奈这南蛮执一不依,如何是好?"番王正在踌躇之际,只因兵部恨着狄青杀他女儿,恨不得立刻一刀两段,将他斩首,与女儿报了仇。脱伦急忙俯伏奏道:"臣脱伦奏启狼主:臣思狄青身为主帅,走差国度,是个无能之辈,留他何用?不如斩首才好。"番王听了脱伦之言,心中一想,说:"女儿方才叮嘱之言不能依了。孤家若不听这脱伦之言,恐众文武再奏,又是一番议论。我想谁人不贪图性命,今看这狄青如此光景,句句说得斩钉截铁,谅情未必肯依投降了。"连忙传旨:"捆绑六将,押出西郊之地,斩首号令。"即着脱伦为监斩官。此时脱伦遂意,吩咐小番,把六架囚车打开,把六员宋将紧紧捆绑起来,一路押往西郊而去。四虎将军甘同元帅受死,独有焦廷贵心中不服,被他所害,大骂:"番狗,畜类,伤害天朝将士,少不得有日大兵到来,报仇问罪,把你国扫为平地,虫蚁不留!"

不表焦廷贵之言。此时公主娘娘虽有留恋狄青之心,唯是难以向父母跟前说"我要他做丈夫"之话,是以当殿叫父王不可伤他六人,那时慢慢打算成亲之法,此是她的本意。此时在宫中没想到父王原要把他六人来斩首,若是公主得知,焉能杀得他,偏偏不晓其事,所以难得救解六位,正是:

只缘先锋走路差,英雄五虎遭擒拿。

虽然身丧东番地,臣节无亏足美嘉。

且说六位英雄押至西郊,是尽头之路。此处不是做到危急之处,无中生有,做出仙家来救,然而果有其事,故照此而书。在八宝公主未进锦霞门的时候,王禅老祖正坐在蒲团之上。忽有清风一阵,吹到耳边,老祖即袖卜一卦,已知两个门徒有难:"因误走单单国,大徒被八宝公主用镇阳珠擒去。但这八宝乃庐山圣母的徒弟,看她师父面上,又不好前往与八宝理论;但徒弟狄青、石玉俱被拿去,贫道为师,有何面目?岂可坐视不救?不免前去见庐山圣母,看看如何。若是置之不理,然后伤情便了。"王禅老祖神通广大,驾起祥云,不消一刻来到玉区宫,通知仙姑,圣母出来迎接。二位仙师进内,分宾主坐下,老祖就把徒弟被擒因由一一说知。圣母微笑,说声:"老祖休得着忙,原是预定夫妻配合的。若非八宝公主,这狄青一对夫妻焉能今日得会?"老祖说道:"原来如此,贫道怪差八宝了。他二人既然一对夫妻素有良缘,还该圣母前去说明救解才好。"圣母说:"不待老祖到来,贫道早已打点抽身了。"此时老祖心安无挂虑,即刻相请出洞门,驾上云端而去。

且说圣母吩咐仙女守营,将着一根拂尘拐,一路驾上云头而来,片时间已到单单国地。只见怨气冲云,圣母已知武曲星与众星官有难了,忙把拂尘一拐,喝声:"刀下留人!若杀了南邦六将,先杀监斩官。贫道是庐山圣母,前来有话与狼主说明缘故。"此时脱伦一见云内来了一位仙母,称说庐山圣母,原来是公主娘娘的师父来了,连忙立起身来,说:"仙母在上,容下官参见了。"圣母说道:"这也不消。但山主娘娘与宋将狄青有宿世良缘之分,目下正该完叙,不可胡乱杀得的。待贫道前去见狼主。"脱伦说道:"依仙母之命。"此时圣母去见番王。脱伦听了仙母之言,叹说:"狄青,你杀害我女儿,理该一刀两段,岂知仙母到来,说你与公主有宿世良缘,只得不敢违旨。"此时若不是仙母到来,宋将六人已经斩讫。正是:

捐躯只为全臣节,杀死无怨报国恩。

第 十 三 回

证姻缘仙母救宋将　依善果番主劝英雄

诗曰：
烈士英雄只有君，岂容投降做番臣。
捐躯赴难成全节，喜得仙师到解分。

　　再说仙母到来，狄元帅、五将都看见她是道姑打扮，也闻吩咐脱伦之言。众将听了，不觉哈哈大笑，说："元帅，我们只道缓一刻就做刀头之鬼，如今看起来杀不成了。只因元帅与八宝公主有宿世良缘之分，倒要在单单国来做驸马了。"元帅喝道："休得胡说，死了为妙。"廷贵听了，哈哈大笑，说："元帅你为人好无见识，岂不闻在生一日，胜死千年。在单单国招了驸马，总是我们众人天天要吃喜酒了。元帅好不快活也，岂不是两全其美！"元帅听了，大骂："好狗才！说什么鬼话！此事是你之过，害了本帅，还敢再言！"焦廷贵不敢再说。

　　狄元帅想道："本帅只道这番婆学得旁门法术，原来她乃庐山圣母的徒弟，所以有这样神通。倚着仙传法宝，拿捉将士，如同反掌。本帅只道我的师父神通广大，岂知庐山圣母的法力更是高强。拿了本帅，我师父罪之无及。若还不是圣母到来，此时众人已分为两段。如今谅情六人性命无妨，虑只虑要本帅成亲，如何是好？"

　　不提狄元帅有虑，且说圣母来到外朝门，门官一见，喝道："你这道姑，哪里来的？这是什么所在，你好没分晓也！"圣母说："贫道乃庐山圣母，公主娘娘之师，有事而来，快去报知狼主。"门官一闻此言，速忙入报狼主得知。狼主想道："女儿师父有何事情，离却仙宫来到孤国？"急忙降旨，众文武出迎。停一会，圣母已到银銮殿，正要稽首①，狼主一见，下殿还礼，请圣母坐下，有小番献上净茗。狼主开言说道："不知仙母到来，有何见教？须当指示明白。"圣母说："狼主，贫道到来，非为别事，只因宋将

---

①　稽（qǐ）首——古时一种跪拜礼，叩头到地。为九拜中最恭敬者。

狄青奉旨征西,走差路途,此乃平常之事。占关斩将,是他差处,我徒弟拿他不为过。但这狄青,一来乃是宋朝保国之臣,二来与公主凤有姻缘之分,目下正是完叙之期。故此贫道特地前来说明白,祈狼主须听贫道之言,把公主娘娘配与狄青,好接承后代,两国永不动刀兵,单单从此亦永康矣。"狼主听罢大悦,微笑道:"承蒙仙母到来指示说明,方知因由,险些误杀小将。"急忙降旨:"着小番往西郊赦了六员大将,来见孤家。"小番领旨,飞奔出朝去了。此时圣母也要辞别,回归仙府。狼主相留,说道:"待孤家宣女儿上殿陪侍,以尽师徒之情。"圣母说:"狼主,无别的话叙谈,不消劳动公主了。"说完,抽身拜辞,出朝门而去,把拂尘一展,驾上云头。君臣频步相送。圣母回归仙洞,将言复达王禅老祖师,不必细表。

且说番王放赦了狄青六人,原在朝外,番王独宣狄青上银銮殿。狼主一见,说声:"狄青哎,今日本该把你斩首,只因公主的师父到来,说你与公主有宿世良缘,所以赦你转来,说个明白。你不必推辞,在吾邦做个驸马,岂不贵似玉叶金枝?"狄元帅听了,说声:"狼主,君臣之义,狄青略知三分。臣身为天朝将士,奉旨征西,身受王命,虽有庐山圣母之言,岂可忘公而先为私事乎?狼主,此事决然难依。"番王听了,哈哈冷笑,说:"好一个硬性之人!难道你生长中原不读诗书?一些时务不识,不达权变。在我邦贵为驸马,岂不胜身死在外邦?真乃匹夫也!"狄元帅说:"狼主你自己不知君臣之义,反怪我不识时务,不达权变。休得轻见于我,我狄青一点丹心报国,何人稀罕你外邦玉叶金枝之贵?却不知道我何等之贵!南清宫狄太后是我姑娘,我乃当今万岁御表亲,比你这里下国荣华,如泥如土,只好自谈自赞。待我征服得西辽,完了公事,还朝复旨,奏知圣上,免你入贡三年,可能做得来。若要在你邦为驸马称臣,除是红日出西,铁花开放。"番王听罢,说:"狄青,你征西还国之念休想!活也活在我国,死也死在我国,仙母之言,岂得违误!你征西还国,孤家决然难容。"狄元帅听了,说:"狼主,你要我投顺成亲,不如依然斩了我狄青,以全臣节,免得遗臭万年,感恩不浅了。"

此时番王听了仙母之言,要招赘①这狄青,奈他心如铁石,执意不从,甘心待死。这番王苦劝他不依,又罢不得的。忽在班中闪出一位大臣丞

---

① 招赘(zhuì)——招女婿。

第十三回 证姻缘仙母救宋将 依善果番主劝英雄

相,名唤达垣,启奏:"待臣同归府内,从缓而言,劝他从顺便了。"番王闻奏说道:"既然如此,凭卿家劝从他,孤家所深愿。"众臣退班。达垣太师带回六位英雄,请往行内,整顿衣冠,以礼恭迎进府,一同坐下。众弟兄五人,问着元帅:"番王放了我们,有何言语?"元帅把要他招亲之由一一说知。张忠听了,说:"元帅,外国招亲,原非礼也。但是仙母前来吩咐,料必是姻缘所定。识时务者为俊杰,不如权且应允了,然后再作道理,如何?"元帅说:"张贤弟,你说哪里话来,国度走差,应该有罪,正中庞洪陷害机谋。若平服得西辽,还可将功抵罪,如若成了亲,在此为臣,万年遗臭。"张忠不敢再言,五人也不做声。有宰相达垣重重解劝,元帅全然不允。此时天色将晚,达垣吩咐摆上酒筵相待。英雄六人是夜在相府住宿,慢表。

且言狼主还至贤德宫,番后母女俯伏迎接。狼主坐下,番后娘娘说声:"狼主,女儿拿来南朝六将,未知如何发落?"狼主说:"御妻有所不知,女儿曾对孤家说过,不可伤害了狄青六人,所以孤家劝他投降为臣。岂知这狄青铁石心肠,执意不允投降我邦。"番后说:"若此,如何处决?"狼主说:"孤家劝他不从,正在没主意时,有兵部脱伦奏说,狄青奉旨提兵,征伐西辽,走差国度,是个无能之辈,要他降投何用?所以将他斩首。"狼主说话未完,公主好不着急,忙说:"父王不知可曾将他斩首否?"狼主说:"脱伦这句话,孤家若然不依,犹恐满朝文武不服,所以将他六人押至西郊去了。"公主听了,一发着急起来,满身犹如烈火焚炙一般,坐立不安,说:"父王哎,并不是女儿护庇南朝将士,只因他赫赫威仪,英雄无敌。前者大破西辽,外邦远国,谁人不知,岂非大宋栋梁之将?我邦将士,没谁及得这等英雄。六人降顺我邦,何为不美?父王为何定要把他斩首?女儿之言不准,外臣之言却依,可惜六位英雄了。"这公主是个智人,若单说狄青,犹恐父王起疑,故把六人统说。番王焉能醒悟其意,说声:"女儿哎,并非你言不是,依了臣言。只为他不肯投降,甘心待死,叫为父也没奈何。"公主说:"父王,只恐大宋知道了,中原上国,岂少英雄猛将,兴兵前来征伐,如何是好?结怨已成仇敌,我国干戈永无宁息。"狼主听罢,摇首道:"女儿你不必心烦。幸得六人尚未开刀,亏得你师父圣母到来,说你与狄青有宿世姻缘之分,劝为父饶了六人,招赘狄青为婿。仙母之言,岂可违逆?所以六人还在。"那公主听父王说要招赘狄青之言,无限羞愧,粉脸泛出桃花来,低头不语。狼主正要开言,番后说:"狼主,妾想仙母之言,谅非虚谬。但不知狼主意下如何?"番王听了,微微笑说道:"仙母指示,怎能不依?姻缘乃前生所定,愿把女儿与狄青配偶。"番后说:"狼主,你须如此,狄青不肯如何?"番王说道:"他执意不从。孤家苦劝他多少,只是不依。今交与丞相达垣劝解去了。"番后说:"狼主,到底狄青生得人品如何?"番王哈哈发笑说:"御妻,这狄青生来人材出众,风度魁雄,岩岩气概,磊磊丈夫,慷慨宜人,不似我邦单单国中的人,我邦谁人及得这员南邦小将?如若与女儿配合,却是佳偶相当。"番后说道:"狼主,但狄青必不允从,如之奈何?"番王说:"如若不是姻缘,难以勉强。古言姻缘该配合,琴瑟可调和。"番后听了,微微含笑。独有公主面惭不语。是夜天色已晚,叙谈一会,叙后辞别父王母后,回到自己宫中。公主闻知父王允婚,这狄青却自愿推却联婚,心中闷闷不乐,怨着狄青。正是:

  人情难比鸳鸯义,物谊浑如并蒂莲。

第 十 四 回

却姻缘公主报怨　暂合婚宋帅从权

诗曰：

事到其间无奈何，英雄勉强结丝萝。

虽然仙母临凡示，前定姻缘配合和。

且说公主回到宫中，坐下想道："想哀家①二九之年，姻缘注就，犹恐配着本国之人，不称哀家之意。常常想起，烦闷不过，情愿终身孤独，再不想到与天南地北的狄青夙有良缘之分！哀家一见这英雄，是心中所愿，奈非父母媒妁作合，哀家实是打算不来，难以明言，喜得师父前来说合。所恨者脱伦好无分晓，谁要你出言妒忌，师父不来解说，险些杀了这小英雄，误哀家终身大事了。"又呆想一会儿，自说道："狄青哎，哀家实恐父王伤了你性命，所以预先在父王跟前设言护庇，保全你六人性命。哀家却有你在心。你因情分太薄，不肯投降，我也不深怪；成亲配合，为何也不允成？若是别人说的闲话劝君，推却不允也罢了。哀家的师父，圣母之言，也违逆不依。莫不是嫌着哀家外邦弱女、蒲柳之姿，怪着把你擒拿？狄青哎，你若允了成婚，与哀家结为夫妇，要到中原也去得成。如若执一己之见，推却不允，休想回朝之日。"公主是夜闷闷不乐，愁恨满胸，不必烦述。

再说狄元帅六人，在达垣府上安宿一宵，心烦不悦。思去想来："只怨焦廷贵走差路途，想来进退两难，祸患不轻。困在此地，纵有三头六臂的英雄也难逃脱。谅孙秀知了情由，必然有本奏知主上，国法无亲，难以徇情②。南清宫纵有姑娘，只恐公事公行，做不得私情。若能征伐得西辽，取得珍珠旗回国，还可将功抵罪。如今在这里，好如鸟在笼中，逃不得出，如何前往征得西辽？又可恨这庐山圣母，说本帅与八宝番婆有宿世姻缘之分，特来说知。番王劝尽多少言语，只是本帅一心在着中原。若与番

---

① 哀家——太后或皇后在丈夫死后的自称。作者用在此处欠妥。
② 徇（xùn）情——因私情而做不合法的事。

婆成了亲,怎生回朝见君?若在番邦为臣,臭名万载。况且在众弟兄前,怎好面允,联成婚事,犹恐他私议本帅。所以由他蜜语甜言,我耐定性子,情愿抵死,为刀下之鬼,死后无有臭名沾染。"烦闷思量,不觉又是城头五鼓。

丞相达垣上朝去了,停一会儿,朝罢回来。又有右丞相奇哈请去议事。五将一同说些闲话,无非与元帅消些愁闷。元帅只是叹息而已。焦廷贵呆头鬼脑,说声:"元帅,你为人好呆也:不允成亲,情愿肯死。不如允了,在此做个驸马,岂不胜似死的!"元帅听罢,大喝一声:"匹夫!休得妄言!本帅允与不允,何容你说?"焦廷贵说:"元帅,末将总不开口的,开口就是'匹夫',若依了'匹夫'之言语,包管有个回朝日子。"石玉听了接口道:"依你便怎样的?"焦廷贵说:"依我的主见,应允与她成了亲,乐得睡它几夜,快快乐乐,报了活捉之仇。做了驸马,哪个敢来欺侮元帅?那时打点逃走,见机行事,并力同心去伐西辽,有何不妙?"众人听了,哈哈大笑:"此话说来倒也不差。元帅若要回中原,今日须当依着此言。"你一声,我一句,说得元帅心乱如麻,说道:"罢了,罢了。列位弟兄,本帅今日事到其间,只得依你们之言,将计就计。但是所言必败,切不可走漏机关为妙。"众将说:"元帅放心,这个自然。"焦廷贵说道:"如今不是'匹夫'了。"说说谈谈,已是辰时了。达垣回来相见六位英雄,谈说几句闲话,又吩咐排设早膳。众人用毕,达垣又来劝解狄元帅,说道:"元帅,你在上邦,身为主帅,奉旨平西,理不该在我下国招亲。唯是走差国度,误伐无罪之邦,任你有大功劳,宋王也要加罪,料难宽恕。况且既在我邦不能逃去,更有庐山圣母特地前来说元帅与公主有姻缘之分。若在我邦做了驸马,谁人不敬,谁敢欺侮?上国也做官,下邦也为臣。一来成了姻缘美事,二来不逆仙母之言,百官敬仰,狼主心欢。望元帅依了下官之言,乃是成其美事。"劝解再三,狄元帅只是呆呆不语。有张忠在旁假劝说:"元帅你为何心如铁石?你一人要做忠臣,累了我五人性命。我们众人做了刀头之鬼,总要怨恨元帅。你既不听丞相之言,须依仙母吩咐。"又有石玉、刘庆、李义三人齐说:"元帅,你且回心转意允了吧。我等众人性命,多活数十年。"你一言我一语。焦廷贵接言,高声说:"南北两朝皆是吃饭,中原外国也是穿衣。为何元帅苦苦要还朝,莫不是中原乃不死之地?元帅定然要归本国,我们决不跟随元帅的,死也死在这里,活也活在此地,做一个逍遥自在官员,也是好的。"达垣听罢,呵呵大笑,说:"元帅,众位将军俱不肯回朝,想你一人哪里去得征西?望你听我劝言,依了仙母的话,从权处事,乃是英雄之作用,请自三思。"狄元帅低头想一会儿,只得勉强应允。达垣心中大悦。停一会儿,又是天色将晚,摆上酒筵,六位英雄用过。来朝达垣上朝,奏知狼主。番王闻知,甚是欢喜,吩咐即刻成亲。不独番后娘娘大悦,公主更是欢天喜地,从此不埋怨这狄青了。

且说文武众官员,人人私议此事,有的说道:"狄青真乃是名将,杀得西辽片甲不回,名声远震。如今弄得这般光景,真是他倒运了。"有的说:"若无圣母到来,已做刀头之鬼。如今身为驸马,哪个敢去推拒他?说什么倒运之话,这个是他的造化。"有说:"公主美貌超群,若招了别人为驸马,犹如一朵鲜花插至牛粪之上。如今配与狄青,真是一对好夫妻。"有的说:"'姻缘非是偶然'这句话,方是真言。如今我们倒要奉承狄青了。"众官员说:"这话自然。"一切众官闲话休提。

再说狄元帅一日见达垣不在衙中,与众将议论说:"本帅成亲之后,先把你们安顿了。只在一月之后,当心打点逃走,休得各生异志。"众人应诺。元帅又说道:"三关孙秀必然有本进京,庞洪岂不竭力加攻,朝廷谅必不相容。想来虽有太后,料必周全不得本帅。母亲又远在山西,想本帅不在此当刑,灾殃必及亲母了,犹恐未卜存亡。刘兄弟,你有随身本事,三五日到得汴京,烦你前往打听得分明长短,速速前来通知,免得本帅心中长念!"刘庆说:"元帅,些须小事,何足挂怀。待小将即往汴京便了。"不言宋将商量。

且说一日吉期已至,国王降旨在太平殿上排列花烛,与公主完婚。大排筵宴,一二品官在于某处饮宴,三四品官在于某处饮宴,文武排列班位,又有王亲、国戚、公侯等扶从驸马成婚,其余宋将即在达垣行内饮宴。此时太平殿上花烛煌辉,挂灯结彩,笙歌彻耳,音乐悠扬,好生热闹。

且说公主是夜更衣,穿过大红吉服,金钢异宝,装扮得仙姬相似。此时:

　　宫房未晚灯先挂,异宝奇珍各处排。

当下一口难分两话,再说狄元帅无奈,满身穿过番邦国服,王亲国戚一路多到相府内来伺候,狄元帅只得随着番官一路而来。今日上殿参见狼主千岁,狼主御手相扶请起,又参见过番后娘娘。狼主吩咐宫娥,往宫中请起公主娘娘。宫娥与太监领命,双双分开左右,伺候公主出殿来了,与狄青参拜天地,又同参拜狼主千岁、番后娘娘。狼主又吩咐宫女将他二人送进宫房。太监、宫娥领命,送至宫中,众宫女各出宫去了。扣上宫门,公主开言说:"上阵交锋,如同仇敌,焉知有今日和谐之事?从前奴家身犯之罪,切望驸马宽洪大度,饶恕罢了。"狄青说道:"公主,我狄青误走贵邦,得罪得罪,蒙狼主宽恕,招赘了我,不记前愆,此乃感恩不浅了。"公主说:"说哪里话来,你言太重了。"狄青说:"前愆怨恨,既成夫妇,且自了却,此念丢去不提。但闻更鼓三敲,夜已深了,请睡吧。"公主说:"驸马请。"此时夫妻二人双双携手,同归罗帐,解带宽衣,兴云布雨,共效于飞①之乐。八宝公主趁了一见钟情之愿,狄元帅愁闷暂消,此夜欢娱快乐,难以形容,不多烦述。此时若不是焦廷贵走差单单国,狄青、公主乃是天南地北之人,焉得结为夫妇,所以合着古语云:

  有缘千里来相会,无缘对面不相逢。

---

 ① 于飞——比翼而飞,比喻夫妻和谐恩爱。

第 十 五 回

假哄娇妻番王封爵　真嗔烈将张忠说因

诗曰：

假哄单单投番妻，达变从权志不低。

强顺外邦非素愿，能伸能屈丈夫为。

前说狄元帅误点先行，向导官焦廷贵走差国度，错动刀兵，被公主捉拿，有庐山圣母前来与公主合了姻缘。狄元帅思算逃不出单单国，只得勉强听众人劝戒。成了亲之后，夫妻二人千般恩爱，万种风流，都不在话下。三朝已过，狄元帅对公主商议说："公主，前被擒五将，难以回转中原，若在此处，又无官职，无事情可管。下官想来，目下三关无主，可着五将去此把守，不知公主意下如何？"公主说："驸马所言有理，待妾说与父王知道便了。"狄青说："公主，还有一说：三关主将无故受戮，须经盛殓，埋土为安，下官欲烦公主一并说知狼主，差人择地安葬，免我心怀挂念。"公主听了含笑说："驸马做事，常存天理，所谓不忘好生之德。亡魂在九泉之下，也无怨恨了。"

此时公主别过丈夫，往贤德宫来拜见父王，参见母后，就将此事说知父王。狼主允准，传旨封张忠为正总兵，刘庆为副总兵，镇守安平关；李义封正总兵，焦廷贵封副总兵，镇守正平关；石玉封正总兵，镇守吉林关。给回枪刀马匹，专心办事，有功之日，另加升赏。五将得旨，各带番兵而去。阵亡四将，各受追封，该家属领棺埋葬。又说狄元帅的盔甲、马匹、金刀，公主娘娘早已令人收拾，藏过不表。此时南邦五将，权在外国为臣，分守三关。独有刘庆，前时奉了狄元帅之命，回归三关打听孙秀，及往汴京探听庞洪算计如何。到了安平关，就与张忠说知，张忠说道："此事要紧，休得耽搁。但此去需要小心，决然不可露着奸臣之眼。"刘庆说："三弟不消挂怀，自然小心的。"此时已是红日归西，晚膳已到，趁着夜静无人，刘庆即带了干粮、银两，驾上席云帕子，驾云而去不提。

再说孟定国自从元帅被擒，即夺了石平关，带了人马，在白杨山屯扎，天天小心打听元帅的消息,一连数日,打听不出,到底不知生死如何。那一日,探听得分明,张忠在安平关做了总兵,料想已投降了。孟将军仰天长叹一声,说:"元帅啊,你乃一个顶天立地的汉子,从来不畏凶狠厉害的,曾经立下多少汗马功劳,天朝五虎将享过多少雄名,食了天朝俸禄,往日行为何等英烈,因何今日没一点主意,投降外邦为臣,臭名万代。"想罢一番怒气腾,说声:"罢!待俺家带兵前往安平关与张忠答话,把这些狗乌龟一刀两段,方消我恨!"意思一定,即日带兵,一路杀到安平关,对张忠大骂,喊战如雷。早有番兵进内报知,说:"启上总兵爷,关外有一员宋将,自称姓孟,带了许多人马,耀武扬威,要与总兵答话,请令定夺。"张忠说:"知道了。"想道:"姓孟者必然是孟定国。他只道我等六人真已投顺了,所以心中不服,前来寻我。不免出去说明缘故,待他心中明白便了。"急忙顶盔贯甲,上马提刀,领了番兵,一声炮响,大开关门,冲出关来。

　　孟定国一见,怒冲霄汉,喝声:"张忠,你这狗强盗!生是中原人,死是中原鬼,方是英雄豪杰。为何你等食了宋朝禄,做了宋朝臣,不思忠君保国,怕死贪生,投降下国称臣?有何面目还来见我!"张忠说声:"孟定国,休得发狂!为将者多是听从元帅指挥的,如今元帅投降于此,我等自然一同投顺了。你却要怎样的?"孟定国喝声:"狗强盗,我要你这个头。"张忠说:"不必逞强,快快送首级过来,免我动手。"孟定国激得怒气难消,提起大刀当头就砍。张忠把刀一隔,战不上十合,张忠诈败而走,拍马加鞭,向荒野逃去。孟定国喝声:"狗畜类休走!"催开坐骑,提刀飞马,一路紧紧追来。约有五里程途,张忠勒马呵呵大笑,拍手说道:"孟将军你好愚蠢也。且住坐骑,待俺说与你知道:我是个大朝大将,怎肯投顺外邦为臣!只因身已被擒,不能逃脱,这番王苦逼元帅成亲,投降他国。元帅思量无计,只是诈降他邦,哄骗番王,限在一月之内,见机行事,一同逃去,仍去前往征伐西辽。"孟定国听罢,说声:"将军,这句话可是真吗?"张忠说道:"谁来哄你。但不知孟将军连日住在何方?"孟定国说:"俺在白杨山头驻兵,打听元帅的消息。只道你们当真投降了,恼得我怒气难消。若不说明,哪得知道?直到此时,方得明白,正所谓水清方见底。"张忠说:"孟将军你且耐着性子,屯扎众兵,在白杨山等候元帅,来时自有日期。"孟定国说:"张将军,前时冒犯,休得见怪。"张忠说道:"不晓情由,也怪不得。但是你到白杨山,切勿泄漏机关与众将兵得知才好。"孟定国说:"这也自

第十五回 假哄娇妻番王封爵 真嗔烈将张忠说因

然。我今诈败,你且赶来。"张忠允应,孟定国一路败走,张忠拍马追来,到关下已追不及了。张忠带兵入城,脱下盔甲,小番扛去大刀,牵去马匹。张忠坐下思量:"这孟定国也是忠肝义胆之人,但愿元帅逃走得成,离了此地,众人同心并力,仍去征伐西辽便好了。"不提张忠之话。

再言公主夫妻二人新婚,却有无穷之乐。那日在宫中无事,夫妇闲谈,公主含笑开言说:"驸马,看你年少,官高爵显,因何丝萝未定?"狄青说:"公主有所不知,既为夫妇,岂不实言相告?下官世代住在山西,年幼之时,父亲早丧。无亲无族,无人照管。一得亲娘用心,抚育到了九岁,忽家乡遇水患,母子分离,不知去向。此时山西地遭此一劫,害了百姓不少。下官在波涛之内,几乎性命不保。幸得王禅老祖救至仙山,学习了一年武艺。师父打点说:下官仙道无缘,不能享受清福,仍命下官前往汴京,保住宋君。此时奉了师命到京,未得身荣,先有奸臣妒忌,几次三番被他算计。岂知下官全叨上天护庇,逢凶化吉,颠颠倒倒,直至如今。我想君亲之恩尚未报答,岂可先将家室成了?"公主听罢,含笑说道:"可敬,可敬。全忠全孝真君子,知仁知义是丈夫。只可惜婆婆白首漂泊得无踪无迹,不能埋土为安。"狄青说:"公主啊,萱亲①幸赖黄天怜悯,得人救起,未为波涛之鬼。"公主说:"既然未死,在于何处居住?"狄青说:"前岁有令,一送征衣,隆冬时与娘亲得会。她如今在山西家乡小杨村与姐姐同居。"公主闻言贺喜:"婆婆幸赖尚全,但未知她寿元多少?"狄青说:"公主啊,娘亲今岁已有五十又九了,十月十九是她生辰。"公主说道:"如此,来岁冬闲时与你同往山西,贺贺婆婆六十寿诞,你道如何?"狄青说:"深谢公主盛心了。"公主说道:"夫妇之间,说什么相谢,况且前往拜贺婆婆理当如此。"狄青暗想道:"我狄青心怀报国,恨不能插翅高飞,回归故国见主,死也死在中原,活也活在上邦,如何等得来年与你同行!"正是夫妻各说胸肠,按下慢表。

却说三关孙秀,自从狄元帅领兵征西,误走国度,才入了单单国三座关头,已经打听得明明白白。此时孙秀得报,满心欢喜,暗自大笑说:"狄青你一班狗党,不该死于西辽,应该死于单单国。由你五虎英雄,纵然灭了单单国,也有欺君之罪。若是单单国兵强将勇,众小狗才尸首无归,本

① 萱(xuān)亲——母亲的别称。

官之幸也。待本部先将狄青走差国度、误陷无罪之邦缘故奏上一本,看是如何!"便于是晚修本章一道、有书一封传于岳丈庞太师,差家人进京投递。此时范仲淹、杨青二人心中着急,杨将军说声:"范大人,我想孙秀劾奏狄元帅这一本,圣上必然要加罪了,如何是好?"范仲淹大人说:"我想为元帅之任,应该件件小心才是。这个向导官原是点差了,你点这个呆头呆脑、鲁莽匹夫的焦廷贵为先锋,当时与下官之意已不合了,又不能明言他做不来的。既然走差国度,及该早日收兵转回,罪名还小。咳,我想后生家有勇无谋,也是不稀罕的。"不表二人叹息。

  光阴似箭,日月如梭,不觉又是两月有余。忽一日,又是闻报。此时孙兵部一闻此报,更加大悦,杨、范二人心中大骂。此时不知为何奸臣喜、忠臣忧,乃十分蹊跷,且看下回分解。正是:

    图害忠臣今日遂,保扶良将此时忧。

第十六回
闻飞报图害中机关　强奏主奉旨拴家属

诗曰：
　　佞党联谋屡害忠，乘机就隙算英雄。
　　高年狄母天牢禁，狠毒生成一片胸。

话说孙秀闻报狄青走差国度，攻入单单国，势如破竹，连夺三关，杀却四将，番将中他机谋，已经连夜差人上本去了。忽这一大得报，他已被八宝公主拿去，狄青众人已经投降了，又在他国招为驸马。此时报到三关，孙秀更加大悦，说："狄青啊，你奉旨平西，反去征剿别国，已有欺君逆旨之罪；又投降敌人，背国招亲，这是你差之远矣。待本官再上一本，先把你的母亲取了首级，然后待圣上差人提兵来拿你。"遂呵呵大笑说："如今看你怎生逃得脱的。"即忙具表一道。杨青心中好不焦急，暗说："元帅，你岂不晓得庞洪、孙秀屡屡要图害于你。走差路途，及早收兵才是，有智的人为何投降下邦称臣？招亲于仇敌，罪逆浩大，如今臭名难免了。孙秀此一本上了，萱亲之命丧在你手，免不得千古皆传不孝。"范大人心中也是烦闷不乐。二人几番劝他，谅情阻挡他不住的，本章且由他奏闻主上吧。按下二人忧虑。

再表庞洪自那日接得孙秀前一封书、本章一道，他此时思量："若劾①奏他走差路途，误伐无罪之邦，须有欺君之罪。到底圣上心慈，况且又是爱宠他的，必然宽恕了，仍命他去平西的。"所以庞洪思想劾奏他不倒，故此本隐而不奏，误伐单单，看以后还有别事陷于他之算计否。是日又接到此信，果不出他所料，好不欢喜，说道："贤婿有本说他误伐无辜之国，欲扳倒他，老夫总怕做不来，所以不上此本。如今他罪大如天，决定送这小畜生之命了。"

到次日，见驾已毕，奏上一本。嘉佑王闻奏，龙颜不悦。庞洪开言说：

---
①　劾（hé）——揭发罪状。

"此事狄青误走国度,罪之一也;大杀无辜,不奉旨而行剿,罪之二也;投降敌人,背国招亲,罪之三也。陛下若置而不取罪,何以正国法而服忠臣之心?伏乞圣裁。"原来嘉佑王岂不知狄青之罪重大,只因碍着太后,此时想庞洪之言,狄青罪已深了,免不得的,便说道:"庞卿如何定他之罪?"庞洪一想,暗说:"你做了万乘之尊,主意不定,反叫我想一主张起来,不免奏上,先把其母伤了。纵然狄太后得知,也难怪老夫,此乃公事公行的国法。"即便奏道:"依臣愚见,狄青三罪并为一律,原该全家诛戮。一面差使前往单单国拿了狄青。若单单国抗拒,然后大兵征讨便了。"嘉佑王一想,说:"庞卿所奏,一点不差。到底狄太后之面,总要从宽一二。"庞洪听了,摆布下来,只得随着天子,降旨一道,差官前往山西,把狄青之母扭解回来,监禁天牢;又差一官降旨,前往单单国,着令狄青戴罪平西,有功抵罪。倘再抗孤旨,再行擒拿,以正国法,决不姑宽。此时天子降旨陈年前往山西,差遣张瑞前去单单国召取狄青。二位钦差领了圣旨之命,即日束装,骑马分道而去。庞洪见圣上如此分断,好生着急不悦,若然再奏,恐防圣上嗔怒,只得罢了。天子拂袖回宫不表。

狄太后早已得知,长叹一声道:"我想侄儿你既然奉旨平西,重任非轻,如若走差路途,也该早早收兵,罪还小些。如今投顺外国招亲,罪也该斩。幸得当今仁慈,法外从宽,不听庞洪之言,不肯加刑。所虑者嫂嫂真乃苦命的,颠颠倒倒有十余年,今日才得安身,忽又白白起此风波。老身回想侄儿,自小看他烈烈威威,好一个男儿汉,只道狄姓香烟已有托赖,谁想又做断肠,当今若听了庞贼之言,祸灾不小,累及萱亲了,但能平服得西辽,还可将功抵罪,倘若贪图欢乐,还不醒悟,岂非中了奸臣之计?"不表狄太后忧虑之言。

再说陈年钦差一路不停,一日到了山西太原府,早有知府、知县来迎接钦差。陈爷吩咐一声,带他到小杨村狄府内去。原来狄太君的大女儿金鸾小姐配与本省守备张文,只因狄青自从镇守三关,远离太君,所以张文常常在狄府内管理。此时正值钦差奉旨来拿犯人,狄太君听了大惊,张文夫妇魂飞天外,老少几人战战兢兢,小姐惊得面如土色。太君说:"我儿,你两个不必惊慌。吉凶祸福皆由天命,我儿既犯了重罪,自然累及于老身。你夫妇且在家中看守,莫为我伤损了精神。或者苍天一念,一路到得汴京,候圣上怎生处置便了。我儿不必伤心。"金鸾小姐纷纷下泪,叫

第十六回　闻飞报图害中机关　强奏主奉旨拴家属

声:"母亲啊,想你年已花甲,风烛之期,焉能抵得风霜劳苦?叫女儿焉能舍得母亲远去!我也要与母亲一路同往。"张文听罢说:"贤妻,你去不得。况且家中无人管理,你是女流之辈,即使与母亲前去也济不得甚事。我今一同前往,送岳母到京,此是实言。"太君说道:"不必贤婿同行了,老身带得两个家人足矣。"张文说:"岳母啊,正要小婿送你到京的,若非小婿同往,你女儿也放心不下。"说完转出外堂,求恳钦差:"大人宽容我伴岳母同行进京,感恩不浅了。"陈爷不是庞洪党羽,便说:"张文,我有王命在身,不得久留。既要伴送同行,快些收拾,立刻就要动身。"

张文应诺,转入内厢,叫声:"贤妻,快些收拾,打好衣包,带了白金百两。"此时金鸾小姐无限悲惨,意乱心忙,包整衣被。太君一见,流泪不止,说:"女儿不可为娘悲伤过度哭坏了,相见自有日期。"今日可怜母女分离,好不痛心也。小姐扯住娘袖,依依不舍,切切伤肝。在旁观者铁石肝肠也流泪。张文看见她母女光景,忍不住滔滔下泪,劝道:"贤妻不必如此痛苦。吉人大相,母子相逢,自然有日。如今且免愁烦,莫多增母亲烦闷。但你生性贤良,我也深知,还须慎重才好。小使丫头,须禁她穿街行里;一切女尼道姑,不必招接进门。"金鸾小姐说:"相公,一切家中事务妾身自为,不必挂怀。但此去须要好生携伴母亲进京方好。风霜路程,相公也要保重前行。"太君要起程,此时叫一声:"女儿!"喉中咽噎,钦差知府又频频催促,太君只得出至外堂。金鸾小姐呼天哭地,钦差吩咐将太君上了刑具,打入囚车。只因国法难以徇情,张文武职细小,只是步行随着太君后头。两个家人挑着行李,一同行走。知府、知县运送钦差起程,小姐倚门观望母亲去远,肝肠寸断,哭进内庭。只是世上万般凄楚事,无非死别与生离。小姐坐在内庭,想来兄弟犯了滔天大罪,今日累及娘亲,只望苍天怜念,无有大灾,早日得见娘亲之面,妾身方能放得下愁怀。按下不表小姐愁苦。单表陈爷带至狄太君进京复命,此时圣旨发下,狄太君下天牢也。此事慢提,下文自有交代说明。

再说飞山虎前者奉了元帅命,回归打听汴京消息、孙庞计害如何。是日探听得明明白白,仍自席云走路。一连走了五六天,复到单单国来寻狄元帅,按下慢表。

且说狄元帅身在番邦,心在中原。一日,心中思量:"这公主举止端严,知情达理,文武双全,今日为了我妻,不辱我天朝将士。只可惜她生在外邦,父母双双单靠一女,谅情不肯与我同转中原。我在此间住一日,犹如住一年,如若她不愿同行,我自当承别了她,回归故国的了。前日叮嘱了兄弟,叫他前往汴京打听消息,不知他一去如何不见回音,令人好生愁闷也。"是日,天和日暖,狄爷独自来到御花园游玩,莫道北方无景致,奇花异草,比南边亭台水阁,如图画巧笔描摹,别有天地。此时元帅正在游玩,忽有一人在云端上轻轻叫声:"元帅!"若论此时,并不是刘庆知道了元帅在此游园,因他腾云了三日,寻觅元帅,见他总在宫中,眼目甚多,不好说话,故在空处现身,寻个机会,方好相见。这一日,已是第四天,恰遇元帅游园,刘庆一见,满心欢喜,四下无人,按下云来,不知有何话说。

英雄受困原思主,虎将奔逃只念亲。

第 十 七 回

飞山虎汴京探听　狄元帅痛母囚牢

诗曰：
　　探知母被禁天牢，不忍伤情暗哭号。
　　当道虎狼难躲避，分明报应后焉逃。

却说飞山虎前次往汴京打听明白，然后寻着狄元帅，四下无人，落下云来，口称："元帅，小将奉令回来了。"遂打了一拱。狄元帅说声："刘兄弟，你我俱在患难之中，何须如此！快往这里来吧。"二人一同悄悄来至空静处霞亭内，元帅说道："刘兄弟，你可曾到汴京与否？打听得奸党如何？"刘庆说："元帅，不好了！小将奉命，不辞劳苦，到了三关。这孙秀好奸刁，一连上了三本。圣上已经出旨，钦差官到山西要捉拿太太，收禁天牢，但不知吉凶如何。"元帅一听此言，五内皆崩，说："不好了！既有些事，娘啊，多是孩儿不孝，累及你了。好不痛煞人也！"纷纷下泪，又不敢高声痛哭，只是心内犹如刀刺，说："刘兄弟，罪及母亲，为子之心何安？"刘庆说："元帅且免心焦，小将又打听得，圣上差张瑞前来了。"元帅说："若他前来，敢是来拿我吗？"刘庆说："非也。圣上仍要命你为元帅，前去征伐西辽。如若平服得西辽，将功抵罪；若是抗违天子诏命，即时捉拿，决不姑宽。"元帅说："既有此诏，本帅还有生机也。刘兄弟，见机逃走，仍去平西，在本帅未成亲时，早已立下此意。如今恐有人来不稳便，你且去吧。"刘庆允诺，驾上席云帕去了。又往吉林、正平、安平各处关头，通知众将，好待元帅逃走。张忠又使刘庆，悄悄前往白杨山，知会孟定国，整顿人马，候元帅到来。说完，飞山虎仍到安平关，与张忠叙话，不必多提。

却说狄元帅见刘庆去了，心中烦闷，说："圣上，念臣误走国度，勉强招亲，实出于无奈，若照萧何一律，罪该全家诛戮。今蒙圣上宽宥，仍命臣去征服西辽，将功抵罪，粉身碎骨，难以报答天恩了。今日虽又已有生机，无如公主怎肯放我去了。需要盗回刀马，预先埋了地步，方能脱身，所虑者，内有三关阻隔，但出得三关，逃走便成了。细想母在大牢受苦，为子任它水火刀山,也须要赴了,岂虑这三个关城。待有机会逃走,再作算计便了。"此时狄青也不游花园,转回宫内去了。公主一见,立起身微微含笑,说:"驸马,你今朝往哪里去玩耍?"狄青回说:"园里百花开放,啼鸟喧哗,百般热闹,妙不可言。下官去游赏一会,久而不见。"公主说:"只怕及不得你中原花鸟景致的。"狄爷说:"下官虽在你邦未久,各俗例、日用民物,已看得几分了,唯有人物不雅,其余常物,各项相同。"公主说道:"妾的容貌如何?"狄爷说:"公主的花容美丽,就是中原也少有。"公主说:"驸马休得谬言哄我,只恐哀家的容颜不称你心怀。"狄青笑说:"公主哪里话来,你的花容既然不合下官之意,为何交战之时看呆了?正是:三更魂梦思想,只恨少冰人月老翁。"

公主说:"驸马,你总是虚言哄我,谁信得你来,既然有心于哀家,为何到了我家,父王重重劝你投降,你却不依?"狄爷说:"公主你有所不知。那日狼主只要我投降,未有招亲之言,自然不允了。"公主又说:"哀家师父圣母之言,你为何也不依?"狄爷笑道:"你好愚也。只因此时众将多在身边,他们乃是结义的兄弟,若下官轻易允了,犹恐众人耻笑。等待他众人劝我,方可允成的。"公主听罢笑道:"原来你有此缘故,妾身错怪你了。"狄爷说道:"公主,我两人相处,多少情浓,你贪我爱,并无半点违忤①,怪不得仙母到来说前定夫妻,故此南北相逢。"公主说道:"若不是师父到来解说,我二人焉得和谐?险些又被脱伦这匹夫出言伤害了。但不知驸马你在此边还想念家乡、愿回朝否?"狄爷说起:"公主,下官已经身负千斤重罪,还有何面目回见宋主?我在这里,一般荣华过日,有何别的不足之处?"公主说:"如此说来,不想回朝了?"狄爷说:"回朝就要做刀头之鬼。我想上下两邦,多是做官,在此有何不美?只有一件事情放心不下:有母在着家乡,母子分为两地。或能用计,把娘亲悄悄携到此处,娘儿叙会,乐庆芳辰,我的心头就放下了。"公主说道:"这亦容易。待想出一个计较②,搬取婆婆到来,使你心安便了。"狄爷说声:"多谢公主。"

此时狄青说得言辞恳切,公主哪里知他别的心肠。对坐言谈许久,狄青又说:"公主,我是王禅老祖的徒弟,你师是仙山圣母,为何你的法宝却

---

① 违忤(wǔ)——违背,抵触。

② 计较——指计谋。

好,我的武艺平常?欲求公主教导,不知可否?"公主说:"驸马呀,哀家的身体尚属于你,些许小技有何难处?明日同往花园演习便了。"说了天晚,夜膳用过。是夜夫妇双双同归罗帐。公主说:"驸马,妾今日已有重身,以后欢娱且谈。"狄青允诺,暗想:"我已定了远走高飞之志,像做假夫妻一般。"暗叹说:"可惜她待我一片恩情了。"只是暗中闷闷不乐。

再说到次日,夫妻双双来至花园内,公主演武一番,狄元帅演习一回,看来公主武艺果然不低。演习一会儿,天色尚早。此时狄青坐在霞亭内,公主偶然将丈夫一看,但见他愁容不语,似有所思。公主问道:"驸马,你好好玩乐,为何忽然愁容忽起?莫不是有什么别样心事?"狄爷说声:"公主,下官身居大宋,想着南清宫内与我姑娘相会之时,盔甲金刀,乃是姑娘赠与我的,更有一匹坐骑,名称为现月龙驹,下官平日随常所用的。今朝演武,回想起临末此物何人所得了?所以心中不悦,负了我姑娘之心事。"公主听罢,微微含笑道:"原来你为这几件东西,妾早已着人收好在此。你已放心,待我一并送还你吧。"元帅爷说:"我还只道失去了,原来尚在公主这里。"公主说:"哀家明知驸马惯用之物,理当收拾,岂可轻毁。"狄爷听了,说:"多谢公主了。"公主此时急忙差人往取。少停间,刀马盔甲立刻取到。公主说声:"驸马,你的刀法甚好,何不试演一回,与妾观看?"这句话正中了狄青之意,当时应诺。即换盔甲,提起金刀,那龙驹见了主将,连吼三声,四蹄不住地跳,狄爷说:"马啊,与你分离一月光景了,见了面,你在此叫跳吗?"急忙跨上那龙驹,就不叫了。公主笑道:"此畜真乃性灵,比哀家的赛麒麟,却是依稀。"此时狄元帅头戴上金盔,压上血结玉鸳鸯,霞光灿灿。身穿上黄金甲,手执定唐金刀,园内并着太阳来射,照得这狄青遍身金光闪闪,满体光色森森,更兼这现月龙驹,又高又大,比往常加倍神威气宇。公主看见丈夫光景,好不开怀,想道:"这驸马少年美貌,赫赫威风,轩昂气概,哀家得与这员小将为夫妇,方能称了平生意愿。看他今日在马上玩乐,更胜前番,须天长地久相处,就清汤淡水,度苦也甘心。"莫言公主心中快乐,就是众宫娥,看是狄爷舞起金刀来,但见金光射目,只见刀闪,不见人形,龙驹奔前奔后,看得眼花缭乱,也是得意洋洋,不绝称赞。狄爷舞了一回下马,小番便抬过金刀,带了马匹。狄爷说:"公主,你呆呆看下官,却是何故?"公主含笑说:"妾今日看你这般操演,比往常更加威武,从今尽可随常用了。"狄爷说:"承公主你褒奖。"暗想:

"如今有了马匹、盔甲，可以逃走得成了。"此时公主又着小番收管盔甲、马匹、金刀，就放在东宫空房，即为驸马取用之便。小番领命往收，此时天色已晚，夫妇携手进到宫房，宫娥内里已排宴侍候，夫妻就席。正是：

　　欢娱好比鸳鸯鸟，契合真如并蒂莲。

第十八回

八宝女真情待夫主　狄元帅假意骗娇妻

诗曰：
　　公主真诚信待夫，妻情一片事英豪。
　　只缘烈士忠君国，一月夫妻骗走逃。
　　却说狄元帅是日骗回盔甲、刀马，假冒演武为名，到了次日，仍往园中演习武艺。此时，狄爷又问道："公主，你平日说庐山圣母曾有八件宝贝赠你，内中法力无穷，神通广大，今日闲暇无事，可试演一回与下官一看，未知可否？"公主说道："演弄不得。仙家之物，非比寻常，无事而耍弄，临事就不灵验了。"狄爷说："原来如此。"又说道："公主，下官还有一事相求，前日的人面兽与穿云箭两般物件，曾经公主收去，谅必好好收藏。过日后，终须有用之处。"公主说声："驸马你在这里安居过日，又没有刀兵杀伐之患，还有什么用处？"狄元帅一想失了言，转言说："公主，我今在此处，虽然安居自得，犹恐怕大宋君王不肯干休，倘或兴兵到来，干戈复动，就是有用的。必须要此二物为防身之宝，出阵交锋方得利用。"公主说道："这也虑得长远。原来妾与你收拾好在宫房内，如今无事不必动它。"狄爷点头称是。

　　此时又是一日光景，回转宫房。次日狄爷对公主说道："自到你国，不知外边如何，一经天气晴朗，欲往邦外打猎一回。"公主信以为真，吩咐二十四个小兵跟随驸马出郊打猎。又说："驸马，你须换了盔甲前去，以壮其威。"元帅暗暗心花大开，此言正中他机谋。即时换了盔甲上马提刀，十二对小番跟随左右，转出宫来。一路出到荒郊野外，看见一座高山，岩岩高峻。狄爷问小番这座大山是什么名。小番禀道："驸马爷，这座山名为狮子山。"狄元帅说："山上可有兽物否？"小番回说："很多。只怕驸马爷收捕不完的。"又问道："这边丛林是什么所在？"小番说道："是万花林。"又问道："林内可有禽鸟么？"小番说："这是飞鸟所聚，只怕驸马打捉不尽。"元帅又问："前面粉壁是何方？"小番说："这是卧虎岗。左边大路是直通鸳鸯关的。"又问："有多少路程？"小番说："约有三四十里光景。"又问："东边这壁厢是何名？"小番说："名为落雁台，那一处直通乌龙坞、青牛岭等处地方。"这狄元帅一心要做离笼鸟，所以搜问地方去路，先将路程记明白，然后放心打猎慢表。

再言公主独坐宫内细细思量，丈夫人才出众，上邦名将招赘了哀家，足称心怀，暗想："父母生下我弟兄三人，单养成哀家。若然丈夫肯全白首相处，一心愿在我邦，或得生下三男两女，父母终身有靠。"公主正在思想，只见宫娥走入，禀上说："国母娘娘有些病恙，特来禀告。"公主听了说道："母后娘娘有病，待哀家前去请安便了。"公主急忙抽身，吩咐宫娥道："你等只在宫门伺候。若然驸马回来，只消叫他略坐片时等我。"说完，带了两个宫女来到贤德宫见了母亲。参朝毕，开言问道："不知母后娘娘身体欠安，问候来迟。孩儿有罪，望母后宽恕。"番后说："孩儿，我不罪你，且宽心坐下。"公主说："多谢母后姑宽。但不知有何不耐烦，说与女儿听。"番后说道："女儿啊，娘昨日尚是平安，到了黄昏，身中寒而转热，今朝起来喉干舌燥，此刻还是气闷不过的。"公主说："想必母亲受了些风寒。待女儿见过父王，速招太医官来看治便了。"娘娘说："孩儿，些许小恙，不用看治了。"母女言言谈谈慢表。

且说狄元帅回到宫中，问过公主哪里去了。宫女禀道："只为王后娘娘有恙，前去看问，尚未回来。请驸马稍坐片时。"狄爷说："好，取茶过来。"宫女送上茶来，驸马饮过想道："我已一心安排地步逃走，但今夜已来不及了。且到来日见机而逃，必须离了此地罢，且将公主丢开便了。"停一会，公主已到，狄爷起位，夫妇一同坐下。公主开言说："驸马，今日出郊打猎玩耍，可有兴么？"狄爷说："公主，下官只道你邦风景平常，岂知景致与我中原仿佛相像。各处游玩更觉有兴，山川岩穴里，各路飞禽十分多，捕取不尽，多藏穴巢之内。今日一天玩耍不尽，待下官明日再去玩乐便了。"公主说："驸马啊，想你在中原总与国家出力，日夜辛勤劳心国政，如今在此，大小事情你不干涉，自在安闲，逍遥快乐，岂不好么？"狄爷说："想来前时，我已追悔不及了。"公主说："你悔恨着何事？"狄爷道："悔却从前出仕，勤于国务破败西辽，杀害番兵番将多少生灵性命，遍地尸骸，满江红血，看来好生不忍。阴魂地府，岂不怨恨于我？还防罪过深重。早知今日在此逍遥快乐，何必去平西？立得汗马功劳，辛苦不堪也。"公主说：

第十八回　八宝女真情待夫主　狄元帅假意骗娇妻

"驸马,你说什么话,若不是助宋平西,怎生到得这里来。"狄爷说:"公主之言有理。"又说:"公主,我早听公主说,母后娘娘有疾,未知有何不耐烦。下官也须前往请安才是。"公主说:"母后是感冒风寒,些许小恙,待妾与你转达便了。"

夫妇言谈一会,不觉天色已晚。宫中排上夜宴,二人对饮。已将二鼓,宫娥收拾残馔,闭上宫门。原来这狄青果然在此快乐,身心两地,心内好不愁烦忧虑。是夜,所以多吃几杯,沉沉酒兴,说声:"公主,夜深了,请睡罢。"此时,彼此宽衣同归罗帐。又是过了一宵。次日起来闲暇无事,这狄青此时立心逃走,立下脱身地步,急欲远走高飞。奈何人面兽、穿云箭二物不知公主藏在何处。时时意欲开口与她讨取,又怕公主动疑不稳当,猜测出情由,未必逃走得成。此时尤在说说笑笑,但满胸不悦,闷闷加倍。公主在旁把眼一瞧,问道:"驸马,妾见你日日开怀自得,今日为何满面愁容?妾想男子汉须要常常宽泰,因何驸马却似小孩子之见,忽然欢怀,忽然愁烦,你有何不悦在心?"狄青听了,低头想了一会儿,开言叫一声:"公主啊,下官前时在本朝解送征衣的时节,路逢真武帝君,赐赠两件法宝,曾有言叮嘱,叫下官前去当好好收拾,百灵百验。独有吩咐得一言,下官不好说的。"公主道:"夫妇之间,有话就说为是,若半吞半吐,含糊隐讳,非为丈夫也。"狄爷说:"若是讲求,犹恐公主动恼。"公主曰:"妾身决不恼的。你且说来罢。"狄爷说道:"那日帝君赠宝时,曾吩咐这两件法宝,如若入于他人之手,下官的罪过不轻;如若入于妇人之手,下官必有三年灾晦。想到其间,十分烦闷。"原来这公主一则心爱丈夫,二来性直心粗,不想及到他原要逃走的念头。当时听了他言,微微含笑说道:"谁人稀罕你这两件东西?为此两物心烦太重,待哀家拿来送还你罢。"狄爷说道:"公主啊,下官不要也不要紧,要紧的只恐违了上帝圣命,犹恐有什灾祸事的。"公主说道:"我要它也是没用,省得你有什的小小病恙,也怨恨于我。不如交还你的好。"公主连忙把小箱开了,取出这两件法宝,交还了丈夫。狄爷此时得法宝交还,欢喜说道:"法宝啊,只为从前劳你收了几员辽将,目下抛疏一两月光景有余,乃是下官亵渎神物了。若得帝君神圣降凡,一并将二宝收回去了,好待下官心无挂虑才好。"公主听罢,也笑着丈夫痴呆之言。此时早膳已到,双双共桌同餐,用膳已毕,公主立起抽身道:"驸马啊,昨日母后娘娘有病,今日未知安否,待妾去看看就回来。"

你且稍坐片时。"狄爷说道:"有烦公主与下官代言请安才好。"公主答声:"晓得。"即带了两个宫娥辞过丈夫,往宫中请安去了。狄元帅此刻满心欢悦,此时不走,更待何时!不知以后逃走如何,正是:

　　拆散鸳鸯从此日,分开连理是今朝。

第十九回

全大义一心归宋　怨无情千里追夫

诗曰：

　　君亲不负是英雄，骗走西行全孝忠。

　　公主情丝难割爱，追夫千里急匆匆。

　　当下狄元帅与公主同用过早膳已毕，夫妇闲谈一会。公主想起母亲有病，别过丈夫，说声："驸马，哀家去看看母亲病体如何，你且坐片时。"狄爷应诺，公主进宫内去了。狄元帅心中大喜，暗说："趁此机会要走了！"想起长叹一声，自说："若然私自走了，犹恐公主追来。我也不怕她的武艺高强，只怯她的法宝厉害，必须要藏过她的为妙。"此时，又见众宫娥在此，便心生一计，便叫众宫娥："我身体困倦，你们且往外边去罢，待我打睡片时。"众宫娥领命去了。狄爷即时闭上宫门，各处搜寻这八宝囊，直搜至第三只箱子内，仙法正在这囊中。想道："今日拿了它去，就做了薄情薄义人，非为大丈夫。且把它收藏好，放在暗处。公主没有这件法宝，她就追来，本帅不妨有害了。"即将八宝袋收过一个暗处。急急忙忙，心慌意乱。又将自己的两件法宝藏好怀中，性急匆匆开宫门，出屋而去。宫娥问道："驸马爷，因何不打睡？"狄爷说道："身体欠安，欲思打睡不能安稳，往外边玩一会就回转。若公主回房，说不在花园就在近地玩耍去了。"宫娥说："驸马爷，玩耍一会，需要早些回宫才好。"此时，小番哪知其意，小番急忙将盔甲、金刀、马匹取到，说声："驸马爷，今日出郊游猎，用小的跟随。"狄爷说道："如今路途已熟，不用你们了。"

　　狄爷连忙上马提刀，穿戴盔甲，催开坐马，一路出了宫来。恐防迟久公主闻知，就走不成了。所以狄青一路出了城外，向前日出猎时小番指明的往鸳鸯关的路途，奔走如飞。一路心中不安，叹惜道："公主与我夫妻相处之际，甚是情浓，一片真情，一团和悦。今日不是我狄青薄情无义将你抛弃了，只因人生天地，为臣要尽忠，为子要尽孝，岂可轻轻投于单单招赘外邦？背君辜母，贪图欢乐，不忠不孝，叫我有何面目立于世上？今日本帅私自抛弃了公主,算来原是我狄青辜负了你,使你终日怨恨,于我也出于不得已,还望公主不要怨恨苦坏了才好。罢了,今日夫妻难到底,来生与你再相逢。"

顷刻间,走了二十余里,再走一程已是鸳鸯关了。狄爷想道:"前面是鸳鸯关,不知可有阻隔否?"来到关下,大叫道:"关下人快些开关。"小番看见说道:"原来是驸马爷。"小番叩头。狄爷说:"我要出关游玩,快些开关!"小番说:"请驸马爷稍待,等小的禀知主将才开关。"原来守关主将名唤士麻其。此人是个粗心不细之辈,说:"他既在我邦为驸马,要出关游玩,下官岂敢不遵?"吩咐小番把关门大开,亲自出来迎接,说声:"驸马爷,卑职有失远迎,伏望恕罪。"连忙拱手。狄元帅说:"将军少礼,我不来罪你。关外可有好玩的么?"士麻其说:"关外好玩的去处甚少,风火关外的地方好玩耍的甚多。"狄爷说道:"我要往风火关外游玩,未知打从哪一条大路去的?还有多少路途?"士麻其说:"驸马爷,这路途共有五十多里,行走得快才有玩耍的时候。此去地头弯曲甚多,你一人难以走路,待下官差两个小番随驸马爷到风火关,不知驸马爷意下如何?"狄爷暗想:"我不认得路途,又恐公主追来,又怕走错了,耽搁时间,反为不美。不如允了小番同行。"说道:"就叫小番快些引路去罢。"士麻其即差小番两人把关开了,亲自送出关去,说:"驸马爷,前去玩玩片时,早些回来。"狄元帅应允,说:"将军不必远送了,请回罢。"士麻其听罢,只得回关去了。

且说狄元帅得小番引路,果然前边路途十分弯曲,若不是小番指引,只怕要走差了。不觉走了十八里,狄爷这宝驹走得快,小番赶他不上,只得又要下马等他们。狄爷想道:"一路要等这小番,犹恐误了时辰,不免问明前面路程,吩咐他二人转回。"狄爷飞马走一个时辰,已到了二十余里;再走一回,前面已是风火关了。狄元帅至关下通知,有守关番将,名唤哈蛮,知驸马叫关,想一回说道:"他关内有几多好玩处,今要出关去,倘有什差池,岂非公主要归罪于我?"这位番官倒有些深见,即悄悄传令,关门上了锁,然后出来迎接,说:"驸马爷,鸳鸯关内地方还广多,好玩的去处也不少,何不在里面玩耍?"狄元帅说:"关内地方多已玩尽,所以要往门外走走。"哈蛮叫声:"驸马爷,你不知详细,风火关内外没有什风景,不必出关去了。"狄爷说:"好胡言!鸳鸯关士麻其说风火关外十分好耍乐的,你因何阻挡于我?敢是把我看得甚轻么?还不快开关,放我前去!"哈蛮说:"驸马爷,但是鸳鸯关可出,风火关难开。驸马爷不要前去罢。"狄元帅说:"为何难开?"哈蛮说:"此关若是别人把守的,听由驸马爷出入。如今下官奉了狼主之命把守的,不敢轻轻开放,请驸马爷转回便了。"

狄爷听罢,心头着急,心想:"若是迟滞耐久,难以脱身。如若再阻耽一回,公主追来,就逃走不成了。也罢,待我略略行凶用势,他或者害怕,然后肯放行,也未可知。"想罢,即摆开金刀,金光烁烁,喝声:"哈总兵,你有多大前程,你今若不开关,人虽有情,刀没有情的!"哈蛮见他如此光景,一发动了疑心,暗想:"他既要玩耍,因何顶盔贯甲,手内提刀,一个人也不带随?不肯开关,竟是这样着忙,好生可怪,一定有些蹊跷①。莫非他思想逃走的?未晓公主知也不知,狼主闻也未闻?若开关放了他,犹恐系于下官了。"主意已定,开言叫声:"驸马爷,莫要烦怒,莫要怪着下官。你要出关,非为难事,只要有些凭证,下官就开关送你过去。"狄爷说:"你要怎样凭据?你且说来。"哈蛮说道:"或是狼主的旨或公主的令一到,小将即开关了。"狄元帅说道:"我是何人,你敢是如此强阻么?"哈蛮说:"驸马之言差矣。下官既奉狼主之命,职司此关之主,不论何人,总要有了路凭,然后开关出人。"

狄爷越是心中着急,怒目圆睁,提起金刀,心想:"罢了!待我杀了他,方能得关去平得西辽。"欲想动手,又大叫声:"哈总兵!你的头颅可是生得坚牢么?"哈蛮道:"小将的头虽然生得不坚牢,总是驸马爷无票,小将就不敢开门。驸马爷且请回转罢。"狄元帅大喝道:"好大胆的官儿!本官就砍你的头颅下来有何难处?只因万物皆贪生,并且与你同为一殿之臣,何忍伤你性命?你若再违拗不肯开关放行,叫你性命难保!"哈蛮正欲开言,只听得远远娇娇的声音叫声:"狄青,慢些走,哀家来也!"狄青回头一看,吓了一惊,只见远远公主赶来。狄爷说声:"不好!"忙忙纵马向关左斜路而走,狄元帅因见妻子追来,羞颜见她。因此,急急逃走。哈蛮一见,发声冷笑,说道:"下官持定主意,不肯开关放他,果然迟一刻公主赶来,原是逃走的。下官见识却也无差。"此时,番将大悦,自夸其能。

---

① 蹊跷(qī qiao)——奇怪,可疑。

即开关上前跪接公主娘娘。公主吩咐道:"你快些将关加上锁罢,若驸马爷出去了,是你的罪。"哈蛮诺诺连声。此时,公主怒气满胸,着令女兵紧紧同追。这现月龙驹原是好马,公主的赛麒麟也是宝驹,走得也快。况且元帅人生路不熟,弯转十分不便,怎经得公主一路赶来的逼迫?这狄元帅走得浑身冷汗,正所谓:

　　追夫千里缘情寡,骗妇一心报国深。

第二十回

狄元帅骗关逃国　八宝女感义从夫

诗曰：

　　一月夫妻不忍分，为存忠孝只离群。

　　英雄原来心头念，贤女从夫成就仁。

话说狄元帅要骗出风火关，有守关将猜测狄元帅逃走，不肯放逃。正在争论之际，却被公主知了，一路追来。元帅心中着急，又觉惭愧，不分前途有路没路，催开坐骑而走。若论公主焉能知他逃走，如此一人追来？只因母后病体好些，谈讲几句话，即时回宫。只见宫娥禀道："驸马爷说他身体不安，往外游耍去了。"这句话公主也不介怀。忽见桌子上不见了人面兽、穿云箭。此时，公主细细搜寻，又见她的箱子金锁开了。狄元帅心急走路，忘记扣上金锁。所以公主开箱一看，件件多已在此，单单不见了八宝囊，满心大怒。方知丈夫脱身而去。此时恨恨之声，不及禀知父王，取过枪马，带了女兵，一路急急追来。到了鸳鸯关，方知他出风火关去了。此时并不是公主前来拿捉丈夫，只因恨他没一些夫妻情分，要问个抛弃她的情由，并要讨回八宝袋，所以一路紧紧追来。

　　远望见公主急急赶走，狄元帅料想逃走不成了，只得回马抡刀，叫声："公主，下官出外玩耍，你赶来何事？"公主喝声："你休来哄我！你平日之间说，生长中原的人氏在外国招了亲，这般姻缘非是偶然，不是今生所定，正是五百年前结下来的。今朝既然结为夫妇，不回中原做官，勤于国务，日夜劳心，在着你邦逍遥快乐，件件满足，今生再不想回去了。这是你常常所说。哀家信了你的真情，岂知一片的巧语能言，竟被你瞒得颠颠倒倒，到底你抛弃了哀家，有何缘故？"狄元帅说："公主啊，这原是下官身负重罪，负了你一片真情，望求海量宽恕。"公主喝声："匹夫！你原是一个奸猾心肠之徒，世间薄情之汉是你为首。平常夫妻尚有三分情义，你竟把哀家抛弃，到底你有何不足之意，快些实说！"狄元帅说声："下官多承恩爱了。"公主说："既然如此，因何抛我而行？"狄爷说："公主啊，事到其间，下官不得不说了。我是生在中原之地,祖上世代扶助宋室江山,几代相传,忠良自许。家门不幸,父母单生下官一人。自小立定了主意,一点丹心报国。前日投降于你国,并非我所愿。勉强与你成了亲,乃是一时权变。身虽在此,心在中原。"公主说:"既然你一心归宋,何不早早说明?口是心非,岂大丈夫之所为?"狄元帅听了,说:"公主,下官从前原是不肯投顺的。多是你父王不好,苦苦逼我成亲。下官只是事到其间无奈何,勉强允承了,不过权为与你做伴。"

　　公主听罢丈夫之言,纷纷下泪,咬牙切齿,恨声不绝,骂道:"你真乃一个无情薄幸之人,全不念与你成亲一月恩情多少,全不念我腹内的亲骨血,全不念哀家待你义重如山。当初,只道你是真情重义的男子汉,岂知你是不情不义的蠢汉。今日与你一月夫妻,抛弃我回归大宋,弄得我青不青白不白,哀家虽是番邦之女,决不肯再抱琵琶的。今日你既一心归宋弃我,料也难留于你,总是青灯独对,乃我命所招。"公主此时说到伤心处,泪如雨落,湿透衣衿。早有女兵抬起枪递上公主,狄元帅见此光景,心下好生不安。想起她侍奉之恩情,今日骗走,果然辜负了她,也觉惨然,不觉忍不住下泪一行,马上打拱说:"公主啊,这原是下官之罪。我劝休得伤怀罢!"公主叹道:"哀家一心真诚待你,你却无半点夫妻之情,好不恨煞人也!"元帅说:"公主,下官若未与你成亲,也不多讲。今既为夫妇,彼此多存夫妇之情。"公主说道:"若念夫妇之情,也不该弃我归宋了。你不该一片虚情鬼话来哄骗于我。"元帅叫声:"公主啊,并不是下官虚言哄你,望你万不可伤心苦坏了。下官与你一个商量。"公主说道:"怎样讲,你且说来。"公主吩咐女兵退后些。狄元帅把刀按在鞍桥上,把马催上一步,马头对马头,人面对人面,叫声:"公主啊,这不是下官今日没意,辜负你一月夫妻万种之情。只因下官奉旨平西还未成功,反投你国招了亲,岂非不忠不孝?在此贪欢图乐,母禁天牢又惊又苦,岂非不孝不义?何以为人?今日公主不放下官出关,我愿在公主马头请以一死,以谢公主前日有待恩情便了。"公主含泪说:"若放你出关便如何?"元帅说:"公主,你若放我出关,待下官与众将去平复得西辽,取得珍珠旗回国,将功赎罪矣。天子最是英明,岂不放还我娘亲离却天牢之罪?这是忠孝两全了,免得臭名遗后,足见恩妻大德矣。如若下官征西回来,此时国务已完,母子已安,那时为官不为,自得其便,回来与你白发相处的。"

第二十回　狄元帅骗关逃国　八宝女感义从夫

公主听言，止不住地两目滔滔下泪，说道："此言若是你早早来商酌，自然与你好好调停。因何虚言哄我，私自奔逃，全不念夫妇之情？往日多少真言还算不真，你今要出关休得想望。如若再多言，刀枪上与你是个情分。"说罢，把梨花枪略略一摆，狄元帅金刀轻轻架开，说声："公主啊，你平日为人最是有情，今日下官好好良言哀告于你，因什总总不依？望公主大发慈悲，速速回兵，容我起行。如若执意不从，休得怪我刀枪相向，唯恐有伤。"公主正欲开言，忽听空中有人，乃是飞山虎也，连驾席云帕赶来。元帅此时被阻，听得明明白白，这刘庆也是不法之徒，遂大喝一声："贱妖！"一棍打将过来。公主慌忙闪开，棍尖早已稍中，公主觉疼痛，提枪要刺刘庆。刘庆飞奔空中，还是大骂。元帅大喝一声："这莽夫不该如此无理！"飞山虎说："元帅，这样无情无义之人，要她何用？既然与你为夫妇，应该前往帮助平西才是，因何苦苦牵留你，不愿放行？无非贪图风月开怀，不怕旁人说短长。这样东西，稀罕她什么？就将她一棍打死，有何妨碍！"元帅大喝一声："匹夫休得乱说，快些下来赔礼罢。"刘庆说："要我赔罪，今生休想。"说完，仍驾云逃走了。此时，公主听了刘庆之言，倒也醒悟了，想道："此人说话倒也不差。哀家不放丈夫去平西，旁人个个说我不贤，贪图风月罢了。我今且自由他罢。"把蛾眉一蹙，开言说："驸马啊，此将何人？因何在空中驾在云雾中，莫不是有仙术的异人么？"元帅说："公主，此人姓刘名庆，为人粗莽，曾受得异人传授席云之法，来去如飞。"公主说："好一件帕子！"元帅又道："公主，你如今莫要留我。待下官前往征西辽成了大功，好再来迎你，人人赞羡你贤德。宋天子定然钦褒你了。"公主说："妾也不想这些好处，总是自怨红颜薄命。父王做主把你招赘，又被庐山圣母前说与你宿世姻缘。如今正在成亲一月，指望共你连理和谐，相依白首。岂知你一心归宋，可怜今日此地分离，仙母之言莫不是一月夫妻的姻缘么？好似棒打鸳鸯，各飞一处，今生料想后会无期了。只可惜我腹中根苗骨肉，后来不知是男是女，没有爹爹称叫的，好与我苦命娘亲相伴寂寥。"此时，公主说到伤心无限之处，止不住的秋波珠泪千行，苦切不堪。元帅摇手说："公主啊，你且免愁心，放怀抱。下官虽然一匹武夫，也恰知你一片心情。况且公主为人情义两全，何人可及？下官岂肯将你抛弃？但愿我早建得功，既建功劳，罪也消了，似云复吹开磨明古镜，仍归来与你相会，断然不做薄情之徒。况且，你腹中已有了香烟之种，下官岂有舍却明珠抛在半途?公主啊,下官只这一言是实,如今即要与你分别了。"此时,公主难舍得与丈夫分离,流泪叫一声:"驸马啊,你今前往西辽,只恐兵微将寡,待妾助你几员番将番兵。若然粮饷不敷①,也须带足前往。你意下如何?但愿你马到成功。"说罢,又令番女前往各关通知,休得阻挡,让驸马爷出关,休得延迟。狄元帅感激相谢,不知夫妇分手如何,下回便知端的。正是:

  割断情丝劳国务,分离恩爱救萱亲。

---

① 敷(fū)——足,够。

第二十一回

出风火夫妻分别　离单单五虎征西

诗曰：

　　风火关前夫妇离，鸳鸯拆散在今时。
　　平西抛却心头恋，连理分开不缓迟。

当下狄元帅得公主醒悟为孝忠之言，情愿放行，又说他兵微将寡，要添兵助粮之说，元帅听了，满心大悦，说："公主啊，此言足见你一月夫妻心迹了。你回去不要为着别离心中烦恼，且须开怀。下官此言切要谨记莫忘。我粮草丰足人马多，扎顿在白杨山等候。公主不必费心。你且请回，下官去也。"公主说："驸马且住，你还有两件法宝，我吩咐去拿。"元帅说："现已藏在身边。"公主说："驸马要的八宝囊之物，你不会用，带去也无益。"元帅说："公主啊，就是下官用得，也不敢私取你的。此宝在宫中床顶之上，你可取回收拾。公主请回，下官就此告别了。"公主说："驸马啊，你且慢去，妾身还有一言相告。"此时，公主凤目忍不住的珠泪沾襟，噎声说："驸马啊，虽则你是英雄无敌，须知西辽兵强将勇。他国一个天宝将军，名为黑利，国王的公主飞龙与他为配。这员番将名声远震，你此去须要谨谨提防才好。"说完，心如刀刺，肝肠欲断，粉面流泪，不胜凄楚，依依不忍分离。元帅见妻如此，好生不忍，说："公主啊，今朝暂分离，后会有日，何必如此心烦，切记下官前告之言。"

夫妻正在十分难舍之际。飞山虎又在空中叫声："元帅，她不放你出关，小将又要将棍打下来了。"元帅大喝一声："匹夫！不得无礼！你还不走！本帅就此出关罢。公主你且请回，下官去了。"此时，少年夫妇分离之际，公主好生凄惨，看着丈夫悲切痛苦难言。元帅虽然称是虎将，见她如此不忍分离，虎目中暗暗泪垂，无可奈何，只得硬着性子，叫声："公主，且免愁烦，请回便了，下官去了。"催开坐骑。哈蛮番将得公主吩咐，早已关门大开。哈蛮恭迎驸马爷，送出关外。此时，狄青出了风火关，又到吉林关。巴总兵因有公主的令在先，不敢拦阻，遂大开关门送驸马爷起程。

是日,又到前三关,是五将把守。此时,就在石亭关会齐五将。众将一见元帅大悦。早有飞山虎知元帅出了关,先往白杨山通知孟定国前来相会。有焦廷贵说:"元帅,这个向导官,还是小将做罢。"元帅喝声:"匹夫!用你不着。"孟定国上前说:"元帅,这向导官待小将做罢。"元帅说:"你既愿为向导官,要小心认明路程,若走差了,即按军法,决不姑宽。"孟定国说:"得令!"传令焦廷贵押送粮草。此时,元帅略略开怀,又令四虎将兵分开队伍,祭过大纛①旗,三声炮响,杀气腾腾,一路起程,出了三关而去,暂且不表。

再说八宝公主看见丈夫出关去了,好不凄惨,一路转回,长叹一声:"可惜一个青春虎将,谁能够及得他烈烈威威的气概?只望与他同偕白首,岂料成亲一月就要分离。自今朝一别,未知何时再会?又不知他心地如何,虽然声声许我,平西之后,仍旧回来,犹恐未必心口相对。如若不来,哀家有个主意——他若在大宋为官,把我抛弃于此,定要奏于父王,兴兵杀上汴京,与他理论便了。但这刘庆看得哀家如同草芥一般,辱骂我几声,又敢把哀家打了一棍,此恨焉能得消?罢了,如今且由他,日后有什机会,终须要雪此恨的。"

此时一程回朝,直进宫中,将丈夫逃去情由说与父王母后。狼主一闻此说大恼,怒气冲冲,说声:"狄青啊,你的罪大如天,孤家尽行不究,把你招赘,原不亏负你的。岂知你一心逃走归宋,把孤家的年少女儿抛却了,误她终身,情理难容。你这小狗才!"公主说:"父王,且免愁烦,骂也无益。他说奉旨征西,走差国度,罪已难免,目下娘亲禁囚天牢,若是在我邦贪图快乐,背君弃母,是为不忠不孝,难以为人。故此,女儿且由他去了,但愿平服得西辽,待他回归大宋去罢。"狼主听罢,只是叹恨。番后也是不乐。此时,公主辞过父王母后,自转宫中。怀念丈夫,放心不下,往床顶上取出八宝袋收拾放好。公主在御园中夜夜烧香拜求天地神明,庇佑丈夫早早平服得西辽,奏凯而回。按下不提公主怀抱伤心。

且说五虎大将以孟定国为向导先锋,一路出了单单,望西北大路进发。狄元帅犹恐扰掠百姓,所以一路出榜安民,毫无扰犯,百姓安宁。此乃狄元帅一点爱民之心。此时大军一连行走二十余天。阴雨三天,人马

---

① 纛(dào)——古时军中的大旗。

不走,约有一月光景。

却说孟定国开路先锋,这一天有手下兵军报道:"启上将军爷,今有我邦天使张大人奉旨前往单单国诏取元帅,因在火叉岗误走西北,到了西辽国,方知错走路程。如今转来,闻知元帅大兵已到此,故请元帅接旨。"孟将军说:"有这等事。"连忙飞马来至大营,将此事禀明。元帅听得大喜,说道:"既在火叉岗走差路程,今有天使作为证凭,搭附奏明天子,本帅十分大罪可减三分。"传齐众将,迎接圣旨,跪听宣谕毕。元帅谢过君恩,起来与钦差见礼,说声:"张大人,下官从前不细心,走错国度,既已有罪,单单招亲,罪重如山。如今原要去征西,不想圣旨到临,与大人在此相逢,多多有劳了。"张瑞说声:"狄王亲,不要说起。下官行走到了火叉岗,即动问土人指引明白路程,他说要到单单国,须打从东北上走,岂知一程错到了西番。下官想来方知错走。所往西北而行,历尽风霜劳苦,方知不是单单,正在烦恼转回,幸得此处与列位相逢。"元帅道:"原来是大人也在火叉岗走错了路程,下官若得班师回朝,必须立一石碑,省得行人错走路途。"张瑞说:"狄大人之言有理。"元帅说:"张大人,下官还有一句不知进退之言,欲劳烦大人之力,未知可否?"张瑞说:"狄大人,有何吩咐,下官无有不依。请教何事?"元帅说:"下官罪重如山,已蒙圣上恩宽,仍命前往征服西辽,将功抵罪。但今不能回达天颜,意欲修本一道,劳烦大人还朝上呈御览,以表下官心迹。不知可否?"张大人微笑说道:"这有何妨,你且修来。"元帅听了,令取过文房四宝,修了本章,一道转交张大人。此时张爷接了取藏,登时告别起身。狄元帅与众将一路相送出营,还朝去了。此话休提。

再说狄元帅送出钦差,一路起程,催赶大兵,出了火叉岗。此地原系大宋边疆,一连大兵行走了十余天,此地方渐渐人稀地广,尽是沙漠程途,就是番邦地面了。此地是:

山高岭峻烟疏地,虎聚狼生草满芳。

此时,又行走几天,已近西辽头座关城。原来西辽国番王几次兴兵杀到中原,要夺大宋江山,势如破竹,直抵雄关。幸得杨宗保把守坚牢,后来又被狄元帅率同四将杀得西辽兵将片甲不回,反夺回三关外一带地方。所以西辽王把狄元帅恨如切齿,一心要夺中原,誓不罢休。况且他又要拿住狄青消了胸中之恨。只因目下未有大将提兵,所以番王日夜忧怀。番王有一女唤飞龙,生得容颜如花,招一驸马黑利,实有万夫不当之勇,官封大宝将军。番王意欲差他提兵侵宋,到底忌着狄青。悄然仍照赞天王等有甚差池,岂非误了女儿的终身?因此略略罢却此念,所以对大宋兵戈略息。如今正欲另择能征惯战英雄,装束锐兵待等粮草丰足,然后发兵取往中原,岂知今日五虎兴兵先来征伐。正是:

  方欲兴兵侵上国,先来五将伐偏邦。

第二十二回

景花沙献关投降　张将军斩将立功

诗曰：

　　五虎英雄大国军，旗幡招展似天神。
　　背君辽将知难故，投顺中原免戮身。

却说西辽国第一座关名唤七星关，守关主将名景花沙，武艺不算高强。这一天正坐关中无事，忽有小番来报："启上将军爷，今日有大宋遣五虎将统领雄兵前来征伐我邦，请令定夺。"景花沙听了大惊，说："有这等事！离关有多少路？"小番禀说："只有百里之遥了。"便说："再去打听。"当下，景花沙听报，呆想了一会，暗道："我邦狼主好生心，妄想要夺起大宋江山，奈何夺不动中原，反自损兵折将，耗费钱粮。到了今日，宋主却不肯罢休，前来征伐，差五虎将督兵前来。我想本邦有名的英雄上将赞天王、子牙猜、大孟洋、小孟洋、薛德礼五将，有万人莫敌之威，尚且死于狄青之手。俺景花沙莫想出敌取胜，必定被他伤害了。俺今何苦白白送命？不如献关投顺，免得满城百姓受尽灾殃，有何不可？"主意已定，即传令："众番兵打开七星关，恭迎元帅入城。"

狄元帅此日到了关下，见此光景，心中还疑惑说："这番将有何计较？"忙传令捆绑了他。五虎大兵一同进关，查点内外，无什么奸细，元帅方才放心。登时放炮安营，放了景花沙，然后问道："景将军，你邦关城有几座？能征惯战之将还有多少？"景花沙说："启上元帅，小番除了这座七星关，还有乌鸦关、白鹤关、黄花关、碧霞关四座关头。过了八百余里是和平城，就是狼主的宫院了。四关主将虽然英勇，能征惯战，焉能及得元帅？众虎将的英雄大兵一到，自然成功。"元帅说："你邦狼主有珍珠烈火旗一面，是镇国之宝，可是真么？"景花沙说："元帅，果然有的。"元帅说："景将军，本帅奉旨前来征伐你邦，你帮助一臂之力，成功之日，另行升赏。"景花沙说："我愿效犬马之劳。"是夜，元帅吩咐大摆宴席，犒赏众军各将士。此日元帅传令，养马三天，再行前进。又行文书飞送与番邦，叫他早早献出珍珠旗纳降,保全一国君臣,若再倔强不醒,玉石俱焚,悔之晚矣。即投文书一角去了不表。

且说乌鸦关主将,名唤亚从善,一听此报,心中大怒。接着元帅文书,犹如火上添油,说声:"可恼!可恼!我想这狄青乃是奉了宋主之命来征伐的,俺也不怪。只可恨这景花沙狗乌龟不思食了西辽俸禄,竟自献关投降。这狗强盗令人可恼!俺家死也与宋将见个雌雄。"就将文书留下,打点明日交锋。原来这员番将是个性情激烈之人,哪里等得三天两日。到了来朝,就要出关厮杀,立刻传齐关内千把官员,点起两万小番,是日饱食战饭,众兵将盔甲鲜明,刀枪锐利,传令:"要先拿了景花沙,然后与宋将交锋。需要同心协力,不得有违。"众将兵一声:"得令!"此时即要进兵。亚从善顶盔贯甲,带领三军发炮起行。一路到了七星关,坐名要景花沙出马。

有小军飞报入关,元帅闻报说声:"景总兵,今有乌鸦关主将亚从善指你之名讨战,你是出马还是待本帅另点别人?"景花沙说道:"小将若不出去会他,只道惧怯了。"元帅明知其意,便说:"别在元帅跟前不好说抵敌不过。既然他是坐名讨战,你可出敌,若抵不过,可将好话劝他投降,勿与交锋为是。"景花沙应诺,领兵三千披挂上马,提刀杀出关来。景花沙至阵前说声:"亚将军,下官在此,不知你有何话?"亚从善大喝:"景花沙,你这匹夫!既为西辽国之臣,食了狼主俸禄,不思报效国恩,却献关投顺南蛮。俺今容你不得,特来取你性命。"景花沙全无怒色,笑道:"这是狼主从前无主见,妄思胡想侵扰中原,要占夺宋室江山。赞大王等如此英雄,五将一同为刀下之鬼,我邦众将多杀不过南朝五虎。今日他大兵到来征伐,料想我邦无人抵敌。莫若早早献关为上,算来不是下官差处。"亚从善听了大喝道:"放你的狗屁!做了一个男子汉,如何讲出这些话来!亏你羞也不羞!"景花沙道:"亚将军,你休来怪我。自古识时务者为俊杰。我若不献关投降,性命难保。"此时,亚从善听了大怒,骂道:"这狗党贪生畏死,非为好汉,俺今日来取你性命。"提起大刀就砍来。景花沙大刀架开,亚从善左一刀左架,右一刀右架,一连架过三刀,说一声:"亚从善,并非下官怕你,但是念着同朝一殿之臣,故此让你三刀。"亚从善喝声:"你今投顺南蛮,与你不是同殿之臣了。"又是一刀,景花沙闪过,回手大刀也砍去,二将交锋,杀了二十回合。景花沙招架不住,兜转马头大败

第二十二回　景花沙献关投降　张将军斩将立功

而逃。亚从善追赶不上,只得住马说:"请了,饶你多活一天。"遂带兵回关,怒气不息。不表。

且说景花沙败回关中,见了元帅,满面羞惭。元帅安慰道:"胜败乃兵家常事,将军不必心烦。且待来天本帅另点将罢。"到次日,又报上元帅,乌鸦关番将仍要景将军出马。元帅说:"景将军,你却敌他不过,不必出阵。待本帅另点别人前往便了。"景花沙应诺。此时,元帅拈令一支说声:"张将军听令:你带领五千人马出关迎敌,需要小心。"张忠说声:"得令!"上马提刀,炮响开关,一马当先,冲到阵前,各通名姓。张忠大刀当头就砍,番将急架相迎,杀了三十余合。亚从善抵挡不住,被张忠架开刀,起手一刀劈为两段,跌于马下。张忠哈哈大笑说:"这样东西也来混账①。"大喝众番兵:"你们要性命的,快快献关投降。如若不然,多做无头之鬼,悔之晚矣。"众番将齐声愿降,请将军爷进关。张忠大喜,即差人报知元帅。元帅满心大悦,传令众军,将大兵前往进关。留下精兵五千,着令孟定国把守七星关。元帅进了乌鸦关,查点明仓库,出榜安民,埋葬了沙场尸首,记了张忠头功。元帅说:"本帅只道西辽兵强将勇,岂知两关多是无能之将,一关投降,一关被破,只愿前关多是照此,番王哪有不投顺之理?"不表元帅之言。

再说白鹤关守将名唤酥而岱,一闻连失二关,心中大惊,说:"狄青有多大本领,来寻我邦,待本总前往与他见个高低罢。"次日正要整兵出关,忽有宋营文书劝降。忙拿来拆开一看,不觉哈哈大笑道:"大宋王好糊涂也。这珍珠旗乃是我邦狼主传国之宝,非同小可的宝贝,因何要我邦贡献起来?在你为中国之主,好像小孩童一般,劳役兵将耗费军粮。也罢,待本总一面写表入朝奏知狼主,一面与他交锋。"连忙具表,差人去了。又飞文前往达知碧霞关段威,要他亲领兵马到来助战,杀退众兵。此日领了手下武官千百把总,又点兵一万,一程来至乌鸦关。离关十里放炮安营,又令小番投递战书,约定来日交锋。到次日,两边用了战饭。酥而岱领兵讨战,元帅闻报说:"景将军,本帅奉旨前往征伐你邦,因思万物贪图性命,不忍即行征伐,为此先行晓谕,着令年年进贡,献出珍珠旗,本帅即可

---

①　混账——充数,凑合。

收兵还朝。岂知白鹤关主将如此倔强①,反来抗拒,不知此人本领如何?谅必你知。"景花沙说:"启上元帅,这酥而岱本事虽有,看来及不得元帅。列位将军英雄若与交锋,彼必有伤。但他与小将平日间相交情密,如兄似弟。倘他披伤,小将于心不忍。莫若待小将出马,以好言劝他投降元帅,免动刀兵,岂不两全其美? 如若他不允降,再行征伐。元帅意下如何?"元帅说:"既然如此,你且将兵一千出关答话便了。"此时景花沙说声:"得令!"即时上马提刀,一千精兵随后,一声炮响,大开关门,一马跑出,欠身打躬说声:"酥将军,小将在此。"不知后来景花沙劝得他投降如何,正是:

  投降将军重劝降,破关之将复守关。

---

① 倔强(jué jiàng)——强硬,不屈服。

第二十三回

景花沙战死白鹤关　李将军大败酥而岱

诗曰：

　　背君降敌景花沙，投顺献关免捉拿。
　　岂料阵场仍丧命，不如全节死邦家。

却说降将景花沙奉了元帅之令，出关来劝这酥而岱。此时彼此相会，酥而岱说："景花沙，你已经投降了宋朝，出来见俺何事？"景花沙说："酥将军，下官奉了元帅将令，特来告禀一言。"酥而岱听罢大怒，喝一声："你这狗才贪生畏死，献关投降敌人，不忠于狼主，还敢来劝本总么？"此刻景花沙复开言说："酥将军，且请息怒，听下官告禀一言，我邦狼主贪心谋占宋朝社稷，几次发兵遣将，大兴人马，已经三载。事又不成反招其祸。"酥而岱怒道："招什么祸来？"景花沙说："我狼主贪心侵宋，如今宋王却不肯干休。今日差五虎将前来征伐，我国兵微将寡，焉能与五虎对敌？并非下官要做不忠，犹恐不能对敌，玉石俱焚，悔之晚矣。打破关来，百姓俱遭荼毒。凡英明之士，需要见机而行，将军何必动恼？只因我两人是多年好友，故者直言相告。我劝你今日不必与来交锋，投降天朝，免得白送一命，岂不为美？这乃大丈夫审机而行。"酥而岱听罢，气冲霄汉，怒目圆睁，大喝道："休得放屁，谁人听你不忠之言？"举起宣花月斧当头就砍。景花沙就把钢刀架住，说："酥而岱，休得一偏之见，我与你是个同朝厚友，所以劝你投降，免得一命披伤，于心不忍，愿将军听我劝言。"酥而岱喝声："没良心的匹夫！古语养军千日，用在一朝。你今日食了狼主俸禄，当与狼主出力分忧。若国家太平无事，吃了太平俸禄，做了太平官，安居快乐，自在逍遥，好不享受。到了今朝国家遭乱之际，敌临城下之日，贪生背主，投敌献关，还亏得你尚有面目前来劝我归降！真乃忘恩负义之徒，骂名千载！今日痴心妄想，要我投降，万万不能！"说罢，又是一斧刀砍来，景花沙料他不肯归投，回手一刀架开。二将一来一往战杀起来，有二十余回。景花沙招架不住，被酥而岱一斧劈作两段。有败兵奔进关中，报知元帅。这景花沙乃是新降番将,今日阵亡,元帅到底不介怀①。

不一会又报酥而岱讨战,请令定夺。元帅闻知,令李义领三千精兵,与酥而岱对敌,嘱他需要小心。李将军英气勃勃,上了花斑马,手提丈八长矛,飞马出关,跑到阵前,不通姓名,提枪便刺。二将在沙场内杀起来。正是龙争虎斗,难解难分。一连冲锋八十余回,酥而岱抵挡不住,大败而逃。走到关下,过了吊桥,闭城不出。李义追赶不上,得胜回关交令。自此,宋将天天讨战,酥而岱日日杀败,番兵死者甚多。酥而岱心中着急,前已有书往碧霞关求救。此日段威亲自领兵到来助战,又不能取胜,只得挂出免战牌,文书急告狼主。

是日,番王闻报,忙问道:"众卿家,宋朝五虎将如此猖狂,怎生打算才好?"此时,西辽众臣闻了五虎将之名,不独众文臣害怕,就是朝中武将只是呆呆不语。有左班首相乌登上前俯伏,启奏狼主:"臣思我邦有名上将尚且如此,除此之外,还有何人强于其数?前者赞天王五将,乃我邦有名上将,盖世英雄,尚且如此,除此之外,还有何人强于彼者?依臣愚见伏唯差遣驸马提兵前往,或者成功。一面再往红泥城调取扳天将星星罗海前往大战,宋朝将兵由他如龙似虎,也须大败而返。"番王听奏,无可奈何,传令驸马上殿。不一时,天宝将军黑利已到殿前,俯伏金阶说声:"狼主,不知宣召儿臣有何吩咐?"狼主说:"王儿啊,只因大宋差来五虎将占取七星关、乌鸦关,他兵强将勇,幸得白鹤关把守坚牢,免战高挂,十分危急。奈何国无良将与孤分忧,今欲差王儿提兵前往,如若退得南邦五虎,方能保全邦国。"黑利听了说:"儿臣领旨。"转身又说:"狼主,非儿臣夸口,妄出狂言,由他五虎威名远霞,俱不在儿臣心中。须要杀他片甲不回,前来交旨。君臣共享太平,方显儿臣手段。狼主龙心且自开怀。"狼主听罢大悦,急忙传旨:"发兵十万,有功之日,厚加官爵。以报驸马勋劳。"黑利领旨,番王退朝回宫去了。

再说一班武将文臣退朝谈论。多道:"宋邦五虎将非同小可,昔时杀得我邦人马七零八落。如今又起大队人马前来征伐,我国全无勇将,就是天宝将军黑利虽是英雄,竟不知杀得过南邦五虎否?如今祸福未分。"又一人说道:"赞天王、子牙猜等尚然死于狄青之手,岂但这驸马?狼主虽

---

① 介怀——挂念,耿耿于怀。

第二十三回　景花沙战死白鹤关　李将军大败酥而岱

差他前往,也不中用的。"又有人说道:"不妨。如今狼主差人前往红泥城调取星星罗海到来助战,退敌一定无妨。"又有人说:"杀退得大宋人马,保全我国,是君臣之幸也。"又有人说道:"此事皆因狼主差见的,如何妄想夺起中原,反自损兵折将。前者下乐与丞相曾有言一谏,但这狼主念头一开,哪里肯听众臣言。岂知众将恃勇逞强,多说带领一族之师,宋朝江山可得。此时狼主好不兴头,听了众将之言,大兴人马,岂知阵阵将解兵消。发兵已将四载,反叫国饷空虚,兵将遭劫。看来宋王必然深恨,如今差来五将如此猖狂,倒怕把西辽社稷让他了。"不表众官之言。

且说黑利驸马回归府内,说与飞龙公主知道,说声:"公主,可恨这南蛮狄青兴兵到来,占去了七星、乌鸦两关,白鹤关守将无能,几次交锋,杀他不退,只得守住关城,前来求救,急得狼主无计可施。"公主听罢,说:"驸马,敢是父王要你提兵前去么?未知驸马肯去否?"黑利听了,哈哈大笑:"公主,你又来了。我与你夫妇相亲已有几载,难道你不知下官的心肠么?国家有事,为臣理当奋力向前,俺岂是贪生畏死不与君主分忧的?"公主说:"驸马,虽然你一片赤胆忠肝,帮助我父王退敌。哀家见你万分持重,犹惧着五虎将,况五虎名声素重,只忧杀他不过,临阵切须小心才好。"黑利说:"公主不必挂怀。下官此去,管叫马到成功,早早班师复旨。"公主说:"但不知驸马何日动身?"黑利说:"公主啊,边关危急,难以缓迟。来日黎明就要起兵了。"公主道:"既然驸马明日起程,今日哀家理当饯行。"黑利说:"公主,不劳费心了。"公主说:"理应如此。"连忙吩咐宫娥排上筵宴,夫妇双双对酌,交酢①劝酬。公主有多少叮嘱之言,按下不表。

且说来日去部军选兵十万在于教场,候驸马起兵,并预备粮草。此时西辽国内并不是没有武将,番将因何如此着急?只为赞天王五将实是他国头等的英雄上将,也被狄青伤了,其余二等三等,料想杀他不过,所以番王这等着急,众文武彼此惊慌怯惧。此时,十万番兵在教场伺候。天宝将军辞别公主,一路往教场,点齐队伍,进入金殿拜辞狼主,祭过大旗,放炮起程。后队解粮官呼且明领一万人马去送粮草。文武各官纷纷齐送驸马。此日,黑利出了和平城,十万精兵一路威威武武,催赶程途。一连行

---

① 交酢——互相对酒。

走七八日,方才到碧霞关,段威恭迎驸马。出了碧霞关,连走三天,到了黄花关。再走行二日,方是白鹤关。酥而岱闻报,与众将迎接进关,安顿了十万大兵。是日,酥总兵排筵席款待驸马爷。黑利问起交兵事情若何,酥而岱说:"驸马爷,下官无能,不能抵敌,只得挂出免战牌。"黑利听了,吩咐收去免战牌,急忙修战书一封,差人送去乌鸦关交狄元帅。元帅看过,即批回来人去了,说:"众位将军,前日景花沙曾经说过他国有一天宝将军,名唤黑利,有万夫不当之勇。如今领兵前来,我弟兄需要小心才好。"众将一齐答应不表。

且说来日有军士前来报说:"番将黑利讨战。"元帅听了说:"再去打听。"不知元帅着何人出敌,胜败如何? 正是:

兵家胜退真常事,卷甲重来未可知。

第二十四回

白鹤关黑利逞威　沙场地狄青破敌

诗曰：
　　由尔辽军烈烈烘，天朝五虎猛如龙。
　　失机兵败关城失，赫赫成名总是空。
　　当下狄元帅闻报番将黑利关前讨战，即令刘庆带领二千健卒出敌。飞山虎奉令冲出关，来到阵中，大喝一声："狗番奴，我乃飞山虎刘庆，奉元帅之令特来拿你，快些送首级过来。"黑利大怒，喝声："你不是我家对手，快唤狄青出来受死。"刘庆听罢大怒，举斧当头就砍。黑利把长枪架开，反刺飞山虎。刘庆虽然英雄，岂是黑利对手？杀到三十回合，抵挡不住，大败逃走入关。黑利见了，哈哈大笑，说道："南蛮不知怎样凶狠，原来不中用的。"遂大喝："关上南蛮听着，可有本领高强者，出来与俺见个高低，如若照这样的，休来混账！"正在耀武扬威，元帅闻报，又令张忠出关对敌。不上两个时辰，战不上六十回，张忠大败回马逃奔。黑利拍马追赶来，几乎冲进关中，众兵阻挡不住。亏得石玉、李义前来拦住，杀退黑利，旋即收兵回营。自此一连数日交锋，番将黑利果是英雄无敌，四虎人人杀败。元帅十分忧闷，说道："这黑利果然本事高强，待本帅来日亲自出马，与你见个高低便了。"房边闪出飞山虎，说声："元帅不必亲自出马。待小将今日驾起祥云悄悄探到番营，刺死这黑利，何等不美？"元帅说声："刘将军不必如此。凡为大将者，须要在临阵时堂堂正正见个高低。如若你去行刺，纵然侥幸成功，还不算真本事，岂是英雄大将所为？"若论为人各有一个性格，从前狄青与南清宫狄太后姑侄初相会之时，狄太后就要降旨把狄青封个官爵，若是别人快活不过的，岂知他反推辞不要，说男子汉大丈夫若要为官，总要自己手头打下来的。若傍了姑娘①之势，自己为官受俸，有什么稀奇？所以比武劈死王天化，几乎性命不保，反反复复吃

---

①　姑娘——姑姑。

了几次苦楚,多是命内所招。如今飞山虎要去刺杀黑利,他说不是上阵明枪明刀,纵然成功得胜,不算真本事的英雄,亦是他的品格硬铮,正大光明,当时刘庆听了元帅之言,只得住口不言。

到了明早,有军士入报:"番将讨战。"元帅听报,着令张忠、李义二将把守关城,须防番王暗算。又令刘庆、石玉二人随同本帅出关。元帅头戴鸳鸯盔,身穿淡红袍,衬住锁子黄金甲,手执定唐刀,骑上龙驹。三声炮响,把关门大开。带领一万精兵,二将分随左右,众兵摆列队伍跑至阵前。黑利一见,把长枪照前刺过来。狄元帅提起金刀架开,喝声:"番奴,你是何人?通下名来。"黑利喝声:"南蛮听着,俺乃西辽国王驾下天宝将军驸马爷爷黑利是也。你这孩子是何人?"狄元帅闻黑利叫他孩子,喝声:"番狗,你且洗耳恭听,本帅乃大宋天子驾下敕封平西大元帅狄青便是。"黑利说:"你这孩子就是狄青么!"又冷笑一声:"俺素闻大宋有狄青之名,只道掀天揭地英雄,原来是一个瘦怯小儿。俺想你黄毛未退,乳气未除,如何上阵交锋?倘然死在我枪之下,岂不可惜!不苦快快收兵回转,免得把性命伤了,只道大人欺小人儿!"狄元帅听罢,哈哈大笑道:"黑利休得大言夸口,因何你邦狼主痴心妄想要夺宋朝社稷,三番五次兴兵犯上,却被我们杀得片甲不存?本帅今日奉旨征剿你邦,知事者速速献关投顺,教番王献出珍珠旗奉上降书,年年纳贡上邦,还可姑宽前愆①。如若再要倔强抗拒,把你邦踏为平地,有何为难?"黑利听了喝声:"狄青休得胡说!那珍珠旗乃是镇国之宝,我邦数代流传,如何你主妄想这念头来?你这宋王,既为上国之君,因何这般无理,妄动干戈欺我下国,妄想宝旗?你中原上国岂无异宝奇珍?如今妄想这件东西,劳兵损将,徒为无益。不如快快收兵回转,免我伤你性命,这是便宜了你。"狄元帅大喝道:"黑利休得妄言!你既为下国之臣,理当年年进贡,岁岁称臣,因何你主妄想天朝,兴兵犯界?本帅今日奉旨提兵问罪,你反说上邦无故欺你,可晓得前赞天王等五人本领高强,尚且死无葬身之地,况你一个无名下将!如识时务的,奏知番王早早投降,本帅姑且准你。如若再执迷不悟,尚敢抗拒天兵,指日之间将你踏为平地,玉石不分,叫你君臣受死。"黑利听罢大怒,喝道:"狄青,休得夸能!放马过来与你比个高低。"手起一枪就刺。元帅把金刀架

---

① 愆(qiān)——过失,罪咎。

第二十四回　白鹤关黑利逞威　沙场地狄青破敌

住,全不放在心头。但见天宝将军本事果然厉害——使开长枪,紧一紧,梅花现现;串一串,雪点纷纷;慢一慢,枪光遮日;按一按,天地皆惊。真好枪法也。狄元帅哪里怯他？把手中定唐金刀使开,金光遮日,闪烁飞霞,上一刀劈破风云雾,下一刀斩开铁石山,果然刀法奥妙无穷。只见军中刀枪交击,这场大战好生厉害。正是：

　　窗中才子停文笔,闺内佳人住绣针。

当下二员大将杀得沙尘滚滚,烟雾腾腾,自辰时至未刻,战有二百余回。黑利渐渐气力不佳,招架不住,虚晃一枪,回马就走。狄元帅趁势拍马赶来。这黑利拨转马头,喝声:"狄青,休得逞强！看我的法宝！"元帅心说:"这番奴杀不过本帅,要用法宝。他有法宝,本帅也有法宝,怕他什么？"停住金刀,就拿上穿云箭。但见黑利撒起一颗明珠,闪闪旋舞空中。狄元帅一见,忙发出神箭,一声响亮,相生相克,珠逢箭落,散了毫光。这明珠登时坠地,已成无用之物。黑利一见明珠穿破,心中大惊,喝声:"狄青,你敢破我的法宝么？"元帅收藏起穿云箭说:"黑利,一粒泥弹有什稀罕的？"黑利大怒,又杀起来。他仍战不过狄元帅,又取出一粒惊天弹,一道光华射目丢在空中,化作万道金光,非同小可,一声响亮落将下来。狄元帅心说:"他不知有多少法宝？"又取出第二支穿云箭放起在空中,顷刻毫光散乱,响亮俱无,弹子登时坠落尘埃。狄元帅哈哈大笑,把手招回神箭说道:"黑利,你这弹乃不中用的东西,休得拿出来。"黑利说:"狄青,休得猖狂,俺的法宝又来了。"忙把背上葫芦解下来,口中念咒,把盖揭开放出一只乌鸦似火的一般,张开血口要啄来。狄元帅一见,忙把第三支神箭射去。呼的一声,这支神箭不上不下却锁进乌鸦之口,射在地下。黑利此时怒气塞胸,提枪奋勇杀来。元帅舞刀相迎,想道:"倘他再有法宝,本帅无物可破了,不如先下手为强罢。"算计已定,一手提刀架枪,一手忙向豹皮囊取出人面兽戴在脸上,念声:"无量佛！"此时黑利身体犹如泥塑一般,背后站着一个长人,身高二丈四尺！黑利在马上四挺八直仰面跌翻下马。石将军飞马上前,枭取首级,一道真灵往真武殿去了。

当时狄元帅除下金脸,吩咐刘庆、石玉快些趁势前去抢关,二将得令飞跑而去。元帅勒马催兵抢关,此时二员武将一路赶去,把番兵杀得犹如砍瓜切菜,其余各自奔走逃生。酥而岱在关中闻报,预先紧闭关门,又惊又恼,说道:"下官只说天宝将军到来,必除宋将,岂知也遭狄青之毒手。

南蛮如此厉害,我邦还有何人杀得他过?"传令城内番兵用心把守关门,由他攻击便了。一面写表入朝,奏知狼主,自说:"狼主啊,臣今若不做忠臣,昧却良心早已献关投降了。只不为忘狼主之恩,故此日夜坚守。待等星星罗海到来与大宋军马见个高低,决个生死。"不知后来星星罗海到来如何迎敌,退得宋朝五虎,正是:

犬豕①何堪共虎斗,鱼虾岂得与龙争。

---

① 豕(shǐ)——猪。

第二十五回

闻兵败辽王议敌　夸骁勇太子兴师

诗曰：

败兵飞报达辽王，番王闻知甚恐惶。
太子兴师夸骁勇，纵然难免阵中亡。

却说狄元帅斩了番将黑利，传令刘庆、石玉乘势抢关，酥而岱早得飞报，把关守牢。二将见城门紧闭，进不得抢，打不得开，只得收兵来见元帅。此时元帅吩咐暂回关去，另行酌议。尚有杀剩番兵逃走不及，看来不好，多已投降了。元帅一一取用。阵中拾得军器马匹，不计其数。此时各将士回关，元帅吩咐把黑利尸首号令，又令将番兵尸首尽行掩埋。自此之后，四虎英雄日日领兵到白鹤关前骂战，酥而岱只是坚守不出，百般侮骂只是不理。星夜告急文书，狼主得知好不惊惶。飞龙公主闻知丈夫被害好不伤心，一跤跌翻尘地人事不省。番王、番后听知大惊，呼唤宫娥急取药物，解救多时方醒，流泪叫声："父王啊，南蛮如此英勇，倘被他打破，王家如何是好？需要早早定计退他才是。倘若迟延，为祸不浅。"狼主说："女儿啊，为父也是十分着急。只等星星罗海领兵前来退敌，方能与驸马报仇，杀退宋邦五虎，我国方保无虑。"公主含泪不言，番后带泪开言道："女儿，你休要过于伤怀，人死岂能复活？待等星星罗海前去拿尽这南蛮，然后与驸马报仇。"

公主正欲开言，有二太子前来见父王。若讲到西辽王，共有四位太子，大太子名泽波罗，二太子名达麻花，三太子名凤眼邸，四太子名盖哈拉。三太子、四太子多是没本领的，只有二太子，年方一十九岁，身高一丈，力敌万人，平日使一柄开山大斧，常常自夸未逢敌手。就是妹丈黑利，他也不让其能。只因番王爱子如珍，故以从前出师不肯差他前往。如今二太子闻知妹丈死于狄青之手，父王的威风削尽，怒气勃勃，即上前叫声："父王不必烦恼，休得惧怕。这狄青本领高强，待儿点兵一万前往，包管捉他南朝五虎回朝。"番王说："王儿，你小小年纪，休得夸言。你妹丈英雄无敌，尚且被他所伤，何况于你？为父已降旨往红泥城去了，且待扳天将前来,谅狄青难以取胜。"原来这二太子,你若让他听从,需要好话称羡他,或者肯听。他原是一个逞能之人,生来性急,性急如火。今日听父王说他不是狄青对手,心下好生不悦,说声:"父王,莫道孩儿年纪幼小,自古英雄出少年。可恨狄青欺藐我西辽,把我邦看得甚轻之极。虽有扳天将前去抵敌,以狄青之凶狠,还防稍有疏漏。不免孩儿前去助战便了。"公主在旁说:"二哥平日本领果是高强,若然提兵同往,一定旗开得胜了。"三位弟兄齐说道:"二哥(弟)果然武艺精通,父王何不差他前去退了南蛮!"

此时飞龙公主要与丈夫报仇,只因自己本事低微,恨不得哥哥前去杀了狄青报夫之仇,消却胸中忿恨,故在父王跟前称他本事。这弟兄三人,因何也保举他前去出敌?只因平日间二太子以力为强,把弟兄三人屡屡欺负,所以弟兄皆恨着他。如今要他退敌,若被狄青一刀两段,大家称快。此时番王无可奈何,允准他提兵。又有大太子要难他一难,叫声:"二弟,听得宋邦五虎将名声最大,到底闻其名未见其人。不知二弟可能个个捉拿他回来见父王否?如若生擒回来,待为兄看看五虎这样的,方算你本事英雄。"二太子听了哈哈笑道:"要拿完五虎有何难处!"三太子说:"二哥休得夸口,只怕你没有此本领的。"二太子说声:"三弟,不是为兄的夸口,此去捉尽五虎将,才算本事。"四太子也说道:"二哥说的话倒也无差,定然马到成功。如若拿尽五虎回来,我们哥弟不可不服。今日我弟兄三人与你赌赛个东道,若你拿得尽五虎回朝,我三人各个跪敬三杯美酒,插柱花红为贺;如若你拿不得前来,这便如何?"二太子道:"我若拿他不得,悉凭父王治罪便了,你哥弟三人多把我欺负的。"番王说:"休得多言争执。倘或拿他不得,可收兵回来,不可勉强前进,犹恐有误大事。"二太子说:"父王休得挂心,孩儿自有本事捉却宋将回来。"是日不表。

到次日,达麻花只要三万人马。番王恐他兵少,多发一万共成四万。这二太子是心急之人,哪里等得三天两日,所以不选日期,即时别过父王、母后、弟兄,顶盔贯甲上了骏马,带领四万番兵祭旗起马。众番官文武一同相送出了和平城,径往前程进发。按下不表。

再说红泥城乃是西辽国紧要的所在。这个地头有城一所,周围八十里,与七星关隔东南角,路程一千五百余里。文臣不少,武将千余人,城厢内外人烟稠密,店户乡民不少,乃是一个极热闹的地头。这镇守官身高一丈一尺,背阔身宽,腰粗膀重,年方三十余。生成一张蓝面,赤发红须,狮

第二十五回　闻兵败辽王议敌　夸骁勇太子兴师

子大鼻头，豹环眼，善使两条狼牙棒。这位将军再高大之物也可扳得下来，故名扳天将。番王命他镇守红泥城，加封百胜将军。前日一闻得大宋王差狄青前来征伐，便怒气满胸，只因无狼主的旨不能动兵。这一日即闻得献了七星关，失了乌鸦关，酥而岱杀不过宋将，只是坚守不出。星星罗海闻知更加火上添油，说狄青有多大本事，这等猖狂！此时心头恨恨要去会敌，奈无旨意。忽一日接到狼主旨召，即日点齐人马，部下精兵十万，后军解送交帐下文武官员权为管守。此日安排军粮十万，后军解送。三声炮响，大兵起程，一路旗幡密密望白鹤关而来，却有一千五百余里，非只一日程途。按下慢表。

先说二太子达麻花领了四万人马一路而来，到了碧霞关、黄花关，各关迎接，俱不耽搁。一连数日，即赶行程，一路径到了白鹤关。酥而岱出来迎接，二太子进至中堂。酥而岱恭见礼毕，二太子吩咐众兵回关安扎。番兵领命回进关毕。忽听得金鼓齐鸣，炮声不绝，达麻花问道："因何喧闹喊杀之声？"酥而岱说："自从驸马阵亡之后，宋将天天到关讨战，日日攻城。臣无能，只得坚守不出。"达麻花说道："既是南蛮这等猖狂，待孤家就出关对敌便了。"此时达麻花自恃英雄，只听得一声炮响，一千番卒冲出关前，适遇刘庆领兵攻城。达麻花吩咐众兵队伍排开，大喝道："南蛮为何大动干戈扰侵吾国？快报名上来，孤家好砍你首级。"刘庆喝声："番奴听着，俺乃平西大元帅狄青麾下有名上将飞山虎刘庆便是。"二太子说："你叫飞山虎，你是五虎将之列么？"刘庆道："然也。"二太子说："既然如此说来，俺要活捉你回朝了。"刘庆大喝："番奴，你是何人？须递下名来。"达麻花道："孤家乃是西辽国王驾下二殿下达麻花是也。"刘庆听了冷笑道："亲生儿子也差出来，可见西辽国内没有英雄了。"二太子大怒，持起大斧当头砍下来。飞山虎把双斧齐架，二将杀起来。刘庆本领到底不是达麻花对手，杀到三十回合，抵挡不住。二太子一斧单开，双斧双砍。刘庆闪得一闪，却被达麻花伸出长臂拿住刘庆盔甲，用力一扯已捉过马来，喝声："番兵捆绑了。"吩咐且押入关中。此时番兵冲杀过去，宋兵大败，死者不计其数，早有败兵飞报入营。狄元帅只因被杀的兵原是投降番卒，倒也不放在心。所虑者飞山虎被擒，不知死活如何，即点石玉领兵三千出马。石将军得令冲营而出，正是：

　　上帮虎将须称勇，下国辽军又算能。

第二十六回

达麻花遇宝归原　扳天将兴兵拒敌

诗曰：

日擒二将逞英雄，赫赫施威小狄戎。

忽遇玄天人面宝，返本还原刀下终。

当下笑面虎石玉领兵出关，来至阵中，各通名姓，放马交锋。双枪并举，好一场龙争虎斗。枪斧交加，战七十余合，石将军逐渐支持不住，急欲放马行走，早被达麻花放开双枪活擒过马，又令众将捆绑入关去了。二将的兵器马匹，有能干军兵抢回，牵入营中，报知狄元帅。元帅大惊说道："达麻花比黑利本事更加骁勇。"不一时，又报："番将挑战，口出狂言，要捉尽我邦上将，请令定夺。"元帅听了，心头烦恼，想道："本帅只道西辽没有雄兵勇将，岂知番王差来儿子，有这等英雄，把二将拿取。本帅意欲平伏西辽，免得母亲受天牢之苦，因此抛别恩爱之妻。想到前日分别之时，看她依依不舍恋恋不离，她原是一个多情有义之女，本帅报国安邦心头太急，此时哪里顾得私情，所以硬着心肠与她分离了。只望平服得西辽，回国救出营亲，完了国务。然后奏明圣上，与公主两下完了姻缘，是我本意。岂知今日在此地日夜不宁，劳烦太重。如今虽不损兵折将，此身反羁外国，母亲挂念不安。番王不肯投顺，反差个达麻花前来助阵，擒去二将，想这员番将却是劲敌。如今石玉、刘庆俱已被擒，若张忠、李义料难取胜了。"思虑一会，沉沉烦闷。

张忠、李义见元帅沉沉不语，知他为达麻花骁勇，擒去二将，不知生死之事。二将上前说声："元帅不必烦恼，番将虽然英雄无双，不如待小将二人一齐出马，可以取他首级。然后发兵打破白鹤关，救回二将，如何？"元帅说："你二人休得轻敌。这达麻花本事高强，你二人出马未许全胜。不如待本帅亲自出兵，或者法宝灵验，除了此人也未可知。"闻言不表。

是时元帅即装束盔甲，上马提刀，带领大小三军，令李义压阵，吩咐张忠守营。此时一万雄兵排开队伍，来到阵前。二太子一见，各通姓名，一齐搭手，杀在阵中。两边战鼓如雷贯耳，三军叫喊杀气连天，一个征服西辽，

要伤番将性命;一个扶保社稷,要拿宋帅回关,一连战了八十余合。正是:

  棋逢敌手神难测,将遇高强虎斗争。

  此时狄元帅想来只与他平平交手,何等费力,不免取出法宝来一用便了。算计已定,连忙虚斩一刀,回马就走。达麻花拍马赶来,狄元帅一路跑时,早已取出鬼脸戴起,回马念一声:"无量佛!"只见达麻花坐在马上直挺不动,不一时即翻身跌下马来。元帅登时取了法宝,金刀一起砍为两段,一灵直往真武殿去了。元帅喝令:"兵丁乘势抢关!"早有李义看见元帅斩了番将,急忙一马当先飞出,杀得番兵们犹如砍瓜切菜,血流遍地,尸骸堆积。李义一马抢进关去,酥而岱正欲迎敌,却被李义抢入一刀砍于马下。关内番兵四散奔逃,前去告知黄花、碧霞二关。二位守将不敢前来对敌,只得紧守关城,防备攻击慢表。

  再说狄元帅吩咐大小三军一同进关,点查金银、粮草、马匹、器械,又放出后营囚禁刘庆、石玉二将。狄元帅留兵三千,着令焦廷贵把守乌鸦关。焦廷贵道:"如今要我把守乌鸦关,又没有番兵相杀,好不冷冷落落,真好生难过也。"书中不表焦廷贵之言。此时狄元帅传令出榜安民,将番兵尸首尽行埋土,又行文与黄花、碧霞二关。二关只是坚守不出,告急文书差人报与狼主知道去了不表。狄元帅在白鹤关歇马三天,正欲起兵前进,早有探子报知:"番主调来红泥城扳天将大兵十五万,一路来到,离白鹤关只有二百余里。"狄元帅闻报,只得在白鹤关屯扎三军,待星星罗海到了,然后开战。

  却说星星罗海大兵从东路直抵西辽,路经乌鸦关,摆开人马,喊杀连天。焦廷贵奉了元帅将令把守此关,闻报即点齐三千人马开关迎敌,却被星星罗海杀得大败,带兵逃往七星关而去。他将此事说与孟定国得知,孟定国说道:"不知这支人马从何处来的?你且在此关安扎了众兵。且看元帅开兵如何打算。"不表焦、孟二人。

  且说星星罗海领兵杀进乌鸦关,是日打听,方知狄青杀了二太子,伤了酥而岱,占取了白鹤关,遂放炮安营,投战书至宋营。狄元帅批回,准次日决战交锋。次日,决战交锋,点张忠出马,被杀得大败回关。元帅一连数次点李义、石玉、刘庆等出马,俱已败阵,宋兵被伤、死者甚多。来日狄元帅亲自出马对敌几阵,又不能取胜。只因星星罗海手下战将甚多,有十五万人马。宋营只有万余人,虽用了人面兽、穿云箭,皆不灵验。因何这两件法宝皆不灵验？原来星星罗海乃是真武神将化生，所以二宝皆不灵验。狄青只得退回守关。自此一月有余，杀一阵败一阵，虽不折将甚多，关内只剩得一万人马。这星星罗海十五万番兵把白鹤关团得水泄不通，昼夜攻打，号炮如雷。狄元帅好不着忙，长叹一声说道："本帅想来好生不幸也。自从出身与国家出力，就逢庞洪、孙秀嫉害。幸得几次陷害不成，今日柄握军权之任，二贼尚是嫉妒不容，哄动圣上伐西取旗。不幸走差国度，番王强逼招亲，负了千斤重罪，中了二贼机谋。又得蒙圣上洪恩宽宥，命戴罪立功，得胜还朝，将功抵罪。就是本帅到此征伐以来，一路势如破竹，黑利、达麻花俱已被诛，非是将兵无能。岂料星星罗海这等凶狠，本帅几次不能取胜。番兵十余万，围困城池，星夜攻打，幸得众将准备灰石，日夜留心把守。倘得打破此关，我将此等汗马功劳一旦付之流水。"

元帅正在思虑烦心，只听得金鼓齐鸣，号炮连天。有军士闻道："启上元帅爷，番兵攻打甚急，请令定夺。"元帅闻报，传众将军小心把守。元帅此时心中烦闷，又闻喊声连天，轰轰炮响，犹如天崩地裂，满城百姓惊惶哭泣，哀声频频。狄元帅真乃无法可施，说一声："圣上啊，臣受深恩如海，敢不尽心报国！就是番兵打破城池，臣愿一死以报主上洪恩便了。"但听得杀声震地，炮响连天。莫说百姓恐慌，就是元帅也觉不安，不免上城一望。但见：

　　长枪阔斧，铁棍大刀，密密交加，旗幡招展，战鼓喧天。番兵番将，叠叠重重，围困得水泄不通，好不厉害！任你三头六臂的英雄，见此围困光景，一见也觉魂消。

张忠说："元帅，你道番兵重重密困好不厉害，还亏得滚木灰石保守之具全备，因而保守得住。"狄元帅说："全仗贤弟等劳神费力，只恐辽国再添人马，就难保守了。"

正说之间，只见远远旗号，是碧霞关领兵五万来攻打东门，主将是段威。黄花关主将哈列领兵五万攻打西门。番王又差武将兰成虎、毕定龙各领番兵十万攻打南北二门。此时四虎弟兄保守关城，犹防失误，安得出去迎接。元帅无计可施，四将心头麻乱。有刘庆声："元帅勿忧，待小弟驾起席云帕前往汴京奏闻万岁，请发救兵前来帮助，定解此围。"元帅摇首说道："此话休提了，庞洪狼心深妒，恨不能本帅早日身亡，纵然刘将军到得汴京，庞洪岂不阻挡圣上？救兵必不肯发的。岂不是徒有一番跋涉之劳！"正是：

　　朝内有奸功弗立，国中无将主何依。

第二十七回

扳天将围困白鹤关　飞山虎求救单单国

诗曰：
　　辽将扳天称勇强，貔貅十万猛凶狼。
　　中原五虎遭危难，有日天兵困小邦。

当下刘庆说声："元帅，庞贼虽是奸臣，朝中还有包大人及崔大人几位王爷和南清宫太后，这几人岂不竭力分辨是非曲直的？"元帅说："刘将军你有所不知。若本帅一路征服西辽不曾走错国度，纵然杀败了，还朝取救，孙、庞二贼难以抗拒不发兵粮。今日走错国度，投单单外国招亲，有此一番缘故，若前往回朝求救，庞洪这些奸党定然借此缘故阻挡，救兵难以得到。岂不是枉费兄弟你一番奔走之苦？况且此去汴梁路途遥遥，目前番兵攻打城池势急，纵然有救兵到来，只怕远水难救近火。"飞山虎说："元帅，如若不往汴京求救，怎奈此处兵微将寡，如若迟延，犹恐攻破之患难免。还须早定良谋，方为上计，请元帅三思。"狄元帅说声："刘兄弟，本帅早已想过，回朝中去不如修书一封，着你到单单国去投公主娘娘，求她亲提兵前来救解，则无妨害了。"刘庆说："元帅，如今这等危急，小将则赴汤蹈火也要前去走一遭。请元帅速速修书，待小将就此走路便了。"

狄元帅听罢，草草修书一封，密密包好。元帅吩咐："刘兄弟，你到单单国见过狼主，此书莫投与他观看，须要交付公主才好。紧紧收藏，勿要遗失，夜宿寓所，美酒休得多吃，酒是耽误大事，断然要小心。遇有旁人查问，休要直道，切须紧紧牢记。若得公主见允，肯前来相助，是万幸之事也；若公主不肯前来相助，必须恳切求告于她，断然不可狂言莽语。"刘庆说："元帅不须多嘱，小将领命了。"说罢，即带了些干粮、路费，拜辞元帅，别过三位弟兄，驾起云端去了。番将哪里知道，只顾奋力攻打城池。

却说狄元帅差刘庆去后，亲自加紧日夜巡城，多加灰石，百计保守。幸得白鹤关十分坚固，番兵虽是日夜攻击，难以震动。按下慢提。再说孟定国、焦廷贵二人在七星关上彼此闻报好不心烦。焦廷贵说："老孟，我二人虽是将门之子,能以上阵交锋,曾经立过汗马功劳,奈何星星罗海武略非凡,元帅五人尚且被困关中,不敢出战,何况我二人!老孟,你要想个计较才好,不然,元帅五人就死在西辽之地了。"孟定国说:"我二人不可袖手旁观不去帮助。只是番将厉害,围困番兵数十万,我手下人马稀少,焉能对敌?不如待我奔回汴京,奏知圣上,请得救兵到来,方能解得重围,救得五人有何不可!"焦廷贵说:"老孟,此言十分有理。只是兵稀粮少,困守此关也是无用的。我二人同做伴前往也好。"孟定国说道:"既然如此,丢了七星关同去一遭便了。"二将说:"元帅!并非我二人弃关逃走,犹恐众人困在孤关,中无粮草,外无救兵,城池一破就误了大事。所以,出于无奈,我二人奔回汴京,请得救兵前来破解重围,得回归故国,也是同其忧同其乐,方是小将之心。"此时二人手下残兵共有一千余人,计点关内粮草还有三个月之用,吩咐众兵把守关城:"我们回朝请了救兵,即便回来。"二人是日各带些干粮,离了七星关,不分昼夜赶赴路程而去。前往汴京,非只一日路途,按下不表。

　　再说单单国八宝公主,与狄青只得一月夫妻,分开两地。自从分别之后,终日怀思,愁眉不展。兔走鸦飞,光阴迅速,不觉分离后十月已满。分娩时,一胎生下两个孩儿。这两弟兄非是无来历的儿胎,一个是左辅星转世,一个是右弼星临凡。这两个星宿临凡,公主用心抚育。细看这两个孩儿,都像着父亲。弟兄面貌一般,啼叫声音一样,生得眉清目秀,额广头圆。公主欢喜,长的取名狄龙,次的取名狄虎,用四个乳娘,好生调养。日后长大成人,一个接了狄门后代,一个传了本国宗支。这也是公主的好意。闲话休提。

　　且说公主闲中无事,坐在宫中日日怀念丈夫,说道:"并不是哀家留你贪图欢乐,只为师父有言,与你夙有姻缘之分。故此你在南方,我在北地,颠颠倒倒,不觉来到我邦,正是万里相逢。但想今日预定宿世夫妻,还该相逢白首,不该一月分离。想你乃大宋之首称无敌,当世英雄,真乃英雄烈汉的性情。不过成亲一月,你要前去平西,全不念哀家真情美意。你用尽多少虚言妄说瞒骗于我,全不念夫妇三分恩爱,私逃骗走,令人可恨!想那日分别之时,哀家怎肯放你出关?只因你说去尽忠尽孝恳切不过之言,只得由你前去征西。若然成功回来,可能将功抵罪,救出天牢之母,全了忠义尽了孝,这是成了丈夫的美名。你又见我顺情之贤,但此去西辽征

第二十七回　扳天将围困白鹤关　飞山虎求救单单国

伐,许久并无消息来音,不知胜负吉凶如何?使我终朝放心不下。况且西辽不是无名之国,兵精将勇,乃强悍之邦。五虎虽是英雄,还防西辽王一时未肯投服中国。况你带领有限兵马征伐,犹恐深入重地,有损兵折将之事。所以前日奏知父王,差人前往打听明白,待回来便知分晓。"公主一心怀念丈夫,天天愁闷不乐。忽一日天气甚是晴明,公主想:"日中长永,独坐无聊。不免趁此天色晴明,前往荒郊打猎,玩耍一回,以解愁烦。"想罢,脱下宫装,取出团花大袄,外衬银红织锦袍,腰间挂一口龙泉剑,手执一柄梨花枪,吩咐小番牵过赛麒麟骑上。带了三十六个女兵,跑出宫房,一路来到荒郊外,把些飞禽走兽赶得纷纷乱跑,按下慢表。

却说刘庆驾上席云,不分星夜,一路出了西辽国,向东北而走。一连数日,已到了单单国城外,正是上午时分。按落云头,往街中赶路,心中一想:"元帅叫我此书不要投递狼主,只可交付公主观看。但想这公主在深宫内院,如何觅她投递?"正在思量,一路行走,只见南首有一间酒店在此。想道:"临行时,元帅吩咐俺不可多吃酒,犹恐有误军机大事。若我依他吩咐不吃,酒香扑鼻,鼻子也攻破了,好不难挨。不免进去吃三两碗,悄悄驾起祥云,寻着公主宫院,将书投递有何不可?"定了主意,走进酒店坐下。有酒家一见起身迎接,说声:"客官,可是要吃酒么?"飞山虎说:"正是。有上上好酒拿来吃。"店主说:"既然如此,客官且请进里面稍坐一刻,要吃什么好酒肴,待小的随意拿来便了。"刘庆听了,忙忙走进里面坐下,酒家将刘庆左望右望,十分猜疑,暗说:"这人与画图上的面貌身材相像,不知是也不是?不着上前探问明白。"此时酒家将好酒肴送上摆开,立在一旁,问道:"客官你是哪贵邦人氏?"飞山虎道:"卖酒的须拿酒来吃便了,何必多言查俺?"酒家说:"我看客官声音不是此方人氏,所以动问一声,客官何必动恼。"刘庆说道:"我乃大宋朝来的。"酒家笑道:"原来客官乃大宋上邦来的。不知客爷上姓尊名?"刘庆说:"俺乃宋朝五虎将姓刘名庆混号飞山虎。哪个不知俺家大名,你却不知么?"酒家说:"小人乃是一个字不识的愚民,何以认得天朝大将?小人叩头。"刘庆说:"罢了,可拿好酒来。"酒家答应取酒去了。

看官你道酒家为何问起刘庆姓名来?只因有个缘故:从前狄元帅在单单国与公主分别时,公主被刘庆毒骂打她一棍,公主虽然知情达理品性柔和,到底自小长成娇生贵养。一时怒恨在内,故此出令描出飞山虎图形,差官晓谕民间各处张挂。如有大宋刘庆到来,本国有谁拿住,解送公主娘娘发落,给赏黄金十两。公主之令,本国臣民谁敢不遵?所以这酒店也有一幅刘庆图形。如今店主见刘庆与画上形体一样,故试问他的来历、姓名。这飞山虎原是一个莽夫,一问即说出真名来历,不知酒家如何算计拿他,且看下回分说。正是:

　　计就南山擒猛虎,谋成北海捉蛟龙。

第二十八回

贪酒食刘庆被擒　询因由公主得书

诗曰：

　　飞山虎将荟英豪，求救偏单单邦来。
　　只为当初欺女将，今朝难免被拿牢。

当下这酒家见刘庆说出真姓名，知道公主要捉拿他的，他贪着十两黄金给赏，哪里肯轻轻放过去，这刘庆哪能得知，见酒便饮，见肴便吃。这酒家取酒时暗暗下了蒙汗药。此时吃了三杯，此药真乃厉害，飞山虎已醉得人事不知，四肢无力，软倒在地。酒家一见，满心欢悦，引齐店中伙伴一齐动手，将麻绳把飞山虎捆绑得紧紧牢牢。已惊动街上过往行人上前动问："因何青天白日，将此大汉捆绑？"酒家答道："此人就是大宋朝的飞山虎刘庆，乃是公主娘娘画图上要拿的。到如今被我们拿住，待等明天押往公主娘娘处，发落领赏。这十两黄金乖乖到手了。"此时，看被捉绑的飞山虎，越看人越多，街市这些闲人纷纷拥进店中，也有问他何故被拿的，也有袖手旁观的，挤满酒家门前。

正在喧哗之际，早有公主的女兵打猎回来，经过此地。只见酒肆中喧闹，公主传旨，令女兵二个上前查问何事喧哗。不一刻，女兵回来启上公主："酒肆中拿得大宋飞山虎刘庆，众人在此观看，所以喧哗。"公主听罢说："岂有此理！宋将刘庆随着驸马征伐西辽，岂有平日无事到来我邦，料必错拿了人！"又想一回，暗说道："前者哀家一时忿怒，要捉拿刘庆，消了毒打一棒之恨，所以画影图形，传旨各民张挂，也是一时忿怒之差，想来悔恨已迟了。如今店民拿得刘庆，如若拿错了还好。若刘庆果是到来我邦，事就有些蹊跷不妥当了。不是驸马边关危急，就是有什吉凶前来报知。"想罢，急忙吩咐拿这刘庆过来。不一会，只见酒家数人把刘庆扛抬到来，内有一人上前双膝跪下说："娘娘在上，小民是酒店中的，名唤享宝。"公主说："你是卖酒的么？这人可真是飞山虎刘庆么？你如何认得他？"酒家说："小人一见他入店中，与画图上体貌相同，所以动问他的姓名。此人亲口说出姓名。小民料想是宋朝虎将,犹恐他厉害凶狠,拿他不住,故将蒙汗酒先醉软了他,然后拿住。请娘娘自验他貌容,便知明白。"此时刘庆醉软得人事不知,酒家将他扶住,抬起头来。公主定睛细看,说:"不好了,此人果然是刘庆。"心中一想,说:"酒家,且回店中,明日再来领赏。"酒家叩头说:"多谢公主!"起来好不快活,这十两黄金稳稳到手了,乃是夫人的彩头,十分欢悦而去。这些观看的众人,只因公主娘娘在此,不敢喧哗,走开远远观看,不知将此人如何发落,看来他死生未卜。

此时公主吩咐女兵说道:"此人不知可真是刘庆否,可先将他身上细细搜验。可有什么文书对象,便知明白了。"当时女兵细细搜寻已毕,上前禀道:"启上娘娘,这人身上并无别物,只有一囊袋,内有帕子一条,一封书启,还有一些银子、干粮之类,请娘娘观验。"此时,公主别物不拾,玉手只将书札拆开,把凤目一瞧,只见书上面写着:飞投单单国公主收览。此刻公主看了,吓了一惊,暗说:"不好,这书乃驸马的,上写着飞投二字,必有紧急事情了。"吩咐女兵且让闲人远避。公主娘娘的懿旨①,非同小可,顷刻之间,各店户、街中众人避得远远走开,当下公主拆书一看,书中上写道:

劣夫狄青书拜公主贤妻妆下:自从风火关上相离,已有一载。自离贵国,带兵直至西辽,蛮王不饶王化,不肯顺投,是以动兵劳将,所过旗开得胜,一路马到成功,奏凯班师有望。不料番王又差星星罗海带领雄兵十万,部将百员,凶勇难当。几次交锋,俱已失利,宋兵十伤其八,危困白鹤关中。内乏军粮,外无救援,目下此关危在旦夕。关内军马存者只有八千,却被番兵昼夜攻击,无计可施。出于无奈,今着刘庆带书到来,求告贤妻。若念夫妇之情,克日前来救援,共破西辽,方解此厄,恩德没齿难忘;倘若坐观成败,不独王事不终,人性命难保,军马一旦尽灭于西辽,与妻不得团圆,白发萱亲何靠?孤关翘首,引领候音,祈妻见谅。

当时公主还未看完,先已泪落,将书收藏在怀,想道:"丈夫围困白鹤关,兵微将寡,危急十分。哀家前时苦苦相劝他,不要前往西辽,他执意不从,却也是为国为亲不能深怪,只恨他不辞而去,私自逃去。如今事急前

---

① 懿旨——本为皇太后或皇后的诏令。此处用于公主似欠妥。

第二十八回　贪酒食刘庆被擒　询因由公主得书

来救我,今日方知我是你妻,看来此书,若不即提兵前往解围,眼见得他大难临身了,为妻的不去为夫解难,还有何人出力!但这刘庆被酒家捉弄得人事不清,到底不知如何?总是哀家错恨前非,一时忿怒,出令画图拿他,是以如此。"想罢,即传命酒家到来,店主双膝跪下说:"娘娘在上,有何旨意吩咐。"公主说声:"酒家,哀家画图张挂,要拿他活的,问明说话然后处治,你为何把他弄死?"酒家说:"启上娘娘,小民怕他凶狠,犹恐拿他不住,故将蒙汗酒把他醉倒了。娘娘若要他活的,待小人弄他醒来。"此时刘庆翻身说声:"好酒!"双眼一睁开,说:"因何把我来捆缚了?"用力一伸一缩,身上麻绳寸断,立起身来要走,众女兵连忙扯住。公主开言说:"刘庆,你可以认得哀家否?"刘庆听了,回头一看,说声:"奇了,不期相遇。原来公主娘娘在此!"公主说道:"刘庆,你可记得前时打哀家一棒么?"刘庆听了说:"小将罪该万死,望乞公主娘娘宽恕。"正要上前行礼拜见,公主说:"刘将军且住,前事丢开不提。你今复到我邦,为着何事?"刘庆说:"启上公主,只因大兵一到西辽,势如破竹,旗开得胜。岂料番王差来星星罗海,凶恶异常。手下随精兵数十万,把白鹤关围困得水泄不通,日夜攻打。元帅无奈,着小将驾云到此,要求公主出兵解围,感恩不浅。如若延迟,关城攻破,元帅众人休矣!"公主说:"既有文书,可拿来观看。"飞山虎说:"待小将取来。"伸手向身中一摸,说:"不好了!"说声:"酒家,你这歇店就会杀人谋财了,所以先把酒迷醉了俺家,将身上袋盗去。几两银子俺赏了你,这帕子、囊中书信可拿还我!"酒家说声:"将军爷,这是天冤地屈了。小人并不曾拿你袋中什么帕子、书信。"刘庆说:"如何何说不见?你既无此事,因何将俺捆绑了?"公主叫声:"刘庆将军,既然元帅如此兵危,你还如此贪杯,吃得昏昏大醉,岂是耽误了军情重事!今朝若不是哀家到来,失了书信,告诉何人?"刘庆说道:"这是小将之罪,以后再不吃酒了。"公主说:"刘将军,如今不必多说了。延迟等候同哀家前去,犹恐元帅悬念[1];如今你且先回,通知元帅,哀家救兵即日便到。"刘庆大喜说:"多多有劳公主娘娘了。但是小将赶路来去如飞,全仗袋中的席云帕子,如今不在囊袋中,望娘娘查出,交还小将,方才能回去通知元帅。"公主一想,说道:"此帕子倒是一件宝贝了。"吩咐女兵交还席云帕子与银子一

---

[1]　悬念——犹挂念。

包。

此时刘庆放心,上前拜辞公主。正要走时,这酒家急急上前,扯住刘庆说:"将军,你食了许多酒肴,如何不还银子就走?"飞山虎说:"酒保,我没有开碎银子,改日还你便了。"说完推开酒家,走上席云走了。酒保不住地叫将军爷,公主见了开言说:"酒保,他吃了你多少银子酒?"酒保一想这刘庆已去了,没有对证,待我多报几两,也有便宜的,说:"娘娘,他用的大酒大肉,狼食不堪,共算有九两多银子。"公主说道:"这也有限,些少银子待哀家明日并赏的十两黄金,一齐赏给了,你去罢。"酒家不敢再多言,只得叩谢回到酒店去了不表。不知公主回宫如何提兵前往西辽解围。正是:

　　宋邦虎将来求救,单单雄兵到解围。

第二十九回

却求救番君劝女　明大义公主提兵

诗曰：
　　番军深恨小英雄,只知小节不知忠。
　　公主恳求解围困,天朝将士出牢笼。

　　却说这公主一者为夫遭围困,救兵军情延迟不得;二则分离已久,思念丈夫情切。一接来书,恨不得即刻兴兵前去。此时一路回朝,在朝中细细奏知父王。狼主闻言,顿觉痴了,一会儿说:"女儿,狄青乃是无情无义之人,不愿在我邦,私自而行,不思念你有重身之事,抛弃了你。他执意要去征伐西辽,扶助宋君,由他成败,与我国何干？女儿你自放怀,不须过虑,弄坏身体,为父尚靠何人!"公主听罢,带泪叫声:"父王,不是这等说的。如若前时不招赘了他,由他有啥灾难,有何干涉？女儿既与他成为夫妻,虽然一月分离,并非驸马无情无义,岂有为子在我邦坐享,娘在中国天牢受苦,于心何安!三年哺乳,十月怀胎,深恩罔极,一旦留恋于此,忘了亲难,岂非不孝!既然奉旨平西,反在我邦,为臣背君逆旨,岂非不忠!人生天地,忠孝为先。既为夫妇,嫁鸡随鸡,乃古人之言。"狼主说声:"好!你嫁鸡随鸡,你却一念不忘于他,他却无意于你。无事之时,抛弃于你;今朝有难,势急便来求你,不要睬他。况且你虽知武艺,终是女流之辈,岂可一路领兵前往,受得风霜,如何是好？回宫去罢,休得再说,由他别路求救便了。"

　　公主听罢,两泪交流,说声:"父王,不是女儿老着面皮,不知羞耻,多言逆父。只因成了夫妇,岂无一分恩爱。今日丈夫有难,女儿焉能不去？"狼主说:"未满匝①月,不辞私走,有何恩义？"公主说:"父王,他逃走了,是为忠尽孝,怪不得他。况且与女儿分别之时,再三叮嘱女儿不要挂虑于他,恐我苦坏身体。待平服了西辽,将功消罪了时,他仍回来同享太平。"狼主说道:"你不要听他,这是花言巧语哄弄你的。"公主又说:"父王,他是男子汉之言,如铁如石,不得

---

①　匝——遍,满,足。

口是心非,把女儿丢了,纵然驸马有甚差处,万望父王念他已有后嗣,他若丢得了妻,难离得子,待平西后终须回来。"狼主听了,只是不依,也不开言。公主高声说:"父王,你既不许女儿前往,愿为一死,以免妻不能为夫解难。我想禽兽尚惜二分屠杀,今日孩儿坐视丈夫大难临头,想来为人不如禽兽了。既然父王不允女儿出兵,我就死在金阶之下,也不回宫了。"说罢,泪如雨下,不胜凄惨。这番王怜独有此女,并无别嗣,所以常常惜如玉,见她凄惨如此,好不怜惜。况且句句多是有理之言,便叫声:"女儿啊,不要苦坏了。但容你去解围助宋,西辽国王岂不怪为父么?"公主说:"父王,我邦与西辽国从无来往相交,目下西辽欺着我邦,父王还不知么?"狼主说:"怎见得欺我国!"公主说:"这西辽岂不知狄青是我国招赘了他,如今他国大发雄兵与猛将围困住驸马,倘若驸马有甚差池,我国也觉无光了。岂不是西辽欺着我邦?"狼主听罢一想:"狄青虽然不是,到底是我邦驸马,目下已有两个后嗣。况且女儿这般年少,如若狄青失在西辽,岂不耽误了她终身?必然归怨于孤家。不免准其出兵前往,免她愁苦,狄青又得成功班师,有何不可?"叫声:"女儿,这句话倒也不差。狄青乃孤家爱婿,倘若失在西辽,为父的威风尽减。女儿,救兵如救火,你且速速进宫打点提兵,不要延迟。待兵部另挑雄兵猛将与你前往解围便了。"公主说:"父王,若容女儿前去,不用多将帮助,只挑选得数万精兵即可。女儿有女兵三千,武略高强,任他三头六臂英雄,不在女儿心上。父王且自放心,来日五更时候就起程了。"说完,拜辞父王,进宫内禀知母后娘娘。料她阻挡不住,况且狼主已经准她去,不过叮咛几句。此时公主辞过母后回到自己宫内,传令说:"女兵三千明朝在保安门伺候。"狼主又降旨:"兵部侍郎莫达,挑选精兵十万,预备粮饷马匹,次日五更黎明,众兵齐集在教场伺候。"

且说公主戎装打扮,母后嘱咐一番:"风霜跋涉,需要小心。如若解了城围,即时归本国了。"狼主说:"女儿,愿你马到成功。但驸马班师回归大宋,由他回去,你不可跟他去,须要早日回来。"公主说:"父王,这也自然。孩儿上有父王母后,下有孩儿两人,哪里丢得下同去了?自然回归本国,故把两个孩儿交与各自两个养娘,四人调看,但起居还望留意。"王后娘娘听了,流泪说:"女儿,为娘只育成你一人,这两个孩儿好不怜惜的,何用叮咛?且自放心。"公主又将两儿一手抱在怀中,说:"儿啊,不是为娘硬心肠,抛下你。只因你父有难,为娘前去解救,为娘好不痛舍了你,但不得不由要去的。"两个孩子面有笑容,手舞足蹈,此时公主交还乳

第二十九回　却求救番君劝女　明大义公主提兵

母:"乳母,我也不用再三叮嘱,只要你们用心抚养。"四个乳娘一同应诺。公主又回身叫声:"父王、母后,女儿就此去也。"狼主、番后同叫:"女儿,风霜险阻,须要慎重起身,万事小心才好。"公主应诺,拜别二亲上马,众宫娥相送出了保安门,有女兵先已齐集三千,在此伺候。此时天色光亮,公主一路来到教场中,点齐人马,吩咐放炮起程。摆开队伍,男兵为前队,女兵为二队,文武百官一齐相送。大兵一路出城向西辽进发,按下不提。

却说焦廷贵、孟定国二人弃了七星关,快马如飞,不分昼夜,要到汴京取救兵。是日到了雄关,高声喊叫:"关上有人听着。"有守关军士问道:"何人在此大呼小叫?"焦廷贵说:"我二人乃狄元帅打发来的。只因元帅兵困白鹤关,命我们前往汴京取救兵,快快开关,待我们走路。"军士说:"既然如此,二位将军稍待一刻,待小的禀过孙老爷然后开关。"二将说道:"快些去报!"此时军士即进关中禀知。这孙秀闻报,想道:"本部迭闻边报,狄青征伐西辽有胜无败,本官满心大恨难消。如今这小狗才既危困在白鹤关,如无救兵前往解围,他就活不成了。如今势急,差人前往汴京求取救兵,本官若不放来人入关,救兵焉能得到?眼见这班小狗才多丧在西辽。"孙秀此时定了主意,心中暗喜。好不恶毒的一个误国奸臣!此时孙秀传令,二将进关,来到帅堂帐下,只见孙兵部坐居中位,左有范大人,右有杨将军。二将上前见了孙秀之面,恨不能一拳一脚打死这奸臣,方才合意。只因此时要求救他的,不得不低头。二将至滴水帐前说声:"孙大人在上,小将们打拱。"孙秀喝声道:"本官是何人?你是何人?头也不叩个,怎敢公然打拱么!"二将冷笑说:"孙大人,军情事急,何暇见礼?"孙秀喝道:"军情什么紧急?快些说来!"二将说道:"只因元帅征西,如今被困白鹤关十分危急。特差我二人回转汴梁讨救兵解围,快快开关放行。"孙秀说道:"你元帅奉旨征西,因何投降外国招亲?他已经犯下滔天大罪,可晓得国法禁严,焉能宽恕!说什么兵团白鹤关,明是暗藏诡计,私通外国,诈言入关取救,凶谋莫测。快把真言招来,不然本官要拿你动刑审问。"此时孟定国性子倒还忍得住,焦廷贵鲁莽性急,听了孙秀之言,气得头上烈火冲天,哪里忍得住,管什么上下尊卑,威权重大?即高声说:"孙秀,你讲什么话!我元帅走差国度,乃平常之事;单单国招亲是出于无奈。如今原是奉旨平西,一路取关斩将,元帅劳心,我等劳力,有何罪说来?"孙秀听罢大怒,不知如何。正是:

　　二将忠心劳国务,一奸毒计报私仇。

第三十回
到三关焦孟讨救兵　出单单公主逢二将

诗曰：
　　欲绝边关被困兵，奸臣狠毒险非轻。
　　立心公报私仇念，千载污名史册惩。

当下孙秀闻焦廷贵之言，心中大怒，喝声："好匹夫！你敢称说本总名讳，好大胆狗才！既然你元帅有胜无败，为何又来求救？"焦廷贵说声："孙秀，你不要多言啰唆，延迟我赶路有误军机。只因西辽扳天将手下番兵数十万，战将百员。他兵多将众，我元帅并非无能，实因兵微将寡，不能对敌。如今被困，有燃眉之急，你今不必多言，耽误我们，快快开关，放我二人，请得救兵，解得重围，好待直进西辽，把番主拿住，班师回朝。这是十分好相见的。"孙秀大喝道："匹夫，休得刁言！狄青已投降了番邦，差你二人到此，不知用什么谎计来侵犯，还敢狂言，冲撞我么？刀斧手何在？绑去斩讫！"焦廷贵大怒，喝声："孙秀，你这狗乌龟不肯开关，放我进京取救，反来杀我，你休得放屁！"此时焦廷贵怒气塞胸，已骂不出声。孟定国虽然气怒，只得耐住，叫声："孙大人，不用多疑，实情是元帅兵危紧急，差我二人前来取救兵的。并无他意，大人不用多疑。"又有范仲淹、杨青二人心中气愤，立起身来说："狄元帅困在白鹤关已经有报。圣上已赦他戴罪立功，况且孟定国、焦廷贵二人是忠良之后，决无别意。望大人放他出人取救，免得误了国家大事。"孙秀只是不依，大喝刀斧手斩讫二人。

此时焦、孟二人一发大怒，看来难以入关，大骂几声："误国奸臣畜类，休得狂凶，终须有日火尽你一班逆党！"刀斧手动手捉二将，却被二人乱拳打倒，众刀斧手飞跑。二人归路出关，上马加鞭而去。原来孙秀不是真要杀他二人，无非不肯放他二人进汴梁求救的意思。如今见二将仍回归原路，满心喜欢，假意喝令快些赶上拿回。有兵丁回禀："启上老爷，二将军上马走了，拿他不住。"孙兵部笑道："少不得两个官人要死在西辽。"吩咐紧闭关门。孙兵部此时暗暗心欢，说声："狄青，你平日靠了南清宫

第三十回　到三关焦孟讨救兵　出单单公主逢二将

太后些些势头,不看本总在眼内,如今困在番关,眼前你要送性命了,枉费五虎的汗马功劳,今日一旦付于流水。"孙秀想一回,不觉呵呵大笑。有杨老将军看见他二人不能入关,依旧仍归原路,十分愤怒,说声:"万岁,狄青倘若有什差参,犹如砍断了擎天柱。还有何人与你平西立功?"孙秀闻言,说声:"老将军,难道除了狄青之外,普天之下就没有英雄不成!"杨青说:"除了狄青之外,要算孙大人了。"孙秀说道:"下官到得哪里?"只是呵呵冷笑,也不回言,按下不提孙秀欢怀,范、杨忧忿。

　　再说焦、孟二人,只因孙秀不肯开关放走,仍出三关归原路。孟定国怒得气冲霄汉,焦廷贵气得脸红面黑,离关去远,还是高声大骂:"孙秀狗乌龟,与元帅做尽对头,不肯开关。拿你这班败国狗强盗奸臣,千刀万剐,方消我恨。"孟定国说道:"如今既不能入关,骂他也是枉然,且回七星关去罢。"焦廷贵说:"去守此孤关也不济甚事。老孟你且想来,还有别的解救否?"孟定国一想,说:"罢了,如今料不能入得三关往京求救,不免前往单单国,求见公主,将情细细达知,求恳她出兵,你道何如?"焦廷贵说道:"甚妙!甚妙!就此走路便了。"二将同心协力,快马加鞭,昼夜不停,饥餐渴饮,跋涉艰辛。

　　一连跑走十来天,已到了火叉岗地面。焦廷贵一看前面,叫声:"老孟,你看前面大队人马来了。上面大幡旗上有字,我二人多不认字的,不知何处来的人马? 不免我上前问个明白便了。"孟定国说:"你且去问来!"这焦廷贵鬼头鬼脑,拍马上前,喝声道:"嗨!你这支人马,何处来的? 说得明明白白,放你过去!"有头阵军士见他如此,认作强盗,喝声:"狗强盗,来取你首级的。"焦廷贵大怒,喝声:"好狗党!"提起铁棍乱打进队中。一班军士大怒,把刀斧乱劈。焦廷贵哪里惧怕,直打进二阵。公主女兵十分骁勇,将他围住,拿下马来。孟定国远远看见,气愤说道:"这匹夫,又惹出祸来了。"又不敢上前,只得住马看他如何。

　　且说女兵拿了焦廷贵,禀知娘娘。公主喝道:"你这狗头,何等之人,怎敢拦阻哀家去路?"他说道:"俺乃焦廷贵,只因主帅兵困西辽国,要到汴京求请救兵。今日但被你们拿住,杀了我焦廷贵也不稀罕的。"公主想道:"从前驸马已经说过,有一将名焦廷贵为向导,误走我邦,莫非此人就是他?"便叫声:"你既往汴京求救解围,因何阻挡我军去路? 说得分明,饶你性命;若有半字支吾,你休想得活。"焦廷贵叫声:"女将军,内里缘由,你也不知。只因我们到三关,孙秀这狗乌龟真不是人。"公主说道:"却也为何?"焦廷贵说道:"这奸臣说我元帅投降外邦,招为驸马,假言取救,要回来算账。他不肯开关,是以转回。"公主说:"你如今要往哪里去?"焦廷贵说:"今要前往单单国,求恳公主娘娘发兵往西辽救元帅。望女将军快些放过,免误了我元帅军情大事。"此时,公主听了暗说:"这将虽然鲁莽,倒还是个直性汉子。可恨孙贼与我驸马因何结下如此深冤?如若不是哀家今日领兵前来,驸马必遭此难,众人也难回到中原了。"叫声:"焦廷贵,单单国你也不必去了,哀家正从单单国来。此因你元帅兵困白鹤关,特差飞山虎来到我邦报知。哀家所以如今起兵前往西辽,破解重围。事有凑巧,不意在于此处相遇。着你做一个开路先锋,一同前往西辽罢!"焦廷贵听了说:"原来女将军就是八宝公主!小将不知,冒犯,多多有罪。"公主说:"焦将军,你一路前行,休得鲁莽,不可伤害性命。如违定按军法。"焦廷贵又说:"公主在上,小将还有一伙计孟定国,望娘娘一并收留同往何如?"公主说:"既然如此,着他为了前队先锋。速去唤他前来,快些往西辽去。"此时,焦廷贵心花大开,一路行来,说道:"难得公主起兵前来救援。到底一夜夫妻百夜恩,夫妇之情丢不开的。"说完不觉来见孟定国,说明缘故。孟定国也大喜,一同来见了公主,一人在前,一人押后,往西辽大路而进。一口难分两话。

先说飞山虎自从见过公主,允肯出师,先遣他回复元帅。此时刘庆犹恐元帅悬念,不敢耽搁日期,不分星夜,数日间已到西辽白鹤关。只见番兵围得密密层层。飞山虎是个莽夫,在空中高声喊道:"星星罗海狗番奴,你若识时务者速速退兵,是你造化。如若恃强不退,救兵一到,你就死无葬身之地,悔恨迟了。"扳天将忽闻空中有人叫骂,吓了一惊,即命众兵放箭。刘庆说:"不要放箭,这是好话,不听就罢!"进关去了。

再说狄元帅正在挂念刘庆的回声,此时见他到了,将情由细细说知,元帅略略放心几分。天天盼望救兵到来,四将日夜用心把守。

却说星星罗海见宋将在半空中说的厉害话,想道:"宋营中有此异人,所以他兵势如破竹,杀得我邦大败,连破数关,斩将数十员,伤兵数十万,又说有什么救兵到此,倒要提防些。"仍是自恃英雄,因说即有救兵到来,何是为惧!只是攻打不破,如之奈何?只好攻打一天又一天,城内四虎把守甚坚,攻打不动。

第三十回　到三关焦孟讨救兵　出单单公主逢二将

一日，探子来报："启上元帅，单单国八宝公主领兵杀来了。只离关三十余里，请令定夺。"扳天将听了说："有这等事！单单国与我邦无仇无怨，因何兴兵到我邦？助着大宋，真乃可恼。"此时番将心中大怒，说："这贱婢，如若有些武艺，你济得什么？待她到来，问个明白，然后取她性命。"这番将全然不在于心，但不知公主到来交锋，解得重围如何。正是：

单单救兵来解围，西辽猛将尽遭殃。

第三十一回
八宝公主大破重围　星星罗海沙场殒命

诗曰：
　　辽邦骁勇独推君，统领貔貅困宋军。
　　只道英雄专自许，失与女流一衩裙。

却说辽将星星罗海统领番兵数十万，围困白鹤关，水泄不通。是日探子报知，单单国公主起兵前来，心中大怒说："公主有何武艺？"不知她是庐山圣母之徒，有仙传法宝，是以全不挂怀。当时，单单国救兵已到了，是焦廷贵为开路先锋，一路喊杀连天而来。只见白鹤关前面，远远烟尘滚滚，剑戟如林，围困得好厉害也。早有军士报知公主说："前面到白鹤关了！"公主闻报，传令："孟定国、焦廷贵随着哀家冲杀上前。"二将领命，一同拍马上前，冲杀番营而来。公主舞动梨花枪，犹如出山猛虎。番将上前抵敌，但见纷纷坠马而亡。焦、孟二将，左右杀进，把番兵砍得犹如抛瓜切菜。三千女兵冲进阵来，番兵不能抵挡；十万精兵一齐杀入，番兵番将遭此一动，死者无数。冲透围困兵七层大营，已经冲得七零八落。

星星罗海闻报，提了狼牙棒冲营而出，向公主杀来，喝声："来者女将，通下名来！"公主说声："番奴听着，哀家乃单单国赛花公主是也。你是何人？报上名来！"星星罗海说："本帅乃西辽国王驾下、镇守红泥城，官封总兵之职、加封百胜将军星星罗海是也！"公主喝道："你是星星罗海么？看枪！"番将大怒，架住喝道："小贱人，我邦与你国永无关犯，因何今日兴兵前来侵扰？这是何人所使？是你自家主意，还是你父王主张？你快把真情实告，与你决一死生。"公主大喝道："匹夫，你邦既为下国，理合年年纳贡，拱伏天朝。因何屡次兴兵侵犯上邦，害却多少生灵性命？扰掠黎民不安。并不是大宋无故征伐你邦，只是下国侵凌上邦，律该征讨，国法岂得宽容，所以宋王差来五虎将到你邦。如若投降，献出珍珠旗，也不深究。岂知你国君臣还不醒悟，不遵王化，尚得倔强，还动兵戈抗拒，又把众英雄围困了，这是你君臣万错千差。今日哀家到此，你若知事者，迅速收兵,与番王早早商量投降,献出此旗,是你造化知机。如若执迷不悟,以力为强,不独你一人受死,带累着众将兵俱遭屠戮,你可想来!"星星罗海听了大怒,说:"休得逞能,今日我西辽与大宋兴兵干戈,与你邦何涉?快些收兵回转使罢,倘若妄助宋朝,死在本总棒下,岂不可惜你一朵鲜花一命而亡!"公主大喝:"好不知死活,匹夫尚敢胡说,不听良言,想必死期到了。不必多言,放马过来。"公主梨花枪一起,着心刺去。星星罗海狼牙棒急架相迎,自仗英雄骁勇,欺着女子无能,岂知公主仙传枪法精通,一男一女冲锋八十回合,不分高下,焦、孟二人见公主与番将动手,焦廷贵说:"老孟,待我二人上去帮助主将。这番奴些许番兵到得哪里?"二将拍马上前,一齐动手,围住星星罗海厮杀。

却说众男女救兵杀得番兵惊天震地,四散奔逃。四虎英雄日夜城上保守,只见此时番兵围城的营中大乱,号炮响雷连天,喊杀之音不断,似有兵马冲杀番兵营头。远远只见打起大旗是单单国旗号,方知救兵到了,连忙报知。元帅闻报,即令八千军士、四虎兄弟,一齐杀出,内外夹攻,帮助公主成功。令一出,大开关门,四将出关,非同小可,把番兵砍得尸横遍野,血流成河。可怜这些番兵恨着爹与娘少生两足,今日在战场做了无头无脚之鬼,星星罗海手下虽有百员战将,怎经得四虎英雄一齐截杀?乱刀砍刺,纷纷落马,个个皆亡,只剩得星星罗海这柄狼牙棒来得厉害,与公主冲杀有百多回合,胜败不分。焦、孟上前相助,焦廷贵喊声不绝:"前日威风,今日何在?你且慢慢挣命,快快下马受死,不然俺焦廷贵送你到阎王殿去罢。"即把铁棍打去。孟定国把大刀就砍,此时这星星罗海只好抵得住公主的梨花枪,焉能再挡得两般军器?只杀得周身困倦,两臂酸麻,挡不住三人兵器,回马大败而逃。公主催开宝驹赶去,二将拍马跟随,石玉说声:"众位哥哥,公主追赶番将,我们上前拦截他去路,帮助一臂之力罢。"各称有理,正要向前截杀,远远看见焦、孟二将前行,公主在后,枪尖上挑着一颗血淋淋的首级。众将见了大悦,一同下马,接见公主,各个打拱说:"公主娘娘在上,小将等叩头。迎接来迟,望祈恕罪。"公主说:"列位将军,哪里话来,休得拘礼相见。如今星星罗海已被杀首,但不知围城番将众兵散去否?"四将军说:"启上公主娘娘,围城将兵已被小将们协同救兵杀散了。独逃走了番将一员,已经去远了。"公主说:"一员番将何须介怀!如今元帅何在?"众将说:"元帅现在关中把守,请公主就此进关。"

公主说："列位将军，请！"此时，公主传令，男女兵俱在关外安排，与六将一同转回。

一路行来，但见鲜血满地，尸首横空，沙场地刀枪器械不计其数，马匹跑走四散。公主看罢，也觉可怜，叹惜道："并不是今日哀家残忍好杀，实由西辽王自作气运，当遭劫杀。"说罢，不觉已到关前。狄元帅早有军士报知，即忙出关迎接，说声："公主，多有劳驾了。请下马进关。"公主含笑说："驸马，请啊！"连忙下马，有从人牵马，接去长枪，夫妇同进关中。六将在着关外，张忠叫声："众位哥弟，这位公主，果然生得飘逸也！"刘庆说："她貌美不足为奇，况且勇力无双。"李义说："不是目击，谁信不得了。她乃年轻女子，却有此本领！"焦廷贵说："我们多被她捉过，独有我与老孟不曾与她交手，到底我们本事厉害些。"四将军齐说："我等被擒有何稀罕，元帅也被她擒了。"孟定国说："星星罗海好生厉害，耀武扬威，今日也死在公主枪下，天既扳不得，只好去钻地了。"不提众将谈论。

且说狄元帅夫妇来进关中，双双见过礼，相对坐下。公主说："驸马，自从那日分离之后，我天天思想，日日不安。想你虽是英雄，更有弟兄四将相助，但恐西辽兵将凶狠，并防黑利骁勇，不知胜负吉凶，所以常挂怀不乐。岂知黑利被诛，又有星星罗海这等强狠，深入重地，被困在孤城。幸得刘将军带书到我邦，此时接到来书，恨不能登时插翅飞临，解了重围，方算夫妻患难相处。"元帅闻言，连声称谢，说："公主贤良，也所稀罕。若非提兵前来救援，城破之日，本帅一定为国捐躯，焉能再望与公主重逢？此恩此德，没世难忘。"公主说："驸马啊，妇人所主，为夫是依；丈夫有难，为妻不救，还有何人？但不知分别之后情事如何，且说与妻得知。"

元帅正欲开言，忽听得金鼓齐鸣，号炮惊天，有人禀道："报上元帅，今有番将蓝成虎收回手下残兵，复来讨战。"公主说："星星罗海尚然如此，岂但这个无名小卒，待哀家出关收拾了他罢！"此时，辞了元帅，点兵三千人马，号炮一响，领兵杀出关前，看见番兵列成阵势，公主拍马上前，不通姓名，一枪照定蓝成虎挑去。番将急架相迎，不上二十回合，被公主架开大刀一枪挑于马下，三千女兵杀上，把番兵乱砍。元帅又令四将围住去路，数万番兵只好投降。公主斩了番将，元帅传令收兵，请公主下马，与众将士一齐进关。元帅吩咐大排筵宴，犒赏三军，所有阵亡番兵尸首埋土掩了，所有沙场刀枪器械马匹，宋军收拾，得者不计其数。不必细表。是夜,狄元帅吩咐宰猪杀羊,大加犒赏众将大小三军。此时一同开怀乐饮,不觉天色已晚,关中点起灯烛辉煌,好不热闹。娱情宴乐,不知西辽王如何纳降,献出珍珠旗。下回便知端的①。正是:

　　今朝奏绩真堪乐,此日成功足赏欣。

---

① 端的——究竟。

第三十二回

解重围夫妇诉离情　下文书番王议投降

诗曰：

　　一自当年拆凤凰，离情消息两茫茫。

　　至今破敌重相会，历尽前时别后肠。

　　且说宋营是日犒赏大小三军，宰杀三牲，大排筵宴，大小众兵俱在营外就席，六位将军席居关中，狄元帅、公主排筵关内。慢表众兵乐饮，六将欢悦。且说狄元帅酒至半酣之际，说道："下官兵危白鹤关，若非公主前来退敌，怎能今日安心乐意，饮杯成功？待下官奉敬三杯。"公主说："驸马，你说哪里话来，此乃大宋君王的洪福，驸马是天差虎将，立汗马功劳，与国家出力，做妻的有何德能？今朝成就大功，正当贺喜，待妻奉敬上三杯才为合理。"夫妇劝酬饮罢，公主说："驸马，你将别后至西辽一路交锋之事说与妾知。"此时，元帅就将兵到七星关景花沙投降，一直到兵困白鹤关，细细说明，转声说道："公主啊，下官自与你别后，时时想念你有重身之喜，但是分娩后安康与否？也未知男女。"公主见丈夫问至此事，不觉满面含羞，低声说道："一树果成双结子。"元帅听了大喜，说道："原来两个俱是男儿，此乃下官之幸也！但不知产后身体如何？"公主说："妾身托庇，却也安然。"此时，狄元帅满心大悦，说："公主啊，不知两个孩儿生得容貌如何？"原来狄元帅犹恐番人生来多有丑陋不堪的，也防这双生儿子也是奇形怪状，岂非徒然空快的？公主微微含笑说："驸马，你却也问得稀奇。父母产下孩儿不像父就像母，孩儿容貌何劳动问？"元帅笑道："下官知了，必然一个像你，一个像我。"公主停杯不语。元帅说："公主，下官取笑了，请酒罢！"此刻夫妻交杯畅饮尽欢。元帅又问："公主，不知可与孩儿取个名否？"公主说道："父王已经取下，一名狄龙，一名狄虎。驸马啊，你可合意否？"狄元帅说："两名取得甚好！下官还要动问，但不知那日私逃后，狼主可有言语怪责否？"公主说："为何没有？你不别而行，就不必怪责，你也把我欺负了许多。"元帅说："这原是本帅差错。皆

第三十二回　解重围夫妇诉离情　下文书番王议投降

因立志于救母,料必公主为我在狼主跟前婉转周旋。"公主说道:"你还不知,前日妾身接到你边关的书,我心烦缭乱,急欲发兵到此。那时禀知父王,岂知他责怪你不辞而行,说你是无情之汉,怎肯容我发兵?代你说了多少无差之言,将你不得已征西逃走之说,苦苦说情,劝尽万般解释话,方得父王依允了。"元帅说道:"难得公主待下官如此调停。但如今下官如此征西,屈指光阴一年有余,边关之困虽解,番王尚未投纳降书。如若一有降书,还要珍珠旗,恐防再要兴动干戈。"公主说:"驸马啊,若然再动干戈,又要劳兵动将,岂不伤生害命更多,深为可惜。不若行文宣谕,催其投降,如若辽王不从,再行征伐未为不可。"元帅说:"公主金石之言,下官岂有不依!"

言谈燕尔,不觉更夜已深。元帅吩咐收拾余馔,请公主进内安睡养神。公主含笑抽身,早有使女持烛进内衙。此时早已罗帐布开,铺床已备,使女退去。元帅四顾无人,说声:"公主,下官与你成亲一月,便已分离。今幸相逢,本该与你同伴衾枕,奈因军务未完,心烦意乱,无暇伴你同眠。且待班师回国,安享太平之日,再尽夫妇之礼,下官然后于中补漏便了。"公主听了,羞颜含笑说道:"云情雨意之心,好在本公主却也不生。隔壁须防有耳,窗外岂有无人?驸马戏言少说。"元帅说:"公主所言有理。"又谈说几句闲话,辞别往外去了。

公主坐下想道:"丈夫真乃宋朝一员虎将。夫妻分别一载有余,在别人焉能罢却云情雨意之念。他却尽谈分别之事,如今仍复出堂而去,举动行为实称哀家之意。南北程途千万里,岂知正是好姻缘!只恨一月恩情便已分离,只道今生难以再会,岂料在于此处相逢。虽然未尽夫妻之礼,今日相逢,衷情诉尽,一心也安。但愿早日平定西辽,那时安享太平,年少夫妻却有无穷之乐。"不表公主快心。

且说元帅转出外堂坐下沉吟,不觉听得更敲三鼓,暗想:"前日说本帅、公主两人正是不意良缘,算来倒是圣母为媒,本帅却是勉强成亲。岂知公主一心无异念,看来义重如山。只为君亲事大,岂可留恋欢娱,而为不忠不孝?算来本帅骗她逃走,原是理亏,负她一片真情。如今急难前去相求,又得她不辞劳苦,提兵到此解了重围,算她一心为着本帅。但愿得番王投顺,相携公主回归本朝,拜见萱亲,看看双生儿子,一家完聚,子母团圆,然后同返山西,侍奉娘亲过日。"思前想后心中却也十分快意。想罢,不觉连宵五鼓。

却说天明狄元帅备下书文一角,打发飞山虎前往黄花关投递。此日黄花关主将早已闻飞报:"单单国赛花公主兴兵前来,帮助狄青大破重围,毙却扳天将,蓝成虎、毕定龙二将阵亡,数十万围城兵俱已扫尽。"意欲出敌,想来星星罗海如此本领,尚且丧于非命;我国众英雄俱已丧尽,难以对敌。一见文书到来,只得应诺归投。有刘庆领他回去,上复元帅。此时飞山虎回关仔细禀明,元帅大喜。

再表碧霞关主将军段威闻报,想要出关对敌,奈何自家本事平常;意欲献关投降,犹恐被合邦人唾骂。事在两难,只得吩咐众兵小心把守。正要写本奏知狼主,狄元帅的文书已到了。段威想道:"前关已经投降了,这单单国又兴兵来助他,杀得我雄兵猛将一概瓦释冰消。倘若一日打破此关,我狼主蔽障只有此城。如若碧霞关一失,和平城就难保了。我狼主安身何处?算来不若投降,献出此旗,待等宋兵退了,有何不妙?但不知狼主意下如何,众臣怎肯商量?"此时开关接进刘庆,分宾主坐下,段威开言说:"刘将军,你元帅大兵到此,小将早欲献关投顺,犹恐合邦人笑骂不忠。如令元帅行文切谕谆谆,仰见仁慈大德。小将明日写本进朝,奏知狼主便了。但思狼主至见此光景,料想不降也自降了。有烦刘将军上达元帅,暂住养军停屯半月,待狼主定了主见,自然送上降书,献出珍珠旗,好待元帅班师回国,下邦再不敢侵犯。如若不遵切谕,元帅另行征讨未为迟晚。"刘将军听罢笑道:"段将军言之有理,待我回关上复元帅便了。"急忙起身告别,段威送出关外。

此时刘庆回关禀知,元帅听了说道:"番王倘若不肯归投,是大患了。且至停兵半月,看他如何罢。"其时正是闲暇无事,有焦廷贵、孟定国二人对元帅说起:"三关孙秀不肯开关放我们回汴梁求救,反要杀小将二人。这样欺君误国奸臣,饶他不得。如今元帅班师回国,需要奏知圣上,把这奸臣正了国法,零刺碎割,方消我们之恨。"元帅听了,摇头说道:"做不来的。本帅有滔天之罪未消。况而这孙秀与庞洪通同一党,依着庞妃势力,奏他徒然无益,除他不得,权让他罢了。"焦廷贵说:"元帅,你说哪里话来。他靠着庞洪势力,元帅你有太后娘娘出头,为何怕他!"元帅喝道:"胡说!难道本帅怕他?只叫大人莫认小人之过,日后有了大关犯,然后与他算账便了。"孟定国说:"元帅既容了他,难道末将有容他不得之理!"

焦廷贵说:"元帅,我们既饶恕了这奸臣,是造化他了。孙秀,我的儿啊,日后不要犯出大关节来才好。"按下不提元帅、二将之言。

再说西辽国王驾下文武大小官员,连日闻报,君臣慌乱,朝中商议只是不决。狼主全然无什计较,长叹一声说:"苍天啊,狄青围困在白鹤关无人救解,只在三天五日就要收拾五虎将。岂知单单国八宝贱人为救丈夫,帮助大宋杀却三员大将,伤了数十万兵。又闻黄花关已降,倘被他打破碧霞关,孤家只坐内城难以保守。今降旨众臣酌量退敌,一连三日,只是不决,如何是好!只得退兵而去。"不知如何定计,退得宋朝五虎大兵。正是:

贪心到底终无益,轻敌须知屡败兵。

第三十三回

飞龙定计报夫仇　黑利阴魂现妻眼

诗曰：

公主飞龙性烈全，为夫被杀把躯捐。

风霜历尽投中国，不惜辛劳只报冤。

话说西辽国王商议退敌不能决断，朝罢回宫。此时飞龙公主已得知大宋兵将厉害。兵临城下，满朝文武不能退敌。她常怀恨着狄青杀害了丈夫，结下此冤，立心图报，见过父王说道："丈夫之冤、兄弟之仇若不图报，枉为世人。"狼主说："女儿啊，你还在此说什么呆话？退了敌兵，乃为要紧，因何反说要报仇之话。"公主说："父王若依得女儿之言，兵也退了，仇也报了，宋室江山何愁不取！"狼主听罢哈哈笑道："女儿啊，依你之言，却也如何？"公主说："父王，只许女儿混进中原，如若如此下手，就可杀了狄青。此时八宝贱婢一定回去单单，再不帮助大宋。父王然后前往各国调雄兵猛将，宋朝没了狄青，那时占取中原何难之有？"狼主闻言说道："女儿却也有此机谋，为父且依计而行。只是你是女流之辈，焉能到得中原，为父母岂不挂心？"公主说："父王，弗①忧女儿，虽赴汤蹈火也要混到中原。如若到得中原，伤害狄青，如探囊取物。"狼主说道："倘若泄漏机谋，如何是好？"公主说："父王啊，女儿自会见景生情，决无妨碍。"此时番后闻他父女之言，早已含着一包珠泪，说："女儿啊，你驸马与哥哥既已为国捐躯，焉能再活？你乃一年轻弱女，岂可妄想到得中原行此险事？万一谋事不成，反遭其害。我劝女儿不要前往。"公主说："母后啊，你不必伤怀来挂念女儿。随着投降献旗时候，混进他队伍中，必要行刺了狄青。倘若强办不来，女儿悄悄逃回，见机行事。女儿必要报了此仇的。"番后说："既然如此，要小心，若下不得手，需要早日奔回才好。"公主应诺。狼主即日传旨丞相度罗空，说知其事。连日造成一面假珍珠旗，与真的大小无

---

① 弗——不。指不要。

第三十三回 飞龙定计报夫仇 黑利阴魂现妻眼

异,款式一般。是日公主穿过一套衣,像着中原小将的样。狼主又备下降表、金珠彩绸四大官箱,又封好珍珠旗。此时公主扮作中原军士,拜别父王母后。番王番后再三叮咛,诸事须小心,事就不能成,需要速速回归。公主连声应诺。又拜别三位哥哥出宫,随了丞相度罗空而去。

此书单表度罗空领旨,拜别狼主,带了众从人坐着一匹高头马。后边番卒推着箱四口,是珠宝彩绸,中央放了一面珍珠旗,五色绢绫包裹,出了和平城向前而去。行程数日,已有碧霞关段威闻报,立刻开关迎进帅堂,香茗已毕,段将军叫声:"丞相,今日天色已晚,且在关中权宿一宵,待来天小将先往宋营说知其事,然后丞相面见宋将便了。"度罗空说:"段将军言之有理。"是夜摆上酒席相待,预备铺毡安席,不必多谈。

再说飞龙公主,深知这件事情攸①关秘藏,内里除却狼主番后弟兄,外边只有度罗空知道。若然漏泄消息,所害非轻。所以同丞相一齐走出城后,分为两路。饥饿时只把干粮用些,到了天晚,私回黄花关空野之处,暂为歇息。咬牙切齿,恨着狄青,想到因他杀害我丈夫,暗暗心中苦楚,低声叫道:"驸马啊,哀家与你成亲三载,彼此和谐。只恨狄青提兵到来征伐,杀了别将也罢了,又将驸马伤害,此仇此恨哀家怎肯罢手罢休?今日虽赴滚水烈火,也要伤了狄青。驸马啊,你的阴魂可随妾身去,助我伸冤。"长叹一声:"咳!苍天啊,我若与丈夫报了此仇,虽死在九泉也瞑目无怨了。"

若讲到外国之人,分透五伦大小却少,颇重人伦之礼居多,如今单有飞龙公主与丈夫异常恩爱,情义非凡。自从丈夫被杀,一心立着报仇之念。她说着杀了狄青,报了此仇,即死九泉也是瞑目无说。想来她的节烈不独边夷外国少有,就是中国上邦也不多。此夜,公主一念不忘丈夫。黑利阴魂不散,深为公主悲哀伤感。此时正是三更时候,公主悲哀之际,忽有鬼魂叫一声:"我公主贤妻休得伤怀,你果要报仇,我当助你一臂之力。你当放心前往。"只闻声音并不见面,公主惨切,叫一声:"驸马啊……"叫得一声,一阵狂风,鬼魂已是无影无踪,不见以应,公主伤心不已。又听得漏下四鼓,歇一会,东方升起一轮红日,天明就在白鹤关附近空闲之处,悄悄埋伏,随机应取,混进中原,要报丈夫之仇,后文交待。

---

① 攸(yōu)——所。

却说度罗空早已打发段威通知宋将,然后带齐献降之礼,命八个番军扛了四只官箱,两人抬了一面珍珠旗,一路到了宋营。古言:官有尊卑,役无大小。番君与宋帝有君臣之别,上邦下国臣子总是一般。所以狄元帅敬他是辽邦一个宰相。此时整顿衣冠,带领众将出营迎接。进营中坐下,施礼毕,小军献奉茶一盏。此时,度罗空开言说:"元帅,从前我邦狼主因无主见,妄想中原,轻动干戈。前有杨元帅镇守三关,雄才大略,我国兴兵战阵败亡。以后又有元帅帮扶,赞天王等俱已丧灭,将亡兵败。狼主料想不能成事,所以常常悔恨痛改前非,岂知上邦万岁不轻饶恕。今日命元帅职掌兵权,差来征伐。既然知道大兵临境,狼主早欲归投。岂知众将自恃英雄,不知进退,又来抗拒大兵,是以损兵折将。至今朝势急,然后甘心投顺,恳切求和,如今呈上降书和珍珠旗一面,此乃下邦传国之宝。还有本国程仪、珠宝一并四箱贡献。遵旨从今永不侵犯,望祈元帅仁慈大量,恕却前非,广施恩泽,允诺投顺,则本国君臣沾恩如同雨露了。"狄元帅听罢笑道:"丞相,此事皆因你狼主贪心妄想,害却许多生灵。下国侵犯上邦,应该问罪,屡动干戈,罪尤深重,扫平你国,不足为过。"度罗空说:"既然狼主万万之差,望祈元帅宽恕前非。好生之德,元帅莫大之功。自今以后永远拱服,再无别念了。"元帅说:"既然狼主恳降,丞相求和,本帅若然不允,觉得执一之见,自今之后,如再动干戈,大兵一到,玉石俱焚。"丞相说:"元帅之言有理。"

此时,元帅传令,把四大官箱打开,尽是金珠绸缎。众将人人来看这珍珠旗。又细细点明珍宝,加上元帅的封皮。又将降书、降表一一看毕。这珍珠旗乃西辽镇国之宝,莫说中原人不曾见过,就是西辽国收在库内,本国众臣也不曾见过。此时,元帅众人哪里认得出真假?谁想到他用假的哄看!狄元帅点查毕,叫声:"丞相,今日本帅既准投降,前去各上关地,仍归贵国经营,各分疆界。但是本帅一去,兵数万,约计降兵五万,本帅要带归中原去了。"度罗空说:"元帅高见不差。"元帅又说:"丞相,下官如今择日班师了。"度罗空说:"元帅班师回去之日,少不得小国君臣要来送别。"元帅说:"丞相要来送别,就不消劳驾狼主了。"此时度罗空起身别过众位英雄,领了从人,归到和平城,将情由细细奏知狼主。狼主说:"丞相,公主此事机密交关,假旗之事甚大,切勿漏泄风声。"度罗空说:"微臣晓得。"狼主驾退回宫。独有番后娘娘一心忧虑女儿说:"她立心要去中原为刺客。想她一女流,此去到底吉凶祸福难分。"不提番后怀忧。

且说狄元帅择日班师,说知公主。当下公主叫声:"驸马,你班师回国,今日妾身也要回归本国去了。"元帅听了公主之言,不觉呆了,说道:"下官一心算定,班师时要同公主回归中原,拜见母亲,为何公主说要回归你国? 望公主依着下官同回中国,意下如何?"正是:

恩义夫妻何忍别,孝贤烈女却难留。

第三十四回

归单单夫妻分别　降辽国宋将班师

诗曰：
夫妻一会复分离，一念君时一念亲。
从此何天重聚首，他年旌诏得成群。

再说公主闻丈夫班师，要带同她回转中原之说，便说："驸马啊，妾若与你到中原，一来父王母后难以割舍，二来圣上虽知招亲之事，你却不曾奏明，未曾有旨宣诏，况且又防西辽怀恨于我邦，趁妾不在，兴兵杀到。虽然不惧怕于他，总有刀兵之想，父王岂不归罪于妾身？若然驸马有心记念从前夫妇之情，回朝奏知天子，此时受了诰封，有旨宣召，然后转到中原，夫妇团圆，自然有日。"此时，公主说话之际，早已含着一包珠泪。狄元帅虽然一员虎将，烈性英雄，只因公主是个义重多情之女，说道："今日分离，伤心之话尤觉伤心，公主，你这等说来，下官又不好勉强于你。今朝分别，我却也放心不下，如何是好？"公主说："驸马，你今班师回家，公务已完。若有心记念于妾，奏知天子，有旨旌诏到来。此乃光明正大，未为不可，既有姻缘凤愿，为何我夫妻两人这南北万里程途？驸马啊，今日虽暂分离，不知会在何天？虽然与你为夫妻，谁知妾的心肠！"说罢纷纷落泪。元帅看见公主伤心，好生不忍，说道："公主万勿伤心。既然你一心回归本国，暂且分离，待下官回朝，国务一完，即奏知圣上，降旨前来迎接于你。团圆之期不远，公主何必伤怀？望你依着下官之言，回去万勿愁烦才好！"公主说："谨依驸马吩咐！"此时元帅择日班师，公主也要告别登程。

是日元帅传令，摆下筵席饯行。夫妻对酌之间，元帅说："公主啊，今日分别，你我各归本国，望你上达尊公母后，代说下官不是无情之汉，只因国务羁身，幸得如今平复西辽，少不得日后再到请安。"公主含悲说："驸马啊，总是相逢未卜，何时得见？"狄元帅再三安慰了多少话，说："公主啊，你且免愁烦，请用酒！"此时夫妇分别，说不尽许多语言，并叮咛嘱咐好生抚育二子。这些男女兵丁多有犒赏。宴毕，公主吩咐男女队伍分开，

第三十四回　归单单夫妻分别　降辽国宋将班师

上了赛麒麟，相别过丈夫，出关而去。元帅与众将殷勤相送，有十里之遥。公主说："驸马与众位将军何必远送，请回便了。"元帅、公主此时只得马上揖别，含泪分离。男女兵向东北而去。元帅在马遥望，不见旗幡影映，只得转回。狄元帅并非恋她的颜色美丽，只因公主情真意重，不辞千里之劳，来解重围，今日一时别了，元帅也觉不忍分离。此时只得回关。

过了三天，已是上吉日期，传令众将拔寨起行，安排队伍，五色旗幡，三声炮响，三军起程。辽国君臣闻知，频来相送。狄元帅辞过众辽官，不必细述。所取关城，仍归西辽管辖。此时宋将兵一路威威武武，奏凯而还。登山涉水，非只一日程途，所过地头，毫不侵扰，百姓安居，按下慢表。

且说三关孙秀，自从前日闻狄元帅兵困白鹤关，赶逐孟、焦不许他出关来，故时时想起心欢，只望他众将早日尽丧西辽，才得安心。忽一日接过边报，方知单单国八宝公主兴兵前往，大破西辽解了重围。孙秀一闻此报，吃惊不小，说："不好了，本官只道狄青围困孤关，救兵不至，必然一班狗党尽丧西辽，谁知又被八宝贱人救了。但愿西辽还有雄兵猛将，连八宝这贱人一齐结果，死在番邦便好了。本官前日已经动了一本，劾奏他按兵不动，通了西辽。要先把他母命伤了。"若说孙秀前时果动了此本，只因仁宗是个明哲之君，因思："前者张瑞回朝复旨，陈奏明白，并有狄青本章附呈朕览。足见他忠心为国，怎肯退后不举投降了单单，又去投降西辽？天下莫有这等人。莫非孙秀谎奏了，且有了实证，再行定夺。"就把这道本章隐藏不发，按下慢表。

且说天牢狄太君，虽然在天牢囚禁，已有狄太后娘娘关照，又是平公元戎之母，那狱官司事怎敢轻慢。所以日中用四个老妪相伴。食用日给比家中也差不远。此时狄太后终朝想念侄儿，怨他原不该走错国度招亲。又幸得今上仁慈恩赦了他，仍命平西。如今一载有余，但不知何日班师，消了前罪，那时方得母子重逢。就是吃碗清汤过日也为安逸。不提狄太后之想。

再言三关孙秀那日正在关中闲坐，忽闻报道："启上孙老爷，今有狄元帅征伐西辽，番王献出珍珠旗，如今奏凯班师，只得百里之遥，特来报知。"孙秀说："有这等事！再去打听！"说："不好了！本官只道西辽国兵将凶狠，重围难解，料想狄青不得还朝。岂知西辽国真的没有雄兵，投降了，献出珍珠旗。如今又得还朝，焉能摆布得他来？咳！总是天不从人愿,岳丈徒然用计了。但是本官前日已经上本,奏他按兵不动,私通西辽,如今一班狗党又得回朝,下官已有谎奏欺君之罪,如何是好?如今反弄了自己身上。不若修书一封,差人进京,送上岳父,待我安排妥当便了。"是日即修书一封,着得力家人孙吉带盘费星夜赶进汴京去了。慢表。

又说范仲淹叫声:"杨老将军,那孙秀一心要害这狄元帅,岂知又被他征伐西辽,收得珍珠旗回来,此番又是逢凶化吉了。"杨青说:"正所谓任君百计图谋巧,自有皇天作主张。但这奸臣如鬼如蜮,今又打发家人去做什么勾当。我也知了,他报知庞洪,必然又要商量什么诡计。看他怎生害得这英雄将士。"不提杨、范之言。

到了次日。炮声一震,元帅大兵离关三十里。停一会又报道:"元帅离关不远。"孙秀只得勉强开关,传请范仲淹、杨青一同出关迎接。只见大兵一齐已到关下。杨将军说:"我们只道元帅兵困白鹤关,没有救兵,不得还朝,不想被他征伐西辽,取得珍珠旗,班师回朝。此乃天不欲绝这小英雄也。"范爷说:"皇天庇佑,只英雄也幸,乃当今天子洪福。只差得孙大人心中不快。"孙兵部说:"哎!你们说哪里话来。说征伐西辽,下官有何不悦?你听,号炮之声,元帅到了。我们出关迎接便了。"此时,孙兵部与二位忠贤走出关外。

此时狄元帅到了,传旨安营,有孙兵部见了,免不得叫一声:"狄大人,如今班师回朝,贺喜了!"范、杨二人也说:"请下马进关!"狄元帅说:"下官身负欺君重罪,不知圣上罪赦如何?何劳三位大人远迎?狄青何以克当①!"三人说:"元帅,哪里话来,如今成此大功,罪故已消,圣上还要旌奖了。"元帅说:"焉有此望!"连忙下马,一同进关。有焦廷贵把孙秀一看,怒目圆睁,高声道:"我们元帅真乃英雄,没有救兵,何为稀罕?今日大破西辽回来,哪个奸臣误国贼,敢来杀我焦廷贵?"元帅大喝道:"匹夫,休得多讲!"

此时,已入帅堂上,各个见礼,依次而坐。孙兵部开言说:"闻得元帅不伐西辽,先在单单国招亲,下官失于贺喜,大人休得见怪。"元帅说:"孙大人言重了,下官奉王命征伐西辽,在火叉岗走差去路,左边东北是单单,右边西北是西辽,走差单单国,招下大祸,险些逃不出罗网。"孙秀说:"招

---

① 克当——担待,承担。

亲是喜事,怎说是招祸?"范爷忍耐不住说:"孙大人,今日元帅班师,只说目下言谈罢。为何只把痛心话来伤刺。"杨将军说:"孙大人,为人没有喜事,难过日子;若不招祸,倒不是个责任,英雄喜有要来,祸有要来,方是历尽艰苦的丈夫。且待元帅征伐之由,细细说与我们知道。"此时天色已晚,摆上便宴,二人揖让就席,众将开筵,厚犒得胜将军。正是:

莫道奸谋多误国,岂知天眼眷英雄。

第三十五回

到三关忠佞谈言　回本国宋帅复旨

诗曰：
　　五虎班师到本邦，忠奸叙会不相当。
　　图谋不遂心中慰，恨杀胸中暗毒肠。

当下狄元帅酒吃至半酣之际，就将误走国度，错杀番将被擒，勉强成亲，一月逃走，直至西辽兵困白鹤关，请得八宝公主到来大破重围，一一说知。范爷说道："如此说来，幸而公主前来救解，不然兵困白鹤关，焉有还朝之日！"杨将军说："此乃我主洪福齐天，所以得公主提兵救了众将兵，此保国英雄也。"元帅说："若非公主前来，下官一定战死沙场，捐躯报国，岂肯贪生畏死，负却圣上洪恩。今朝岂望圣上胜奖？若蒙赦却重罪，放出天牢母亲，就回返家乡，淡泊自处，母子觉得安乐逍遥。不为官也罢，免得吃惊受苦，母子不安。"孙兵部接言说："元帅，你立此重大功劳，莫说消了前罪，一定当今还要加官倍宠，封赠母子团圆，旌赐夫妻完聚。真是满朝文武谁能及得，宇宙名著千秋不灭！倘下官有甚参差，全仗大人周全些！"元帅说："孙大人，你赤胆忠肝、匡扶社稷，有何差处？纵有差池，有国丈大人庇盖，下官在这些奸臣术中，岂敢动作？"

当下范仲淹、杨青四眼相看，想狄青今番不比前时了，侃侃言谈。又看孙秀一张铁面孔青着，想元帅冲撞之言，奸臣岂不怀恨在心？罢了，且做个好人作收场便了，说："两位大人多是王家国戚，均为一殿之臣，总尽心为国，竭力乾坤，便是主上洪福。莫说同朝一殿之臣，就是庶民家邻里也有相济的。相济扶危，君子之道；见死不救，枉做世人。"此时元帅不答，孙秀也变色不言。停一会，孙秀又说："狄大人，公主既到西辽，因何不带进中原，一同见驾？听她独自归本国，这是差了。"元帅说："孙大人，她是外邦之女，不奉圣上旨诏，带进中原，此非礼也。"孙秀说道："她功劳浩大，况是元帅夫人，就是同进中原，来见圣驾，有何妨事！"元帅笑道："孙大人，你却知其一，不知其二，下官紧踏坚牢地，须防足下浮。圣上虽然不罪，下官还防国丈不肯宽饶，所以打发她

第三十五回　到三关忠佞谈言　回本国宋帅复旨　141

回归单单去了,免得飞蛾扑火,自烧其身。"孙秀说:"好好言谈,大人因何说到国丈来?下官正是不解,乞道其详!"元帅说:"下官也不解。不知国丈为了什么缘故,牵着于我?平日无仇,往日无怨,却与下官做尽对头。仰赖上苍庇佑,深沾天恩,倘得宽饶前罪,必要辞驾,望乞求归乡,养了性命,又得心安,有何不妙!"孙秀闻了,冷笑说:"大人,国丈何曾与你做对头?休得枉屈了。"范爷接言道:"庞太师乃当今国丈,元帅不去趋奉,他自然怪看于你。"杨将军说:"元帅,只要你一心正直无私,总听凭皇天做主。纵然国丈深怪于你,做个对头,且由他罢!孙大人,你道这句话,差也不差?"孙秀此时见三人你一言我一语,气得满脸通红。范仲淹想道:"这奸臣说不过了。若再讲时,仇恨愈讲愈深。"便开言笑道:"吃酒不谈仇怨事。众位大人,且请酒。"当晚,平西六将,大小三军,各个畅怀吃酒,连飞龙女也在其内。是夜不表。

且说狄元帅一平西辽,应该拜本报捷。只因又怕三关阻隔,所以不曾有本进京。如今到了三关,即备下本章一道,打发孟定国还朝报捷去。是夜在关中歇宿一宵。次日孙兵部说道:"大人,既然珍珠旗是西辽镇国之宝,但不知款式如何?怎样宝贝?何不拿出众人一观,看看此宝?"狄元帅一想,若不拿出观看,道本帅有什作弊。便命左右取出此旗,元帅揭去封皮,打开包裹,众人一看,但见宝旗不甚大的,周围结方二尺余,中央结绒丹凤,四角五彩云霞,正面八八六十四颗珍珠,每四角一颗顶大宝珠,中央也是一颗,四围乌云滚边,看来款式模样,大小也是一样。只有五颗大珠,不是真宝,反面淡红血点,处处破漏。众人哪里识得此宝,辨得出真假?少不得赞扬几句。看毕,仍收归箱囊中,贴回封皮。孙秀说声:"大人,此旗真乃西辽镇国之宝,被你取了他的,只怕西辽王深怪于你。"狄元帅说道:"这也是国丈的美情,保举下官奉旨,不得不然耳。"

是日,用过夜膳,元帅传令众将众兵,拔寨起程。三人说:"狄大人,再请稍留,且把军马安息一二天何妨?"元帅说:"王命在身,不得久留关外。"早有四虎孟焦五将,依旧摆开队伍,伺候元帅起马。此时元帅盔甲上马,气宇昂昂,辞别孙、范、杨三人。只听得号炮三声,三军旗幡招展,队伍分明,两军扛抬四箱珠宝——内有一箱是珍珠旗,大兵出关而去。有范爷、杨将军满心喜悦道:"难得当今圣上洪福,所以出此五虎英雄,护佑大宋江山如泰山安稳。"二人欣然面色,孙秀闷闷不乐,也不敢做声,只得一同回进关中。不表。

再说庞国丈前时接到孙秀来书,说狄青兵危白鹤关,心中大喜,暗说:

"这狗才,平常靠了姑娘的势力,不把老夫看在眼内,争夺功劳,与吾做对。老夫要摆布由你,有何为难?只须用些许小技。如今兵困边关,没有救兵解围,眼看不得回朝。非唯不得回朝,尸骸也要丢下沙场地。任你有通天本事,盖世英雄,立尽多少功劳,不免做无头之鬼。倘狄青一死,刘、张、石、李、焦、孟一班小狗头,休想活命。一同丧在西辽,才显我国丈手段高强。"此后,有两月余,有家将启上:"大师爷,今有三关孙老爷打发孙吉到来求见。"国丈说:"着他进来!"庞洪想道:"不知贤婿什么事情,打发孙吉到来?是了,莫非狄青身丧西辽,先来报信与老夫知道!"不觉孙吉到来,叩过头。太师说:"道途辛苦,不必行礼!你家老爷近日好么?"孙吉说:"我家老爷近日甚安,今有书来与太师爷观看。"庞洪接过说:"你且往外厢用酒罢!"孙吉叩谢去了。国丈将书拆开,低头一看,不觉呆了,一会说:"不好了。原来狄青又被单单国救兵大破重围,反被他征伐西辽。可笑番王真没用。竟将番国之宝献出,畏惧了一班小狗头。前日贤婿有本进京,说狄青投了西辽,圣上藏了批本不发。今这小畜生又班师回朝,贤婿理亏,写书到来,托老夫于中补盖,叫我如何遮盖得来?且待狄青到来,然后见景生情便了。"从此庞洪烦闷不过,又难以再算计。

单表狄元帅差孟定国先进京奏捷。是日到京,将本投递相府。庞洪一接本,大惊说:"孟定国乃天波府内人,这本章谅情搁捺不得。待明朝奏闻圣上,再作道理。"

再说孟定国投本后,转来到无佞府,禀明佘太君说平西得胜回朝。太君大悦,一班寡妇欣然,说:"难得小将狄青英雄,不中庞洪奸贼计,今又得胜还朝。庞贼,枉你用尽千般奸计,自有皇天庇佑这英雄。"佘太君又吩咐孟定国:"在此府中安歇几天,等待元帅罢。路上辛劳,往外用些酒饭。"孟将军称谢,又往南清宫通报喜信。狄太后、潞花王母子好不开怀。随后又到天牢禀知太太。报知九王人侯、崔爷等,各忠贤俱已得知。多道:"此番足气煞庞贼了。前者孙秀这狗党,有本奏上投降西辽,幸得主上英明,留下此本不发。如今一班小将奏凯回朝。看圣上把孙秀怎样主张!"有静山王呼延赞笑道:"孙秀奸贼是御连襟,有这老奸贼遮庇,只上一个假本,圣上必不究的。还恐庞奸贼有别的算计狄青。"九王人侯说:"呼延兄,狄青今有莫大之功,料想如今害不成了。"正是:

忠良小将人人爱,反妒奸臣个个嫌。

第三十六回

杨宗保显圣逐冤魂　狄元帅伏罪见君王

诗曰：
　　丹心报国杨元帅，辅宋驱邪不泯忠。
　　逐散冤魂归地府，英雄小将弗成凶。

　　慢说众位大臣言谈狄元帅班师之事。再说西辽国飞龙公主立志代夫报仇，随到中原为刺客，在度罗空将分旗路之日，已经混入宋军中。只因数万军中多是投降辽兵，多一人哪里认得出？因何前时不早表明？只是一口难分两处话，一言难表两回书。

　　此时飞龙公主随着宋兵混进三关，已是放心大胆了。只因元帅一路到汴京见驾，飞龙公主早寻机脱身了。几万人马，少却一人，也难查确。只是单身独走，自觉凄凉。飞龙女立志与夫报仇雪恨，日间奔走京城，夜宿无处泪暗流。这番女要报夫仇，抛下玉叶金枝，抛离双亲，竟不辞跋涉之劳，流离到外国，真乃节烈堪称。所以黑利死后，因她怨气所感，阴灵不散，现形亲自叫她前往，代为报仇。只是这黑利在生之时，虽然威武，岂知死后做了鬼魂，威风显不出来。况且三关乃是重地，本国山神，并有杨元帅之忠魂阻挡住三关，岂容外国鬼魂出入？那番将的阴魂难以进关，只得退归旧路去了。若讲到杨元帅的忠魂，既将黑利冤魂赶逐，何不连飞龙公主一并收除？只因杨元帅做了神道，故知飞龙、狄青生死相关，自有定数，不先除她，由她进关而去。此时公主一路伤心不止，只因身穿军士衣裳，恐人盘诘，又到近地衣裳铺买了一套民间便服，寻一个空野之处，周身改换而行。此部书说了多少飞龙要报仇之话，到底如何收科，看官不用心急，下文自有交待。实事后话休提。

　　却说五虎大将一路登山涉水进京。是日汴京城厢内外，早已知道狄元帅得胜回朝。这些百姓，家家户户俱是挂彩焚香，张灯燃烛，敬重有功之臣，满朝文武俱出城在十里长亭之外迎接。此时狄元帅到了，吩咐众将把人马安扎营盘，滚鞍下马，说声："列位大人，罪将狄青何德何能，感蒙各位如此抬举！使我置身何地？"有的说："狄元帅如今平西有功，我们理该迎接。"元帅说声："不敢！"有潞花王叫："表弟，孤家奉母后之命，要你同归府内去，叙叙离情，来日见驾罢。"狄元帅说："千岁，这也使不得。若然先到了南清宫，拜见姑母，犹恐涉私，被人谈论不美。不若来朝见过圣主，把误走国度，征伐西辽一一奏明。晓得圣上开一线之恩，赦了前罪。然后即来谒见老尊年，今宵权宿华亭驿，烦千岁回府，代为禀达。"这几位王爷大人，同声赞道："果然有智识的一位直性无私的英雄，可敬！可敬！既然如此，就在华亭驿内权宿一宵，待来日候着圣宣便了。"此时同进华亭驿内，众将早已安排，众兵华亭驿外屯扎，潞花王早已吩咐，预办酒筵。众三军自有犒赏，众王侯与元帅依次而坐就席，六将乐饮。交酬宴毕，已近黄昏。狄元帅吩咐："焦廷贵速即往国丈府中，禀请奏明圣上，本帅班师。"潞花王说："表弟，你班师回朝，待孤家与你奏知圣上，何用庞洪！"狄元帅笑道："千岁，国丈屡屡怪着我狄青，不知是何缘故。如今要他呈奏班师，却也不妨。"众王侯笑道："这也说得是。"此时，众大臣别过元帅，抽身告别回衙，元帅相送，不表。

且说焦廷贵到了相府外，下马高声说："奸臣门上何人？"有一把门的喝道："你是何人？敢在这里大呼小叫！"焦廷贵哈哈大笑，说："你老子乃焦廷贵，随狄元帅征伐西辽，如今班师回朝，各大臣出城，十分恭敬。想你这老奸臣庞洪妄自尊大，不来相见。"把门家将喝道："胡说，我家相爷，乃当今万岁的国丈，只有人奉承他，从不肯去奉承别人的。"焦廷贵大喝道："放你狗屁，俺家元帅乃是太后娘娘侄儿，比你家这个奸臣的势头大得多哩。你若不去通报，待你老子打进去罢。"门官拦不得，连忙进内禀知。太师傅进去。此时，这焦廷贵进至府堂，见了庞洪挺起当胸，也不行过见礼，圆睁环眼看庞洪，高声说："你是国丈么？"庞洪喝道："匹夫，你是焦廷贵么？"焦廷贵道："哪人不知我的大名，你问怎样？"庞洪大喝道："你一个小小武夫，见了老人一品当朝的，焉敢这般模样！"焦廷贵听了，呵呵大笑道："我虽是小小武夫，跟随元帅的功劳浩大；而你虽是一品当朝，只好坐食了皇帝老子俸禄，用尽计谋害人的性命。这是你的本领，你与国家有什么事？你且行说来。"庞洪大怒，喝道："你见老夫害了什么人？满口胡言，这样放肆！"焦廷贵听了，冷笑道："老庞啊，我家元帅原与你无仇，因何你几次把他谋害？幸喜他运好命好，如今害他不成，反立下大大的功

第三十六回　杨宗保显圣逐冤魂　狄元帅伏罪见君王

劳。今日征伐番王,取了珍珠旗回来,元帅差我前来,说与你知道,来日可奏知圣上,不可又说奸计来算计元帅。俺焦将军去也!"摆开一步跑出外堂,上马加鞭而去。

此刻庞洪见焦廷贵如此言语撞犯,气得他怒上加怒。一来怀恨狄青得胜回朝,如今又遇焦廷贵激恼一番,好不气闷,便说:"焦廷贵,你这狗党,今日老夫受了你的气,少不得也在老夫手内。如今狄青既到了,且待来日奏知圣上,慢慢打算便了。"又说:"狄青啊,我却只想要你残生,却屡屡害你不成。老夫亦做过多少事情,倒失于这个小奴狄青。害他不成,正是枉为人也。"此时,国丈越想越恼,只是说不出来。

再说次日五更三点,各官聚集朝房内,天子尚未升座,众官开谈一会。忽听得景阳钟声响亮,龙凤鼓次第而鸣,扬鞭三响,香霭氤氲①,珠灯引道,天子登了龙座。有这九王八侯、文臣武将、公侯伯子循序而朝。山呼已毕,文武分班列行,值殿官传万岁旨意,说圣上有旨,各班有事出班启奏,无事卷帘退班。忽左班内闪出国丈,说:"臣有事启奏。"俯伏金阶,说:"臣前者保举狄青征伐西辽,如今得胜回朝,特此奏闻候旨。"此时众王侯暗说道:"这贼好刁。奏说保举二字,又要追功了。"当下万岁降旨:"既是狄青班师回朝,即要宣来见朕。"停一会狄青到殿上,俯伏金阶,说:"狄青见驾,愿吾主圣寿无疆。"圣上说:"卿家平身!寡人命你征伐西辽,为何不遵旨命,投降了单单?国外招亲贪欢,误国之罪难逃。既在单单国招亲,如何又去征伐西辽?今日把前事细细奏与朕知。"

狄青说:"圣上,臣沐天高地厚君恩,岂不图丹心报国!前日禀遵主命,往征西辽。只为火叉岗上分为两路,走差单单国。一到他邦,守关武将怪臣无事兴兵侵犯,一时愤怒,杀将起来,拒关斩将。后来方知错走路途。臣以后自知理亏,再三以理讲和休息。岂知彼等不从,致有刀兵之患。臣到关前求和,他邦众将一心要战杀。此乃欺臣,欺臣即欺陛下。是时请旨已不及,只得与彼国交锋对力。先平单单,后征西辽。阵阵交兵得胜。后来了番女赛花,英雄无敌。倘若力战,臣亦不惧。奈她是庐山圣母之徒,法力甚高,把臣与众将一并拿去。番王苦苦劝臣投降,臣抵死不从,番王将臣等一并押去斩首。忽有圣母到来,说知番王,说臣与赛花有宿世

---

① 香霭(ǎi)氤氲(yīn yūn)——霭,云气。氤氲,形容烟或气很盛。

姻缘。陛下,臣思自祖父以来,忠良自许,至臣身受国恩,未曾报答,岂可背旨招亲,以犯国典?奈何身被拘囚,倘若不从,要吃一刀之苦。非臣借此微躯,既承王命征西,若然一死,岂不有误军情一事?只得勉强成亲。一月后逃走,复回火叉岗,路遇钦差,臣已附本章一道,谅必陛下龙目看明,乞体谅微臣本心。后来臣一到西辽,旗开得胜,借陛下天威,只道番王即日可以投降。谁知他又差了星星罗海将来雄兵数十万,此时兵困白鹤关,近日焉有救兵?势已急了,只得差人前往单单国,请得八宝女到来帮助,方才打破重围,众将兵方解此危。后来番王见雄兵猛将一并尽消,只是哀求,愿献出珍珠旗,另有投表降书,金珠绸锦四箱,恳准投降,自愿年年贡献,岁岁称臣。此时,臣非敢自专,妄允请降。因奉旨前往之先,已蒙圣谕,但得番王顺命,则准他投降。故臣今日收兵还朝,赛花只在西辽就已回归单单。微臣重罪不赦,但得放出天牢母亲,感戴天恩不尽矣!"正是:

奏主当年平房事,原因今日谒天颜。

第三十七回

奏诉前因明君剖断　　叙谈远别狄后萱亲

诗曰：

高年狄母下天牢，只为奸谋计害多。

今日方能离禁难，苍天不负寡孀孤。

且说狄元帅当金殿奏明上年奉旨平西，走差国度，单单留亲等缘由。当下仁宗听罢一想："从前孙秀陈奏说狄青投降西辽，实在假的，如今不必再提起此事了。"降旨要将贡献之物一齐呈来观看。狄爷听了，急忙步出千朝门，令军士将四箱贡礼、一柄珍珠旗呈进金銮殿上，一一打开。万岁看毕，然后又将珍珠旗拆去包镶，君臣一同观看。这柄旗没有一人见过，君臣各人焉能辨得出真假？无非众人赞个好字。君臣觉毕，圣上传旨，内侍一并收归库内。狄元帅又将降表、册籍呈上龙案。万岁看过降书，又看册子上是原日统领人马若干，损去若干，收降番兵多少，用去粮饷多少，尚剩若干，并将众将兵功劳簿开载明白。御览已完，传旨说："狄卿原有重罪，兹今姑念跋涉一番之劳，如今有功不计，有罪已消。俟①另日有功，再加升爵，收降人马兵部收回，余粮户部收回。"万岁传旨往天牢放出狄元帅之母。

元帅正要上前谢恩，早有国丈庞洪说："臣启陛下，这狄青未伐西辽先投单单，误国招亲，罪该万死，功小罪大，抵消不得。伏乞我主圣裁！"万岁听了一想，说声："庞卿，你太无情了！这狄卿乃你保举的。他既有不赦之罪，庞卿岂无保举不力之过么？寡人劝你差不多些也罢。"庞卿听了圣上之言，羞惭满面，低头不语。此时，九位王爷、八位侯爷一班忠臣好不开怀暗喜。此刻嘉佑王退朝，群臣各散。狄爷退出午朝门，见国丈也出。狄爷说："国丈，你我也差不多些，既为一殿之臣，同僚之谊，何不一同辅主？你我相安，有何不美？"庞洪听罢，道："你的话好无分晓，老夫是

---

① 俟（sì）——等，待到。

公平直断之言,哪有生心与你结仇作对!"说完登了坐轿回归相府,满怀不悦,暗道:"圣上原来宠爱于他。老夫总要摆布这狗头死地,方才罢休!"

不表庞洪烦恼,且言众位王爷并不是惧怕狄爷,要奉承他,只因敬他平西有功,是个忠良将士,劳于汗马,乃江山鼎力之臣。内有几个庞党奉承,是面从心违的,一班硬重直臣则是实情。相应的你邀我扯,狄爷此刻也分身不暇,有潞花王叫声:"表弟,母后着你去相见,与孤家去罢!"狄爷微笑道:"难得姑娘这等好心,当先往拜见才为合理。"便说:"列位大人,容下官去拜见姑娘,然后再来奉谒列位大人便了。"众王侯齐声说道:"不敢!"拱手相辞,登车起马各回府中去了。元帅又吩咐众将在华亭驿所安屯便了,且待圣旨到下再行定夺。此时,狄爷乘现月龙驹,潞花王爷骑上白狻猊一同并马而行。

先说有高年的千岁,乃是石玉丈人,这位王爷早已差人来请石郡马回府。这石玉此时巴不得地即拜见母亲同着郡主,即时别过张、刘、焦、李四人,一路到了赵千岁府中。原来这位赵爷乃仁宗天子的叔父,年已将七十,单生女一人。狄元帅有功,四将一同受封之日,赵千岁已招赘了石将军。他自从随着元帅同守三关,远离母亲、郡主已有五载,按下不表。

再说狄爷一路随了潞花王到王府门首,二人下马直进至南清宫,一见太后娘娘,狄爷说:"姑娘大人在上,侄儿狄青拜见。"此时,太后娘娘见了侄儿,不觉心酸起来,叫声:"侄儿起来罢,休行大礼了。"狄青一连三叩首,娘娘说:"我儿扶他起来。"潞花王搀挽起狄爷说:"表弟请起!"此刻狄爷起来,娘娘吩咐下坐,弟兄一同依礼而坐。正是姑侄相逢之际,应该喜悦才是,为何狄太后反而凄惨起来?因想哥哥只有这点骨血,死里逃生方得出仕,又被奸臣几番计害,倘若征西丧在边疆之地,狄氏香烟倚靠何人?幸喜侄儿有此本事,平服西辽。细想侄儿屡被庞洪所算,几番逢凶化吉,转难成祥,到今日方见侄儿之面,想他年少到此间,心中惨楚起来。狄爷香茗吃毕,启口说:"姑娘,侄儿奉旨,往守三关,远别许久,不曾候到金安。"狄太后道:"侄儿的身体如何?"狄爷说:"侄儿一向身体甚安!"娘娘说:"侄儿啊,自从那年你解送征衣之后,杨宗保既殁,圣上命你往守三关,不觉五载有余。只望你高官显爵,耀祖荣宗,尽忠尽孝,清史流芳,才遂吾愿。岂知与你相会之初,几至身亡,已受奸臣暗害,吃尽苦楚几番,方

第三十七回 奏诉前因明君剖断 叙谈远别狄后萱亲

得母子稍安。这老贼又哄奏当今,妄施巧计,保你往征西辽,登临险地,祸福难分。喜得今日得胜回朝,且把交锋之事细细说明,与老身知道。"

狄爷听罢,细将错走单单直至得公主到阵解重围,番王献出珍珠旗一一说明。娘娘说:"今日取到珍珠旗,早间上殿见圣上,把你怎样相看?"狄爷说:"姑娘,侄儿今日见驾,细把前情奏知,蒙主上洪恩降旨,此事功罪两消,另日有功,再封官爵,并赦母亲无罪。岂料这庞洪奏罪大功小,抵消不得。圣上说,庞洪你也有保举不力之过,与侄儿之罪也差不多的。"太后说:"这奸贼实乃与你做尽对头了。"狄爷说:"姑娘,我想母亲安安稳稳住在家乡,皆因不肖儿累及她受此苦楚。今蒙恩赦侄儿,要往天牢去看看母亲,以安悬望①之心。"狄后说:"既如此,你去见母亲就来便了!"有潞花王说:"母亲,待孩儿同去迎接舅母可好么?"太后允诺。狄爷说:"千岁若然别的去处同往却也何妨,这个所在却去不得,不劳千岁大驾了。"太后说:"孩儿,表弟说的不差,不去也罢,停一刻也来相会了。"又叫侄儿:"你何必称我儿为千岁?虽云朝廷尚爵,你二人骨肉至亲,何必如此,以后只须兄弟相称便了。"狄爷说:"谨以遵命。"此时穿过便服,别了姑娘,带领四个从人,随出王府,步行而去。未至天牢,赦书已到,太太乘着小轿出来,张文步随。狄爷一见,叫了声:"姊丈!"张文说声:"舅郎,我那日见过你,只因一班王侯大臣在此,不好呼唤。"狄爷说道:"这也何妨!"转又叫母亲:"孩儿奉姑娘之命,来迎接母亲去。"太太说:"孩儿!我正要到南清宫去,叙叙数十年姑嫂分别之情。"狄爷亲自扶轿陪行。街上百姓多是叹息,忠臣孝子名不虚传。

到了姑娘王府,有守门官进内,禀知潞花王。传命大开中门,亲出来迎接。张文不进去,狄爷叫他在华亭驿与众将一处去了。

又说狄青虽然出仕做了官,只因未久,未曾请得诰命于狄太太,然而,他父亲狄广在日做官之时,太太已受过诰命。当今新主封赠,还要候恩。此时进得王府,狄爷扶娘下轿,直进南清宫内。娘娘亲自出迎,正是久渴怀恩,今朝相会,好不喜欢。姑嫂见礼,太太要拜见,说:"姑娘虽是骨肉至亲,然尊卑不同,礼当老身拜见。"太后哪里肯从,说道:"只行常礼罢。"潞花王说:"舅母大人在上,待愚甥叩见。"太太说:"千岁,老身哪里敢当!

---

① 悬望——担忧,挂念。

若行常礼,已是过分。"太后道:"嫂嫂,骨肉至亲,况且初见,受他两礼何妨。"此时太太起身,潞花王拜,狄爷扶起,又叩首母亲,即说道:"孩儿不孝,至累母亲受惊吃苦。"太太说:"儿啊,这是奸臣算计,与你何干,老身只道今生为狱中之鬼,岂料孩儿又得班师,母子得赦,逢凶化吉,实是感赖上苍。"正是:

善良自有天心眷,奸佞终须国法收。

第三十八回

南清宫姑嫂谈心　赵王府娘儿聚首

诗曰：

> 骨肉分离二十年，今朝相会叙前言。
>
> 情浓姑嫂多亲谊，恤寡怜贫秋后贤。

当下狄太后娘娘与太太姑嫂对坐，下边左右坐着两位青年。香茗用毕，潞花王请过母舅之安。正是姑嫂久别二十余年，此时太后开言，说："嫂嫂你在天牢内，不是我姑娘冷眼相看，今如赦出你，犹恐众臣议论。料得决无大事，只好暗中略略照拂①。幸喜侄儿仰赖上天庇佑，平服得西辽，姑嫂重逢，母子叙会，真乃枯木逢春。"太太说："姑娘啊，许多周旋皆赖叨天之力，莫大之恩，报答不尽。所恨者庞洪、孙秀两个权奸，妒忌忠良，几番侵害我儿，险死还生，算来此命罢了，罢了。"太后说："嫂嫂，湛湛青天不可欺。看来庞贼害人，行恶已多，看他归结，未必有安然不败露之理。"

此时，太太又把姑娘细看，不觉心酸顿起："记得当日先主点秀②与你分手之时，好一个冰肌玉貌的少年。如今虽说玉容依然不减，总然难及当初年少之日。自从与姑娘分别二十余秋，音信全无，今日姑娘得到如此，真乃洪福齐天。我儿若非姑娘提携，焉能年少仕皇家？"太后说："嫂嫂，今朝想起前事，犹如做梦一般。先主点秀分别之后，月月年年思回故土。以后差人探问，岂料山西地面遇水灾，全府地面百姓淹没殆尽。只道你母子双双身葬鱼腹，以后踪迹渺无，弄得我时时思想，愁闷倍增。直至前数年，方才与侄儿相会。他说幸赖仙师救上仙山，收为门徒，教授武略。就是嫂嫂得活于世，也未得知。直至以后侄儿有书投达，方知你母子得会。此时喜得为姑娘的心花大开了。今朝又得姑娘重相会，间别情怀尽消。"

---

① 照拂——照顾、照料。

② 点秀——皇家到民间选宫娥彩女。

太太说："姑娘啊，若是从前事讲说不完了。前时母子抹守家园，岂料水淹山西，太原百姓家家遭了此难，母子被水冲开。母说孩儿亡在水府，儿道母亲葬在水中。此时老身幸得小婿张文救了，得过一年又一年。前年方得母子相会。今日不意与姑娘重逢，真乃喜从天降。"太后说："嫂嫂你不说我也忘记了。你说到女婿张文，老身却记得还有侄女一双。前日侄儿有书到来，又不分明写上，只说母子相逢，一统达言。"太太道："这是月久年深，自然忘记了。次女银鸾已亡故了。只有大女金鸾配与张文，因他武职细小，就是前日奉旨拿我，也是他伴送来的，至今尚在京中伴老身。"太后说："这也难得他如此着力。"

此刻姑嫂讲话多时，太太又问："我儿，你既奉旨西征，因何不往，反在单单国投降招亲？贪欢娱国，实乃逆旨欺君。到底怎长怎短，可将实情细告为娘知道，不许藏头漏尾。"此时狄爷就将走差单单直至番君献旗投降细细说知。太太听了，又惊又喜，惊的是公主厉害，喜的是得胜回朝。狄后说："嫂嫂，这公主倒亏得她解围救了侄儿，有功于宋了。想她是个有情之女，待逢降旨，当今差官直往单单，接取她到来，待你婆媳相依罢。"太太说："多蒙姑娘盛心。"此时姑嫂久别相逢，讲话甚多，难以一一尽述，只是略书一夕之言。当下太后着四个宫娥，服侍太太香汤沐浴，侍候更衣。又吩咐备酒开筵。太太叫声："姑娘，我有两个丫环使唤，不用宫娥了。"潞花王叫声："表弟，你劳顿已久，今得空闲，如今与你外边去玩玩可好么？"太后娘娘说："我儿之言甚是，外边玩玩然后进宫饮宴。"潞花王应诺。是日排筵，太后、太太同一席，王爷千岁弟兄同一席。席间言谈些无关的话，也不烦载。太后娘娘早已吩咐备齐铺床在宫房，待太太安身，狄爷另有书房安歇。是夜宴毕，有一番言语不表。

再说孟定国在无佞府安歇数天，一问元帅到了，即别过佘太君一路到了华亭驿众将处，与张文也是彼此兄弟相呼言谈。不表。

再说赵王爷差人请到这石郡马，上前拜见岳父母，又叩见母亲，然后夫妻相见。石郡马自从跟着元帅解送征衣，直至今日平服西辽，将已三载，抛妻别母，今始得叙首，甚是开怀。郡主见丈夫回来了，心头大悦。此时千岁略谈数言，吩咐备办酒筵款待郡马，有太夫人说声："孩儿，你别却为娘几载，为娘不能独自归去家乡，又蒙亲翁亲母再三款留。不知你在外数年可记念母亲妻子否？"石将军说："母亲，这叫做事君不能事亲。孩儿

第三十八回　南清宫姑嫂谈心　赵王府娘儿聚首

久违膝下,不孝之罪难逃。目下幸叼天子洪福,西辽投顺,得息干戈。孩儿自当奉母暮景之年,还要打点回归故土。别后不知娘亲如何?"太夫人说:"为娘却也甚安。如今郡主贤媳已经产下麟儿三载,外祖已命名'继祖'。"石玉哈哈笑道:"这名甚好。不知孩儿生来品格如何?"老夫人说:"这孩儿生来甚为乖巧有趣的。"石玉说:"母亲,因何不见他进来?"太夫人说:"孩子正在睡熟,停一会看他便了。"

　　少刻间红日归西,天色将晚。郡主着乳娘领出公子来。石玉把孩子一看,果然是眉清目秀的不凡之儿。郡主叫声:"继祖儿,这是你爹爹了,快些上门叩个头。"这孩子仅得三岁,已会晓得上前跪下,叫声爹爹,扶拜一番。赴来走回郡主跟前,扯住娘的衣。石玉说:"孩儿过来,你父与你玩可好么?"孩子只不来,扯住郡主衣。碎絮之言,不必细述。此时一家完聚。夜宴已毕,赵千岁说:"贤婿,老夫年经花甲,奈无后嗣承接香烟,单依靠于你。岂知你完聚不久,又要远出边关,虽然五虎平西成功名,但不能安安稳稳过日。如今平服得西辽回国,狄元帅之罪已消。谅必众将皆已恩赦,庞洪再不敢寻事了。你从今必然安闲过日,娘儿早晚相依,夫妻朝夕相见,老夫妻晨昏相处。石门已有承祖继后,赵氏香火尚属子虚。若待两姓已有香烟之种,老夫才得心安。"石玉一想暗说:"岳父这话,不过要想我抚育儿子,不去打仗交锋远出之意。"便说:"在沙场劳苦,立汗马之功,显扬于世,此乃大丈夫之创立。若后代之计,乃为其次。岳父大人何必忧虑?今日天下已平,宁有幸郡主多育几个孩儿,便是宗枝承继。"赵千岁听罢,微笑无言,抽身转进内厢去了。

　　是夜,石将军进房与郡主言谈,无非夫妇分离之言,也不烦言录载。是夜言谈一会,要回华亭驿。别了郡主,禀过母亲。岳父只为君王尚未降旨,到底不知如何,是以众将还在驿中等候,按下不提。

　　再说次日,到四更将残,天色尚早。天子尚未临朝,只有两边红丝灯两对。潞花王、狄爷到了,众大臣道:"朝过圣上,狄大人可往下官小府细谈罢。"狄爷连声应诺说:"不敢当得列位大人见爱厚情。"此时庞洪听说,在旁暗暗心焦,勉强叫声:"千岁,今日也来上朝么?"潞花王听了冷笑道:"众臣欢喜孤家,敢是你不许么?"庞洪说:"臣怎敢不许的。"狄爷叫声:"国丈请!"庞洪说:"王亲请了。"狄爷说:"什么王亲?"庞洪说:"你与太后娘娘是骨肉亲,岂不是亲?"狄爷说:"若在国丈,正靠着王亲;单我狄青不靠着什么王亲势力,全靠两条膊子把江山定,丹心报国把社稷安。自今以后,国丈不可把王亲称。若说王亲,是有多少臭气的。"国丈听罢,低头暗想:"这畜生说此刁言!明明把老夫播弄,必须将冤家弄死在手内,才得甘心。"停一会,浮鞭①三响,嘉佑王登殿,文武朝参,两边站立。有狄青俯伏金阶说:"微臣狄青见驾,愿吾主万岁!臣母蒙主恩宽赦,微臣代母谢恩!"天子一见说:"赐卿平身!"又有潞花王俯伏金殿说:"母后有旨,狄青罪大功小不可抵消。余罪休得置之不究,伏唯陛下公平分断,免得群臣私论。"天子听了奏言,微笑道:"此话无非要朕加封官爵,不好明言,说此反话。"连忙降旨:"御弟平身!"不知嘉佑王如何封赠狄青,且看下回方知详细。正是:

臣有功时君懋赏,法无私处国兴绵。

---

① 浮鞭——帝王仪仗的一种。鞭形,振作三响,令人肃静。也作"静鞭"。

第三十九回

论功封爵狄青封王　　立志报仇番女密访

诗曰：
　　五虎平西立大功，班师归国宠恩隆。
　　今朝受诰主恩厚，奸佞图谋却是空。

话说狄青平西还朝，只因将功抵罪，未有加封。有太后狄娘娘传旨，潞花王上朝奏说狄青罪大功小，余罪要天子公断。岂知嘉佑王乃是英明之主，闻奏之言，无非母后要加封狄青之意。仁宗看看两边文武，又有国丈，但只见他默默不言。想来二人皆朕的至亲，厚不得庞洪，薄不得狄青。

此时仁宗天子问着众文武："功罪何为轻重？"内有奸党几人见国丈不开言，便也不敢做声。这些众王侯等巴不得狄青封个极品，把庞洪减些威权。有左班中闪出一位大臣，乃司天太史崔信，启奏道："臣崔信启奏陛下，臣思前者西辽兵犯瓦桥关，被狄青杀得他片甲不回，以后屡屡杀退辽兵，并未过犯。如今平西走差国度招亲应该有罪，可将此罪抵去前功。今又征服西辽，如若兵困白鹤关时，倘非单单招亲，焉能得八宝提兵破敌？算起来功多罪少，伏乞圣裁。"宋仁宗听奏，龙颜微笑说："崔卿却也说得公平不差。"又问："加封何职为公？"崔爷说："陛下，依臣愚见，封他一个王位也不为过。"天子又问："众卿认为如何？"有汴山王呼延赞、史部天官文彦博、大都督苏文贵、巡抚御史欧阳修齐说："正该加封王位！"此时庞洪暗中咬牙切齿，深恨这几人，只又不敢抗言阻挡，只得勉强从中附和，做个好人。仁宗又问道："庞卿，崔卿之言公断否？"庞洪说："陛下，崔大人之言果也公平。"天子说："封他王位，卿可信服否？"庞洪说："老臣巴不得狄青匡扶社稷，稳保江山，有何不心服的？"天子说："既然如此，降旨封狄青为平西王，刘庆、张忠、李义、石玉四将加封镇国将军。孟定国、焦廷贵照本职加封三级。"

此时狄青出班奏道："臣启陛下，念臣年轻功薄，何德何能，敢当此重位？况臣家门不幸，父亲衰世已久，母亲孀居，至九岁又遭水患，母子分离,前年才得母亲相会。如今西辽已降,天下永宁,优乞圣上,赐臣母子归乡,侍奉母亲桑榆之景,稍尽人子报答劬劳,深感天恩无尽矣!"庞洪一想,如若圣上准他回乡,老夫摆弄他不得了,急忙出班奏道:"狄青乃当世英雄,国家栋梁,谁能可及!大宋锦绣江山亏他保障。倘若他回返故土,只恐西辽复兴人马,又扰江山。伏望我主勿要准他所奏。"嘉佑王一想:"这老头儿莫非回心,不与狄青作对了?他若不奏,朕也不放这狄青回去的。"便说:"狄青啊,古道英雄出少年。卿家建此莫大之功,理该受此职封赠的。为何要胡想还乡?"狄爷又奏说:"陛下,臣深感皇恩浩荡,虽碎身粉骨难以图报万一。但今国务稍安,臣故欲奉母少尽孝心,乞赐臣伴母归乡,感恩不浅。"天子说:"狄青既不愿为官,权且在朝伴朕几载。若为萱亲无人侍奉,不若在京建造王府,此时君也事了,亲也奉了,忠孝两全,岂不为美?卿家再勿多言,遵依朕旨,且耐着性子罢。"狄爷暗想:"庞洪虽不怀好意,圣上主见却也不差。我若执之一见,反觉无情逆旨。"只得俯伏谢过圣恩。天子降旨:"国丈率同众卿,约来日在麒麟阁备设御宴,款待狄卿。"又命工部建造平西王府。众臣谢过君恩,圣驾回宫。

这仁宗好不明白,原知国丈与狄青不合,故以赐宴为名,待他同吃御宴,说些好话,让他两人和睦些。此是圣主英明,睦臣之意。此时群臣退班。有赵千岁邀了平西王同归王府,又差人前往华亭驿请到六位英雄一同相见。狄爷说:"天子恩封,待等建造好王府,然后受职。"众将多感天子洪恩。闲话休提。

是日天色已晚,赵王爷备办酒筵款待众人。英雄吃酒之间,焦廷贵在下首大叫道:"圣上封我做官,我们没有地方,没有衙门,叫我们如何做?"张忠说:"我们与狄大哥结义之时,誓同生死,苦乐相均。如今他有了王府,我们愿在他处,要什么衙门?"众弟兄听了哈哈笑道:"这句话说得不差。"赵千岁听了大悦,道:"难得你众英雄意气相投,如今众位将军休要到华亭驿,就在老夫此处屈居数日,待等建好王府,然后众位同去便了。"众人连声称谢。只有狄爷犹恐母亲悬念,此时谢过赵千岁,辞过众人,回到官宇,将情禀知太后。然圣上加封狄青,早有潞花王退朝禀知。按下不表。

再说次日庞洪奉了圣旨,免不得邀齐众大臣,在麒麟阁吩咐备设御筵。众王侯大臣上殿谢恩,然后就席。席间国丈对狄爷说的蜜语甜言,狄

第三十九回　论功封爵狄青封王　立志报仇番女密访

爷乃正大之人，哪里计较，只是随应随答，心中总不介怀。此时众人御宴已毕，复上金銮，谢了圣恩。狄爷然后先往天波府拜探佘太君，以后又往拜各王府，忙了一连十天，方得空闲。此时狄爷母子在南清宫等待造起王府，然后迁居。

忽一日张文来见狄爷，说声："贤舅郎，我前时伴着岳母来京中，早已有一载。你姐姐在家乡音信全无，她在家岂不挂怀？如今闲下无事，意欲回转家乡，省得你姐姐挂心，你道如何？"狄爷说："姐丈之意不差。"即进内禀知太太。太太说："我儿，娘也有意欲回家庭，待他同伴我回去，见过女儿，娘才得放心。"狄爷说："母亲去不得。孩儿九岁，母子分离，至今十几载未能侍奉一天。今幸国务稍安，孩儿正要侍奉承欢，稍尽人子之心。"太太说："儿啊，只要你在京中丹心伴驾，孝道为娘倒也不屑。我今回转家园，自有你姐姐陪伴过日。"狄爷说："前日圣上有旨，命母亲在着京中，好待孩儿奉养，如若回转家乡，又有逆旨之罪。不如待过三年五载，待孩儿告假，然后母子还乡有何不可。"太后娘娘说："嫂嫂，侄儿之言却也不差。况且你我分离已久，方得相逢，何忍遽①别？望祈嫂嫂依了侄儿之言罢。"太太只得应允。

太后宣进张文，张文拜见，又拜潞花王。狄爷即修书一封，付寄金鸾姐姐通知详细。太后取出黄金五百两，送与侄女为脂粉费用。因何娘娘不送银两与侄女而要赐黄金？只因金乃细小之物，一程便于携带。此时张文拜领收藏，用箱子装好，书信一并收拾好，拜谢太后，辞别他母子四人。狄爷送出，至赵王府，传知张忠、刘庆、李义、石玉等各个辞别过。张文上马加鞭回返山西去了。按下休提。

却说飞龙公主一心要报丈夫之仇。此时已混进汴京，女扮为男，在着城中寻了一个下处。终朝暗暗打听，访了两个余月消息，知庞大师与狄青作对。飞龙想了想说："好了，这便是机会。不苦求见国丈，与他说明，然后下手。此事必须如此方妥。"此时到了相府门前，大着胆上前，守门官一见喝声："你是何人？"飞龙说："我姓李名飞雄。家住三关，出外营生，到过汴京数次，如今又到京中。打听得一段机密事情，要求见相爷，有烦通报。"门官说："怪不得你声音不同本地人，原来是三关外的人。但你要

---

① 遽（jù）——突然。

见太师翁,俺门上的规矩你可晓得么?"飞龙说:"什么规矩,我倒不知道。"门官说:"我们靠山吃山,靠水吃水。倘若有人求见相爷,只要这般查查对象。"飞龙道:"这也容易。"即向囊中取出一锭银子,门官接过,连忙进内启上:"相爷,外边有个三关外人李飞雄,说有机密大事求见。"国丈听了一想:"三关外的人李飞雄?我从来不认得他。不知有何机密事,吩咐唤他进来便知明白。"正是:

一心居正邪难入,素性行歪魔易来。

第四十回

番公主相府诉夫冤　庞国丈书房思偶合

诗曰：

　　飞龙公主到中华，混入奸臣宰相家。
　　欲报夫仇无异志，能全节烈实堪夸。

再说门官带进飞雄，来到书房。飞龙女说："太师爷在上，李飞雄叩头。"国丈把她一看，年纪只有二十开外，面如堆粉，美玉生辉，声音不是中原人。"你今到此有何话说？"飞雄说："太师爷，小人有机密事情，求太师爷屏退左右，方好将情形禀知。"庞洪回顾，叫书童、门上退去。太爷掩上书房门，回身坐下，说："飞雄，你有何机密事，快快说与老夫知道。"公主说："相爷啊，我不是飞雄，乃西辽公主叫做飞龙，我驸马名黑利，被狄青杀死，一命归阴。所以立心要与丈夫报仇。今日历尽风霜，身投中国，必要伤了狄青，方消此恨。"庞洪听罢说："你是西辽国公主？老夫却难以即时准信于你。"公主说："太师爷，你若不信，我耳上珠环有九个环眼，恐被人看出，故将环眼粉了。"此时国丈细细将她左右耳一观，果然左右耳上有九个环眼。若说西辽国内，平等人家女子耳上只得三个环眼，官家之女七个环眼，公主有九个环眼。这是他国例如此，并不是无中生有的妄言。飞龙犹恐中原人看出，故用着胶粉将九环眼塞了，一时大意看不出，细看才能辨得出来。

庞洪此时呆想一会，立起身来，轻轻叫声："公主，先前老夫多有简慢，休得见怪。请坐，待老夫告诉一番。凡为将者，上阵交锋，不是彼死，就是你亡。既然你驸马死在狄青的手，谅情本事平常，为何公主这般怀恨？"公主说："太师爷，若说驸马的本事，在我西辽是赫赫有名的上将。倘若他战场交战杀死哀家驸马，我心不恨，断然不想报仇之念。"庞洪说："怎样死的？"公主说："他用法宝伤了驸马，所以哀家誓死不休。"庞洪说道："你既要报夫仇，必要有个报仇之策。且说与老夫得知。"公主说："太师啊，哀家混进中原，用尽多少细心访听，方知相爷原与狄青不相合的。

特来求见,伏望大师怜念我难中苦人,用些许计谋伤害狄青,自身就是碎尸粉骨有何遗恨?哀家若得报了丈夫之仇,来世定当衔环结草①报答深思。"

庞洪听了,也觉可怜,叹息她乃节烈之女。暗想:"细观她容貌十分悦得老夫的心怀,待我留她在府内先来成了美事,料想必然允从。然后用计,帮她伤了狄青。"想定,叫声:"公主,若是老夫与狄青不是对头,你也枉到此地,驸马之仇,焉能报得来!"飞龙说声:"相爷,哀家到此暗暗打听月余,方知太师与他作对,故来求见。"庞洪说:"公主,你也算得胆大包天,一路不提防人诘问。你且在此安歇,机关切不可泄漏的。况且你不是中国口音,须要学习我邦言词,方好行事。如若造次②而行,恐防近虎不成反为不美。"公主说:"太师高见不差,深感周旋大德。倘得报了丈夫之仇,生生世世不忘大恩。"庞洪说:"公主言重了。老夫与狄青深有宿仇,几次害他不得,难得公主到来,帮助我一臂之力。但你在这里恐防众家人疑惑,你只说三关孙老爷差你前来投送书文,路逢强盗抢劫可也。"公主应允称谢,原来庞洪一心要算害狄青,如今他班师回国,圣上恩宠,正在算计不来。如今见飞龙到此,专心为夫报仇,正中他心怀。又见飞龙生得风流少艾③,顿起淫心。此时,开了书房门,唤到小使,吩咐道:"这李飞雄乃三关孙老爷差来递送书的,路遇强人抢劫,快把衣裳与他换了。"小使领说:"李兄,这里宿。"慢表飞龙进去。

此刻庞洪在书房内想起公主:"老夫只这番邦人物丑陋不堪,岂料这飞龙公主真有沉鱼落雁之容,令人可爱。想她青春年少没有丈夫,岂不思想云晴雨意。待老夫将她挑动,看她怎生光景便了。若得佳人陪伴老夫枕席,直待我半世风流之乐。"庞洪此想了,心花大开。稍刻飞龙换过衣服到来。这公主更衣,不过卸去外衣,不换贴肉衣裳,众家人焉能得知。又是天生成一双大脚,穿卜靴来易于走动。国丈见她装扮得如此,不觉看

---

① 衔环结草——喻受恩深重,力当图报。相传汉代杨宝救了一只黄雀,后黄雀衔玉环报答杨宝;春秋时晋国魏颗未遵父"杀妾为殉"之命。妾之亡父在一次战争中用地上的野草缠成乱结将秦将杜回绊倒,使魏颗获胜。
② 造次——鲁莽,贸然行事。
③ 少艾——年轻漂亮。艾,美好。

住公主呵呵大笑。见四下无人,说声:"公主,若说兵部差官,不该留在书房之内。奈何你是个女身,若外厢安歇,一则轻了公主,二来犹恐破露机关,不若在南楼书房安歇罢。"公主连声称谢。国丈又唤小使引进南楼书房。是晚送进美酒佳肴与公主用过。又齐备帐铺安歇。此时,这些家人不知所为何故,猜疑不定,此间闲话休提得多。只有飞龙公主心中暗喜:"有了杀害狄青的机会,丈夫之仇得报了。"

当晚国丈独在书轩内,有心要调戏飞龙公主,饮酒至更将二鼓,叫这家人自去睡。暗想:"不知公主睡了否,待我拿灯火到南楼会她便了。"一路走,只见堂侧的家人俱已睡下。就又转到堂中,见月色光辉犹如白昼。已到南楼,只见里面灯光影出纱窗之外,侧耳但闻叹息怨恨之声。国丈放心,轻轻打上门榻几下。公主里面闻声,即便道:"是谁叫门?"国丈说:"老夫在此,公主快些开门。"公主暗暗想道:"更深夜静,太师到来何干?"急忙起身开了房门,庞洪直闯进来,说声:"公主啊,此时已夜深了,还在这里恨恨吱声,却也未知何事?"飞龙说声:"大师请了。只因大仇未报,哀家焉有不恨之理。若然早日得报丈夫之仇,我死在九泉之下也觉心安。"国丈说:"公主,你且免愁烦,这件事性急不来。总要有得日期,自然成功有日的。"公主说:"多谢太师关心。为何夜深不睡,独自到来?有何故?"庞洪说:"公主,老夫因屡屡计害狄青总不得,所以时时在心,日短夜长,安睡不得,特来与你讲话,或者心事还开得些。"此时一双色眼把公主的花容目不转睛地呆看。

公主想道:"太师的形景却也奇怪。莫非他有什么邪心于哀家不成?难道年老之人还是好色么?"飞龙说:"太师,夜已深了,已暂请回安睡,有什么话说,明日讲罢!"庞洪说:"老夫总是睡不安的,谈谈心事却也何妨!"又说:"公主,老夫与你讲了半天的话,到底不知你今年纪多少?"公主说:"虚度年华二十四岁了。"国丈说道:"你青春二十四岁,老夫看将起来只像十七八岁的光景。公主,看你的花容好比一片美玉无瑕,恰似初开碧桃秀嫩。可惜与英雄驸马阴阳隔别,今日弄得你不胜寂寞凄凉,孤帏独宿,其实可怜。想到凤友鸾交之日,可把狄青千刀万剐,尚未息胸中之恨。"公主听了庞洪一番之话,心中想着,知他不怀好意,便说一声:"太师啊,哀家虽然生长番邦外国,为妇从夫之节,我略知三分。雪月风花非我所乐,保全节烈以从夫这是哀家的本心。这些风情浪语,太师休说罢!"

庞洪一想,她说话来得坚硬,但不知她是真是假。转声又说:"公主,休得瞒我,你是青春年少之女,雨意云情焉能丢得下去?是老夫年经花甲之人,风流不减得的。虽有妻妾几人陪伴,只甚少公主的花容美丽。公主你乃如花如玉的美人,谁不想风云之际会!"公主听罢,粉面含羞,低头不语。庞洪此时伸手扯公主的袖衣。公主着急,立起来叫声:"太师,你是当朝一品,为何这般无理,不顾廉耻?不知俺飞龙为何样人。枉你如此高年,轻浮太甚,来调戏哀家。"庞洪听罢,呵呵大笑道:"啊!谁叫你生得花容娇嫩?谁叫你孤身独自投到我府内?惹起老夫风流之念。今日不期而会,乃是宿世姻缘。公主休得推却。"正是:

纲常烈女何堪犯,淫欲奸臣枉用痴。

第四十一回

荐行刺庞洪托友　居王府狄青思妻

诗曰：

身居相位大奸臣，图害忠良负主恩。

党羽同谋多误国，至教番女报夫仇。

当下飞龙公主见国丈至书房来调戏于她，心中焦闷，暗想："这老头儿如此痴心好色，错投他相府了。叫哀家今夜如何脱身？罢了！不若设言哄退他便了。"说道："太师啊，既蒙见爱，哀家岂有推辞见却之理？只因未报夫仇，岂得先与太师有此耍乐！且待我杀了狄青，消却宿恨深仇，方可与太师欢娱。倘若今夜要苦苦逼勒哀家成事，就是颈付清泉万万不能了。"庞洪听罢，只好呆呆看看飞龙，反觉没趣，惭愧起来。暗想这番女倒也心如铁石，节烈可嘉。如今倒使老夫没趣，不能收拾。只得又叫声："公主，若待你报仇，又非三朝两日可能办得来。叫老夫性急之人哪里等待，岂非闷杀人也！不若趁此夜深无人，何不先赴阳台就却楚王之梦！"公主说道："这也断难从命。太师啊，你位列三台之首，看得飞龙如草如芥。请太师速去安睡罢！纵有多少蜜语甜言，哀家总付之流水，你休再言。"庞洪说："公主，犹恐你报仇之后忘了今夜之言，岂不辜负了老夫一片怜香惜玉之心？"公主说："太师休得挂虑，哀家断不是负心之人。报仇之后，愿陪伴太师共效于飞之乐。"此时庞洪乃真没趣，连称："公主节烈可敬！可敬！老夫多多冒犯了你，且安睡罢！事后休得忘了老夫爱慕之心。"公主说："违却太师，是哀家之罪，但等报仇之后自有会合之期。"此时庞洪辞别，已是更鼓三声。公主闭上书房门宽衣而睡，想道："庞洪实也可笑。只道他是身居极品的老尊年，岂知他花甲之年将已就木，还要贪淫好色，把哀家这等欺侮。驸马啊，今夜若然从顺了庞洪，岂不是哀家不能与你守节了。总是哀家一心与你报仇，望你阴灵护信你妻。"不表飞龙之言。

再说这庞国丈复走回书房，坐下自说："老夫想她是个釜中之鱼，拿得稳稳牢牢,共她效于飞之乐。岂知一场空快乐,还弄得老夫羞惭而还。想她生长番蛮之地,夫妻之情却如此真重,却也难得。但是老夫要算计狄青,尚无妙计。难得有此机会,飞龙要与丈夫报仇,必当打算成功,杀了狄青,此时两家欢欣,老夫心愿遂了。但想狄青单单国已有妻子,只怕他不要纳这飞龙为配,如何是好?并且她言语不是中国的,必要学习中原的话,才好行事。想来狄青素与老夫不睦,圣上也知,若亲自出头来,定不能成事。必须要旁人做主,待老夫鼎力,此事方能成就。"想了一会说:"罢了,老夫有一好友,乃名杨滔,现为户部尚书,他有两个亲生女儿,大女儿为鸾姣,已匹配了江西韩君祖。只有次女凤姣,尚未出门。不若请他过来,悄悄商议,把飞龙代作凤姣,奏知圣上与狄青为配。待老夫在旁为媒,方可与中行事,他人何能得知内里?我想圣上做主,谅狄青拗不来的。这个小畜生若做了刀头之鬼,老夫好不快乐!"慢表庞洪奸谋之言。

次日朝过天子,庞洪回衙即差人去请杨滔。不多时杨滔即到来,进入内堂,分宾主坐下,国丈细将情由说知。杨老摇手道:"国丈,此事下官做不来。倘她杀了狄青,圣上必然追究起来,必然反坐于下官身上。"庞洪笑道:"杨大人,你一向心雄胆壮,如何今日这等畏怯起来?如若追究于你,老夫自当出头鼎力,决不牵连于你!况且这番女报得夫仇,死也不惜,是她亲口自言的。如此焉能干系得你?且自放心。"原来杨滔屡屡奉承这庞洪的,正是他的党羽,只得应允。国丈即唤公主见了杨滔。杨滔将她带回府,将家人使女各个瞒过。细将此事细细说与夫人知道,凤姣小姐也在旁。此时飞龙公主更换过女衣,殷勤见礼,就在着凤姣小姐房中安歇。她是一个灵聪之女,当心学习中原声音,一众丫环哪里得知缘由;多不解其意,猜测不出。他官家法严,就是有些知觉亦不敢传出风声。只有夫人愁闷不悦。这一日并无丫环在旁,夫人叫声:"相公啊,你奉着国丈,图害狄青,倘若弄出事来,如何是好?"杨滔说:"夫人啊,下官岂有不知,只因下官与庞国丈相交好友,二来他的官高我的官小。若不是他数年提拔怎得今日这等高官?此事若不听从,岂非下官没朋情?若是平安无事,自然金银酬谢于我。若有甚差池,自有他出头鼎力。夫人不必挂怀!"不表杨滔夫妇之言。

再表工部老爷奉了圣旨,购买民地建造王府,差用泥匠工人千余,日夜赶工已有一月余,方可能筑成。完工之日,复奏天子,嘉佑王降旨,令狄爷进居王府。焦、孟等六将当殿受封,谢过圣恩。此时,平西王禀知太后娘娘并母亲,择日迁居。此日狄千岁一路进王府,好不威仪:排开王旗,刀斧手数百,摆道而行,金瓜月斧两行下绝,一程炮响连天,后面家丁一队队何止数千。此时太太再三深谢姑娘,狄太后亲自送出皇宫。此时,太太坐上金镶八宝轿,潞花王一路亲送至王府。二位王爷乘着军车前呼后拥。前面四位大将军多是高头骏马。太太轿后又有焦、孟二将军。城厢内外,大小官员齐来赴送这平西王。一路笙歌音韵悠扬,金炉香烟喷鼻。街衢上百姓远远回避,两旁多是一派香花灯烛辉煌。旁人已多赞羡他功高爵显,乃大宋社稷藩臣,此乃当今万岁洪福齐天,故天特降这英雄忠义之人,以辅佐江山。不表众民之言。此时狄王爷一路进了王府。

是日,仁宗天子钦赐白金六十万两,黄金五万两,绸绢五千匹,御酒千樽。狄太后娘娘也是赐送厚礼,也不过金银宝珠之类。天波府内佘太君众女将打发家人扛了四大箱盛礼也送进王府。一众王侯文武大小官员多来送礼,不过金银之类,不能一一细述。狄爷亲身到谢,忙乱了几天方得安闲。

一日,太太叫声:"孩儿,前日山西故土一遇水灾,母子分离十有三载,今日不想枯木逢春,娘儿复得叙会。你虽建得功劳,蒙天子降此龙恩,亦得众将军之力,方才立得此功。今日太平安享,吾儿不可忘了众将军勤劳之功。南清宫也是骨肉相看,不分彼此,却难得。他一心照管于你,须谨记在心。当今主上恩如渊海,当赤心稍报天子之恩。"狄爷诺诺连声,说:"谨依母亲训诲。"次日五更时分,狄爷上朝谢过圣恩回来,吩咐大摆筵席邀请众藩王、文武百官在王府内满堂乐饮。又是忙乱了半个月光阴,方得安闲,狄王爷终日想念公主贤妻,暗道:"公主真乃多情义重之女。想来本藩前者哄她逃走,私往西辽,辜负她深情,却被她赶到风火关前。此时本藩见面十分惭愧,只因是本藩负她恩情。后来讲明忠孝之节,公主醒悟,放我西行。此是她割离恩爱,能明忠孝之义。分离之际并无怨恨于我,只是恋恋不忍分离。只说我虽是英雄,犹恐西辽将勇兵强,需要小心。千般恩爱,万种离愁。此时本藩也是十分不安。只因吾焉可背母,难以相抛,只得硬着心肠,两下分离。后来兵困白鹤关,又承她前来搭救。又说劝尽父王多少话,方才放她提兵救解,看将起来她真乃一心看待,出在至诚。岂知班师之日,她又要回返单单,此时本藩一心要带她回国,岂料她要驾凤拆开。如今国务稍尽,岂有负了她么?奈何日下天属隆冬,霜寒得紧,且候待三春和暖之日,将此段情由奏知皇上,求恳降旨,差官前往单单,接取公主到来。此时夫妻完叙,婆媳团圆,下官才得放心。"想罢转进内堂告禀母亲。太太说:"我儿,这公主乃是一个多情女将,心事正该如此。且待春来和暖之日,行人易于走动,然后奏知皇上前往迎接贤媳罢了。"此时天天闲暇无事之日,更觉易过。光阴似箭,瞬息之间新春已至。文武百官朝贺新喜元景。此时正是天子有道,嘉稻丰降,万民安享,瑞雪纷飞。好话不多提。

且说飞龙公主一心要报夫仇,在着杨府内与凤姣小姐早晚盘桓,用心学习中原口气语言,好待行事。但不知庞洪、杨滔如何用计去陷害这位英雄。正是:

  整奋窝弓射猛虎,安排香饵钓金鱼。

第四十二回

假结姻缘奉旨完娶　真迎花烛不进洞房

诗曰：
　　奸臣国贼私通辽，力赞姻缘圣上调。
　　暗里图谋施毒计，只知天眼显昭昭。

再说飞龙公主在着杨府，与凤姣小姐同住一卧房，学习中原语音。这户部杨爷乃是江西人氏，自然夫人、小姐多是江西的话。这飞龙公主立心要报夫仇，在杨府耽搁了两月余矣！常言天下无难事，人心自不坚，况且飞龙乃是伶俐女子。此时两月有余，满口江西之话多已肖着。当时她十分心急，要往报仇雪恨。况且庞国丈一来巴不得伤害了狄青，二来还要打算她为妾，所以催促杨滔速速明日上朝，如此如此。好一个失时倒运的杨滔，见庞洪催促，来朝上殿，出班俯伏说："臣有事启奏！"嘉佑王龙目一看，乃是杨滔，说声："杨卿平身。何事且奏朕知！"杨滔说："臣有次女凤姣，年登十八，尚未许字①。臣也不敢自称绝色无双，若与平西王匹配，实称佳侣。"仁宗王子听奏，微笑道："杨卿之女虽然未招坦腹②，怎奈平西王在单单已有妻室，岂可把结发之妻中途抛弃了？此事寡人难以做主。杨卿且自另择英豪匹配罢了。"杨滔暗想万岁不肯做主，如何处置？原来这杨滔与庞洪作为党友是个刁奸之辈，想一会奏道："平西王在单单国虽然招赘了赛花公主，她仍然居住他国，南北分开，目下平西王犹自孤身独处，虽有夫妇之名，并无夫妇之实。望我主明察。"天子听罢说道："杨滔，你好愚也。赛花虽生长外国，与狄青已经做了夫妻，况且兵危白鹤关时亏她带兵救助平西王，有功于寡人，岂可将她抛弃？万事需要循理。待等天时和暖，寡人即降旨前往单单国取了公主，来到中原与他夫妻叙会，婆媳相逢。寡人之心如此。无奈班师之日已近隆冬，行人艰于来往。杨卿啊，此

---

① 许字——指嫁人。
② 坦腹——指女婿。

事不谐了。"

庞洪听了,好生不悦。只道天子必定准奏,岂知总是不依,急忙出班奏道:"依臣愚见,却也不难。"天子说:"庞卿有何主见,速速奏来!"庞洪说:"臣思我主切意于臣下如此,仰见龙心诚意精详。既然杨滔自愿将女儿许配平西王,何不作为偏室?即平西王功重位尊,一妻一妾也是应该,望我主圣裁。"天子一想,国丈这句话助着狄青,倒也不差,即问杨滔道:"卿家之女肯与平西王做偏室否?"杨滔说:"即使做偏室也愿的。"此时,狄青出班说:"臣启陛下,臣在单单国招亲,依律罪该万死。已蒙圣主宽宥。况且赛花虽生于外国,义重情深。为臣被困白鹤关时,非她与兵解困,众臣焉能得全性命?她不负为臣,臣岂可忘她!伏乞我主不依杨滔之言,以免陷臣于不义,足感大恩不尽矣!"嘉佑王听罢微笑说:"狄卿,朕岂不明此事?若杨卿之女要主中馈,朕也不依。既为偏室,卿家可允。如今不必推辞,寡人与你做主执柯。庞卿代朕料理迎娶事情。"庞洪说:"臣领旨!"心中大悦。唯有狄爷闷闷沉沉,料想难违君命。

圣上回宫,群臣退班。平西王转回府中沉沉不乐,只得将情达禀母亲。太太闻言大喜,叫声:"儿啊,不必为着八宝贤媳违了君命。你为极品之尊,就是三妻四妾也不为过,岂但一夫二妻?况且你不是无情负她少年。日后候请了圣旨前往单单国迎请她前来就是。杨滔又愿将女给你为偏室,圣上之意果然不差。目今先与杨小姐完婚,等待满月,请了旨往单单国接娶贤媳到来,共享荣华,何为不美?"狄爷勉强答应母亲,回到书斋坐下,心如乱麻。此时,六位将军多已知道。众英雄大悦。这平西王正是双美团圆了,闲文不表。

且说国丈回归府中十分爽快,他原要代圣上为媒的。杨滔回府又说知飞龙。此时,这番女放心去报丈夫之仇。独有夫人小姐心中不悦,犹恐吉凶祸福不分,夫人又是难以阻挡丈夫。此时钦天监太史择了吉期与狄王爷成亲。此时,王府铺结绸彩,音乐齐鸣,摆开奇珍异宝,烛灯交辉。文武官员纷纷送礼。庞国丈也来王府与狄爷相见,说了一番好话。狄爷虽与他不和,奈他是奉旨代媒特来称贺,也不敢轻慢。百官齐集府堂上盛设华筵。稍刻红日归西,狄爷叩拜萱亲已毕。

再说杨滔,是日先将女儿凤姣藏避过,命丫环四个陪嫁。杨爷嘱咐说:"你们前去王府,服侍小姐,断然莫要说出真情。违者活活处死,顺者

第四十二回　假结姻缘奉旨完娶　真迎花烛不进洞房

多赏金银。"此时四个赠嫁丫环与公主装扮得齐齐整整。此时未受封诰，先沾天子恩。圣上御赐凤冠官服、白碧黄金。李太后是日也命两名太监赐她奇环异钗。狄太后也有赐赠。无佞府佘太君有许多对象相送，不必烦言。

是晚王府华堂生彩色，珠翠拥宫房。吉期已至，邀请双贵人同参天地。狄爷是日不能违圣旨，又不能逆母命，参拜天地毕，又请母亲坐定，儿妻殷勤叩礼，送入洞房，合卺交杯。飞龙公主要报仇，先已藏下尖刀一把在身。独有平西王送客已完，堂上坐一回，时交二更，犹不进新房，仍在书房安歇。此夜飞龙等得厌烦不过，暗说："狄青啊，想你青春年少，岂不思云情雨意？今夜新婚燕尔，应该共枕同衾，好待哀家一刀结果了你，免得心怀长挂的。为何此时候还不进房来？"只得打发丫头先睡了，单差小翠去请王爷进房。小翠去了一会，回来禀知说："王爷已往书房睡了！"飞龙暗怒，说："小翠，夜深了，不必等候王爷，去睡罢！明朝要早进房！"小翠去了。公主暗说："狄青想你今日不该死，来日断难容你。"停了一会，见他仍不进房，长叹一声，将房门闭上，卸下梳妆睡去。

且说小翠丫环去睡，暗想："这野婆乃小国之人，可笑我家老爷真没主张，自己亲生之女二小姐这等美貌，难道嫁不得狄王爷？这个野婆举止轻浮，欺着我众丫环，不时呼唤。我小翠前时已不轻贱。我父亲乃黉①门秀士，只因命蹇时乖②，不曾取得功名。后来父母双亡，并无兄长可依。上年恶叔骗诱于利，将我卖到杨门为奴，取名小翠，服侍二小姐。如今赠嫁于狄府。她来时我却疑惑。只是老爷前日吩咐我四人断然不可说与别人得知。这句话说得古怪，其中必有缘故。我也不必管她冷眼，看她做出什么事来便了。"不表丫环之说。

次日五更三点，狄王爷上朝谒见天子。谢过隆恩回来，也不去见妻房，进内参拜母亲。太太说："我儿，凤姣媳妇贤否？"狄王爷假说："母亲，杨氏妻房十分贤惠。"太太笑道："儿啊，这是狄门有幸，所以有此贤良媳妇。儿啊，你万勿恃勇欺压于她。"狄爷说："孩儿领命。"太太又说："儿啊，圣恩谢过，众客未酬，今日可去各王府拜谢才好。"此时狄青奉了母

---

① 黉（hóng）——古时学校。
② 命蹇（jiǎn）时乖——背运。蹇，不顺畅；乖，抵牾。

命,谢过各王爷大臣。一连两日烦劳,方得安闲。心烦不乐,又不进妻房去,只往书房躲着。家人送进夜膳,只有六位将军吃得大醉,往西楼内睡得七颠八倒。是晚,飞龙又等不见冤家进房来,又唤小翠去请千岁进房安歇。小翠领命去了,即便回来说道:"千岁说有些心烦,今夜不进房,待过三朝,然后相见。"飞龙说声:"小翠,千岁爷如此说么?"小翠说:"正是!"飞龙公主原不是贪欢图乐,只一心要结果狄青,与丈夫报仇。今见他不肯进房,且成亲三日,未见一面,便又差小翠去请他。见他又托有些心烦不来,好不恼恨,默默不言。

忽有一个丫头名紫燕,发起牢骚来说:"你去请王爷不来,待奴请他来便了。"一程出到中堂,来到书房,把门打上几下。狄爷开门一看,又不是先来这丫头,便问:"你叫何名?"紫燕说:"千岁爷,小丫头奉了小姐之命,要请千岁爷进房相见。"狄爷说道:"前曾说过,我有些心烦,不便进房。且过三朝,然后与小姐相会,你快些回去禀知小姐,不必再来了。"紫燕说:"千岁爷,三夜新婚不进房,今朝总要结成双。做亲若再孤驾宿,美貌青年不在行。千岁啊,小丫头奉了小姐之命,前来请王爷,王爷若是不进去,我家小姐说你不知情,又要打小丫头,说我邀请不力了。千岁爷,快些请进房去罢。"狄爷听了丫头之言,骂声小贱人,此时不知狄千岁进房若何?正是:

　　重义英雄全大义,报仇烈女报夫仇。

第四十三回

平西王守义却欢娱　狄太君知情调儿媳

诗曰：
　　忠孝能行义必全，一心手持赛花缘。
　　只因君王母严命，权作和谐美凤鸾。
　　当下狄爷一闻小丫头说出许多絮絮叨叨之言，好不耐烦，喝声："小贱人，早间已说过本藩身心不快，候三天进房见你家小姐，因何你却说此胡言，还不快些回去！"紫燕说："千岁勿要动气！并不是小丫头自主来迎请千岁爷，是奉小姐差使来的。我想，既成夫妇，为何不见我小姐一面？今者小丫环定要千岁爷与小姐成双了。"说罢伸手过来扯住狄爷的袍袖要走，哪里扯得动分毫。狄爷此时带怒喝声："小贱人休得无礼，本藩跟前好不放肆，还不快走么！"轻轻把她手一脱，紫燕叫痛哭起来。原来狄王爷力大手头重，轻轻将小丫环手扒开，犹如板夹一般。此时这紫燕谅得千岁爷必然不肯进房，心中恼恼烦烦，拿回灯火急急进内去了。

　　此刻狄爷闭关书房门，心中烦闷说道："本藩原不愿与凤姣成亲，只因君、母之命难违，无奈勉强奉旨，迎娶了她，立意不愿与她同床共枕。倘若与凤姣尽了夫妻之礼，公主待本藩恩情何在？倒做了薄情不义之人，于情理上乃不合的。如今既遵了君亲之命，迎娶了她。本又不相亲，有谁谈论的。"叹了一声："凤姣啊，你父亲却误了你终身也！强奏圣上做主，要配着本藩，如此做亲反做冤家了。"

　　话分两头。且说紫燕回到房中一一说知小姐。飞龙听了，气得满面通红，呆呆不语。想一会，恨声不绝，又不敢说骂高声，犹恐众丫环知透机关。只得吩咐四个丫环出房去打睡。狄爷抛却三天才进房，飞龙是夜愁烦不乐，直到天明。又过了三朝，狄太后只道他夫妇和谐，如鱼得水，这老人好不心欢。岂知乃是宿世冤家，今生相会。此日又至第八夜，狄爷仍不入房。飞龙等得不耐烦，暗想："莫非有人泄漏机关不成？"只得又差紫燕往书房连连请数次，狄爷仍是推却不来。紫燕一路回复小姐。公主一想，不若将此情由禀知太太。即命丫环至后堂一一禀知老太太。太太闻知，也呆了一会，满心不悦，暗说："老身只道他夫妇正在新婚燕尔，恩爱相投。岂知尚未尽一分夫妻之礼。"连忙吩咐两个丫环两头去请王爷、夫人到来停一会。夫妻二人已到，见太太礼毕，夫妻不免见过礼。老太君说道："我儿，初婚数日，尚不进房，有何缘故？"狄爷说道："母亲，孩儿只为前日征西劳顿已久，身体欠安，故不进新房，耽搁了贤妻，孩儿之过了。"太太说："儿啊，这也难怪于你。既然身体欠安，原该息养。既是夜间不进房，也该日里进来与媳妇说明缘故，讲论些闲话，省得妻房怪恨于你。她怪着丈夫，还要怪老身了。纵然媳妇贤惠无言，到底你久不会她，还防也起怨恨不和了。我儿若不听为娘的吩咐，只算得逆子了。"狄爷听了说："母亲啊，不是孩儿疏间夫妻之情。平日性情母亲你也晓得，孩儿是个不恋妻奴之辈，所以前日犹恐耽误了杨小姐，孩儿苦苦辞婚。只是君主不准，况且母命难违，只得勉强成了婚姻，倒觉添了许多烦闷。"太太闻言说："孩儿你哄为娘的。你既不恋妻奴，那单单国两个孩儿哪里来的？"狄爷说："母亲啊，也是孩儿无可奈何的。是以成亲一月，就要逃走了。"说罢，又向妻叫声："杨小姐，你与本藩成为夫妇，只好有若无罢。久闻你是贤德之人，料想你决不是贪欢浅薄之行，怪恨着丈夫的。"说罢，就要跑出外厢去。太太见他要走，又叫声："孩儿，你且转来。为娘在此劝你，竟一言也不听，公然走了么？"狄爷说："母亲，孩儿心里烦闷，要去睡一觉。"太太说："媳妇房中睡不得么？"狄爷说："儿要往书房打睡的。"太太怒道："我偏要你往媳妇房中去睡。"此时太太一手扯住孩儿，一手挽着娇娘，狄爷无奈，顺着母亲随他拽挽进去。一众丫环暗暗笑个不住，说："太太为人，却也知情识趣。好比药中甘草，能调和百药一般。"此时，只有这位假小姐羞惭得满脸通红，只有随着太太而走。心中烦闷，想到太太如此光景又觉好笑，想道："若果然是你媳妇，也不亏你如此调停。今日却正是冤家遇见对头人。"三人扯扯拽拽，不觉到了宫房内。太太双手挽住儿、媳，早有两个丫环点着明灯。太太微微含笑道："我儿、贤媳，你二人且与老身共坐下，我有句话讲。"此时夫妻二人见过礼，齐声说："母亲，请坐！"飞龙只得叫："婆婆啊，媳妇不是贪欢爱乐无耻之辈，就是丈夫胸中不快，心下尚烦，不尽夫妇之礼，媳妇何曾有半点怨恨之心？虽然如此，但想既成夫妇，若然身体不适，数日以来也该进房说明。你媳妇焉有再疑？如今成

第四十三回　平西王守义却欢娱　狄太君知情调儿媳

亲八日，夫妇尚未见见，其中必有个缘故。只须千岁说个明白，奴家省得心疑了。"太太听了，点头说道："媳妇啊，你真乃大贤大德之人。孩儿到底你有何缘故，数日不进房相见，尽其夫妇之礼？且说明罢！"狄爷烦闷，说道："只是因身体连日劳顿、繁忙，加以数天口中饮食不下。且再迟了几天，孩儿自然进房的。"太太闻言，连忙唤叫道："媳妇，想他的话，谅非虚言。劝贤媳不必挂怀，休疑别的。儿啊，今夜且听娘之言，须在房内坐坐，可以叙叙言，谈谈论。次夜再要书房安睡也由你就是。日间可进房内，使你妻安心不怨恨——到底你疏间于她未必心悦的。儿啊，今夜须顺母命，在房中安睡。"说完抽身，儿、媳齐送出房。丫环二人扶行，一同持灯照路去了。按下慢表。

再说四虎英雄，单有石郡马不在，到赵千岁府内安歇，不在王爷府。此时有刘庆、张忠、李义、孟定国、焦廷贵五人在着府中西窗内饮酒，天天醉闹不休。这一天说起狄大哥不肯进房成亲，想必凤姣生得丑陋不堪了，焦廷贵又说呆话道："纵然生得丑陋不堪，这件东西总是一样的。想来不是嫌她貌丑，必然另有缘故。"刘庆道："有什么缘故，狄大哥是个不贪色的英雄，所以如此。"焦廷贵说道："他有老婆还不肯去睡；叫我们打算一个来，也没有得，天道不公，岂不可恨！"张忠道："你说什么话来？我们多是烈烈轰轰，以豪杰为称。只晓上阵交锋，与国家出力，谁将女色挂怀！"李义叫声："三哥，此事我们何必多管于他，且吃酒罢了。但你的酒量比我更胜，昨夜也吃醉了，一夜如泥，直至日上三竿，方才醒来。"张忠说："四弟啊，昨夜俺们吃酒过多了。"刘庆说："你们吃些酒子，也称醉了，看来多是不中用的！"焦廷贵说："只有我的酒量厉害，从早晨吃至三鼓也是不醉的。"张忠笑道："既然你的酒量高，吃不醉，为何被人抛在水里面，冻到天明？你夸什么海口。"焦廷贵说："此时吃了酒，人已睡熟，所以如此。"孟定国道："如今国内平宁，君安臣乐，岂不称快，须要众人吃个尽醉方休。"众人多说："有理，请吃酒罢！"按下众英雄吃酒慢提。

却说狄王爷顺从母命，只得在新房中安歇。是夜飞龙只一心要结果这狄青，又想他是员虎将，勇猛异常，须防弄他不倒，必须将他灌得大醉，然后下手，方为妥当。此时急忙吩咐往厨房备办酒筵一桌。若讲别的人家办酒，总要耽搁工夫，如今王府中非比民间之家，况且喜事未完，酒筵未毕，海味珍馐多已齐备，即使五桌十桌也能配合得来，何况一席酒筵？当下狄王爷叫声："夫人,非是本藩薄情,不与你相亲。果然前者劳顿太过,身体欠安。今日休费盛心,纵有香醇美酒,我也不敢多用的。"飞龙说声:"千岁,你前日征西过于劳顿,怪不得身体欠安。但是成亲之后,不能奉敬两盏三杯,今宵幸得千岁进来相近,待贱妾奉敬上数杯,表妾一些恭敬之意。"狄爷说:"多谢夫人盛情。"无奈只得就席。飞龙亲手斟上了满满一盏,立起身来,双手献过来。狄爷也起位接杯在手,叫声:"夫人啊,本藩没有盛情于你,怎敢叨受夫人这等厚情。"飞龙说:"千岁啊,你说哪里话来,既承千岁不弃为夫妇,休说客套之言。无非贱妾借花献佛,以表寸心,请千岁上坐。"狄爷说:"夫人请坐。"即干饮一杯,一连饮过三杯,狄爷也回敬三杯,然后夫妻谈说些闲话,不知此夜狄青被害如何。正是:

仇人今夜同相会,孽债斯时已尽消。

忠良理直何为惧,佞党心歪虚着惊。

第四十四回

从母命遇害却除害　报夫仇图杀反被杀

诗曰：

　　强从母命燕新婚，只道贤良淑女身。

　　岂料冤家同匹配，交杯把盏是仇人。

再说狄王爷夫妻对酌，谈话一番闲话。飞龙又问起："西征劳苦已有三载，想来他邦如此强悍，不知辽将有多少凶勇的？"狄爷说："夫人啊，若说西辽守关众将，皆是无能；只有番王差来太子达麻花、驸马黑利二人，果然有些厉害。众将杀他不过，本藩用法宝才伤了他二将。之后要算扳天将星星罗海本事高强。本藩虽不惧他，他也算得西辽头等英雄。"飞龙说道："莫非又用法宝伤他么？"狄爷说："夫人啊，那法宝后来不知为何不灵验起来。当时兵微将寡，却被他领了数十万番兵、数百员战将，困在边关。本藩无计可施，亏得飞山虎到得单单国请得公主到来，方能大破重围，奏凯班师。"飞龙暗想："他既有此法宝，但不知他是何法宝，有如此厉害。"即说："千岁啊，但不知你用的是什么法宝，哪里来的？"狄爷说："是玄帝神明所赠。两桩法宝，一名人面兽，一名穿云箭。赞天王武将等多死在两桩法宝之内的。"飞龙说道："这法宝如今藏在里？"狄爷说："本藩上阵交锋藏于怀内；若不出战，焚香供奉，如今现在书房桌上。"飞龙说："可与妾一观否？"狄爷说："这也不妨。待本藩请来与夫人观看便了。"飞龙说："千岁啊，妾身不要看了。"狄爷说道："却为何不看？"飞龙说："你若出去，必然不转来，又在书房安睡了。"狄爷说："夫人啊，母亲之命，如何违逆得？待我取来你一看。"

若说狄爷，原是个真性英雄，况且又是出于意外风波，如何省得其中作弊？此时见母亲如此着意，若是执意不从，即同逆论，只要不与她交合便是。此时拿进两桩法宝向桌中放下，叫声："夫人，此为人面兽，此为穿云箭。"飞龙看了一会，说："千岁啊，看来二宝是平常之物。"狄爷说："你休言法宝是平常之物，本藩立的汗马功劳，皆亏二宝之力。"飞龙道："原来如此。"暗中怀恨二物,恨不得登时拆毁了,此时只得放开笑脸说:"千岁啊,妾身还要请问,既然二宝神通广大,因何在单单国被擒?何不用它?"狄爷说:"夫人,这法宝却也奇怪,在单单国总不灵验。况且公主法力高强。"飞龙说:"单单公主与千岁成亲,如何看待?"狄爷说:"她待本藩真乃情深义重,恩爱相投。只为本藩要去征西,只得抛别。后来被困在白鹤关之日,她看见求救之书,即提兵救解,方能得胜班师。"飞龙听罢说道:"原来千岁心在单单国,思义你妻,无意于妾,故以如此。"狄爷说:"本藩并非如此。"

当时狄爷不欲再多言,便说:"夫人,本藩身心不宁,要去睡了。"将这人面兽、穿云箭放在桌中,思量上床去睡。飞龙一心要灌他大醉,然后下手,叫声:"千岁慢些睡,妾还有话言。"狄爷说:"夫人还有何言,且讲来!"飞龙说:"千岁啊,难得你今夜进房,妾有话请教,千岁何以要睡,莫不是贱妾恭敬不谨么?"狄爷说:"夫人啊,你言太重了。"狄爷只得重新坐下说:"夫人还有何言请教?"飞龙说:"千岁啊,妾身还要奉敬你三杯美酒,说说闲话。"狄爷说:"夫人,酒是吃不下了,既是夫人的美意,敢不领情!"飞龙唤丫环把五盏满满酌起一杯,飞龙双手送上说道:"此杯恭贺千岁,征服西辽,功劳浩大,加官晋爵,一门福禄滔天,千岁请饮此杯。"狄爷说:"多谢夫人如此厚情。"接杯饮干。飞龙再斟上一杯说:"此酒贺喜千岁身为中国大臣,又在单单国中招驸马,光宗耀祖,何人可及!"狄爷笑道:"单单招亲,原是出于无奈,有何显耀?"飞龙说:"若不是单单招亲,谁人解得重围?正是福禄双全,皆是招亲缘由。"狄爷只得饮过。又酌上一杯:"此杯喜得千岁位至极品之尊,五虎平西,威名四达,于君王龙宠非凡,永保宋室江山,流芳青史!"狄爷说:"夫人啊,本藩有何德能,敢当此称赞!"狄爷一连吃过三大杯酒,飞龙又唤丫环满酌一杯。狄爷说:"夫人自家一杯不吃,杯杯多是本藩吃么?请奉陪一杯便了。"以后你一杯我一杯。彼此又谈说一番。狄爷十分厌烦,装着假醉,斜身坐椅欲睡。飞龙只道他上当了,吩咐丫环扶千岁睡下。此时狄爷原是酒量太高,并非真醉,和衣下睡。飞龙只说他醉了,满心欢喜,吩咐丫环收拾残肴,不必再来。飞龙此时卸下梳妆,宽了裙服,脱好宫鞋,剔亮银灯,进来卧房。一看狄爷便叫声:"千岁,为何不宽衣而睡?"狄爷原是防她要图欢乐,所以装着假睡熟。飞龙连呼不见答应,暗暗心欢,走到桌中拿了人面兽,口称:"可恨!"扯为四

第四十四回 从母命遇害却除害 报夫仇图杀反被杀

块,又拿起三支穿云箭折为六支。此时走回卧房,欲取尖刀,觉得不便,即将壁上挂的龙泉剑取下。飞龙是胆雄性烈,执剑在手也觉心寒,战战浑身发抖,呼呼气喘。她走近床边。见狄爷仰面朝天卧着,叫声:"千岁,宽衣服睡好!"狄爷仍在假睡不应。飞龙喊声:"杀害我丈夫,我来报仇!"连忙一剑砍去。

狄爷闻此言,剑未落早已闪侧一边,喝声:"慢来!"复将身一进,照定飞龙一脚踢在她小腹。飞龙痛不能当,一跤跌下尘埃,剑也已抛出丈余。狄爷飞步上前,心头大怒,拾起龙泉剑,喝声:"好贱人!本藩与你平日无仇,往日无冤,因何起得这包天之胆?"飞龙忍痛立起来,走上前照定狄爷怀中撞去。狄爷骂声:"贱人,你要怎样?"飞龙高声道:"要你的性命!"思量要夺这宝剑。狄爷大喝一声,手起头落,但见鲜血满地流红。

今日飞龙欲报夫仇,岂知夫仇未报,反先丧了性命。若说飞龙公主,真乃女中豪杰,立心为夫报仇雪恨,其心不以生死为论。如若狄青被她所伤,料亦难逃,亦必从夫于泉壤矣!其心至死不变,诚为千古节烈之堪称者也!狄爷怒恨不息:"贱婢啊,你要我的性命,谁料你的性命倒送在本藩之手内。"当时一手拿着宝剑,一手拿着首级,又想:"这杨氏说杀她丈夫,要来报她之仇。这句话好不明白,到底她的丈夫是哪一人?姓什名谁?也当说个明白!因何不说明便行得如此凶性?咳!我想你这贱人真乃包天之胆。"说完拿了首级一路向堂中跑出。

此时众人多已睡了,只有孟定国与焦廷贵在此西楼窗内吃酒,用着两个家人侍立酌酒,猜拳行令,呼五喝六之声不断。一人说:"老孟,你请饮此杯。"又闻一人笑道:"又是我饮么!"此时狄爷一路来到王府到中堂,看见西窗内灯烛辉煌,焦、孟二人还在此饮酒,连忙登楼说道:"本藩人也杀了,你们还要吃酒!"此时两个醉汉只见狄爷手中拿了首级、宝剑,孟定国急忙立起身问道:"千岁!为何今晚伤人?"焦廷贵说道:"是了,千岁在西辽国杀得番兵不足,所以今夜又杀个把来也无妨的!"狄爷喝声:"胡说!她是杨滔之女,行凶要杀本藩,反被本藩杀了她。"焦廷贵高声说:"不好了,如此说来乃是夫人!"狄爷说:"她是什么夫人?乃是来行刺的奸细!"焦廷贵说声:"原来杨氏是来做奸细行刺千岁么?这还得了!"焦廷贵真乃鲁莽之人,此时不问情长情短之缘由,伸手去夺了首级,也不拿灯笼火把,一路跑出外堂去了。狄爷不住口地叫道:"不要走!快转来!"焦廷贵说:"千岁,不要管闲账,末将送她回府,去杨滔处报功领赏就回来!"狄爷不悦,又差酌酒的两家人拿了火把,赶去叫他转来。此刻焦廷贵跑开大步,先开了中门,一路跑出。又闪过五里府门,方到边厢,两个家人赶上叫声:"焦老爷,千岁特差我们来要你回转府中。"焦廷贵听了,喝声:"你休多管,快拿火把走到杨府那里去!"两个家人只得持着火把一路同往杨府而去。不知杨户部如何,下回分解。正是:

英雄福厚祥更厚,奸佞机深祸亦深。

第四十五回

鲁莽将夺首级报信　刁佞党乘机隙施谋

诗曰：
　　飞龙立志报深仇，定数安拂命不犹。
　　未雪夫冤先丧命，奸臣乘隙复施谋。
　　按下慢表焦廷贵前往杨府。再说孟定国虽吃酒过多，到底心中还是醒的，想一会也觉心惊。这孟定国不独前时出阵杀过多少将兵，就是目下征西，也不知伤了多少番兵性命。他原是上阵英雄，何故此刻着慌起来？只因想到狄爷完婚只得六七夜，闻他天天在书房内安睡，今夜一刻把夫人杀了，到底不知何故！慌忙叫声："千岁，为何将夫人伤害了？"狄爷说："杨滔叫女儿来行刺本藩，今夜杀了此女，除却祸根。"说罢，复回书房坐下。
　　此夜孟定国满心疑惑，总要问过明白，又进书房说："千岁，到底夫人有何不是？望求说个情由。"狄爷说："你不要管，且往外边去罢！"孟定国说："只恐杨滔不肯罢休，如何是好？"狄爷说："这也不妨，顶天大事自有本藩承当，你且去罢！"孟定国心中疑惑，出至西楼，唤醒了三位英雄说知其故，彼此皆惊，齐到书房来动问。此时狄爷将其情由细细说知。众人猜测一回，刘庆说："千岁，你在本朝无非杀过一个王元化，并无伤害第二个人，如何杨氏说'与丈夫报仇'？却是奇怪了。"张忠说："这杨滔恳请圣上为媒，千岁奉旨成亲，非同小可。杨滔之女乃是个黄花女子，哪里有丈夫的？必然千岁听错了。"狄爷说："哪里话来，本藩自是听得明明白白的。"李义说："想那杨氏是个黄花之女，焉能有与丈夫报仇？事之定然千岁错听，屈杀她。"狄爷说："就是错听了，你们且往外边去罢。本藩要睡了。"四人听罢，连忙退出外厢，你言我语，说他必然多吃了几杯，发想酒癫来杀害了此女，只怕杨滔不肯罢休，又有风波在目前了，且不管他，待到来朝便知分晓，不表四人之言。
　　再说狄爷在书房内想去思来，觉得怒气冲壮，又难以测度其缘由。想了一会,叹声:"莫非又是庞洪之计,与杨滔同谋来算账的!"冷笑一声说:"若是庞洪用计,显然恶毒。岂知计又落空,陷害不成了。且待来朝奏知圣上,处分便了。"又想:"想来母亲业已睡了,不可惊动她。本藩坐等天明便了。"此时想起两桩法宝,复进房中,一见吃惊非小,恨说道:"罢了,你这贱婢,毁坏了法宝,把你尸碎为泥尚不足以当其罪!"只得一并拿至书房,待明日将此为凭奏知圣上。此时,狄爷昏昏沉沉,坐待天明。按下休提。

再说莽人焦廷贵,想来这杨滔之女要杀害狄爷,一路行走思量,心中大怒,拿了首级,跑开大步,已到了杨府门首立着,将大拳打门,犹如摇鼓。府中门上人还未寝,听见府外边大声喧哗打门,急忙拿了灯火,出外开了府门,大喝:"哪个狗头,夜静更深,敢大胆在此吵闹!"焦廷贵喝声:"瞎眼的蠢物,且看看老子手中是何宝贝?"门上将灯一照,吓得大惊失色,连忙问道:"因何你拿个首级在此?"焦廷贵笑道:"你倒也好眼力。快去报知你家杨滔,我乃狄王爷的焦廷贵。今夜王爷杀了你家小姐,如今拿首级来还老杨,快去罢!"门上说:"不好了,杀害了小姐!"焦廷贵说:"这有何稀奇!我家王爷征西杀了多少人,何况个把女子。"说罢跟随了门子一齐直进。此时杨爷还在书房看书未睡。若是主家未睡,一众家人手下也不敢睡。门子一重重叩门而进,直至内堂上。焦廷贵尚未见到杨爷,便高声叫道:"老杨快出来!你家女儿回来了。"杨家人见他手拿血淋淋的人头,大惊,连忙动问。此时门上进内禀知,杨滔闻说,吓得目定口呆,急急抽身出外,问道:"焦将军,这个首级何处拿来的?"焦廷贵说道:"你自己的女儿也不认得么?你且拿去看认分明罢。"此时,杨滔虽然知道不是亲生女儿,也觉惊慌,假意说道:"因何成亲几日就送了命?儿啊,到底有何缘故,为父全然不晓,可怜你死得好惨啊!"又问焦廷贵说:"为何你家千岁把我女儿伤害了?"焦廷贵说:"这是你女儿不好!"杨爷说:"到底有何不好?"焦廷贵说:"她要与千岁同睡,岂知千岁偏不喜这件事情,你女儿放起蛮来要杀千岁,反被千岁杀了。老杨啊,我今还你女儿,且拿去收藏好。"说完,转身跑出府来,家人持火引道,一直回归王府去了。不表。

再说杨滔把飞龙首级细细一看,长叹一声说:"飞龙,你一心要报丈夫之仇,混进中原,投身相府国丈,施下巧计,下官将就好机谋。岂知你夫仇未报身先丧,弄得今日下官毫没主意。怎生调停是好!"想了一会,说:

第四十五回　鲁莽将夺首级报信　刁佞党乘机隙施谋

"罢了,不免连夜去见国丈,看他如何打算罢了。"此时也不换衣,随身便服,即吩咐小使持了灯笼,乘了小轿,四个家人跟随而去。此刻二鼓将残,只见街道民家灯收夜静,寂寂无声。直到了庞府门首,家丁把府门叩开通名。若问做了当朝宰相,真乃劳碌非凡,各省奏章,一切国务,一一留心细看,好待明朝达呈御览,不到二更不能睡,到了五更又要上朝。所以合着古语两言:

只爱做官千日好,不及农夫半日闲。

此时太师正要安睡,忽见家人传说户部杨老爷有急事要见太师爷。此时庞洪一想,这杨滔此时候还来相见,有何急事?也觉心疑不定,又有两句古言:

日间不作亏心事,半夜敲门心不惊。

庞洪想一会说:"莫不是飞龙杀害了狄青前来报知!"急忙传命请来相见。国丈便服出了书斋。杨滔走进府堂中,因有众家人在旁,同到书房坐下。杨滔叫声:"国丈,不好了!飞龙要杀狄青,反被狄青杀害了。差焦廷贵把飞龙首级拿来还我。这件事情还是私下调和了,还是奏明圣上?下官事在两难,思想不来。所以深夜到来,请国丈高明主见如何。"此时庞洪听了,好像半空中照定头脑打个大霹雳一般,说:"飞龙啊,老夫只道你善者不来,来者不善,因此用出机谋,力荐你出,指望你把冤家除了,使我翁婿心中遂愿。岂知今日你画虎不成,真乃可惜了这飞龙也。"杨滔说:"国丈,如今长言不如短语。到底怎样调停为妙?"庞洪听了想一会说:"杨大人,如若私了是造化这小畜生的,飞龙性命岂不枉送他手!此时一不做二不休,你来朝奏明圣上,只说狄青无故杀妻,伤害了你女儿。况且圣上为媒,非同小可,哪怕他势大封三,照依国法森严,若是犯罪,也是一体。"杨滔说:"倘飞龙有什破泄之言,听入狄青耳中,他执此为凭,如何是好?"庞洪说:"这是死无对证之言,哪里作得证?如凭若圣上姑宽不究,老夫定然在旁鼎力,说他无故杀妻,应该抵命。此时看他小畜生逃得哪里去?"杨滔说:"既然如此,明日奏明圣上便了。"庞洪说:"又有一句要紧关的,说话切不可露出飞龙两字,总要认定凤姣女儿,这场是非,包管赢的。若除了狄青,老夫不忘你的情,愿谢金银与你杨大人。我还要慢慢奏知圣上,加升吏部之职。决不相负的。"原来杨滔最是贪财物之辈,听了国丈之言,得意洋洋,作别而去。

再说五更三点,天子尚未登坐金銮,文武官多在朝房叙候。众文武耳风一闻此事,尽皆着忙。杨户部说声:"狄千岁,后生家何必作此威头,仗着太后娘娘的势力把我杨滔欺负,无端杀害妻子,全无国法,下官女儿之仇一定要报的。"狄爷冷笑道:"你为人定了禽兽之心,使出这样毒计,思量要陷害我狄青,幸喜我命不该终,不中你奸计。今日你害人还害了己,正是灯蛾扑火自烧其身。"二人争论不一,庞洪假意来劝解说:"二位何须争辩,稍刻奏知天子,自有国法公论。但他无故杀妻,过于残忍,罪却不少,狄千岁也应知其法律!"狄爷听了说道:"纵然偿命,我狄青岂是贪生畏死的么!"国丈说:"千岁不如听老夫的言,私下调和了好。若要认真起来,总要抵命。王子犯法,与庶民同罪,太后娘娘也是遮盖不得了。"狄爷说:"你差矣!我狄青并不用着娘娘的遮盖,所以前时不愿无功受职。当殿比武,险些丧了性命,皆因不把太后娘娘倚靠。解送征衣,到外邦之后,又蒙国丈美情保我征西。若然倚了娘娘的势力,决不使天牢禁母。所以屡被奸臣美计所算,平服西辽,苦乐皆由自己担当。今日圣上自有国法处分,是非曲直悉凭圣上公裁,何劳国丈之言!"庞洪听了,呵呵发笑,说:"是极,原是一个硬性英雄,老夫失言了。"

第四十六回

奏冤陷玄天收宝　命审断宋帝差臣

诗曰：

　　玄天赠宝付英雄，征伐西辽立大功。
　　即被飞龙轻毁坏，腾空收去显神通。

却说狄爷与国丈驳说一番。又说各位王爷平日间或上朝或不上朝，就一月不上朝，天子也不来查究，所以这日大人一个也不在此停一会。听得景阳钟一撞，龙凤鼓一响，金鞭三下，圣驾登銮。文武官员朝谒已毕，值殿官传旨未了，文班中闪出杨户部，武班中闪出平西王。二臣各说有事奏闻，天子一想，他二人乃是翁婿，有何事启奏？即降旨："二卿平身，有何事情，文的先奏！"庞洪一想："先奏，便是一点便宜之处了。"杨滔奏道："臣有次女凤姣，多蒙圣上天恩，赐臣女与狄青成亲，才得七夜。臣女并无差处，不知狄青何意，竟将臣女杀害了，差焦廷贵将首级一颗，于昨夜二更时分交还与臣。陛下，古言钢刀虽利，不斩无罪之人。臣女有何差处，也要查察分明，方能定罪。他又不说与臣知，倚着王亲势力，擅自行凶，将臣青年弱女身首分开。可怜臣年已花甲，单生两女，如今幼女无罪被害，今日并非翁婿，已结深冤，伏乞陛下究问平西王，臣女有何差处？"

狄爷说："臣有奏闻，臣蒙圣恩浩荡，把杨滔之女赐与臣成亲。臣看待她无甚差错，哪晓得杨氏不知她立心何故，昨夜与臣吃酒，自家一杯不饮，多劝臣吃。臣已厌烦了，酒也不吃，先去睡了一会。凤姣手持龙泉剑，立在床前，喊声'狄青啊，你杀害我丈夫，我来报仇'，一剑砍来。幸得臣不该死在她手，急忙闪脱，剑已落空。臣赶上夺了她的剑，手起挥为两段，却是真情。陛下，但想此女说话有因，立在床前，说她与丈夫报仇，然后落剑，想来分明不是杨滔之女了。是做奸细前来陷害于臣。伏乞陛下，细把杨滔究出真情，免得混浊不分，串同作弊。"

此时，国丈在旁吃惊不小，想道："这飞龙自己把机关泄漏，如今圣上查问起来，如何处置？"天子又问杨滔："那凤姣到底是你女儿否？从前匹配与何人?"杨滔奏说:"圣上,臣女凤姣乃是黄花闺女,从前并未有丈夫,满朝文武也有知的。臣何敢将有夫之女欺君?臣女是处女。"天子说:"既不曾有过丈夫的,因何她说要来与丈夫报仇之话?"杨滔说:"圣上,这是狄青一面之词,死无对证之言,谁人肯信?"狄爷又奏道:"凤姣无差,臣断不敢无故杀妻。不唯她说话有因,且臣的两桩法宝也被她毁坏了。"嘉佑皇说:"是何法宝?"狄爷说:"陛下这法宝一名人面兽,一名穿云箭。前时奉旨解送征衣,路逢玄帝,命臣随身上任,若遭西辽骁将,用此法宝伤他。神箭能除妖术,试用几回,多已灵验。实是神明法宝,竟被凤姣未死之先,已毁坏了。她死后,臣见满地抛弃,所以带来上殿为凭,伏唯陛下立法,将杨滔究问,便知情弊了。"杨滔此时也觉心慌。庞洪也是着急,暗道:"此事飞龙弄坏了,恐防我也有干系。"当时天子看有两桩法宝,觉得好笑——此乃三支小箭,折为六段:"一个紫金胎面具,却是孩童玩弄之物,这是什么法宝?"正想之际,忽听得空中一声响亮,犹如天崩地裂。一阵狂风,吹透满殿,龙案上两桩法宝吹得无影无踪,转换红笺一纸,金字两行,写着:

今日玄天收法宝,辽邦有将猛如龙。

此时天子大惊,方知法宝是神圣的。若问玄帝既收法宝,何不一发明了这段疑案事情?但如若大小事情多是神明出白,凡间不用官员了,所以单将法宝收去,不将疑案点明。嘉佑皇因此敬信是神祇之物。只有杨爷、国丈惊惧,犹如烈火炙烧,好不着急!众文武虽则无干,也觉难辨其缘由。当时仁宗天子亦不能分断,只有呆呆思想。庞洪犹恐他想出不好听的话来,连忙出班奏道:"臣有奏。"仁宗王说:"卿所奏何事?此事重大,可听奏来,不中听的不必多言了。"庞洪说:"臣思凤姣乃未出闺门处女,焉有与丈夫报仇之说?二则成亲数日,无冤无仇,如何下得这毒手,敢大胆持剑杀害丈夫?实是一面之词。凤姣既有报仇之说,狄青何不问个明白,杀她未迟。现在死无对证,准信不来。就是两桩法宝,狄青杀害了凤姣,无可抵塞,自己毁坏了也是理论不得的。况且凤姣实在以前没有丈夫,众臣共晓,怎么说与丈夫报仇?据臣愚见,陛下免费龙心,发交三法司审个明白如何?"嘉佑王听了,想道:"庞洪此话倒也相宜。但无能干官员,审不得这桩疑案,三法司朕也不用他。"遂降旨无私文彦博、硬直崔叩命从公审理,"断明前情,奏与朕知"。原来这两个大臣,是正直无私的,不是庞

第四十六回　奏冤陷玄天收宝　命审断宋帝差臣

洪党羽。无奈审断公务，不十分明办得来，且这桩公案实是难办的。但圣上之命，如何不依，同说："臣领旨。限臣等五天审明，复旨便了。"天子拂袖退班，众臣各归府去。崔、文二位公爷差人往杨府将头调出，然后同往狄府。

此时午尽了。杨府内夫人小姐早已得知，彼此着惊。狄府中男女下人多已知道，只有老太君吓得惊慌无措。到了房中，看看尸骸，好不惨伤。欲向众将问个明白，岂知已多往午朝门外打听去了。太太骂声："好畜生，为何如此薄情！杨氏纵有差池，可告诉为娘，也能理论得来，因何胡乱将她伤害，没有半分夫妇之情！"太太此时不知埋怨了孩儿多少。这些家人也议论纷纷。

正说之间，报说："千岁爷回府了。"同了文、崔二位大人，众将军随后同进中堂，石将军也到了。狄爷到了中堂银銮殿上说："二位大人请坐！"二人告坐。有家人禀知太太有请。狄爷说："二位大人，下官失陪了。停息一刻，即来奉陪。"二公爷说："千岁请便！"此时狄爷走进内厢见了母亲，太太连骂："畜生，因何故杀妻，不畏萧何法律，看你如今怎生逃脱？"狄爷说："母亲，不必心烦，细将情由禀知。"太太又吃一惊。此时杨夫人来到府内，见女儿尸首，假装悲哀。若说这位夫人，原是忠厚之人，杀了飞龙与她什么相干？只因丈夫要她去假哭女儿，方得省人疑惑。哭后又要吵闹，方为妥当。夫人只是难违丈夫命，到来无非哭了几声，叫她哪里能吵闹得出来？太太倒也过意不去，叫声："亲母且宽心罢！原是我畜生不好，狠心杀害你女儿。"夫人说："太太啊，妾身只有两个女儿，大女儿鸾姣嫁着江西本省，只有次女凤姣早晚相依的。哪晓得做亲之后遭刀而亡。若是病死的倒罢。似这般惨死，好不痛心！"太太说："夫人啊，听小儿说来，乃是令爱不好，持剑要杀丈夫，反被小儿伤了。今日真假难分，且待来日审明便知明白。"

且说崔、文二位，由狄千岁引道，杨爷在后，直至房首。太太、夫人避过。二位大人把尸首验毕，配合过首级，一点不差。又说："千岁，那凤姣纵有差池，却是你家的人，理当收殓。"狄爷说："这也自然。"文爷说："三天成殓了，第四天齐集审明，好待下官复旨。"说完二人告别，杨滔也转回衙不表。

再说庞洪独坐书房，叹声："飞龙，老夫叫你必然害了狄青，纵害他不成,也不得说出与丈夫报仇,破漏机关。倘杨滔有什差池,只忧他又扳出老夫了。若差了别人审,也能通个关节。岂知差了这两人,有言难说,有贿难行。倘被他审出真情,杨滔之罪难免,老夫也不安稳。"

不表庞洪忧虑。再表四虎将军、焦、孟你言我语的,猜疑不出杨滔之女的真假,待等崔、文二位大人审明,便知分晓,是日免不得备棺成殓,超度亡魂,做些功德。后来不知如何。

第四十七回

审疑案二忠辞办　赈饥民包拯回朝

诗曰：
　　二忠领旨断奸谋，岂料庞杨狡计稠。
　　专力不能分剖白，幸有包公力搜求。

话说狄王府将飞龙尸骸收殓了，做些功德，超度亡灵。岂知王府中比不得等闲之家，外国阴魂哪里存顿得住？飞龙一死，魂魄早已渺渺茫茫不知去向。此时老太太十分烦乱慌忙。此日杨滔的夫人仍在狄府，见太太这般忙乱着急，也觉心中不安，过意不去。欲说明白，丈夫性命不保，不得不含忍在心。此是忠厚人，心事每常如此。是日成殓已毕，原来汴京并无坟墓，少不得寻了一个空隙地停了棺枢。夫人回杨府，叫声："相公，这件事情果乃干得不好。倘若审出真情，祸事不小。"杨滔说："夫人，不妨，无事的。下官总是一口咬定要与女儿报仇，怕他什么！"

此时三朝已过，至第四天，文、崔二位钦差奉旨审询狄青。狄爷照奏主前言，并无更改。杨滔一口认定女儿惨死，总要伸冤。又不能用刑，两位大人没有法想，审过一堂又有一堂，一连审过二日，不能审明，难以复旨。是日，天子临朝，问崔、文二臣："狄、杨之事审得如何？"二臣同奏道："尚未审明。陛下且限臣三天，审明复旨便了。"仁宗王说："依卿所奏。"圣上退回宫。二大人又审了三日三堂，不独凭据追不出，而且狄、杨的口供对质，与前日的不差分毫。这事情真乃苦差难办的。这两位大人商量无计可施。暂且不表。

再说包龙图大学士，奉旨赈饥已毕，回朝复命。此时大宋朝中奸臣屡屡联络不绝，所以处处年饥。包大人往各省赈饥，甚是劳忙。上年陕西赈饥，下年早稻丰稔，物阜民康。这时公务已完，又到粤东赈饥去了。所以连年不在朝中，哪晓得国家许多事情动作。是年粤东公务又毕，一路回朝，渡水登山，非只一日，已到汴京。进城天时已到午后了，此时未去朝天子，先来见众僚。到了九王府中，多去探望悉过。是日众王爷叙会，正在谈论狄、杨之事，包爷到了，一同相见坐下。食过茶一杯，各说候问之言。问起赈饥事情，包爷细细说了一回。

众王侯说起狄青之事，说："包大人，你原审过多少疑案事情。单有此事，莫说崔、文难以力办，就是大人也难以担承了。"包爷听了微笑道："老千岁，如若圣上与下官审断，少则一日，多则二日必要审明。"潞花王叫声："包大人，孤家也想过，若是大人在朝，何用三朝两日就断明了。故孤家正在思念你。今幸喜还朝，来日奏知圣上发交大人经手力办，未知尊意如何？"又有汝南王千岁说道："若是包大人承办，不用一刻，必然明白了。"众王侯你一言，我一句，褒奖这位铁面无私之臣，感激他正直硬性。包爷便说："列位千岁，待下官来日见驾，请旨承办。如若圣上不准，不干下官事了。"众王爷说道："自然。若然大人请旨，圣上谅必准的。"此时包爷拜别去了。

又往探同年文大人，到府门家人投帖，文爷盼咐大开中门迎接。进中堂施礼坐下，又报崔大人到衙了。包爷、文爷一同迎出来。这包爷说："崔年兄请了。"崔爷一见说道："原来包年兄已回朝，失迎了。"三人一同复到中堂，殷勤告礼而坐。文、崔同说："包大人，你多年跋涉，辛苦国务，我们常常挂念。今幸还朝，谅必赈饥公务已完了！"包爷说："多已完了。今日回朝做个闲暇官罢了。"崔爷笑道："包大人，你又来了，你是个能干的人，日断阳间，夜断阴府，当今天子也亏得你。如非包年兄忠心为国，怎得当今陈桥认回母亲？如今大人不在朝中，奸臣庞洪屡屡陷害狄青。"包爷假做不知，问道："怎生图害的？"文爷细将保他征西的事一一说知，又道："如今又有奇闻一个。"包爷说："又有何情？"崔爷说："只为狄青杀害了凤娇……"一长一短说知。包爷说："不知二位大人如何审结？"崔爷、文爷说："不瞒年兄，我们审过几堂，总是不明。今日又审一次，回供原是不改一字。难得年兄还朝，请教高才，如何审断才得明白？"包爷说："二位大人，不是下官笑着你，若办这事情，经二位大人承办，恐审到来年也不好明白的。待下官来朝见驾，复了圣命，然后请旨承办，管教是非曲直明白。"崔、文二大人巴不得脱了这般苦差，听了包爷之言，二人大喜，同声说："包大人，若明审此桩疑案，真乃神断了。"包爷说："此乃容易之事，二位不必费心。下官告别了。"文爷说："二位大人俱在，请后堂小酌，然后起车罢！"包爷说："不消了！"一路至府门，一拱作别而去。

第四十七回　审疑案二忠辞办　赈饥民包拯回朝

崔、文二人仍进中堂。崔爷说："年兄，小弟前来非为别事，只因审断之事不明，到来商量。难得包兄一力担承，看他如何审断复旨的。"文爷说道："曾记得他前时三审郭槐，用了许多摆布，也审得明明白白。今日他担承此案，料必云开日现，复见天明了。"崔爷笑道："年兄，此乃你我的兴头，遇他还朝。"此时崔爷也作别回衙，二人心头放下，不表。

再说潞花王回到南清宫，叫声："母亲，孩儿见崔、文二臣审询表弟这件事情，总是不明，今幸得包拯回朝，一力担承，来日请旨审明这件事情，必然审明的，母后且自放心。"太后带愁说："儿啊，包拯虽是神明，到底不知审得明白否？我儿且慢欢心。"不表南清宫之言。

且说庞洪一闻包公还朝，不觉吃了一惊，说："不好了。倘他担承审办，此事就有些不妙。满朝文武老夫多是不介怀，单有这个包黑子，老夫最是忌他。且自今以后，须要着实提防才好。"吩咐一班奸党人众，须小心些罢。

话休烦絮。且说包爷一回来，便去相探交厚的各王爷。平西王那边本也该去探望，只因他欲担承力办这桩公案，若先去拜探他，犹恐旁人议论，疑着暗中相通关节，避了嫌疑。所以包爷只做不知，别了崔、文，不往狄府，独自回衙，夫人接见，闲文不表。

次日五鼓黎明，各官叙集朝房内。庞洪见了包爷，只是胆寒不安，开言叫声："包大人，未知何日回朝？"包爷说："下官昨日回朝。只因天色已晚，未曾探望得老王亲，万勿见怪。"庞洪说道："不敢当。老夫不知包大人回朝，失于接候，多多有罪了。"包爷说："不敢。下官又闻杨大人有女儿匹配狄王亲，是老国丈作伐的么？"庞洪说："这是圣上执柯，命老夫代劳的。"包爷说："但闻狄王亲无故杀妻，崔、文二公审断不明，国丈既然作伐，何不与他们辩理分明，为何坐视旁观？这等为媒，三岁婴儿也会做的。"国丈说："包大人，不是老夫受执柯，乃是圣上委老夫做的。老夫不是奉差承审此案，我也管不得他们的事。"包爷冷笑道："老国丈，你的话好糊涂。他无故杀妻不知真假，你还不知妻房要害丈夫，串通作弊，须要在媒人身上追查？老王亲因何推得这等干净的？"包爷原是乱撞木钟之语，国丈却不觉触着心虚病。包爷一看他面色，思量又是这老头儿作弊，正要有言，忽闻景阳钟一响，天子坐朝，众臣参见。

值殿官传旨毕，左班中闪出包爷，俯伏金阶说："臣包拯前时奉旨往陕西赈饥,继后又往广东赈灾,如今二省百姓沾恩,岁已丰稔。公务已毕,臣今还朝,复命见驾,愿吾主万岁!"仁宗天子不见包拯,正是君臣不会已经三载。此时龙颜大悦,钦赐平身,赐坐东首。即命侍御送上香茗一杯,说:"朕屡屡承劳包卿之力,辛勤国务,道路奔波,朕心常怀念。今幸还朝,奈无别职再以加升,只好送些宝玩金银,莫怪朕之不情。"包爷奏道:"微臣深感王恩,粉身难报,岂敢加爵受恩?但愿清肃朝政,臣下沾恩,微臣所望。"天子大悦,道:"包爷真乃朕股肱贤弼。"

　　君臣言谈毕,有崔、文二臣俯伏金阶说:"臣等见驾,愿吾主万岁!"天子说:"二卿审询狄、杨之事如何?"二臣奏道:"昨天又审一堂,仍无凭据。实因事有委曲,非臣不为力办,伏唯我主参详。"嘉佑王一想,看看包爷说:"朕有一桩疑案事情,欲烦包卿办理,不知卿意若何?"包爷奏道:"陛下有何难事?若可办者,敢不丹心力办!若难似郭槐事情,臣亦难以承办,伏乞恩宽。"天子把狄青无故杀妻一一说明,包公思道:"原来如此。但思杨滔有女,年已如此,理该择配,因何专候狄青至此方为匹偶?又愿做偏房,要君做主,其中必有别样心肠。臣且领旨审断,如若狄青无故杀妻,臣不敢徇情于狄青;倘杨滔果有别端作弊,臣亦不敢置之不究。限臣三日内审明复旨便了。"今日包公还朝,承审此事。正是:

　　　　混浊流清分水底,云霞吹散见天心。

第四十八回
包公奉旨审疑案　杨滔委曲掩真情

诗曰：
　　杨滔佞党与庞洪，全害忠良把主蒙。
　　包拯待君公审断，奸臣二贼急匆匆。

　　话说包龙图领旨承办狄、杨此案，圣上回宫，百官退朝，各回府衙。独有杨滔见包公领旨承办，急得心犹如火煎一般。退了朝也不回自衙，悄悄来见国丈。此时庞洪正在书房闷坐，忽杨滔到来，说道："老国丈，此事又来了，如何是好？若还不发包公审问，我也全不在心，如今圣上发与他审，这黑子不比别人，他审过多少稀奇的事情，日断阳间，夜查阴府，倘被他审出原由，我的性命难保了。"此时庞洪正是十分不安，害怕包公审断，只因对杨滔怀着一个鬼胎，要做不害怕不介怀的光景，好待杨滔放心，对审赢得狄青，就无害了，便大笑道："杨大人不必心烦。由他审断厉害，只要你想定死无对证，求他为女伸冤，哪怕他黑子厉害！"杨爷听了，也无奈何，正要辞别回衙，只见两个杨府家人匆匆忙忙进来禀上，说："大老爷，今有包大人到来，张龙、赵虎立请大老爷前去听审。来差等得已久，所以催速小人前来寻请老爷速回。"杨滔口说："即刻回去。"心大不定，意欲回府叮嘱夫人要话，无奈路遇张龙、赵虎，说等久了，犹恐包公嗔怒，所以不得回衙，只得同他们一路到包府中。狄爷早已在此。这包爷命闭了府门，然后审问。这也并不是怕人观看审问，只因此事干于秘密，方得根由。吩咐排军不许开门放闲人窥看，是以杨府夫人、庞国丈差人各打听不出。

　　且说包爷坐了法堂，犹如生阎王一般，冰霜凛凛，铁面无私。两边侍立无情大汉，阶下刀斧手肃静无声，行恶私曲之人，见此光景，岂不害怕？当下包公先唤杨滔审询，叫声："杨大人，你的女儿唤做何名？"杨爷说："下官的次女名凤姣，年纪十九岁了。"包爷说："可曾受过聘否？"杨滔说："并未受过聘的。"包爷说："你有了女儿，只要相女配夫，门当户对，就是佳偶。因何不配别人，偏要狄千岁为婚？又不差媒人作合，竟去请旨作伐，明明是恐防千岁不允，故请旨为媒。况且千岁在单单国已有中馈之人，你又愿将女儿为偏室，敢是你与狄千岁有什冤仇，抑或旁人摆算，同谋计害千岁的么？"杨爷说："包大人，这是枉屈人了。只因下官择婚之心太高，东西不就，误到目今。因见平西王龙威虎相，美貌青年，若差媒说合，还防千岁不允，因故强奏圣上为媒，方能成就。一则贪他是帝王内亲，二则因他年少官高。岂知他如此无礼，竟将国法看得甚是轻微，恃着功隆位显，靠了南清宫之力，无故将我女杀害，望求大人立法断明，代为伸冤方好。"

包公听罢说道："本官想这平西王有忠君报国之心，岂无夫妇伦常之义？妻无过犯，岂可胡乱杀之？亏你身为品第之流，情理全然暗昧，必然你有串同作弊，图害于他是真。"杨滔无言可答，心内惊慌。包爷说："杨大人，请过这边。狄千岁请上来。"狄爷上前说："包大人在上，狄青犯官在此。"包爷说："狄千岁，你平日立下重大汗马功劳，今已官居极品之荣，若天子为媒匹配，正宜琴瑟调和。凤姣有甚差池，将此女杀害了？本官奉旨审断，并无偏倚留情，到底是你无故将妻杀害，还是凤姣有何别的心肠？你且公道说来罢。"狄爷说："包大人听禀：我狄青初在官就有臣奸暗算，大人尽知。后来奉旨征西辽，班师归国，足还未立定，这杨滔不差媒作合，辄然请旨招亲。下官奈因主命难违，国丈代圣为媒，只得勉强迎娶了。至室与凤姣和谐相处，岂知她心怀不善，娇娆面美，笑里藏刀。"包爷说："怎见她笑里藏刀？"狄爷说："那晚曾经用过夜膳，杨氏必要备酒对酌。谁知她一杯不饮，多劝下官来吃。此时下官有些醉意，和衣先睡了。杨氏登时持剑在手说'狄青啊，你杀我丈夫，我来报仇'。登时剑落，幸喜下官闪脱，剑已落空。下官抢上夺剑砍她两段。这是真情，望大人鉴察。又有法宝两桩，却被她毁坏了。"包爷说："是何法宝？"狄爷说："前时解送征衣，路逢玄帝，所赐一名人面兽，一名穿云箭，命我随身带用，倘遇西辽骁将，用此二宝自能取胜。征西之时，也曾用过几番，善能取胜。前日呈上御览，已经被圣神收去，这是君臣共见，非我狄青妄言。"

包爷听罢一想："如此说来，这人不是杨滔之女了。"便说："狄千岁，这凤姣既有与夫报仇之说，应该不即杀她，细细查问就知真假。如今人死无凭，杨滔抵赖，必要为女伸冤，如之奈何？"狄爷说："大人，这是下官狂莽了。"杨滔又说："包大人明鉴万里，只此一言立见分明，这是死无对证

第四十八回　包公奉旨审疑案　杨滔委曲掩真情

之言,小孩子也会说的,岂但狄千岁! 要求大人公断,抵偿女命,足见厚恩。"包爷说:"你还要抵偿女命么? 翁婿之情,不要认真罢。倘认起真来,谁假谁真尚还未定。但今日事情,钦违不论大臣,难以徇情放回府行,暂住天牢,明日再审。"吩咐看官小心奉侍。

司狱官是夜备了两桌酒筵,送于二大人用。这包爷不是必要拘禁二人如此,只因事疏虞不得,犹恐杨滔回去又使何诡计不测,故包公拘留住他,纵使他有何想象,难以施行。这是包爷机密妙用处。包爷退了后堂,用过夜膳,夫人说声:"相公,古云能者必多劳。方得还朝两天,圣上又有差使。"包爷说:"夫人,下官身受国恩,岂不丹心图报! 天子有命,为臣任蹈火赴汤不辞,岂但审断些许之劳,敢不效力? 此时尚未审明,今夜就要审清了。"夫人说:"相公,若审明此案,名声更大了。"包爷说:"这也何足为奇。"

又吩咐张龙、赵虎前往如此如此。二人领命去了。一会儿回来禀说:"小的前往狄府,据太太说杨氏赠嫁丫头只得四个,如今一并唤到了。"包爷吩咐带进来。此时这四个丫环进衙见包公跪下说:"大老爷命我们前来,有何吩咐?"包爷说:"你四人唤做何名?"丫环齐说——"我名凤云。""我名月梅。""我名紫燕。""我名小翠。"包爷说:"你等是向在狄府中,还是跟随小姐赠嫁到狄府的?"四个丫环说:"大人,我等是杨府人,跟随小姐赠嫁的。"原来这四个丫头见了包公这副尊容,战战兢兢地害怕。包公说:"你家老爷共有几个亲生女儿,唤叫何名? 说与本官知道!"这凤云说:"我是初来的,月梅姐姐说罢!"月梅道:"好吧,就是我说。大老爷,我们老爷单生两位小姐,夫人两个。"包爷道:"据你说来共有四个了。"月梅说:"只得两个,哪有四个?"包爷说:"你言说夫人两个,老爷两个,岂不是四个?"月梅说:"不是夫人两个,老爷实是——总共两个。"包爷喝道:"胡说! 你家老爷说有三个女儿,你因何说两个?"月梅道:"真是两个,大小姐叫鸾姣,二小姐叫凤姣,配与狄千岁王爷,做亲七夜,做了无头之鬼,想来真好苦也!"包公又喝道:"你满口胡言。你老爷说,鸾姣的丈夫死在狄千岁之手,大小姐要报丈夫之仇,所以代顶二小姐凤姣嫁去狄府,要行刺千岁。你因何谎言哄我?"月梅说:"大老爷,他正是谎言了。我家大姑爷活活的现在江西。"包爷说:"既不是鸾姣代嫁,到底是哪个顶冒凤姣嫁的?"月梅失口说:"是飞——"旁边紫燕轻轻咳嗽一声,月梅即住了口。包爷喝道:"你这几个丫头,方才你言'飞'字,快快说来!"月梅说:"大老爷,丫头说的是并非别人顶冒二小姐的。"包公命张龙、赵虎把凤云、紫燕、小翠带了出去,把月梅夹拷十指。这月梅不知如何招出根由,正是:

奸佞深谋须狡曲,智囊密赚果神明。

第四十九回

询丫环真情透露　赚凤姣曲折详明

诗曰：

　　龙图神断古今稀，审尽难猜曲案奇。
　　宋室若无公辅弼，奸臣乱国益昌弥。

再说月梅，乃是个小丫环，哪里忍得十指疼痛？想道："我家老爷吩咐我等勿要泄漏机关，但今日我十指痛楚难忍，我也顾不得他长短了。且招出缘由，免得痛苦罢了。"遂说："大老爷，且松了手指，待我禀明罢。"包爷道："说明了自然放你。"月梅说："大老爷，小丫环曾记得去年隆冬时，有个西辽国公主名飞龙到来。我家老爷不知何故认她做亲生女儿，与二小姐相伴在绣阁。今年才嫁到平西王府，顶冒了凤姣小姐之名。"包爷说："她冒名嫁到王府，你可晓得她有何缘故？"月梅说："小丫头哪里得知？去年老爷带她回府时，她鬼头鬼脑，言谈多不懂她的。"包爷又问："这飞龙嫁到狄王府之先，老爷有何吩咐你等？"月梅说："老爷万千叮嘱，叫我们勿要疏言，总要认定二小姐的称呼。"包爷说："飞龙与千岁成亲后便怎样？"月梅说："大老爷，他两个名为夫妇，千岁数日未进新房。飞龙也是孤眠，千岁也是独宿。"包爷又问："千岁既不进房，因何把飞龙杀了？"月梅说："此夜飞龙叫紫燕往书房请千岁，岂知他总不肯进房，推却身体欠安。后来小翠禀知太太，这太太唤齐两人到跟前，左手拿一个，右手扯一个，扯拿至新房中，无非要他夫妻和合。"包爷说："既是太太劝他进房，千岁因何此夜将飞龙杀了？谅你必知他的缘故，且说明来放你回去！"月梅说："太太逼千岁进了房，他就出去了。夫妻对饮，谈谈说说十分情浓。千岁吃酒醉了，飞龙呼我等扶他上床睡了。千岁沉沉大醉，也不宽衣而睡。飞龙打发我四人一同出房，小丫头直睡到天明，才晓得她尸首分为两段。若问被杀的原由，要问千岁爷方知明白。"

包爷听罢，吩咐松了十指，并将凤云、紫燕、小翠一齐带进来。包爷又逐一细问情由，三人犹是抵赖不肯实招，包爷也是刚中带着仁慈，不复加刑,便说:"月梅早已招供了,你等何须隐藏? 本官也知道了,你们犹恐累及主人有罪,故不肯直说么?"三个丫环只不做声。包爷说:"此事总要分明的。月梅早已说明白,你们且说来罢。"月梅又叫:"姐妹啊,杀人自然抵命。我四人无罪,我十个指头几乎夹断,你们若不肯说,只怕一夹上痛得难当。劝你三人不如说明罢,省得大老爷动恼。"三人听了,只得个个细细说明。包爷听见四人一样之言,吩咐四人共留在内衙,好生看待。丫环退去。

包爷又差董超、薛霸,吩咐依计而行。二人一程前往到了杨府,传进说:"你家大老爷已经被包龙图审明,杀死者乃是外国飞龙公主,顶冒凤姣小姐的。杨大老爷现在我衙中,我家包老爷差我们前来请二小姐去讲几句话就送回来。如若小姐不去,你家老爷就活不成了。"杨府家人听了大惊,连忙进内禀知,夫人、小姐听得面如土色。小姐惊慌说:"母亲,原是我爹爹毫无智识,听了国丈之言陷害狄青,今日害不成人,反害了自己。母亲,叫女儿去也否?"夫人心如乱麻,全无主意。原来这位夫人心慈忠厚,凡为忠厚人,没有奸曲,心性原直,叫声:"女儿啊,你若不去,包大人不肯罢休,并且连累父亲受苦。你且大着胆前去走一遭。你是无干之人,想包老爷决不怪你的。"小姐听了母亲之言,也不更衣,只是随身便服,别了母亲,带了两个丫环,心头忙乱,夫人携出中堂,母女含了一汪珠泪。凤姣小姐坐轿中,董超、薛霸随后,两个丫环左右跟随,一程到了包府。

董超、薛霸进内禀知,包爷吩咐两个丫环:"请杨小姐进内衙细谈,需要小心扶她进来。"丫环领命出外,扶了小姐进内。小姐一见包爷,低头含羞,只得上前拜见。包爷以客礼相待,起身还礼,叫声:"小姐,休得拘礼,请坐罢!"小姐低头说:"大人在上,凤姣焉敢坐?"包爷一想,她自己通出名来,是个老实人了。包爷说:"此处不是法堂,你又不曾犯法,不必害怕。你且坐下,好好细谈。"小姐不知是何缘故,便说:"大人有何吩咐,凤姣洗耳恭听。"此时小姐告坐了,丫环递奉过茶,包爷说:"小姐,今日本官请你到来,非为别事,只因你令尊干差了事,全不想食君之禄,报君之恩,为何窝留外国飞龙公主在府中,顶冒你名,把她嫁与平西王要报丈夫之仇? 今日害人反害了自己,这是令尊大差之处。若将此事奏呈天子,按其国法罪在你令尊。故本官特请小姐到来言明,莫怪本官为人不做些人情,事干重大,法律难以存私的。"小姐听罢,含泪低头,叫声:"大人,我父亲

第四十九回　询丫环真情透露　赚凤姣曲折详明

虽然犯法,只因误听庞洪国丈之言。"

包爷一想,原来又是庞洪之计。便说道:"小姐,令尊也说是庞洪主意,小姐也说令尊误听他言,足见是这奸臣害了令尊。到底那庞洪怎样哄诱令尊行事的,你且说明缘故。本官劾奏于他。"小姐叫道:"大人,前日父亲说庞国丈有个飞龙公主,是西辽国王之女,丈夫名黑利,番王命他领兵被狄千岁伤了,所以她要报夫仇。趁宋兵班师回朝,飞龙扮为男子杂于军士队中,混进本邦,投入相府。国丈后带来送于父亲,叫她顶冒我名,奏闻圣上,赐与狄青成亲。此时,父亲听了国丈之言,母亲劝他多少,只是不依。今日祸发,罪首实由于庞洪太师,望大人笔下开一线之恩,父亲大罪略松些,足感深情了。"包爷说:"这也自然。请小姐里面去,今将夜深,在本衙且住一宵,明日送你回去。"小姐说:"大人,犹恐母亲悬望不安,望大人放我回去才好。"包爷说:"早上已经着人禀明令堂了,小姐不必挂心。来朝还有商议。"吩咐丫环扶小姐进后堂,夫人已排下酒筵相待,不用多谈。

原来杨小姐乃聪慧之人,焉肯直说缘由害着父亲?只因包公讲起飞龙的长短,犹如他父亲说的一般,小姐只道父亲早已说明缘故,小姐说出根由多在这庞洪身上,原想父亲之罪减些。包爷犹恐凤姣见了四个丫环,故预先吩咐带入后厢一处。此乃神出鬼没之机,外边人哪里得知?

是夜包公思量道:"庞洪心肠恶毒,屡屡暗害狄青,结下如此深仇,今朝眼见得你大祸临身了。但是飞龙女扮为男,混入军中,私进中原,狄青失于查察,也该有罪。下官既承王命,不得丝毫偏倚,待复审明白,请旨定罪罢。"次日上朝,先请旨意,带上狄、杨开棺复验尸骸。其时虽是春天尚寒冻的,尸首埋不多几日,是以皮肉未消。验得周身无故,只是左右耳上有九个环眼,前时虽用胶粉塞满,如今死了几天,血脉不行,胶粉脱落,环眼显露。包公说道:"杨大人,此女不是你女儿了。看来是外国之人。"杨滔说:"正是下官亲生女儿。大人说他外国之人,有何凭据?"包爷冷笑道:"你说没有凭据么!现今耳上有九个环眼,明是外国飞龙女,你还要认她为女?"杨滔大惊,硬着头皮说:"外国之人焉能到得中原?实是下官之女。"包公想道:"且由你一口抵赖。停一会刑法森严,看你怎了?"又吩咐将棺复钉了,亲到狄府勘验。狄爷指明飞龙死的所在,又调杀她的宝剑验明。又搜一回,搜出尖刀一把。狄爷说:"大人,犯官不进此房,故不见的。今日方知有此尖刀,求大人严询。"包公命将宝剑、尖刀带回贮库,回衙复审。狄太太差人打听包公审断,实是欢喜。庞洪着人打听,只是担忧。

当时包公打道回衙,坐在公堂,此回容放闲人观看,扰扰拥了多少百姓看审。包爷说:"杨大人,本官已经细查明白,死的乃是西辽飞龙公主。她私进中原,与丈夫报仇,要伤害狄青。庞洪与你同谋,把飞龙顶冒女名赠嫁。本官已得其真情,你休得抵赖。"杨滔听了吃惊不小,想道:"不知他如何查明的,若招了,罪大难免;不招,又恐加刑。"事在两难,只得不言,像着泥塑的一般。包爷又说:"大人,本官劝你招了罢。"杨滔说:"大人啊,这是枉下无据。大人所说,并无凭证,下官如何招得?"包爷说:"你道没有凭证么?"命人带出四丫环。左右一时唤出月梅、紫燕、凤云、小翠。包爷说:"你看她们多是你家的人,有凭有据说的。"杨滔见了这四个丫环,吓到魂飞天外,伏倒在地,颤抖不住,说:"大人,四个丫环是赠嫁去的,受了狄青买嘱,是以无中生有,屈陷了我。"包爷说:"这也由你分辩,到底死的是何人?"杨滔说:"实乃是次女凤姣。"包公道:"实是你女儿么?不要认错了。"杨滔如何招出真情,且看下回详说。正是:

  惧法终须常守法,蒙君定是每欺君。

第 五 十 回
露奸谋杨户部招供　图免罪庞贵妃内助

诗曰：
　　奸谋断白得根由，国法森严岂复留。
　　只因庞妃为内助，佞臣气数未应收。

当下，杨滔说声："包大人，被杀的果是小女，下官并不说谎的。"包爷说："杨滔，只怕你句句说谎的是真！"吩咐旁人去请小姐来。包爷说："杨滔，本官劝你招了罢，摆布不得，抵赖不来了。"杨滔说："大人，念杨滔幸沐君恩，焉肯私通外国？休得听信丫环之言，总要究问狄青无故杀妻方好……"此时，凤姣已到。包爷说："杨滔，你认一认这是何人？"杨滔把眼一瞧，此时恨不能插翅腾空飞出外，恨不得将身钻入泥土中。包爷说："杨滔，你的丫环是别人买嘱，你的女儿难道也受了狄青买嘱不成？"这凤姣小姐大惊："只道爹爹先已招出根由，岂知包公哄我到来，诱我说明缘故。果然他神出鬼没之谋，我也知多害在这四个丫头之手。爹爹，叫女儿害了你。"包爷说："杨滔，抵赖不得的。如再不招来，要用刑了。"杨滔一想，已被他四面埋伏，倘若受了刑时也要招的。况且包拯平日为人铁面无私，犯到他手，丝毫难饶。只得一一从头实说，把国丈牢牢咬定，当堂画上口供。包爷吩咐凤姣与四个丫环仍到内堂。又差张龙、赵虎前往相府请国丈到来。此时狄青方知内里委曲：原是黑利之妻飞龙要与丈夫报仇，被她混进中原。庞洪用计前来图害，虽然他是好计巧害，岂知今日又是落空。不言狄爷之想。

且说庞洪早已差家人打听到包公审明此案，惊得一身冷汗，魂魄俱无，说："黑贼果然厉害！如今老夫也是走不脱的，如何是好？"正着急之际，又闻报说，包大老爷打发张龙、赵虎来请太师前去讲话。国丈说声："胡说！包龙图太觉猖狂了，老夫岂是你请得动的！"打发来人说："有话明早朝堂商量。"此时又想一会，悄悄进至后宰门，去见女儿，暂且慢表。

且说张、赵二差，回归衙内回复包公。此时包爷命排军送押杨滔回天牢。平西王且转回府。送还杨小姐回衙。四个丫环仍发回杨府。然后把本章修明,待明日奏闻圣上。

先说狄王爷回归府,将此情细禀母亲。太太听了,长叹一声:"庞洪,你这番计害我儿,用此毒计,今朝只怕要遭刑了。再想不到这番婆混进中原,要报夫之仇。儿啊,如今若没有包大人,哪个审得明白?"狄爷说:"母亲,但是飞龙改扮为男,混军中进了中原,儿有失察之罪。"太太说:"儿啊,纵使失于查察,决无死罪的,抵桩革职归乡,安居淡处,也安乐逍遥。"狄爷说:"母亲之言有理。"按下不表母子之言。

又说凤姣与四个丫环同归府内,小姐一见娘亲大哭道:"多是女儿害了父亲,已将根由说出了。"此时小姐双膝跪下说:"母亲,父母养育之恩,尚未报答。岂知今日养虎为患,女儿不愿偷生人世了。害父遭刑,其心何安?母亲啊,祸根皆从庞洪这奸臣。断送父亲性命,皆由这奸臣的。"夫人说:"我儿,你且起来,不要哭坏了。我杨门不幸,你无一兄两弟。父母单生你姐妹两个,你姐姐虽然嫁在家乡,但今我随你父在京,远离江西故土,你娘跟前只有你一人陪伴,况且这是包公的巧计,任你何人,总要上当。而且你父为人原是不好。你娘劝尽他多少,叫他不可依附庞洪,他只是不听,必要趋炎附势,要害狄青。岂知反惹出大祸临身。就是这四个丫环早已招供了,也是包公之计,用了刑法,不得不招。女儿不必痛心。事到其此,忧也免不得的。且看圣上怎生定罪!"慢言母女伤心。

再说国丈心烦不乐,到了后宰门,管门太监名唤丁忠,为人最是贪财爱酒之人。国丈当时要与娘娘讲话,总要从后宰门出入。丁忠一见,说声:"国丈,许多日不来,今日到此,必与娘娘有何话说,待咱家去禀知罢。"国丈说:"丁公公,若万岁同在,可不说了。"丁忠说道:"晓得。"去不多时回说:"万岁在昭阳宫内,如今娘娘请国丈上望花楼相见。"国丈说:"有劳公公了。"此时直至望花楼,贵妃已在楼上扶着梯首说声:"爹爹小心些罢。"国丈到了楼上,见礼已毕。贵妃启口说:"爹爹请坐,你许多日不来,爹爹康健,母亲安好否?"国丈说:"爹娘多已安康。"贵妃说:"只为多日不见我爹爹来,女儿近日放心不下,正欲差人去探望。"国丈正欲开言,忽见宫娥送茶到来,便向女儿丢个眼色。娘娘会意,打发宫女尽下楼去了。国丈说道:"女儿,为父到来,非为别故,只因有件难事没处安排,所以特来与你商量。"娘娘说:"爹爹,不知有何难事?说与女儿知道。"国丈就将飞龙混进中原起,说到包公审断明白止,"这件事情,为父的有欺君之罪。别人调理还好,单有这包拯毫厘不存情的。为父想来无处调停得来,所以必要女儿打算周全,为父的方得无碍"。娘娘听了,叹一声说:"爹爹啊,狄青与你有何仇怨,因何必要害他?害他不成时反惹出这等大忧,从今以后,不要与他较量,太太平平过日也好。"国丈说:"女儿,这是飞龙不好,非关为父之事。如今不要埋怨了,总要你救为父的方好。自今以后再不与狄青结仇了。"庞妃不语,想此事叫我如何调停得来?难抵挡得包拯,只好在万岁跟前讨个情罢,说:"爹爹,休得着急,待女儿去求圣上。但得圣上开一线之恩,爹爹可保无事了。"国丈说道:"儿啊,为父的重重托你,必要你救我的。为父去也!"庞妃应诺,此刻庞洪回府,夫妇细谈,不必再述。

且说是夜贵妃迎接圣驾,先已排御筵。庞妃满斟玉盏三杯敬上,君王赐坐,谈说闲话,贵妃闷沉不语,万岁一看,金口微开,说声:"爱卿,朕见往常花容喜悦,因何今日愁容满面?有何缘故心中不快,此当说与寡人知道。"贵妃说:"陛下,臣妾并无别故忧愁,从前几载忧国忧民,今幸国泰民安了。"万岁说:"这便好了,还有何忧处?"贵妃说:"陛下啊,臣妾因想起爹爹,年纪已高,风烛之期,已近夕日,深沾帝德,如今重沐王恩,往常代君办事,并无差错,万岁是深知臣父之心的。"仁宗天子听了,却也不知贵妃心事,因说起国丈,便说:"国丈近来有何差处?朕也不知道的。"庞妃说道:"臣妾父亲如今年老,非比年壮精神了。"天子说:"国丈不过五旬外之人,何为老迈?他就白首苍髯①,也皆因辛勤国务所致,贵妃不必多虑。且自开怀与寡人吃酒罢。"庞妃又说:"陛下,臣父虽说未老,到底将近花甲之年了。一日老一日,一年老一年,料想退归林下,君王不准;如若在朝伴君,犹恐中途不得结果。"嘉佑王听罢,笑道:"贵妃,你也出此呆痴之言了。你父亲为极品之尊,贵为国威之位,职掌朝纲大权,数十年来,居官多已熟稔。前时得仗洪恩,今日又邀朕宠,满朝文武如何及他,谁人敢来欺侮?因何爱卿虑到不完局之言?"庞妃说:"陛下,只因臣父年纪近乎老迈,做事岂能及得少壮之时?人老心必躁乱,倘或一朝错办了国家事情,有国法森严,陛下岂肯轻饶?岂非爹爹辛勤为官大半世,一刻国法难容,

---

① 髯(rán)——两腮上面的胡子。泛指胡子。

便做不结局的?"天子说:"你原可忧及如此。贵妃,你不可用心焦,如若国丈有甚差池,寡人总不究罪便了。况且国丈往日并无差处,寡人又极怜惜老迈之臣,爱卿不必多虑,且放心畅饮罢!"庞妃听了万岁之言,顷刻心花大开,谢天子洪恩,殷勤奉敬美酒,是夜不表。到来朝万岁临朝,包公奉本,庞、杨如何定罪,且看下回。正是:

为国忠良徒为国,欺君奸佞复欺君。

第五十一回

勘奸谋包公复旨　消罪案宋帝偏亲

诗曰：

> 国法无私立法篇，缘何宋王不为然。
> 偏亲当国遮奸罪，只是娇娆内应言。

不提宋帝宫中夜宴，再说龙图阁包学士，审出此事根由，杨户部料不能抵赖，当堂画上招供。是夜包爷进归衙内，用过晚膳，坐想一会，时交二鼓。暗思："庞洪老奸贼，前时几次图害狄青，今日干下此段欺君重罪来，明日当殿劾奏于他，必要除却这欺君误国的奸臣。"是夜不睡，将庞洪为首之罪疏明，杨滔附就奸谋的案书及狄青失于查察，军队伍中让飞龙混进中原之忽略，注明本上。又述杨滔求亲，万岁做主，也为龙心失于盘查。修本已毕，时将四鼓，穿过朝衣，拿了象牙笏①，左右排军，持了金丝提笼，来到朝房。

且说此一天，只为包公审出了平西王被奸臣的冤陷，所以九王八侯齐齐上朝，看包公如何奏法，圣上怎生分断。不一会静鞭三响，天子登殿。各官次第参见毕，两班侍立。只有庞国丈怀着鬼胎，心中着急，更有一班奸党代他担忧。万岁龙目向左班一瞧，见了包公，开言说："包卿，寡人命你审狄、杨之案如何？"包爷出班伏金阶奏道："臣包拯，奉旨审询狄、杨这段案情，今已审明，特来复旨。有本章一道上呈御览。"天子说："赐卿平身！"包爷谢恩侍立旁首。嘉佑王从头至尾一一看明，口中不言，默然不语，暗说："原来有这些委曲！"若问聪明不过者，天子也。万岁想，这庞洪做下此事，所以昨夜贵妃有此一番言语。若依国法，他为罪之首，是祸之魁。但若把他正了国法，庞妃面上不好相见，况且君无戏言，昨夜的话今已悔错了。又将本章细看一回，立了一个主意，就叫声："庞卿！"庞洪说：

---

① 笏（hù）——以玉、象牙或竹片制成的狭长的板子，为古时文臣记事，上朝之用。

"微臣在此。"即俯伏金阶,犹如身蹈寒冰地俱震。天子说道:"你乃总振朝纲鼎鼐之臣①,承燮理阴阳②重任,身受国恩不浅,今已三十载。往常办事件件不差,目下所为乃关国法。"这庞洪奸刁之人,闻圣上说他往日办事无差,就顺风而上说:"老臣罪该万死。求陛下念臣平日办事无差,开恩一线,臣没世不忘。"天子说:"西辽黑利被狄卿杀了,他的妻飞龙欲报丈夫之仇,投为军士,混进中原,你却不该收留她,送杨滔认为亲生女,奏朕赐婚,图害狄青。所以包卿本上说朕主婚失于觉察,也该有罪了。"此时庞洪只是叩头抖震石柱,天子见了,微笑想道:"世间有这样的呆老东西!若依国法,原难宽宥③,只因众罪相牵,非同小可。"便叫声:"包卿,这件事情审得明白么?"包公奏道:"臣多已审明白了。只因庞国丈未有口供,故不曾定案。"万岁说:"包卿,据你本上说,寡人做了主婚,该得何罪,卿且定来。"包公听了,忙说:"陛下,臣所定罪,无非按律而行。世无臣定君罪,只求圣上金批御断是了。"若问这位包爷,实也奇的,原不该把天子失于觉察奏上,只因他铁面无情的,不怕风火。这人差了,只说差的;这人不差,只说他不差,再无一点私曲。所以包龙图三字名扬天下,千古流芳,至今尚在。此时,圣上又叫声:"包卿,寡人判断起来,这一件事情认不得真。如若认真起来,非但庞洪、杨滔有罪,而且寡人罪亦难免。就是飞龙乃外邦敌国人,冒混军中进来,狄青身为主帅,重任之职,执掌军中生杀之权,军情队伍必要留意稽查,因何被她混进王城?倘有别的变端,如何是好?狄青之罪与庞洪相次耳。崔卿、文卿相验尸首之时,并无认得环眼九个,胡乱钉棺,相验不实,岂得无罪?今日一枝动,百枝摇,君臣之罪,皆为一体。认真起来,焉能轻恕!如今飞龙已杀,君臣之罪一概开销了罢。君无罪,臣也无罪。自今以后,君臣一心,永为相得。倘庞洪、杨滔再有差池,定罪不饶他。"包爷听了天子之言,即出班说:"臣包拯有奏。"嘉佑王说:"朕言已定,不必奏了。"此时天子为着国丈,连杨滔也得赦了。当下庞洪心头放下,连忙三呼万岁,谢过王恩。只有包爷心内虽然不合,只是君言不得不依。今日除不得误国欺君奸贼,谅他未必痛改前非的。倘或

---

① 鼎鼐(nài)之臣——鼐,大鼎。古时以鼎为国家象征。比喻国家重臣。
② 燮(xiè)理阴阳——协调各部门事务。燮理,调和。
③ 宽宥(yòu)——宽恕,原谅。

第五十一回　勘奸谋包公复旨　消罪案宋帝偏亲

有些破绽，必要扳倒了奸贼，然后朝中方为清净。只得勉强谢恩退朝。有众位王爷气塞满胸，在午门外嚷闹喧哗。这国丈呼声："包大人，多承美意照察。老夫若非圣上洪恩，这个头儿已滚下了。"包爷喝道："老匹夫，休得猖狂！你欺君误国，陷害忠良，生成人面兽心，依靠女儿的势力，遗臭万年。你从今安稳头颅，再做无法无天事，再试你女儿手段来！"国丈也不回言，回归府内，心中大悦，道："全凭女儿之力。"此刻包公回衙也叹圣上偏私没法。

　　又谈狄爷回归王府，将情告与母亲，太太听罢，叹声："国出奸臣，非天子之福。欺君罔①上，如同儿戏，生成一片狼心陷害忠良。儿啊，这非天子不明，只是宠爱这娇娆妃子，既宠其女，难伤其父。目今虽是平阳大道，到底路近山林，防有虎狼的。"狄爷听了说道："娘言是了！"又听得身边众将喧声嚷闹，说声："可恼！可恼！庞洪、杨滔这等害人，还不将他斩首，说什么认真不认真，这还了得！"众英雄多已不服，七嘴八舌，喧哗不止。千岁跑出中堂来劝解说："你们不必喧哗。庞洪靠着女儿势力，杨滔依庞洪为头，当今仁慈之主容他横行无忌，播紊②朝纲。"众位将军说："千岁，若是仁德之君，赦些忠臣贤士，方是仁德。若今赦了庞贼，当今不想坐享这王位了。"狄爷喝声："胡说！前朝多少奸臣，过庞洪百倍，若到了罪恶满贯，就不能逃脱。今日且由他罢，上天必有报应的！你们不必多言。"是日，王府又来了众位王爷，崔、文等多少忠臣前来贺着千岁脱离冤陷。说起天子庇盖庞洪不公，无非闲话，不提。

　　次日，狄爷来到南清宫，见过娘娘，说及此事。狄太后深恨庞洪，叫声："侄儿啊，出此大奸臣，在朝掌权，你要小心。古言明枪容易躲，暗箭最难防。他为此行为，未必不深恨于你，必然还有算计，你需要小心提防他才好。"狄爷说："侄儿领教。"说完辞别太后，一路思量："全亏得包龙图审断明白，理当前往拜谢。"便一程直至包府，无非谈着洪庞之话，短长之言，也不另载。

　　且说杨滔得圣上恩赦了，复回旧职，犹如再度重生。夫人苦苦相劝说："相公啊，你世受君恩，尚未报答，原不该与国丈串为一党，陷害狄青。

---

① 罔（wǎng）——蒙蔽。
② 播紊（wěn）——扰乱。播，摆布。紊，（使）杂乱，纷乱。

妾身曾劝过你多少言词,只是不依。朝中有个包文正,焉能做得欺君奸臣?喜知今日死里逃生,从今望祈相公勿负帝德深恩,做个忠臣,靠个美名,有何不妙。况且行恶之人,不是在自己即报应儿孙,愿相公听妾之言。"杨爷叫声:"夫人,下官不听你良言,大祸临身,险些为刀下之鬼。得蒙圣上宽赦,正是已为余生,纵不为官,也是甘心。"夫人正要开言,只见几个丫环慌慌忙忙报说:"小姐在房寻短见自尽了,老爷夫人快些进房。"夫妻听罢大惊,跑入绣房,只见女儿自缢在房中。夫妻见了,好不伤心,连忙吩咐丫环解下尸骸,已如冰冷。原来凤姣小姐昨夜自悔:"方才已说出根由,害了父亲,必然要正了国法。"所以三更时候小姐便已自缢。此时夫妇见救不活,抱着女儿尸首痛哭,好不伤心,一众丫环纷纷下泪。房内一片哭泣之声,实是凄凉。杨爷夫妻正在悲痛苦楚之际,有丫环说:"老爷,壁上有红笺一纸,字迹数行,不知何言。请老爷夫人观看。"夫妻带泪近前一看,只见房壁上束笺写着:

罔极劬劳未报恩,缘何养虎反伤身?
从今不见慈亲面,且向黄泉见父亲。

当下杨滔看罢,大叫一声:"女儿啊!"双脚一蹬,登时跌倒下地,人事不省。不知杨户部性命如何。正是:

莫道害人无报应,岂知反自把儿亡。

第五十二回

悔前非杨滔解过　送骨柩张忠往辽

诗曰：
  害人反害女儿身，作恶难逃把罪刑。
  不是庞妃谋救父，杨滔早已丧幽魂。

再说杨滔见了女儿壁上诗词，登时气死在地，吓得夫人魂不附体，带泪连叫数声："相公苏醒来！"丫环急拿姜汤灌他喉内。此刻杨爷渐渐苏醒过来，叫声："女儿，为父自家不好，谁人埋怨你？你却寻此短见，好令为父痛心也！"夫人也悲哀大哭说："女儿，你今日身亡，乃是你爹爹害了你。养虎伤身之言，明明恐你父亲恨着你了。"杨爷说："儿呀，为父今日死里逃生，皆蒙圣上洪恩。想起从前做过之事，已悔之不及了。正要思量做个好人，立定主意不再归庞党，要报答君恩，岂知女儿先到了黄泉，叫我爹爹何处觅你的！要见除非梦里相逢。"夫妻痛哭一场，杨爷免不得吩咐家人备了棺柩，盛殓女儿。过了两天，盛殓已毕。

自此时候，杨滔把庞洪冷淡了，不去依附他。忽一日叫声："夫人，下官如今想来，如若淡疏了庞洪，犹恐他怪我，倘或谋害起来，祸患不免。并且做下此事，实情羞见同僚。意欲返归林下，以终天年，夫人意下如何？"夫人说声："相公，这句话说得有理。犹恐万岁不准依，徒然费想的。"杨爷说："夫人，且待下官明日上朝，谢过主恩，奏过天颜。若是君王准奏，退守林间，做个逍遥人，无拘无碍，可省得多少思虑。"是夜不提。

次日杨滔上朝，谢过王恩，奏道："臣今得活微躯，皆叨圣德沾濡①。杨滔欲意返归林下，念佛吃斋，清闲度岁，以改前非。伏乞圣上垂鉴，准臣致仕归林，感恩如海矣！"天子一想："量他无颜在朝，故有此奏。留他在此，总是国家之患，不免准他回去罢。"此时圣上准奏，杨滔谢恩，退归衙内收拾。夫妻商量，选了吉期，别过同僚，所有内堂物件，多已收藏好了，

---

① 濡（rú）——沾湿。

遂与使女家丁带小姐棺柩,同归故土埋葬。一路回转江西暂且不表。

此时朝内平安无事已有一月。忽一日天子临朝,百官无事启奏,嘉佑王说:"众卿听着,孤思西辽已经征服,何故飞龙私进中原要害功臣?孤思推算,莫非其中有什详意?其中必有缘故。众卿与孤议来。"当时文彦博等一众文臣、呼延赞等一班武职同声奏道:"西辽王已有降书投送,贡献出珍珠旗,谅无诈意了。飞龙私进中原,无非要害狄青,与夫报仇之故,决无诈意。陛下勿费龙心。"天子又说:"飞龙私进中国,辽王不行劝阻,其所作为,亦属不该。孤若兴兵问罪,又觉国法过严。今欲差人将飞龙骨柩送还辽邦,降旨宣谕番君,使其方知天朝文如秋水,武比细君,不能丝毫作弊。卿等以为何如?"众臣奏道:"圣上如此仰见高明,臣等焉敢道命?"天子向武班中说声:"狄卿家,你与众将前日曾到西辽,今当着一将前往。"狄爷一想,刘庆、孟定国、焦廷贵多是莽夫,不如保举张忠前往罢,即奏道:"臣部下几员将内有张忠,为人极有酌量,可差前往。"天子说:"依卿所奏。传命张忠携带骨柩,前往西辽。还朝之日,加升爵禄,以赏卿劳。"狄王领旨,归王府说知张忠。张将军说道:"圣上所命,可敢不依。"狄爷又差家丁将飞龙棺木焚烧,用净桶装了,密密封固已毕。张忠次日进内拜辞太太,别过众兄弟,带了八员家将跟随。乘上高头马匹,离了汴京,一路洋洋得意而去。想道:"从前几载在山落草为寇,今日做了钦差奉旨之臣。昔时,想不到有此荣华。如今只因跟随了狄大哥哥,祖宗有幸,故有今日之荣。"不表英雄一路之言。赶路二十余天,到了三关,见过孙秀。这奸臣方知这段情由,暗想:"岳父害不成狄青,却反加威显。这冤家不死,好不恨煞人也。"当时张忠出了三关,别过孙、范、杨三人,一路去了,按下休提。

再说汴梁城狄千岁,自从为着飞龙之事,时时忌着庞洪算计,意欲与母告驾归乡,君王不准,正在进退两难。一日,母子正在言谈,忽报圣旨到来。狄爷吩咐开中门,排香案,衣冠跪接,天使宣读完,辞别抽身。狄爷送出府门,仍回见母。太太说:"儿啊,圣旨到来何干?"狄爷说:"母亲,只为主上隆恩,说孩儿既在单单国招亲,并且公主帮助平西亦属有功。怜我一月夫妻即分散。今喜太平,圣上不忍使儿夫妇分开,为此降旨一道,着儿即日差使能人,前往单单国接取公主,归宋团圆。仰见君恩浩荡,帝德汪洋也。"太君听了,微微含笑说:"儿啊,君心正合着娘意。趁着天气和暖,

第五十二回 悔前非杨滔解过 送骨枢张忠往辽

正该挑选何人,前往单单接取贤媳来家,与为娘婆媳相依。"狄爷应诺,即日唤刘庆、李义说知,交了圣旨。二人即别过太太母子与石将军,一同上马。跟随家将二十名,带了路费银两,行程非只一日,不必细表。

再说张忠到了西辽国,一连几日过了几道关津,直至碧霞关。段威开关接进,分宾主坐下,各叙寒暄。递茶毕,张将军说知其故。段威听了说:"张将军且宿一宵,来日小将差人送你进城。"张忠称谢,段威是晚排下酒宴相待,不表。

却说来朝辽国众臣多已闻知,原来公主自送了性命,急忙报达狼主。辽王听了大惊,悔惜女儿,更有番后得知,伤心痛哭,苦楚不堪说:"女儿啊,你立心为夫报仇,岂知又害在仇人手。今朝只得白骨还乡,不见娇儿之面,为娘好不伤心。"不表番后痛心。

是日番主迎过圣旨,收拾飞龙骨殖埋葬了,送张忠在荥阳驿备酒款待。番王又密召众臣商议:"从前假造珍珠旗贡献宋王,不过是缓兵之计。所以又往各国借兵,只待等公主除了狄青,那时还好兴兵夺取中原。岂知公主反死在狄青之手。如今宋王将尸骨送回,把孤国君臣面光扫尽。今日冤家越结越深。如今各国雄兵猛将,将次到了。狄青尚在,如之奈何?众卿可有良计否?"忽班首闪出一人说:"狼主,臣有一计。"番王说:"丞相有何妙计?"度罗空说:"狼主,只消如此如此,狄青必然死了。公主之仇已报,然后发兵进攻中原,占夺宋室江山,易如反掌。"番王听了大悦,说:"丞相果然妙计。"连忙修了谢罪本章。张将军即带了本章别过辽国君臣,回转中原去了。此时番王依了度罗空之计,备了几件宝贝,复修本章一道,差得胜将军秃狼牙细细叮嘱一番。明则入贡天朝,暗则图杀狄青。秃狼牙领旨而去。

先说张忠一路饥餐渴饮,夜宿晓行,非只一日。这一天到了雄关,出关又赶路回京而去。这张忠本是惯为赶路,所以早进三关。秃狼牙又迟走三天,又缓缓而行,所以迟了十天来到三关。传上守关军士报与孙秀,孙秀想:"张忠奉旨还骨枢,番王已有谢罪本章,附达天朝。今日因何又要差臣到来贡献,这是什么缘故?"孙秀猜疑一会说:"莫非又是蹈飞龙前辙,企图混进我中原,所以诈称入贡不成?待本官查明缘故才好。"若问三关之称,原有三座关口,一座名雄关,一座名雁门关,一座名在门关,孙秀主守的乃是雄关。这三关乃是重要之地,关外七百里属番地,七百里内中原该管,所以辽兵一至,直抵雄关。闲话休提。

此时孙兵部满心疑惑。此时范仲淹、杨青何不见?只因孙秀在此关时,比不得杨宗保、狄青在此镇守,多是情投意合,所以天天叙会。如今孙秀管了此关,二人多不投机,所以管民情国务,三人叙说大疏。此日二人不在,孙秀想一会,只得吩咐放他进关。但见番使有两个跟随,秃狼牙上堂与兵部见礼。孙秀看这番官不甚威武,只是形容丑陋,便问他官居何品,因什么要进中原。秃狼牙说道:"孙大人,小将乃西辽国得胜将军,不是官卑职小,只因狼主犯罪天朝,所以差俺拿这宝贝贡献朝廷。伏乞大人开关放行。"孙秀说:"前日上邦天使来你邦,狼主已有谢罪本章,附呈钦差,因何今日又差你贡献礼物?既有贡献,何不前日一并付交上邦天使带回?必然不是真情。下官领守此关,总要稽查。说得分明,才放你出关。不然休得妄想。"不知番使出得三关如何,下文分解。正是:

辽国今朝施巧计,英雄此日受灾殃。

第五十三回
辽王定计贡天朝　国丈私通受贿礼

诗曰：
　　忘君背主大奸臣，故国交通辜负君。
　　害却栋梁忠勇将，番兵指望哪如云。
　　当下秃狼牙闻孙秀不愿开关放行之言，便说声："孙大人，你休得多疑。虽然前日上邦大使到来，但我小邦狼主若将礼物交付钦差，犹恐万岁怪责狼主自不差官前来，即便附交天使呈贡，岂非狼主差了？所以狼主至诚恭敬，差小将来呈贡上邦，并无一点虚诈之情。"孙秀听他言辞恳切，只得传令开关。秃狼牙上马加鞭，一拱而去，一路思量笑道："孙秀啊，你既然疑我作弊，因何不将身一搜？如若搜出身上的私书私宝贝，就难以过关了。只笑孙秀，你是个莽夫，枉你有许多盘诘之言，也不中用。如今去寻着庞洪宰相，除了狄青，狼主然后发兵，若攻占了三关，先杀你这匹夫的。"所以俗语云：
　　得放手时且放手，得饶人处且饶人。
　　如今西辽献这巧计，乃是宋王自取出来的。既杀了飞龙，不将尸骸送还他，待辽王疑惑不决就罢了。偏偏又去责罪辽王，送还飞龙尸骨，好待辽国君臣，畏伏天朝之意。旨上称出"飞龙投入庞相府中"，所以辽臣度罗空遂知庞洪不是个忠臣，所以使出这计谋来。此乃宋王闭门放火，自取其灾的。秃狼牙出关时不知孙秀是庞洪党内人，故遮饰瞒骗出关，一程赶行汴京而来，不表。

　　且说扒山虎张忠，每日渡水登山，快马加鞭。是日来到汴京，下马进了王府来禀知狄千岁。是晚，千岁与石玉与他洗尘对酌不表。次日狄爷奏明天子。嘉佑王龙颜大悦："张忠来去快捷，果然称能有功。王室加官三级，以偿其劳。"王府一番热闹，不过庆贺吃酒，不表。

　　再说庞洪独自坐书房，呆呆想道："老夫连连用计，总是落空。自从包拯审明飞龙之事，险些性命难逃。亏得女儿之力，救了老夫。至今无面在朝。见别人倒也无言，所恨者包文正、呼廷赞这两个狗才，常常把冷言暗语讯消甚多。老夫乃寒天吃冰水,点点在心肝。若把这些狗党除了,方悦得我心怀。"正想间,有守门官启上大师,说:"外来有三人,说是西辽国来的,有些小物相送,还有机密事商量。"国丈一想,吩咐:"勿与外人知,悄悄传他到书房相见。再有人来,只说太师欠安,早已睡了。"门官应诺到府门带了三人,来到书房。国丈看见三人拿了几个拜匣,便吩咐门官去了,即闭上房门。有辽官说:"国丈,小将西辽国得胜将军秃狼牙拜见。"国丈说:"将军休得拘礼,请坐罢。"秃狼牙唤小番两个上前叩见太师父,国丈说:"休得如此!"又想:"他说有礼物相送,这两个小匣必然是西辽宝贝,因何番王送礼与我?必有缘故了。"想罢说:"将军,你那狼主差你到来,不知有何见谕?"秃狼牙说声:"太师父,小邦狼主有书一封与太师观览,匣中小物几桩相送与太师。"国丈说:"老夫何德,敢使狼主费心?"忙拆书一看:

西辽国王书拜奉庞丞相座前:昨飞龙小女有蒙庞丞相将就机谋,周旋恩德,孤心感念不忘。岂知小女的夫仇未报,反丧仇人之手。孤家此恨难消。故特差来小使,恳求丞相报雪深仇。前者狄青带回珍珠旗达呈天子,此旗乃小邦新假造,倘丞相奏明天子,狄青难免欺君之罪。虽有浩大功劳,国法岂得过宽?小女倘得雪冤,丞相恩同天地矣!兹来玩物数件,望祈鉴领,原非诚敬,且与丞相消遣闲玩,表孤寸心。

国丈看罢,将书收藏,便说:"将军,你那狼主如何知道老夫与狄青作对?"秃狼牙说道:"丞相,只因前日万岁旨意提及太师尊名,所以知的。"国丈说:"这珍珠旗真假如何分辨?"秃狼牙说:"丞相,那真的乃小邦镇国之宝,五代留传,已有一百八十五载。颜色淡暗,针线发锈了。狄青带进这假的,虽然款式是一样相同,但新造起的颜色鲜明,针线发新。只要将此两件分别起来,就知真假了。"国丈听罢,拍手笑道:"那日狄青班师,圣上将旗与众看。老夫也看此旗果然颜色新鲜。若不是狼主今朝书到,焉能知其真假!"秃狼牙说:"太师何如?今已分真假了么?"国丈说:"果到如今,才知真假。昔日飞龙在我杨、庞二处,对旗之真假并没说起。"秃狼牙又叫声:"太师,钥匙在此,请开匣一观。"二小番捧匣在桌上。国丈正要执匙开匣,忽小使送茶来吃。这小使看见这秃狼牙吃一惊,只见他面如锅底,旁立两人也是丑陋,同与大师对坐,不知何处来的,又不敢动问。太师说:"阿厮儿,这是三关孙老爷来的差官,速备酒筵。"小使应诺去了,想道:"孙老爷的差官因何与太师对坐?却也奇了罢。我是小使,管他何用?"即往厨房备办酒席去了。

第五十三回　辽王定计贡天朝　国丈私通受贿礼

秃狼牙听了庞洪对小使说他是三关孙老爷差来的这句话，便问道："这孙大人是太师什么人？"国丈说："他是老爷的小婿，与狄青也是冤家。"秃狼牙说："原来是太师的贵婿。"国丈此时把一匣开了锁，有礼单一纸在面上。拿起礼单，只见匣中光彩射目，内有玻璃盏一对、月华镜一面、醉仙塔一座、醒酒珠一颗。看罢又开第二匣，又有礼单，是元宝十锭、黄金十锭、每锭百两、白璧一双、碧玉花瓶一个、水晶盅一枚。国丈看罢，笑得眼也不开，说："狼主何用送此重礼到来，只好取下一半，回一半已是当不起了。"秃狼牙说："总要一概收下，些许玩物，休得重抬。狼主只要早早杀了狄青，与公主报仇，小将早日回邦去。需要速速行事才好。"国丈说："这也自然。待来日上朝奏明圣上，取旗复验，验出狄青之罪，如何能赦？管叫他一刀两段的。"正在讲话，小使送酒筵到，摆开桌上，银烛交辉。国丈吩咐小使，往后边去，不必在此伺候。

吃酒至半酣，国丈问起这玻璃盏有何妙处。秃狼牙说："太师，若问这玻璃盏，斟了美酒，在内就有笙歌细乐吹奏，我邦算它是宝贝之魁。"国丈听了大悦道："真乃有趣的宝贝。"又问月华镜有何妙处，秃狼牙说："每逢八月中秋之夜，不论天阴晦雨，将此镜照耀，犹如日月，五彩呈祥，故名唤月华镜。也是小邦一件宝贝。"国丈笑道："这宝贝一法更妙了。这醉仙塔又有何妙处？"秃狼牙说道："哎，若将此塔放于大些器皿之内，用热酒酌在塔顶上，如若取下来，吃不多一杯，就要醉倒如泥了。"国丈大悦道："这宝贝如此，可有解酒之法否？"秃狼牙道："可将这颗醒酒珠含在口内，立时大醉可解了。"国丈听了这几件宝贝如此趣妙，心中不胜大喜。说罢二人又是畅饮一番。宾主交筹，两个跟随来的小番自然另有小厮款待，不必烦言。

且说这庞洪有一长子，名叫飞虎，年纪不过二十外光景，一同跟随母亲上汴京的。只因仁宗王选了庞洪女儿，他的夫人随女儿也到京来。庞洪原有四子，只有长子飞虎跟随母亲到此，三子仍在家园。这飞虎虽是奸臣之子，亦非有德之人，然而赋性略有些知识，胜过其父一副狠毒之心肠。早间闻知西辽差官到来，他早已打听明明白白，想道："爹爹为人，多乃不正，知识俱无。朝廷忘了也罢，因何今日又要私通敌国？如若风声稍泄，性命难逃。欲行陈谏，他又在书房中与这番官对酌。罢了，且忍耐稍刻，待爹爹进来，说话谏阻罢。"不知飞虎如何劝谏得父亲依允。正是：

纵有良言金石美，奈何狠毒性情坚。

第五十四回

国丈通辽害狄青　宋王信谗惑奸计

诗曰：
　　婪赃受贿把君欺，暗合宫闱串女儿。
　　宋主信谗蒙毒计，功臣被害中奸机。

　　不提庞飞虎谏阻父亲之言。却说庞洪在书房内与秃狼牙对酌已完，言谈之际，时敲三鼓，即唤家中打点帐褥，与三人安睡。又听一番谏阻，自回进后堂去了。有众家人私议，说道："他若是孙大老爷打发来的，因何太师爷做宾主相待？却也奇了。"又见他三人生得与鬼无两样，到底这人是哪里到来，有几人说这是边关野地，所以出这样人来。有一家人说："他就是一番蛮，但我们吃了现成，穿了现成的，管他什么？况且太师爷又吩咐门上不可说与外人得知。如违重重处责。我等管他何用？众人悄悄逸逸，不要惹这段是非，有何不妙。"众人多说有理，休言家人私论。

　　再说国丈进归内堂，细细说与夫人得知，夫人听了，含笑说："相公，与狄青两人虽然有些仇恨，也罢了。相公不要与他作对的好。人可瞒，天不可瞒。古云：天亦难瞒。何必做此啖①食担忧之事！"庞洪说："夫人，你也不用说住，若弄不倒小狗才，我也不要做人了。"说未完，旁边走出飞虎，说道："爹爹，如今西辽国送来礼物，不知爹爹意欲何为？"庞洪说道："这辽使便说飞龙公主死在狄青之手，辽王深恨于他。所以差官送礼，前来说明从前珍珠旗是假的。狄青已有欺君之罪。为父的奏闻圣上，岂可不将狄青斩首么？"飞虎说："不是孩儿多言阻你，如若奏明圣上，就有祸事到了。"庞洪闻言不悦，说道："因何见得招祸，你且说来！"飞虎说："爹爹，前者飞龙在我府中出头，如今满朝尽知。目下辽王差人到此，又是爹爹陈奏起来，就蹈了飞龙前辙，必道爹爹与西辽是相通了。如一查明，这辽差一到京来，先要经过雄关之地，早累及姊丈疏忽之罪了。前者飞龙之

---

① 啖（dàn）——吃。

事,险些家散人亡,今日劝爹爹勿要贪财爱宝,平平安安过日何为不美?"庞洪一想此话,果然不差,但又舍不得几件无价之宝,况且杀除狄青已有机会,若不趁此除他,以后就难了。夫人又说:"相公啊,依了该儿之言才是!"庞洪说:"你母子不必多言,我自有主意。"不理妻儿,往外去了。

庞洪静坐偏房,想道:"这件事情又要与女儿商量方妥,且慢奏明圣上,免得自家之累罢。细想女儿虽是女流,倒有深谋识见。待她在圣上跟前寻个机会,慢慢打点此事,必然成功。"是夜定了计,来日上朝。因来到书房内,秃狼牙便问国丈:"朝见圣上,可曾奏知否?"国丈说道:"已经奏明。适遇朝中有事,不得空闲,圣上说明日验旗定夺。"秃狼牙道:"又要多候一天了。"国丈说:"屈驾多留一天又何妨?"秃狼牙说:"岂敢!"国丈吃了早膳,又坐小轿一乘出了相府,到后宰门,丁太监一见,进内禀知。贵妃一想爹爹没有事决不来的,今日必然有话了。吩咐了太监请国丈到望花楼讲话。丁太监领命,请国丈进来,到了望花楼,父女相见坐下。庞妃请安已毕,叫声:"爹爹因何呆呆不语,有何缘故?"国丈细将情由说知。庞妃听了叹声:"爹爹,你年已将花甲,雪鬓满头,后来的光景无多得,还是暂且退步吧!从前为着飞龙之事,要女儿打点,连我也担忧。用了多少曲折之言,转弯之语,方能说得君王心准,此乃皆因事已成了。所以女儿出于无奈而为。如今又要行此事,我劝爹爹勿为此事罢。"庞洪闻言,顿觉呆呆了,两眼光睁看着女儿,想一会,长叹一声说:"女儿,不是为父的必要如此。只因我与狄青恨同切齿,日后不忘的。我不伤他,他必伤我,这个冤家是解不开的。女儿你今日若推辞不就,我为父从今不进此地来,即辞驾归林,父女之情,永远离了罢!"庞妃听了,蛾眉一蹙说:"爹爹年纪已是日高,你休得动气。我劝爹爹安分守己,哪晓得爹爹定要作此念头。女儿若不从顺,诚为不孝,今朝只得尽力为你打算罢!"庞洪点头说:"多谢女儿。"顷刻,愁闷散去,喜欢复来。叮嘱一番,连忙辞别女儿,回归府内坐下,心头大悦开怀,说:"狄青,你这小畜生今番死了,老夫好不安心。"

不表庞洪得计。再言晚上天子回宫,庞妃接驾,御宴摆开,满斟美酒,递敬君王。贵妃一想,不可特然说狄青,需要远远转弯,然后说到珍珠旗方为妥当,便说:"陛下,臣妾常常忖度自念,微躯只像鸡群伴凤一般。有幸得受圣上恩波,时常又恐福薄难以消受。"嘉佑王含笑道:"庞爱卿,休得说此谦虚之言,你今与寡人相亲,恩爱成双,便是你福厚之处了。"贵妃说："陛下啊，从前外国兴动干戈，臣妾曾闻陛下说起来，心中惶恐不安。喜得如今天下平宁，心无挂虑，乐度岁华，皆叨我主福禄齐天。"嘉佑王大悦说："贵妃啊，你若提起外国兵力，感动寡人，忆起功臣，实觉伤心。"贵妃说："哪一个功臣的？"天子说："镇守三关杨宗保，智勇双全，乃忠义之臣。可惜他一朝命丧沙场，死得惨伤。如今天波府内，已无人了。只有杨五郎早已少年修行了。苗裔只有杨文广，其余已是钗裙寡妇了。想他家冷落，真乃伤心也。"贵妃说："陛下啊，此谓：瓦罐不离井上破，将军难免阵前亡。既然我主念及杨宗保，还宜荫封旌奖。"天子说："朕亦有此意，足见与卿同心。"庞妃说："陛下啊，那杨宗保阵亡之后，目今上等英雄还有何人？"天子说："爱卿，前日朕已曾说过，英雄要算狄青，更喜他与众将同心协力，平定了西辽，得珍珠旗回朝。西辽投降，安稳国家，一国投顺，各邦畏服。从此江山永固，赖他之力。"庞妃说："陛下，那珍珠旗到底怎样的？陛下可曾看过否？"天子说："非但朕已看过，而且满朝文武俱已共目，人人称赞，实是西辽镇国之宝。"庞妃说："唯独臣妾不曾观看的，不知陛下可赐与妾一观否？"天子说："贵妃，你要看么？"即着穿宫内监奉旨，把库房开了，取出珍珠旗速拿来到。万岁吩咐开了锦绣囊，宫娥把旗展开，贵妃凤目四角一瞧，看到几回，假作呆了。天子说："全亏五虎英雄，杀败了西辽，番王心急，故把宝旗献出。从此料想他再不敢侵犯天朝了。"贵妃说："陛下，此旗是番王差送，还是狄青带回朝的？"天子说："狄青带进回朝，寡人与众文武一同共目过了。"贵妃说声："陛下啊，臣妾从不曾见此旗，今宵看起来倒也疑心。众臣虽赞美称扬，妾看来还是假的。"天子说："爱卿，怎见得是假的。"庞妃说："陛下，此旗若是西辽传家国宝，乃是年深月久之物，颜色必然深暗，针线必然发锈。今看此旗，颜色什是鲜明，而且周围针线又是新采。不知是辽邦新造假旗来骗我主，还是狄青作弊更换了，存却欺君利己之心。"天子听了此言，不觉呆了。便叫宫娥取过来，待朕复看。二宫娥一个执旗，一个执烛。天子细看一回，说道："爱卿呵，果然颜色鲜明，针线簇新，此旗谅非真的，朕前日却胡乱收了此旗，来日临朝究问狄青罢。"贵妃说："陛下，狄青如今有了欺君之罪，须当追究，切不可又是仁慈不认真了。"若从前杨滔劾奏狄青无故杀妻，天子庇盖庞洪，所以不认真的，今日庞妃乃是巧话说，不要自己仁慈又说认真的。天子说："这事朕必要查明真假来，若是真的，不必言假，必要究明缘故的。"贵妃又说："陛下，若是假的，

第五十四回　国丈通辽害狄青　宋王信谗惑奸计

狄青却有欺君之罪,还把他正其国法否?"天子说:"认真查究明白,方能定罪!"说完吩咐内监,把旗收藏回库,复又宴饮一番,言谈尽兴,正敲二鼓,玉手同携,罗帐双双,其乐于飞,难以再白。不知来日嘉佑王临朝查问验旗,如何执罪平西王,下回详说。正是:

　　任尔英雄称哲睿,亦可蒙蔽惑阴谋。

第五十五回

验假旗狄青触君　求赦罪莽将飞报

诗曰：

当殿叱君理也非，法场枭首不为奇。

只缘中却奸谋计，致使忠良受佞欺。

话说前夜庞妃验出假旗，次日五更三点，仁宗天子升座，金銮殿众文武朝参已毕，各官无事启奏，嘉佑王问说："众卿家，且听朕言。今有狄青在西辽带进这珍珠旗回朝，岂知是假的，寡人误被他瞒了。"众大臣听了天子之言，多吃一惊，一同奏说："陛下，从前臣等众目共观此旗，就是陛下也曾龙目同观的。因何今日说起假的来，臣等俱属不知。"天子说："卿等哪知其细。"即命内侍取旗与众臣观看，各官细细看来难分真假，独包爷说道："前时臣不在朝，未曾看过，今日据臣看来，也是假的。"天子说："包卿也知假的么？"包爷说："旗实是假的。唯是朝中已有人私通外国了，陛下，还须查究。"此时国丈在此，心内着惊："这老包刀笔也，莫非有人泄露机关不成？"天子又说："包卿，怎见得有人私通外国？"包爷说："臣思此旗，西辽前者贡来，众人多已看过，彼此无言。如今已久，忽然有人说是假的，定然有人私通外国，说起是假的，方才晓得此旗是假。伏乞我主先将私通外国之人查明究办，然后追究狄青才是。"天子听罢，微微含笑说："包卿，休得欺压众臣，不是他等说起，乃是寡人看出假的。"包爷说："既如此，陛下私通外国了！"天子说："包卿，你好胡说！朕昨夜与贵妃偶然说起此旗，取来看的。贵妃看出了假造之弊。然后朕取细看，方才得知。"包爷说："如此庞娘娘私通外国的。"天子听了，又恼又觉好笑，说："包卿，你言得奇了。贵妃焉能私通外国？你也说这句奇话，好糊涂也！"包爷说："臣启陛下，旗真乃西辽镇国之宝，中原焉有一人见得的？因何独有庞娘娘说是假的？岂非娘娘私通外国，然后得知，望吾主查究娘娘才是。"此时众文武各个无言，独有庞洪暗暗慌忙。

天子又说："包卿，宫中内室，焉能与外国相通？休得枉屈了女钗裙。

第五十五回 验假旗狄青触君 求赦罪莶将飞报

众臣听朕说!"众文武全声道:"伏乞陛下宣谕,臣等知之。"天子说:"昨夜贵妃看此旗,说道既是西辽流传国宝,年深月久,必然四周针线起锈了。如今旗线簇新,颜色鲜明,是系临时新造起来的。但不知是西辽作弊,还是狄青造假换真。若说西辽更弊,狄青疏失难免。若是他将假换真,其罪尤深了。"众臣听了,呆呆不语。有包公说:"臣启陛下,此旗是庞娘娘与陛下讨来观看,还是陛下与庞娘娘看的。"天子一想,暗说:"不好了。包拯的话难讲的,哄他一哄才好。"便叫声:"包卿,旗是寡人赐与贵妃看的。"包爷说:"只恐还是庞娘娘与陛下讨看的。"此时包爷猜透其中原由,天子带怒起来,说声:"包拯,这事与你无干,休得多管罢。"

嘉佑王复问武班中,叫声:"狄卿家,你且把真情奏来,到底这假旗儿怎样来的?"岂知这狄爷听了天子驳论之言,早已气得目定口呆了,一言已说不出。天子几次问他,只是气昏了,忘却君臣礼,冲撞起来,便说:"悉听庞娘娘话,把我狄青正法斩首罢。"天子说:"旗是你经手办来,是真是假,总要问你,因何说悉听庞娘娘把你斩首之话!"狄爷说:"西辽献旗出来,臣将此旗带还朝。平日不说,今日提起,敢是娘娘要害我狄青么?陛下是天下之主,万乘之尊,妇人之言不可听信的。听信妇人之言,江山必败。"嘉佑王听了狄青触冲之言,心中大怒,忘了他汗马大功,骂声:"泼臣!怎把朕欺侮?这等猖狂,目无君上,国法难容!"即降旨将他绑出午门斩首,正了国法,说道:"不斩王亲,不能敬众!"刀斧手即时捆绑起狄爷。庞洪暗暗心花大放:"今日冤家杀得成了。"众忠臣多来保奏,天子只是不依,吩咐押出法场,差国丈为监斩官。众王爷大臣气得怒塞满胸。国丈洋洋得意登时领旨,绑狄爷往法场去了,只等时候就要动手。

原来前时杀人随到随杀的,只为前三载时,狄青斩了黄天化,太后娘娘解救,时到午时三刻,故把狄爷救了。所以目今多依了此例。狄青一路无言,街上人人叹惜。此时合当有救,适遇焦廷贵在郊外游玩,一见之时,二目圆睁,上前拦住,问其情由。狄爷喝声:"焦廷贵,我狄爷今日身死,你休得多管!"焦廷贵见千岁不肯直说,大喝:"庞洪,你慢些威风做这监斩官,你若把俺千岁杀了,我把你庞家杀完。"即纵马加鞭飞跑到南清宫,滚鞍下马,喧声大震,说:"反了!反了!"此时潞花王不在宫中,还在殿前,早有太监出来问明其故。太后即时宣进焦廷贵禀知,怒气尚是塞喉。太后听了大惊,即传懿旨一道,着焦廷贵速往法场说:"刀下留人!若杀了千岁,监斩官一同斩首。"焦廷贵领旨,飞马到法场大喝:"庞洪听着!南清宫太后娘娘有旨,刀下留人。如若杀了平西王,即杀监斩官。"庞洪听了,眼睛只看着焦廷贵。焦廷贵又说:"庞洪,你若杀了狄千岁,我焦爷也不轻饶的。千岁啊,不要心焦,如今有了太后娘娘出头,你这吃饭东西安稳了。"书中不载焦廷贵之言。

　　再说金銮殿中君臣议论珍珠旗之事,众大臣说:"此旗乃是西辽之物,狄青不曾见过的,焉能知其真假? 况且还朝复命之时,圣上龙目与众臣俱已共睹,哪一人知道是假的? 就是番王既已降顺天朝,如何敢将假旗欺骗我主,且狄青耿耿忠义之臣,立了多少汗马功劳,焉敢利己欺君以取其咎? 决无此理的。"天子说:"他只依功劳,竟把寡人欺负,全然没有一点君臣之礼。若不将他正法,岂非渐渐地把寡人欺了。"又有潞花王想道,不知有无有人去通知母后,狄青有无有救了,正在心头着急。忽有王门官来奏万岁,说:"南清宫太后娘娘抬了太祖龙亭到午朝门来了。"众忠臣暗暗喜欢。难得娘娘前来做救星。天子此时一闻知,即离金殿,步落金阶而出。众文武随跟天子而行。那太祖龙亭乃天子的祖宗,为子孙者,岂有不迎接之礼! 狄太后虽不是生身之母,但是三年乳哺之恩焉能辜负!

　　此时,天子出迎,前有太祖龙位,后来了太后娘娘,直至金銮殿方住。天子随来说道:"不知母后娘娘何事出朝,请下凤辇来。"太后愁烦不语,下了凤辇,就于殿侧排下位来坐下锦墩,不觉珠泪已流,天子一见惊得呆了。众臣同来朝见说:"不知娘娘因何出殿来?"太后娘娘含泪说声:"众卿平身。只因我上下无亲故了,只有狄青一点骨血,狄门香烟望他承继,纵然犯法,应该处斩,须念他有功,可略宽容一二。既然忘他汗马功劳,还当看老身情面。但今日不知犯了何法,必要将他斩首? 就将他斩首,众位卿家也该保奏才是,因何各个皆是如此袖手旁观?"众文武此时俯伏无言可答,又不好说我们已保奏了,只因万岁不依这句话,只得同声说:"娘娘,这也问万岁便知了。"太后娘娘又问天子说:"王儿,狄青有甚差池,需要将他正予典刑的?"此时嘉佑王也不藏头露尾隐言,就将复验珍珠旗,疑是假的,所以动问狄青,他抗言冲撞失了君臣之礼,就恐别人效尤,以臣凌君,故将他处斩等话讲了一遍。太后娘娘说道:"原来要把我侄儿做个榜样,以警戒别人么? 就算他失了君臣之礼,将他定个罪也罢了。因何必要将他身首分开的? 侄儿啊,可怜你青春年少,狄氏一脉香烟至今绝矣!

你数年立的汗马之功,今日已成画饼,犯了些小小无碍之法,如今要斩首之罪了。只因我做姑娘的,难及得一妃子之言,所以救你不得。早知你归结吃一刀之苦,何必出仕王家,辛劳数载,却要娘亲送你归泉。何不若做个农夫,奉母以终天年,何为不美?"狄太后之言,不知天子怎生处决,狄青得赦如何,下回分解。正是:

父女专心图陷害,英雄一命险些亡。

第五十六回

平西王死中得活　嘉佑王发配功臣

诗曰：
　　苍天不绝小英雄，险死还生到驿中。
　　只为灾星犹未退，奸谋屡害叠重重。

再说嘉佑王听了狄母后之言，说到她为娘难及得当今贵妃之语，是以难救得侄儿。天子听了这句话，担当不起，心中觉得惭愧，忙上前曲背弯腰，尊声："母后娘娘不用心烦，如今即差官前去救他罢。"太后娘娘说道："此时只恐头儿堕地了。"众文武说："臣启娘娘，此时天色尚早，狄王亲还未正刑。"当时天子即差值殿官急往法场救转狄爷。此时国丈怒容满脸，焦廷贵得意洋洋，大骂一声："庞贼！"快马加鞭回归王府，报与高年太君。太太听罢，惊惶之际流泪说："儿啊，想你吃了许多苦楚，受了多少辛劳，方能征服西辽，只望你平安人吃平安饭，岂知今日又起风波，大难临身。幸得姑娘出朝去救，圣上必然恩赦了。"按下不表太太之言。

再说狄爷得救，进了金銮殿，叩谢君恩赦罪，多蒙太后娘娘活命之恩，又参见太祖龙亭。国丈也参见了太后娘娘，太后说："你是国丈么？"庞洪说："臣不敢当的。"太后说道："你堂堂天子的国丈王亲老大人，你既为极品之官，何必如此生成一片妒贤嫉能之心，几番陷害我侄儿？你做人为何这等狠恶奸刁的？"庞洪说："这是臣不敢为的。"太后说："胡说！好好地保他前去征西辽，要借刀杀人，你还强辩么？"庞洪说道："娘娘，是老臣一心为国，犹恐西辽又动干戈，因思没有勇将可当此任，是以保举五虎英雄前往，若不是老臣保他前往西辽，狄王爷焉能加官晋爵，势位封王。"太后说道："他封了王位，你满恨着，又与杨滔同谋把飞龙顶冒凤姣来行刺，我侄儿几乎死在番婆之手。又亏得皇天庇佑，这英雄又是死里逃生，皆得包卿之力。就是今日这条计，全亏得老身早已知情，如若不然，我侄儿身首分为两段。到底狄青有何不好，你与他结得如此深冤，定要生心害他？今日可将冤家之由实实说来，休得隐讳。"庞洪此时伏倒金阶，头也抬不起，只得连称："娘娘啊，臣实无此意，休得枉屈了老臣。"

第五十六回　平西王死中得活　嘉佑王发配功臣

太后娘娘说:"今日老身与你讲个明白,自今以后劝你要做个好人罢。倘若仍要做奸臣,不独臭名万载,只恐罪盈满贯之日终须有报。近则报在自己,远则报在儿孙。"此时国丈也不敢再答奏,只得诺应连声而退。

太后娘娘又问当今道:"若说珍珠旗是假的,庞国丈是个能手,何不命他把真旗取到,如取得真旗回来,目今这旗是假的,然后定罪如何?"天子一想,若要国丈去,明是叫他前去吃苦了,说:"母后,旗之真假,如今一刻之间,到底力辨不清,且从缓而辨。但狄青有失君臣之礼,如若置之不问,有于国法,难服众臣之心,还望母后谅情处断。"若讲到嘉佑王在庞妃面上,原来不肯吃亏的,只因狄太后出朝,虽赦了平西王,到底还要问他定罪名,多少遮遮面光。此时犹太后想来失了君臣之礼,原是难正国法处斩的,今日罪名不依,恐被众人私议,便叫声:"包卿,你是个忠心正直之人,须判定他一个什么罪名,方为妥善?"包爷说:"臣启娘娘,若论臣失君礼,即与欺君之罪相同,本该立时斩首。唯念有功于此,从减等定他一个徒罪,实为至当。"太后说:"包公判断公平,可准依的。"说完即起,扶辇回宫而去,随即又抬送回太祖龙亭。此时仁宗天子、众大臣一同相送,狄太后放心回宫中,不表。

且说嘉佑王便说:"包卿即把平西王定了徒罪,还该定了地方才好。"包公一想,这是试我面光的,乃据理而行,有什么相干!即奏道:"离京一百里,发配游龙驿,万岁龙心如何?"天子说:"准卿所奏。可着一员官押解狄青到驿中便了。"包爷说:"臣领旨。"又奏道:"陛下,那珍珠旗是真是假,不易辨分明,伏唯我王定夺。"天子说:"包卿,且收藏库内,另日再行定夺罢。"就此退班。此时天子摆驾回宫,见了庞妃,就把情由说知,也不再表。

且说众臣退班,各回衙府。有狄爷说声:"包大人,犯官回去一见母亲,就来听候起解了。"包爷说:"悉凭王亲大人何日登程,决不来催促的。"二人一拱相别。狄爷到了王府门首,众弟兄一见说:"如今恭喜千岁了,得太后娘娘做救星。"狄爷说:"是了。"忙退进堂,见了母亲,就将此事说知,太太听了切齿骂声:"奸臣,明明又作奸计,内通女儿作线,我儿险些做了刀头之鬼。多亏得焦将军往南清宫报知姑娘,方得出朝,要当今赦罪。儿啊,姑娘恩德深重,你须时刻铭心。"狄爷道:"这也自然的。但如今孩儿定了一个徒罪,发去游龙驿的,今来拜禀母亲,明日要动身了。"太太听罢,心中烦闷起来,含着一汪珠泪,说道:"儿啊,母子团圆还是未久,如何今日又要分离?为娘好不心焦!"狄爷说:"母亲且免愁烦,若说游龙驿,离京有限路程,孩儿此去,可以常常来往的。"

是日狄爷打点往游龙驿,有众英雄闻知,进来说声:"千岁爷,不必前去,有我们保护在府中,差官若来催促,待他试试我们手段,打他一个七零八落,回去叫他远远不敢来惹千岁的。"狄爷闻言,喝声:"胡说!万般情面,要看包爷。他若到,不可恐吓他。况且乃是国法旨意,与这解官何干!"焦廷贵说道:"何不把这座王府改作游龙驿,住在家里好不便当。"狄爷喝声:"休得多言,本藩自有道理。若然不去,又有欺君之罪,为人顶天立地,出仕王家,忠字离不得的。"与众人正在言谈问,有狄太后传懿旨,请平西王到南清宫叙话。此时,狄爷进内辞了母亲,出王府去了。有二位英雄齐说:"可恼啊,可恼!今日好好一个平西王做不成,倒做起徒犯来。我们叫他不要去,他偏偏要去的。罢了,我们苦乐相同,跟随千岁到游龙驿,以得早晚相见,患难相均,方才合理。"众将闲话,休得烦言。

却说狄王爷来到南清宫,先叩下姑娘活命之恩,又与潞花王见礼,然后坐下吃茶。太后说:"侄儿啊,不是姑娘埋怨你,原是你的不是。君即是君,臣则为臣,因何把朝廷顶撞?大为不合。论来原有欺君之罪,如若不依,当今问个罪名,犹恐有国法森严,满朝多有议论你。今到着游龙驿,我有一句言语叮嘱于你,需要谨记留心。"狄爷说:"不知姑娘有何训谕,侄儿洗耳恭听。"太后说声:"孩儿,你今此去,犹恐庞洪害你之心不肯休息,又有怎么暗箭射来,你须刻刻在心。此去驿中每日费用,所该多少,或一千或八百,须问国库中取用,不可拿出自己财帛来用。此去须要常常回来,不可久别娘亲。说要去三年,自然我慢慢调停,只在半年一载之期,自必叫你回归,决不使满限三年的。"狄爷听罢,说声:"多谢姑娘,恩同渊海,教育良言,侄儿刻刻在心。"此时太后又吩咐备酒席,两位表弟对酌,潞花王说声:"表弟啊,你此去游龙驿,须要常常通个信息到来,免得我母子时常挂念。此言须要切记的。"狄爷点头应诺,弟兄又用酒一会。饮酒毕,狄爷拜别姑娘,辞了表兄。狄太后暗暗恨着庞贼,弄得侄儿又要分离了。此时潞花王送狄爷一程,出十里之外,方才作别转回。狄青回归王府对母亲说出姑娘吩咐一番言语、表兄叮嘱之言。太太烦闷之际,听了此言,心中十分感激,姑娘骨肉相看,情深意厚,潞花王千岁也是一般情厚。是夜,母子言说。不知狄青到驿,后事如何?正是:

　　只为奸臣生巧计,致教母子两分离。

第五十七回

庞国丈图谋托驿丞　平西王起解游龙驿

诗曰：
　　英雄灾晦未能除，故教奸佞屡相欺。
　　报应待时终有日，只争来早与来迟。

话说包龙图奉了狄太后命,把平西王定了一个徒罪,天子又差他押解。是日进朝回归府中,委了一个解官,备了一角文书。吩咐解官倘狄千岁未起程,不催速于他。押解官诺诺连声而退。

一口难说两话。先说庞洪朝罢回归,独坐内堂,只是烦闷沉沉,说道："好好一个机会,好好的一个计策,眼看得狄青即分为两段,岂知焦廷贵这死遭瘟疫天杀的到南清宫通了消息,至此又惹这婆婆出头,弄回狄青不做刀头之鬼,反把老夫骂得羞惭,难以见人。又可笑圣上真没主张,假旗欺君,倒不追究,只把那顶撞圣上之律,问了一个徒罪。今日又是一段好机会化为乌有。如今我若罢了,犹恐他日后还来寻我报仇的。且西辽差官天天等候,催速老夫除这小畜生,辽王送来财物,老夫已经收下,这几件宝贝,我也爱得甚紧,若是交还了他,岂不可惜!况且些些小事,老夫办理不来,岂不被这辽官暗中取笑么？罢了,待我细细思量一个好计谋,必要除了这狗头,方才罢却心烦的。想来这秃狼牙在我府中,一日两天还好,倘若收留长久,外人知觉,事就不美了。这便如何是好？"此时一心筹算,左思右想,计算不来,只是沉沉纳闷,思量一会,忽想起一事在心,说道："忘记了,那游龙驿驿丞官,乃是老夫的家人,因他屡日办事能干,无有差错,故我把他提拔起来了,做了这个驿丞官。屈指光阴,已有六载,不免今日修书一纸,差人拿去,说要把狄青摆布身亡了,然后打算升他个七品官员,也是妙算。"此时庞洪想出这条计策,心中放下愁怀。即转入书房,对秃狼牙说："秃将军,老夫昨天奏明万岁,调旗复验,要把狄青斩首,谁料狄青咬定旗是真的,圣上疑信不定,发交三法司勘问,老夫也在三法司知会了,要他审实是假旗,正了欺君之罪,包得取他首级了,只是有屈将军多住几天的。"此时秃狼牙听了，只得安心等候。次日国丈又差家人打听狄青到了驿中否，然后再把书信投递。

却说狄王爷一连等候三天，不见解官到来，在着王府等得不耐烦了，只得差人前往催促。这解官想来，只有发配人延迟不愿往，如今狄千岁倒来催促起程，实是忠臣，可敬可敬。即时拿了文书，来到狄王府叩见狄千岁。此日，狄爷戴了小帽，穿上青衣，便唤解官："将本藩上了刑具。"解官说："千岁爷，这是小官不敢的。"狄爷说："这是王法如此，非干你事。"解官说："这也实是小官不敢的。"狄爷道："本藩已说过不来罪你，快些上了刑具罢！"解官只得说道："如此小官告罪了。"叩过千岁，把刑具上了。狄爷进内，别了母亲，老太太一见伤心不止，说："儿啊，你好好一家王子，乐处安居。如今弄得如此光景，皆因庞贼父女相通，害得我今母子分离，好不凄惨也。"狄爷叫声："母亲，休要伤心，孩儿今日亏得姑娘救了性命，如今到游龙驿只得百里之遥，比在朝一样的，母亲若虑无侍养，前时圣旨到单单国接取公主，目下该应到了，便有媳妇陪伴了。"

再三劝解母亲之际，忽有几位将军进入中堂，说要同千岁前往。狄青说："你们不必前去。"岂知这些众弟兄义重情深，必要同去，死也死在一堆，亡也亡在一处。平西王听了含笑说："你们要做官的人，食了朝廷俸禄，要与王家办事，不能同本藩同去。"众位将军说："千岁，我们吃什么朝廷俸禄？自今之后我等官也不做了，跟随千岁的好。"狄爷哈哈大笑道："你们众兄弟，若丢本藩不开，常来常去，何等不美？你们若必要同去，待我一剑自刎便了。"太太又叫："列位将军，你们不必执一己之见，我儿说话却也不差的。你们如听了他说，或来或去时时通个消息与老身也好。"四位英雄只得无奈何。骂声："庞贼，把你碎尸万段，难消我恨！"当时狄爷别过母亲，转身出来，张忠说："我等必要送千岁的。"焦廷贵道："如若不许我们送千岁，休得想去。"

你一言我一语。狄爷笑道："本藩有什么好处，倒要你们这般好处，却也难得。"盼咐解官："就走罢。"解官说："请千岁乘轿。"狄爷说："我有王法在身，如何坐起轿来？"解官说："千岁必要坐轿的。"狄爷一想，平日间没有刑具，看着撒开大步走路好不爽快。如今上了刑具，行走艰辛不便，坐轿而去便了。此时这乘轿并不是随常用的布帏小轿，乃是一品坐的逍遥八抬金银大轿。狄爷说："此轿太好，用不着的。"解官说："千岁再要

第五十七回　庞国丈图谋托驿丞　平西王起解游龙驿

好的也有，如要常轿没有了，请千岁上轿吧。"狄爷明知多有常用的轿，只因解官畏惧着本藩，故来好好地奉承，连忙上轿坐了。太太倚在府门首，心中凄惨。府门外多少官员来相送。狄爷暗暗想来称奇："自己没有什么好处，因何百姓这等敬重于本藩？却也难得众百姓如此。"众位英雄也觉好笑，从来没有见个徒犯比看起任官也依稀的。此时太君又放心不下，打发八个家人跟随去。又衣箱四个，发扛夫挑了同行。解官手下四名来到驿中，天色将晚，驿门要闭。解官一见说："驿子不要闭门，有包大人文书在此，快些去投送你老爷。"此时驿子急忙进内，说："启上老爷，今有包大人文书一角，请老爷观看。"驿丞说："包大人因何文书至此？"连忙接上拆开看罢，吓得忙忙立起身来，说："驿子啊，快把我的冠带拿来。"驿子说："老爷如此慌忙，取冠带要做何用？"驿丞说："有个大势位徒犯来了。"驿子忙问："老爷，是什么大势位徒犯？"驿丞说："南清宫太后娘娘的侄儿，当今万岁表戚、五虎平西的头目、有功于社稷、王亲大人目下职授于平西王狄千岁也。如今犯罪问徒三年，发到这里来的，快些取冠带来，待本官出去迎接。"驿子听罢，说："不好了！"吓得大惊，浑身发抖，冷汗淋漓。说："老爷啊，这个官不要做了，快些走罢。"王驿丞喝声："胡说！快些取冠带来！"驿子连忙取至衣冠，驿丞急忙更换。也是心头畏怯出至驿厅外，一见秋千岁，连忙下跪说："小官游龙驿驿丞王正迎接千岁爷。"一连叩头。狄爷说："驿丞你且起来，本官是你管下，何必如此？"王驿丞说："小官不敢的，请千岁爷下轿。"此时，狄爷出轿，王驿丞双手相扶，一众英雄随后也到了。只见驿中颓烂不堪。王驿丞请千岁进了驿中，坐了，又重新叩过头。焦廷贵说道："你这个官，想是磕头虫变出来的。只管磕头也是无用的。我焦爷不要你叩头，只要你把千岁服侍得周到，千岁要吃蚊子肝，你就进蚊子肝，只要顺不要逆，千岁见你奉养他殷勤，心中爽快，你就有好处了。"狄爷听了，便喊声："焦廷贵，你这蠢材，全没有一点规矩。"焦廷贵不敢再说。狄千岁又吩咐王正立起来，说声："王驿丞，本藩有王法在身，自今之后，你且不要拘礼了。"王驿丞应诺起来。有张忠在旁，说声："王驿丞，狄千岁乃是玉叶金枝，贵体偶然犯了些小国律，圣上暂且问一个徒罪之名，虽说三年，不过一年半载，就要恩赦还朝，切不可慢待千岁才好。"此时王驿丞诺诺应声，不知后事如何？正是：

英雄此日拘囚禁，国贼如今又计谋。

第五十八回

到驿所平西王遵旨　嘱王正庞国丈催书

诗曰：
　　国贼生成嫉妒心，多端百计谋图深。
　　催书暗嘱游龙驿，欲害英雄命丧阴。

当下王驿丞诺诺连声，说道："这些小官焉能有慢待千岁！自然要好生看待的，将军爷不必介怀。"众将军又说："驿丞，一切供奉，总要小心，晨昏进馈，必要丰隆酒饭。非但我们弟兄安心，就是太后娘娘也见你情分，你要高升大官，有何难处！管教你一年半载就高升了！"王驿丞只是应诺，此时驿子又送香茗来，与千岁并各位将军用过。焦廷贵说："王驿丞，你今日就差了，千岁爷是早用了饭，一程就到来，肚中已饥了。我们众位老爷腹中也饥饿得紧了。你因何不备办夜膳来吃？还在这里呆着什么！"驿丞说声："将军爷，小官已经着人备办去了。"焦廷贵说："如此才是。"狄爷把头一摇，说道："他是个穷官，有啥大财帛，何必要他来破钱？你们休得多言，趁早回去罢，免得太君在府中又是悬念不安。回去最要紧记守着法规，倘若你们弟兄丢本藩不下，朔望之期每到一回，日常间休要多来往，省得旁人疑义。"众英雄说："千岁之言有理，我等依命回去便了。"狄爷又吩咐众弟兄回去叫马夫好生喂养现月龙驹。众将说："千岁不用多嘱了。"此时狄爷又将太太打发八个人来服侍他的，狄爷只收下四个衣箱，八个家人仍旧打发他回府。驿丞又备回一角文书，交解官上复包爷，又备了提笼火把与众将回去不表。

狄爷原乃宽大之量，体谅这驿官穷淡的，是夜即发出白银几两，待明日以作供飨①。那驿丞假说："千岁爷，这三飨供奉，自然是小官供承的。"狄爷说："驿丞，你这里所在有何资产？哪里供给得本藩的？"驿丞说："如此仰感千岁爷洪恩体惜。"此时王正接了银子，以待明日备办珍馐。是夜

---

① 供飨(xiǎng)——指用酒食款侍人。

第五十八回　到驿所平西王遵旨　嘱王正庞国丈催书

所办之酒筵,乃王驿丞的。只因他一闻狄爷到驿,早已差驿子去备办了一桌上上席筵,此时送到摆开排列丰隆,多是海味珍馐贵品,此乃王家常常所用之肴。所以狄爷不甚觉着。此时王正请狄爷上位,亲自下来酌酒。满斟一盅,狄爷微笑说:"驿丞,你是管下本藩的,你如此恭敬,实乃不应该的。"王正说:"千岁啊,哪里说来,只是小官恭敬不周,地屋污秽,有慢屈留,千岁爷万勿怪责就是了。"狄爷含笑说:"驿丞,你言重了。"此时欢然吃酒,若狄爷起辞之时,自要上了刑具,如今到了驿中,自然要去了刑具。此时酒膳用完,王正又吩咐驿子,端正床铺,灯烛预备,各用物件,须当取齐。驿子领命去了。进房间端正床铺,把千岁爷铺陈打开,非锦即缎,毡褥张开,多是新新鲜明,光华闪目。驿子想道:"若然千岁日后去了,我求千岁爷赏赐这铺陈与我,不知他允不允?"时敲二鼓,狄爷沐浴过,驿丞持着灯烛,请千岁归房安睡。狄爷进了房,略可安然,只是一心怀念着母亲,已是无言,不多烦表。

且说次日天明,王驿丞伺候千岁起来,梳洗已毕,请过了安,献奉茗茶。狄爷又问驿丞:"你管下共有多少徒犯?"王正说:"千岁啊,小官名下共有一十六名。"狄爷说:"你且唤齐他们过来。"驿丞应诺,转出偏厢,吩咐众徒犯道:"这位狄千岁爷乃玉叶金枝贵人,平西的大功,今来唤你们,必有些好意,去叩见他须要远些走开。"众犯应允,随驿丞进内,远远叩头。千岁狄爷看见众人多是衣衫褴褛,犹如乞丐一般。狄爷说:"驿丞,他们可有夫头否?"只见边旁人闪出说:"千岁,小人就是夫头。"狄爷说:"你是夫头,所以又觉光彩些。"李巧说:"千岁爷,小人也是一般困苦的。"狄爷说:"本藩赏银子五两,待你等做件衣服。"即往衣箱内取出银子一十六小锭,各领了,众犯人喜欢无底,叩谢千岁而去。前日狄太后命狄爷到驿中该用银一千或八百,须向库内取用,岂知狄爷仍旧自拿银子来驿中用的。如今赏赐众人,也是自己金帛。按下狄爷在着驿中慢表。

却说庞洪命着家人打听狄爷已到驿中,急忙修书一封,着家人庞福吩咐他到游龙驿,悄悄交与驿官王正。等待他看过要将原书带回,切不可与别人知道。庞福领兵一程直至驿中,将书悄悄交了驿丞。王正当时拆开书,看明顿觉呆了。暗想太师爷因何这等狠心,来书说要将千岁害了,这还了得!我又没有摆布推害他,不肯为奸,叫我如何打算?只好说与来人道:"你回去上复太师爷说,王正知道了,但要从缓而行,性急不来的。"庞福说:"此事总要老爷快些为的。"驿丞说:"这也自然。"庞福即时带了原书回去了。此时王驿丞心中烦闷,想来事在两难。平西王乃将中魁首,平日与我无仇无怨,岂可害他性命,若是太师之命,又难以违背,如我不害他性命,我不升这七品官亦不靠庞家势力罢了。只日日延迟,听凭他催促罢了。今已延迟了半月有余,国丈一连催了几封书,王正回说只在几天之内了。

庞洪又被秃狼牙催逼不过,只得用半假半真的话回他,说前三日三法司审问,因有包文正在旁督审,所以审不得私歪,把他问了一个徙罪,已经发配了。秃狼牙说:"那徙罪不能够死的。"国丈呵呵大笑道:"要他死有何难!我已把书送至驿官,让他三日断送了狄青。"秃狼牙说:"大师可是真么?"国丈说:"老夫与他同切齿,巴不得他即日身亡。"秃狼牙说:"如此,再候几天罢。"国丈此两日又是两封书。王正回言总说不是来朝就是两日将他断送。庞福只得回复太师。他想这辽官等不耐烦了,倘他发恼起来,说不打算害这狄青,要讨还几桩物件如何是好?罢了,不如哄骗他回邦去了再作道理。转入内假意笑道:"秃将军,好了,狄青已死。"秃狼牙说:"太师,果真死了么?如何死的?"国丈说:"不瞒将军,他问罪到游龙驿,这驿官是老夫的家人,是将他用药毒死的,但是这件机密事,将军切不可在外边揭露。"这秃狼牙原是个直心人,听了大喜,即要打点回邦。庞国丈犹恐外人知道,便说:"将军,你那日来的恐被人看见,今幸无人知觉。如今回去,需要晚去的才好。"秃狼牙依允。是日至晚膳用过,即时辞太师。庞洪说:"老夫不回书了,烦你回去代为拜谢狼主罢。"秃狼牙说:"老太师休得套谈,小官在此多多叨扰了。"说完带了两名边卒,出了相府。国丈送出府门,一拱作别出了王城而去。不表。

再说国丈此时略略安定说道:"这秃狼牙虽然去了,但狄青未死,我也不安。可恨王正这狗头,老夫几次催他,他连次哄我罢了。如今再修书一封,发狠嘱一番,待他早早下手罢。"即修书一封,唤庞福送至驿中。此时王驿丞看过说道:"你且回复太师说,准准两天定然下手,决不再误的。"庞福听罢去了。王驿丞十分愁闷,"想来此事如何处置才好。太师啊,我想狄千岁乃是大宋擎天柱,五虎五人他为首重,平西诺大功劳,与你有什么冤?生成一片狠毒之心,必要害他性命,送书连连催逼我,一月到来,已有书一十三封,今日还来一封,大发怒于我,倘我再延迟,连我性命

第五十八回 到驿所平西王遵旨 嘱王正庞国丈催书

也难保了。罢了,我也顾不得主翁之情了,不惧他势位凶狠,若要我王正害此英雄,断断难依你了。况且我没家属累身,不若将此事说知千岁,然后挂官远遁,没其行迹罢了。"此时王驿丞定了主意,说狄爷得知,不知挂官遁走如何?正是:

恶毒终为恶毒计,善人必作善人心。

第五十九回

存厚道驿丞告害　点门徒王禅赐丹

诗曰：

　　王正为人厚道全，不从主命害忠贤。
　　一言直告奸臣计，忠心英雄白屈冤。

话说王驿丞见庞太师一月余间，有书一十三封，要害平西王性命。此时驿丞立定主意，不肯陷害狄青，自愿挂官遁迹。等候至红日归西，排开酒宴狄爷坐下，把金壶满满斟上几盅。狄爷抬头一看王驿丞。但见他：

　　愁眉不展成何事，神色沉吟却有因。

狄爷看罢说声："驿丞官，本藩看你满面愁容，是何缘故？"驿丞说："小官有些心事。"狄爷说："有何心事？"王正说道："身家性命不保，所以心烦不悦。"狄爷说："有什么心事，说与本藩知道。"此时王正回复，便轻轻叫声："千岁，小官原是庞府家人，因干事无差，太师爷把我提拔起来，故做了这驿丞。自从千岁爷到此之后，庞太师一连有十三封书信，要小官把千岁爷性命害了。只因我受过太师一点之恩，又难以推却，只得将实言告明。"狄爷说："就把本藩摆布了罢，这有何不可？"王正说："千岁，你何出此言？你乃当朝铁石擎天柱，大宋驾海紫金山，建立多少汗马功劳，保护大宋江山鼎力之人。小官焉敢做此无法之行，如若我依了太师之命，要陷害千岁，小官也不来实告了。"狄爷说："如今你意见若何？"王正说："太师今日来书一封，内说倘小官仍不下手害千岁，连着小官也要收拾了。"狄爷说："如今他十三封书何在？"王正说道："千岁，十三封书多是他来人带回的，并无一字存留。"狄爷冷笑道："庞洪，想你几番害我，屡屡不成功，因何息不得此心，必要算计于我？可惜原书不存一纸，何作为凭！"驿丞说："千岁，太师是个有主意的人，焉肯把书留在此处？小官当时见了一书延挨一次。如今延挨不得了，所以小官告明此事，来日挂官逃走便了。"

狄爷听罢摇头说："驿丞，你休得心烦。本藩思量一个妙计安稳你做官，何须逃走？"王正说："千岁，只怕这件事没有思算得来。"狄爷说："若打算不来,本藩纵死何辞?"驿丞说:"千岁,你断然死不得的,若千岁有甚差池,如同大宋砍断擎天柱,而且小官性命难保,妙计不过小官挂冠逃走的。"狄爷道:"王正,你休要逃走了。庞洪原要算计本藩的,你且放心,待来日要打算一个两全其美的计策。我命无妨,你安稳做官才是。"王正无奈应诺。此时狄爷无心吃酒,略用了几杯,即唤收拾去,说声:"驿丞,你且去安睡罢。"王正领命去了,只有狄爷归房独坐,闷对银灯,说:"庞洪啊,我到底与你何冤仇,你苦苦必要生心图害于我,不畏上天!而且欺瞒君上,串通女儿迷惑圣上,倚着内助势力作恶过多,罪盈满贯,终然有日报应。但恐庞洪要害我,若有来书为凭,方能把他摆布,如今就无凭证,说之无益。我若不死,他就要算计王正了,如何打算才好?"思想到烦闷不堪处,即抽身转出房外,只见庭前月色如银,天河云净无烟,少停孤雁高飞,鸣声哀切。狄爷对此凄凉之景,触感愁怀,不胜悲烦,叹声:"庞洪,你今日害得我既不见君面,又不见母面,孤零独处,还不知母亲悬望于我如何苦切。"恨想一番,虎目中不见英雄之态。

此时已是更敲三鼓,忽见天边五彩祥云霭绕,见远远云端落下一位仙翁,呼唤:"贤徒,缘何在此伤怀?"狄爷一见,原来师父到来。弟子拜见,即请师父坐下庭前。王禅老祖开言说:"贤徒,前时为师差你到汴京助宋平西,做保国之臣,今日你被拘留此地,又见你怨气冲天,至此为师特来点你。"狄爷说:"师父啊,一言难尽。自别师尊以后,到京就与国家出力,志在朝廷立功劳。岂知出仕未久,却被庞洪三番五次图害于我。上年取得珍珠旗回国,圣上收入国库已久,直至今年已有一载,圣上忽然传说是假旗。此时弟子忍耐不住,触撞朝廷,押出西郊斩首。幸得姑娘救了,方免过刀之苦。今日问罪流徙此地,岂知庞洪又不容弟子。月余之间连次十三封书付托驿丞,要害弟子性命,幸得王驿丞存心仁厚,将此说知弟子,立在进退两难。我若不死,庞洪焉得能饶王正? 所以弟子在此月下思量,犹疑不决。未知怎样处决这奸臣才好。"老祖听了,微笑说:"徒弟,你不必过虑心烦,那庞洪父女气数未尽,哪里处决得他? 你今且听我言,权为隐避。少不得西辽又复动干戈,此时仍要你督兵取得真旗回国,奏凯班师。以后天下平宁,庞洪父女权势已尽,贤徒自此福禄滔天了。"狄爷说:"师父,那旗还有真的么?"老祖说:"为何没有的?"狄爷说:"真旗弟子未见过,未知怎生分别的,师父可知道否?"老师说:"为师说与你知罢,可紧紧记着。"就将真旗的式样一一说明。狄爷谨记在心,且到日后平西试验真旗。此是后话。此时老祖取出灵丹两颗,说声:"贤徒,如今与你丹丸两颗,收藏身边。"狄爷说:"丹丸后来如何用的!"老祖说:"你记而行,你且权为隐避,只宜四虎将与你母知道。切勿多泄一人。倘日后更有灾难,为师再与你解救。"狄爷诺诺连声,深深拜谢师父提携指示之恩,就把灵丹收藏下。王禅老祖说:"贤徒,为师去也。"即驾上云端,狄爷跪在尘埃中翘首殷勤相送。祥云覆霭,仙师去了。狄爷起来,想一回说道:"却也好笑,本藩正在愁烦之间,忽然师父到来,说明真旗之妙处,又命我诈死埋葬,避奸权隐,且依计而行便了。"不觉满怀愁闷顷刻已消了。又听得更敲四鼓,即回转房中坐下,想来庞洪父女屈害忠良,本藩只道他报应在此了,岂知正在盛时之际,动他不得,只犹恐他害尽忠良,奸佞就得志,江山诚恐不安宁了。且罢,忧也忧不来的,成事不能强为,不必恨这奸臣了,且待后来报应他。

此时和衣睡了,至天明起来,洗过脸毕,即装成大病模样,有驿丞早早恭见请安。狄爷说:"王正,本藩今日身上有些欠安。"驿丞说:"千岁有何不安?"狄爷说:"昨三更时分,蒙眬睡去,只见西辽国内七八员阵亡番将前来与本藩讨命,此梦想来不祥之兆了。如今不能久居人世的,今朝觉得身体不宁,心乱头晕,眼花神闷,且差人本藩府中报知母亲、众将罢。"王正说:"千岁啊,梦寐之事,何足为真?谅必千岁冒了些小风寒小恙的。"狄爷说:"非也。"驿丞说:"莫不是为着庞洪动了气恼?"狄爷摇手说:"不在于此,实是辽将讨命的。我若一死,正中庞洪之计,又脱了你的干连,倒也好的。快快差人到我府中,不可迟延。"驿丞应诺。即时差了驿子前往狄府去了。狄爷依着尊师之命,暗把灵丹一粒吞咽肚中,在床狂叫之声不绝。王驿丞只道狄爷真病,立刻往请医生到来,将脉一诊,说:"看过多少难奇病症,今不识此症,但脉气已尽,只忧难过三天。"王正一想,太师要害千岁,正在无计安排,岂知他病起来,送医生去了不表。

再说驿子奉命奔到狄王府报信,名称百里,实得九十里路途。这驿子晨早上马加鞭,将近黄昏时候进了王城。不认得哪处是狄王府中,问旁人乃得指点明白。便到王府门首忙下马,但是气喘吁吁,看见王府规模,其中几位管门官坐着,又不敢上前,正在门首探头探脑。管门官喝道:"你是何人?"驿子说:"老爷在上,小的是游龙驿驿子,只因千岁爷有病,着小的前来报知。"正是:

  不是奸臣施毒计,如何小将死埋名。

第 六 十 回

装假病真诚嘱将　遵师言诈死埋名

诗曰：
　　遵依师命避灾星，服下灵丹埋死名。
　　四虎将军无异志，同心协力众群英。

当下管门官闻知千岁有病，连忙进入中堂禀知，三位将军听了此言，心内一惊。即传驿子进府中来禀明。此时驿子进内，见了三位将军气象严严，吓得战战兢兢。众将军说："驿子，千岁如何病恙起来？"此时驿子跪下，慌忙禀道："千岁爷昨夜尚是安然无事，今日早晨起来，忽说身体欠安。"张忠说："可有医生看治否？"驿子说："医生也曾来诊脉，不识此症。又说脉气已尽，不得过三朝，即就活不成了。所以打发小的前来报知。"三位将军说道："有这等事！你且先回去，我们即刻来。"驿子上马飞跑而去。三位将军说："千岁往日从无些小病恙，因何故忽然起病？其中必有缘故。"此时刘庆、李义往单单国未回，石玉又在赵府安歇不知，只有张忠、焦、孟三人在狄府。此时连忙进内堂禀知太君。老太太闻知大慌，说："我儿因何忽有此奇症，若是风寒冒病，人人所有。忽然染病，医官也不识此奇症，况且我儿平日染病甚少。"便说："三位将军前往看来，需要再请名医调治才好。"三人应诺，同出中堂，快快用过夜膳。因何三人如此心急？即闻千岁有病，又说脉气已尽活不成来的这句话，这也更加着忙。一刻耽延不得。吩咐四名家丁，提了灯笼火把，立刻辞别太太，三人上马不停，奔走如飞而去。

一程到了驿中。此刻时交三鼓。驿子未到，三位将军先到，驿丞闻知，忙出来跪地迎接。三位将军叫他起来，引入后房，三人立在床前，轻轻叫声："千岁！"原来千岁吃了师父的仙丹，病是假的，听了他们呼唤，微开二目，见有焦廷贵在此，不好讲话，只唤声："张贤弟，你们来了么？"张忠说："小弟来了，千岁为何玉体欠安？"狄爷说："贤弟，我昨夜三更时分，蒙眬睡去，见西辽国内杀死几个小将与我讨命，醒来一身冷汗，已成此症。"说完又大叫一声："冤魂又来了！"三个说："千岁,在哪里？"狄爷说："多在门外的,焦廷贵,你快些赶他出去驿门外罢。"焦廷贵大怒说："老孟,你也来同赶这些冤鬼罢。"遂大喝声："众冤魂休得猖狂！我们来也,你还不往别处去么。我焦爷一拳打得你永不投生。"与孟定国一路追出去了。狄爷有心哄了焦廷贵出去,看房中无人,扯住了张忠的手叫声："贤弟,我今夜有话叮咛,你要紧记在心。"张忠说："千岁有何吩咐,小弟自代劳。"此时狄爷就说："庞洪连发书十三封,要王驿丞陷害我性命,这王正为人心好,说明缘故,不肯害我,昨夜师傅前来,说庞洪正在盛时之际,奈何他不得,又与我两颗丹丸,叫我如此作用,所以我依计而行,如今只悄悄说与你知,贤弟啊,只可母亲与你并李、石、刘、孟五人知道,焦廷贵知道不得的。你今回去,悄悄说与母亲,免得悲苦才好。"张忠说："原来如此,小弟只道你真是有病,所以急急赶来。"狄爷又说："贤弟,我还有一颗丹丸在此,你拿去小心收好,我死之后,又要如此依计而行,不可忘了。但我今朝服了此丹,如今觉得声气不接,想必丹丸作动欲死,如我亡后,此言需要牢记。"张忠应允,收好灵丹。

　　焦廷贵进来,孟定国在后,他犹呼呼气喘,张忠暗暗好笑。焦廷贵说："如今好了,这班冤魂被我们赶得奔走无门,叩头求告。说一时无知,冒犯了千岁,如今仍回西辽,再不与千岁打罢了。如今赶散这些鬼魂,千岁病体定然轻了。"狄爷闻言,暗暗忍笑："这莽夫满口胡言,却把本藩欺骗妄言。"又有孟定国说："张将军,千岁如今怎样？"张忠叹道："孟将军你看千岁问不答、呼不应,昏昏沉沉,气断全无了,谅必凶多吉少,叫驿丞快些请医官来,看是如何？"焦廷贵说："驿丞这王八狗因何不见了？"焦廷贵正要抽身,只听千岁床上叫声："冤家果来了,我命休矣。"两足一齐伸直,四肢均皆不动,张忠假做慌慌忙忙,连呼千岁。焦廷贵大喝道："把你这班泼皮冤鬼尽行打杀,早间说不再来,如今又来了么？"望着房口拳打足踢。孟定国也道真情,拱手下拜道："冤魂,你且听着,我千岁征西,并不是自家主意,乃是奉当今圣上所差,就是伤生害命,也出关于气运当然,你不怪差了来索命,快远去吧!倘若千岁身体安宁,定然做些功德来超度你们,如何？"当时张忠假说："不好了,千岁口眼一齐睁开,身体冷如冰了,气头已绝。"焦廷贵、孟定国说："果然气绝了么？"焦廷贵走近床前说："罢,不好了！老孟,果然千岁死了。"连忙跑出驿前,说："王正,我千岁气绝身亡,你不去救,还有在此呆看么？"又唤家人持灯火,上马如飞,回归王府,报知太太去了。

第六十回　装假病真诚嘱将　遵师言诈死埋名

且说驿丞想来："可惜了汗马功劳的虎将，方得锦衣荣华，因何寿元不长，一旦归阴？大师连次有书要我害他，想他乃有功社稷之臣，焉忍下此毒手？岂知他被冤魂索命身亡，算起来合着我的机谋。只可惜今朝砍折了大宋擎天柱，再有何人稳保宋室江山？"想了一番，心中安泰，近床前连呼几声"千岁"，不见他答应，长叹一声："可怜一员少年虎将，因何上苍不佑于他，不知何故，住此月余而亡，着实可哀。"说完泪珠滚滚。

孟定国不知狄爷暗死埋名，所以不明王正是好歹人，便说："我知你用阴谋之计，听了庞洪之言，受他财礼，不知用何毒物与千岁吃了，所以忽然一日归阴。快些直说，便饶你狗头性命。"王正说声："将军，卑职实无此意，休要猜疑错了。"只因庞洪做人不好，屡屡要害狄青，岂知害不成，落得害了自己名声不好，动不动就说是庞洪。如今狄青一死，虽则是庞洪图害之意，却实不是图害而亡。当时驿丞说："卑职实无此意。"孟定国说："你言实无此意，我想实有此意，快些说出，支吾半句，断不饶你。"扭住他胸衣。驿丞高声说："卑职实无此事，将军休得错疑。"张忠上前劝道："全然不关他事，早间千岁有言，王正为人甚好，实冤魂讨命，快些放手罢。"张忠想："大哥叫我瞒焦廷贵，我今连孟定国也瞒过了。"就叫驿丞即时出文书投报。此时张忠假作痛哭，说："千岁啊，曾记得当时结义之时，说五人患难相济，生死相交，如今平得西辽，实指望苦乐相均，荣华同享，岂知才得稍安就命归阴府，不能同享荣华，良可悲也。"说出无限伤心之言。孟定国说声："张将军，人死不能复生，哭也无益。如今不见焦廷贵，必然回府报知太太去了。"张忠听罢，一想焦廷贵回报岂不苦坏这老人家？即说声："孟将军，你在此处看守，我也欲进城去了。"孟定国应诺。此时张忠出了驿房，忙忙速速上马加鞭，东方已是渐明，不持灯火飞跑而去。

却说孟定国在驿房中，细将千岁尸骸面目一看，忍不住英雄之泪滔滔滚滚，说声："千岁啊，你的容颜与在生时一般无二。只是少了一息之气，只是不知家中太太凄凉怎样，只望你一儿待她的老，岂知今日小燕偏将老燕丢。恨只恨庞贼千方百计巴不得千岁身亡，今日死了，尽遂他心愿。千岁啊，你今日一死，不独太太凄惨，可怜公主只得一月姻缘，永远鸳鸯拆散。"想罢一番，不胜凄惨。单剩得他一人对着尸骸痛哭，英雄之泪，不知落了多少。正是：

　　世上万般凄惨事，无非死别与生离。

第六十一回

莽将军飞报凶信　仁慈主悔忆功臣

诗曰：
　　前时发配大功臣，闻死方知悔恨生。
　　孰若当初谗弗听，奸徒焉得遂谋心。

当时孟定国对着狄青尸首痛哭，单剩他一人。只因驿丞在外堂写备文书，是以不在。只待文书送到上司，转达代奏知天子，待狄青府太君亲到看验，然后收殓。有一众徒犯闻知，众人叹息，说："这位平西王千岁爷是个宽宏厚量之人，在此二三日我等也沾他恩典，赏赐银子，因何只得一月余就死了？岂不可惜此忠臣仁厚君子！"又有驿子前时一心想着狄爷的铺盖，待他起罪回朝之日，求千岁爷赏赐。今见狄爷死了，在驿丞跟前说声："老爷，小的在此五六年，跟随老爷苦了五六年。如今小的求老爷开个恩。"驿丞说："何事？"驿子说："老爷，千岁爷未死，小的不敢说，如今千岁爷已死，小人才敢说。如今千岁爷这几个衣箱，求老爷恩赐与小人罢。"驿丞喝声："狗才，我老爷尚且不想，你倒想起来，敢是做梦么，还不快滚！"驿子诺诺应声而退。一生想望已成空，不提驿子无趣。

且说莽夫焦廷贵飞马到了王城，是辰时了。下马直进王府。天生他一副大喉咙，大喊："不好了，千岁死了！"踩开大步，直喊进九重王府，有众家人男女惊吓非小。此时太太正在思想孩儿不知是何病症："若在家里有人服侍，做娘时刻见面，如今病在驿站，叫我身心两地不安，想必他自仗壮年健强，冒着风寒了。前日动身之时，老身原打发家将随去服侍他，谁料他一个也不用，仍打发回来了，今已无人服侍，也不知驿官还在请医生调理否？"太君正在思念孩儿，一闻焦廷贵叫喊进来，说声："不好了，千岁死了！"太太吓得大惊，忙问道："为何忽然死了？到底是何病症？"焦廷贵说："毫无病恙，只因千岁在西辽杀死番将几员，这些冤魂前来讨命。"太君说："何见得冤魂来讨命？"焦廷贵道："这是千岁自己说的，小将亲眼见百多鬼魂，多是发红脸花的，在千岁房中，拥挤不开。小将赶了去，又复拥来。昨夜三更时,千岁大叫一声'冤鬼来了!我命休矣'。当时气绝身亡,这班冤鬼跟随去了,我等没有主张,特回报知。"太太一闻此言,说:"还有这等事情?"叫声"我儿",登时发晕了,连人事不知。焦廷贵唤众丫环:"你等快些唤醒大人,我往南清宫报信去也。"踩开大步,跑到南清宫报知,又跑往天波无佞府,飞报凶信。佘太君与众寡妇叹息心怀,不在话下。

此时不道弄得狄母七死八活,就这南清宫太后苦切凄凉,潞花王大声痛哭。想来真乃多谢这焦廷贵的美意,他又往一众王侯大人等处飞报,各官员尽皆吃惊叹恨。当时驿丞的文书未到,各官先晓,独有国丈闻知快意无穷,满心大悦,笑道:"哪里是什么冤魂索命,明是王正把他弄死了。"大悦道:"老夫不可言而无信,打算一个七品官与他做罢。"

不说庞洪称快,再说焦廷贵报信已完,也不回狄府看看那年高太太,思量又到游龙驿去。快马加鞭,不独来往之人让路,几乎踏杀路上的小孩童。在着半途,与张忠相遇。一个来一个往,两下各不交言,按下二人不说。

且说狄府众丫环救醒了老太君,犹是哀哀大哭,说声:"儿啊,为娘只道你些许小病,服药调停就好了,谁料你一病而亡。若说冤魂讨命,情或有之,若在西辽杀人多少,所以冤魂报仇,大是难为。原乃奉旨征西,并不是你自己一心图荣的。若是交兵不杀人,焉能得分胜负?早晓得今日,有冤讨命之事,倒不如扒田种地,母子苦守清贫,何为不美?何不胜似你枝叶青青早已被折。儿啊,想你空立汗马功劳,不得衣锦荣归,太平坐享,抛离白发亲娘,分拆少年妻子。想来目下少年媳妇不久到来了,只道夫妻叙会,婆媳团圆。岂知妇未到来,妻不见夫,子不见父了。岂不苦坏了女钗裙的么?"这太太痛哭到伤心之处,一众丫环也流泪,又见小将石玉闻知到来,看着太太,也是纷纷落泪。虎将含泪,只得解劝太太。

此时外边又来了张忠,若问这几位英雄,乃是狄爷的金兰兄弟。所以王府内外,不通报知就进去,就是太君房内,也走进去得。张忠本来不慌忙的,犹恐焦廷贵报知苦坏了太太,所以快马赶来直进王府,滚下马鞍踏步进来。只见太太哀哀大哭,石玉在此,满面忧愁。数十个丫环并众妇女多是眼边红红,张忠进来吩咐丫头小使各个进去了,此时单剩他三人。张忠摇手说:"伯母休得伤怀,石贤弟不用心焦。"张忠就低声说,把庞洪定要陷害之由,千岁依着师父之言细细说知。太太方住了哭,说道:"尚早知道王禅仙师法力。我儿可活得来,我何用苦楚。"张忠说声:"伯母,这件事情,只可我们弟兄知道,他人泄露不得的。所以千岁在焦廷贵跟前瞒过,他不明白,只道千岁真亡了,所以他星夜赶来报知。侄儿明知伯母心烦,也是即时赶来,说明缘故的。"太君说:"贤侄,早间焦廷贵说了,吓得我魂魄俱无,恨不得与儿同为一路,如今方得贤侄赶来说明。所恨者庞洪又用此毒计,仍要陷害我儿。"张忠说:"伯母啊,他在盛时之际,奈何他不得。"又说:"跑走路途,腹中饥饿得紧,拿饭来吃。"太太即吩咐丫环,备办早膳,与张忠用过,又商量免验自行收殓的话。

石玉说:"大哥,你且去问问包公,他主意如何?"张忠应诺,即日至包府。见过包爷说即要自己收殓之言,包爷说道:"徒犯死了,也要相验,何况狄千岁!因何要免验,这断然不得。而且庞洪正与他作对时,如若不验,倘有情弊谁人知道?"包公如此分说,张忠无言可答,无奈只得转归王府,回复太君。前时发配狄青时,乃包公做主,出文书委书起解的,所以今日驿丞文书,原是回复包公当是。包爷即日奏知圣上,请旨定夺,差官看验,仁宗看了本章,大惊,叹声:"可惜他一员少年虎将,征复得西辽未久,不能安享太平,伴佑寡人。"说完,龙目滚滚下泪。回想前时,将他处斩,不过一时触怒,幸亏得母后救了他,另因他把朕顶冲,问个徒罪之名,遮脸之羞,原在三五月间就要赦他进朝,岂知有冤魂索命之事,今日身亡,大约安排定数。若说这仁宗天子,原是个仁慈之君,从前把平西王押出斩首,乃一时之气,如今气平了,心中十分追悔。说三五月就赦他回朝,岂知今日狄青一死,龙心伤感,即批本传旨,狄青身亡,谅必情真,不必相验了。着令庞国丈二品以上的文武官员代朕设祭。此时天子恩批下来,有庞洪心中想道:"圣上真乃仁慈之君,到底不忘他的汗马功劳。"此时无奈,只得遵旨。邀同二品以上文武各官员齐往游龙驿祭奠,按下慢表。

再说狄府太君对张忠说:"若是我儿真死,老身不必到驿中去。但是今日要掩人耳目,必然我亲到,在此收殓方才妥当。"张忠称言有理,急忙备轿。老太君也穿了素服,四个丫头也乘了轿。且说太君坐在轿中思量:"这王禅老祖,许多神通妙法,何不把庞洪作算也好,因何要我儿诈死起来。倘若真的死了,如何是好?"一路度量,只是放心不下,一程到了游龙驿中。王驿丞恭身迎接。焦廷贵见了太太,即引她直进房中。太太到了床前,把孩儿一看,见他面色不过如常一般,只少了鼻中一息之气,将手臂抚他身体,犹如冰冷,太太见了倒觉心疑。正是:

老祖灵丹须妙用,为亲心事尚慌忙。

第六十二回
众文武祭奠平西王　二将军迁柩天王庙

诗曰：

　　仙师点引小英雄，诈死埋名避祸凶。
　　四将弟兄多义气，一同藏隐庙廊中。

再说老太君已经知道孩儿吃了王禅老祖的灵丹诈死，埋名免祸，亲到驿站主葬，以遮旁人耳目。当时见他果然气息全无，心中疑惑，低声细问张忠说："贤侄，我儿明是真死了，你因何用此假话来哄我？如今眼见他气息俱无，浑身冰冷，焉得回生之理？"张忠叫声："伯母啊，请自放心，大哥曾受了王禅老师的盼咐，依计而行。送他入了棺木，封钉七七四十九天，总是不死的，再服此一丹，便能苏醒。如若过了四十九天，难以活命。请伯母放心，不必挂怀。"太太此时方才无疑，装成假哭凄凉。张忠就在驿中办理丧事。所有费用钱财，俱是奉旨开销。石玉、焦、孟三人各有事情置办。张忠又当心备了一副上等棺木，内中情弊，下文交代明白。僧道一班，叙于驿后，左边细乐笙歌也叙归一处。

此时游龙驿热闹非凡。狄府家人使女等各换孝服，狄爷手下将官各个挂白。朝中文武官员，是日庞国丈、大学士、崔爷、文爷、包爷、王爷二品以上三十余位官员多到来了。驿中地方狭窄，驿丞命人早已搭开大场，众官员多在此叙集。车马纷纷联络而至。这狄太后意欲亲往驿中，犹恐旁人私议。只得打发潞花王到来致祭。当下包爷说声："庞国丈，若说徒犯死了，总要相验的，所以下官请旨，差官验看。不知圣上有何缘故，降旨免验。下官今日倒要违旨了。"国丈说："包大人，你因何逆旨要验的？"包爷说："想那狄王爷何等英雄强健，哪里有些病症，忽然死了，死得不明。下官倒要看一看。"包爷这些话，疑着庞洪用计弄他身亡，故特请旨相验。倘有验出有些形迹，包公又要追问缘由。偏偏圣上洪恩，恐怕亵渎了尸骸。所以降旨免验，并无别意。谁料包爷定要看验尸骸！果然国丈心怀鬼胎，只道驿丞下手，犹恐验收形迹，包公又要追问，所以用好话劝解，说：

"包大人,他平日是有大功于国,圣上洪恩恐防亵渎了千岁尸骸,为何包大人不依?"包爷说:"老国丈,并非下官不依圣命,只为狄王亲的对头甚多,而且死得奇怪,总要看看。逆旨之罪,下官愿承了。"又说:"列位千岁大人,一众也要大人看看。"众王爷说:"包大人为什么事?我等看了,倒觉也惨然不忍,不能领命了。"有潞花王爷,乃表亲之情,便说:"孤家倒要看看。"包爷说:"国丈,你也去一观,有何妨碍?"说完,一手扯住他。国丈原是心虚的病,只无奈何,勉强同着包公前去,满心怀恨于他。潞花王同走。张忠一见,立起身来见礼,已知包公来意,即说道:"小将禀上大人,我家千岁乃是冤魂索命身亡,求大人怜惜,不必验了。"国丈听罢,暗暗心开,说:"这张忠倒也知趣。"包公闻言,想罢就说:"今日并非相验,无非同朝之谊,一殿之臣。今者一观,永无见面之日。你却因何阻挡?莫不是有何私弊不成?"张忠说:"末将不敢。我与千岁结义金兰,情同骨肉,焉有别心?只因千岁临终,亲嘱要求免验的。"国丈呵呵发笑,说:"包大人,不是老夫说你,圣上旨意免验。"张忠又说:"狄王爷曾有遗言,为何必要相验?如此太觉多事了。"包爷一想,真乃抱鸡鸡不斗,气死抱鸡人。但本官言出如山,就是这等没摆布,我也要找找面光便了。说声:"国丈,下官顶了逆旨之罪,哪管狄王亲的遗言,总要看一看才得放心。"国丈只得同上前去看验了。但见千岁面貌如生,口眼不闭。包爷说声:"狄王亲,你是当今首重朝臣,辛劳为国,没有几时候安宁,平西方得少宁,岂料骤然得病归阴,可惜你盖世英雄,如此不寿!虽则是冤魂作祟,下官却是疑心,只因你在生时,有几个冤结,得下官与你鸣冤,免得九泉含恨不下。"把个国丈听了,真是气闷,呵呵冷笑说:"包大人,你与狄王亲对说,他不知如何答应于你。"包爷说:"国丈,下官与狄王亲讲说,于你何事?你又不把他谋害,因何着急起来?"国丈又笑道:"包大人你既会日断阳间,夜查阴府,何不查明狄千岁何人所害,怎样身亡,省得疑惑心内。"这几句须是庞洪硬话,谅情心带恐怯。包爷听了动恼道:"老国丈,休得多言欺负,冤家有头债有主,如若他果屈死的,下官也力为伸冤,可能力办。"

老太君在内一闻包公之言,想他真乃赤心忠肝的忠臣,句句言来刺着奸臣,我儿若非先师指点,老身也动疑,必要他相验了。今日非庞洪所害,倘若听凭他相验不出,就惭愧了。即令丫环传言出来:"启上包大人,我家太太说千岁爷急病身亡,并无别故,求大人不必验了。若是果有冤情,自必阴灵告诉的。"包爷一想,老婆子不知好歹,不识好人,下官一心无偏倚,她毫无分晓。也罢,既然她为母如此说,下官不相验也何妨?且"自闭门推出窗前月,任它春花自落开"。潞花王也是心头气闷,与包公同走转出驿中来。国丈招手说:"包大人转来,久看些也何妨!"包公不理他的话,众王爷大臣代君祭奠狄王亲已毕,各个辞别回衙。国丈回府,在书房洋洋得意说道:"狄青一死,老夫拔去目中钉,除却心腹疾。但这包黑子,老夫与你不是冤家,何苦倚着狄青,寻我作对,偏要相验尸骸,谁料狄青之母妇人见识,说他疾病亡身不要验,弄得包黑子罢了下来,原来老夫之造化。"此时满心欢喜,也不烦言。

且说收验千岁之日,万岁又差众文武前来送殓,游龙驿内只是一番兴闹,有车声马匹,纷纷齐集驿中。收殓盖棺之时,各官员叹息。潞花王千岁伤心不止,苦切凄凉。老太太不住泣哭,抱住尸骸不肯放下。独有孟、焦二人不知真情,心中苦楚,英雄之泪滔滔滚流。张、石兄弟做成蹬足垂胸,孟定国哭声:"千岁啊,你乃一忠臣孝子,盖世英雄,上天不悯,早已身亡。今日丢下了白发萱亲,无人奉侍,真乃令人听见可怜!"哭声不止。焦廷贵声:"千岁,你是英雄大将,杀得西辽番狗片甲不留,因何怕起鬼来,被他活活捉去。这些冤鬼如若出现我焦爷之眼,定然一拳一脚打他入泥,永不超生。"也是哭声大振。又说这副棺木,乃是张忠用力办来的,原是这棺枢是推榫封的,盖上不用钉实,以待事毕之后,易于开盖。此棺若是时常棺枢,原有这样款式,所以不动众人猜疑,众目共见狄千岁果已死了。这是王禅老祖灵丹之妙,吃下此丹能延四十九日期。此时收殓已完,众文武大臣各已散去回衙不表。

再说当时张忠乃悄与老太君商议说:"来朝待小侄与石玉前往此处近地寻个好地方,然后就与狄大哥出棺。"太太说:"贤侄之言有理。"当时太太、众丫环暂且回归王府,一刻坐轿而去。

且说次日,张忠、石玉二人唤焦、孟送太太回府去了。此时张、石弟兄往各处找寻,在游龙驿三里外,凑巧有个天王庙,这庙宇僧道全无一人,只剩得一间冷落凋零庙宇。原因五年前庙宇中传说出了一个妖怪,日午还算定净,晚上就不得平宁。人传说妖怪弄死人,所以至今还无人敢在此出入。此地原是十方①所住,如今平西千岁在此暂停棺柩,怎敢言个不字?此时张忠、石玉二人看见此庙直进去,只见庙内一连三大进深,后厢还有厨房,灶上俱全。张忠说:"好了,此地正是大哥隐居之处。"二人十分如意,说待第三天,然后迁棺。至今兄弟商议定,不回驿中,一程快马回归王府,将此说知太太。老太君说:"二位贤侄调停就是,总是有劳二位,老身反觉不安。"二人说:"伯母,何出此言!此乃小侄应该之事。"暂且不表。不知狄爷如何出棺,下回分解。

---

① 十方——庙宇。佛教指东、西、南、北、东南、西南、东北、西北和上、下,以示佛门广大。

第六十三回

灵丹药狄青还魂　天王庙仙师赐宝

诗曰：

  灵丹妙药果非凡，顷刻还魂不等闲。
  赐宝深沾师大德，他年破敌灭群奸。

  前书说，张忠、石玉找寻得住所，商议到三朝，然后出殡停棺。不觉光阴易逝，又到了第三天。众家人、各将士穿缟素，齐至游龙驿出殡，往天王庙停顿棺柩。众将、太太早已打点在驿中，原设立灵位要遮掩人耳目。焦、孟二人不知真情，张忠令他仍回府中看守灵位。驿中灵位自有驿丞打点香烟。

  张忠、石玉遂悄悄对太君说："我二人守棺柩，仍往天王庙，调算回大哥苏醒才得放心。"太太吩咐："侄言不差，快些前去罢。"张、石弟兄一程到天王庙，闭上庙门，二人动手开棺。此棺木虽然上好坚固，只因二人气力猛狠，先将子孙钉起了，然后把棺盖轻轻推开，叫声："千岁，小弟张忠、石玉在此！"只见他口眼仍然不闭，颜色也像前容。张忠怀中取出一颗灵丹丢入他口中，一刻尚不见动静，再候了半个时辰，但见他微微气喘，眼动手伸，即时抽身起来。张忠、石玉大喜，笑道："千岁果然活了！"狄爷说："二位贤弟，我却不曾死，连日只觉半睡半醒，耳边略听得众人之言。只是有劳二位贤弟帮忙！"说完深深拱揖相谢。二人说："大哥，何必如此！实得先师妙灵丹丸的。"狄爷说："贤弟啊，前日师父亲嘱咐我说有一年灾星，送过灾星，方得后享平康福禄。"二将军说声："大哥，所以小弟找寻此地，正合着大哥隐居避祸之地。如今我等只说守伴棺灵，在此一同做伴。"狄爷微笑说："贤弟，我们同心并胆，真也难得。但想此处所在，只好我一人暗隐。若你二人也在此处，犹恐旁人知道，泄了机关。况且我母亲下落又是不知，不苦贤弟回府，耐久暗来一次乃好。"张忠说："大哥放心，小弟瞒了焦、孟二人，在府中守灵，太太不应无人问候了。"说完三人同进内府观看。石玉说："二哥，你看此处床铺无备，焉能住落？"张忠说："四弟，我有个打算的，你且出来闭回庙门，我去即回来。"石玉说："二哥，你往哪里处？"张忠说："我去寻铺盖饰物来，若有人打门，不可放进来。"石玉说："这也自然。"

此时，张忠出了天王庙，一路思量：此庙地虽是十方之所，我们既在此耽搁，总要与近地乡民问个明白，免得地方百姓只道我们用势力占霸此庙。行程一里，有开豆腐小铺。张忠见了直进说声："老丈请了。"老人一见要下跪。张忠忙来揪住，说："老丈，不必如此，无事不来吵扰。只因狄千岁已死在游龙驿内，如今近地只有天王庙内可以停柩。我们弟兄四人要在庙中守棺，到来岁春时，太太就要扶带柩还乡了。远近百姓不必前来进香灯烛，自然王府着人照理。明日便有告示张挂。如今过来你近地说个缘由。"老人听了，摇首说："将军爷，缘由不说，你也不知。此庙前三年已出了妖怪，当时出现迷人，所以众光头不能立造，今已丢空两年余。如若千岁爷停柩十年八载也可，若众位将军爷在此藏身，犹恐经不得妖精侵扰的。"张忠听罢，冷笑说："我们乃是英雄豪杰，自己如何惧怕起妖怪来？如若果有妖怪来惹，我们定然捉拿的。"老人笑道："若是将军爷不惧，竟在此住宿，有什么相干？"张忠听了，即时辞了老人去了。又往各处近地细细谈说。众民多说："亏得五位英雄，杀败西辽国番人，没有众英雄，我等汴梁百姓焉保得住？若众将军爷在此居宿，擒拿了妖怪，庙中就平宁。"

慢表众人之言。张忠又怕千岁肚中饿，先去买些食物，后往驿中，对王正说："千岁尚有衣箱铺盖什物，要唤人扛抬到天王庙内。我们守柩应用的。"王驿丞听罢，即唤扛夫几名，就将衣箱所有日用什物扛进天王庙，石玉一一收回，亲拿进去了，不许旁人进来。张忠又拿食物回来，即闭回庙门，已是红日归西。

是夜，张将军做了厨房之人，去安排夜膳。弟兄三人对酌，你言我语。不觉二鼓将来。狄爷说："贤弟啊，我已复生，但母亲未晓，来朝速可回去通知母亲罢。"石玉说："待小弟来朝去禀知便了。"狄爷道："还有一言，李义、刘庆前往单单国，目下也该到来了。未知公主到否？倘她一到，需要早早说明，不然防她性子不好，弄出事情来，有违师父之命。"张、石应道："这也自然。"

此时乃是七月中旬外，时交二鼓，明月已升，星光灿烂。这天王庙久

第六十三回 灵丹药狄青还魂 天王庙仙师赐宝

已无人居住,今夜留存三位英雄,野鬼阴魂皆也远遁,独有这妖怪不畏人。三位英雄弟兄三人正在言谈,忽然一阵狂风吹得满山树叶俱落。张忠说道:"此风竟是古怪,莫非妖怪来了么?"狄爷说:"早间外人说,此庙中有妖怪,所以无人居住。"说罢未了,一阵怪风又来阶下,飞沙走石,寒气侵人,三位英雄立起身来,望着后厢观看,又是狂风吹到。月下观去,果然来了一妖怪,十分面恶,头如巴斗,两眼毫光,血口钢牙,身长一丈,披发乱须,手持长棍,耀武一番。狄爷说:"贤弟,这妖怪若不惊动我们,我也不必前去惊他。"正说间,只见妖怪指手画脚,对着他三人在后厢大步踏将出来,并不言声,直奔至张忠面前。张忠喝一声,奈何手下无兵刃,连忙提起板凳打去。那怪全然不惧,长棍架开板凳,回棍打来。张忠见凳不便,着忙抛了,偏拳打去,石玉飞步大喝:"妖怪休得逞强。"奔过上前抢了长棍,在手乱扫,这妖怪却是厉害,闪上闪下不着,二人拳棍胜败不分。直斗至庭心阶前,明月一耀,看便分明。狄爷见英雄两弟不能打倒此怪,便大喝一声:"何处畜生,休得无礼。元帅狄青在此,速现原形饶你性命。"狄爷说了此言,却也奇怪,但见此怪跑开几步,望着地下碌碌旋旋,一道华光闪烁,三人眼也开不得,去了光华,妖怪不见,三人近前月光下一看,乃是一块镜子闪闪寒光。狄爷连忙拿起一看,又复从背一看,只见镜上镌字两行:

宝镜王禅赠狄青,收藏上阵勿违诚。
交锋能破迷魂房,此日成功定太平。

狄青看罢,笑道:"只说是什么妖怪,原来师父又赠法宝与我们。"即时兄弟三人一同下跪,望空拜谢。三位英雄满心大悦,一齐仍归房中坐下。狄爷说:"二位贤弟啊,你二人若往外边去,不论谁人问起,你只说原有妖怪大闹,只因我兄弟暂留一月之久就回府了。不可把仙师赠宝说出真情的。"二人应诺。是夜时交三更,三人睡去。

到来朝,石玉起来赶路一程,归到狄王府,已是午昼时候,连忙下马进入后堂,禀知老太太。太君听了喜欢无比,欲往前去看看孩儿,诚恐泄露机关,只得不往。此时进来了焦廷贵,叫声:"石将军,你二人在着天王庙冷清清有何好处?不如去了此地,来与府中,大众同伴才有兴头。"说未完,孟定国又到来,当时石玉说声:"焦将军,你有所不知,我们前日弟兄五人结拜时,誓同生死,如今千岁已经身亡,我们不死已为不义。古云

'同林好鸟不分巢',我四人必须守枢一年半载,稍尽我们一点之心。孟将军你二人在着府中,凡事休得淘气生非;况且太太如今年老,膝下正没了个儿子,一并家务事情,须当代劳。千岁九泉之下,也不负你功德。"焦、孟说:"我们二人门边不出,犹如孝子一般罢。"石玉说:"如此才好。"正是:

  义气处交交结义,仁慈待将将存仁。

第六十四回

接公主二将回本邦　观星象崔爷断武曲

诗曰：
　　天王庙内隐英雄，星象垂天焉可蒙。
　　崔信思忠怀念切，夜间察斗识埋踪。

当时石玉解劝焦、孟二人守理王府，代狄千岁之劳，二人应允。说完，石将军拜别太君，相辞焦、孟出了王府，一程归赵王府中，拜见岳父母、母亲。是夜，石将军进房，狄爷假死还阳的原曲①，并不说知郡主，为着金兰手足，瞒着妻身，仍要离别。这是石将军相交义重出于寻常。当下说声："郡主，不是我常常把你丢抛了，如今狄大哥又身亡，前时结义说有福同享，有祸同当，今日又不能同归泉下，就伴灵守柩一年，稍尽一场交合之情，所以下官与张二哥在着天王庙内朝夕盘桓，免得阴魂怨着我无情，如今不得已，抛别贤妻。郡主伊乃贤德之人，还求勿怪为夫薄情，抛弃于你。"郡主听罢，微微含笑说："相公出言，足见情长于义，想你又无三兄四弟，今日不异同胞，同劳于国，今朝不幸失却为首英雄，相公你切放心前去守柩，不必把哀家挂怀。"石将军听了大悦，道："难得郡主这样通情。"是日，仍将此言告禀母亲、岳父母。

次日上朝告假守灵柩，圣上不准说："狄青既死，不能复生，四人莫守此空荒之地，即可回朝伴朕罢。"庞洪见狄青已死，大妒四虎将军，不欲他在朝伴主。见圣上不准石玉之奏，急忙出班奏道："臣庞洪有奏，凡为人者必要忠义两全，才得名扬宇宙，豪杰为称，如今石玉等五将平西立下汗马功劳，即为忠也；金兰兄弟身亡，甘心愿往守柩，即为义也。为人即得忠义两全，诚为可敬。望吾主降旨准如所奏，着令四将一同给假三年陪伴棺灵，非但得全四将之义，狄王亲阴灵亦沾陛下洪恩矣。伏乞吾主准奏。"仁宗一想，这也无关得失之事，传旨准奏。

---

　　① 原曲——事情的始末。

石玉叩头谢过圣恩。退出朝,一路回归平西王府。见了太太说明,正要动身,忽然刘庆、李义二人回来,已到后堂拜见高年太君。此时狄爷灵位,设于西府中,所以二人回来,不曾看见石玉。三人回来,正是来得凑巧,三兄弟又见个礼,太太说:"有劳二位贤侄一番,老身实情过意不去。"刘庆弟兄说:"老伯母啊,这是劳而无功的。"太太说:"二位贤侄,何出此音,莫非公主未到么?"二人齐说:"小侄一程到了单单国,见了狼主。他说国母娘娘身故,才得几天,公主且慢到中原,待等来年秋季,送来上国,夫妇团圆,但这狼主说,我们跋涉路途,苦留一月,我们只得耽搁一月而回。"太君就说:"原来如此,不来也罢。"石玉看见有丫环在侧,急忙招手说声:"哥哥,外厢来讲话。"此时三人直出中堂,转到书房内,四顾无人,石玉细将情由一一说明。刘、李弟兄听罢,又气又恼又好笑,恨来恨去只恨庞洪。但这王禅老祖因何叫大哥假死,避了奸臣?石玉说:"二位哥哥有所不知,只因大哥命内灾星未退,命他隐迹埋踪,隐避一年,就有此事了。这机谋只有伯母、我弟兄五人得知,其余知不得的,就是那焦、孟已经瞒他。"二人应允说:"我们明日复过圣旨,然后共往天王庙,与狄大哥叙会,我弟兄一同做伴罢。"

是夜,安歇一宵,次日上朝复旨,石玉前天已奏闻奉旨守枢三年,再着回朝伴驾。二人谢恩辞朝,与石玉已拜别太太,后辞焦、孟弟兄,上马加鞭,直至天王庙来叩门。张忠认听声音,放进三人进至后厢,与千岁相会,细把公主丧母未来缘故说知,狄爷也不介怀。

再说此次之后,五虎英雄在着天王庙,犹如做了家庭一般,闲时犹恐外人撞进来,所以常常闭门,住庙内,若在外边,只说天王庙内的妖怪果然厉害,吵闹难堪,又说这妖怪身长丈余,非凡厉害,要吃我们弟兄四人,终夜提防。不谅这所在,难以延迟耐久。所以近地百姓远远传言,这妖怪模样凶狠。三四位将军有此本事,不能降伏,我等焉能奈何?当时传播起来人人害怕,心惊不得,不敢进庙。街衢行走也稀疏了,情愿远些而走,不表众民畏怯。再说狄爷自此隐遁天王庙中,虽然思念母亲,只是无由得见。日常无事,弟兄说论兵法,评论国政,安心待时,仍与国家出力不表。且说焦廷贵、孟定国在着王府,真如假做了孝子一般的,尽心守孝,而且代劳一切事务,也不多谈。

又说钦天太史崔爷因自狄青死后,常是嗟叹不已。说道:"好一员少年英雄虎将,杀退辽邦贼寇,大宋江山全亏五虎之力,名扬国外,略息兵戈,方得太平安享,倏然暴疾而亡,只落得汗马功劳,一旦成空。思量到底害在庞洪手里,屡次将他暗害,屡屡谋害不成。这奸臣串通女儿,说是假旗,一时他触怒君王,把他押出西郊处斩,险些一刀两段。幸亏得太后娘娘出头,免得一刀之苦,又要徒罪三年,抵却当殿忤①君之罪。在游龙驿中,因何无灾无病,称说冤魂作祟,霎忽身亡?真乃死得奇怪。所疑者没有别人,皆是庞洪与驿丞官同谋陷害了这英雄。那日包年兄上本请验,圣上偏偏降旨免验,真乃中了庞洪的机谋。包年兄观看尸首之时,这张忠与狄母多说疾病身亡,并无别故,不相验可耳。想来甚是稀奇,猜度不出什么缘故。但想四位英雄实乃忠义之人,无得内中作弊。今日狄青死去,堂上老太君谁人侍奉?丢下外国青年妻子,思前想后,却也可惜他白发母亲。公主虽然年少青春,但今日刘、李回朝复旨,她又不到中原,不知长短。"这崔爷终日不得开怀,叹惜狄青,想这庞洪屡屡算计狄青,就是发配到游龙驿,原是庞洪的主意,各位忠良大臣原疑着庞洪,况且毫无病症,立时身死,又见稀奇。并且驿官王正乃是庞府家人,岂不顺从庞洪的主意?夫人见丈夫崔爷终日愁闷,便说:"相公,他的母亲尚然不要包公相验,你是旁人,何用如此担忧?"崔爷长叹不言。

忽一夜,崔爷用过晚膳,直进阶前,月色如昼,云净无烟。崔爷仰望星月,细看天衢②,察其星斗,又见贪狼星乃是庞洪宿度,光华灿烂,实在盛时之际。又见武曲星半明半暗,在于东南方,想来星尚在,人已死了,好生奇怪。星没人亡,古今所定。莫不是狄青未死,隐居僻静之方,避了奸臣?若说狄青还在,前日送死之时,众目共观,他明是死了,如若不然,棺中尸首,乃是何人?想一番,观星斗一会,笑道:"此星现在总是未死的。若说是死,只好骗愚夫妇耳。不知他隐身何处?想来他畏惧庞洪,就退避了,枉为英雄,没有一点胆量的。"不提崔信之言。又说庞国丈当时认定了王驿丞弄死狄青,满怀得意,欲要今日升他一个知县之职,恐防惹人疑惑,只得缓缓升他不表。

又谈狄太后娘娘,自狄青亡后,时时凄惨,日日怀思,正是生离死别之

---

① 忤(wǔ)——违背,抵触。
② 天衢(qú)——传说上天帝京的大路。

苦。况且狄太后想念亡兄单留一点香烟之种,一心指望他继着前人功烈,重庆光耀家园。喜得他年少英雄,早已出仕皇家,平复得西辽,只望从此母子荣华,外邦公主接到,婆媳团聚,夫妻叙会。岂知出仕未久,已遭庞贼暗害,几番险死还生。原得皇天庇佑,不中奸贼之谋。又到验旗,触君发配游龙驿徙罪三年,一时病症,只说冤魂索命,立刻身亡。今日眼见得狄氏香烟已断,单单国中,虽有双生儿子,还不知公主心意如何?况她乃远居外国,国外单生长这一女,一闻丈夫已亡,国王未必肯送女至中原了。倘若她到来我邦寡居,婆媳度量,自然寡母抚育孤儿的。若然这公主不记着丈夫恩情,不想回归中原,此是侄儿嫡血双生子已经乌有。这狄太后娘娘终日怀念侄儿,长嗟短叹。又有潞花王常时忆着英雄表弟,不禁潸然①流泪,母子为着狄青一死,不知泪流多少。正是:

分离骨肉情何切,惹起愁思意不胜。

① 潸(shān)然——流泪的样子。

第六十五回

西辽国犯界兴师　大宋朝君臣议敌

诗曰：

　　边国西辽强悍邦，英雄既没复猖狂。
　　干戈蜂起从今日，退敌兴师谁可当。

　　话说狄太后母子心怀狄青身亡，且太后的心肠甚好，因嫡侄死了，嫂嫂必然苦切，所以常常打发宫娥到狄府探望。有时接到宫中叙话，多言解劝，实有一段亲亲之情。狄太后想来，娘娘如此厚情，必然她为着我儿也惨切了，不如实告了，免此心烦，她母子断然不泄露的。遂将庞洪计害狄爷之仇，师命埋名缘故，细细说明。太后此时喜从天降。是日，多谈庞洪计毒。

　　话分两头，慢提姑娘之言，京中多事。再说这西辽国狼主志在大宋江山，此心不息。单忌着狄青五人，并又伤了飞龙公主，此仇越结深了。故前日依了度罗空之计，当时又往新罗国借取雄兵猛将，所以先差秃狼牙私进中原，把数件宝贝金银珍珠，送与庞洪，说明旗是假的，害了狄青。一则与驸马公主报仇，二则中原战将再无狄青之勇，兴师夺取宋氏江山唾手可得。只等候秃狼牙回国，方知狄青下落，才发好兵。忽一日狼主早朝，传报得胜将军回朝。狼主即宣上殿。秃狼牙将狄青陷害情由细细奏明，狼主大悦，说："劳动卿家，升官三级，免朝一月。"秃狼牙谢恩出朝。辽王正要退朝，忽报到新罗国王命铁金钢麻麻罕为元帅，外有四员猛将，一名通迷，一名达脱，一名哈天顺，一名石天豹，统领雄兵十万，在午朝门外候旨。狼主大喜，请进亲赐御酒三杯。又命他兼领本国人马十万、偏将百员，共来兵二十万。重托麻麻罕领兵，定于明年三月初旬黄道吉日提兵往取中原，麻麻罕领旨。

　　不觉光阴似箭，已是次年三月初旬，元帅即日拜辞狼主，与众臣一路长驱，发兵杀气腾腾，已至中原境界，势如破竹。夺了雄关外多少地方，直杀至三关，无人抵挡。若说雄关孙秀，乃是酒色之徒，无谋无勇，如何抵敌交锋?还亏得杨青,虽然年老,原是上阵英雄,老当益壮,几次开关抵敌住辽兵,雄关坚固难攻。此时孙秀心中着急,叩声:"杨老将军、范大人,下官只道干戈宁息,岂料西辽复又猖狂,倘若雄关一失,必被辽兵杀进京了。这件急事如何处置?需要大众酌裁好。"范仲淹说声:"孙大人,你是雄关之主,凡事多要大人主裁,如何要我们定夺起来?下官之言平日间也准信不得。"孙秀听了范仲淹之言,心烦意间,实是着忙。又说:"杨老将军,我与你同是宋朝臣子,受了国恩,须当报效才行。怎样退敌,需要细共商量,如何?"杨青听了,呵呵冷笑说:"孙大人,老夫也是这句话,你我一殿之臣,同受皇恩,理当有效。大人做了一个关大王,平日间大小事情多是大人做主,我们有了说话,插不落的,因何今日没主张,来要我两人做主商量?若不是老夫连日抵敌,三关早已付西辽了。老夫做了武将,不过拿几筋力气,前去苦命斗争,那辽将声声说'狄青身亡,必然定要攻破三关,占夺三军,取了中原,若然狄青提兵到来,我国依然投降,除了狄青多不肯畏惧的'。孙大人,你道狄青死得好不好?"范大人说道:"这些奸臣,巴不得他早死了,然而据我的意思,狄青永远不死,方能稳保宋室江山。今日狄青死去不久,西辽复又猖狂,孙大人需要自定良谋,方能免得玉石俱焚之患。"

孙秀正欲开言,忽有小卒报说:"有个番将讨战来,说若然没有对手的,休要出阵,他就要杀进关中了。"孙兵部此时摆布不来,只得吩咐:"连挂免战牌,待本官拜本进京,请旨发兵便了。"范爷叫声:"孙大人,当初杨延昭始守此关,边夷丧胆,以后杨宗保继守三关之日,有胜无输,从不曾挂过免战牌。为何今日尚未开兵,先要高挑免战?"杨青说:"中原锐气扫尽了,长他人志气,灭上国威风,前辈英雄眉毛倒尽了!范大人啊,不独前辈守关威震,就是今狄青在此关,西辽屡败,掌了雄关,必要上阵立功。既然大人这胆怯怕,掌不得雄关之主。"这几句把孙秀面光扫尽,只得急备本章,说西辽兵犯三关,又求万岁掣①他回朝。孙秀一则为着雄关危急之际,二来听不得范、杨讥诮之言。即差人进京,报本去了。传令兵丁严加把守。又幸得其时乃是初夏,天气炎热,倒应停征。所以番兵不来十分攻击。况且三关坚固,所以无碍,按下慢表。

---

① 掣(chè)——抽,抽出。

第六十五回　西辽国犯界兴师　大宋朝君臣议敌

再说庞洪一自狄青死后，心无挂碍，终日与那同党厚交，开怀乐饮，你来我往。又说："干戈宁息，我辈正该乐饮娱情。"忽一日，接得边关来信，心中大惊："老夫只道西辽王只要与女儿报仇，杀害狄青便罢了，岂知狄青一死，就兴兵侵扰，今日杀至雄关，孙贤婿无人代劳拒敌，免战高悬，今有告急本章，求请救兵。想来朝内没有英雄，不知何人退得辽兵罢了。我也不管它，来日奏闻圣上，听凭他定夺便了。"次日见驾，就将孙秀本章呈奏。天子看了此本，心内大惊，想了一会，并无主意，降旨众文武共议退兵策。百官个个推着庞洪，说他极品之尊，朝纲统领，岂无出师退敌之计。庞洪说："列位大人，我为文事，不识武略，还有众位王兄，曾经上阵交锋，可以提兵前往，救解三关。"天子正要开言，武班首闪出静山王爷呼延赞，俯伏说："陛下啊，臣等身为武职，义不容辞，若能杀退辽兵保社稷，以报国恩，何为不是！况且在前王侯除了潞花王之外，多是南征北讨之人，在少年强壮时，谁敢推诿？今日无奈俱已年老力衰，将为就木，纵然提兵前往，非但辽兵难返，徒费兵粮，而且又误国家军情事，况且三关乃汴京首重之方，倘有疏虞①，关系非小，前亏得狄青五将杀他片甲不回，后来又征服他邦。狄青在日，兵戈不起，如今狄青既已夭亡，所以辽王复又猖狂，说要狄青出敌，仍复投降，狄青不有，必要占夺中原。夸张恐吓，欺我大宋无人。今日雄关外地尽皆失去，可知辽将勇猛，番兵厉害，望我主早定良谋，挑选智勇双全为督兵主帅，发旨意往游龙驿，着天王庙四虎不必守枢，暂且回朝，挑选精兵前往，我主龙意如何？"仁宗天子听罢，开言说："朕固体谅卿等年老力衰，难当此任，说也徒然，狄青已死，言之无益。今朕依卿所奏，文着庞洪、武着老卿家会同各大臣计议。如别方有勇将，即为保举本奏，协同四虎将提兵退敌便了。"众臣领旨。

天子退朝，龙颜不悦，回至东宫，有曹王后娘娘接驾，坐下绣墩，曹娘娘看万岁颜容似有不乐之色，便问："陛下，为何似有重忧光景？"天子说："御妻啊，前日西辽番兵犯界，直抵三关，亏得狄青杀遇。不想狄青一死，辽王复叛，占去三关外多少地方。雄关孙秀无能抵敌，请旨掣回。寡人欲待有将出师，然后掣回孙秀。朝中武将多是年老力衰，不中用的。寡人因此烦闷，思算何人提兵前去拒敌。倘若失了三关，朕的江山难得了！"曹

---

① 疏虞（yú）——疏失。

娘娘说:"臣妾请问陛下,从前已有狄青征复西辽,至今未久,因何又起兵戈?"天子说:"御妻啊,你有所不知,狄青不是等闲之勇,深通武略,年少英雄,还有四虎将帮助。前时西辽兵雄将猛,侵犯三关,却被五虎将杀得胆丧魂消。如今一闻狄青已死,故西辽复兴兵前来。"曹后娘娘说:"陛下啊,若然说起狄青,臣妾也曾思量过,想他前往征西受尽多少辛苦,才得取旗回国,满朝文武多已共目。后来庞妃说出旗是假的,算来不是狄青欺骗陛下,实乃西辽王用退兵之计,欺骗陛下了。当时何不复差五将再去讨伐西辽,取了珍珠真旗回朝有何不可?为何陛下反将这小英雄押出西郊斩首?若非狄太后出朝救了,险些屈斩了这有功之臣,陛下问心何安?"曹后说此一番,不知嘉佑王如何答说了,且听下回分解,正是:

国宁只有文臣显,世乱还须武将高。

第六十六回

宋帝闻兵思勇将　包公夜月访英雄

诗曰：
  兵戈复起忆功臣，无事抛疏有事珍。
  今日方思忠勇将，当初何必信谗人。

当时仁宗天子听了曹后娘娘说他复验珍珠旗，险些屈害了忠良将士，亏得狄太后娘娘出头放了。此时嘉佑王说声："御妻啊，不必埋怨寡人了。前事已错，说也枉然。这狄青还是在游龙驿中暴疾而亡的，不是寡人伤害了他。"曹娘娘说道："陛下啊，你等不把他发配游龙驿，在着朝中已是不死了。"天子说："御妻，你哪里话来！人生吉凶祸福皆是定数无差，他不该刀下身亡，已是驿中丧命的了。"曹娘娘说道："陛下，你言差矣，狄青有此汗马功劳，不能荣宗显祖，而且身遭国法，想来后生家性子方刚，岂不气愤么？今朝明是气恼死了英雄小将，说什么冤魂索命，暴疾身亡，别人信此是真情，独有臣妾断是不信的。"嘉佑王听罢，说："御妻啊，如此说来，实乃朕之愚了，既然看出假旗，及早应该再差他五人前往辽邦，取换真的回朝有何不美？原不该胡乱将他处斩，算起来倒是朕把狄青欺了，幸有母后出头，免他一刀之苦。何不可乘此机会，复命他前往西辽，胜似发配他游龙驿。辽王又不敢兴兵前来，复至猖狂了。想到此间，原是朕之差了，但悔已不及，但不知今日差遣那人前往三关退敌了？"曹娘娘说："陛下啊，除了狄青之外，没有一员勇将了么？"天子说道："勇将谁能及得狄青智勇双全？况且番将狂言称说狄青出敌他邦，照归投降；若是别人，一个多也不惧，必欲攻破雄关，杀进中原。"曹后说："如此想来不好了。"天子说："实不好的。狄青死得不妙了！"不提君主之言。

再说国丈庞洪协同文职，静山王呼延赞率领武官同商议，众文武多推着庞洪，岂知他只挣得一副屈害忠良的本领，焉能有定国安邦的良策？一连议了三天，还未复旨。此事慢提。

再说钦王太史崔信是日进来见包龙图，说起西辽真乃可恶，狄青一死又来兴兵侵扰,可恨这老奸臣一谋不出,犹如泥塑一般。包爷说声:"崔大人,可惜了一根擎天柱,汗马功臣;可惜他乃国家重用之人,寿元夭促,今朝目击主忧臣辱了。再有何人前往三关,抵挡辽兵?"崔爷微笑说:"包大人,你道狄青死了么?"包爷说:"自然死了,何必再提说起他来?"崔爷呵呵冷笑道:"小弟说来,狄青不曾死的。"包爷说:"怎见他不曾死的?"崔爷说:"小弟前时偶观星象,只见武曲星半明半暗,正是英雄围困之象,近来几夜星光比往常加倍灿明,这位小英雄定落在东南方上。目下辽兵复起,只需要访出这英雄,国家之患方除了。"包爷听罢,呵呵大笑说:"崔年兄,你的话哄着何人?送殓之时,众目共观,狄王亲已死了,唯是面目如生,此乃是真的。"崔爷说:"包年兄,倘若不信,今夜且到小弟观星台那边共观星斗,就知明白了。"包爷说:"崔爷这等说来,你不必回去了,如今已是下午时候,待小弟办桌小席,与兄对席同酌,到晚上同观星斗便了。"崔爷说:"怎好叨扰年兄?"包爷说:"便酒粗肴,休嫌简慢。"

此时包公吩咐备了一桌酒筵,二人共坐,吃了几杯,言谈国事一番,不觉黄昏时候,二人携手步落阶前,面对苍天。崔爷说:"包兄,你看东左角这颗明星,正是文曲星。"包爷见了说:"这颗明明是贪狼星么!"崔爷说:"正是此星,乃庞奸贼也。"包爷笑道:"庞洪凶星倒也光彩啊!"崔爷便说:"他是盛时,所以倍加光彩。"包爷点头说是。崔爷又说:"东南上这颗大星,如金光亮,乃是武曲星狄王亲了。但观今日光亮倍于前,谅想如今该出仕朝廷了。包年兄,你也曾办过多少奇难疑案,人人共知,名扬宇宙,朝中哪一人可及你如此智量高才,非小器辈所及也。年兄何不得到东南方上,访出狄王亲来?"包爷说:"崔年兄,本命星既在,人果未死,小弟担承访查出来便了。但如今只可你我得知,切不可泄于别人。待等访着实了,另行计算罢。"崔爷说:"年兄之言不差。"此时观星斗完毕,复就席用过夜膳。

时交二鼓,崔爷揖别回衙进书去了。独有包公回房,坐对银灯,想来武曲星如此光亮,狄青果然未死。倘若他未死,前日入殓的尸骸,难道顶替的?猜思一会,说道:"稀奇异怪,莫不是庞洪又来算账,这英雄故用此金蝉脱壳之计,在着幽处埋藏了?狄青纵然未死的,有人仗义顶替,哪里有容颜如此相像的?我也判了多少奇难事,单有此事推猜不出,思想不出。也罢,但愿早早访出,全不费力,这就妙了。又想来这天王庙近游龙驿中不远,正在东南方上,前时四虎弟兄皆说在此守柩,活人伴死人,岂有伴到对年的? 事有可疑,且待明日往天王庙暗暗细察便了,倘若对问四将,还防惹他起疑,反把狄青藏过,就惧事了。本官有个道理,总要暗暗密访,方为妙算。"是夜休提。

到来日上朝已毕,用过早膳。包爷吩咐打道出行,不乘大轿,骑了高头骏马,只带了四对排军,靠紧相随。夜静更深,只作出城外巡查,直向东南路上行了九十余里。众排军不知其故,且人马并无一刻停留。天色已晚,排军点起灯笼火把,并且一路原要查问,倘有奸宄①不良,即要带路一程,担捺到得游龙驿,已是二更时候。但见郊衢寂静,少有人声。此时明月当空,天灯明朗,只闻四壁虫声,音鸣不断。此刻包爷住马,开言吩咐:"张龙,快马上前邀道驿中。"张龙即到驿门,举手连连打叩。驿丞尚未安眠,驿子早已贪睡,王正一闻敲门响亮,连忙抽身开了驿门。驿子喝过才醒觉,心下大惊起来,闪避不及,包爷已到。双膝跪下,战战心寒,说:"大老爷,小人驿子叩头迟慢了,罪该万死。"包爷说:"不罪你,起来罢。"驿丞跑上前迎接,驿子快些拿茶来吃。王驿丞上前迎接包爷至庭前,请大老爷下马坐下,连忙跪下叩头,说:"卑职游龙驿王正叩见包大人。不知大人到来,有失远迎,望祈恕罪。"包爷说:"驿丞请起。"驿丞叩首起来,侍立一边,包爷说:"驿丞,本官只为巡查至此,夜已深了,借你驿中暂歇一宿。明日回去。"王驿丞说:"包大人,只是地居污秽,屈渎②大老爷的。"包公说:"这也不妨。"

此时王正不知包爷匆忙到来何事,但见他坐下呆呆气象,默默思量,两边排开八个无情大汉。驿丞当下猜思不出,狐疑不定,又不敢开言动问,暗暗思来,如此其中定有缘故。此刻驿子送香茗上前,包爷吃毕。又嘱咐驿子备办酒席来,款待大人。这包爷是个仁人君子,体谅前官。听了驿丞吩咐办酒席,便说:"驿丞,本官并不贪酒的,不必备酒了,况且你为这官,没有大财的。有夜膳备些,与了八个家人用罢。"驿丞说:"足见大人体恤小官,但是大人一日赶路到此,劳顿肚饥了。"仍吩咐驿子往厨房安排酒膳去了。此时包爷又问王驿丞:"想你这个官,原是没趣么?"王正

---

① 宄(guǐ)——指犯法作乱的人。宄,内乱。《国语》:"窃宝者为宄。"
② 屈渎(dú)——委曲,冒犯。

说:"包大人啊,实是没有趣的。"包爷说:"如今有趣了。"驿丞说:"大老爷何出此言?"包爷说:"驿丞,如今有大官做,岂不是有趣的。"王正闻包公半吞半吐之言,十分狐疑不定,忙说:"卑职何德何能,焉敢妄想。"包爷冷笑,看看驿丞说:"你在庞府十几年了,国丈提拔你,做此官几年了?"王正说:"大人,做官有五年了。"包爷说:"王驿丞,你与太师办事得力。"不知包公试探驿丞如何,正是:

勤劳为国忠臣志,狡猾欺君奸佞心。

第六十七回
忠诚直告王正原谋　代主分忧包爷密访

诗曰：
　　辽兵犯境甚猖狂，退敌无人为边疆。
　　包拯劳苦原为国，霜天夜月访忠良。

　　当下包爷说声："驿丞，你与太师办事，果然能干无差，所以太师心内喜欢于你，明日不高升为府，定然为道了。目下虽然做这穷官，不日就有苦尽甜来的。"王正听了，心中着急，不知他何故说此话来盘诘，急忙上前，打拱说："包大人，此官原是国丈提携我做的，实乃无能。焉敢妄想加升官爵的！"这包公原是机密访寻狄青，一心又疑庞洪要王正串同谋害于他，故用许多捕风捉影之言来引赚王驿丞。又冷笑说："王正，你家太师要害狄千岁，已曾有书来往，要你害了狄千岁，升你官职，但别人由你瞒过，本官你断难瞒得的。快些直说明白来。"王驿丞听了，暗暗着惊，此话说来有音，但不是我害千岁的，何畏惧这包龙图多言盘诘？便叫声："大老爷，你休得多言，太师何曾有书到此？卑职焉能把千岁陷害？果无此事，大人不必多疑。"包爷喝声："胡说，已有冤魂，来到乌台告状，说你听了太师之言，将他暗地弄死。所以本官前来问你，尚敢抵赖么？"

　　王正听罢，一想："岂有此理。太师书来，要害他身亡。我想他是大宋功臣，与我无仇无冤，不忍伤他性命。情愿挂冠逃走，此乃下官一片好心肠。他自家急病身亡，与我何干？因何他反在包公跟前，告我同谋害他。想来真是好人难做的。"包公见他如此沉吟，便说："驿丞，本官劝你老实招来罢。"王正说："大老爷真乃天冤地屈的。前时千岁有疾病时，忽然说身体不安。卑职就日请医官来诊脉。便说不识此症，难以定夺。后至张将军赶来时，还是讲说得出话来。倘若小官谋害他，千岁岂不说知张将军么？当时千岁乃说西辽冤鬼都前来索命，不能服药，命即归阴，实与下官无干的。"包爷说："有千岁阴魂告状，难道是假的？你说倒是真么？你不知本官的厉害，断过多少无头疑案，你可记得狸猫换主三审郭槐的事情,李太后含冤一十八载,郭槐抵死不招,后来如何审出真情,你难道忘记了么?你今若不说明,难受刑法之苦,终须要抵认的。"

驿丞带怒说:"包大人,今日真乃冤屈下官了,我家太师与狄千岁作对,与我何干?"包爷一想,有些口风露出了,便说:"驿丞,本官还晓得你是个好人,不忍下手。到底庞大师怎样摆弄他身亡,你且明白说来。倘若不说明,审问起来,你要吃苦了。"王驿丞一想:"包龙图这人做事到底追骨方休。想这平西王如此功劳高大,尚且夭亡,岂但我这小小驿官,死何足惜!太师一心谋害功臣,品行非端,况且行恶甚多,终非结局之美,我将此事说明,并非我陷害他的。焉能要我抵偿他性命,说是我,我抵了命,也是前生孽障,怨尤不得的。"便说:"大人,卑职实言便了。前者狄王亲一到驿中几日,庞太师就差人送书到来,要卑职谋害了狄王亲性命。许我升一个七品官。卑职想来,狄千岁乃大宋保守江山社稷所重之臣,平日与下官无冤无仇,问心焉肯下此毒手?况且屡败西辽,皆他五人之力,汗马辛苦,不独圣上赖以国邦,就是我国众臣民,亏他杀退番兵,方得坐享太平。此日又因太师之命难违,只得应允。拖延不行,岂知庞太师接连来书十三封,把下官怨恨。此时下官自思没有妻子绊身,定意挂冠逃走。救了千岁性命,将言告禀千岁。岂知千岁不许我挂冠逃走。过了此夜,到得来朝,他就身体不宁,说道难保性命,我只道他出口无心之说,岂料到三更后,千岁竟归阴了。实情卑职不知他如何病症,怎样身亡的,望求大人鉴察真情。"包爷一想果然正是庞洪算弄他的,便说:"驿丞,只恐这千岁不曾死,或者有人顶替,你可知么?"驿丞说:"不然,这一天,众英雄多来送殓,就是下官也目击他入棺的,明是千岁的尸骸,焉有别人顶替于他?"

包爷听了,复出庭外,驿丞随后。包爷走到庭外,仰面观天,这颗武曲星仍然金光灿灿。又问驿丞:"这首是何所在?"王正说:"前面是百花径,再过去半里,名钓鱼墩,向正东南角就是天王庙,狄王亲停柩之所。"包爷暗忖思,这崔信之言,果然不差,这颗武曲星光辉金彩,必然英雄在世未死。故前时狄爷之弟张忠多说急病身亡,推辞相验,定然他们用了巧计。如今想来,狄青已在天王庙了。此时驿丞旁观包爷如此光景,甚是可怪。又见他仰面观天,不知何故,又不敢开言就问,当时回步庭中。有驿子说:"启上老爷,晚膳摆开了。"驿丞尊声:"包大人,休念卑职是个贫寒下吏,况且夜深无物,相敬淡酒粗肴,多有亵渎,望大人恕罪。"包爷说:"驿丞,

第六十七回　忠诚直告王正原谋　代主分忧包爷密访

休得套言,本官原说过不准备酒的。"驿子对看八个排军说:"列位请来这里用膳。"包爷说:"你们去吧!"八人跟着驿子去了。包爷一头吃饭思想来,此事难办,又思王正为人忠厚,深知狄王亲乃国家倚重之臣,不从主命奸谋,立心存了功臣性命,志足可嘉。本官有日提升他官职,庶不负存心忠厚之人。此时用膳已完,时交三鼓,说:"驿丞,你且去睡罢。"又吩咐排军:"你们各人去睡,本官且独坐在此,不要你们在此。"包爷虽然如此说,众家人谁敢去睡?驿丞说声:"大人此刻只得半夜,如何坐等天明,粗俗床帐,请大人权为安息如何?"包爷说:"一夜不睡,有什么要紧!你去睡罢。"王正思量真是气闷,想他到来,真乃奇怪,是否果有冤魂告状,亲身前来,访察根由的?我今已把真情深露与他,听他如何发断,还望他不要留恋此地才好。

不提是夜驿丞烦闷,再言来日五更三点,众官员参见君王。此日上殿,包公不来见驾,今日不见他上朝,天子也不动问,按下朝中不表。

再言包爷此日吩咐张龙、赵虎如此如此。二人依命而行。王正只道包爷就要回去,岂知他又不动身,只得吩咐庖人备办早膳。有驿子悄悄来问驿丞说:"老爷,到底包大人为何忽到来?"驿丞说道:"包爷前来访察狄千岁的事,只为阴魂在乌台告状,他所以到来。"驿子听了心惊,说:"老爷,有这等事!幸得千岁不是老爷谋死他的。"不提驿子之言。

且说张龙、赵虎奉命打听,此时回转驿中,禀上包爷说:"小人奉命往天王庙查问,左右邻人多说,庙中有妖怪出现,现如今千岁的棺木停在庙中,四位将军守柩。别的事情多不知道。我们又问他进庙否?众人说妖怪厉害,不敢进去恭神。"包爷听了,想来说有妖怪之言,又是五人的传言作弊。"本官若然直进庙中,倘然狄青不在,岂不惊觉了他?倍加深藏埋隐这英雄了。算来不知他藏在此庙否?罢了,本官自有道理。"原来包爷计策甚多,想一回定了主意。且待候至日落西山,吃过晚膳,不坐马匹,带了八个排军徒步悄悄同行,至半个时辰已到了天王庙。将已二更时候,左右人家多已闩门闭户,庭园寂静无声。此时星辉月朗,包爷又是周围观看。此庙有三大进深,四方围壁,只有庙前门,并无后户的,但是后座墙壁是南方,这壁矮些。但不知如何访过千岁,正是:

忠心尽力匡扶国,权佞无才莫慰君。

第六十八回

包公密访赚英雄　狄青埋名逢铁面

诗曰：

遵师遣命服灵丹，待满灾星除佞奸。
暗隐忽逢包拯赚，英雄复又谒龙颜。

却说包公深夜来到天王庙，四周观看，只见后座墙壁低些，可以扒上。即唤过高松、张吉，吩咐这两个排军如此如此探听。二人听了暗说："这大老爷办这事，鬼头鬼脑的，如今又叫我二人做起贼来。扒上屋顶打探，真乃可笑的。"此时张吉跪下，高松两脚踏在肩头上，张吉在地下腾腾立起身来，此名为矮子接长人。此刻高松双手扳扒围墙，两脚在他肩上轻轻一送，早已登上瓦面。四周一看，寂静无声，只得在瓦面东边，扒过西边去，静听一回，西南角隐隐有人言语声。高松又扒过西南角，果有人言语。轻轻扒开瓦块，岂知尚未扳离，早有灰泥跌下来，只得不敢动手。无奈不掀去瓦块，不见其人，只得伏于瓦面静听。

只闻一人说声："大哥，休得心焦，我们各敬三杯，且自开怀乐饮罢。"又听一声说："贤弟，我的心事甚烦，叫我如何吃酒呢？庞洪原与我没什么大冤仇，三番五次陷害于我，幸而屡屡不中他奸谋。虽然今日不计较这奸臣，但使我母子分离。虽然你们常常走回去探望母亲，到底使我远离膝下，不能侍奉晨昏。倘得母子相依，我也不愿拜相封王，不如乐守乡园，深耕易耨①，淡水清汤，倒也逍遥自在，胜如显爵高官，忧怀不免的。"又闻说声："大哥你哪里话来？你是个当世英雄，立建功劳多少，才得玉带横腰。前日师父有言，埋名一载，到后来福禄齐天。目前灾星已满，如何还有愁烦？有日出头，定要扫平庞贼，消了大恨，方得国家安宁。但小弟前日悄悄回去，探明太太闻得目下西辽又兴兵杀来，直攻围困三关，孙秀无能抵敌，告急本章回朝，只因没有大将提兵前往，所以君忧臣愁。但得天开云

---

① 深耕易耨（nòu）——比喻精细耕作。耨，指锄草。

雾,大哥原要领兵退敌的。"又闻说:"贤弟啊,你休得说了,我是看过世情多假局,前者汗马辛苦,今日身羁此地,想起来富贵身荣,如此浮云耳。就是征西,杀害多少生灵,虽然为国,到底冤魂结怨。今日辽兵杀进三关,我也不介怀了。"又听一人哈哈大笑道:"大哥,这句话却说差了,庞洪陷害于你,并非圣上之故,为何大哥说起此言的?"又闻说:"贤弟,我岂有不知,前日庞洪假词奏主,我们征西,劳顿一番,方得平服,取了珍珠旗回朝,害我之谋又不遂。后来父女通线,在万岁跟前说是假旗,险些身首分开,多蒙太后娘娘救了性命。如今问罪到此,庞洪一连十三封书,使王驿丞害我,亏得王正心好,不然我化命为乌有。几番被害,还想什么汗马功劳,荫子封妻?庞贼在朝,犹如狼虎,又有宫中女子依靠,我今且保全余生。悉听朝廷自主,宋室江山,岂无他人保护,就少我一人,有何妨碍?"又闻说声:"大哥,说到此间,也怪不得你反了心,不若待小弟架起云梯到庞府把这奸臣一刀刺死,待大哥平气,再去征西如何?"又闻说:"贤弟,这事动不得的,若行刺庞贼,必然害了近地百姓的性命,况师父前日有言,说庞贼正在盛时,奈何他不得,如今暂且忍耐,由天罢了。"又有二人同声说道:"奸臣容他多活几年,少不得罪恶满盈,报应昭彰,与我观看。"又闻一人说道:"从今不必说起庞洪这奸贼,免使大哥纳闷不安罢。"众声说:"有理,从此不提这奸臣了,我们众弟兄吃酒罢。"

高松此会只闻吃酒罢,尽说交勖之言,并无别话。高松听得明明白白,才晓得包爷巧计,方知古庙中困住几位英雄。即时打从原路,一步步扒回后庙矮墙壁招手望下,张吉一见,仍按他下来,悄悄将此言一一禀知。包公大喜,吩咐众人转回驿中,已是三更时候。这包公为国分忧,辛劳国务,有诗赞曰:

　　史称刚毅包龙图,大宋一人千载无。
　　铁面无私平素荏,丹心日月青史留。

当说包爷回至驿中,王正迎接中庭坐下,饮过香茗。包爷说:"你们昨夜不曾安睡,你等今去睡罢。"众人齐声说:"大老爷不睡,我等如何敢睡?"包爷说:"本官有心事,你等如何得知?不用多言,去睡罢,明日早些起来。驿丞你也辛苦,去睡罢。"众人听说,各个散去,闭上驿门。包爷独坐沉吟,说:"今日知道狄青未死,全亏得崔信观看星斗,但不知前日棺中尸首何人替代?来日问狄青便知了。"呆坐一会,又想一计,不觉天明了。

梳洗毕,有驿丞请安恭拜。包爷说:"王正,狄千岁在乌台告状,昨日本官已查明白了,今日要到天王庙走走,就要回朝了,你须同去走走。"王正应诺。是日,早膳用过,包公上马,带了排军八个,王正随后,游龙驿一程,到了天王庙。包公下马,吩咐张龙叩门。不要说本官在此,须说太太差来探望千岁的。张龙领命,上前叩门。

庙中李义说:"哪人打门?"张龙说:"太太差来探望千岁。"李义一想,我们常常去见太太,叫她不要打发人来,因何今日差人前来探望?到底母子之情,怪她不得。即时开了庙门,忽一队人一哄而过,包爷吩咐将庙门关闭。李义一见吓了一惊,忙道:"包大人,因何到此地来?"包爷冷笑道:"你们干的好事!"李义说:"小将不曾干什么歹事。"包爷说:"你等藏了千岁,说死了。如今本官访查得明明白白,特来见千岁。"李义说:"包大人,我家千岁死过已久,并非藏过他。"包爷道:"你休得胡说,本官自去看来。"即唤高松先走,李将军好不着忙,飞跑进去报知。狄爷听了一惊,正在闪躲,外面来了包公,高声说:"千岁,不要躲,下官来也。"此时狄爷无可奈何,呆呆看着包爷,只得叫声:"包大人,怎晓得我狄青未死?有劳车驾,失迎之罪,乞望姑宽。"包公说:"不敢当,千岁啊,别人由你瞒过了,下官是瞒不过的。"说完呵呵发笑。狄爷默默不言。

四将又来恭见包爷。王正在旁心中暗喜,只道千岁身亡,岂知今日还在世间,果然包黑子非人可及!驿丞也来叩见千岁与四将军。狄爷说:"包大人,到底你怎知下官未亡?"包公说:"狄王亲,只因目下西辽闻你身故,复兴兵杀到雄关,无人抵敌,所以圣上思想于你,众人深恨庞洪。是夜崔信观星斗,见王亲星象未退。今日倒有光辉,故知王亲尚在人间。所以本官特来查访,今知王亲埋名此地,是以前来叙会的。"狄爷说:"包大人,你只当狄青死了罢,访我做什么?"包爷说:"狄王亲,你说哪里话来?你是大宋金梁栋柱,掌持社稷之臣,世代簪缨①之辈。食了王家爵禄,眼睁睁难道将宋朝基业付与西辽?"狄爷听了,说:"大人啊,狄青何德何能,敢当谬赞。小将比燕子学飞,翎毛未长,偶征西辽,侥幸成功,班师回国,深沾圣恩,叨享厚禄。奸臣几番陷害,大人尽知。想来禽畜尚贪生,小将白发亲娘劬劳未报,如若被庞洪害了,老亲却倚靠何人?今日要我们出仕,

---

① 簪缨——达官贵人的冠饰,代指显贵。

断断不能了。宁为农圃,劳苦于泉壤,侍奉萱亲,免遭奸臣毒手,小将早已立下此心。"包爷说:"狄王亲,你言差矣,你是当世英雄,因何今日反误了？庞洪由他大奸大恶,终须报应有时。狄王亲为何连圣上也怪了,不愿退兵保国的？"狄爷正要开言,有四将同声说:"包大人,你有所不知,我家千岁是个忠心为国之人,无差无错,征服西辽,正思吃安逸的饭。忽然庞洪使计,把这飞龙叫杨滔认作女儿,配与千岁,希图行刺。仰感皇天有眼,全靠包大人正直无私,审断明白,活了千岁性命。这样大刁大恶大奸臣,一波未退一波来,内通女儿,说珍珠旗是假的。幸得太后娘娘出头救了,不然千岁早已亡了。"此时不知包公如何答话,狄爷允肯出仕朝廷如何？正是:

　　奸臣屡设谋人计,虎将冷灰汗马功。

第六十九回

访遇英雄包公劝仕　金銮立状国丈签输

诗曰：

　　奸臣屡次害谋深，至此英雄灰冷心。
　　今日包公重劝仕，雄关方得免凌侵。

　　再说包公劝狄千岁之际，有四虎英雄答言："千岁屡被庞洪施计，又说验假旗，得狄太后救了，问罪游龙驿中三年徙罪也罢，庞贼又连发书十三封，要驿丞害了千岁，岂知这王正与千岁一无仇恨，尚然不肯下此毒手，若像庞洪的狼心狗肺，千岁久已赴归九泉了。所以今朝恩断义绝，故立心把着从前汗马功劳一齐付与流水，悉听辽兵杀到金銮殿上，自有庞洪与万岁抵敌辽兵。一兴一败，庞洪可能定度得准，与我千岁何涉？我等情愿甘守为农，断然不去提兵的。"包爷听罢，开言说："列位将军，休说此言。庞洪奸恶，自有下官与他理论。总之圣上无愧于你。还宜为国分忧才是。"四将说："怎言圣上无差？听了庞洪的话，忘了千岁的大功，绑出法场处斩，不准保奏，必要斩的。这等没良心之人主，若千岁再去领旨提兵，是个无能没用之人了。圣上若然知我等在天牢，愿吃一回之苦，再要我等征西，断断不能了。"包公说："列位将军，你言差矣！句句言来，非为忠君爱国之语。"并声又说："王亲大人，凡人生天地，须要忠孝两全，才得名扬四海，方是豪杰英雄。圣上虽然差了，还宜体谅，历代厚沾国恩，狄王爷你岂不明此理的？"

　　又闪出驿丞也上前解劝，千岁嗟叹一声说："包大人啊，我众目昭彰，说已身亡了，而今忽然枯树逢春，岂尢欺君之罪？庞洪又有嫌隙可乘了。"包爷说："这也不妨，下官自有方法的。"四将说道："只要包大人保得定，庞洪没有毒计害千岁才好。"包爷说道："如今谅这奸臣再不敢了。"转身又问王驿丞："这庞大师的来书，如今还在？"驿丞说："启上大老爷，这十三封书多是来人带回，并无一字留存的。"包爷说："这老奸臣果然厉害也。狄王亲，下官还有请教，前日庞洪要害你，你依然在世，怕他什么？何

第六十九回　访遇英雄包公劝仕　金銮立状国丈签输

必作弊潜踪？这是什么缘故？"狄爷就将王驿丞说知算计,想起王禅老祖吩咐之言,尊命依计,细细说知包爷听了,微笑说："下官从不被人愚的。如今算来,却被你欺了。若非崔信观星斗,怎知道王亲在此！"狄爷说："包大人你也查访得机关巧密,下官在庙中了。"包爷笑道："下官不办疑难事情,谁人可办？狄千亲若不去提兵,谁人敢当！"狄爷说："大人,虽然如此,但下官身亡已久,今又说复生,圣上跟前如何陈奏？"包爷说："只消如此如此便不妨了。"四将听了一齐说："包大人,你平生是个铁面无私的,如今也要存私了。不知欺君罪例如何？"包爷说："列位将军,本官也不过为看国家军事重大,不得已权行耳。"四人笑道："小将原乃是一时取笑,大人休得见怪。"狄爷又说："大人,这是驿丞心存忠厚,不听庞洪用计害人,小将日后不忘他恩德。"包爷说："是,下官也知他是个忠厚人。"王正连呼不敢。此时包爷叮咛五位英雄,来日依计而行,抽身作别。众英雄送出庙门。驿丞拜辞千岁弟兄,回转驿中。包爷也不到游龙驿,直进归回京城。

却说英雄闭上了门,张忠说道："这包龙图果然忠心为国,用心访出大哥,算来妙计如神的。"刘庆说："如今我们原去提兵调将,把西辽踏为平地,才知道我们弟兄五虎的英名。奏凯回朝,然后取决这老奸臣。"狄爷笑道："你休把西辽看得太轻,今此兴兵,非比前日,雄兵猛将,倍加厉害,胜败尚难预卜的。"不提五将之言。

且说驿丞回至驿中,大笑不止。驿子在旁说："老爷是吃了笑药么？"驿丞喝声："狗才,胡说！快取茶来！"此时驿丞想来思去,说其事乃奇哉也。那日目击千岁尸骸收殓在棺,只道皮消血化已久,岂知今日尚在世上！总是令人难测的事,来到此间,真乃好笑,大抵皇天不负栋梁材,不提王正心中欢乐。再说包爷快马行程,不归自己衙门,转见崔信,细谈此事。崔爷说："包年兄,这平西王埋名不出,全赖你访出来。但是圣上跟前,如何陈奏？"包爷说："下官先言狄青乌台告状,自称命未该终,皮未化,肉未消。要小弟救他,请旨开棺,原用三生法宝,假称还阳之说。"崔爷说："但是一年之久,只妨圣上不准信,便如何？"包爷说："小弟一力担当,料必准奏的。"崔爷说："如此全仗包年兄之力,若得平定西辽,皆年兄之功也。"二人哈哈大笑,包公辞别回衙。

次日上朝见驾,各官朝罢,行列分排。圣上闻言,说道："目下西辽兵困三关,朕命呼、庞二卿会同武职文臣,连朝议得如何?"当下班中闪出庞国丈,庞洪奏说:"臣奉了圣上旨意,叙会众臣,只因未曾议妥,奏闻便了。"天子闻奏,龙心不悦。静山王呼爷正欲开言启奏,包公俯伏金阶,说:"臣有事奏知。"天子说:"包卿,莫非与朕分忧,有何计议退敌,快些奏来。"包爷说:"臣奏为狄青昨夜在乌台告诉为臣,称说屈丧幽灵,飘流阴府,恳臣救取他还阳。臣说他已经亡久,骨肉已消,救不及了。狄青又说命未该终,皮肉未化,必要臣力救他的。臣不敢自专,今特请旨定夺,然后开棺。"这句奏言,国丈在旁听了,暗暗心中想来,人死既成僵尸,如若过了七日,皮肉多已消灭了,纵有救法,也救不活了。如今已有一年,任你三生法宝厉害,料想不能成功。此时仁宗天子,一来见边关危急无人退敌,正在思念狄青,二来这包龙图的说言,总是信服的。急忙传旨包公说:"狄青有鬼魂告诉,如此包卿能救取还阳,是包卿大功,倘若一救他还阳,即来复旨。"包爷说:"微臣领旨。"嘉佑王正要退班。左班中又闪出庞国丈:"臣也有启奏,臣思从前包拯说过,凡人屈死者七天之内,可能救活还阳的,如若过了七天,就救不得活了。如今狄青死去已有一载,虽云皮肉未消,还防日久已是焦枯了。倘救不活狄青,包拯应有妄奏开棺之罪。不是臣之多言,想是萧何定律,万古无更,若然圣上不定开棺妄言之罪,朝廷法律,是不行于臣下也。"嘉佑王听了庞洪之言,把头略略一点说:"庞卿,这句话,何用你多言。包卿不是等闲之官,岂有妄言哄朕之理?且待开棺之后,救不活,然后定罪不迟。"包爷奏道:"陛下,臣今立下开棺罪状,免得国丈心中挂怀罢了。"天子说:"救活了御弟,是包卿之功;倘救不活,且待开棺,事后罪与不罪,寡人自有定见,何须你们立状!"包爷说:"容臣立状,然后开棺,好待国丈放心。但臣救活了平西王,国丈也要如何?"嘉佑王说道:"便降他三级,罚奉三年,以补包卿救活功臣大功。"天子即命内侍取出文房四宝。包公想:"如今庞洪倒运了。"当时国丈也想救不活狄青,杀了包拯,肆无忌惮了。内侍此时取出文房物件,包爷提笔,立了开棺罪状。书完,在开棺状脚下立了花押。包爷说:"请国丈书立花押。"庞洪就在降三级下鉴了花押。包公呈上御案,圣上一观,即命内侍收过,吩咐退班。

各官员退出午朝门。包爷说声:"国丈,劳你同去天王庙,看下官救取平西王,你意下何如?"国丈便说:"包大人,你是个正直无私的君子,有何私弊？况且救活狄王亲,总要见面的,决不能拿一个假的来调换骗圣上。老夫不得闲工夫同大人前去。"包爷一拱作别,暗说,不去越发更妙了。转声又问："哪一位大人同去看看？"有静山王呼延赞说："包大人,你从前说过,如若生人碍目去催促,就救不活了,因何今日要人同去帮助起来？"包爷微笑说声："老千岁,生人假如碍了眼目,待救不活狄王亲,下官又正了国法,妄奏开棺之罪,老国丈岂不快哉？"呼延千岁呵呵笑说："本藩也有此心,众人一同去看,连得包大人正了立状之法罢。"带笑作别,各回衙门。不知救活狄千岁否,不知后来如何？正是：

英雄今日灾危脱,奸佞他年法律亡。

第七十回

包龙图立状开棺　武曲星埋名又现

诗曰：

佞臣恼恨救英雄，当殿签输立状同。

妒忌生成心性僻，勋猷①千载别奸忠。

却说包公当殿与国丈立了开棺降级罪状。是日，回转府中，吃过早膳，就带了八个排军，拿了三件法宝，不过要遮人耳目。又取出白金二锭一百两，交排军周胜收贮。一路到了游龙驿。这二锭银子，偿给王驿丞，王正即时欢喜，说道："包大人显见不是白食的人了。"此时包爷先到了游龙驿，坐了一时，然后启行，一路往天王庙而去。先说平西王狄青对着四位弟兄说道："这包龙图陈奏，圣上不知准否？倒使我心中疑惑。"张忠说："大哥，小弟想来包公说话，圣上一定准信的。但不知他何日领旨开棺，好待大哥复谒当今。"飞山虎说："待小弟去探听一回，便知明白了。"狄爷说声："贤弟之言不差，还防有别位官员同来，好待本藩预备的。快些去罢。"当时飞山虎架起席云去了。只有四弟兄，又是言谈一会，这刘庆早已落下庙中，步进中庭，说道："如今包大人来了，只有八个排军跟随，并无别位官员同来。"弟兄五人言谈之际，不觉日落西山，天色将晚。

再说包公一路到了天王庙。只见庙前站立四虎英雄。此时张忠、李义、刘庆、石玉只因此间狄千岁吩咐他四人多在庙门首，伺候包公到来。当时包公到了庙门，滚下马鞍，四位英雄恭迎接庙中，排军八人、马夫进庙中。关闭了庙门，包公吩咐马夫不必进来，宜在外厢伺候。这个马夫不知何意，说道："里面是狄千岁停棺之所，大老爷到此何干？"众人多也不解，各有猜疑之言，也不多表。

且说包爷直进庙中，狄爷抽身迎接。二人见礼，又有四虎弟兄来参见包爷，已毕，一同告坐。狄爷又问包公如何陈奏，圣上准奏否？包爷就将

---

①　猷（yóu）——谋划，方略。

第七十回　包龙图立状开棺　武曲星埋名又现

奏知圣上准旨开棺,复与庞洪立状,一一说知。五人同声称谢。狄爷说声:"包大人,小将乃一介武夫,大人如此周全,未知何以为报?"包爷说:"狄王亲,何出此言?你我乃是同僚一殿之臣,既为臣子,食了王家俸禄,须当报效国家。为君有事,为臣当代其劳。古云:文臣执笔安天下,武将提刀定太平。狄王亲啊,目下西辽复动干戈,你们必须提兵,方能平服。况且你隐居此地,终无了局,趁此机会,前去见主领兵,退却西辽人马,建立功劳,封妻荫子,方为豪杰英雄。"弟兄五人闻包爷劝勉之言,应诺作谢。刘将军又奉茶一盏,六人谈论许多言语,不能细述。

且说天王庙外,左右附近居住百姓,原是人烟稠密之所,又近王城,内有好事之民,打听得包爷往天王庙要救活狄千岁,所以一人传起,远远扬名。明日你我同约来庙中观看,不知多少人民。

且说是晚,包公与五虎弟兄用过夜膳,众排军、马夫多有小席赏赐。包公又叮嘱四将开了棺盖。虚设一个救尸的所在,待来日倘有众官,以便遮人耳目。四人答应,备办去了不表。此夜众人不睡,也有一番言谈,不多烦载。到次日天明,包公叮嘱狄爷装着死而复活的现状,又命李义取唤一乘八抬大轿伺候不提。此时狄爷、包公犹在庙中谈说,此时仍闭着庙门。且说来朝,众百姓多少队伍,前来到天王庙外等候言谈。有说:"狄千岁死了许多日,岂不皮消肉化了,如何包大人也救得活?"有说:"狄千岁闻他是阴魂告状,所以包公奏知圣上来救他。倘若狄千岁不该死的,自然皮肉未消化的。"有许多人说:"包大人真乃神人也,断过多少疑难公案,审明多少冤屈事情,如今又救活了千岁爷。"此时众百姓越来越多,约有千百人,纷纷讲论,挨挨挤挤,拥满天王庙外。只见庙门紧闭,众人只好呆呆看着等候。一会不见动静,内中有几人等不耐烦的,将庙门犹如摇鼓的一般,乱打乱喊道:"里面差官老爷,望乞快些开了庙门!"里面排军张吉、高松听见庙外喧哗、大喊不住地打门,心中大怒,喝声:"这里什么所在,你们敢大胆在此喧哗?还不快些走。"有刘将军在里面出来,众排军禀上。刘庆说道:"这些百姓,知我们老爷死了,所以来欺藐的,且出去惊散他罢,笑笑便了。"连忙起来席云,出了庙门。只见众人在庙外,群群队队,不下数百。飞山虎落下云头,大喝一声,犹如天崩地裂。这些百姓早已一惊。又喝道:"你们不要走,我奉了狄千岁、包大人命,前来捉拿你等。各打三十大棍。你们快开庙门,来帮我捉到庙内。"排军高松也是个莽夫,把庙门大开,高声答应。此时众百姓恨着爹娘少生两脚,登时走散,犹如风卷残云。顷刻间,庙门首一个也不见了。刘庆、高松大笑,仍进庙中,复闭庙门。

此日狄青吩咐办酒,与包公二人对饮。四将同府下人仍有赏赐。众人取膳,只作昨晚救活千岁的。如今庙门大开,早上来的百姓都被飞山虎吓惊散去,再也不敢来了。有些未曾领教过的,所以又是成群结队的,一路多到天王庙而来,多少说说笑笑的言论。天王庙内有妖魔厉害祟人,劝说不可前去的,这乃胆小之人。内有胆大的说道:"既有五虎英雄居此,如今又有包大人在内,岂惧这个妖怪?"当时众民又是一班挤挤拥护而来。庙中包公、狄爷用酒膳已毕,抽身一同出庙。众民远远跑开,各个一齐跪下叩头不住。狄爷一见众民如此敬重,心中大悦。包爷远远观看百姓不住叩头,各个欢容喜悦,也觉心花大快。包公、狄爷并马行程,洋洋得意。包公对狄爷说:"狄王亲,你看这些百姓,尚然心好,因何庞洪生成这样心肠?"狄爷说:"包大人,这奸臣虽然狠毒,但报应不远了。下官师父之言,却是不差的。我今何必与他较量,大人你道是否?"包爷说:"王亲之言不差。"又传命百姓不必跪送,不要喧哗。当时众民渐渐散去,二位大人一路起程。狄爷只因未有家将在旁,这衣箱铺盖发扛夫挑回,庙中日用什物不带回去,就给与王驿丞,王正一程相送二位大人。包爷吩咐不必远送,驿丞自归驿中去了。

又有张忠私到豆腐店见那老乡民说声:"老丈先归,千岁爷起程去了。再得余生,皆亏包大人之力。本官又来,非为别故。"这老人一见将军,连忙下跪,张忠扶起。老人说:"将军到来,有何吩咐?"张忠说:"某家前时蒙老人指点,今日千岁复活回朝了。但庙中日用什物,千岁不带回府中,约值白银四百余两,某家一心赏与老丈。见你如此贫寒,岂料千岁早已给了驿丞官,但庙中还有沙木棺一口,是上好的棺椁,本官待你扛抬回来,也值三百余金。"老者闻言,心中大悦,便说:"将军爷,但小民全无功劳,怎好受这至贵之物?"张忠说:"老丈,这不相干的,此棺虽好,千岁已不要了。"老人大喜,拜谢张将军赏给,请扛夫到庙将棺抬回店中。张忠一程赶路,回了王府。按下狄爷慢表,张忠慢提。

又言狄府老太君一自孩儿远别,天天思念,说:"孩儿隐居天王庙内,如被浮云遮盖,不知何日扫开云雾,复见光明,免使母子天各一方。虽然

第七十回　包龙图立状开棺　武曲星埋名又现　275

四将常常来往,说我儿安然无事,只是老身放心不下。前时王禅老祖说我儿灾晦一年,如今算来已有一载,为何我儿还不出头?"此时太太正在心中烦闷之际,忽见这莽夫焦廷贵进来哈哈大笑,不知何故?下回分解。正是:

　　母子情原难离别,兄弟义重不分离。

第七十一回

活英雄国丈忍气　复君命包拯抑奸

诗曰：
　　英雄灾晦已消除，不复埋名暗隐居。
　　妒忌奸臣深可恨，君前立状又惭输。

前说老太君正在思念孩儿之际，忽见焦廷贵飞跑进来，大笑不止，说："千岁爷已复活重生，目今转回府了，小将特来禀知。"太太一想，前日我孩儿依着师父之言，暗隐瞒着焦廷贵，因何他忽然知了起来？太君也是会意的人，假作不知，开言说："焦廷贵，我儿死了一载，为何你讲起此话来？"焦廷贵说："太太你却不知仔细，如今将军刘庆现在府中，说与小将知道的。"太太闻言，说道："既然如此，你快些请他进来。"焦廷贵出外说："刘将军，太太请你去相见。"刘庆说："我去见太太，你在外厢伺候千岁回来罢。"焦廷贵应允，又唤声："老孟，你也出府堂来同等候罢。"孟定国应允。焦廷贵说："老孟，我家千岁死了一年多，只道尸骸消化了，阴魂去别处投了胎，哪知道今日复活还阳！难道一年之尸皮肉尚然不化？老孟，你道稀奇不稀奇，古怪不古怪？"孟定国说："原来你尚不知其详说。早间刘将军说千岁吃了王禅老祖的灵丹，所以尸骸月久年深，不消化的。今又得救活还阳，多亏包公之力。"焦廷贵听罢哈哈大笑，说道："原来是他师父赠灵丹与他吃了，故得尸骸不朽。实由千岁命不该终。"不表焦、孟之言。

且说飞山虎进内见了太君，将崔信观星斗、包公访查到驿、他昨天奏明圣上准旨、包爷救活还阳、如今一同到府来了、千岁先差小侄回来一一禀知。太太听了大悦，说："真也难得，包大人使我母子相依，真乃感恩不尽。"太太正在言欢之际，又有丫环报说："千岁爷同包大人已进府了。"太太听了，连忙转身出外，狄爷下马，先拜谢包爷，包爷还礼毕，然后叩拜母亲。太君说："孩儿，为娘不用你叩礼了，且叩谢包大人罢。今日母子重逢，皆是大人之力，谅必见罪，君王宽宥，深恩厚德，母子永远难忘。"包爷说："太太，你哪里话来？大宋江山，皆仗令郎之力，总是一般为国，一殿

第七十一回　活英雄国丈忍气　复君命包拯抑奸

之臣,下官不过为主分忧,免使辽兵猖狂,有何恩德呢? 太太休要重言过奖了。"此时四虎、焦、孟俱来参见过包爷,与千岁分宾主坐下,家将递过香茗,太太闻言说:"包大人,我儿近日与国丈无什大仇,因何屡次生心来陷害? 老身总不明其故,还望大人公事公办,把前日奸谋奏知圣上。如若不奏明天子,若是这奸臣再用毒计陷害,倘然又把我儿陷害了,叫老身倚靠何人? 况且狄家香烟断送了。"包爷说:"太太,若论庞洪此番再害千岁,原可驾前陈奏明,奈他十三封书,并无一字留存于驿丞。无据无凭,难以陈奏,老太太且忍耐,不用忧愁。庞洪有日落在下官手里,定见除灭了他,下官今日当心压制,决不使这奸臣再施诡计,有害千岁的。"又说:"狄王亲,凡死而复生者,精神及不得往常,下官来日上朝陈奏,你调养三天,才得上朝见驾。"狄王亲称谢,当下包公告辞。五人同说:"大人,再请稍坐,用杯淡酒如何?"包爷说:"不消叨扰了。"登时别过狄爷母子。五位英雄殷勤送出包爷回府,弟兄又言一番。独有焦、孟二人,非凡大喜,即将灵位拆毁了,奉到火德星君里去。又有厨人排开筵宴,四虎、焦、孟在中堂同席,母子在内堂吃酒。太太说:"我儿,王驿丞有恩于你,日后不可忘他。"狄爷说:"谨领母言,孩儿自然不忘他的恩。"按下母子之言不表。

再说庞洪在府中,想来狄青已死过一年,因何又在乌台告状,想包拯虽有救人之法,但是七天之内可救,今则已有一年,料他未必救得他活,到底放心不下,又差家人去打听。是晚,独坐书房,这家人回复:"启上太师爷,包大人在天王庙救活了狄千岁,早间已回归王府去了。"国丈闻言大惊,说:"罢了,你这黑贼,老夫与你无关无犯,因何与我做尽对头? 狄青有何好处,你必要把他救活?"此番气得庞洪愤怒难消,通宵不睡,直至四鼓将残,闷沉沉带了四名家将,一路来到朝房内。

各官未到,又来了包大人。包爷把手一拱,说声:"老国丈请了。"庞洪说:"包大人请了。你来得早啊,老夫请问大人,救平西王的事情如何?"包爷说:"全叨老国丈的福庇,狄王亲已得活还阳也。"庞洪说:"这与老夫何干? 此乃大人神手也。"包爷说:"国丈,此刻没有别人在此,下官有句话告禀。"国丈说:"大人有何言语? 老夫请教。"包爷说:"国丈,狄青乃是太后娘娘嫡侄,老国丈乃当今内亲,算来乃有亲亲之谊,一殿之臣,何苦成仇,有伤情面? 况且目下西辽又兴兵侵犯,退敌安邦,全仗他之力。老国丈,世情需要看破一二。古道冤家宜解不宜结。"庞洪听了,说:"包大人，此言差矣，狄王亲身死，又不是老夫谋害了他的。大人因何与我讲起这话来？岂不可笑！"包爷说："国丈，你虽不加害他，还有些误国奸臣将他算计，若没有下官，谁人救活得狄王亲？倘然施计砍折擎天柱，今边关退敌，倚靠什么人？"

正说之间，又来了众王爷，大臣各个见礼毕。众人说："包大人，闻你神手，救活了平西王，真乃国家之幸也，此皆是大人功劳。"包爷说："岂敢，此乃圣上洪福齐天，下官功劳何有？"众大臣说："包大人，你哪里话来？若没有大人，狄王亲如何得活？此乃大人功劳不小，如今狄王亲不死，国家有赖了。"包大人说："列位千岁，这狄青虽得再生，但是惧怕奸臣算计，难保性命之虞①。故不肯提兵破敌，自愿为农奉母隐居埋名。下官再三劝解，奈他执意不肯应承。这等想起来，难道有奸臣把他谋害死的？列位千岁，我想他在生之时，威威烈烈，哪有一病俱无，即死了的？"众大臣说："大人所疑不差，他原是死得奇怪，但不知何人将他暗害了，大人何不向他问个明白。"包爷说："下官也曾再三动问，他总不肯直说，只言日后自然明白的。"众王爷说道："原来如此，但言狄青做人倒也不错，但不知哪个妒忌奸臣狗畜类将他谋害起来？"你一句我一句，众王爷大臣骂不绝口，国丈在旁真好气闷也，只是敢怒而不敢言。

停了一会，金鼓三响，天子临朝。但见金炉烟渺渺，銮殿瑞纷纷。文武百官序爵进朝，参见毕，分列班行，天子龙目看见，左班中包爷侍立，即开言说："包卿，救取狄青事体若何？"包爷说："臣启陛下。"即出班奏道："臣奉旨救取了狄青还阳，他果然尸骸未烂，臣用三生法宝，已是灵验，如今救活还阳了。"此时天子闻奏，龙颜大悦："狄青既然复生，即宣来见朕。"包爷奏道："但他徒罪未满，而且精神未复，不便见驾。望吾主龙心详察。"嘉佑王说："如今恩赦狄青无罪，令其调养精神，即着包卿引见寡人。"包爷说："微臣领旨，但臣还有启奏。前日臣所立开棺罪状，救取狄青不活，罪及微臣。如今狄青已活，臣已无罪。国丈立状，还要圣上处分。"天子正欲开言，庞洪连忙出班奏道："臣启陛下，包拯虽说救活了狄青，但今还未见面，口说无凭，伏乞我主圣裁。"天子一想说："这老头胆寒了。"即传旨，且待狄青见驾之后，然后处分便了。天子拂袖退班，群臣各

---

① 虞（yú）——危险。

第七十一回　活英雄国丈忍气　复君命包拯抑奸

散。国丈回衙,闷闷不悦,想了一会,满胸怀恨着龙图包拯不提。

且言各位王侯大臣,一心欢悦退朝,齐到狄王府来探候。狄爷一闻,吩咐四虎弟兄,若有众官员来探问,只说本藩身尚未安宁,且容另日相见。四将听了,即传言出外,此时众王爷大臣闻四虎之言,各回衙去了。有潞花王早已明知狄爷埋名隐避之由,又因前时太太说明王禅老祖点化她儿子埋名,免得太后思侄伤心,此时潞花王也回宫中。母子大悦,另有一番言语。也不多载。

且说狄爷候到了三天,包公来到狄府,面见狄爷,说:"狄王亲,你来日见驾,如若圣上问起因由,怎样身亡,一来无凭据,扳不到庞洪,二来倒也牵连王正了,此事不必提起的。"狄爷说:"大人之见不差。"包爷辞去,不知次日见主如何? 正是:

　　厚道忠臣存厚道,狼心奸佞果狼心。

第七十二回

输立状庞洪降级　承君命五虎提兵

诗曰：

　　妒忌奸臣失便宜，君前降级把忠欺。

　　害人害己终何益，千秋难免臭名遗。

再说狄千岁等候至来日五更时候上朝，到了朝房，早有众王爷文武大臣已到了。既齐来观看还阳虎将，人人拱手称贺，同说："王亲死中得活，全亏包大人之力，苍天不负英雄，复得圣上效用，实圣上洪福齐天。"狄爷拱手说："列位千岁大人，我小将年轻愚昧，小小与国家出力，不才感蒙列位大人抬举，焉敢当此谬赞。"众人还要有言相问，忽听得轻敲龙凤鼓，缓撞景阳钟，天子登坐金銮，文武官员按爵进参圣主已毕。此时文武大臣各个纷纷入朝房，有平西王在午朝门外伺候。包公奏知圣上。天子在朝，有值殿官传了万岁旨意。有文班中闪出包爷，说："臣包拯有奏，如今平西王狄青，精神如昔，现在午朝门外候宣。"天子闻奏，即降旨宣进来，不一会平西王上殿，参见圣上，说："罪臣狄青见驾，愿吾主圣寿无疆。"天子说声："御弟平身。"包爷在旁一想，从来圣上不曾叫过御弟，今在用人之际，叫起御弟来。此刻嘉佑王把狄青一看，颜容不过如前，原来嘉佑王自闻狄青死后，日日怀思，君臣间别已久，今日重逢，心头大悦，说："御弟啊，你平日征服西辽，功劳不小，及早君臣共享荣华，朕因一时之忽，忽使君臣两地分开，朕悔莫及。前起闻卿身丧，心好不凄惶，只道今生难得君臣再会，亏得包卿救你还阳，此乃寡人之幸。"此时思量圣上也会说好话，狄青听了，说："圣上啊，微臣深沐君恩，粉身难报。蒙我主赦臣斩罪，发配三年，罪完之日，深望再观天颜。臣岂料到驿中未久，却被冤魂作祟，一命归阴。阴府阎君细查生死轮回，却知臣命不该终，只因杀生太重，致冤魂不忿，特着臣一年在阴界牢守鬼关，一载方得还阳，后来阎君给文与臣，命将引道至乌台告状，又得包龙图救活还阳，又蒙君恩，赦臣无罪。圣上洪恩，也难报万一耳。"包爷一想，他的鬼话倒会说的。

天子听了微笑,说:"真有此事也奇了。御弟,你征西杀人,虽是太多,但辽王无礼,要侵夺朕之江山,杀贼未尽,所以,至今又起兵攻三关,非御弟不能退敌,今幸御弟还阳,仍要劳你往三关退敌。"狄爷说:"臣启陛下,念臣年纪尚轻,智略俱无,朝中还有别将可以领兵,臣实无能,不堪当此重任,诚恐有误国家大事,罪在不赦,乞赐微臣归籍,足感陛下龙恩不浅矣。"天子说:"御弟,你狄门世代为官,忠心报国,永留忠义之名。御弟你今在朝,虽有君臣之别,算来乃是骨肉之亲,如今你乃国家内戚,还不与寡人同力,再有何人与朕分忧?若然御弟果是无能之辈,也不差你去提兵。今日西辽兵将,厉害非凡,雄关外一带州府城池俱已失去,目下雄关有燃眉之急,你不提兵前往,谁人敢当此重任?望御弟勿辞此劳,火速提兵去解了三关之危,与朕分忧。如若退得西辽兵马,国家安宁,朕心才得放下,回朝之重赏厚禄,以报卿劳。"狄爷思起用人之际,说尽退归之言,料想推辞不脱,只得说道:"微臣领旨。"龙心大悦,仍加封平西总帅:"该用将兵多少,任卿主持可也。"

左班中忽有庞洪有奏。天子说:"庞卿又有何事奏闻?"庞洪说:"臣奏,前验过珍珠旗是假的,西辽王原有欺君之罪,今次若不伐尽西辽,我国久留后患,而且别邦效尤,伏乞圣裁。"天子一想,这句话也不差,即降旨狄御弟,说:"朕如要灭尽西辽,我心不忍,可命御弟将假旗倒换真旗回朝,以抵欺君之罪。如彼不从,后再征伐未迟也。"狄爷说:"臣领旨。"国丈在旁,心中暗喜。此时天子降旨,内侍速往库房取出珍珠旗,交与狄爷。天子正要退朝,早有包爷出班说:"臣包拯有奏。"天子说:"包卿有事且奏来。"包爷说:"臣奏救活狄王亲,庞洪该降三级。"天子见有主状在先,只得依奏。批庞洪暂降三级,就此退班。众朝臣退出午朝门外。

只说平西王回到王府,六位将军迎接进内,同见太太,就将此事说明。太太开言说:"儿啊,为臣原要报君恩,既然圣上差你,岂能违逆?早日成功,可慰亲娘之愿也。"狄爷说:"母亲啊,孩儿如今此去非是半年三月,久久总要三年两载,方得还京,儿并无挂虑,只有娘亲在此,无人侍奉,实是放心不下。"太君说:"儿啊,自古尽了忠时难以尽孝,你娘虽老,身体尚还康健,不要把为娘挂在心头。"众弟兄多说:"老太太之言不差。"当时狄爷定了出师良辰。一面行文与兵部,挑选十万精兵,自有四虎将同焦、孟弟兄同往破敌,不用别挑战将了。来日又往各王府以及崔信、文爷、包公、众大臣府中辞别。叙谈不能一一细说。次日又到天波府,拜别佘太君。也是一番叙话不表。

狄爷又到南清宫,见了姑娘,说明领兵缘故,辞别缘由。太后只是恨着庞洪,说声:"侄儿,这庞贼如此凶狠残毒,少不报应有期。但你又要提兵解围,此去需要事事小心,愿你马到成功,早早回朝。"狄爷说:"承姑娘训谕,不敢稍违。"潞花王说道:"表弟啊,你有王命,万事且自丢开,待等奏凯回朝,这奸臣有了破绽,必要降了当道虎狼,班中才得宁靖安然。"狄爷说:"表兄之言有理。"狄太后又吩咐排开酒宴,表弟兄对饮用酒已完,狄爷辞别,回归王府。

再说庞洪自降了三级,终日恨愤包公,原是又因救活了狄青。想了一会,急忙修书一封,悄悄打发家人,前往雄关送与孙秀,叫他留心打算,害这狄青。自言用尽千方百计,摆布他不得身亡,如今实算他不得了,贤婿可有妙计,需要摆算他。原是包拯救活这小畜生,不日提兵即到了,书意如此。即着家人投递去了。前日孙秀告急本章,请旨掣回,此时天子因何绝不提起,只因前日正在停征罢战之时,并且未选得能人去掌管。如今原有五虎将兵前去,所以仍着孙秀守关。好歹自有狄青承当,所以至今无掣回的旨意,不提。

再说狄爷奉旨提兵,换这珍珠旗。此时是六月天时,正值炎天暑热,所以行军稍缓,若是边庭危急之际,顾不得天寒暑热了。即要兴兵,如今是停征罢战之时,多耽搁几天,也是无妨碍。是以狄元帅发兵之期,定于立秋之后吉日。光阴迅速,已到立秋,此时狄爷不敢再缓,不觉已是七月十一日。狄爷先来辞别圣上,又往各衙辞过众大臣,又行文兵部,点兵伺候。兵部即时挑选强健雄兵十万,都在教场上伺候去了。狄爷又令焦廷贵、孟定国二将,可往教场上收管,众将即往南清宫别过潞花王、狄太后,又有一番小心嘱咐之言。潞花王说:"表弟,此行需要小心,舅母在此,自有为兄照管,不必操怀。"狄爷应允称谢。此后狄太后母子与狄爷有许多言语,不能细叙。

当时拜别他母子,回到府中,与四虎、焦、孟一同进内,拜辞了太君。当时太太只为孩儿出兵,需要吉言,只得强忍别离珠泪,再三嘱咐孩儿,又叮咛六位将军,众英雄一同连声答应,安慰太太一番。府堂上又排上酒筵,各将用过了。有石将军说:"千岁,小弟也要到赵王府去别过母亲、岳父母,即回来的。"狄爷说:"贤弟正该如此。"石玉即时离了狄府,一程到了赵府中,拜别母亲与岳父母,又拜别郡主,也有叮咛分别之话,不能细述。不知后事如何?正是:

母子分离因国务,夫妻间别立军功。

第七十三回

救三关五虎兴师　言讥诮兵部忿气

诗曰：

　　英雄五虎到三关，奉旨提兵破狄番。
　　忠佞不知反惹气，言讥语诮恨心烦。

　　却说小将石玉到赵府拜辞母亲、岳父母，相辞郡主，赵千岁吩咐备酒饯行。石玉饮过数杯，即时拜别。赵千岁送别时，叮嘱贤婿一番，石玉回到狄府去了。此夜，狄王府众将军多是不睡，直至五更，伺候元帅到教场去。到了天将黎明，狄爷顶盔贯甲，骑了现月龙驹，真乃威风凛凛，气宇严严，传令众将，同下教场。前有四虎英雄，跟随左右，后有焦、孟二将相随。狄爷的人面兽、穿云箭二宝，被飞龙毁了，只有在天王庙所得的开阳宝镜带在身边，以备应用。此时众王侯文武，奉了万岁旨意，多往教场内送别。平西王此时十万雄兵早已伺候了。是日埋锅造饭已毕，元帅吩咐四虎将军将教场人马一一排开队伍。元帅点兵一万，着孟定国为前部先锋，健卒五千，与焦廷贵为后部解粮。四将各带一万，分为四队，元帅自领四万，偏将百员，分排已毕，祭过大旗，三声炮响，上马登程。旗分五彩，大兵次序进前。众大臣一齐相送，狄元帅一概辞谢，马上一拱作别，有众官各转回衙。狄元帅大兵一路向雄关进发。

　　话分两头。却说雄关孙秀，前时自得接岳父的来书，说狄青身死，日日开怀，说尽多少欣幸之言。纵是西辽兵今者忽来攻打，好不心惊。前时有本回朝，只望圣上掣回，这范仲淹与杨青常常叹惜伤怀，可惜他年少英雄，定国安邦大将，宋室江山全凭他五人保护。岂知享禄无多，忽遭暴疾身亡，何其天不佑英雄也！狄青死去，尸肉未寒，西辽兴兵杀至雄关，危急可叹。那孙秀奸臣无能之辈，常常免战高挂。有本告急回朝，不知圣上差点何人为将？因何本章一去两月余，全无消息。不知圣上怎样主张？不提杨、范之言。

　　且说孙兵部天天盼望掣回的旨意。是旧，接到国丈的来书，拆开一

第七十三回 救三关五虎兴师 言讥诮兵部忿气

看,惊得目定口呆,心焦火起,说:"狄青死,我孙爷已是千欢万喜,何故包拯黑贼定然救活了他的。如今仍旧提兵到来,国丈书中说不能下手害他,叫我焉能摆布得来?想这狗头死了一年,尚然活了,料想他命不该死的。且待他来,先退了辽兵,然后再算计他罢。"急忙打发来人回京去了。

又说狄元帅未启程之先,早有书到来。杨、范二人一见狄爷之书,大笑欢欣。范爷说道:"狄青重生,国家之幸也。杨老将军,下官想来,这包公之力,实是能人,狄王亲死去一年,可以救活得来,倒是一桩奇事也。"杨将军说:"是哎,我也想他已经死了一年,这包龙图还有此手段,能治他还阳,真乃神人。但今日五虎将领兵来,西辽人马倒运了。"不表二人喜悦。

再说狄元帅大兵,分为五队,孟定国为开道先锋,一万人马,一路涉水登山,一日忽到了雄关。时正值八月初旬,是有探军飞报入关:"启上大老爷,如今圣上差发救兵到来,狄王亲统领四虎大军,雄兵十万,已离二十里了。"孙秀听了,无可奈何。杨、范二人率领千百把总与各偏将兵丁部下,戎装披挂,出关迎接。停候一会,六队大兵次序而来。解粮官焦廷贵在后面,还离关二十里。五队中内有探子报说:"启上元帅爷,今有孙大人、范大人、杨将军出关迎接。"元帅听罢,传令张忠、孟定国五将择地安营毕,元帅即出队居中。一见三人伺立,滚鞍下马,孙秀免不得拱手呼声。范、杨二人见了狄爷,彼此春风满面,已动言悦,说了几句套谈。四人同步进关,到了帅堂上,分宾主坐下,各询请平安之言。孙兵部说声:"狄王亲,前日你命归阴府,今又得重生,乃是当今之福,仍得五虎将全,今朝领旨,复大破西辽人马了。"狄爷听说微笑,说声:"孙大人,本藩为人,只是对面相,有这些冤家仇人,多怪本藩,巴不得我早死一天,有人称快多一日。却有忠肝赤胆的包龙图,只为兵戈复起,圣上日夜忧闷,孙大人无力退得辽兵,但有章乞求圣上掣回朝中,又无猛将雄兵,所以包龙图救活了我。如今又令提兵,但是下官无能,难当此任,倘有差池,还望大人周全一二才好。"孙秀就问:"狄大人,你说哪里话来,你两次杀尽西辽人马,想他闻风丧胆了。如今大人救兵到来,一定旗开得胜,马到成功。"狄爷说:"孙大人若是忠心为国之人,恨不能我等杀尽西辽,得除国家后患。岂知有这些奸臣狗党,怪着本藩,巴不得我们杀败,死在沙场,方得称心足意。倘若杀败西辽兵马,就不遂奸臣之志,岂非是没趣?"此时狄爷几句冷言,反把孙秀说得羞愧起来,暗暗想来,原乃指名骂他,心中好不气愤。只是不能争辩,呆呆地不语。范爷听了元帅之言,冷笑说:"狄王亲,你言果说得透知不差也。"杨将军说道:"虽是这些奸臣,心迹不端,后头必得祸由自取。自身必不免为刀头之鬼,子孙为盗为娼。"此刻,杨青几言,越骂得残毒。孙秀脸上红光无言。默言已久后,便说:"这些语,说他什么,只要王亲大人自己无差,忠心报国,就虽战死沙场,也落得千载芳名便了。"

说言未毕,军士已排上酒进来,四人坐下。席间,酒至半酣,说起西辽兵戈事情,孙秀只是心中带愧,全无话可言。杨将军又开言说:"孙大人只晓吃酒,说闲话的,辽邦人马,厉害强狠,问他无益,辽将英雄枭勇,只是免战牌高挑的本领而已。"狄爷又说:"孙大人,虽然你职掌雄关之主,自应出敌破番。因何总凭他们猖狂,倒要挂起免战牌来?非但自己无威,中原失势,杨元帅九泉之下也无光了。"这几句话,说得孙秀更加羞惭满面,愤恨在心,不怨自身无本事,只恨着包龙图救活这冤家,倒来讥诮于我,叫本官如今怎有面目,受得他们鸟气的,但愿他死在沙场中,还要打算这包黑贼,两个冤家,本官断断容不得的。狄爷又问:"孙大人,看你是烈烈轰轰的,因何反惧畏这辽兵人马,难道辽兵将比你还凶狠么?"孙秀说声:"狄大人,下官蒙圣上调守此关,乃是文家出仕,手无缚鸡之力,焉能与番人对敌?"狄爷听罢笑道:"孙大人,不是这说。常有言'将在谋而不在勇',孙大人身虽不勇,且喜谋多。何不立一计谋退敌?如今大人又无一谋可发,想来枉食君王俸禄,直于子孙一般也!困守雄关无主,只管急告朝廷,求请万岁擎回朝中,今日仍要本藩提调救兵到来,你乃应该坐享太平,我等原是本当沙场劳苦的?"孙秀闻此一番言语,羞愧得面上无光,好生气闷,强说道:"大人前事丢开,休提罢了。"狄爷说:"孙大人,并非本藩怪着你,只有误国奸臣,谋害多端,心中残毒,来算账乎?倘然下官一朝遭其毒手,今日哪人提兵到此,这三关光景,目见难以保守了。孙大人只有高挂免战牌的本领,万一辽兵势力攻破三关,圣上江山难以保守,大人之罪难逃了。你道奸臣妙计,可害下官否?"孙秀听罢,低头不语。范爷、杨青看见这孙秀如此光景,默默无言,只得做个和事之人。范仲淹说声:"二位大人,从前的事,今日不必多提。你看天色已晚,安排明日之事,早些下了文书,然后开兵,完了国务罢。"狄爷说声:"有理。"即时再酌同飧。是晚,众将三军,多有酒席犒赏,不必烦言。不知来日开兵,胜负如何?正是:

　　五虎大兵称锐敌,辽邦猛将果顷消。

第七十四回

破大敌宋辽对垒　立功劳石玉交锋

诗曰：

　　大宋江山稳保牢，英雄五虎立功劳。
　　精兵勇将辽邦主，怎及天朝大国豪。

话说狄元帅带领精兵十万，前来救解三关，是日到了雄关，孙、范、杨三人与元帅接风洗尘。是日吃酒，天色已晚，不能投递战书。到了次日，狄元帅批了战书，即差飞山虎前往投递。

再说辽邦主将麻麻罕，攻至三关数月，只因天气炎热非凡，不能开兵，是以吩咐大兵屯在关外五十里。如今候至秋天了，正欲打算开兵，忽有战书下，麻麻罕看过了战书，满腹狐疑说奇。西辽狼主说："狄青已死，因何书来又是他领救兵的？"想一番说道："莫非中原没有勇将，把这死过狄青图名来欺压本帅的？罢了，我不管狄青在与不在，明日总要开兵，看他何人上阵，试试中原将士本领便了。"即时批回书，明日交锋，打发来人去了。

飞山虎回关呈上回书，狄元帅看毕，早已着令四将，把人马安排，明日正是中秋十五日了。关中众将大小三军，候至三更时分。狄元帅吩咐埋锅造饭，众将兵用完，时交四鼓。众副将满身披挂，多是刀枪利锐，盔甲鲜明。直至五更天明，随着焦、孟将军听候元帅将令。停一会，天色尚是黎明，帅爷升帐，众将参见已毕。但见元帅好不威严，坐下中军虎帐。真乃大宋栋梁朝臣。正是：

　　掀天揭地英雄汉，烈烈轰轰大丈夫。
　　平西执掌三军任，五虎头名国栋梁。

狄元帅左右，是四虎英雄，气冲雷霆。下边焦、孟将军遍体雄威。兵丁队伍，肃静无言。当时元帅说声："列位将军，本帅有言嘱咐，须当牢记。"众将齐说声："元帅，有何吩咐良言，小将等岂敢有违！"元帅说道："西辽王几次要兴兵侵犯我邦，如今还防他兵厉害。较胜前时，众位将军虽然骁勇，需要小心，不可倚仗英雄，轻敌致败。又不可畏怯，不敢奋勇直前，须要见机退敌才好。倘若违令,军法森严,难以姑宽。"众将连声诺诺。

言未了,有军士启上元帅爷,今有辽将讨战。元帅闻报,即拨令箭:"差孟先锋带领五千精兵开兵迎敌,需要小心。初次交锋,须要取胜为妙。"孟将军说声:"得令!"顶盔贯甲,手提大刀,飞身上马,炮响三声,大开关门,五千健卒随身,一马冲出关外。跑到阵中,孟将军抬头一看,只见番兵列成阵势,这石天豹生得头大颈粗,青脸浓眉,眼如鸡卵,鼻似鹰儿。两只兜风大耳,一连下颌无须,身长九尺,腰大数围,坐骑犹如水牛,独无二角,提着两柄金锤,威风杀气。一见孟定国,大喝:"宋将通下名来!"孟将军喝声:"辽将听着,俺乃大宋天子驾前、平西大元帅麾下、正印先锋孟定国是也,你也通个名来!"石天豹说:"俺乃新罗国王驾下、飞虎大将军铁金刚大元帅麾下、大将军石天豹也!"孟定国喝道:"你既是新罗国,向与天朝无隙,因何今日帮助叛逆西辽侵犯上邦?全无国法,还不及早收兵回去,倘然天官一动,教你片甲无回,悔恨已晚。"石天豹喝声:"南蛮休得胡说!你邦狄蛮子把西辽人马杀尽杀绝,又逼献珍珠旗,太觉狂妄了。我邦兔死狐悲,物伤其类,故允借兵复来报仇。既是狄青未死,他不出来对敌何故?你这无名小卒,不是本将军对手。倘然断送了你,只道本将军欺你无名下将!"孟将军大怒喝声:"番狗,休得狂言,与你分个高低!"催开坐骑,大刀一摆劈下来。石天豹双锤架开。两边战鼓如雷。二将刀锤交对,大杀一场。番将果然骁勇,战到三十回冲锋。孟定国想来这番将果然厉害,杀他不过了。只得架开双锤,带转马大败回关。

飞山虎在关前大喝一声:"番狗,休得逞强,俺刘庆来也。"长枪当心就刺。石天豹架住相还,原来元帅明知辽将厉害,犹恐孟定国有失,故先差刘庆在关前接应。此时刘将军与番将斗杀到三十余战,看看抵敌不住,说声:"石天豹,你不必赶来,今日刘将军有些不快,明日来取你狗头。"拍马趋走。番将逞强,大喝:"不要走!"飞马紧急追来。刘庆一想这番将果然厉害,待我用计断送了他。即带转马来笑道:"石大豹,看俺刘将军的法宝,取你石天豹!"对面勒住了马,抬头一看,早被刘庆一枪,照定心窝刺去。石天豹说声:"不好。"闪得快,被他长枪已刺在腿上。忍痛难当,大败而逃。众兵看见主将挟伤,只得逃走回营。刘庆不追,得胜回营交令。元帅赏了他头功不表。

再说石天豹受伤,败进营中下马。麻麻罕一见石天豹行走不便,即说:

"石将军,因何这般光景?"石天豹说声:"元帅,小将中了南蛮计,先与宋将孟定国交锋,已经杀败他逃去,后跑来一将,自称刘庆来接应,亦已杀返奔逃。小将即时赶去。可恼这狗蛮诡计多端,住马说用法宝来,小将勒马看一看,已被他长枪刺过来中了腿,在马上疼痛得急,用力不便,只得败回来交令,望元帅恕罪。"麻麻罕说:"石将军,胜败乃兵家常事,何必着恼?石将军你且往后营养息,着取金枪药,敷于伤处,不可勤劳,保重身体,且待痊愈了,然后再作道理。"石天豹说声:"多谢元帅。"即往后营去了,不表。

当下麻麻罕想了一会,说道:"久闻大宋狄青五虎之名,英雄无敌,所以屡屡杀得西辽大败。如今石天豹败了头阵。本帅手下还有三员勇将的。也罢,明日且与他见个高低便了。"到来朝五鼓,宋营用了战饭。狄元帅差石玉出马领兵五千出关讨战。麻麻罕闻报,即差大将哈天顺,带领番兵一万,杀出营前,石将军举目看见这番将,生得奇形怪状,犹如夜抓鬼一般。二将各通名姓,双枪并举,两马交腾。这石玉乃仙传的枪法,这番将虽然本事高强,焉能及得石将军?战到五十个冲锋,却被石将军架开绰缨枪,回手一枪挑于马下,割取首级。喝令兵丁杀上前,把番将杀得犹如风卷残云一般,辽兵伤了一半,余剩四散奔逃。败残小卒飞奔入营说:"哈将军阵亡了!"麻麻罕闻报大怒,说:"有这等事?"叹声:"哈将军哎,想你为在本国,也是英雄好汉,自夸本事高强,今日一战身亡,想这狄青果然名不虚传,伤了一将,杀了一将,又伤了许多人马,如若不杀尽五虎,有何面目转回邦国?"若问大凡为将,必要智勇双全,方能统领六师重任。如若有勇无谋,乃匹夫之勇耳。这麻麻罕无非仗个英雄骁勇,谋略全无,必要生拿活擒天朝五虎,自出狂言,轻敌甚矣!后来大败而回,此非为将之才也。后话休提。

到次日早饭方完,忽有小番报上宋将讨战,一味猖狂辱骂。麻麻罕听了即大怒,遂令通迷领了五千人马出敌,冲到阵前。李义一看见来了一队番兵,为首一员番将,耀武扬威。见他身高一丈,膀阔腰粗,年方四十外,黑脸乌发,好似汉朝周仓再世还阳,手提一柄镔铁宣花月斧,坐下一匹赛乌龙驹,一程跑将过来,不通名姓,提起大斧杀来。李将军长枪急架,二将催开战马,各拼高低,杀了一场。沙场内但见烟尘滚滚,关营中只闻战鼓咚咚,三军战杀,助威挡敌。两员大将,冲杀到八十余合,通迷抵挡不住,只得放马逃生,李将军追赶番兵,死者甚多,李将军得胜收兵回关。正是:

辽国英雄虽猛勇,天朝五虎更强雄。

第七十五回

张将军出敌斩辽将　　樵豪杰山林救英雄

诗曰：
　　龙争虎斗动干戈，辽王贪心自伤多。
　　邻国借兵仍败阵，原来失利是新罗。

却说李义杀败了番将通迷，收兵回关交令。次日，张忠出马讨战。番官通迷败不甘心，仍复出马，飞跑出营，与张忠搭手交锋，一场龙争虎战非凡。张忠本事高强，杀得通迷招架不住，勉强支持，杀得两臂酸麻，汗如珠雨。此时，通迷想来不好，拨开大刀放马逃走。张忠把坐骑一催，紧紧赶上，马头撞马尾，把番将军头砍马下。宋兵杀上前把番兵砍杀，犹如斩瓜切菜，五千番卒杀得四散奔逃。张忠得胜回营，狄元帅大喜，记了功劳。吩咐将首级号令，埋葬尸骸。

慢言宋将庆贺功劳。再表辽邦主帅麻麻罕只见败残兵卒逃回，报说通迷被杀，此番气得麻麻罕无明火高了三千丈、说声："罢了！从前西辽国狼主说狄青已死，故我狼主允准借兵差俺前来夺取中原，平分天下。岂知狄青尚在，将勇兵强，连伤我两员大将。况石天豹腿伤未愈，如今只有达脱一人在此，他的本领与通迷差不多。如若点他出阵，须防难以取胜，还防有失。如何是好？"正在气怒间，达脱上前叫声："元帅勿气，莫言小将本事低微，小将出马定然擒几员宋将回营的。"麻麻罕笑道："将军休得夸能，待本帅亲自出马还可抵敌得宋朝军马，你且守住大营。"达脱说："元帅既然用小将不着，小将在此何用？不如还邦去罢！"麻麻罕说："将军，并非本帅用你不着，只为宋朝五虎果然厉害，将军出阵未必成功的。"达脱说："元帅，不是小将夸口，来日出马不拿捉得宋将回来，非为大将也。"麻麻罕说："既然如此，明日开兵便了。"此时，麻麻罕又修了两道本章，一道呈于西辽狼主，一道达奏新罗国王。差人两路分途而去，按下休提。

再说麻麻罕想来宋朝五虎将，虽闻名声到我国，到底不曾上阵交锋。

第七十五回　张将军出敌斩辽将　樵豪杰山林救英雄

直至今朝方知中原五将果然骁勇,杀得本帅阵阵损兵折将。今日达脱虽然夸口,犹恐他未必取胜得宋邦五将。麻麻罕日日愁怀,满腹纳闷,昏昏过了一宵。次日,张忠讨战。达脱即上前说:"元帅,乞付三千人马,待小将出战如何?"麻麻罕说:"将军既要出阵,你且点三千精兵,需要小心临阵才好。"达脱说声:"得令!"即去顶盔贯甲,乘高头骏马。原来这达脱也算新罗国一员上将,生得凶恶异常。一张鬼脸犹如朱砂,狮象鼻形,身高九尺,头如牛,耳如梳,年方三十,小海下短短红须。当时领了三千铁甲军,拿了钢刀,上了花斑豹,飞出阵前,番兵随后。张忠看见来得辽将凶恶形容,各通姓名,两口大刀相交飞舞,一高一低,一来一往。正是:

将逢敌手难分胜,战与平交弗辨输。

当下二员勇将各逞神威争战。原来这达脱在麻麻罕跟前夸了大口,要把宋将活捉回营,献显手段。岂知扒山虎厉害非凡,哪里敌得过他,只好杀个平交。麻麻罕在营中想来,犹恐达脱有失,即传令鸣金收兵。自此之后,达脱与中原四将,日日轮流交战,各无胜败,将战一月。此时已是十一月,狄元帅只恐再去征西粮草不足,即令焦、孟二将往各处催粮去讫。

又说麻麻罕想来,达脱虽然夸口要捉拿宋将,岂知一个也拿不动。且亏他战斗一月,不打败仗。此时,石天豹腿伤已愈,上前说声:"元帅,小将前日被刘庆所伤,待我出马活擒了他,报了一枪之恨。"麻麻罕说:"将军你且调养,腿愈方可出阵。"石天豹说:"小将伤处已痊愈了。"麻麻罕说:"既然如此,阵上需要小心。"石天豹说声:"得令!"带领五千人马,英气凛凛,坐名要刘庆出马。飞山虎亦不介怀,请令带兵跑出阵前。二马穿梭,双枪并举,战了五十余合。刘将军看看招架不住,伏鞍大败,拖枪回营。幸有石玉掠阵,提起双枪,飞马接应,大喝番奴,即来截杀。战有四十余合,石天豹气喘稍停,抵架不住,即纵马败走回营。笑面虎追赶不上,只得回关。此时,辽邦一帅两将,宋营一帅四将,又战半月,胜败参差。只有辽兵受伤者多。

这一天,麻麻罕打点,亲自出敌。吩咐二将把守营中,带了一万番兵出营讨战。关中闻报,扒山虎出阵,看见这员番将身高一丈,面如黑漆,手执大刀。二将答话通名,催开坐骑,战了五十合。原来大铁金刚麻麻罕乃是新罗国一员头等上将,所以国王差他提兵调马,帮助西辽。此时,张忠败了,欲走回关,心急意忙,竟向荒郊败走,麻麻罕拍马如飞赶去,笑面虎出阵,飞马来助张忠。达脱又冲出辽营挡住石玉交锋,杀了七十余合,方得大败。达脱走了,各自收兵。石将军回关,禀上元帅说:"张将军与番将交兵败了,反向荒郊而走,番将追赶去了,不知下落。小将正欲上前助战,又被一员番将接住交锋,战了半个时刻,方得他败走。所以小将来禀知元帅,可要接应否?"元帅道:"不知他败到哪方,何处去找寻。刘将军你有席云之技,如今你可即当寻着他接应帮助。"刘庆得令去了,顷刻驾上云端飞往。

此时,又说张忠一路飞马败走。麻麻罕紧紧如飞追赶一程,已有二十余里之遥。张忠且败且战,喝声:"番狗休得赶来!"麻麻罕喝声:"南蛮还不下马受死?"拍马又紧紧赶来。多是一派荒郊野地,树森森不见人烟之所。张忠此刻被他赶得浑身冷汗滴,只得回马提刀大喝:"番奴,你今要怎么的?"麻麻罕说:"南蛮,本帅要取你性命!"张忠喝声:"胡说,某乃天朝将士,肯失手于你。也罢,与你见个高低!"即时,再战到六十多合,张忠到底招架不住,枭开大刀,仍复败走。这麻麻罕逞威大喝:"南蛮哪里走?"拍马又追来,有数里路途。张忠正在急忙叫救之际,只见树林内赶跑出两个人来,乃是少年大汉。一个脸如紫色,额广头圆,手执铁钢叉。一个生来脸白神清,口方鼻直,手拿长枪棍。二人大步踩开,赶出茅林,大喝:"何人敢在此处大呼小叫?"张忠一见二人,说:"我乃本邦虎将张忠,后有辽将追赶而来,望乞二位英雄救援,感恩不浅。"二汉说:"原来如此,将军休得着急,且住马在此。他来,我们抵敌。"二汉步迎大喝:"番奴休得逞强,试试我们手段!"一柄钢叉、一条铁棍乱打,这麻麻罕见他们是步战,不分前后地打刺。张忠也来帮阵,三人来围住,麻麻罕大败而逃。张忠正欲追赶,两个大汉说:"将军休赶,这番奴少不得有一日擒拿他的。"

此时,张忠连忙下马,放下钢刀,深深拜谢二位英雄,说:"小将若非二位相救,必伤于番奴之手了,理当拜谢。"二位英雄说声:"将军休得如此,路见不平,拔刀相救,个个皆然。况且,将军乃朝廷大将,我等乃本国小民,理当救援的。"张忠说:"某看二位英雄,气宇轩昂,必非等闲之辈。不知二位上姓尊名,住居何处?乞道其详。"这紫脸英雄说声:"不敢,小的名唤天凤,下姓萧。父母双亡,四方凋零,住居就在前面这带平阳地,采樵度日。"张忠说:"此位是你令弟么?"萧天凤说:"非也,此人姓苗名显,表字楚江,倒是一个官家公子。父亲苗学深就在关外双龙泛,做个守总,

第七十五回　张将军出敌斩辽将　樵豪杰山林救英雄

如今亦已身故,单留母亲、妹子。后来,房屋被火烧得干干净净,一贫如洗。自小他与小的厚交不浅,一如同胞,是艰难度日的。他所以投了我的生涯,双双入山采樵度日。"张忠听了,叹道:"英雄不得志,洞水困蛟龙,信不诬也。"苗显说:"张将军,你看太阳已渐渐归西,回关却有三十八余里,不若住茅舍宽宿一宵如何?"张忠说:"承蒙苗兄美意,只防元帅在关悬望不安,是要回关的。"萧天凤说:"将军你若回关,只恐番奴在于要路埋伏,终归不美。不如请住草庐,权过今宵,明日天亮,小的弟兄护送回关如何?"张忠听了,想来麻麻罕果然骁勇,倘然在要路埋伏,就不妙了。不若在此权宿一夜,来日回关也不妨碍。主意已定,说声:"既承二位如此见爱,某家领命便了,只是叨扰不当。"不知二位英雄如何答话,如何结局,再看下回。正是:

英雄运至离茅舍,圣主昌明得将星。

第七十六回

遇英雄张忠劝仕　逢勇汉元帅收将

诗曰：
　　山林埋没二英雄，运未亨时困之穷。
　　今日将军蒙救援，他年功绩受王封。

当下萧天凤、苗楚江说："张将军何必谦言，请上马去罢。"张忠说："二位不坐马，某家也自便步行走了。"即时提刀带马而行。二人前行引道，行走路程不多，只见平阳地一间茅屋。苗显说："这边来。"推开门直进。张忠答应，随步进去。萧大凤接刀带马，拴绑在屋边树下，然后进内放了大刀、钢叉。三人告礼坐下，略谈数言。苗显进内说知母亲，立刻烹茶，三人用毕。苗显说声："哥哥，天色将晚了，你去备办酒肴来与将军用夜膳吧！"萧天凤答应去了。即时买着鱼肉等回来，与苗母炊烹。不一会，里边拿进酒肴，排开桌上，燃点明灯。二英雄说声："将军，寒门无甚佳味可敬，淡酒粗肴，不过聊且充饥。如此不恭，将军休得见怪。"张忠笑道："二位如此说来倒也言重了，张某已承搭救，感激不尽。今夜又来叨扰，着实不当。小将是个大老实人，不说套话的。"萧天凤说："既然如此，请坐了。"三人坐下，苗显满斟美酒，殷勤奉敬。

酒至半酣，二人问起一向交锋事情，张忠细细说知。二人听了，呵呵大笑说："久闻五虎英雄，杀得西辽大败，君民所赖以安。可恨辽王不自揣度，又动干戈，又劳众位英雄费粮动兵，扰乱人民，真乃辽王可恼。"张忠说："为臣须当尽忠报国，某看你二人气宇不凡，人才不俗，正在年少青春，因何做这樵客，自轻埋没了英雄，真乃可惜。"二人说："不瞒将军，小的兄弟一般勇力，而且向日学习过武术了，欲图效用，恨无提拔之人。只好困守乡流，樵耕苦度。"张忠说："二位若果有高飞之志，这也何难引荐，待某说知元帅，收录你兄弟，同心协力，前去平西。倘你建立下功劳，岂不胜过樵采度日。"二人说："若得张将军肯力荐提携，小的弟兄情原执鞭左右。"张忠说："二位哪里话来，少年英俊，正当建功立劳，显扬父母，方为豪杰。有功劳,同为一体,何必谦言。"此是席间,初见情深,言语甚多不能细述。

且说苗显之母周氏,在内厢内偷看张忠,见他人才出众,气概轩昂。想他五虎平西,名声大振,我女儿已有二十二岁了,只为家贫,所以耽搁,未曾对亲。趁他与我儿说得投机,若是他未有妻室,女儿得配此人,必有夫人之分。等一会孩儿进来,周氏笑而述说此事。苗显说:"母亲,他乃天朝上将,妹子乃民家之女,不知允否?待孩儿试探问他罢了。"他出堂坐定说:"张将军,你数年立下汗马功劳,不知有几位夫人?"张忠听了笑道:"因何苗兄问起这句话来?劳劳碌碌的马上功夫,哪有闲暇干得这件事情。所以今日犹是一身,没有妻房陪伴。"苗显说:"将军真是英雄,从不贪图女色的。但是古话有言,不孝有三,无后为大,后嗣之继,人所重也。"张忠听了,点头说:"苗兄言之有理,待我公务完了再议此事便了。"张忠之言,苗母里边听得明白。停一会,苗显进内。周氏叫声:"孩儿,此时交兵之际,不必提起此事了。且待日后身安兵了,再与他商议罢!"苗显应诺:"孩儿还有一言告禀母亲。"周氏说:"你也不必多讲,为娘早已听得明明白白。早间,张忠叫你与哥哥同去投军,扶保宋室,若要去时,由你去的。有了功劳,岂不胜做樵夫吗!"苗显说:"母亲,孩儿去了,还防日食不敷,妹子无人照管。放心不下,如何是好?"周氏说:"这也何妨,前时被火之日,你妹子还留得金环一对、金镯一双。少有了还值百两银子,母女已有三年日子可给了。"这苗家既是一贫如洗,因何还有二金器?只因二物是小姐平时随身常戴用的,所以,被火奔逃之日,只存二物。今日得来采头,做日给之费,也是他们之幸。当时,周氏说:"你弟兄是个英雄汉子,恨没有提拔之人。今日既有机会可乘,理当出身图功业,若有了寸进,不独为娘免受辛劳,你爹爹在黄泉也心安了。"苗显听了娘言,诺诺答应。转出来悄悄将母言说知萧天凤,商议来日同到雄关。是夜安排张忠睡了。按下慢表。

却说刘庆奉了元帅将令打听张忠,在云端已经看得明白,不与张忠相见,即回关禀知,元帅听了想,这二人能退麻麻罕,必是英雄之汉。留宿张忠,必然意气相投。且待来日他来,试看武艺高低,量材取用便了。不提元帅之言。

再说茅屋英雄,是夜母子弟兄谈言一会,然后睡去。次日天明,苗显出去换金镯、金环,完备了粮米食物之类。安顿娘亲度日,叮嘱妹子奉侍母亲。翠鸾说:"哥哥放心,妹妹领令。但此去刀兵相对,二位哥哥需要小心。"二人应诺。张忠几次催促,周氏抽身出外说:"托张将军照管两个青年。"张忠说:"老人不必挂怀,小将在内,自然以手足相看的。"此时,日出已高,早膳用过,张忠急提了大刀,说:"我三人就此告别。"他二人说:"请将军上马!"张忠说:"我坐马你步行,如何使得?"二人笑说:"将军,你坐马我步行,比你脚力更快。"闲言休絮。萧天凤拿钢叉,苗显执了铁棍,叫声母亲:"我们去了。"三人出门而去。苗母在门前望不见三人之影,方把柴门关闭。翠鸾说:"母亲哎,我想两位哥哥是个英雄汉子,奈无人提拔。今幸张忠到此,同去投军,但愿有了功劳,得了官爵的。"周氏说:"女儿,所以为娘由他去了。"不表母女之言。

再说三位英雄一路无阻,到了沙场。只闻战鼓喊杀之声,却是李义与麻麻罕交锋正在不能招架。两员步将与张忠杀到,把番兵乱砍,刀斩叉伤棍打,一同杀进垓心①。大喝番兵休到逞强,一齐动手。麻麻罕见了,吃一惊,把大刀就劈。哪里挡得四员大将兵器使起,四英雄刀叉枪棍乱刺!这番将心中慌乱,拼命逃出,拖刀大败。幸亏得达脱接应,挡了一阵,一同败走回营。众英雄把番兵大杀一阵,尸首堆积如山。众人说:"我们不免拼力杀上前去罢,抄了番营,再去见元帅!"此时一齐杀进番营,正遇达脱,被萧天凤一叉刺于马下。张忠三人杀进兵营,兵将纷纷落马而亡。石天豹见此光景,料不能保守,只得弃营逃走了。此时辽营内,尸骸堆积如山,刀枪军器抛弃沙场,番兵四散荒郊。张忠令宋军收拾了粮草军器马匹,然后放起火来,把番营烧得干干净净。宋兵被伤甚少,此时单走了麻麻罕、石天豹二员番将。李义便问二位英雄尊姓大名,因何而至。张忠就细说其情由,李义笑说:"昨日刘庆打听回来说,有二位英雄遇了麻麻罕一番,方得无碍。原来是二位,果然本事高强,乃圣上的洪福。故得二位英雄帮助,且请进关,待元帅记录功劳。"四人同进关去,整理队伍,刘庆、石玉接见,各通名姓,欢叙言谈不表。

张忠进见元帅,将路遇两英雄的搭救详细,一一禀知。元帅心中明白,吩咐传进两位英雄:"待本帅看他两人生得气宇如何?"张忠领命,传

---

① 垓(gāi)心——战场中心。

第七十六回　遇英雄张忠劝仕　逢勇汉元帅收将

进二人。此时,李义、刘庆、石玉,引了二人,一同进内叩见。元帅爷说:"二位少礼,请起罢。你二人是中原百姓,还是西辽子民?"二人禀道:"小的是中原百姓。"元帅又问:"你们平日做什么事情?"二人说:"元帅听禀,我二人自小是金兰兄弟,胜比同胞。只是一般家业全无,樵采度日。西辽屡屡侵犯,时时欲立功劳,因无人引见。昨见番奴追赶张将军,不意杀败的,非是我弟兄之功。如今,只望元帅收录帐下,我兄弟好随执鞭左右,图得出身稍有寸进,免得负薪之苦,元帅恩德无穷矣!"元帅正欲开言,李义、刘庆禀上元帅说:"小将正开兵,被麻麻罕杀败,正在招架不住,又得二位英雄帮助杀退,一同踹破番营,杀散番兵,烧了他营。所得辎重①马匹甚多,只逃走了麻麻罕未曾拿住。"元帅听了大喜,不知收录否?正是:

　　只因虎将败郊野,致使英雄出困途。

————————

① 辎(zī)重——军旅中所带的财物。

第七十七回

破辽营狄元帅奏功　败番将新罗国添兵

诗曰：

　　新罗番将铁金刚，狂逞英雄独擅强。
　　今日败回威灭尽，弱邦何必动刀枪。

当下，狄元帅听了樵汉助杀番兵，打破番营情由，心中大喜，说："难得二位英雄本事高强，樵采度日，埋没了英雄，岂不可惜。今日你二人已有功劳，如若立志，图个出身，这也何难！且随着本帅同心协力去平西，有了功劳，班师回朝之日，奏闻圣上，自然加官授爵以赏劳的。"二人听了大喜，一同叩谢元帅收录："蒙元帅收录我弟兄，愿效犬马之劳。"此时元帅又记了二人功劳，令他帐下调用。待再立功时，然后奏知圣上受职。又给发盔甲器械马匹，二人谢了元帅，是晚摆宴庆功，收拾番营粮草等物，掩埋尸首，大犒三军。是夜休提。次日，捷音回朝，奏闻圣上。只因时值三冬，纷纷大雪。其本章大意只言天寒地冻之候，待来春和暖，即发大兵平西，倒换珍珠旗回国。但新罗敢借兵于辽王，甚属无礼。并伐新罗可否？请旨定夺。捷音飞报回朝，此话慢表。

再说焦、孟二将，前时奉了元帅将令，各路催粮已有两月，早得军粮十万。是日，带进关交令，与萧、苗二人各通姓名，说明来历。也不烦言。有范爷、杨青，见元帅退了番兵，洋洋得意。独有孙秀纳闷昏昏。狄爷见孙秀闷闷，索性取笑他几句，便说："孙大人，你是当今御连襟，名说君臣，实乃至戚，应该为朝廷出力。因何由西辽兵杀至关下，袖手旁观，高挑免战，听凭辱骂。自己的威风全灭，反长他人志气。下官不提兵到来，辽兵杀进关中，大人将宋室江山付与辽人。难道悉听辽王做了君，大人做了臣，你虽称快，独有忠臣烈士怨恨大人的。"这番言语几乎气死了孙秀，即说："狄王亲，下官是个无能之辈。做此官，乃是圣上所命，又不是我自家要来守此关的。若是狄王亲容我不得，听凭你处决本官罢，何必用许多絮絮叨叨的话，难道没有一些同朝之谊？"狄爷听了，微笑道："此乃大人容我不得。"孙秀说:"怎见得下官不容于你?"狄爷说:"大人,若要人不知,除非己莫为。大人何必问我自家,所为只问心是了。大人,你岂不知么?古语流传说得好:欺人即把上天欺,劝你莫行私谋事,举头三尺有神明。"孙兵部听了数言,口也难开,抽身关内去了。悄悄写了一书,暗地差人送带回京交岳丈开看此书。只因他在着雄关,受不得狄青讥诮,又难以算计害他,要求国丈请旨掣回。住语两头。话说麻麻罕大败奔逃,十万番兵败残全走,只剩数百兵、几员战将。又不见了达脱、石天豹,二人不知生死。大营已被烧破了,只得收拾残兵,回归本国去了。

先说新罗国王。从前麻麻罕有本章回国,狼主看了大怒,狄青如此厉害,欺人太过。正要打点添兵帮助,幸有几位大臣奏说:"我邦原与大宋相和,于今辽王与宋朝争战,前来我国借兵,然而狄青已许与西辽战,不是与我国争锋,原不是他来犯我国,我主却兴兵帮助西辽,此乃我国无礼于大宋。伏望狼主勿以西辽为重,而反轻天朝。如若添兵,万万不能,伏乞狼主三思。"国王听了众臣一篇有理之言,所以渐缓添兵之意。是日,忽见麻麻罕败回,国王怒气冲冲:"可恨狄青藐视孤家太甚。如今,不准群臣之奏,管什么中原上国,纵然我国不动干戈,狄青也不罢休了。趁他未来征伐,我先与大兵前去,与他见个高低,就是兵粮不及了。"定了主张,仍差麻麻罕提兵挑选十二员战将、副将二百员,精兵十万,务要活擒中原五虎还邦。"待孤家看看狄青怎样人才,如此厉害。把他碎尸万段,方消孤恨。"麻麻罕领旨出朝,挑选十二员战将,名:其青龙、其青虎、殷光灵、龙飞海、牙里波、乌山罗、哈成寿、沙而虎、爱金雄、韩恩宝、哈成福、恒恒温。

这十二员战将多是青年猛勇、英雄无敌的将军。内有牙里波是通迷之子,非但英雄好汉,而且是花山老祖的徒弟,法力精通,有呼风唤雨、撒豆成兵之术,轰天雷的法宝,要与父亲报仇,愿随麻麻罕出兵。此时,麻麻罕点了十万精兵,择了吉日,拜辞狼主,向汴梁进发。按下慢表。

又说西辽国王,前次接到麻麻罕的本章,心中大怒,即宣秃狼牙问明:"孤家差你前往中原,探明狄青身亡。你还邦奏说,他已经死在游龙驿中。因何今日麻麻罕本章说狄青还在?兵又败,又欺君误国,哄骗孤家,绑去砍了!"秃狼牙此时分辨不清,亏得几位大臣保奏,将秃狼牙贬去看畜牛马,劳苦不堪。按下不表。辽王又想麻麻罕将勇兵强,因何仍然杀败。既不能取胜,新罗不能助我国,麻麻罕必有本章回邦,为何国王置之不理。此时,辽王日日烦恼心焦。未满二日,又闻飞报,方知麻麻罕杀得大败,逃回本国去了。狼主一闻此事大惊,长叹道:"孤只说大宋杨府英雄伤尽,杨宗保死后没有能人。所以大兴人马,抢夺他江山。岂知中原又有狄青五虎,非常骁勇,屡次杀得我国无人敢领兵前往。女儿飞龙去行刺他,岂知反被他害了性命。秃狼牙通线庞洪,如今还在,只落得新罗国损兵折将罢了。若夺不得大宋江山,狄青五人,孤家总是容不得的。必要分碎其尸,方消孤家心中之恨。"有度罗空出班说:"臣启奏狼主,前日有星星罗海之弟,名唤兀格松,见臣说,在家得师,教习武艺,已有几载。武略精通,要为胞兄报仇,不惧中原五虎。故臣令他试演一回,果然枪法精通,英雄勇猛。伏唯狼主宣他上殿,看察人才如何?"此时辽王正在用人之际,闻奏准之,即宣他上殿。

不一时,兀格松上殿,朝见狼主,赐他平身。一看这兀格松,生得虎腰戟眉,脸紫发赤,一双环眼,头如斗大,口阔无须,狮子大鼻,颈下还有八尺身高。狼主看罢,心中大悦,开言说:"卿家,你今年纪若干?"兀格松说:"臣年已二十有四岁,星星罗海是臣胞兄。"狼主说:"你也是国家大将,不做官是何缘故?"兀格松说:"臣年纪尚轻,只图玩耍之乐,不愿为官,只是在家侍奉母亲。臣有千斤之力,前数年又得师父教习武艺。前日,哥哥死在狄青之手,爹娘闻到双双气死了。所以,微臣深恨狄青入骨,立志要杀完五虎将,方消胸中之恨。"狼主听了,心中大喜,命他把武艺当殿试演。兀格松口称领旨,就在殿前演武一番。武略精通,枪法奇妙,狼主心花大开,众臣称赞,即日加封灭宋大元帅之职,领兵十万,前往新罗国,再请添兵助将,共除五虎,夺取大宋江山,平分天下。兀格松授了总兵之职,就有许多武将官员前来称贺,属下武官多来参见。这番将立心报仇要紧,过了三天,点齐十万兵马,辞了狼主,一意登程,先往新罗国。

未到新罗,路逢麻麻罕,说起情由。麻麻罕说:"本帅如今奉了狼主旨意,再领雄兵十万、健将十二员。今日中途相遇将军,同心协力,共擒五虎,本帅洗了前败之耻,将军雪兄之仇。务要同力向前,有功于国。"兀格松称说:"元帅之言有理。"即令队伍向三关进发,尽是山岭崎岖。行罢,又是沙滩烟瘴之地。连行十余天,还未到雄关。不知两军对垒如何。正是:

　　莫道天朝多勇将,且看下国有精兵。

第七十八回

荐勇将辽主复兵　伐新罗宋军大战

诗曰：
　　新罗党恶助辽邦，大战奔逃兵败伤。
　　弗悔自非反恨宋，兴师复起战沙场。

慢表西辽与新罗合兵一处，往三关进发。先说中国汴京庞国丈，忽一日接到孙兵部来书，满心不悦。是日，又接到狄爷本章，料也瞒不过去，只得勉强奏知圣上。天子降旨，着令狄爷先平新罗，后征辽国。旨意即下，非只一日，到得三关。狄爷遵旨而行，定于二月十五日发兵。征伐新罗日期已到，是日，天气晴明，正好行兵景象。此时，大兵排开队伍，号炮冲天，队伍次第出关。杨青、范仲淹殷勤相送，孙兵部少不得勉强同行道别。元帅仍令孟定国为开路先锋，十万雄兵，六将分排带领。只有焦廷贵做这解粮官，恼闷不堪，一路叹气说："我焦廷贵真是倒运的，曾经上阵杀过多少番兵辽将，只因在火叉岗上走差了路途，是此之后，元帅总不点我前行。如做个解粮官，实乃没趣的，到战场上杀几个辽兵玩耍，岂不有趣？"不说焦廷贵烦闷。

再说狄青大兵一路浩浩荡荡，行了半月。早有探子报道先锋爷，前面就是狮子山，有番兵扎营阻路。孟将军听后，吩咐再去打探，即时报知。后队元帅传令，就此择地安营。元帅号令一下，三军大小将士，步军停步，马将驻马。孟将军择了一段平阳地段，三声炮响，安了大营。又有流星快马，飞报元帅说："小的打探得新罗国逃将麻麻罕，复令大兵十万，战将十二员，手下副将数百，还有西辽国兀格松，领兵十万，战将几员。两支人马，并同为一路，与我邦交战，请令定夺。"元帅赏了探子，吩咐再去打探，探子谢赏去了。元帅吩咐众将："如今说麻麻罕合兵于西辽，料想兵多将广，比着前番倍加厉害。你等以后须要小心。"元帅一言，帐下众将诺诺连声。不表宋营将士之言。

再说这狮子山，乃是大宋该管地头，是日，麻麻罕安营此处，正在打点拔寨进兵。忽有探子来报说:"大朝五虎将领兵前来征伐我邦,今已在对山平地安下大营阻路,特来报知。"麻麻罕听了大怒,说道:"我们尚未打点前往破关,岂知狄青已到,来征伐我邦。今日,必要与他见个高低雌雄。"此时,麻麻罕仗着十二员战将、十万大兵,正是目中无人,以为安然必胜,推倒天朝五虎英雄,抢夺宋朝天下,看来易如反掌。今日一闻此报,哪等得下战书约日交锋,即时打发前部先锋恒恒温,领兵五千,先要取胜,挫挫他的锐气。先锋恒恒温得令,披挂上马,手提画戟,带领五千番兵,一路喊杀连天,番将雄赳赳冲出阵前讨战。狄元帅闻报,差点孟先锋提兵三千,前往对敌。一声炮响,冲出阵前,孟将军一见,不通姓名,大刀当头就劈。恒恒温尽力急架相迎,二将一来一往,六十合不分胜败。孟将军见杀了半日,心中大怒,杀得性急,大刀乱砍不住。恒恒温气力不佳,喘息不绝,大败而逃。孟定国快马如飞赶上,大刀向脑后砍去,一只胳膊跌落尘埃,孟将军割了首级。宋军追杀,辽兵四散奔逃,鲜血满地,得胜回营。狄元帅执笔记了孟将军头功,拿去首级回营号令。

麻麻罕此时闻报,怒跳如雷说:"要挫他锐气,岂知反被他挫了我们锐气!"传令将尸骸掩埋了。次日,又差大将韩恩宝,杀气腾腾,领了五千步军出营讨战。宋营中跑出萧天凤。如问萧天凤的本事,莫道四虎可比,就说狄元帅的武艺也高他不多。这韩恩宝虽是新罗国上将,交战本领到底及不得这樵汉。二马交锋,萧天凤钢叉架开大斧,回手一砍,在腰间将番将分为两段。宋兵追杀,番兵逃走回营。此时,萧天凤立了军马,讨战麻麻罕,早有败残兵报知。麻麻罕心头着急,忙差爱金雄、沙而虎二员大将,领兵一万,出营迎敌,双战萧天凤。杀到黄昏,又被萧天凤刺死爱金雄,活捉了沙而虎,入营全胜。狄元帅大悦,众将尽皆称赞:"萧天凤之能,我等深服之至矣。"萧天凤连称:"不敢,此乃圣上洪福,当灭番寇。末将何足为能?"当时,元帅传令将沙而虎囚禁后营,将两颗首级悬挂营前号令。

慢表宋营赏功。再说败残辽兵回营报知,麻麻罕气得面如土色,说道:"本帅十二员勇将,尽称无敌英雄。料得三关必破,五虎必擒。岂料狄青将兵如此厉害,杀了三员大将,沙而虎又被擒,这还了得!"麻麻罕此时越想越气,恼怒不息。有兀格松上前说声:"元帅,狄青杀害我胞兄,小将与他有不共戴天之仇。岂惧他三头六臂的英雄!他五人就有通天本领,本将军只看他如同草芥一般。如若出阵,必取胜的。"麻麻罕皱眉说道:"将军虽是少年英雄,人

第七十八回　荐勇将辽主复兵　伐新罗宋军大战

才强壮，武艺精通。但是恒恒温、爱金雄、韩恩宝、沙而虎，乃我新罗国有名上将，尚然死的死了，拿的拿了。将军，你休来此狂妄之言罢！"兀格松说："元帅勿把小将看得无能，明日出马，不能取胜，即时回国，永不到此地争雄。"麻麻罕说："既然如此，天色已晚，且待来日出马便了。"

到来日，用了战饭。兀格松自点本国辽兵一万，麻麻罕说："将军出马，不可自仗英雄，须要小心。"兀格松应诺，顶盔贯甲，手持丈八长矛，跨上一匹斑点豹，威风凛凛，杀气腾腾。一万雄兵，旗幡密布，喊杀连天。正骂战之间，宋营一声炮响，苗显一马飞出。各通名姓，一枪一棍，大战起来。二将冲锋二十合，苗显要败下来。若问苗显本事，及不得萧天凤，兀格松的力气比萧天凤又更好些。此时，苗显抵敌不住大败奔逃。番将大喝，拍马追来，幸得飞山虎立在营前看见，拈弓搭箭，嗖的一声响亮，射落他的头盔。番将惊了一跳，方才勒马，不敢追敢，大声呼喊："狄青快着出来纳命，你前日杀害我哥哥，我来报仇。如若迟延退避，本帅进营来，叫你人人狗命难逃！"萧天凤大怒，抢出营来大喝："番奴休到逞强，我来也！"二人搭手交锋，这场大战非比寻常，犹如猛虎争食。若说萧天凤的本事，原是及不得兀格松，因何此刻对敌得住，只因此辽将先与苗显战过一阵。所以，如今略略慢者与萧天凤战个对手，杀得沙尘滚滚，日色蔽光，虎豹深藏，神鬼皆惊。自午刻杀至申时，太阳渐渐坠西，两边各个鸣金收军。

自此之后，两军争战数日，不分胜负，只有兀格松一人骁勇。元帅思量道："本帅原晓得此次番军比前更加厉害的。"张忠说："元帅如今怎样打算？"元帅说："贤弟，凡为将者，力不能取胜，必要用计。兀格松乃星星罗海之弟，他说与兄报仇，显见得他已是奋力而来。古说，一人拼命，万夫莫当。目前，众将多不是他的对手，如今用计便了。"即差张忠、李义，吩咐如此如此，二将依命而行。次日，忽报兀格松讨战，要元帅爷出马，百般辱骂，十分猖狂。元帅即点张忠出马，杀出营前，与兀格松双手大战了四十余合。张忠看看抵挡不住，败走荒郊。兀格松紧紧追来不舍，已及半里，忽又来了李义，冲杀接战，二人双枪并举，又战了十余合。李义又败走，由张忠败走之处而逃。兀格松大喝："宋将哪里走！"飞马追来，越加逞勇，一马抢过前边，说声："不好了！"张忠、李义二人回马，呵呵大笑说："番奴，你如今逃到哪里去！"顷刻间，铙钩索捆绑他下马。不知番将性命如何？正是：

瓦罐不离井上破，将军难免阵前亡。

第七十九回

辽将军逞勇被擒　狄元帅沙场破敌

诗曰：
　　　新罗辽国合兵坚，与宋争锋战斗连。
　　　毕竟后来难取胜，生灵涂炭枉徒然。

　　前说张忠、李义依了元帅计谋，诱番将追赶。正跃马进前，忽跌入陷坑去了。四周铙钩一紧，捆绑坚牢，番兵慌张逃走。二将押番将回营，元帅大悦，记了功劳，传令把番将押进来。左右一声答应，登时推进兀格松上帐。他铁铮铮立着，骂声："狄青呀！你杀害我胞兄，仇如渊海。今日被擒，料也难免刀刑，快些动手。"元帅看这番将却是一条豪杰，可惜生于外国，今日为兄亡叛之虏便了。叫声："兀格松，本帅看你原是一个轰轰烈烈的英雄，只可惜情理上一些不晓，全不想你的哥哥帮助西辽，来欺上国，自然要砍头的。"兀格松喝声："狄青，自古两国相争，各为其主。我哥哥吃了狼主俸禄，必须为狼主出力的。"元帅说："他是逆理而行，死何足惜！你也不推度其情理么？既是两国相争，不是你死，就是我亡。有何深恨要报仇的，你是不以情理为先。一个凶狠之辈，今日被擒了，还倔强么？难道真乃甘心待死？"兀格松听了，哈哈大笑说："狄青，今日既误中汝奸计被擒，早已抵死，一刀两段。请快开刀，不必多言。"元帅哈哈冷笑说："好一条硬汉子。"喝令刀斧手，把他推出砍了，兀格松哈哈大笑，叫声："哥哥，为弟与你报仇，岂料今日天不从人愿，如今同归一路地府，仍做兄弟罢！"忽听号炮一响，头已落地。刀斧手拾起首级，元帅吩咐将首级号令。

　　不一时，探子又报辽将讨战，要元帅爷出马，口出狂言。元帅说："既然必要本帅出阵，这也何难！"当时，元帅盔甲装束了，拿了定唐刀，乘上龙驹马。左有张忠，右有李义，带领铁甲军八千，放炮出营，神威赫赫，浩气岩岩。跑到阵前，喝声："来将通下名来！"番将说："本将军乃牙里波也。你是何人？且通名来。"狄爷说："本帅乃大宋天子驾下、平西主帅狄青是也。"牙里波说:"你就是狄青么？我父通迷死于汝手。今日正是仇人相遇,分外眼明。"元帅听罢,冷笑说:"番奴,你好愚也。既为战将,拼命于沙场,乃性命攸关之地。不是你死,就是我亡。若杀了一将,就有人来报仇。从前本帅杀却了多少番将,眼见得有多少人来报仇的？你看,高悬首级是兀格松,他也要与亲兄报仇,今日被擒,身首分开。本帅劝你休了报仇之念,领兵回营。以后万不可出马,方才保得性命。"牙里波大喝:"狄青休得胡言,古道:父母之仇,不共戴天。立心报仇已久,今日方见仇人之面,凭你有通天本事,我何惧哉！且着枪！"说声来了,照心窝刺去。元帅金刀架开,并不愤怒,叫声:"番奴,你不要恃勇倚强,看看兀格松首级,倒不如收兵回去为高。"牙里波说:"狄青,你休得花言巧语。俺奉了狼主旨意,元帅将令,要捉尽你五虎将,方显本将军的手段。"元帅听了冷笑说:"你口出狂言,要捉我们五虎将军么？哪一位将军与他交手？"张忠拍马飞出说:"我来也！"纵马提刀,当头就砍。牙里波说声:"南蛮休来送死！"长枪架开大刀,喝声:"我杀了狄青,方消我恨！"张忠大喝:"番狗,你口出狂言,拿捉我们五虎将,俺是扒山虎张忠,正是五虎名内的将军。想你死期到了来寻我们么？"说完,把大刀乱砍,牙里波急架相迎。各凭本领高低,一来一往,争强争弱,战鼓喧天,声震沙场。一连战了五十合,不分胜负。

此时,李义在旁,见二人杀得难解难分,即冲出阵前,喝声:"番狗,休得想活命。"提枪又刺来。这牙里波,焉能抵得两般军器,即时纵马大败而逃。二将拍马赶上,牙里波回马喝声:"宋将慢来,看我法宝取你性命！"登时起一颗丸弹,在空中光华飞舞,要落下来。张忠、李义看见大惊说:"不好了！"连忙回马就走。这弹子果然厉害,向他二人头顶飞追。幸得狄元帅盔上血帕鸳鸯红光冲起,丸弹不能下来。元帅又把金刀向空中撩了几撩,说:"妖物慢来！"果然,弹子被光华冲散,落下尘埃。元帅的盔甲有此奇妙,能破妖物,只因他的盔甲、刀马皆是鬼谷仙师所赠,所以妖法不敢近前。当下,牙里波看来不济,只得收回法宝又战。张忠、李义奋力攻击,刀枪并对。番将抵挡不住,只得大败回营,番兵随逃去了。元帅吩咐,不可追赶,以防番将妖法。众将回营,元帅坐下说:"列位将军,今日与番将平战,不能取胜,其仗妖法伤人。幸有本帅在前,方得无碍。他既有妖法,以后交锋需要小心才好。"众将答应。是夜元帅沉沉带闷,只忧牙里波番将又是个旁门道术之人。想他今日虽然败了,还不知他再有什么妖术来。

不表是夜元帅烦闷。次日,牙里波又带兵来讨战。元帅即点萧天凤出马,狄元帅亲自出营掠阵。若论萧天凤本领原高于牙里波,所以战到五十余合,牙里波抵敌不住,说声:"南蛮好厉害!"走开一箭路,口中念咒,顷刻间,乌云遮日失去光明,飞沙走石,大作狂风。宋兵慌乱,萧天凤虽是英雄,到此时也觉心惊,有力难施,几乎跌下马来。幸有主意,急急逃回本阵,牙里波拍马追来要拿他。此书载这狄青因何会用法术,只因王禅鬼谷子前者收他为徒弟,仙山习艺七年。这些避水真诀,破火咒言,除风息雾,岂不教习?因前时对敌不曾有人用妖法,他所以也不施出仙术。前日在单单国交战时,公主的法力乃庐山圣母教习仙法,并非妖术。他被擒是镇阳珠法宝,此宝非咒语可破。二者两人夙有姻缘之分,所以被擒于公主。今日遇了妖法,元帅左手向中天指定,咒念真言,顷刻间狂风顿息,日色复光,飞沙不起。牙里波一见心中大怒,喝声:"南蛮破我仙法么!"抡枪冲来,萧天凤飞马挡住相迎。牙里波又招架不住,又念火诀真言。但见空中一团烈火,照宋军阵上吹来,众兵慌乱,各自奔逃。萧天凤急急败回,元帅一见忙念澄火咒。这团烈火向番兵冲去,烧得番兵焦头烂额,叫苦连天,众兵四散,俱窜奔逃。牙里波看来不好,连忙收了法术。萧天凤只要元帅除了妖法,平战却不惧这牙里波,提起钢叉乱扫,牙里波大败奔逃回营。狄元帅大悦,方知王禅师父法宝妙用。得胜回营,众将大喜称贺,今日乃是元帅之功也。这狄青说:"非本帅之功,实乃当今洪福,又得众将之力。"不表宋营贺功。

再说牙里波杀败回营,一路召集逃回散败残军,烧伤者甚多,用药敷治,不必细谈。牙里波进见麻麻罕,觉得满面无光。禀明法宝被破,杀败回营。麻麻罕说:"将军你夸了大言,必要捉完五虎将为父亲报仇。岂知小卒也拿不得一人回营,又遭大败。以后将军休得出马,枉费神劳力,伤残士卒。"牙里波听了只得气喘不息说:"元帅,狄青与我是杀父的仇人,若不捉拿尽五虎将,不算新罗国的英雄。"麻麻罕说:"将军,你平战也杀不过宋将。用法也不胜狄青,如此如何是好?"牙里波说:"元帅不必心焦,且容小将今夜作法,摆一个迷魂阵,包管网尽南蛮五虎。"麻麻罕说:"如若再不济,这便如何?"牙里波说:"倘若再不成功,愿将首级送与元帅。"麻麻罕听了,却哈哈大笑说:"本帅乃取笑,休得认真起来。你且去预备摆阵罢。"牙里波说声:"得令!"是晚,用过夜膳,候至二更时分,牙里波上了将台,披发仗剑,书符咒语。法水连喷东方三口,呼喝毕,就把豆子四方布散。不一会,就有数千鬼兵变化出来。此时,新罗、西辽二国,合兵有二十多万。因何牙里波一个也不用,只因这迷魂阵法,用阴兵,不用士卒。不知困得宋将否? 正是:

妖术用来擒敌将,阴兵差去胜天朝。

第八十回

番将迷魂阵困英雄　宋帅开阳镜破妖法

诗曰：

番将旁门道术精，迷魂阵内困群英。

幸亏鬼谷开阳镜，烟雾收除妖法倾。

再说牙里波，只因杀败了要摆起这迷魂阵来。是晚，书符作法，撒豆布演，阴兵多已齐集。牙里波手执黑旗一队，已四方带引点明。但觉阵内阴风惨惨，冷雾腾腾。四方八面，无兵把守，俱有门户可进。阵图布毕，也是四鼓催残。然后下了将台，入营见元帅交令。麻麻罕说："将军，这阵摆得如此快速。"牙里波说："元帅，小将的师父乃是花山老祖。曾经学法多年，撒豆成兵。阵已布成了，诱得宋将进阵，至三朝魂魄俱无，命归阴府。入了此阵，凭他三头六臂英雄，铜皮好汉，也跳不出的。若除了五虎，岂惧他雄兵数十万么！"麻麻罕说："将军既如此，你点兵二万去助威。若擒得五虎将，其功不小。"天明，牙里波即领二万番兵，上马跑出营前。麻麻罕与众将在本营看见阵中黑气冲天，不鸣金鼓，不知此阵果有何厉害。

不言番将观阵，且说牙里波独马单枪来营门，指名要狄青出马会阵。狄元帅是时闻报，对众将说道："这牙里波是个妖术之人，既摆得阵图，须要打破。倘若不破得他的阵，辽将要轻视我们中原大将了。但不知他阵势如何？待本帅出营看看便了。"着令萧、苗弟兄守营。带领四虎，焦、孟跟随，点兵一万出营。牙里波喝声："狄青！你既为主帅，职掌兵符，可知此阵何名？"狄元帅细细观看，别的阵图俱可识得，单有此阵兵典上所无，不觉呆看一会，说声："番奴，此无名之阵，休来混账！"牙里波呵呵冷笑说："狄青，你不识阵图就说是无名之阵。你敢打么？"狄元帅未及回答，张忠说："元帅，小将去打阵。"元帅说："他阵图黑气冲天，必然厉害，进阵倘若势头不好，即刻回马。"张忠答应。拍马进前与牙里波战了二三十合。牙里波进阵门。张忠大喝："番奴休走！"提钢刀奋勇冲入阵中。但闻阵内呼呼喊杀，烟雾迷人，风狂蔽日，黑暗不辨东西，但觉冷气侵人。张忠着急，拨马转回。岂知

第八十回　番将迷魂阵困英雄　宋帅开阳镜破妖法

昏暗不辨五指，全无出路，说道："此番性命休矣！"牙里波冷笑，复出阵前说："狄青，你不但无能破阵，点将进了阵门不得出的。"元帅听了说："本帅原晓得这番将有旁门妖术，如今张忠在阵内不知吉凶如何？"便喝声："番奴休得逞能，凡为英雄大将，不能以实力本事见高低，就以智谋来取胜。你今兴妖作法，非为丈夫之说，纵然取胜，有甚怕你！"牙里波冷笑说："狄青，明明是不识阵图，难以打破，说什么妖法不妖法。若有方略，你识得此阵，你也前来打破，才算你是英雄。不然休来混账！"李义大怒，喝声："番狗，狂言休说，我来破你妖阵。"拍马追赶牙里波。进到阵中，但觉烟雾昏昏，寒侵肌骨。四边犹如铁壁，两目恰似失明。李义心惊了，说："不好了，中了番奴之计。"张忠说："入阵者何人？"李义忽闻答应："李义在此！"张忠说声："贤弟中了番奴之计，寻不得出路的。"慢表二将困在阵中。

此时，石玉、焦孟二将说："元帅，我们三人一齐杀入或者可冲散此阵。"元帅正要开言阻挡，三将跑进阵中，又被困了。只剩得元帅、刘庆二人。刘庆说："元帅，此阵众人进去不见复出，不知如何？待小弟架上席云探听众将吉凶下落。"元帅说："需要速去速回。"飞山虎应允，连忙驾云而去。有军士报上元帅说："牙里波要元帅会阵。"元帅说："本帅自有道理，不必通报。"一会，刘庆回来说："元帅这阵内昏暗生烟，冷气侵人。众将多已不见，又不见番兵番将一人守阵，却是奇怪。"元帅想来说："天王庙内收得开阳镜一面，乃是师父所赠与我的。说是后来可破迷魂阵，至此今日紧紧收藏。想来此阵如此奇怪，莫非就是迷魂阵不成？不要管它，待本帅就拿此镜进阵，如果是迷魂阵，必然可破。若不是迷魂阵，与众将陷入阵内也是天数。当初太祖陷在迷魂阵中，得萤虫放光引出救了。本帅进阵带了开阳镜，不知救得出人否？"不带兵丁进阵，一万兵交刘庆管守："倘本帅破阵，你可差兵接应。"刘庆应允。元帅取出宝镜，左手提刀，右手拿镜。这宝镜光华射日，彩色冲霄。元帅催开坐骑至阵前，牙里波假意与元帅战了十合，拍马而逃，诱元帅进阵中。牙里波进了阵，呵呵发笑说："狄青，你不进阵来，算你造化。如今你进阵来，你就倒运了。"吩咐番兵外围相屯，不要放走一人。

且说元帅进了阵中，果然四边昏暗，冷气侵人，即将宝镜擎起，只见万道霞光四围飞绕。一刻之间，烟雾消除，狂风不起，冷气俱无，只见四将还是东西乱撞。元帅大呼众将说："本帅已将阵图打破，拼力共擒番将罢！"众将同说答应，大喊如雷，大刀枪棍一起乱打蛮刺，把辽兵犹如砍瓜切菜，牙里波一见破了此阵,吓得魂飞魄散。刘庆见破了阵,一万宋兵追杀番兵,死者甚多。此时,牙里波正要施法,岂料众英雄六般兵器团团围住。牙里波枪法散乱,气喘吁吁,可怜无人救应,大叫一声:"天绝我也!"麻麻罕闻报破了阵图,即差哈成福、哈成寿、其青龙、其青虎来救应。四将杀来,张忠早已一刀劈死牙里波。元帅正要传令收兵,只见四将来与张、李、焦、孟四人混战。忽见其青龙坠马,其青虎心慌要逃,李义一枪挑于马下。成福被孟定国一刀分为两段。焦廷贵生擒了哈成寿。石玉、刘庆把番兵大杀一阵,死者不计其数。元帅即传令收兵回营,明日共破番营。此战大胜,四将与焦、孟功劳元帅各个记讫。三首级号令,又藏好宝镜,众将还未晓破阵之由。众人动问,元帅说:"天王庙内所得开阳宝镜,你们忘记了吗?今日带得此宝,故能破得迷魂阵。"四将大悦。只有焦、孟、萧、苗四人不知其根由,石玉将情细细说明,四人方知。元帅又令掩埋尸首,大犒三军。元帅说:"本帅还有一虑。"众将说:"元帅所虑何来?"元帅说:"凡用兵大胜之后,须防敌人劫营。番将今日这般大败,谅情闷不过,料着我军得胜,乘其不备,今夜必来偷营劫寨,众将须当留意,如此以保无虑。"众将说:"元帅智虑深远,足见高明。"又有小军禀上:"元帅爷活捉这员番将如何发落,请令定夺。"元帅说:"留此二人何用?"传令刀斧手并将擒来之人一并拿去砍了。可怜新罗国二员大将,顷刻一刀一个,命丧黄泉。刀斧手即时献过首级,元帅吩咐拿出营前号令。按下宋营慢表。

再说麻麻罕点出四将,俱已阵亡。牙里波二万番兵逃回千多,多是受伤的。麻麻罕此时又惊又恼,叹声说道:"我麻麻罕在新罗本国也称英雄大将,岂知狄青如此厉害,两次将兵杀得大败,平战不得胜。牙里波用法又败,十二员战将今剩三人,如何是好?细想宋朝五虎这般凶勇,欲待收兵回国,纵然狼主不执罪于我,还有何面目见众臣?若与他交锋,又不能取胜。想来毫无主见,如何是好?"有部将乌山罗口称:"元帅不用心烦。"麻麻罕说:"将军败得如此光景,叫本帅如何不忧。"乌山罗说:"小将有计商量。"麻麻罕忙说:"将军有何妙计,快些说来。"乌山罗说:"元帅,我想狄青今日大获全胜回营,决无防备。待小将今夜三更时,带领人马,悄悄去劫他营寨,必然杀他人亡马倒。"麻麻罕听了大喜,说:"可速依计而行。"今夜乌山罗领兵偷营劫寨,有分教:

命丧沙场真可悯,尸不还邦实可怜。

第八十一回

劫宋营乌山罗中计　败回国麻麻罕捐躯

诗曰：
　　井蛙之见用谋深，劫寨偷营破敌群。
　　岂料苍天原佑宋，不成功绩反丧身。

　　话说乌山罗定了偷营劫寨之计。是晚，点起精兵二万，饱食夜膳。候至更鼓两敲，乌山罗顶盔贯甲，上马提刀，带齐火料，二万番兵排开队伍，真乃兵肃马静，衔枚出营而去。是夜，月色微开，星光朗朗，三军已到营前。但见宋营中寂静无声，更锣不响。乌山罗大喜，果然无人守营，想必众人熟睡，吩咐众兵跟随杀入踹营，众兵答应，一齐动手杀进空营。有灯球火把照耀如同白日，长枪、刀、锤、斧乱打进营，喧哗喊杀。乌山罗一马当先冲进营内，大喝："南蛮今夜活不成了，俺来踹营！"杀进营中，凶如虎狼。狄元帅早已令众将埋伏，一闻喊杀之声，追定火把之所，四边杀入。众英雄大喝："番奴休来送死！"各领兵丁重重围定，狄元帅令众人不要放走了番奴。乌山罗此时知中计，舞定大刀，前遮后挡，只顾逃走，却被宋将团团围住。一口钢刀焉能挡得六般兵器，心中烦乱，被苗显一棍捣于马下，石玉一枪结果了性命。焦廷贵、孟定国带兵一路追杀。番兵二万，可怜逃脱者少，被杀者多。元帅吩咐，趁势杀进番营，不得有违。众将遵命，领了大队人马跑奔番营。麻麻罕在营中思想，不知乌山罗此去如何。忽闻报乌山罗早已被宋将杀死，如今大队宋兵杀来了。麻麻罕心内着惊，急差殷光灵、龙飞海分兵一半去抵敌。二将虽然骁勇，怎杀得过八员宋将？早被石玉枪挑殷光灵，刘庆刺死龙飞海。二万番兵被杀得四散分逃，宋兵直进番营，可怜黑夜交兵，麻麻罕营中有雄兵二万名，却被八员虎将、十万宋兵纷纷突入，不能逃脱，只得齐声愿降。独有麻麻罕一支长枪左右撞，奋力杀出重围，手下兵将不能招回，只得急急逃奔一程。此时，东方渐渐发白，众英雄就在番营点查粮草马匹军械，禀知元帅。元帅大喜，吩咐将尸首掩埋荒地，但是麻麻罕不能捉获，须防后患。众将说："元帅，麻麻罕屡败之将,乃癣疥①之患。就是三头六臂的英雄,也何足挂怀?"元帅回营,大赏三军。是夜慢表。

次日,元帅吩咐养兵三日,再行前进。行文先赴晓谕白马关。书曰:

西辽国实为无礼,屡次兴兵,冒犯天朝。本帅已经提兵征服,岂料辽王痴心未改,复动干戈。你邦狼主擅敢借兵助虐,本帅曾经请旨,先伐尔邦。麻麻罕既败,逃遁无迹。兹者:大兵即日临城,识时务者,速达番君亲来求降。本帅略念好生之德,矜全你国君臣,否则天兵一动,满城玉石不分,追悔不及。

慢表狄元帅书下白马关,先说麻麻罕走脱重围,盔甲全无,跑至天明,再走过几座高山,又与石天豹相见。这石天豹前阵自败走回国,心中不服。闻元帅又兴兵,他带了些干粮,走了四五天。当下忙问元帅,为何如此模样,麻麻罕说:"将军,不要说起情由了。"就将大败根由,宋室江山夺不得,不如早早还邦,再作道理。此时麻麻罕无奈何,与石天豹一路同走回,一连四五天,到了白马关。大叫开关。白马关主将名唤海驼龙,一闻此报,想来麻麻罕两次兴兵,败到一卒不回,亏他还有面目回邦,吩咐不许开关。又一时复报,他在关外十分痛骂,请令定夺。海驼龙说:"他自无能,反来骂我。待我亲自上城与他说话。"即登城上大叫:"麻麻罕,我想你平日间常自夸骁勇,如今两次兴兵,败得如此回来,亏你羞颜不顾。"麻麻罕喝声道:"海驼龙,你休得多言讥诮,胜败乃兵家常事,快快开关。待我奏知狼主,领雄兵前去报仇未为晚也。"海驼龙听说笑道:"你还想领兵么,真乃痴心妄想。失机的败将,国法难容。况且两次出兵,败得片甲不回,罪如天大,还想什么复兵报仇之话。初次容情,勉强开关,今日难以徇情了。"麻麻罕怒道:"海驼龙,你言差也,我奉狼主之命,便恨不能大破宋兵。今有天朝五虎将厉害,又谋计把我们杀败。难道我自己要做出来的么?不必多言,快些开关。"海驼龙说:"麻麻罕,你今要开关,除非捉得大宋五虎将回来。若缺少一人,休想进关。"麻麻罕听了,气塞喉咙,说不出话。石天豹说声:"海将军你且容情一次,开关如何?"海驼龙呵呵冷笑,说:"你二人共合兵三十万,战将十二员。丢下副将不计其数,俱已败尽。你两人回来,若放你进关,狼主岂不归罪于我?况且我邦有限的兵将,如

---

① 癣疥(xuǎn jiè)——是两种皮肤病。比喻为害尚轻的病患。

第八十一回 劫宋营乌山罗中计 败回国麻麻罕捐躯

再被你杀败了,岂不把新罗国付与大宋!非我今朝故作难你,若是不拿得五虎,此关断断难开的。"麻麻罕大怒,指定海驼龙大骂:"谅你不肯开关,我也知你必贪生怕死,要投宋人。"又说声:"狼主呵,并非臣负你洪恩,只因进退无门,从此永别狼主了。"即拔剑自刎而亡。石天豹见了,也把海驼龙痛骂一番,亦撞死于关下。海驼龙一见,冷笑说:"麻麻罕,前我在你手下时,被你打过四十军棍,至今怀恨在心,谁叫你无能杀败回来,俺今公报私仇断送了你。石天豹与我无仇无怨,我本愿放你进关,你一心愿做黄泉路之客。"即开关令军士埋葬尸首,收拾马匹器械进关。海驼龙想来麻麻罕既死了,上本只说他们俱战死沙场罢。正要写本,狄元帅的文书又到。看过了,即照此情写本,差人呈送狼主去了。又想:"我国原与大宋相和,没有战事。只为西辽国王前来借兵,我狼主如孩子之见,听了西辽狼主之言,贪图平分中国。岂知大宋将兵如龙似虎,反损去雄兵数十万,大将数十员,耗费了多少钱粮。狼主哎,你被西辽王所愚,只落得狄青反来征伐我国。书谕上边写着,说早早投降,保全我国。倘再迷而不悟,满城玉石俱焚。不是为臣惧怕狄青,想来麻麻罕如此雄兵猛将,不能对敌,何况微臣一人!我且紧守此关,待狼主旨意到来,然后再作道理。"又吩咐众兵副将,小心防守,以防宋兵攻打,这海驼龙一心等候狼主旨意。过了八九天,有小将报说,中原人马已经大队到关外安营扎寨了,这海驼龙仍是按兵不动。又闻关外炮响连天,探子飞报中原大兵水泄不通安扎了,围我之关,请令定夺。海驼龙听了,即上关观看。但见大宋营盘,旗幡密密层层,马嘶喧闹,结得齐齐整整十座大营,腾腾杀气。此时,海驼龙看罢说道:"大宋狄青,果然名不虚传。你看他大营扎得这等坚固,五虎将威名常常传到我邦。麻麻罕乃我国头等英雄也杀败了,大宋兵将厉害可知。本总虽然身为武职,奉守此关,谅情出去抵敌,未必胜得大宋军马。"此时看罢一番,连忙下了城,复进帅堂,坐下思量。这中原大宋朝从前曾有杨家父子保护,个个多是能征惯战之人。目下杨家勇将英雄去世了,又有狄青五虎保护乾坤,各邦畏服,五虎扬名。看起来大宋这座锦绣江山犹如铜销铁铸,代出英雄护佑,此乃苍天厚地佑他国的。辽王屡次兴兵俱已失利,乃是妄想痴心耳。海驼龙正在思想之际,有军士报上将军爷。不知军士报说何事,下回分解。此时正是:

贪心到底终为损,图利必然反得空。

第八十二回

闻兵败新罗国议降　允投顺狄元帅班师

诗曰：

大宋新罗本两和，只因辽国动干戈。

将亡兵败方知悔，求降军前益若何？

话说海驼龙正在思想宋朝五虎将英雄，忽有番军士来报，中原主帅差人下战书，请将军爷观看定夺。海驼龙看罢即上城头对宋将说："已经写本进朝，上达狼主，劝其投降。望乞元帅暂且按兵一月，如若狼主畏惧天朝，降伏者免动干戈，保全我国万民，则是元帅好生之德，伏祈元帅允准，则本国君臣深沾厚德无穷矣！"此时军士将言禀知元帅，元帅听了说道："守关将既然如此说来，元帅且暂停兵守候罢！"

慢表宋帅守候，且说新罗国王本无夺取中原之意，只为西辽王前来借兵，他也不忍却邻邦之谊，故差五将十万雄兵帮助西辽国，岂知反被杀得大败，逃回本国。这狼主心中气愤不平，此时一不做二不休，复命麻麻罕挑选十二员战将、十万雄兵、百员副将，谅必大获全胜。若捉完五虎将后，兴兵直进中原，与西辽王平分天下，方泄前败之恨。这一天早朝，众文武参见已毕，忽左班中闪出一位官员，俯伏金阶："臣奇罗多宝有事奏闻。"狼主说："卿家有何事情，且奏来。"奇罗多宝奏："闻前日差麻麻罕领兵帮助西辽，欲取中原天下，不想反被五虎将竟杀完十二名。麻麻罕战死沙场，十万雄兵十伤其八，余残兵多已投顺。如今兵临白马关，先有宋将文书呈于海驼龙，又有本章达呈，请狼主龙目观看。"

狼主听奏吃了一惊，细将谕文本章从头至尾看罢，说声："可恼！宋朝五虎将既然如此猖狂，传旨众大臣速与孤家立主，如何退得中原五虎？"此时，众大臣一同启奏："从前大宋与我邦向为和好，乃西辽国有犯天朝，又求我国助兵，致起干戈之仇，至落得我邦损兵损将，枉费军粮，至于麻麻罕乃本国头等英雄，并有牙里波法力相助，一同共殁于沙场。毕竟大宋江山有狄青五人鼎力，断乎摇动不了。若依臣等愚见，勿助西辽，顺

第八十二回 闻兵败新罗国议降 允投顺狄元帅班师

投大宋,方保我国平安。望狼主龙心鉴察。"

新罗国王到此真无可奈何,满心大恨,只得允纳众臣所奏,背着西辽,即速降旨,备金珠异宝,降表降书,着令奇罗多宝前往献降。奇罗多宝说:"臣领旨。"当日即备了宝贝金珠,备齐了降书一道。奇罗多宝即坐上高头骏马,带了五十名健卒护送金宝,拜辞狼主众臣,出了铁丘城。一路三天过了青龙关,又至摸狼关。一连十日程途,竟到了白马关。海驼龙闻报,忙出关迎接。进了帅堂坐下,问起缘由,海驼龙就将五虎兵势厉害说知。又有小军禀请将军爷用酒,宴饮至日落西山,乃夜膳。海驼龙请上钦差大人就席,盛筵款待,不必烦言。

宿了一宵,次日天明,奇罗多宝先差两名小军前往大宋营中禀知元帅,然后着令即日起程。载了四辆金宝,亲携了阵书。狄元帅闻报即出营迎接进番官。奇罗多宝进了宋营,寨中威严,又看了八员虎将,更觉心寒,坐立不安,欠身打躬,尊声:"元帅!小邦向与上国相和,原是西辽无礼,屡屡兴兵犯上。数年争战,干戈不息。敝国中雄兵猛将已被元帅及众位将军杀得冰消瓦解,又差官到来小邦借兵,仍复妄想天朝社稷,小邦狼主做事糊涂,不准众臣谏阻,竟自发兵帮助西辽,甚是无礼。岂知上国原乃天生虎将护佑圣主的锦绣江山。今日乃雄兵尽陷,勇将消亡。至今日上国兴兵到来,我呈献降书。并有些小金珠四辆,贡献上邦天子,略表小邦狼主微诚之心。愿求元帅广开洪恩,不追前失,全我一国君臣,退返败兵回国,望求元帅允纳,我国感恩不浅。"狄元帅听了,冷笑一声说:"你国王全无一点见识,却被西辽王所惑,贪图平分天下。故大兴人马,帮助西辽。至今雄兵勇将化为乌有,乃孩子之见,贪心不自揣度,焉能做得一邦之主!"奇罗多宝说:"元帅,这原是小邦狼主千差万错,只求元帅开恩,允纳收录降表。"元帅说:"若要踏平你国,不足为难。姑念一国君臣,满城百姓,所以先行文晓谕。今既求降,且待本帅收兵回朝,待恳圣主开恩罢。倘然下次再犯者,断不姑饶。"奇罗多宝称谢,诺诺连声。旁边众将环眼圆睁,把番官大骂。元帅喝退众英雄,有小校送上茗茶。元帅将降表贡献一一查收,投降番兵照点送回,依自原分地界。奇罗多宝作别,深谢抽身。元帅亲自送出营外,一拱相辞而去。奇罗多宝领回降兵,回朝将情上达狼主,此时狼主方得放心。想起前情,原因西辽国前来借兵,我邦大败,他却在旁观看。今日既损兵败将,皆由于彼,孤家与兵前去寻他。即与众臣商议。有几个大臣启奏道:"狼主,前者西辽到我国借兵时,说夺取中原平分天下。臣等也曾谏阻,无奈狼主不准。缘狼主一来念着邻邦之谊,二来贪想大宋江山。目下中原夺不得,反与西辽构怨,正是自家窝里难争斗,岂不见哂①于邻邦!若前时借兵于他,乃是狼主厚情,今日岂可因情复又伤情?况且来将仍要去西辽倒换珍珠旗回国。我望狼主休得生气,今日大宋兵戈已止,只落得做个人情与西辽国罢。所以,国有道则昌,无贤则丧,信不诬也。一言而兴邦,一言而丧,圣言千古不易之法。"这新罗国众臣句句乃是达理之言,所以感动国王龙听,降旨阵亡兵将情殊可悯,于白马关外七七四十九天超度亡灵,稍尽孤心。又着降兵收回,仍归兵部。各官领旨退朝。按下新罗不表。

话分两头。狄元帅也怜被杀将兵,把祭仪礼物散祀亡灵数天,此乃元帅仁慈恻隐之诚。又先差孟将军捷音回朝,吩咐他不必再来随征,且在王府守候不表。孟定国回朝,元帅择日回朝。是日,三声炮响,拔寨登程。点苗显为先锋,接连二队乃是萧天凤、五虎、焦廷贵。一路大兵对百姓秋毫无犯。大兵离了新罗国,登西北大道,行程非只一日。先说三关孙秀常常闻报狄元帅阵阵得胜,只是终日闷闷不乐,叹声:"天王啊,我巴不得狄青死在沙场,岂知他阵阵交锋得胜无败。若是狄青不死,下官如何放得下心!"这时只有范爷、杨将军喜悦万分,称赞狄千岁之能。又得四将扶助,庞洪、孙秀枉用尽奸谋。这一天孙兵部正在帅堂门坐,忽有小军报捷,说:"狄元帅差孟将军回朝报捷,故来禀知。可开关否?"孙秀一想,莫非狄青又是杀败了,假言回朝奏捷,实要求讨救兵不成。若果如此,原要像前时不放他进关求救,难道又是八宝贱丫头去解救的吗?"吩咐开关放他进来,要盘问狄青胜败事情,然后见景生情。小军此时开关,孟将军昂首直进,拴了马匹,见孙秀两目圆睁。这孙秀乃是作对之人,所以孟将军一路得意而来,此时见了孙秀,登时怒容满面。此刻进了帅堂,范仲淹、杨青也在此。孟定国勉强称说:"孙大人,小将孟定国打拱!"又参见范、杨二人。孙秀说:"你既称本官是王亲,见了我怎屡屡不跪?"正是:

奸臣枉有矜骄志,硬将焉能佩服心。

---

① 见哂(shěn)——被讥笑。哂,讥笑。见,用在动词前表被动。

第八十三回

奉帅令孟将军报捷　伐西辽扒山虎破关

诗曰：

　　征服新罗大勋成，本章奏捷达朝廷。

　　英雄五虎功劳重，宋室江山永保宁。

话说孙秀怪着孟定国，见他端然打拱不跪下叩见。此时孟将军说："大人哎，狄千岁也是王亲，小将也不过拱手参见。"孙秀又问："本官问你，如今出关何干？"孟定国说："大人，你看俺背的是何物件？只因我元帅征服新罗国，大破迷魂阵，杀死了妖人牙里波，大兵直抵新罗国。这番兵惧怕，献出降书，又贡献许多金珠异宝。如今千岁仍要西行，故先打发小将回朝奏捷。"孙秀说："从前圣上命你元帅征伐新罗国，为何不将新罗国剿灭？不请圣旨，擅准归诚，这是何故？"孟定国说："孙大人，我家千岁乃宽洪量度。想来上天既有好生之德，人岂无惜生之念？况且新罗国的人马已被元帅伤得过多，国王既愿求降，焉可无理？"孙秀喝声："胡说！既有旨征伐新罗，不灭尽叛党，自准投降，你元帅已有欺君之罪，又有逆旨之罪了！"孟定国说："孙大人，你是安坐关中，不知千岁征伐跋涉山川，风霜历尽，方得平服新罗。我千岁体念上天好生之德，允准归降。孙大人，你的本领只有被辽兵攻打困关，不能出敌，将免战牌高悬。以计退敌无能，只得将告急本章回朝，朝内君臣议论不决。全亏包龙图救活了千岁，方得今日又领兵征伐。你这王亲大人如此，只好大家呆看，凭得番兵破了三关，免不得宋兵天下让与新罗国，今朝反说这倒话！我们众人多是有功于国，大人何必驳辩多言！"孙秀听了大骂："匹夫！你敢顶撞我。"孟将军哈哈冷笑说："顶撞不顶撞，我也无罪，你要怎样的？"又有范爷说："大人何必说这等没要紧之言，有罪无罪悉听万岁主张。容他进京复旨，方可定得千岁之罪。"孙秀听了，气闷不过，只得吩咐开关放他进京去了。又修书暗暗差人回朝送与庞洪，要他唆使圣上把狄青问个欺君之罪。忽一日，庞洪接得书看罢，叹声说："他既征服新罗国，料想做不来了。"终日气闷不提。

且说孟定国出了三关,快马加鞭,一连二十余天,已到汴京。路过包学士府门,孟将军当即进内禀知包公,细将长短一一说明。包爷大悦,说:"狄王亲真韬略雄才。"叫声:"孟将军,你且将此本留下,待本官明日奏呈天子便了。"孟定国说:"多谢大人,小将拜别了。"包爷说:"你今往哪里去?"孟定国说:"小将回王府禀知太君,再往南清宫、天波府去报喜信。"包公说:"你意也不差。"孟定国即辞别包爷,上马加鞭回归王府,传进书来,太太看过大悦,说:"自从我儿去后,心内悬悬,朝夜不安。幸得皇天庇佑至今,才得我儿征服番邦。但愿平平稳稳取得珍珠旗回来,母子团圆,全归故土,做个安逸太平人。此乃我老身之幸也。孟将军你赶路辛劳跋涉,如今不必再去随征,且在本府中安屯,候着我儿回来。"孟定国说:"多谢太太。将临行之时,千岁吩咐我不必再去。"是日用过早膳,孟将军禀知太太要到南清宫报喜讯。太太说道:"此去即可回来。"孟将军应诺。即日到了南清宫投呈书信,孟定国就在外堂,故未见潞花王母子之面。是时,母子看过喜信,大喜,即传旨赏了来人黄金二锭。孟将军领赏而回,转身又到天波府,进内见了佘太君众位夫人,有书呈上。众夫人开读完,老令婆大悦,问起一路征伐情由,孟定国细细禀知。即时拜别了高年太君与众夫人,回至王府。是夜不表。

次日,天子临朝。包公就将狄青的本章呈上,天子御览,龙心大悦,开言说:"御弟果然英雄智略,新罗国一战已平服了。但愿此去西辽,早早班师回朝。孟定国回朝奏捷,中途劳顿一番,先加一级以赏其功。候御弟回朝,论功升职便了。"天子旨下,是时退班,群臣各散。众忠臣大悦,单有国丈怒气满怀,从前大仇恨狄青一人,至今连这包拯一并怀恨了。好好地他死去,一生大事已定,岂知被这黑贼救活了。他指望这小畜生在沙场上战死,今日又被他征服新罗,真乃天不从人愿。但愿此去西辽,这些番兵番将倍加厉害,将这小狗头一刀砍做两段才好。不言国丈心中烦闷,不表朝内君臣。

且说狄元帅平服新罗国,来日西辽国内常有人飞报他的君臣,人人尽知大宋朝五虎厉害非凡,如今又要来征本国。此时君臣日日商量,无谋可设,且待他兵临我境再作施谋。书中有话即长,无话即短。却说狄元帅大军一队,行程半月尚未到西辽国。时逢六月天气,暑热非凡,且安营等候

第八十三回　奉帅令孟将军报捷　伐西辽扒山虎破关

秋凉后进发。扎营候了两月，秋风习习，元帅吩咐登程。一路无恙，跋涉三十余天，已到西辽国头座关。三十里外，元帅吩咐发炮安营，即下战书与七星关。关中主将也是辽邦一员武将。是日，闻报宋军临境，想来本国多少英雄上将尚然不济，谅本总不是宋军对手。但受了狼主之恩，断无献关投降之理，若是与彼交锋，又杀他不过。想罢，只得吩咐各兵将小心坚守。即时备了本章，飞投狼主去了。

再说狄元帅安营三天，是日说道："本帅三日前行文与七星关主将，奈何毫不见动静？"即日差张忠去讨战取关，不得有违。张将军说声："得令！"装束上马提刀，五千精兵直杀至七星关。喊杀连天，番将左天雄不出战，坚心保守，宋兵把城池重重围困。轰天大炮攻打数日，困得水泄不通。左天雄料难保守，只得带了手下兵将部将逃奔前关去了，满城百姓惊慌无措，哭泣哀声大震。张忠破了关，传谕一一安慰，说："你国王侵犯大宋，与你等百姓无干，我元帅严禁大兵掠犯。"此时方得哭泣之声稍停。张忠又差人请元帅大兵进了关，元帅大悦，记了功劳，养马三天，命李义领兵前往攻打乌鸦关。大兵进发好不厉害，先说前关左天雄逃往乌鸦关说知其事，守将段威只有防守的伎俩，没有出敌的强能，闻知好不着忙。不觉五六天，闻报宋兵已至，段威坐卧不安，说："狼主哎！并不是微臣按兵不动，只因大宋兵将厉害，非比寻常。新罗国将广兵多，尚且被他杀得大败，关中虽有兵丁十万，到底不是宋兵对手。况且狼主又不发救兵接应。本官倘若出战，死何足惜，只恐此关一破，后关也难保守了。所以，日夜小心提防保守，只望狼主连发大兵到来，方能保得此关。"这段威正说话间，忽闻连珠号炮响亮，声如天崩地裂。小军又报说："宋兵攻城急切，请令定夺。"段威听了无计可施，城中百姓多已逃散。子找爹娘，兄寻幼弟，如此光景，真是可怜。当时段威见军士报宋兵攻打，心如麻乱，只得吩咐各兵将多加箭石紧守。上城一望，好不惊慌，人马围困，刀斧重重叠叠，旗幡密密层层，飞弓箭弹纷纷打上城头，炮响连天，直向城上攻击。此时段威见了十分着急，施个缓兵之计，暂退他兵，即往城下高声说："大宋将军，且缓攻城，小将已有请降的本章奏闻狼主去了，望乞将军把人马退出，免得满城百姓子散妻离。况且我邦只有有限的雄兵猛将了，谅情狼主见此光景，必然献旗投降，望祈将军暂退了大兵如何？"李义大喝："番奴——"不知李义如何回答。正是：

下国屡兴兵犯上，天朝今遣将攻城。

第八十四回

惧大宋辽王逢野道 议破敌老祖领兵符

诗曰：

新罗既降复征西，只为辽王贪意迷。

屡动干戈侵宋境，无如天命有攸归。

话说李义听了段威之言，骂道："番奴！我中原上国，四夷拱服。缘何独有你国不尊王化，年年吵闹，岁岁干戈？从前被我元帅杀败情急，称说投降，假造珍珠旗贡献，我元帅是个忠厚之人，被你君臣搪塞过了。我兵还朝后，又遭飞龙贱婢混进中原，暗图行刺我元帅，谋害不成，又往新罗国借兵犯界。亏我元帅英雄韬略，先已平服新罗国，今日大兵到来，必要灭平你国！休得巧言花语，快快献关，饶你蚁命，不然本将军就要攻破你城池！"段威再三恳告说："将军，此原乃我狼主贪心至败，得罪宋王，灭尽我邦，也怪恕不得。只可惜关中百姓，数十万生灵，倘城一破，枉死良多，情殊可悯。还望将军大发慈悲，暂且收兵，停顿半月，满城军民深沾恩德。"此时，段威总以百姓为由，苦切恳求。这李义原是个直性英雄，便说："罢了，既如此也定夺不来，回营禀知元帅。"元帅听了，想一会说道："既已如此，暂且收兵，守候半月，然后再酌罢了。"李义奉命收兵回营。段威见宋兵退去，方得少安，即修本告急，回朝而去，非只一日。

这一天狼主得接本章，惊慌无措，正在早朝，与文武众臣计议间，有黄门官启奏："有一道人，自称花山老祖，法力高强，来与徒弟报仇，能力除五虎将，求见狼主。"番王一想，不知哪人是他徒弟，有何法术，可能退得宋邦五虎？不若宣他进殿。即降旨，不多时，花山老祖进至银銮殿，说："狼主在上，贫道朝参，愿狼主千岁千千岁。"辽王说："道长平身！"细将他一看，只见道人生得形容古怪，一张血点朱砂脸，赤发红胡连长须，浓眉长一寸，身高八尺多。看来也有道骨仙风体态，想这道人半像妖魔半像仙，便说道："仙长贵洞何方，到来何事？"老祖说："狼主在上，贫道从前在于花山修道，故名花山，潜修苦练已经八百余年。神通广大，法力无边，新罗国内通迷之子牙里波,曾拜贫道为师,奈他功夫未足,法力未精,伤于狄青之手。所以,贫道要为徒弟报仇。只要狼主差一个将军、三百健卒,待贫道略施小术,岂惧他铜皮铁骨英雄,管教狄青五人各个叫做黄泉之客!"番王说道:"道长,既然牙里波是你门徒,何不前去帮助新罗国反来帮我?"老祖说:"如今他已经投降他国。今闻狄青又来此地,所以贫道立心特来除他。只要兵丁三百、大将一员,包管伤了狄青五虎。"

狼主未及开言,有众文武齐奏道:"狼主哎,道长虽然如此说来,若依臣等,求降为上,若然造次动兵,倘若仍不复胜,求降时恐来不及了。"花山老祖听罢,呵呵笑说:"列位大人,勿将贫道小觑,八百载的工夫,非比寻常。呼风唤雨,倒海移山,五行正法件件皆能。更有掌雷妙法,打中三天,由他中原五虎,数十万雄兵,人走不出。贫道一到,不用吹毛之力,顷刻齐完。除了五虎,狼主夺取中原何难之有!"众番官说:"道长既有法力,可能当面试验否?"老祖说:"若要试验,却也何难!只要一所广阔地段,待贫道试验便了。"当时狼主听了,即传旨摆驾往御教场,众臣领旨随驾。老祖当驾前把拂尘向空中一振,口中默念咒语,忽见空中坠下一朵白云,他即踏上,腾空高起,说声:"贫道先往教场候驾去也!"此时,君臣多称奇异,说他白日腾空,果非凡夫惑众,必是仙传妙术。

当下君臣共到教场,狼主坐下銮车,文武分列左右。老祖先已到了,上前请问:"狼主要贫道试演什么法术?"狼主说:"由道长试演罢!"老祖说:"如此,只呼风来罢了!"忙向背后拔出宝剑,对着西北方念动呼风咒语,剑书灵符在当空。不一时,狂风大作,飞沙走石。君臣多赞说:"道长果然法力精通!"狼主吩咐收去大风,老祖又念咒一回,顷刻收去狂风。狼主说道:"既已呼风,何不唤雨?"老祖微笑,又提宝剑向正北方书了灵符,默念咒语,霎时间乌云四起,红日埋光,登时大雨淋漓。狼主大悦,说道:"快些收了大雨!"顷刻间云开日现,狼主说道:"还有妙法否?"老祖说:"狼主,这是些小法力,还有多少大法力的。待贫道移座山与狼主看看便了。"即念移山咒语,向南叩礼书符毕,转眼已有高山一座在前,许多奇峰怪石,古树丛林。此时狼主君臣十分惊讶,齐说:"仙长果不虚言也!"又见他退去高山。老祖又向空中念咒作法,对面茫茫大海,水天相接,波浪滔滔。狼主心花大开,又命收去移山倒海之法,顷刻教场平复如初,狼主不胜心悦,又思夺取中原,说道:"仙长,孤家正在计穷力竭之时,难得仙长到来帮助,既有此法力,谅必中原五虎可除。但如今保国夺取宋朝天下,全仗仙长帮助扶之,若成其事,其功不小,孤家铭德不忘。"老祖说:"贫道一心特来报仇,助着狼主。"番王大喜,传旨众臣回转殿中。老祖仍驾起云,一同到殿,日已午中了。

老祖落下云头,再参狼主说:"乌鸦关甚是危急,请狼主差一员武将,点兵三百,贫道一同前去,先除五虎,后取中原。"狼主便向:"哪人领兵去?"此时众文武并无一人敢领。老祖指着一员武将黑吞:"此位将军可能前往,何不领旨?"狼主闻言即差此将,降旨毕。黑吞慌忙俯伏道:"臣实无能,请狼主复选别人,方得不误大事。"老祖说:"将军不必推辞,此去凡事有贫道担当。"狼主听了老祖之言,总要黑吞前往,只得勉强领旨。别了狼主,回归衙内,说与夫人知道,即戎装上马,拿了宣花斧,带得三百精兵与老祖登程。此时,老祖步行与黑吞并马起程。狼主率众臣相送,又对众卿家说:"孤家该不失国,故有此道人前来相助。但愿他收除五虎将,何愁不得大宋江山!"众文武点头称是。按下君臣言语不表。

再说黑吞一路思量,却不知此去吉凶如何?与老祖行程十余天,过了三座关,前面就是乌鸦关了,先遣小将报知段威。段威闻报,想来这道人有什么本领破得五虎大将,此番若杀退得狄青五人,方能保得我邦。倘再杀不退宋军,此关一破,后二关也是无能的,将三关失去,狼主休矣!此时,只得勉强出迎,接进帅堂见礼。三人坐下言谈,段威看他形容怪异,不知他是怪是仙,有何法力。停一会摆上酒筵,款待老祖。老祖说:"将军,贫道修行已久,证果仙班,不吃民间煮火之物了,将军不必费心。"段威说:"仙长,你既入仙班,因何又到红尘,伤生害命,岂是慈悲道念么?"老祖说:"贫道只为狄青猖狂不堪,伤我徒弟性命,故愤恨特来报仇。"段威说:"仙长原乃如此。"段、黑二人告礼就席,老祖不相陪,往后厢去了。吃酒间,黑吞细说老祖试演呼风唤雨、移山倒海之术,段威此时听了方才略略放心。次日,老祖说:"黑将军,贫道看你愁容满面,实有惧怕之意,待贫道送你一丸吃下,必壮其胆气,力量倍加。"即取出一丹,大如豆子,命取阴阳水化服。此时黑吞接转吃下,停一刻果觉精神加倍,胆大心雄,遂谢了仙长,心中大悦。老祖说:"黑将军,你可领兵三百,出关讨战,贫道随后即到阵中了。"黑吞应允,带兵上马,手持大斧冲关跑出。有段威挡住,还疑到底不知道人有何本领退敌。又见他把宝剑向地画了书符,口中有词咒念,喝声速变,阶下顽石忽然变化做一只青毛兽马,不像马,多了两角,略像牛。老祖连忙乘上,不用加鞭,此兽自走如飞,跑出关去。段威方知他真有本领,果有法力,但不知此去胜负如何,且看下回分说。

第八十五回

施法宝花山逞能　遇妖术虎将被陷

诗曰：

　　花山妖道逆天为，称说报仇强助西。

　　宋将险遭雷掌陷，王禅老祖到扶危。

当下老祖乘上怪马飞跑出关，来至阵前，会齐黑吞，向宋营讨战。狄爷说："列位将军，本帅不知西辽王主见如何，一连候了二十天，停兵待他献旗投降，至今还未闻消息，不知辽王或战或降？"众将说："元帅，倘若他国君臣畏惧，又恳投降，元帅准否？"元帅说："只要他献出珍珠旗，便准投降。"众将说："元帅，倘若圣上怪辽王反复，不准他，若何？"元帅说："圣上原乃英明仁德，定然允准的。"言谈未了，忽有小军报说："启上元帅爷，今有西辽王打发一将名唤黑吞，只带得三百名兵前来讨战，请令定夺！"元帅闻报说："列位将军，我想此将只带三百兵丁到来，必是个劲敌。此番只要小心迎敌才好。"张忠说："元帅，前日两国交兵，多少英雄被我们杀得尽绝，岂惧今日这个把番奴？只消小将走马横刀，杀他个片甲不留！"元帅说："你休得狂言，此番只恐又有一场恶战。刘将军，你领兵一千小心出敌。"刘庆得令，提枪上马，领兵一千，飞马出关，各通名姓，搭手交锋。黑吞本领不高强，与飞山虎争战一场，招架不住，回马奔逃。飞山虎拍马追来，花山老祖跨坐骑而出，口中念咒在手，雷掌一起向着刘庆对面虚空一掌，喝声："来将还不下马？"半空中一响，一道金光直射来。刘庆喊声："不好！"身闪不及，被掌打在肩上，疼痛难当，急下马，幸有阵中的军士飞步抢回。飞山虎奔回关去，一千兵卒惊慌逃走回关。花山老祖收了雷掌法，黑吞大悦，称羡老祖法力精通。

老祖复又呼唤狄青出马来会。喊战之声未了，石玉一马冲到阵前，大喝一声："何方妖道，敢来讨死。你伤我刘将军，休得活命。且吃我一枪！"说罢，把双枪乱刺花山老祖。花山老祖冷笑一声，把宝剑架过双枪，也是一雷掌打去，中在石玉背心，疼痛难当，几乎落下马来，拖枪大败逃回

第八十五回　施法宝花山逞能　遇妖术虎将被陷

关,跌下马来,声声呼痛。元帅一见大惊,命军士扶到后营。二位将军倒睡床上,叫痛之声不止。被妖道雷掌所伤,不独中伤之处疼痛,满身骨节也麻痛难忍。随你英雄上将,不出三天命归阴府。此时,狄元帅心中焦闷,说道:"西辽雄兵猛将,本帅尚且不介怀,无奈异人妖法,连伤二将,痛楚如此,还不知性命如何?"元帅正在忧闷之间,忽报辽将黑吞坐名要元帅爷出战,元帅吩咐小将军出了。帐下萧天凤大怒,上前打拱说:"元帅休得心烦,待小将出马擒拿妖道番奴。"元帅说:"萧将军,你虽骁勇,只因妖道用妖法伤人,倘如石、刘二将军被伤如何是好?"李义说:"不妨,倘若除不得妖道,他又用法伤你,萧将军你不要恋战,即可跑走回关来。"此时萧天凤英气抖擞,顶盔贯甲,上马提叉,领了健卒一千,出营而出。元帅对张忠、李义说:"萧天凤此去会阵不知吉凶如何?你二人随同本帅出营观阵。"二将答应,又吩咐苗显守营。三人刚出营,只见萧天凤已被雷掌打中,负痛逃回关中。元帅心中着急,吩咐军士扶他出后厢安歇。

忽又报,黑吞必要元帅爷亲自出马,元帅说:"必要本帅出阵,如若不去,只道本帅惧他,且出关会这妖道便了。"即顶盔贯甲,跨上龙驹,张忠、李义相随左右,点兵三千,摆开队伍。出到阵前抬头一看,只见一辽将耀武扬威,后边立着一红脸道人。形容古怪,眼色异常,原像有些来历。黑吞喝声:"来将快快通下名来!"狄爷说:"本帅乃大宋平西主帅狄青也,你莫非黑吞么?"黑吞说:"既知俺的大名,何不早早下马送过首级来!"元帅大怒,喝道:"你乃无名下将,怎得夸此狂言,着刀!"金刀砍出,黑吞用斧一架,喊声:"不好!"马退数步,几乎跌下马来,月斧拖地回马奔逃。老祖看见,劈面冲来,提起雷掌打过来,狄爷喝声:"慢来!"把金刀将霞光一拨,这道光从旁边侧出了。此时,花山老祖大怒,喝声:"狄青,你敢破我仙法么!"狄元帅大喝:"妖道,你且认认本帅何等之人,你用此旁门妖术有什相干!别人由你摆弄,在本帅跟前休得出丑!"说罢,金刀砍去,老祖用宝剑架住,又是一掌打来,狄爷把金刀拨出霞光。老祖喝声:"狄青!你又破贫道法宝,要你死无葬身之地!"一连三个雷掌,也被狄帅拨开。狄爷大喝:"妖道!你还有什么妖术休得作弄,枉你自己面皮。"老祖大喝:"狄青,休得逞强,看看法力取你!"老祖口中念咒有词,顷刻乌云遮日,狂风大作,飞沙走石,滚打得宋兵各处奔逃,黑暗不辨东西。张忠、李义也觉心寒,不敢上前。狄元帅即忙念破风咒言,不一会又得盔上血结鸳鸯一道金光,灿灿霞光冲散乌云,杲杲一轮红日复现。元帅提起大刀砍杀不住,几乎中着老祖身上。老祖大怒,怪眼圆睁,囊中取出法宝,名曰乾坤砚。祭起空中,真是厉害非凡,金光灿灿,响声铮铮,左旋右转落将下来。这件东西乃老祖修道山中日月炼成的,你开阳宝镜、金盔上宝鸳鸯全不济,王禅老祖授秘诀避妖物真言也抵阻不住此物。此物如电光飞尘下来,元帅把金刀乱挑,哪里躲闪得过?却被打在肩上,狄元帅喊声:"痛煞也!"忍痛转回。幸有龙驹快马如飞,早有张忠、李义飞枪弓箭保护元帅,回进关中,宋兵也惊慌逃回。此时,二将扶元帅下马,倒睡在牙床上,痛不可忍。张忠又吩咐紧闭关门。按下慢表。

再说花山老祖收了法宝,呵呵大笑说:"狄青唉!贫道的雷掌被你破了,那乾坤砚你却破不来!今日管你盖世英雄的汉子,活不了三天。如今狄青受伤,徒弟之仇报了,岂不称快!看来天色将晚,暂且回营,来日除尽宋将,好待狼主发兵,直进中原。"此时,老祖转回,黑吞大喜,与老祖一同回关。段威迎接进帅堂,三人自有酌量之说,不能烦述。

且说狄元帅受伤回关,疼痛难当,忍耐睡在牙床,辗转身躯,声声呼痛。张忠、李义心中忧闷,与苗显一同问候。但见元帅口也难开,一句话也说不出,只是摇头叫痛。后营被伤刘庆、石玉、萧天凤三人也是如此喊痛,伤处又无药可调治。此时,三将好不着急忧心,张忠说:"这泼妖道,妖物凶狠,打着就痛楚如此,犹恐还有性命之忧。"三将商议,只是心烦,张忠叹声说:"若元帅应死在西辽,何不死在天王庙内,岂不胜乎死于此地么!可笑王禅老祖说二取珍珠旗再平辽国才得奏凯还朝,国家无患。本想他是道德清高的仙翁,岂知原是哄骗凡人之说。若不是妖道来帮助西辽,我元帅行兵数载,有胜无败,从不曾至身体受伤。就是想来昔日薛德礼混元锤厉害,只伤得杨元帅,我们五弟兄从不曾受伤一人。岂料今日一战,一日连伤四将,看此光景乃自有死无生了。"李义说:"刘庆、石玉、萧天凤死了也罢,倘元帅一死,大宋江山已冰消瓦解了。早晓得这场,何要多劳国务,历尽风霜辛劳,并不得一日逍遥。尚未成功,先亡外国,真乃师父害了元帅!"二人同怨着王禅老祖。四将被伤,危在旦夕,还不知如何解救,且看下回。正是:

　　受伤四将成危险,望救三人更着忙。

第八十六回

鬼谷师灵丹救将　花山祖赛法沙场

诗曰：
　　天朝虎将遇花山，妖法重伤命险关。
　　鬼谷临凡施妙药，英雄方得再平蛮。

当下张忠、李义见四人受伤，元帅中了妖道乾坤砚，不住叫痛，心中烦闷，一同抱怨王禅老祖。此时苗显在旁，见二人不住怨言，便说："二位将军，元帅虽已如此，你怨王禅老祖也是枉然无济，眼下需要定个主意才好。不如前往水帘洞仙山走一遭，求恳他师父前来搭救四人性命，你看如何？"张忠说："做不来的。此去仙山，非刘兄弟去不得。如今他又被伤，还有何人可往？"苗显说："不然如何是好？"李义说："我也无计可施。不如拜诉天地，祷告王禅仙师，若元帅不该绝，或得神明搭救，或得他师父到来，也未可知。倘元帅有救，他三人也无妨碍了。"张忠说："这是孩童的识见，如何济得什事。"苗显说："若诚心拜告天地，仗着大宋天子的洪福，天地神明有感，得王禅仙师降临，有灵丹救回四人性命，也是出于无奈何的思想。"此夜，三位英雄只得在关中烧香，叩首望空祷告一番，待至三更。

慢言宋将祷告上苍。再说水帘洞王禅老祖静坐蒲团。忽耳边吹过一阵狂风，即袖断时课，方知徒弟狄青被花山道人用乾坤砚打伤肩背，命在须臾。石玉、刘庆、萧天凤皆受雷掌所伤，也不过三天。倘不即去救难，以保全四人性命，要动摇大宋江山。忙取出四颗丸丹，又带了几件法宝，吩咐仙童守山，洞中老祖登时驾上云头而去。祥云霭霭，一程云端跑走。凡人走路，一日之间走得二三百里已是过多了，岂知仙家乘云而走，个把时辰已行一千八百里的路程。所以，老祖半夜间驾云来到关中，日已初升了，一路原有四千里。

此话先说宋营中狄元帅与三英雄身体受伤，半日一夜，多是昏迷不醒，又不见呼痛，命在须臾之际。此时。三位英雄心内犹如火焚一般，看着元帅和三位英雄无计可施，只得又到阶前祷告一番，又呼禀王禅仙师："刘庆、萧天凤与你无干，这元帅、石玉乃是你门徒，也该前来解救。为何我们祷告一夜，仍不见到来，为何冷眼旁观？花山妖道伤了你徒弟，乃欺人太甚。你为师的威光灭尽！"拜告一回，东方渐渐黎明。三人到后营，只见元帅尚存一息之气，奄奄呼吸，呼唤他只是不答应。刘庆、石玉、萧天凤也是一般昏迷，想来必不济了。三位英雄说："圣上啊！倘元帅有甚差池，宋朝社稷的保护依靠何人？只忧锦绣江山要付与西辽的。"

三人正在烦恼之际，却说鬼谷仙师到了，落下云头，早有宋营中军士看见，齐说："不好了！半空中落下这道人来，定是花山道人打发来的，我们快快报知将军爷，快些逃走罢！"老祖呼："你们军士不必惊慌，贫道乃王禅老祖，特来救活你家元帅，快些前去报知。"众军士说："原来仙师到此，元帅爷有救了，我们快些去报知！"此时，关中三位英雄正在烦恼之际，忽闻军士报知，出营叩首恭迎，说："仙师若不来搭救，我元帅与三将一死，难留旦夕。"老祖说："贫道正为着四人被花山妖道所伤，若过了明朝，难以活命，故特赶来搭救。"三人听了老祖之言，心花大开，说："请仙人进关！"老祖进至关中，三人再拜见，老祖说："三位将军休行重礼，快些引贫道去看他四人。"三位英雄答应，即引老祖入后营到元帅房中，但见他尚有一息之气。左肩被伤之处青黑肿胀，不出三天性命难保。老祖取出一颗仙丹，大如黄豆，吩咐张忠取些阴阳水化开，先扶起元帅与他服下。老祖又取出三颗丹，命调服三将。老祖出房坐在帅堂等候，不消半个时辰，元帅苏醒了，疼痛立止。大叫"泼妖道，你敢害我"，睁开两眼四边观看，原来张忠、李义、苗显三将在此，忙问道："我被妖物所伤，为何一时平安如前？"三将说："元帅，你难道不知王禅仙师降临，调化灵丹与你服了？"元帅说道："原来师父到来搭救，如今何在？"张忠说："现在外堂。"元帅说："待本帅出堂拜谢便了！"三将说："元帅身体初愈，且自保重，不可再劳。"元帅说："不妨了！如今痛楚全无。"即时抽身整衣，一路出来，三位将军大悦。

见了师尊连忙叩礼，说："不知师父降临救拔弟子，忙来叩谢活命之恩。"老祖说："贤徒起来罢了！"元帅问："师父如何得知弟子有难，前来搭救？"老祖说："贤徒，你在仙山数载，难道不知仙家妙用么？蒲团净坐，阴阳袖卦占，故已得知此妖用乾坤砚打伤了你，雷掌又伤了三人，生死不出

第八十六回　鬼谷师灵丹救将　花山祖赛法沙场

三天。所以为师特用心血挟指丹救回你四人。"此时,元帅连忙叩谢。张忠三人也来答谢。元帅又说:"师父,后营三将也被妖道打伤,不知能救回否?"老祖说:"为师早已知道三将被道人雷掌所伤,也是过了三天不能活命。"张忠笑道:"我们早间扶了元帅起来,忘了他三人,也已服了丹丸,不知如何?"张忠正要往后营去,三位英雄早已走出堂来。这三将昏迷一日一夜,忽退去痛楚,倍长精神,不知自己如何平复如前。见了老祖,石玉方知师父到来搭救,连忙叩见拜谢。刘庆、萧天凤问明原因,不胜大喜,一同上前拜谢老祖。老祖说:"贤徒,从前的事也难细说。这花山妖道乃系赤蛇原身,修炼成人形已有八百余年。牙里波就是他的徒弟,被你用开阳宝镜破他迷魂阵,杀了他,故这道人前来报仇。我想花山老祖将满不久,造孽伤生,如何归还得仙班?待为师破他法术,降了雷掌、乾坤砚,料想这逆道无有别物,将他收服归山,好顺天命,适奏凯班师了。"元帅正要开言,忽见小军报说:"辽将讨战。"元帅说:"师父,黑吞就是妖道引战之人。"老祖说:"平西王也差一将军引战为师,前往破法收妖罢。"张忠说:"小将愿往,随仙翁出阵杀黑吞,待仙翁收服妖道便了。"即时上马提刀,带领雄兵一千,老祖念咒,向空中一拂,云端降下仙鹤,连忙乘上而去。狄元帅带领众将在城上远远观看。

却说张忠一马飞出,大喝:"你是黑吞么?"他说:"然!南蛮你且通下姓名来!"张忠通名毕,喝声:"看刀!"话未完,大刀当头就劈,黑吞持斧急相迎,战不上二十合,黑吞大败而逃。张忠正要追赶,忽冲出花山老祖,喝声:"宋将休得逞能!看法宝来。"就起雷掌,张忠放马奔逃,王禅老祖跨马早已跑到,大喝:"逆畜赤蛇,快快回山去罢!不必妄助西辽,违逆天命!"拂一扫拨去了金光。花山见了大怒,喝声:"王禅,想你虽有法力,我何惧哉!"又是雷掌打过来,王禅老祖将金光扫散。花山老祖怒气冲冲,又念咒语,祭起法宝乾坤砚,万道金光盖下来。王禅老祖即拿出法宝名曰冲天弹,曾在山中炼成的宝贝,亦祭起在空中,金光万道,呼呼作响,左旋右舞。此时,一双法宝在空中斗赛一回。这乾坤砚却被这冲天弹打破,跌下尘埃,一声响亮打得粉碎。不知花山老祖再有何法术赛斗王禅,且看下回分解。正是:

　　妖道虽云法广大,仙师又是道深高。

第八十七回

斗法术花山逞能　收野道王禅借宝

诗曰：

　　花山蛇怪也称能，弄法沙场赛斗争。
　　仙妖交锋无胜败，分明邪正岂容更。

话说王禅老祖的冲天弹把乾坤砚打落，跌碎地中，犹如齑粉①。此时，王禅老祖又喝声："妖道你不现原形么？"喝声："法宝，速除逆畜！"空中的冲天弹光华射目，照着花山老祖打将下来，好不厉害！花山看见大惊，慌忙伸手向混海囊中拿出法宝，形如方砚，望天丢去，空中有五彩金光射目。此宝名曰日月帕，祭起遮蔽得日月无光，昏天暗地，即把冲天弹打下。王禅老祖忙把冲天弹收回，心中也觉惊骇。虽有神通广大的咒语真言，无人可破，倒被他打将下来，王禅老祖只得拿出八卦筒，祭起高空，筒内吐出霞光，闪在云头，相斗一番。二宝俱不下来。花山说："王禅贫道，你徒弟伤了我徒弟，所以特来报仇。你法力虽高，我的法宝倍加厉害。倘你今破得贫道日月帕，我就服你。你若破不得，劝你休要与贫道争斗，速速归山去罢！"王禅老祖想来，我的法宝虽多，不能除这妖物。又怕不如他，反被这妖道逞舌强言。即大喝："逆畜，休得猖狂！从来邪正分明，仙妖异路。你说贫道无物可破你的日月帕么？但今未曾带得宝贝来，且待明日要你伏现蛇形。"花山听了，呵呵冷笑，说："王禅，谅你再无别的法宝来斗贫道了，如今且容你一夜，明日看你拿何物来破我的法宝。"即向空中把手一招，登时收去日月帕，王禅老祖也收回八卦筒，各自收兵。

花山回进关中，喜色扬扬，黑吞忙问道："仙师，不知这老道士是何处来的？看他法力虽然广大，到底斗不过仙师。此时，何不将他剪除了，灭尽众南蛮，我大军好进兵。"花山说："将军有所不知，这道人名唤王禅鬼谷子，在云梦山水帘洞修真，狄青是他徒弟，所以前来相助，他纵有法力，

---

① 齑(jī)粉——细粉，碎屑。

哪里及得我修炼的功夫!若是贫道今朝即除了他,只说我没有些仙家面情,明日再赛法宝,然后除他。"黑吞说:"仙师,又恐这王禅法宝尚多,除他不得,这便如何?"花山老祖说:"将军,由他法宝多般,哪里斗得过贫道的日月帕!管教这王禅只在来日便远远归山了。"黑吞听了大喜,说:"此乃我邦狼主之幸也!"慢表番将之言。

再说王禅老祖未能除得妖道,回进关中,也觉无颜。元帅忙问:"这妖道因何有此法宝?"老祖说:"徒弟,这花山妖道乃一蛇畜耳!若他物件,般般可破,单有日月帕乃是妖蛇的原神所炼。炼了七七四十九年的功夫,幸亏八卦筒挡住,倘若不然,为师也要吃亏。"元帅与众将听了好生不悦,元帅说:"既破不得日月帕,就除不得妖道,这却如何?"王禅说:"贤徒且免心烦,为师驾云往庐山圣母宫中借取镇妖球,可破日月帕,收除此妖。"元帅听罢,方始放心。老祖即驾上云头,跑走三个时辰,已到了庐山仙境。此时日渐西归,明月起初,圣母早已知道,吩咐开了洞门,亲自迎进碧云宫。分宾主坐下,王禅老祖说明来历,圣母听了,含笑说道:"宋朝社稷无人佐弼,所以上帝差武曲星临凡。如此数年争战,杀运已完,江山永固。岂知这逆畜全不醒悟,修炼功夫有年,再修二百年后即登仙班。原不该坠落红尘,起了杀生之念,已将根本尽坏,前时功夫一齐倾了。"老祖说:"仙母,贫道无非为着宋室乾坤,故亲临收除此妖,待五虎成功,班师还国。岂知破不得他的日月帕!故特来借取镇妖球,收服妖道归山,望圣母与贫道拿了孽畜,即日送还。"圣母说:"老祖,若镇妖球在此,理当拿去用,只是不在此了。"老祖说:"因何此宝不在此了?"圣母说:"昔日已赠与徒弟赛花公主八件宝贝,镇妖球亦在其内。"老祖说:"令徒公主与小徒狄青已成夫妇,既是宝球在于彼处,待贫道即往单单国与公主借取便了。"圣母说:"老祖,你去不得。你若去而复还,已耽搁日余了。还须防逆畜恃强,先伤了五虎英雄就不妙了。不如你且回七星关内等候,待贫道取球回来,亲到西辽便了。"老祖说:"只是有劳圣母,贫道不敢了!"圣母说:"老祖说哪里话来!彼此无非为着大宋江山,所以各不辞劳耳!"老祖点头称是,即抽身辞别圣母,仍驾云回到七星关中。天色未明,将言说知徒弟,七位英雄多多感谢仙师不表。

再说庐山圣母也不迟延,吩咐仙女几言,连忙离了碧云宫,驾上云端而去。若说仙家赶路,伏着一朵祥云,飞驾一日一夜,万里程途可至。所以古云:山中方七日,世上几千年。此是仙家之语,不是做书妄说的。此时,圣母腾云跑走,往单单国有三千二百余里,走到天将黎明。

先说公主自与狄青成亲一月,已分离二载,在西辽破解重围,方得聚会。但交兵之际,只是讲叙离情,岂暇同衾①!辽邦降顺之后,你转中原,我归单单。这公主原是一个多情之女,自分离后常思丈夫,许班师复命再来我国宣召。岂知一别渺无音信,至今令人倍增思念。至旧年方得中原万岁旨来宣召,当时只因母后身亡未久,所以逆了天朝万岁旨意,父王推算今岁八九月间,送我到中原,后来父王又丢不下我,所以耽延日月直至今日。又闻西辽复叛,与新罗借了兵,仍要夺取宋朝江山,却被驸马杀得大败,征服了新罗国,大兵复进西辽。又闻报说,仍杀得西辽无人抵敌,真乃好一员虎将。我想西辽国既投降了中原,只宜安分守己为是,如何痴心反复不一?国无兵将,又求借于邻邦。可恨新罗国借兵与它,后来反惹得损兵折将,自取其辱。倘今日征西,若是驸马杀败了,哀家自必要前往解救的。今幸喜他旗开得胜,料想这西辽国已稀少雄兵猛将了,必然依前求和投降的。如今八九月期已过,又是次年四月了,只望他早早班师奏知万岁,有旨宣召哀家。想起来虽是夫妻,还要奉养老婆婆,但不能见父王了。想起来又丢不下父王,既是姻缘有定,不该远离他国。但天子再召,父王难以推辞,但他必要留下一个孩儿,长育成人,接姓以传单单宗支。父王唉,为女儿舍不远得离膝下,又无两弟一兄侍奉于你。此事公主想起烦闷,国王亦终日不悦心怀。自从狄青私逃之后,恨他抛弃女儿,并无半点儿婿之情。好笑女儿全无知识,时常思念这无情之汉,心向天朝丈夫,无心于父母。只悔恨当初把女儿错配与狄青。这狼主常想起,烦恨之心不能细述。

这日五鼓,国王坐朝,文武参见毕。有黄门官启奏说:"朝门外有一道姑,自称庐山圣母,要见狼主。"狼主听了,不知圣母到来何故?她是仙家到此,定有缘由。即率众文武亲自迎接进银銮殿坐下。狼主说:"圣母降临有何见谕?"圣母说:"狼主,贫道前来非为别事,只因驸马狄青征西兵败。"狼主说:"圣母,狄青二次平西,孤家也得知,但只闻其胜,未闻其败,如何危急,乞道其详。"圣母说:"狼主,驸马在西辽七星关,有花山妖

---

① 衾(qīn)——被子。

道帮助西辽用法,连伤四将,驸马几乎身亡,亏得他师父王禅老祖,将灵丹救回性命。但这妖道仗着日月帕宝贝厉害,拒阻宋兵。王禅老祖法宝虽多,只破不得这日月帕。若不收除逆妖归山,驸马难以平定西辽,何日得班师回朝?"狼主听了,说:"妖道这日月帕如此厉害,有什么法宝可破?"不知这圣母说出什么话来。正是:

只因妖道扶辽国,惹出仙家降俗尘。

第八十八回

劝番君仙母善点化　离单单公主再西行

诗曰：

　　妖道帮辽阻宋君，仙师圣母下凡尘。

　　宝球降伏原形现，灭逆存顺古所云。

当下狼主说："妖道这日月帕还有何法宝可破？"圣母说："他的日月帕并无别物可破，只有镇妖球乃是贫道之物，已赠了令公主。所以，贫道前来要公主往西辽破法收妖。待驸马奏凯班师，母子团圆，夫妻完聚。伏望狼主速差公主前往。古云：救兵如救火，延缓不得。"狼主听了说："圣母的徒弟乃一女流之辈，从前兵困西辽，我女曾经前去解围，如今不要去了。若要法宝，即请圣母拿去，若要女儿再去交锋，难从命了。"圣母说："狼主哪里话来，既将公主匹配了他，理应帮助平西，况且前时被困，已得公主解围。如今不使公主前往，难道听凭驸马当灾不成！"狼主说："圣母，若说狄青与我女儿虽成夫妇，他却无夫妇之情。勉强成亲一月，竟是不别而行，至今孤家想起气恼之极，这汉子真是无情无义之人，无事时丢却孤家父母，一日有难，又思小女扶助。如此薄情人，有何亲谊关照！"圣母说："狼主哎，你有所不知，这驸马生长天朝，忠孝传家，身受皇恩，理当事君亲为重，所以定然要去的，狼主你却错怪了他。辽国与新罗尚有邻邦之谊，借兵相助的，狼主与驸马有半子亲情，反忍坐视不救之理！就是大宋天子国家有难，狼主也该帮助一臂之力才是，况且驸马将一战成功。伏望狼主高明，龙心详察，勿因小故错怪驸马，失了翁婿之情。若然公主是女流之辈，不敢差她往沙场历险，今喜是个女中英雄，丈夫有难，为妻理当解危的。伏唯狼主休执一偏之见，速命公主前往西辽，解丈夫危急。待驸马奏凯还朝，宋王必有旌奖到狼主贵邦。"

圣母用好言劝解，狼主听了圣母一番善言，无奈只得命宣公主。不一会，公主上殿，朝见父王，又参礼师父。圣母说知此事，公主闻言，心中暗急，即开言说："驸马危急，即刻点了人马，立即前往！"圣母说："你也不必

第八十八回　劝番君仙母善点化　离单单公主再西行

带兵的。如今事急,一日难停,只要你拿了八件宝贝与为师驾云前往。"公主听了应诺,急忙回营,对两个孩儿吩咐说:"你父在西辽有难,为娘前往解救。你弟兄休慌,为娘去不过数日即回。"一双孩儿果然乖巧应诺,公主又吩咐叮嘱乳娘一番,不必细说。且言公主登时戎装,但见:

头戴金冠雉尾毛,身穿五彩凤鸾袍,
足下战靴花簇簇,腰拴碧玉衬金绦。

公主扮了戎装,藏了八宝囊,手执两口绣鸾刀,过去公主用枪,因何如今用的是双刀,只因枪、刀、剑、戟,公主件件皆能,随意所用。此时,急急忙忙出宫,到银銮殿,说:"父王在上,女儿拜别了。"狼主说:"女儿,如今此去,若平西后,仍复回来或跟随丈夫一同到中原,你且实说。"公主说:"父王哎,女儿与师父破了妖道,即日转回,不必挂心。"狼主说:"只是为父花甲之期到了,狄龙、狄虎弟兄不知饥饱的孩儿,这样听凭你的主意便了。"公主说:"父王何烦多虑,女儿不是无知之辈,养育恩深未报,岂敢舍抛了父王、儿子到中原的?"圣母说:"徒弟无紧要之言,休得多说,破法之后,仍复回来,速速驾云同去罢!"公主应诺。圣母就把拂尘向空中一展,口中念念有词,招了两招,但见两朵祥云,从空而下,师徒登云而起,各官员望空相送。但见祥云渺渺茫茫,师徒云内远去无踪。狼主不悦,叹气回营,不表。

再说圣母在云端说:"徒弟,为师的不得与你同往,你到西辽把镇妖球破了日月帕,将五龙绦①收了这逆畜,不可留恋辽地,速带这物前来见我,我还有话说。"公主说:"谨依师命!"当时,师徒分路,圣母离却红尘,自回仙宫。公主赶路慢言。

先说王禅老祖借宝回关,次日,又报说花山老祖讨战,在关前辱骂,说要与仙师斗赛法力,请令定夺。元帅说:"圣母未到,这妖道又来讨战,如何处置?"老祖说:"贤徒不用心烦,待为师出关会他。"老祖把拂尘招下空中仙鹤,乘上出关,带了张忠、李义二员虎将。花山一见说声:"王禅,贫道与你各为徒弟,你我皆有法力。昨天,你斗贫道不过,今日再来会阵么?你若破得我日月帕,贫道即隐归山。我破了你的法宝,你也不必在此了。"老祖喝声:"逆畜休得弄舌,贫道是上仙,你是蛇妖,难道上仙让你怪

---

①　绦(tāo)——用丝编织成的带子,可用于衣物饰边。

物么？无非念你八百载修行，不久也要归入仙班，所以昨日宽容了你。你必要寻入罗网，今朝却不饶你。"即咒念真言，撒起金钱打去，花山把宝剑一拨，钱已落地。老祖大怒，用第二个金钱打来，一连三个，皆被花山拨去。又念咒言，提剑向天一招，顷刻乌云漫天，狂风大作，宋兵好不惊慌，元帅在关前看见了，道："这妖道只得八百年功夫，竟如此厉害。师父与他赛斗不知胜负。"此时，只见飞沙走石，地暗天昏，对面不见人形，伸手不见五指。风势猛狂，张忠、李义也觉惊骇。老祖冷笑，即取出一颗定光珠，祭起高空，光华万道冲开昏暗，依然一轮红日，狂风不起，沙石不飞。花山说："王禅，此法你破了，法宝又来！"宝剑向南书符念咒，空中一座大山移来。老祖即收了宝珠，拿出托山轮，托去高山。又念化山真言，退了山形，即大喝妖道："你还不现原形？"花山冷笑说："你道我无能么？"宝剑向东一指，对面已成一条大海，白水滔，波浪滚，来淹宋军。老祖见了，用拂尘书符，又复为平地，大水不见，喝道："逆畜！这些小法何足轻重，还不快现原形！"花山见破了法，又念火诀，驱了一团烈火，风卷到宋军阵上。老祖忙招北方壬癸水冲去，烈火又消了，即喝："逆畜，你速现原形，即饶你性命。再要弄些小法，你现原形也不饶你。"此时，花山无什别法，只得又祭起日月帕来，老祖仍用八卦筒，赛了一会，不分胜负，只得各个回关。

　　花山想来："这八卦筒没有什么法宝可破，若不得破王禅之法，八百载的功夫用空了。罢了！贫道前往蟠螺山寻友，借取藏天袋，必破王禅八卦筒。收完宋将，连王禅收入袋中，狼主大事定矣。"说知黑吞，吩咐不可泄露，勿被兵将得知，小心守关。花山即腾云去了。再说王禅老祖回进关中，元帅接见，坐下问道："师父哎，不知妖道如此厉害，亏得师父法力破他。若非师父到来，谁能抵挡？众人性命难保了！但不知仙母何日到来，愿她早到此，速除妖道才好。"石玉说："师父何不袖占一课，便知圣母来的时候了。"王禅说："贤徒之言说得有理，且断一课，看是如何？"此时老祖推算阴阳一会，说："贤徒，公主原来带法宝来了，仙母已回山去了。今夜三更必会公主。"元帅说："师父，请再一卜，看公主到来能破妖道否？"老祖又占一课，细推，不觉一笑，众将问其缘故，老祖说："天机不可泄露，天晓便明白了。"众人听了，心内狐疑，不知怎样妙算天机，只得安心等候。只有刘庆想来，我不管它什么天机不天机，实在等不到天明了。今夜且瞒了众人，不使元帅知道，驾席云悄悄到乌鸦关，把花山妖道一刀结果了。管他黑吞、白吞，段威不段威，进关中去，黑夜杀得干干净净，岂不美哉！这飞山虎定了主意，是夜候至三更时分，瞒了元帅众人，悄悄驾云而去。此书先说花山老祖离了七星关，到蟠螺山道友处借取藏天袋，来破鬼谷仙师的八卦筒。不知取到藏天袋可破王禅否？但看花山老祖妄助西辽，逆天悖理，有分教：

八百修行成枉炼，千年善果已无功。

第八十九回

镇妖球云内收蛇怪　飞山虎夜里劫辽营

诗曰：

八百余年苦炼修，花山何不悟回头。

嗔痴一念前功夫，未证仙班形现收。

当下飞山虎前往乌鸦关行刺慢表。且言花山老祖往蟠螺山，一路驾云而走。约有一半路程，前面来了赛花公主。当时公主看见前面云光闪闪，不知何处来了妖魔，只见一个红脸道人驾云而来，两家各不相识，公主连忙按住云头说："来者何人？留下名来！"此时花山老祖也认得不是公主，即回说："贫道乃花山老祖是也！女仙何处来的？也须通个名来！"公主说："你且慢问我的姓名，我先问你往何处去的？"花山说："不瞒女仙，贫道帮助西辽破宋，只因王禅的八卦筒厉害，我的日月帕破他不得，所以特往蟠螺山与道友借宝破他。女仙休得阻着贫道的去路了！"公主听了，怒气冲冲，圆睁凤目，骂声："逆畜！你八百载修行，功夫不浅，因何不想登入仙班？逆天破戒，妄助西辽，可惜前时功夫，今朝一旦倾了。哀家正欲除你，速现原形，方可饶你性命。倘再违逆，即教你原形性命难逃。"花山听了，喝声："女妖！你有何本领，口出狂言！贫道若把你一剑挥为两段，只道我欺你这小女妖无能。如今你走你的路，我走我的路，恕你过去，若再胡言乱语，宝剑上断不客气！"公主大喝道："逆畜！休得夸能，你要哀家让路却也不难，只要你认得哀家是何仙佛，说得分明，立即放行。倘若说不出来历，休想去路！"花山听了大怒，喝声："无名女妖，本事毫无，敢大胆阻贫道去路，眼见你活不成了！"便把宝剑砍来。公主双刀迎敌，在云头二人刀剑交锋，不分高下地争战。

花山老祖想来，这女妖倒有些本事，我今要往蟠螺山去，不知与她斗到何时方止，不免用日月帕伤她性命便了，忙伸手向混海囊取出日月帕，祭起天空，一声响亮。黑夜天昏，此时帕光冲起，掩了明月，此帕向公主顶上落下来，公主不慌不忙，向八宝袋取出法宝镇妖球。霞光灿焰，彩色遍空，光辉照耀得犹如白昼，在空中施舞，由你什么妖物见了此球不能收回。

第八十九回　镇妖球云内收蛇怪　飞山虎夜里劫辽营

当时听得空中响亮如雷,已将日月帕打碎地中央。这帕乃花山道人蛇魔的原神所炼,今日被镇妖球打碎,这花山周身骨节疼痛难当,踏驾云头不稳,跌下地中。正要遁走,岂知镇妖球追下地来,打在妖道后心,即大叫一声现了原形,乃是一条赤火蛇,长有二丈余,浑身犹如火炭一般,翻来滚去。公主落下来,取出五龙绦一搭,捆绑了长蛇,方才不敢作动。却也奇怪,这赤蛇先有二丈多长,被五龙绦捆绑了,其身渐缩至七寸长。公主又向八宝囊取出混元瓶,对着小蛇说:"逆畜!今日本该除你一命,只念你八百载修炼,功夫非浅,暂饶你一死,速归瓶内去罢。"瓶口出一道毫光,蛇儿即进瓶中去了。公主收了五龙绦,收藏镇妖球、混元瓶,手持双刀,依旧驾上云头向七星关而来。按下后提。

　　却说莽将飞山虎架席云帕走至乌鸦关,但此时星光灿灿,月色溶溶,只得悄悄向黑处闪入关中,但见两个番将各坐东西桌上,灯烛辉煌,一班士卒在帐外站立,刘庆想来为何不见了花山妖道,趁这番将没有提防,杀个措手不及便了,花山妖道纵有神通也来不及了。按下云头,进关大喝一声:"番奴,今夜活不成了!"两员辽将大惊,被飞山虎一枪刺倒段威。长枪一拨把辽兵副将乱刺,番兵大乱,纷纷逃走,自相践踏。黑吞慌忙唤人取斧来,被刘庆一枪刺进面门,黑吞头不见了。关中虽有番兵副将,但黑夜慌张,又不知宋兵多少,自相残杀,早已大开关门,顷刻四散奔逃。飞山虎一想,这妖精惧怕我的长枪,先已脱身去了,笑说:"妖道哎,虽然你已走去,我已将辽兵辽将杀得好不爽快也。且回关报知元帅罢。"仍驾席云跑走,赶不上数里,前面一朵祥云。刘庆一想说:"莫非花山妖道在空中走了。"即大喝:"来者何妖,往哪里去?""刘将军,哀家在此!你快去禀知元帅,说哀家要求见元帅。"飞山虎一闻此言大喜,说:"原来公主娘娘到来,小将只认做妖道,险些冒犯了。如今收了妖道么?"公主说:"正是!"此时二人一同驾云来到七星关,已是二更。

　　落下云来,刘庆先进入关中,向元帅呈明乌鸦关兵将已被小将杀得尽绝了,单单逃走了妖道。元帅听了心中暗暗欢悦,假作怒色,喝声:"匹夫!不奉军令私自劫营,倘有差过,死于非命。刀斧手拉出斩首以正军法!"元帅军令一出,刀斧手即上前将飞山虎绑了。刘庆发笑说:"元帅,今夜小将虽未奉军令,然而有益无损之事。元帅将小将正了军法,岂敢逃脱,只是小将杀尽辽兵,也有些功劳,望求元帅鉴察,赦了小将之罪,感恩不浅。"这狄爷原喜除了番将,逐去妖道,并不是真要杀他。只因军法所立,只得掩人耳目,此时又不好自己收科①,看看旁边三个兄弟石玉、张忠、李义,萧、苗兄弟一同求恳元帅宽恕。元帅听了,命刀斧手放了刘庆,说:"本帅行兵数载,多是堂堂正大的交兵对敌,从不曾偷营劫寨,侥幸成功的,倘或一时措手不及,你既伤于无名之地,本帅还有疏失之罪。若非众位将军讨情,断难轻恕。死罪饶了,活罪难饶,吩咐捆打四十以正军法!"五将同声说道:"不奉军令,私自偷营,本该治罪,但念他有功于前,平西在即,不可先丧了自家将士,求元帅一并饶了这棍。"元帅本不定要打他,趁众人讨免之时,即喝他起来。

飞山虎见免了捆打,谢过元帅,又谢了众将,说:"元帅,小将杀散辽兵之后,云中遇逢公主。公主说:'已经收除了妖道。'"元帅急问:"公主如今何在?"飞山虎说:"公主先打发小将回来禀知元帅。"元帅听了心中暗喜,难得公主再来收除妖道。一别许久,今朝得会,方慰前日恩情。即吩咐开关,灯球火把照耀如同白日,元帅与众将出关迎接。公主已下云等候,此时接进关中,众将在外堂,元帅与公主见礼坐下,开言说:"公主,下官自与你分离之后,时常牵挂。上年奏知天子,前来旨意宣你,又因国母身亡,所以未得到中原,难得今朝再会,平时想念,略略安慰了。"公主说:"驸马,承蒙挂念,足感盛情。从前分别之后,只道辽邦永服天朝,岂知辽王痴心未改,又向新罗借兵,侵犯天朝,亏得你五人征服新罗国,哀家一闻报才得放心。今日伐西,又有妖道猖狂,哀家未有得知,所以不曾早来相助,以致驸马当灾。来迟之罪,望乞宽恕。"元帅说:"公主,你哪里话来!只为下官征服新罗时,曾杀一将,名唤通迷。他的儿子名牙里波,与父报仇,摆了迷魂阵,众将被困阵中,幸得下官师父预赠我开阳镜一面,破了迷魂阵,杀了牙里波。他是这妖道徒弟,故这逆畜特来报仇。仗这旁门法术雷掌,连伤三将,下官也受乾坤砚之灾。亏得师父到来,赐丹吃下,四人才得无恙。师父与妖道赛斗一番,岂知他有日月帕,厉害非凡,师父的八卦筒只能挡他日月帕,斗个平父,不能破得此物。帅父只得特到庐山见圣母,借取这镇妖球来除妖道。如今又得公主前来,除了这妖道逆畜,下官深感之至矣!"此时下文不知公主如何答话。正是恩爱夫妻,一别已三载,今日叙会,真乃:

　　二次平西夫妇会,他年旌诏凤鸾谐。

――――――

①　收科——收场,圆场。

第九十回

收野道夫妻重叙会　遵师命鸾凤再分离

诗曰：

当年一别会期稀，今日夫妻复叙时。

只为师言遵嘱命，降西鸾凤再分离。

当下狄元帅见公主除了妖道，夫妻各说欣幸感激之言。公主说："驸马哎，若非王禅仙师前来见我圣母，哀家也难得知。又亏得圣母到我邦说明，所以哀家立刻前来，云中遇着妖道，说往蟠螺山借宝，破老祖的八卦筒，恼得我心中气愤不过，故将他收入混元瓶中了。"元帅说："既收了老妖在瓶中，公主且拿出来，众人一看也好。"公主忙取出瓶来，玉手在瓶口一拍，但见冲出七寸蛇儿，浑身如火。元帅传齐众将观看，笑声不止。元帅呼声："逆畜，你雷掌法厉害，如今何在？日月帕宝贝往哪里去了？谁使你逆天帮助西辽欺着本帅？你八百年功夫枉用了。若要再登仙班，只在着瓶中重新修炼了。"

正说间，天色已明，老祖来了，众人起立。元帅说："公主，这位是本帅的师父，你须向前见礼。"公主应诺，即上前口称："仙师在上，赛花稽首了。"老祖说："公主不必拘礼。"元帅说："这妖道已经收服于混元瓶了。"老祖说："这是圣母的法宝厉害。这妖道只因一念之差，八百载功行送尽。"转声又说："公主，贫道劳你一番跋涉，心甚不安。"公主说："仙师说哪里话！驸马与众将军被雷掌所伤，非仙师到来，已活不成了。仙师若不到庐山，圣母不至，我在宫中焉能得知？今朝得除妖道，皆仙师、圣母之力，赛花些小之劳，何足挂齿！况帮助平西，为夫解难，理当如此，不知干戈以后平息否？还望先师指示。"老祖说："昨天贫道已推算阴阳，得知干戈从今永息了。贫道还有一言相告嘱咐。"公主说："仙师有何训谕，赛花自当恭听。"老祖说："公主与我徒弟姻缘簿上有名，前时常有刀兵侵扰，所以夫妻久别。目下兵戈宁息，夫妻叙会之期不远。宋君有旨宣诏，你须早到中原，夫妻相会才好。"公主听罢，俯首含羞，说："谨依仙师吩咐。"老祖又呼二位贤徒："那开阳镜你们如今不必用了，拿来还我，为师即要归山去也！"元帅、石将军说："再请仙师耽搁一天。"老祖说："贤徒，为师不恋红尘。但前日天王庙吩咐之言，切须谨记，旗儿要细细验明才好。"狄爷诺诺应允，二人取出宝贝，交还师父，此时老祖即刻动身。拂尘一招，空中降下一朵彩云，老祖跨上，腾空而起。七位英雄，一员女将，齐齐望空拜送老祖回归仙宫去了。此时元帅只因昨夜飞山虎偷破乌鸦关，吩咐众将领兵三千前往。如有尸首未埋者，速速埋葬，安抚百姓，岂知众番民早已逃散。

慢言众将领兵埋掩辽兵，且说元帅与公主在关中，将自西辽分别之后，细细诉说一番。又吩咐摆上酒筵，夫妻对酌。元帅问起两个孩儿长成如何，公主说："一双儿子长成，真悦妾怀，生成一样，非俗弟兄一般之气象，若然再过几载，必与驸马一样威仪了。"狄爷闻言，扬扬喜悦说："公主，下官身承王命，干戈扰攘之时，未能得一日安定。我白发萱亲，不能侍奉，夫在东南，妻居西北。方才师父说，目下干戈宁息了，我若班师之日，即奏知天子，差官接取你。这是下官的主意，不知公主心下如何？"公主说："驸马，嫁鸡随鸡，古人有言。但恐父王仍不许，如之奈何？"狄爷微笑道："有了天朝旨意，何愁狼主不依！"公主吃酒数杯，又要告别登程。狄爷说："公主，你因何要去如此之速，且待平服辽邦，军务已完，然后分别回去不迟。"公主说："驸马，非是妾硬心肠即忍分离，只因圣母有言，叮嘱收除了妖道之后不可耽搁，带了妖蛇到她仙山。师父之言岂敢不依。"狄爷只得应允。公主说："虽如此，也是恋恋不舍，无奈师命难违。"夫妻谈言一会，狄爷又叮嘱一番，说："公主你见过圣母，未知可要即时还国？"公主说："见过圣母，要即时还国的。"狄爷说："倘若钦差到来宣你，即可早日动身，切不可再迟延，免得下官切望。"

公主应允，辞了丈夫，驾上祥云而去。一程得到仙山，见了圣母，说了破法收妖之事。圣母点头接过混元瓶说："逆畜，想你修炼的功夫八百余年，再过二百年若不犯仙戒，便入仙班。今朝一念之差，造下恶孽，今日念你虽有伤生之迹，但未伤宋将一人，容你活了一命，前功已费，如若净心修炼，一千年不犯仙规，仍带归仙列。"圣母将混元瓶一摇，倒出大蛇在地，蛇头对着圣母把口张几张，不会言，似有求告圣母之状。圣母将混元瓶放下，命公主牵了五龙绦，把蛇儿带了，送山脚下镇压了。圣母又取还八件宝贝，唤声："徒弟，为师有话吩咐，你姻缘配合在中原。你与狄青已配

第九十回　收野道夫妻重叙会　遵师命鸾凤再分离

了,难道一月夫妻不成？因辽国干戈时时不息,必要五虎英雄方能保得大宋江山,所以你夫妻常常会少离多,皆由不息干戈之患。幸喜如今宋室永康,你夫妻会期不远,满门福禄齐天了。你且回邦候中原有旨宣诏便了。"公主说:"弟子谨依吩咐。"此时,公主拜辞圣母,驾云回归本国。见了父王,禀明收妖原由。狼主笑道:"我儿是个凡间之女,却有仙缘的。你且还宫安歇。"公主抽身辞过父王,转进宫中。一对孩儿欢悦万分,母子安然,按下不表。

再说七星关狄元帅送别了公主,天色将晚,有众英雄奉将令埋掩辽兵事已毕,来请元帅进关,方知公主回去了。次日,元帅大兵进了乌鸦关,着令张忠守七星关。

话分两头,再说碧霞关主将早已闻报,心中慌乱,料想此关断难保守,只得献了关,投降元帅。元帅又差李义把守乌鸦关。大兵进发白鹤关来。关中守将坚心保守,又急告入朝,不见救兵接应,怎经得大兵虎将攻城半月,早已打破,辽将左天雄死于乱军之中。狄爷又得了白鹤关,出榜安民,养军三日,领兵攻城。此时十万大兵围困了和平城,好不厉害。满城百姓尽皆惊慌,欲要逃生无路,出城奔走,免不得被刀砍伤。皆怨恨辽王引起祸根,连累我等做刀头之鬼。

慢言百姓慌张怨恨,且言城内君臣俱惊慌无措。众臣皆说:"中原人马厉害凶狠。"众武将不敢领兵出城对敌,多说再去求降或允许收兵,亦未可知。此时,辽王无奈,只得打发度罗空与拉里、沙哈、锦勒两文两武四员官去恳求宋朝元帅。四位辽臣勉强领旨,狼主传旨先安慰了百姓,哭声方觉稍止。君臣又上城一望,真吓死人也,连声炮响不绝,三军战鼓不停,枪刀密密,剑戟重重。将兵按住六丁六甲,神将四员,刀枪交并,喷出火光。君臣看了惊得浑身冷汗,说若被他拥进城来,这还了得！便高声说:"城外将军听禀:我邦狼主情愿投降,望求禀知元帅收兵,待我们出城请见元帅。"岂知城外喊声不绝,战鼓擂得如雷,焉能听得城上呼声！度罗空无可奈何,只得写就一封求降的书,绑箭头射将下来。军士拾到禀知石将军,石玉即来献交元帅。狄爷拆开细看,看毕大喜,传令众将暂停攻打,待番臣进来。众将得令,即将队伍退回,度罗空见宋兵退去,即与三人下城,辞别狼主,一程到了白鹤关,心内惊慌,四人进来,不知狄元帅有何责罚之言。正是:

前日贪图中国利,今朝惹起大兵侵。

第九十一回

西辽臣恳切求和　狄元帅仁慈允降

诗曰：
　　无礼西辽屡动兵，贪图中国锦江城。
　　奈何天意原归宋，猛将雄兵一旦倾。

　　话说四位辽官进了白鹤关，走上公堂，恭见元帅，各个通上姓名，站立旁侧。元帅怒容满面，说道："从前你国兴兵犯上，让本帅杀得人亡马倒，难道不知大兵厉害？就是前时苦苦求降，本帅无非念着好生之德，姑且宽恕，你君臣却假做贡献，欺了本帅。后来又遣飞龙假扮为男混入军中，私投我国。原图行刺，幸得本帅不该死于贱婢之手。后来又往邻国借兵，仍复痴心妄思中原，只道本帅死了，欺着上邦别无勇将，猖狂直抵三关。我且问你，新罗国麻麻罕何在？花山妖道何能？从前求降，可以允许，如今二次抗拒天朝，罪逆更重，今日求降，断难依得你了。"四番臣听了，战战兢兢，齐说："元帅，这原是小邦狼主无知，冒犯中原，怪不得上邦。万岁龙心震怒，今日又难怪元帅不准归降。如今小邦狼主千差万差，立心痛改前非了，情愿再献降书，永远投服，不敢再犯了。只求元帅恩准，小国君臣沾恩不尽矣！"元帅说："你君臣将假旗贡献，本帅被你瞒了，还朝呈上，天子验出假旗，本帅有欺君之罪，几乎性命难保。后又遣飞龙行刺本帅，险些性命难逃，本帅尚有容人之量，你狼主容不得本帅，今若不剿除，终留后患。"番员四人听了，无言可答，只是好话苦苦哀求。

　　此时，元帅正欲开言，忽有军士报说："启上元帅爷，关外有一辽民求见，小的前来通报。他说有机密事，必要面见元帅。"狄爷听了，想这番民不知有何机密事，吩咐他进来。小军领命，去一会将番民带进，俯伏在地，口称："元帅在上，小民秃狼牙叩见。"四位辽官见了秃狼牙吃惊不小，想来前日狼主差他送宝贝与庞洪，以后还邦复命说狄青身死，岂料后来兴兵仍在。狼主责他欺君之罪，将他处斩。亏得我众人保奏，活了性命，罚看牛马。料想来此非为别事,必然记恨狼主,所以特来出首①前事,狄青必不准降,狼主不妙了。此时,元帅说:"秃狼牙,你是西辽百姓么?有什机密事来与本帅说明原因?"秃狼牙说:"元帅听禀,小人并不是西辽百姓,身为武将,职居得胜将军。从前狼主贡献假旗,实是缓兵之计,却不是真心投降的。所惧者,元帅英雄,故以飞龙混进中原,刺杀元帅,然后兴兵。后来飞龙反送了性命,骨还我邦。实乃天子洪恩,岂知小邦狼主心怀不忿,又备了几色宝贝,乃无价之物,打发我混进三关,送与庞洪,说明珍珠旗是假的。庞国丈贪心,收了小邦的礼物,就把假旗之事奏知万岁,害了元帅身亡,然后新罗国借兵。岂知元帅今朝仍在,狼主怪我办事无能,竟要斩首,幸得大臣几人保奏,方免一刀之苦,削职为民,罚看牛马,至今受尽万苦之劳。妻儿不见面,母子不相逢,此仇此恨皆因庞洪哄我。至今日特到元帅跟前剖白,元帅回朝,处决这奸臣,我恨方消。望祈元帅班师必要谨记,奏明天子,除了这奸臣,我死也甘心。"

　　元帅听了,一声冷笑,想这番官恨着庞洪,所以前来说明此事。想来庞洪原来要害于我,此事还小,私通外国事关重大。前时,师父说他盛时之际,动他不得,如今已应该这奸臣倒运了。必然要带秃狼牙回朝,以做凭证,任他有庞妃势力,到得其间也遮盖不了。忙又吩咐小军把秃狼牙好好收管,又说求降是断然不允准。四位辽官听了,无奈何一同跪下,恳切哀求。狄元帅到底是个仁慈君子,此日是故意不允准,使辽王以后不敢再犯天朝,便说:"若论你邦狼主两次再三欺君、欺上,原不客气,看你四人恳切哀求本帅,如若不准,心也不安罢了。需要将真旗贡献,再备降书,本帅权且收兵还朝。但我也做不得圣上的主,倘若圣上准了投降,就是你狼主的造化。若圣上不准,休得怪着本帅。还有一说,珍珠旗再献假的,本帅即日打破城池,断不姑宽你们。去罢,须请狼主到来相见方好。"四个辽官连声应诺,拜别元帅、众人,出关去了。回至城中,吩咐仍复四门紧闭,禀明狼主不表。

　　再说狄元帅此日心中喜悦,是时传令众将兵,四门人马收回进关,暂停攻打,若无真旗献出,然后破城。帅令一出,众将收兵,一齐缴令。元帅将番臣恳降又得秃狼牙说知众将,众将大悦。刘庆说:"元帅,今有了这

---

①　出首——举报,告发。

秃狼牙出首,乃奸臣倒运了。且还朝奏知圣上,看他怎样分断!若把庞洪正了国法,我们并力同除这害人的奸贼。若除他不得,我们各个归隐,不要助这昏君了!"元帅听了大喝:"休得乱言,且待还朝再作道理!但此事泄露不得,倘若庞洪藏过西辽这些宝贝,就无凭证了,除不得这奸臣了。"众将应诺。慢表宋将之言。

再说和平城城外攻打之兵退去,不独他君臣略略放心,就是众居民慌张也减去几分。且说度罗空四人回来,奏知辽王,狼主不觉坠下泪来,说:"珍珠旗乃是孤家镇国之宝,五代留传,已有一百八十五年,若把此旗献出,祖宗在泉下也怪恨孤家。若不献出真旗,宋兵不退,又有失国之虞。"众臣此时也无保旗保国的计谋,齐说:"狼主,这原是从前不该用此计谋,前者已将降表送了狄青,回朝又不该通线庞洪,图害于他,不该借兵邻国,复侵宋境。岂料狄青尚在,早间秃狼牙尽情说知,要出首庞洪。若是狼主不通线庞洪,宋主怎晓得旗之真假?狄青也不恨狼主了。如今通取真旗,如不献出,必不肯退兵。烦恼不来寻狼主,乃狼主去寻烦恼。臣等别无计策,听凭狼主处裁便了。"

番王听了,重重发怒,大骂众臣一番,气愤回宫去。只见番后娘娘与妃子哭声喧振,尽怨狼主差见。此时狼主见此惨情,走近前说:"御妻,孤家自悔不及了,原不该痴心妄想宋朝。至今日马行栈道抽缰晚,船到江心补漏迟,如今求降已得狄青准了,只为他要真旗方肯退兵。若不献出旗来,恐失国,若舍将此宝归宋,先祖在九泉也怪恨孤家,如何是好?"番后娘娘听了流泪大哭,左右还有几个妃子同声补说:"狼主,你若要保得国不能保旗,若然狼主不舍此物,倘再执迷,动了狄青气恼,旗也归宋,国也失了。"你一言,我一语,狼主心头烦乱,只得又出殿坐下,召齐众文武,问道:"众卿真没有良策为孤家分忧否?"众臣说:"臣等别无良策,只好献出真旗,狄青方肯退兵。"狼主听了,叹声说:"将此旗献出,使孤家生不甘心,死不瞑目。九泉之下,怎见先王之面?"众臣说:"狼主哎,事到如此,若不舍此,他决不肯收兵回国的。与其失国,不若权且失旗,以待五年十载,人马丰盛,再用良谋除了狄青。复兴兵杀上汴京,索这宝旗,以泄今日之耻。"若此,众臣几句说话乃是宽慰国王之意。勿说五年十载,三十年也不能得如此了。当时,众臣别无计策,狼主无可奈何,传旨往库房把珍珠旗取出,又备了许多珠宝金银,降表降书,原命文武四人前往。四人又说:"狼主,并非臣等今日不肯前去,无奈狄青必要狼主亲到关前献旗投降,方为允准,当臣回时有言的。"此时不知狼主肯允亲往宋营如何。正是:

图利贪赃多取辱,痴心妄想必成空。

第九十二回

辽王贡献珍珠旗　宋将验明传国宝

诗曰：

辽王屡次动干戈，兵败今朝益若何？

贡献真旗传国宝，方能大宋准求和。

再说辽王已把珍珠旗献出，众臣又说："狄青要狼主亲到他处求降，如若不往，犹恐狄青不肯退兵的。"此时狼主闻言大怒，说："你等今朝勒逼孤家，若要孤家前去受辱，非砍下孤家的头来！"此时，度罗空无奈何，只得与拉里、沙哈、锦勒商议："想来狼主亲往原也难以讲话，不若我等仍去走一回罢！再用好话恳切哀求或能允肯也未可知。"四臣辞别狼主众臣，狼主回后宫安慰后妃不表。

再说狄元帅想来并非自己无情面，恃强必要他献旗，然后收兵，只因圣旨难回，这是庞洪之害，所以必要真旗，纵要留情也不能了。元帅正思量间，忽有小卒报上："元帅爷，今有西辽国王差遣四位官员贡献珍珠旗来。"元帅听了吩咐众将说："今日比不得从前，胡乱收取，必要验得明明白白，方可收得。略有一些假混，断不可收。"众将说："元帅之言有理。"众将站两旁，元帅命小军取水一大缸，烈火炭一大盆，以验旗所用。军士领命去了，又大开关门，传唤四名番官进入关中。这元帅爷肃肃威严，刀枪密密，剑朝重重，元帅坐在帐中，两旁立着四员虎将，杀气腾腾，阶下军卒齐集。四名番臣见了，毛发悚然，慌忙至帐前，立阶下一旁。元帅问："度罗空，为何你狼主不来相见，其中必有缘故。"度罗空说："元帅听禀：狼主本要亲来求降，一则无颜来见元帅；二来惊恐已成疾，现卧床不起。求元帅宽洪海量，准他免到，感恩不尽。今将真旗献上，贡礼四车、降书一道，打发卑职等代狼主送上。小邦狼主已有滔天大罪，只求元帅开一线之恩，狼主如今知罪了，以后决不再胡为。"这狄元帅并非必要辽王亲到，无非要他看看军中严正，当面劝训一番，让他悔改前非，永不敢再犯。今辽王不到，假装发怒说："本帅也知你君臣了，并非你狼主惊忧成疾，说什么

第九十二回 辽王贡献珍珠旗 宋将验明传国宝

无颜有颜的话,无非不肯低头降伏。你们休得巧语花言来哄本帅,狼主不到说也枉然。快回去说话,总要狼主亲自到来讲话,本帅方允退兵。"番官四人听了心中着急,又是恳求一番,说了许多好话,元帅故意推却,便说:"本当要你狼主亲到,本帅方允。如今你等如此恳求,暂且准了。但这旗之真假,必须看验明白,免得又将假旗蒙混了。"度罗空说:"求元帅验看分明。"狄爷传令:取火摆于阶下,将旗试验。众番臣想,他们不在行,无非胡乱看看罢了,岂料他把火炉摆开。这旗未曾到过中国,未晓何人说明此宝,幸喜旗是真的,凭他试验罢了。元帅命取出真、假旗当众目观,看其款式一样,大小相同,五颗大珠是假的,仍分四角中央,颜色鲜明,针线簇新,真的颜色烟采,针线发起锈了。元帅看罢,命将假旗放在炉中,顷刻烟火盖住,登时烧化,单存珠宝。元帅又命将真旗放炉中,见炉内火不沾旗,烟不冲起。烧一会,拿出旗看仍复如归,不损分毫。因真旗内有避火珠,所以遇火不能焚化。元帅想火不能化,这旗已合师父之言。又命取水来,军士答应,即抬去火炉,抬来一缸清水,放在阶心。元帅吩咐将旗浸于缸内,停一会,并无一点水沾于旗上。这是旗内有分水珠的妙处。但定风珠,必须狂风大作之时将此旗展动,风可止。有风必有尘,旗上又有避尘珠。此时无风尘,自然不能试验。元帅又吩咐取浓墨一瓶,将此墨水泼于旗上,但见浓墨之水,一点不沾,颜色如初,此乃移墨珠之妙用。此时,狄元帅喜悦,五将发笑称奇,真乃人间至宝!元帅试验分明,命将旗收了,卷入锦囊,又将降书贡礼一一检点明白,谨谨固封,交与石将军收管。元帅又对辽臣说:"天朝如今法外从宽,须说知你狼主,自今以后不得妄思侵扰,谨守臣规。倘若再萌妄念,一国生灵尽为乌有,断不能再饶。所取地方,一概交还,照前各分疆界。"四员番官连声诺诺,拜辞元帅与众位将军回城上了。将情上达狼主,辽王听了,心中怀恨着五虎将军。无奈只得传旨往城中内外安民。回宫中后妃方得安心,不说辽国军臣有话。

再说狄元帅是日出榜安民,又差焦廷贵先回朝中上本奏捷。焦廷贵一想,我焦廷贵如今出头了。前时做这解粮官,真是气闷得紧,如今回京一程爽快,岂不有趣么!是日,拜辞元帅及众位将军,回朝去了。此时狄元帅取得真旗后满心欢悦,说声:"众位将军,本帅有赖大家帮助,又亏公主到来,收了妖蛇,才得成功。本帅欲修书前往单单国,免得公主挂怀,又免国王记从前之恨,众位将军以为如何?"众将说:"元帅高见不差,正该如此。"元帅命大排筵宴庆贺众将兵之功，大小三军多有犒赏。天色已晚，元帅吩咐帅堂上不设灯烛。众将问是何缘故，元帅说："这珍珠旗上有避火珠、分水珠、移墨珠多已试过，尚有定风珠、避尘珠、夜光珠三珠不曾试。今无风尘，二珠不能试了，今夜且不用灯烛，将此旗展开，看夜光珠如何？"便令石玉将旗展开。一刻毫光灿烂，堂上生辉。元帅欢喜，称赞妙绝，众军士议论称奇。此旗在堂中犹如火球，元帅将旗作烛，开怀吃酒，说："列位将军，旗果妙也！"众将说："元帅，旗虽是真的，但还不过多几颗珠子，圣上宝库中难道没有珠子么？"元帅说："列位将军，从前本帅不知其缘故，所以胡乱收旗。在天王庙，师父与我说，旗上有六颗珠子，可免水火之灾，风尘之患。圣上原无取旗之意，乃是庞洪哄奏圣上，差本帅征西。倘取旗不动，身丧西辽。圣上听了庞洪所奏，哪里知道这是来图害我的，如今害我不成，又有秃狼牙对证，要把私通外国情由陈奏明白。纵使万岁宠幸贵妃，也遮盖不了这事。"众将呵呵发笑。元帅命收去旗，帅堂上点尽灯烛，再作乐吃酒，是夜不表。

次日天明，狄爷修书一封，着刘庆前往单单国，投送国王，限期半月回来，一同班师。飞山虎领命，带些干粮，驾上席云去了。狄爷养军一月，择日班师。又祭祀被杀冤魂一番，书中慢表。

再说飞山虎奉了元帅命，席云一程无碍，走了数日，到了单单国投送书信。当日国王、公主见了来书，觉得心安。狼主回书复交刘庆，款待酒席数日，作别而去，仍驾云头走路慢表。又言公主想念丈夫说："他既征服西辽，又平新罗，立下汗马功劳，保护中原宋王。哀家得这小英雄也是姻缘善果。今看刘庆投书，说西辽已服，不日班师回朝，定有钦差前来迎接我去了。"公主之言如此，不知后文如何？正是：

久别夫妻将叙会，常依父母暂分离。

第九十三回

五虎将平西还国　狄元帅奏凯班师

诗曰：

　　五虎英雄大国军，腾腾浩气似天神。
　　西辽征服班师转，奏凯还朝面圣君。

当下公主见丈夫来书说西辽已投降了，即日班师回朝，奏知天子宣召于他，想来心中十分爽快。得其夫妻完聚，婆媳相依，但回头又舍不得父王，长叹一声说："父王啊，不是女儿不孝，只是女儿百岁难在身旁的。我若到中原时，交回一个孩子与你便了，以接承香火。"这公主立心到中原，所以日用心爱的物件，一一收拾好，等待钦差到来接取。只有狼主日日心烦，为何把女儿配与狄青？前时，只想他不回归大宋，永在我邦，岂知他一心回宋。如今又平定西辽，取得真旗回国，定然陈奏天子，宣取女儿到中原。孤家若不许女儿前去，一来违逆圣旨，二来误了女儿终身。若她去了，撒了孤家，哪里割舍得，如何是好？不提国王烦闷。

再表刘庆驾云不停，赶路回到白鹤关，将国王回书呈上，元帅拆书细看，无非是贺喜平西的话，问候平安的套谈。忽一日闲暇中，苗显说："张将军，我有一言告说，前时你在我家茅舍时，家母见了将军，欲将胞妹翠鸾许你。一则贫贱之家，二则交兵之际，故前未敢告说。今日闲暇，故敢启齿，但寒贱不能仰攀，未知将军意下如何？"张忠听了，哈哈发笑说："某是个粗鲁之人，焉能与令妹匹配，恐她嫌我丑陋，这是做不得的。"苗显说："将军说哪里话！我舍妹也不是国色天姿，如何憎恶将军！若将军不弃贫贱，便是良缘。将军若是允了，我当作筏。"张忠说："妻室是我必要的，只是如今身心未定，且待还朝之后再行定夺了。"苗显说："是！"

光阴迅速，等候二月，班师吉期已到。元帅传令六位将军把人马派点整齐，排开队伍，缓缓而行。吩咐要约束三军，所过地方均不许惊动百姓、奸淫妇女、酗酒喧哗，违令者斩，军法决不宽容。众将齐声答应。元帅又命带出秃狼牙。元帅对秃狼牙说："本帅准你狼主投降了。本帅留你只为庞洪,他是一大奸臣,屈害多少忠良,谋害本帅,今又私通外国,私收财宝。今日本帅要除国家大患,所以带你回朝见主。你需要实实证他,切勿虚言,若除了奸臣,我邦自有多少忠臣感你之情。"秃狼牙听了,心中明白,叫声:"元帅,庞洪真恨杀人也!他说已将元帅害了。我原是一个直性人,信以为真,回国将情奏知狼主,后来元帅尚在,险些我一命不保。庞洪正是我的仇人,今日元帅吩咐,愿见天子,竭力攻他。"元帅听了大喜,说:"张将军为头队,余人分五队,拔寨起行。"西辽国文武齐送,众百姓俱远远跪送。扯起五虎平西大旗,正是鞭敲金蹬响,人唱凯歌还。

再说雄关孙秀常常怀恨狄青,愿他战死沙场,方得快心,岂知边庭报他征服新罗,今又报捷,降伏西辽,真旗献出,即日班师回朝。孙秀急得心如火燎,想来无计可施,急忙修书投送岳丈。是日,庞洪接书看罢,仰天长叹说:"用尽几次妙计害他不得,莫非天意如此?这小畜生功劳越大了。"只是纳闷昏昏。

且说焦廷贵到了汴京,先到包爷府中禀知包龙图。包龙图闻言大悦,次日朝上奏知天子。嘉佑王听了奏说,龙颜喜悦,降旨等候有功之臣,众文武代朕迎接。各大臣齐称领旨退班。当日,众王侯大臣多少忠良好不喜悦,都说:"狄王亲年少英雄,功劳浩大,五虎果称名将。宋朝天下若非他保护,早被西辽夺了。"崔爷说:"天子的洪福齐天,故出此英雄佐弼。如今不日回朝,圣上必然隆宠了。"呼延千岁说:"如今圣上隆宠他,且看庞洪再有何计害他?"按下众大臣之言。且说焦廷贵到了狄王亲府内报知太君,又往南清宫、天波府二处飞报,人人欢悦心安,不表。

再说狄爷一路班师到了狮子岭,再行几程已近雄关了,元帅传令安扎,打发萧天凤、苗显回家安慰母亲,但不可耽搁,即时回来同到京,候圣上封官。二人领命回家见母,将助战平西说知母亲,又把翠鸾许配张忠之事说明。周氏听了欢喜万分。二人不敢久留,取出些银两支付母亲,安慰数言,一同上马而去。只半日到了三关,孙秀勉强开关迎接,范仲淹、杨青一同相迎,进帅堂齐齐坐下,见礼毕,把平西事情略谈一会。此时天色已晚,孙兵部免不得吩咐备设酒席款待众位英雄,同征将士多有犒劳。是晚,开怀乐饮,真乃热闹非凡,不能尽述。当时,狄元帅犹恐到了三关,秃狼牙见不见孙秀,只为他前时奉命私进中原,图害狄青时已过雄关,如今只防孙秀认出了秃狼牙,就把机关泄露,除不得奸臣。故狄元帅先令了他

第九十三回　五虎将平西还国　狄元帅奏凯班师

穿了中原军士衣服,杂在十万大兵之内。这孙秀一夕哪能认得出来!此时孙秀心中烦恼,吃酒间焉有心问及平西之事,只是陪着,呆呆不语。只有范、杨二人与狄爷谈谈说说。酒至二更,方吩咐收拾残肴,四人告别,狄爷与众将关中安歇,军士在关外安营。

次日天明,狄爷吩咐起程,即时别过孙、范、杨三人,出关而去。若是一个大臣过境也有官员迎接,何况狄爷乃是狄太后娘娘嫡侄,当今太子内亲,功大封王,正是功勋汗马之臣。所以,所到地方皆有大小文武官员,备酒宴送程仪。狄爷一概俱已不受。又有悬灯挂彩的迎接。狄爷心中反觉不悦,说:"本帅不爱奢华,何必如此费用?朝廷钱粮就是百姓的脂膏。"此时,一概命收撤去。这些官员没趣,急忙撤去灯彩。所到地方,百姓无不喜悦,香花灯烛恭迎。大兵一路到了汴京,有文武大臣王侯一众领旨,出王城十里迎接。狄爷出令,吩咐安营。此时众王爷大臣见了狄元帅,下马齐齐向前拱手,叫声:"千岁!下官等奉旨代圣上迎你。"狄爷欠身打躬,呼声:"列位大人,小将乃一介武夫,有何能处!敢劳各位大人移玉远迎,下官何以克当?"众文武齐说:"王亲大人,你两次平西,功劳莫大。下官等特奉圣旨所差,代接有功之臣,理所应当。"狄爷连说:"不敢当!"又有许多套话,不能尽述。当下有庞洪斜目看狄青,想来他威威烈烈,较胜前时。原不知这畜生平生有什本领,一人四将能撑住宋室乾坤,屡谋害他不得,如今西辽平服,国内安宁,老夫想来一计,且待来日上朝,我把这珍珠旗验看,倘若又是假的,他又上当了,旗假原有欺君之罪。不表国丈之言。

且说众大臣请狄爷回府,好待来朝五更见驾,狄爷应诺,即传令众将暂且在营内安顿,伺候来朝有了圣旨,然后定夺。又令石玉带了四车贡献、一面宝旗同行,此时有孟定国、焦廷贵领了许多狄府家丁前来迎接,狄爷骑了现月龙驹,带了焦、孟二将,各官拥护而行。正是文武相随分左右,看来不啻随天子御驾一般,如此一人之下,万人之上。正是:

　　虎将功勋今浩大,宋朝社稷又坚牢。

第九十四回

成大功归家见母　复圣旨当殿参君

诗曰：

　　汗马功劳大绩臣，班师奏凯达朝廷。
　　英雄自此方休息，母子团圆欢乐宁。

　　再说狄爷一路来至王府中，笙歌彻耳，音乐连天，好生热闹的光景。王府是日纷纷车马临门。狄爷下马进了府堂，吩咐不必发放大炮，一来恐怕号炮轰天，有惊天子龙驾，二来近有各王侯府宅，皆犹恐着惊，此是狄爷一点诚心。此时回到王府，殷勤辞别各位官员，独留住包龙图，携手共进内堂，分宾主坐下，家将送上茶一盘。吃毕，说起平西事情。有庞洪私通外国，私受外邦财宝，狄爷细细说明，包爷听罢大悦，说："狄王亲，你既带进辽臣，是来做证，此乃知识深广处，来日奏知圣上，凭他纵有庞妃势力，只是难以作情了。今朝能扳倒这大奸臣，如此则四海升平，永无国患矣。但所虑者，这面珍珠旗，下官还要问，你真正可实实分辨否？"狄爷说："包大人，此旗下官当时已经叫众将验试分明了，且请放心。"包爷说："若果真旗，王亲没有破绽了，就不妨与奸臣讲话的。下官告退，明日朝房讲话罢。"

　　此时狄爷送出包龙图，复进内堂，见了太君说声："母亲在上，孩儿拜见。"太太说："儿呀，你客路①劳心，只免礼罢。"狄爷说："母亲，孩儿久违膝下，不能侍奉晨昏，今见娘面，正当叩礼的。"即时深深四拜起来。又有家将妇女一同叩头千岁不表。当时，老太君一见孩儿便呼："儿哎，为娘只说你在外邦沙漠瘴烟之地，久已耗损精神，归来定是容颜改变，原来不过与从前一样的。"此时怪不得太太之言，比方经商客旅在外回来归家，面貌有改变，或脸白改黑变黄的，或貌少改苍老的。如今狄爷一些面色不改，是何缘故？只因他在游龙驿内服了王禅仙师灵丹之妙处，虽不得长生

---

① 客路——征途。

不老,然而服了此丹,精神倍长,到花甲之期与少年一般。颜色不衰也,是得仙丹之力。狄爷说:"母亲你说孩儿面容不改,但孩儿貌虽不改,然母亲头已白了,但不知孩儿去后,母亲身得安否?姑娘贵体若何?我要亲往南清宫相会姑娘。"做了官到如今,只有三人是他放不下心的:一者是生身之母,二是大恩的姑娘,又有一人是他妻公主也。这公主虽是未久夫妻,想她一心无二,两次兵危,她一闻知,亏她即来搭救。恩情两尽,真乃女中豪杰,狄爷所以放心不下的。所以请了母安就要问姑娘了。太太说:"孩儿,自从你去后,为娘日夜挂心。身体平安,还赖上天庇佑,今朝虽不算强健,也无患病之灾。喜得你今日还朝了,姑娘母子幸赖平安。她平日待你如此怜惜,去后也必挂怀,丢你不下。但你往征西,辽国又如何肯献出真旗?你且细细说与娘知。"狄爷将西辽交锋,战杀长短一一说明。但前书已表过,如今不必复谈。太君听了欢然大悦,说:"难得仙师下凡,贤媳再助,今日降西回来见驾,圣上必然隆重①。孩儿如今有这番官对质,庞贼难逃脱的。"

母子正在言谈,忽报说石将军进来了。此时石玉就将贡礼、宝旗交明狄爷,又来拜见老太君。太太含笑说声:"郡马,老身小儿深感你们同心协力帮扶,方才得今日使我母子团圆,真乃我母子的恩人了。"石将军连称不敢,说:"太君哎,此乃与朝廷出力,小将又蒙千岁提拔,感激不尽的。"此时与太太言谈一会,又说:"千岁,此刻天色尚早,没有什么公干事情,容小将往岳父那边去看看母亲,就回来的。"狄爷说:"贤弟,正当如此,来日朝房相见便了。"石玉此时别过他母子回归赵王府,拜见岳父母、母亲、郡主,也有一番叙别之谈。长短之话不关紧要的,书中不表。

且说狄王爷母子言谈分离之话一番,日已午中了。别过母亲又到南清宫拜见太后姑娘,请安毕,狄太后春风满脸,把侄儿细问一番。狄爷说起平西之事,又说庞洪私通外国,收藏财宝,一一禀明太后。娘娘听罢,心头大悦,说:"贤侄,你明朝面圣可陈奏明,如若当今仍溺爱不肯罪他,自有姑娘出头相与理论。"狄爷诺应。又有潞花王进来相会,表弟兄言谈无非说平西、庞洪的事。是日瞒了宫人,排上酒宴,狄爷吃酒一会,拜别回府,娘儿再说长篇的话,休提。是晚,狄爷灯下写本一道,志在除奸的。

---

① 隆重——这里即更加器重、恩宠。

来日五更三点,梳洗更衣,就差焦、孟二人押送贡礼到午朝门外伺候,狄爷家将提灯引道,但见处处朝房,文武先后而来,见了平西王许多恭奉的套言。停一会,龙凤鼓敲,景阳钟撞,净鞭三下,天子临朝。文武官按爵而进,朝参天子,分列两班。有值殿官传旨毕,忽文班中出班奏道:"臣龙图阁学士包拯有奏:今有平西元帅狄青征服西辽,班师回朝了,现在朝门外候旨,伏乞圣上宣召。"嘉佑王即降旨宣进。英雄即俯伏金阶,天子见了有功之臣,龙心大悦,即传旨:"御弟平身,赐坐东首。有劳御弟劳神费力,与寡人出力再平西辽,功勋浩大。但往换真旗回来,这扇旗可带上殿与朕一观。"狄爷奏道:"臣托吾主洪福,先到新罗征服他邦,已有降书降表求和,并将贡礼呈献。如今西辽再降,亦有书表投呈,所换来真旗亦一并俱在,容臣呈送御览。"狄爷出朝门取至真旗呈上。

仁宗天子看过降书,即要复看珍珠旗如何,即闪出国丈俯伏金阶说:"臣庞洪有奏:从前狄王亲费了多少辛劳取得珍珠旗回朝,岂知是假的。如今二次平西,倒换得此旗,须当立验真假,免得辽王又把陛下欺着。"天子说:"庞卿之见不差。"传旨取旗验观。有值殿官解去锦绫囊,将旗展开,天子一观,龙颜欢悦。此旗款式与假的一样,然而颜色烟采,针线发锈,必是真的了。又命两班文武观瞻,多说真的。内有庞党几人都不开言,单有国丈说:"此旗真假还未分晓。"天子说:"庞卿怎说未分真假?"国丈说:"臣思此旗乃西辽传国之宝,必有几件宝贝在上,无些稀罕的,到底不是真的!"狄青呼声:"国丈,你说旗是假的,未晓真旗有何宝贝在上,妙处可将真假分明?当面再验试,如果不是真的,然后再行处决下官的。"众大臣多称有理。天子又道:"庞卿,御弟所言不差。卿乃朝中老臣,必然分晓的,你且说分明,然后验旗罢了。"庞洪此时倒也顿口无言。包爷说声:"老国丈,你是一位当朝宰相,练达老臣,既晓得珍珠旗是假的,可把真的说明,有何宝贝的妙处。若试验假的,狄王亲又有欺君之罪了。"当时众位王爷大臣多怪着这奸臣,一同动问,急是他无言可答,带愧又羞。天子又说:"庞卿,你若知道便说明白,若是不知竟说不知,默默无言是何缘故?"国丈说:"陛下,臣也不过揆①情度理而言,想那珍珠旗既是西辽传国之宝,必有人间罕见之宝,如今旗上几颗珍珠,乃天上最多,亦人间尽

①　揆(kuí)——推测,揣度。

有,想来不是真的,是何大用的妙处,臣实不知。"嘉佑王说:"你既然不知,何必多言!"天子又问:"众卿家可知道否?"众臣说:"陛下,臣等着实不知,故不敢多言。"国丈说:"如此狄王亲必然知道旗的妙用处,何不说分明?"狄爷说:"老国丈,我若不知,怎得安心回朝的?"天子微笑说:"御弟既知,何不说明此旗的妙处,免得真假狐疑。"狄爷说:"臣启陛下,那旗上六颗明珠,一名'定风珠',倘遇狂风可定;一名'避火珠',逢烈火可避;一名'分水珠',纵然万丈波涛,见珠即退;一名'移墨珠',如染墨污,见此珠即无痕迹矣;一名'避尘珠',若有此珠则纤尘不染;一名'夜明珠',夜间黑暗,珠亮如火。有此六珠,可永无水火风尘之患,实是人间至宝,天下奇珍也。"国丈又说:"此乃口说无凭,必须面试方知确实。"狄爷听了一笑说:"国丈,下官在西辽试验无差。"天子便问道:"御弟哎,未知怎生试验?"狄爷说:"只要一盆烈火、一缸清水放在金阶之下,便可验了。"此时不知验旗之后,如何分教,且看下回。正是:

流传国宝天下少,绝世奇珍世间无。

第九十五回

当金殿试验真旗　达朝廷鸣攻国贼

诗曰：

　　取得真旗回本邦，当朝试验宝珍彰。
　　六珠罕见人间少，圣主龙颜喜悦扬。

　　前书狄爷呈进珍珠旗，满朝文武也不知此旗之妙处。当时狄爷又奏说："陛下如若要试验此旗，速备一火炉、一水缸来，便验出真假了。"嘉佑王听了，即传旨穿宫内侍即时取到清泉一缸，放在金阶之下。狄爷提过这扇旗浸放缸中，此时仁宗天子步落金阶，文武百官皆跟随下殿，只有庞国丈满脸通红。当即旗浸一会，拿起一看，旗上无一点清泉沾染，君臣一同赞羡，单单庞国丈呆呆不语。稍刻，红炉火又扛进金阶，狄爷又放旗在红炉火中，国丈斜目而视，默默无言，不知心下有何嫉妒想象。君臣多说："不要焚毁了，拿起才是。"狄爷微微含笑说："不妨的，臣在辽邦已试验过了，旗上有'避火珠'一粒，凭你长烧不能焚化的。"如此已有半个辰刻，提起来看，君臣共目，与未曾落火的一般。君臣看了，称赞不已。狄爷又说："臣启陛下：此旗水火不能侵，皆因避火、分水二珠之妙处的。"天子点头说："果然妙哎。"此时天色尚未光明，狄爷说："再请陛下命内侍隐去灯火，将旗展开，立试'夜明珠'便了。"嘉佑王传旨拿去灯烛。将旗展启，但见满殿红光，照耀如同白日。君臣大喜，个个称奇。此时天还未明，又将"移墨"试验，墨水浓泼，果不能沾。狄爷又说："陛下，如今风尘不起，'避尘'、'定风'二珠必须狂风大作，方能试验分明。"天子闻言说："四珠已试验过，料想这珠旗不是假的，且待有风尘起时再验。"即降旨将旗包好裹在锦袋中，扛去水缸、火炉。又将贡礼检点分明，收藏库中。

　　狄爷又说："臣尚有众将功劳册子上呈御览。"天子看明降旨："候孤另日论功封职便了。"狄爷奏道："臣还有一本上读天颜，请陛下详看。"天子取本，展开御案，龙目细观，不觉勃然发怒，便呼声："庞卿，你在朝有多少年份了？"庞国丈奏道："臣立朝三十有七年了。"天子说："先王待你如何?"国丈奏道:"先王待臣恩如渊海,陛下之待微臣如天之高地之厚也。"天子说:"既然恩德分明,何不丹心报国?定然寡人薄待于你,故不肯忠心报国。"庞洪听了,大惊:圣上说来,言语不好,未知狄青本上如何劾奏于我,即奏道:"臣深沐君恩,时常存报国之心,历年伴驾,为国为民,并无差错,伏乞我主参详。"天子说:"你既说忠心报国,不该暗通西辽的!"庞洪听了圣上之言,心中越加着急,俯伏阶下奏道:"陛下哎,臣并无私通辽国之情,此乃无凭之说,准信不得。"天子一想,说:"你这句话也推得清白。狄青本上说来,西辽初次投降,原献出假旗,后无多日,番人秃狼牙私进中原,送你几件宝贝,要你奏称假旗,贪赃害国,除却狄青,西辽方好兴兵夺取中原天下。你若心存报国,不该私受外国财宝。既然你说无差,因何受贿图害功臣?害了御弟,没了勇将,是何道理?如若你贪有限的珠宝,便把孤江山轻轻付与那西辽之国,机谋尽露,还将忠君爱国之说欺哄于孤!"庞洪听罢,吓得浑身冷汗如雨,面如土色,说声:"陛下哎,这是狄青与臣不善,无中生有,捏情谎奏陛下的,我主不可听他。还求陛下详察究问。狄青纵有小怨,也不该捏情谎奏以欺陛下。"

狄青又出班奏道:"国丈说臣诬捏于他,臣也分辩不清,圣上也彼此难信。幸喜微臣还有主张,班师之日,臣已带进秃狼牙,只要圣上勘问这辽臣,便知谁是谁非。"天子准奏,既宣进。秃狼牙金阶见帝,俯伏说:"罪臣秃狼牙见驾,愿我主万岁!"此时庞国丈见了秃狼牙,浑身犹如火炙,心内恰似油煎,恨不能展翅腾空了。一班奸党也为他担忧。有各位忠臣,心中大悦,旁眼看看庞洪,暗说:"这庞洪奸臣,今日倒运了,且有对证,从何抵赖!"当时天子呼声:"秃狼牙,你是西辽国内之臣么?为什么官职?国王差你有财物宝贝送与庞洪,图害狄青?此事真伪,你须直说。若是狄青买屈于你,也要直说,恕你无罪,一一从实奏来!"秃狼牙说:"罪臣启陛下,初次大兵征伐小邦,狼主的雄兵猛将一齐消灭了。狼主心头着急,众文武又无良计。后来,小邦公主飞龙定了一计,假造旗儿一扇以为缓兵之计,混进中原,要刺伤狄千岁。一来与丈夫报仇,二来再好兴兵。岂知反被狄千岁伤了。后来,圣上将骨枢送回小邦,小主又生一计,备了玻璃杯一盏、月花镜一面、醉仙塔一座、醒酒珠一颗,又有猫儿眼、璧玉、金珠等物,打发小臣混进上邦与庞洪,对他说明,珍珠旗乃是假的,要他奏明陛下,除了狄千岁,小邦狼主然后再复兴兵。此时,庞国丈将宝物殷殷收领了,又款留罪臣数日。等候十余天,他说已将狄千岁性命断送了,小臣信以为真的,即时回邦说明,狄千岁已被庞大师除害了。是以狼主与邻国借兵,再犯天朝。岂知狄千岁未死,复又领兵到来,此时狼主说臣做事糊涂,更有欺君之罪,几乎把小臣首级落了地。亏得众大臣保奏,方得免一刀两段之苦。罪臣官居得胜将军之职,不是下吏。只因被庞太师哄了,狼主罚我看羊牧马之苦,所以,常常痛恨切齿于他。一闻千岁征服我邦,特往告知千岁。今日驾前,罪臣实说,一字无差的。"

天子听罢奏言,龙颜发怒说:"你今尚有何抵赖的? 真乃欺君误国的老贼!"此时庞洪吓得魂不附体说:"陛下啊,这是狄青行贿嘱辽臣,捏言妄奏我主的,臣从不曾见过这秃狼牙,何曾收他宝贝?"转首说:"秃狼牙哎,我平日与你无冤,往日与你无仇,何苦受了狄青的贿,将我陷害了!"秃狼牙说声:"大师哎,你好佞滑口才! 真乃刁奸之辈! 我与你原是素无仇冤,因你收了狼主的宝贝,险些害了我身首两分。你在中原安享,我受看羊牧马之苦,你心何残忍如此! 上有天,下有地,怎好冤屈太师? 况狄千岁乃光明正大的英雄,怎肯瞒心诬捏于你? 今朝料想难以推卸的。在圣上跟前必要实说的。"又有包爷出班奏道:"臣包拯有奏,秃狼牙对证之言,必非虚假。但是如今争论不清,依臣愚见,何不多差几位官员,多带几个兵丁,前往国丈府中搜了宅? 如若搜出真赃,国丈再难以争辩了。"天子说:"包卿之言,正合朕意,即烦卿前往搜寻。"包公说:"臣一人去不得。"天子说:"这是为何?"包公说:"臣一人前往,庞洪必定说臣有私了,又要强辩。须多差几位大臣,好使庞洪没有推却了。"天子听奏说:"包卿之言有理。"抬头看看两班文武,文差钦天太史崔叩命、吏部天官文彦博,武差大都督苏文贵、静山王呼延赞,同着包公文武官员五位,奉了圣旨,辞驾即刻出了午朝门而去。只急得国丈魂飞天外,魄散九霄,浑身流汗,只恨无一人先通了线,到府藏过了宝贝,方得活命延生,不然,今日失害在狄青之手了。此时正当天子震怒,好不慌张,心中思算,看来眼见得死在面前。

不表庞洪慌乱,慢言五大臣。先说庞贵妃也知了此事,吓得慌张无主,即差太监王仁从头说明,即速到了相府,不必通报,直进内报知母亲,要她快把西辽财宝收藏了,如若搜出,大难临门。这王仁即往跑如飞,来到府门,一直进内,与国太禀明此事。府门外已来了五位大臣,一千兵卒

第九十五回　当金殿试验真旗　达朝廷鸣攻国贼　361

团团围住相府,吓得众家丁、大小妇女喧哗盈门,手足无措,要奔逃性命。岂知前门后户七重相府也被众兵密密困住,并无一处可逃走,好不慌乱。以后搜出西辽赃物,此乃庞洪屡次欲害狄青,今日反害自己。正是:

　　善恶到头终有报,只争来早与来迟。

第九十六回

搜相府贪赃败露　证国贼瓜葛相连

诗曰：
　　作恶难逃自古言，奸谋败露命逃难。
　　贪赃误国欺君主，今日弗遮前日愆①。

话说文武五位大臣带兵一千把庞府围了，不独府中家人惊慌，连王仁太监困住府中，慌张无主，一字也说不出。这班家丁到底不知围困他府中何故，只得开了府门逃走。王仁是心怀了鬼胎的，趋趋缩缩，正要踱出府门而走，岂知五位大臣进了府堂。有呼延千岁，环眼圆睁，喝令将他拿住，待迟一刻，拿去见圣上。这王仁道："乃是贵妃娘娘打发我来探望国太的。呼延老千岁，不要认错了的。"呼延千岁说："本藩不管你，到圣上跟前你再讲话！"此时，庞国太还未听明白王仁之言，急急忙忙走出外堂，就说声："列位大人，我家不犯朝廷律法，为何众大人带兵前来吵闹，是何缘故？"包爷叫声："国太休要心烦，我们奉旨而来，要取西辽国送来的几件宝贝。圣上要拿去看看的，问国太藏在那里？快即拿出来罢。"国太说："大人哎，这是没有的。"包爷说："送礼之人，现在金殿上，亲口说出是有的，国太休得推辞，快快拿出来，以免动搜。"国太说："大人哎，实真没有，叫老拙哪里去觅来？"崔爷说："包大人，谅她不肯拿出来。"文爷说："不必理论了，且去搜来。"苏爷即吩咐众人速速分头查搜。这百余人即领命查搜，庞府家丁纷纷逃匿。此是国太已心震胆寒说："相公不知如何露出机关的，平日我时常叫他及早回家乡去罢，可恨他日延一日，只说不妨回答于我。今朝倘然搜出了，其祸不小。望神明遮过众人眼目，搜不出真赃，方保无虞的。"

此时，包公走进他书房，想这奸臣平日还有许多奸端，今日趁此机会，细细搜查，或者还有什么私弊、破绽处也未可知。四处查检，只见书房内桌子上有一小匣，包爷揭开一看，有拆碎封面家书两封。包爷拿起细看，

---

①　愆（qiān）——罪过，过失。

第九十六回　搜相府贪赃败露　证国贼瓜葛相连

这封书乃庞洪送与王正的第十三次的原书。又一封乃是孙秀与岳父的。这两封信一连今日败露出来,由庞贼立心不善,作恶太过,所以日久月长以来,失于检点。当即拾起来看,庞丞相写去回书也在此匣,未曾烧毁。只为这是他内书房中,除了庞洪妻子之外,家丁、使女俱不许进去。若楼外书斋,家人要进去,也得进去的。故二书留在内书房,他不以为意,今朝落来包公手内,平日机谋,如今一旦败露。

包爷即将二书藏于身中,步出书房,说知四位大臣,俱各喜悦,说:"这庞洪往日用尽千般诡计陷害狄王亲,他今恶贯满盈,反使奸谋尽露,虽有女儿势力也不能遮盖了。如若圣上仍要宽恕他,我等众人齐口合攻,必要除了他的。"五位大臣正在言谈,只见众兵拥进大厅,上前禀明:"搜出几件精奇物件,藏在国太房中,是小匣两个,藏了此物,不知是否?请列位老爷分辨。"此时五位大人开了拜匣,内有西辽王礼单一纸,众人看过,将物件照礼单对过,一点不差。众大人各说:"庞国丈欺君大逆,固罪重如山,国太也不能无罪。"即吩咐兵丁将国太押解了,跟随五位大人出了府门,进了午朝门。

五位大臣呈上赃物,奏明天子。当时龙心大怒,喝声:"你这老狗才,如此欺孤,所行全无国法。如今真赃现在,还有何言抵赖?!"此刻庞洪虽极奸刁,也刁不出来了,一见西辽物件搜到来,内心战战,呆呆俯伏金阶之下,口也难开。又有呼延赞奏道:"臣等奉旨前往国丈府中,有内监王仁见了臣等慌慌张张,形状甚是可疑,臣将他拿了,伏乞圣裁。"包爷也出班奏道:"臣在庞洪书房内,查出两封书,一封是庞洪送与驿丞王正的;一封是雄关孙秀送与庞洪的。今臣带进,上呈圣览。"仁宗天子细看二书,骂声:"老狗头!好欺君误国也,毫不念惜国恩厚享,只图私利,谋害功臣。你与御弟均是寡人至戚,且同为一殿之臣,为何与婿同谋一心,必要除他,到底有何深恨?今已机谋败露,快把真情招了,细细奏上来!"此时庞洪越发战战兢兢,说:"陛下哎,老臣罪该万死!只求恩典,赦臣木石之躯,免臣身首之分,臣百世沾恩!"这奸臣已像磕头虫一般的,连忙叩不住,千言万语地求天子开恩。这仁宗终于仁慈,见他苦苦哀求,心中不忍,有些回心转意的光景。呼延千岁一看,心说:"不好了,圣心有赦放奸臣之意了。如今若不趁此除了奸贼,何日得朝中安静?"即出班奏道:"庞洪罪行满贯,死有余辜,按以萧何六律,碎粉其尸,不足尽其咎,我主何用多疑?

不若发与包拯,审明正法,伏唯我主准奏。"此时又有众王爷、各位忠贤一同俯伏金阶,同声合奏说:"陛下哎,凡百姓人家有讼,必须官员审断明白,谁是谁非,从公定夺,国法森严。今若庞洪,乃官居极品之臣,孙秀职为司马,二人既是王亲,久蒙圣上恩宠,理该忠心报国,岂容私通外国?翁婿同谋,欲害功臣?倘狄王亲身遭其害,西辽兵起,谁人退敌安邦?并且驿丞王正有无通同谋害之事,未曾明白。如若圣上亲询,恐费龙心,伏乞我主,发与包拯审断明白,当罪则罪,当赦则赦,免使朝臣个个心怀深愤。陛下哎,春秋史笔还不谨言的,伏乞我主参详!"

当下庞洪一人怎经得二十大臣齐口齐攻,凭你有女儿做泰山依靠,也难挡数十人推山大炮了。此日就是仁宗王听了群臣之言,也再难分辩,只得允准奏言,就降旨:"命包卿审断分明,回复寡人便了。"包爷奏道:"臣启陛下,此段案孙秀也是同党,必须降旨雄关,拿进京来,质对王正,也是应当审其详。且王仁内监乃是庞娘娘打发进去的,臣疑必是通风藏宝之弊。庞娘娘也该到案质询。"天子说:"包卿哎,若说孙秀,孤即降旨差官拿他回朝便了。若说宫中贵妃,谅也不敢欺寡人,岂有通风藏宝之弊?卿家休得心疑。"包爷一想,圣上心果偏爱庞贼。如今欺君悖逆,尚且还这等舍不得这奸妃子。又奏道:"难免臣心狐疑,如若贵妃娘娘没有通风藏宝之意,因何王仁天色尚未大亮就在庞府中的?圣上若交臣审办,娘娘必要到案的。"仁宗王听了包公之言,不觉气恼起来,即开言说:"包卿必要贵妃到案,众犯不必审了!"包爷:"陛下哎,如此欺君卖国的奸臣,若不审明正法,将来我朝文武俱可效此为由,臣也要私通外国了!"天子听了一想,这句话又是不错的,便说:"包卿若要贵妃口供,须询王仁的。若果贵妃有了罪,孤准依你正法便了。"包爷想来:"若逼她庞妃到案,尚恐连这班奸臣也审不成了,且待审断后,再作理论罢。"只得称言说:"领旨。"

又有呼延赞说:"臣有奏。"此时天子也恢恢烦絮了,便说:"呼卿又有何事奏闻?"呼爷说:"臣思庞洪私通外国,贪赃私己,屈害功臣,罪大如天。为此,臣将国太拿下,现有兵丁押在相府,作何定夺处分,伏乞圣裁!"当下,仁宗天子被大臣驳奏一番,心头觉得不快,又见庞洪如此作为,龙心震怒,甚是不安。只闻呼爷奏说,已将国太拿下,叹声:"凭卿如何处分便了。"呼爷说:"庞洪罪逆已深,依臣愚见,其妻子均法不能容的。

第九十六回　搜相府贪赃败露　证国贼瓜葛相连

可将国太暂禁天牢,全抄家产入于国库。其子亦须差官当即拿捉回朝牢禁了,待包拯审断明白之后,问罪正法。"遂后,天子说:"众卿之言,恰为不差,但罪名未定,也须从宽缓罢。"不知庞洪如何定罪,且看下回分解。正是:

丧尽良心奸佞辈,过逾法律罪深人。

第九十七回

嘉佑皇违法私亲　平西王荣封赐爵

诗曰：

　　二次平西汗马功，撑持宋室五英雄。

　　班师奏绩君隆宠，将士沾恩受荫封。

当下仁宗天子说："呼卿你言恰是。但众犯未曾审明，且须从缓罢。他府中财物查抄入库，妻子俱禁天牢，且容留便了。"此时天子格外开恩，皆由庞妃之力，包爷原是心中明白。只得领旨，又命武士将国丈衣冠剥下，与着国太及内监王仁一同下天牢去了。天子又降旨往雄关，拿孙秀回朝，不差文职，只命武将前往。又命呼延千岁前往相府抄查家产，有西辽送与庞洪的几件宝贝，亦归国库。又降旨平西王以及众将："明日候寡人封官晋爵，随战的兵将，暂交兵部收管，明日也犒劳。秃狼牙仍交御弟带回，待等审问明白，然后该赏该罚，再行定夺。"狄爷听了，出班奏道："秃狼牙乃是臣带回朝的，又是国丈的对头，若交臣收管，无私却有私，岂不被旁人谈论的么？"天子说："既然如此，发交包卿收管便了。"包爷说："臣领旨。"天子此时拂袖退班。群臣退朝，还有许多谈论。

再言天子回归宫院，有庞贵妃自己打听明白，吓得惊慌。庞妃一见君主驾到，即俯伏跟前，泪流不止。天子见此情形，不觉哀怜，即将御手扶起，说："庞爱卿，原来你父为人不好，他平日许多差错，朕也暗中愤怒的。今日弄出私通外国，罪大如天，众臣愤怒，齐口来攻，倒叫寡人遮盖不得。如今发与包卿审询，又差官往三关拿孙秀回朝同审。且待他审问明白，方才定夺了。"贵妃听罢，珠泪盈盈说："陛下哎，今我父虽犯了国法，乞念他年老，伴驾多年，况且圣上从前说过，凭他有罪，纵不追究的。古道'君无戏言'，我主谅未忘记了。"天子说："你父罪逆过多，若不宽恕曲宥，早已正了国法，只因有你在朕身边，是以错事，只可宽容了，岂知你父不念寡人待他恩处，反贪赃卖国，谋害功臣。岂知做事不成，被他们拿住把柄，满朝大臣齐言劾奏，使寡人做不得主，无处免他的罪名。就是王仁内监，也是

第九十七回　嘉佑皇违法私亲　平西王荣封赐爵

你打发去的,不迟不早,又被呼延赞拿住,说你通风藏匿赃物,包拯也要你到案听审。只是寡人不依,这原是你错了。寡人待你的恩非薄,今朝却来欺骗寡人。"庞妃听罢,吓得浑身寒抖,带泪说:"陛下哎,若说王仁,乃是臣妾差去探望母亲的,并不是打发他去通风藏赃物的。"嘉佑王说:"你休来哄笑,王仁昨夜里尚在宫中,你纵要探望母亲,也该天色大亮才去,哪有天色尚在黎明,打发他去之理？必然是今天方去的。此言你哄三岁孩儿,方才使得。"庞妃闻言,心愈着急,羞愧含悲,苦求天子。原来,嘉佑王虽如此说,但见贵妃脸如美玉,泪流满面,苦苦求恳,好不惜怜,御手相扶说:"爱卿且自宽心,你父亲纵有大罪,朕也须宽恕几分。爱卿有罪,朕也不究的,不必忧心。"此时庞妃方才放心,拜谢君恩,相备宫宴不表。

又说这庞洪共有四个儿子:长名飞虎,次名白虎,三名黑虎,四名彪虎。多在陕西家乡中,倚着庞妃之势,仗着国舅之威,横行不法。后文交待。前日秃狼牙在着庞府送礼之时,庞飞虎前时劝阻父亲,前书已表过。这飞虎随同母亲进京数载,只说京中好玩耍,一向不曾回家。那日搜赃宝之时,上晚住在红番院内,宿娼欢乐,所以得脱身。次日闻知此事,吓得魂不附体,悄悄出逃王城,避于僻静之处,暗暗打听不表。

且说呼延千岁领了几个文武官前往相府查抄物件家产,一一登册分明。男女下人,吩咐尽皆释放。这是呼千岁的恩德。前后门户,概行封锁。入朝奏明天子,金银财宝,一并入库。有精巧杂物许多,也归朝廷。只剩得粗用东西,不值多金之物,赏与搜赃手下军兵。此日众大臣个个欢怀,庞洪奸党人人心急,闲话休提。

再说孙秀的夫人庞氏一闻此事,吓得胆丧魂消,终日啼哭,不在话下。

又说平西王回转府中,细将此事说知母亲。太太闻言,心头大悦,说:"孩儿哎,将这奸臣万剐千刀,何日一刀两段,方消平日遭谋害之恨也！"此是母子闲谈,不必细表。是晚,狄爷奉了圣旨,着令众将把随征兵马一一点明,发交兵部收管。当时石将军住在赵王府安歇,其余众英雄多在狄府中安居。一闻庞洪被众大臣扳倒了,人人大悦。狄爷往拜探各同僚,杨家天波府又忙乱一番。这一天,老太君叫声:"我儿,想你两次平西,功劳浩大,身受国恩,为娘毫无所虑了。只忧孩儿,还忧中馈乏人,前曾奉旨前往单单国诏取媳妇,又不到来。我儿今日夫妻不得完聚,为娘婆媳亦不得相依。孩儿何不奏明天子,请再降旨,诏取媳妇到来,为娘见了孙儿,好不喜欢。然后一同回转家乡，祭祀先祖，拜扫坟墓。"狄爷说："母亲之言却是。但目下天时寒冷，且待春和日暖，然后奏明天子，前往迎接便了。"老太太含微带笑说："为娘终日心中悬望媳妇早日到来，一家团聚，得尽天伦之乐。"母子正在言谈，忽有南清宫太后娘娘差太监范公到来，诏取狄千岁与众英雄赐饮平安宴，众英雄大悦。往王府饮宴毕，叩谢回归。狄府只有狄爷进内，禀知庞洪被扳倒之话不表。

次日，天子钦赐众功臣御宴，着令众大臣代君陪宴。只因前日血战多年，是以君臣今日共餐，安享太平酒。御宴已毕，众臣来日上朝谢恩。是日，天子传旨，狄爷带领征西众将，当堂摆开香烛，天子勅①命加封，天使即宣诏曰：

奉天承运，皇帝诏曰：功懋德赏②，朕所念怀。但狄御弟虽则功劳浩大，无如位至封王，职品已极，难以复加。但为出将入相，儿孙五代荫袭祖职；王则追封三代，享以春秋二祭。子沾国恩，母封一品大夫人，钦赐璧玉龙头杖一根，九凤朝阳金冠一顶，五绦黄蟒四对，宫娥、太监四名。四虎将随同御弟两次平西，数年征战，得隆国典，功劳非小。张忠加封平西侯，李义封为定西侯，刘庆封为镇西侯，石玉敕封兵部尚书，补了孙秀之缺。孟定国、焦廷贵是功臣之后，兹复有功于王室，一封镇国将军，一封安国将军。收录勇将二员随征，亦属有功于国，授职当赏其劳。萧天凤敕封正总兵，苗显封为副总兵，着令镇守三关。有妻室俱封诰命，无妻室子孙，一问候娶，再行加恩。肃此钦哉！

天使宣读毕，众将谢过圣恩，天子赐宴毕，退了朝，狄爷、众将回归王府，个个欢欣。次日，天子又差官前往单单诏公主到来，诰封元后。老太君闻了大悦："孩儿，你言隆冬寒冷，不必接取媳妇到来，岂知圣上与娘同心，如今差官前去接取媳妇到来，尚未立春时节。"狄爷笑说："母亲因何如此性急的？回来还有四五月路途，两月焉能到京？"

不表母子之言。却说孙秀自从代守三关，妻庞氏夫人未随同征，原在

---

① 勅(chì)——皇帝的诏命。
② 功懋(mào)德赏——功劳巨大，品德令人钦佩。懋，大，盛。赏，（值得）赞扬。

衙门居住。一切兵部事情，另有官用印，只不进衙中。今日石玉做了兵部，庞氏必要出让衙了，因他是正印，不是署理官。庞氏收拾移居别处不表。此时，石兵部母亲、夫妇同进府衙中。当时，兵部太太思量回转家乡，只为隆冬寒冷，等候春天暖和再作商量。话休烦絮。

却说众英雄住在狄王府，一日闲谈，苗显、萧天凤说起翠鸾亲事。苗显又提招赘张忠，张忠不知肯允与否，且看下回分解。正是：

赤绳系足非今定，连理和谐岂偶然？

第九十八回

孙兵部回朝到案　包龙图勘断群奸

诗曰：

罪恶满贯是庞孙，枉有前时诡佞权。

奸党瓜连同败露，龙图勘断罪推原。

当下张忠听了苗显说招亲之言，便说："既蒙过爱，且待下官建立了府衙，再做此事便了。"苗显大悦。萧天凤说："如此媒人，喜酒多吃数杯的了。"众英雄正在谈笑间，忽闻报道："天波府差人来请千岁同列位老爷。"原来这是佘太君的美意，备了酒宴，相邀列位英雄将士。狄爷与八将一同前往赴宴。太君着令元孙①文广奉陪，杨府中又有一番热闹。当时，又有众王侯大臣各个陆续请宴。狄千岁领的领，辞的辞，劳劳顿顿，又十余天。

兔走乌飞，光阴迅速。孙秀到京后，将他囚禁天牢，钦差回复圣旨。是日，包龙图奉旨审问，回府即日升堂。排军带出众犯，王驿丞已先唤到，包爷询问秃狼牙。这秃狼牙口供，与前日圣上跟前一样，包爷喝他退下。又传王驿丞。前时，包公在游龙驿已知王正是好人，今日问问口供，无非证实庞洪之罪。便呼："王正！你是游龙驿，也食朝廷的俸禄，如今听了庞国丈的计谋，把狄王亲陷害，受了国丈多少贿赂？须当说明，招认上来！"王正的主意早已定了，暗想："国丈今番料不能逃脱，我今不怕他再起波澜，须当将情透白，何容遮瞒！"便呼："包大人在上听禀，从前狄千岁到驿之时，卑职焉敢轻慢？以后，太师爷连连发书一十三封。要卑职摆布千岁身亡，许升我一个正印官七品之职。斯时狄千岁乃大宋保护江山的得力之臣，焉可将他暗害了？是以卑职亦不贪图想升这七品官，情愿我王正不活，抑或弃官逃遁。倘大人不信卑职之言，现有狄王亲可以对质，望大人参详！"包爷说："这十三封书如何在？"王正说："来书多是庞府来人带回，卑职哪里有字留的？"

---

① 元孙——在此即"玄孙"。清代避圣祖（玄烨）讳，改"玄"作"元"。

第九十八回 孙兵部回朝到案 包龙图勘断群奸

包爷又喝退一旁。又绑孙秀上来,左右答应一声,登时绑上,推仆在地。因他有罪欺君,故以如此。包爷呼声:"孙秀,想你身为司马,厚享国恩,不思报效,屡次暗害狄王亲,到底与你有何仇怨?且从实说来!"孙秀说:"包大人,念下官身为司马,一点丹心报国,并不曾暗害狄王亲。大人勿听旁人谗言,无凭无据,冤屈了下官。"包爷喝声:"胡说!若是他人说话或者假的,这封书是何人笔迹?你且看来!"即将书丢下。孙秀一看,顿觉呆了,暗自说:"这封书乃我上年在雄关写的,差人送与岳父,要把这冤家算计。岂知这年老糊涂,如何落到包黑子之手?今日叫我怎生推说?"便说:"包大人,这封书不是下官亲笔,大人休得错疑。"包爷喝道:"此书在你岳父书房搜出来,真名实姓俱在,你还抵赖么?!"吩咐:"夹起来!"孙秀说:"包大人,下官求你开一线之恩。乞看同朝之谊、何苦如此认真的?"包爷喝道:"你要做奸臣欺君卖国,若念同朝之谊、一殿之臣,也该不生屡害狄王亲之心了!倘若留你,就要砍折擎天柱,我主江山付与西辽了!你翁婿串通一党,丧尽良心,全不思报国君。你可知本官断不以情面相容的。纵然王亲国戚,不在我心头。究竟如何你需要老实招认的。"喝声:"快将孙秀夹起!"这孙秀从来不曾受过苦楚的,哪里经得夹棍之刑,忙叫:"不要行刑,待我招说便了。"包爷听罢,命松去夹棍。孙秀说:"大人,只为前时平西王之父狄广与下官父亲结下冤仇被杀,所以犯官欲报父仇,屡屡图害狄王亲。从前只望他战死沙场,岂知又被他征服西辽。自料不能下手,是以传书与岳父,摆布于他的。"包爷听了怒道:"好奸臣!因着宿怨,不愿辅主。枉你身为司马,道理全无,立心不善,名秽千秋!"骂得孙秀无言可答。包爷要他将口供写上,又询他私通外国,放进秃狼牙。孙秀说:"大人啊,这也是冤枉的,只求大人明察才好。"包爷说:"你又抵赖么?若不私通外国,如何放进秃狼牙进关?你还不讲真言说明么?"孙秀说:"包大人,前番官一到雄关,犯官也要盘问。他说,奉了狼主之命,进贡上邦天子。犯官即以为真,是以放进这秃狼牙,如今现有番官可对。私通外国,果是冤屈,疏失之罪,犯官愿承。"

包爷吩咐退开一旁,取国丈上来。如今不必前时,两旁无情汉,将这奸臣一推而上,曲跪丹墀①。包爷呼声:"国丈,因何你私通外国,图害功

---

① 丹墀(chí)——宫殿前的台阶及阶前空地。

臣？不要含糊隐讳,需要实言招供的！"原来庞洪早已立下主意,心想:"判官分断,可以强词夺理。这黑子厉害非凡,料想抵赖不得,况且秃狼牙口供实招,赃物搜出,并有私书为凭,若要抵赖,反吃他刑法之苦。受了刑法仍要招的,不着说明,省得受刑。"国丈一到堂,便低头叫声:"大人,这原是我犯官之差,见识全无,屡思陷害狄王亲,受了西辽礼物,说明不是真旗,奏知圣上,好歹杀了狄青。"庞洪说到此间就住口了不言。低头细想:"这样事情乃是孩儿飞虎苦谏于我,所以自己不便奏圣上,进内通线于女儿。今日若说来,连累亲生女儿了。"包爷看见,喝声:"你想什么机关,不说下去？快把真情透说来,本官才不动刑的。"国丈说声:"大人,这是犯官贪了西辽礼物宝贝,奏明圣上重新验旗,要把狄青处斩了。"包爷喝声:"胡说！从前你并无启奏天子的,乃是你做党蒙君,你女儿陈奏的,本官记得清清白白。你敢推脱女儿,希图自己一人抵罪么？"庞洪一想道:"如此不得强假了。"便呼声:"包大人,犯官若自己陈奏天子,犹恐天子动疑,所以入宫通线女儿,要她奏明天子,害了狄王亲。岂知又害不成。问罪游龙驿中,暗通王正,连发书一十三封,方得狄青中害身亡。后来又被包大人救活他。如今句句真实,并无一字虚言的。万般也是犯官所为,伏乞大人开恩,放松一命！"包爷听了,摇头说道:"你欺君误国,屡次陷害功臣,贪赃卖国,深负君恩,不顾朝廷,希图私己。今日奸谋败露,抵赃一刀两段,何必畏死贪生？你真禽兽不如也！"当下,包爷对着庞洪痛骂。庞洪又呼声:"大人,如今犯官痛改前非,永不再犯了。求念一殿为臣,笔下超生,感恩非浅了。"包爷冷笑说:"如今来不及了！纵然本官容情与你,只恐圣上不依。正所谓'马行栈道收缰晚,船到江心补漏迟',本官且问你,到底你与狄王亲有何冤仇？明明说与本官知道！"庞洪说:"与他也无甚冤仇,只为前时考武,他伤了王天化,我女身亡了,女婿孙秀与他有冤仇,是以屡屡同谋,将他摆布。岂知谋害不成,这冤仇越结越深了。今求大人笔下超生,得归故里,足感深恩。"包爷说:"只要你画上招供来！"

又传手下带上王仁,喝声:"你因何前往庞府去通藏赃宝？"王仁终于不肯招供,即将夹棍夹上了,痛甚难当,登时死了还魂,抵受刑法不起,只得将实情禀知。包爷说:"松去夹棍,将供写上！"众犯奸臣,一齐收入天牢去了。吩咐退堂。有夫人说:"相公哎,方才此案情由可审断明白？望相公说与妾得知。"包爷接过茶一杯,将情由细细说明。夫人听罢,长叹

第九十八回　孙兵部回朝到案　包龙图勘断群奸

一声说道："庞洪作恶过多,方不能逃脱,两次三番计害狄青。如今画虎不成,反为狄青害了自身;又来私通外国,罪大如天,只落得当朝一品,做了犯人。天道报应不差,焉能草草可混淆的?"夫妇言谈一会,天色尚早。是日,包龙图进书房内,仔细将几人之罪,依照国法,细细议实。又备了本章一道,待来日奏复圣上,但不知如何除得众犯人。欲知详细,且看下回。正是:

　　试看此日诸奸佞,方见今朝尽网罗。

第九十九回

定奸罪包公上本　溺庞妃宋主生嗔

诗曰：
　　国法如何存得私？包公按律定奸书。
　　君王不舍娇娆幸，便函与忠臣嗔论殊。

是夜，包爷将众人照依国法定罪，备了一本。上写曰：

　　龙图阁学士包拯奏：微臣审办群奸，讯得孙秀与狄青素有私仇，欲图报雪，致与岳父庞洪串通为党，屡行图害。庞洪、孙秀二犯除图害狄青，未死之罪已过多。孙秀混放秃狼牙进关，虽不与外国私通，应照疏失之罪，理该斩决。而庞洪贪赃私己，图害功臣，而使西辽兴兵犯界，罪该凌迟，法该灭族。有贵妃庞氏，前者验旗，既已欺君，又助父为虐。而兹复差王仁通风，匿藏赃物，亦属父女同谋，顾亲不顾君，法难轻恕，须当斩首正法。王仁须从主命所差，行为不善，有关国法。姑念不图渔利，从宽一等，然欺君之罪难辞，亦当绞决。秃狼牙私进中原献宝，欲害忠臣，虽非己心，亦有党恶欺君之罪。姑念事从首明，得除奸佞，应得褒奖，释放回邦，功罪两消。王正欲保功臣，不遂奸谋暗算，志行堪嘉，应照本职加升三级，以奖其忠厚。拟表奏，冒渎天颜，伏乞降旨。各犯正法实行，肃清朝政，海晏升平，微臣有望矣。临表不胜，待命之至。

包爷写毕本章，便说："庞洪哎，谁人叫你为奸作恶的？今日除去国家大患，本官才得心安。犹恐圣上溺爱庞妃，难舍娇娆爱宠，女儿牵及父，要改轻之罪，如何是好？也罢，待来日在朝房通知众王爷、各大臣，倘若圣上不除庞贼父女，众口攻击便了。"包爷定了主见，候至次日四更天，来至朝房候齐，各大臣知会了，众人欢然应诺。稍停，天子临朝，文武参毕。包爷将本呈上，天子龙目看罢，心内暗暗着惊。便说："包公定罪太重了，孙秀之罪，却也该当，国丈之罪还须改轻些。贵妃侍奉寡人，包拯也须谅情些的。"包爷一想，说："我原料圣上定然要改轻庞洪父女之罪。"便说："臣以为国家

第九十九回　定奸罪包公上本　溺庞妃宋主生嗔

大事,必当以公办公,如何存得私的? 各犯之罪,应该如此,哪里改轻得来?"天子说:"包卿虽素无私曲,单有此案,望卿谅情一二罢了。"包公说:"庞家父女,罪犯滔天,死有何惜,罪断然难改轻的。圣上准臣所奏,则是依律公断,如不准臣所奏,要改轻庞洪父女之罪,臣做不得官了。望陛下放归故里,臣忍耐不得国法不行的!"这几句话乃侃侃铁言,天子原知他品格如此,假装发怒,呼声:"包卿,你难将朕抗勒①的。往日般般准依了你,单有此案,寡人不准,要从宽些。"包爷高声说:"陛下,要改轻罪名也不难,先把萧何定律改过,然后把庞洪的罪名更改,有何难处!"天子听了此言,真觉怒起来,说:"寡人事事依你,单有此本不准,你若必要如此,寡人让了你罢!"包爷怒容满面说:"陛下,这本不依臣拟,朝廷法律不须设了! 这庞洪贪赃卖国,屡害功臣,父女同欺圣上,死有余辜,望吾主勿顾宫中贵妃,速行正法,以警乱臣贼子之心。如若不准微臣所奏,伏乞陛下先将臣斩首,以正逆旨之罪罢!"天子一想:"这包黑子实是铁硬。"又说:"你要朕依你所奏,万万不能的。"

此时,又有众王、大臣共有三十余位,一齐出班奏说:"奏陛下,这包拯与庞洪不是有甚私仇,无非为国家除奸,按以萧何定律耳。"天子说:"什么萧何定律? 朕也不较罪拟太重,要轻些耳。"众臣也知圣上说的是蛮话,又再奏道:"陛下,若是别的小过,尚且依律定罪,岂但此案大如天! 庞洪外通辽国,内合女儿,倘将功臣害了,辽国将兵厉害,圣上尽知。况且雄关孙秀,又是庞洪同党,岂不被他们将锦绣江山,一旦付与西辽? 陛下,今朝若不除奸党,倍加纵他了,倘或变端复起,事难料测。"众臣同奏,此时天子反觉羞惭满面,暗想:"国丈为人原不好,冤家尽结。满朝三十余人,没有一人保奏,只齐口合攻。朕若准了包拯所奏,又舍不得庞美人,也不便留其女诛其父。若父女一同治罪,朕心何忍?"只左思右想,龙心不定,带着闷气,呆呆不语。包爷又说:"陛下,庞妃事,江山事,大不可没了主意。"众臣催速,天子龙心不悦,立起身来说:"众卿休得性急,还宜从缓。再限拟三日后才定夺。"退班回宫去了。众文武落得呆看,多说:"圣上因何如此庇护庞洪?"只得同退出午朝门。

包爷忽生一计,邀同众大臣商议。众文武说:"包大人,你却虑得到,再不想圣上宠爱庞妃父女如此之深,包大人还有何高见?"包爷说:"列位

---

①　抗勒——阻挡。

大人,圣上如此溺爱,执迷不悟,若留下庞洪父女,终为后患。下官欲同列位前往南清宫,面见狄太后娘娘,奏明此事,待她做个出头,先除了贵妃。若除贵妃,圣上无心牵挂庞洪了。"众文武笑道:"包大人果然妙算! 只恐太后娘娘乃贤良德性,圣上又恩赦了,这便如何?"包爷说:"太后娘娘已深痛恨庞洪父女屡行暗害狄千岁,恨不能早早除他。"众臣说:"既如此,事不宜迟,我们就此去吧!"各官员一路先到了狄王府,按下且慢提。

再说嘉佑王回进宫中,龙心烦闷不乐。贵妃接驾问:"圣心因何不快?"天子将群臣强逼勒奏说知。庞妃听了战战兢兢,俯伏尘埃,泪珠满脸说:"陛下哎,可念臣妾伴枕六载,平时并没有半点差池,目今初次犯了一罪,求圣上恩宽,父女同沾帝德无涯了。"天子说:"贵妃,若论你父平日间做人不好,冤家结尽。满朝只有参本,没有保本的。朕若将你父正法,在你面上于心何忍? 如若一体同刑,哪里舍得你的? 听凭众臣怎长论短论,朕自作主张。包拯本章奈何我不得。"贵妃只得悲哭,天子连忙扶起,安慰:"爱卿不用心烦。"庞妃在此叩谢,起来讲话。

有内监到来启上:"万岁爷,有南清宫太后娘娘驾到!"天子听罢,顿一惊吓:"母后因何忽地进来?"只得抽身往接迎。太后娘娘离下凤辇,宫娥、太监两边分排。天子请问:"母后娘娘何事降临?"太后说:"所来非为别事,要到安乐宫去,与李太后谈心散闷。"天子说:"原来如此,请母后进宫。"又着太监报知各宫。正宫曹后想来:"狄太后今来何事? 必非无故进宫。"即往会同张妃子、庞妃子共迎。太后驾到长春殿,礼参毕。忽有宫娥到来启禀:"李太后驾到!"君、后起位相迎,原在长春殿两后相见。礼毕,姐妹相称,二面对坐,君、后参见生身嫡母,各妃礼毕。李太后呼:"儿、媳共坐。"君王、曹后领命左右坐下,张、庞二妃侍立两旁。太后送上茶,吃毕。高年姐妹,略叙寒暄,各个问安已毕。狄太后开言说:"王儿,这边立侍者何人?"嘉佑王说:"启上母后,这是贵妃庞氏。"狄太后说:"原来是庞妃,他的父亲是谁? 为娘倒也忘记了。"仁宗天子是个聪慧之君,知母后来不是好意,当时勉强说:"他父名唤庞洪。"狄太后叹声说道:"就是贪赃卖国奸臣之女儿么? 昨日包卿已审理明白,定了什么罪名?"天子听罢,暗暗着惊,又觉难以回复,只得说:"母后哎,包拯定罪,尚未奏闻。"太后喝声:"你说什么话! '君无戏言',从古所说,你如此谎言,岂是为君之度? 今朝我侄儿朝罢回来说,包卿已上本奏明众犯了!"不知天子如何答话。正是:

前时父女交通恶,今日君王保不成。

第一〇〇回

狄太后扫除君侧　庞贵妃绞死宫中

诗曰：

　　君王溺爱庇庞洪，只为含情妃子容。
　　幸有高年狄太后，娇娆正法绞宫中。

当时狄太后说："王儿，你休得谎言！我侄儿今朝上朝，说包拯本上除奸正法，无奈王儿不准，要把庞洪父女罪名改轻，怎说包卿未有本奏？你还来哄我为娘么！"天子听了，心中惶恐，只得转说："包拯确有本章，一时错说他未有奏陈。"狄太后说："王儿，既有本奏明犯人，定了什么罪名？"天子说："孙秀定了处斩之罪。"狄太后说："如此太轻了！"又问："庞洪定罪如何？"仁宗天子见问至庞洪之罪，就心中着急，便住口不言，难把他罪名说出。此时，庞妃在侧，心如火灼，又如小鹿撞胸。此时李太后虽是年高，性情不异少年，言说："王儿为何默默无言，闭口不开？"狄太后冷笑说："我也尽知王儿之意，舍不得庞妃小贱人。因女儿难伤她父，故王儿把罪名改轻的。"又呼："李姐姐，这庞洪、孙秀不知与我侄儿有甚大仇，几次三番，阴图谋害，必要将他除了。幸得般般用计不成。他二人谋害功臣也罢了，但庞洪身为极品，又是王亲，不思尽忠报国，反受贿贪赃，暗通西辽，父女深受国恩，不图报效，心向外邦。可记前时先王在日，王钦①若私通外国，做下多少弊端！庞洪父女，就是前辙后头人。我想，宋朝天下非容易开创的。太祖劳尽多少心力，方得今日流传四代，险些锦绣江山送在庞洪父女之手！王儿须不是我亲生的，但用了三年哺养，方得育成人。所以今朝讲话，做得三分之主。庞洪父女串通误国，断然难容！包拯本奏必然依的。姐姐，你道愚妹之言是否？"李太后说："狄贤妹之言，果也不差。包卿乃我宋朝的大忠臣，人人共知，断事毫无私曲。庞洪受了西辽礼

---

① 王钦——《杨家将传》中人物，本为汉人，为契丹奸细，打入宋廷十余年。后为宋所杀。

物,要害有功之臣,倘然令侄遭其所害,辽王猖獗,复又兴兵,还有何人抵敌?宋朝社稷必然让与西辽。若是奸人常常在国,一辈忠臣焉能日日保存?若江山被别人占去,庞妃难以在枕边做伴,相爱相怜,自有他人恩幸。王儿有何面目见先王的?若贪花好色,未有不为败国之君。若不诛庞洪,众臣不服,不斩庞妃,正为祸之根。"

原来嘉佑王前听狄母后之言,后闻李母后之训,他原乃心中明白,只因为着贵妃的花容美貌本是合意,同心陪伴,同衾六七载,枕上多少温存态度,何忍将她一刀之苦?龙心纳闷又惊惶。此刻,庞妃吓得魂不附体,忙下跪哀求二位高年太后说:"臣妾父亲伴驾多年,从无差错。近因年老昏懵①,作为有干国法,理正典刑。臣妾虽然德薄,但伴君数载,也无过处,一时错听父亲之言,今日原该身首分开,但恳求太后娘娘开一线之恩,好生之德,姑免了初次,留我残生,感恩不浅。"狄太后喝声:"小贱人一刻也难容!"李太后叫声:"王儿,你保守江山为重,这妖娆妃子事小,何恋恋不舍?"仁宗天子无言可答。庞妃苦苦哀求,向狄太后连连叩首,只是不依,吓得面如土色,手足如木。只得转身求告曹皇后:"望娘娘与妾讨一个面情,救得臣妾一命,世世不忘娘娘大恩!"曹后娘娘虽不是与她胶漆,也是两不相干,况且在着君前,权做个假人情,即时随身跪下,求恳太后娘娘说:"庞氏虽然有罪欺君,但念她初次,还求太后娘娘饶她性命,臣妾亦感大恩。"狄太后喝声:"休得多言,你是庞妃同党的,不用你再言!"曹娘娘不敢再说,只得起来。

天子此时亦坐立不安,只得说:"母后哎,庞妃犯法,理该正法处斩,念她是个年轻女子,不明法律,万般只看臣儿薄面,今日臣儿讨个情,求免她一刀之苦,将她贬入冷宫如何?"狄太后想来:"王儿真乃溺爱这娇娆,今又仍留庞妃,庞洪罪也轻了,我将何话答应包拯?"便呼:"王儿,别的事情般般依你,若要留这小贱人,断断难依。我今做得三分主意,你终身怪着为娘罢!"即传懿旨②,令刀斧手速止典刑。贵妃哭倒在地,落下珠冠,青丝披散,无限凄凉。膝行扯住万岁龙衣说道:"望吾主看臣妾侍奉前日一场,救了臣妾一命的!"急得天子心中凄惨,料难解救,说:"贵妃哎,非

---

① 昏懵(měng)——糊涂,不明事理。
② 懿(yì)旨——皇太后或皇后的诏令。

第一〇〇回　狄太后扫除君侧　庞贵妃绞死宫中

朕不肯用情搭救你,只可怜你一时错听父亲行恶。今要过刀惨死,独惜你待孤一番恩情多少,今日身亡,孤心不忍。"庞妃说:"陛下哎,妾如今痛改前非了,从今以后不想锦衣安享,不思玉食风光。愿留我残生,甘心永住冷宫。"嘉佑王听了这凄惨之言,腹内犹如刀割,想去思来,心中大愤,回身又叫:"母后,望你大发慈悲,开恩一线,饶她一死,永禁冷宫,情愿将她父庞洪正了国法也罢,望母后准依臣儿之言!"

当时不是狄后心妒庞妃,定要除她,只恨她父女同谋,反复验旗,险些侄儿被害。报仇是以刻刻在心,今要宽容她,又违准了包公、众大臣所奏,是以今日总是不依当今之言。而李后的性情素日心软,看见贵妃如此凄惨,与当今不忍之言,凤目早已包着一汪珠泪。呼声:"贤妹哎,既是王儿如此说来,饶她身首分开,可赐白绫把她绞决,做了全尸罢。"天子又双膝跪下,再求狄母后存她一命。狄后摇头叹声:"你身为万乘之尊,为了妃子如此恋恋不舍,今朝不将这小贱人正法,人人俱可效尤①败国了!权依姐姐之言,免她刀刑。"传旨不用刀斧手,速取到白绫一束。长春殿做了法场。

此时庞妃心如刀割,痛哭凄凉。天子不忍观看,悉听他们动手,心怀愤愤踱出,龙目含着一汪珠泪而去。太后喝声:"动手!"将绫搭粉颈,双膝向南。曹皇后、张妃也觉心惊。但见太监两边将白绫一收一紧,金莲撑蹬几撑,登时两眼白洋洋了。未及半个时刻,气已断了。三魂七魄,缥缈已无影无踪。实是可怜一个冰肌玉骨红颜,只为一时差见,错听父言,死得实为可哀。这庞妃伴主多年,亦无甚大过犯,岂料今朝身受惨死,实乃庞洪作恶,害了年少女儿耳。

当时,绞手太监见她身硬了,即时住手,上前启上太后娘娘:"庞娘娘气绝了。"太后传旨,请来当今。是日,嘉佑王到来,见了庞妃如此,五内皆崩,伤情之泪,从腹中落下。狄太后说:"王儿为君,岂像孩童之见么?若留这奸狡犯,实乃国家之患。如今速把庞洪斩决,不可改轻包拯所奏!"天子应诺太后。又传旨:"尸骸用上上棺柩盛殓埋了。"刀斧手领命去讫。天子吩咐在长春殿安排饮宴,款待高年两太后。曹皇后与各妃交替敬酒,姐妹谈心,语言多少,也不多述。酒宴已毕,狄太后抽身相辞,李

① 效尤——别人做错了,还要仿效。尤,过失,罪过。

太后、曹皇后与众妃一同相送，狄太后身登凤辇，欢然而去。李太后也回宫去，张妃、曹后俱觉安然。只有仁宗王愁怀满腹，复进庆云宫内，触景伤情，龙心惨切，怨着包拯："你与寡人结冤家，可怜断送了爱妃。若不是三审郭槐这段功劳，孤必要取你的首级！"

不提天子心烦，再说狄太后还宫，将此事说知孩儿，潞花王大喜。即差太监相请平西王到府说明。狄爷深感姑娘，言说一会，拜别往见包爷，传说众大臣人人心悦，也有庞党个个心惊，犹恐有牵连之罪，不表。

次日，包爷上朝奏明，要将庞洪正法。此时，天子只因溺庞妃，故将庞洪宠重。庞妃虽死，心犹愤恨，念及贵妃，不忍将国丈正法，奈何被包爷催促。想："终免不来，若将他正法，罪名可减轻才罢。"不知天子如何减轻庞洪之罪，且看下回。正是：

天道岂无公报应，人心何不善为行。

第一○一回

正典刑奸臣被诛　忆妃子宋主伤情

诗曰：
　　害人反害自身亡，到底奸臣不久长。
　　作恶难逃终报应，今朝正法在刑场。

当时包公听了万岁要改轻庞洪之罪，后来正法，即称："陛下哎，臣乃照律定罪，如何改轻得来？"天子说："包卿，贵妃的杀罪已蒙太后娘娘减等赐绞，难道庞洪，孤赐他不得绞么？"包爷说："启陛下，这是太后娘娘的恩典，贵妃的造化。"天子说："太后娘娘的旨你依，难道孤你必不依么？包卿太把寡人欺了！"包爷说："圣上哎，庞洪除去谋害功臣的罪且不计较，只把私通外国，贪赃不法而论，重罪如山，哪有可赦轻之处？"天子说："包卿何故如此，劝你不要执偏，逆忤寡人吧！"包爷说："臣为受陛下洪恩，未得报效，除却了奸贼，一刻之念难忘，照律除了欺君卖国之臣，稍尽臣报国之心。"天子说："包卿，你又愚了，你说知法律，岂不晓得从无宰阁之刀？你自家条律未明，又不依从孤旨，必要将庞洪照本罪断凌迟，除非你再到南清宫，待太后娘娘仍旧出头为主，方能准你。"包爷说："陛下何须无宰阁之刀？但庞洪自有滔天大罪非轻，若减轻了，不能警戒乱臣惊惧之心，伏乞我主依臣所奏，照律将庞洪正了典刑，则朝政肃清，人心说服了。"此时，包公与嘉佑王许多辩论，天子心中带怒说："你真乃一个无情面之臣！故意违逆寡人之命，也该当何罪？你须讲明说来。"包爷说："臣逆旨该斩。陛下，且将臣斩首吧！"当时，天子呆呆不语，包爷也不做声，有众位公卿大臣，看此光景，一同俯伏金阶，同声奏道："臣等请问陛下，照若包拯所定之罪，圣上龙心以为太重，如今圣上欲定何罪？乞祈降旨。"天子说："依朕主见，庞洪亦照贵妃赐白①，未为不可。"包爷说："庞贵妃本是枭首之罪赐白，伏乞龙心详察。"天子说："众卿家公断如何？"众臣说："臣等只求陛下将庞洪照依贵妃枭首之罪，正法便了。"天子一想，总是庞洪活不成了，只得准奏。将庞洪枭首，恩免夷

---

① 赐白——赐自缢。白，指白绫。

族,妻儿回籍,安分守法。内监王仁改为军罪,余具依拟施行。传令苏文贵监决复旨。当时,包公也难再奏,天子驾退回宫。众臣多退回朝,个个也说,天子心慈,皆由庞妃面上来的,闲话休提。

再表苏都督回转府中不延迟,即差人吊出天牢犯臣。当日,庞洪、孙秀两个奸臣,懊恼前日为非,一心图害狄青。害他不成,反害自身,要受过刀刑。是时,有千千万万的百姓,远远观瞻。当时,国太还在牢中,未曾释放,所以不得来送别。有庞飞虎在外打听明白,吓得魂飞天外:"我得圣上天恩,妻儿无罪,所以方敢前来送别父亲。"孙秀的夫人抱了三岁的孩儿,也来送别丈夫。当下,子哭父,妻哭夫。庞洪呼声:"我儿,你不必伤心了,包公将我定了凌迟夷族之罪,全叨圣上天恩,减轻平斩,还是死来的造化。但我死之后,你与母亲收拾棺柩与妹丈的棺椁,一同还乡吧。全叨圣上天恩,和顺才好。如今朝内无人,势头也没有了,须要回去守分度日,侍奉母亲。"飞虎泪如珠雨,哭倒尘埃。孙秀叫声:"夫人,今日你休来埋怨于我。若我死后,你还故里,与我娘、兄弟苦守门户,养育孤子,长成传嗣,免得孙门绝了香烟,遗言切紧记的!"夫人只悲哀痛哭。时刻将到,这些远远旁观的人,拥至越多。三刻时分到了,即时刽子手开刀砍下头颈两颗。子捧父头,靴底踏穿,妻把夫头,哭泣晕迷,苏爷打道回衙,先往说知包公,然后往天牢放出庞洪夫人,前往法场收拾丈夫尸首。包爷又备文书征发,要两名官差吩咐庞家子母、孙秀之妻,限三日内起解回籍,不许在京留住。内监王仁得性命,即行发配。王正加升三级,多叨天子洪恩。

包爷又吩咐秃狼牙:"你混进中原,应该有罪。念你出首说明奸臣之案,兹且姑宽,放你回国。"秃狼牙说:"包大人,我今回邦,思量狼主容不得我。如若不还故国,丢不下儿女,实在两难,如何是好?"包爷一想,说:"你也虑得不差。罢了,你且耽搁一天,待本官来日奏明圣上,请旨一道与你,自己还邦与狼主观看,要你复还旧职便了。"秃狼牙称谢不已。次日,包爷上朝,有苏爷复旨启奏:"已将庞洪、孙秀正了典刑!"天子听奏点头,暗暗咨嗟。又有包爷俯伏说:"臣包拯有奏。"大子说:"包卿,如今没有说了,还有何奏的?"包爷就将秃狼牙之事奏明,天子准奏。降旨一道,着令秃狼牙自带赍文还邦。是日,吏部天官文彦博升为首相,抵了庞洪之缺,不必多谈。包爷朝罢归府,付银子二百与秃狼牙,以作路费回邦。秃狼牙大悦,叩谢而去不表。

再说仁宗天子回宫,暗暗伤心:"追思庞贵妃的玉貌花容,娉婷袅娜的体态,深悦朕心。陪伴宫中六载,别无差错。单有父女递连,想她为其女而护其亲,乃人之常情也。原是庞洪为人不好,又不该贪赃入己,与外国私通。只道暗为,瞒得众人耳目。又不该暗中图害狄青,害他不得,反伤其身。他两次平西奏绩回来,功劳浩大,多少众臣得为助于他。今日庞洪败露机谋,乃连累了孤的美人,死得实乃伤惨。若是包拯议罪,群臣共效,必要寡人做主,庞家父女决不死于如此惨刑!偏偏是母后出头。她无非要与侄儿报仇,拆散寡人的美对鸳鸯,孤心何日放得下愁怀?"叹道:"贵妃哎,你玉骨冰肌,抛荒何处?但不知卿魂还在宫否?"又思她魂渺渺茫茫,地府中不知何去了。越想越伤心,目中的珠泪纷纷滚流:"宫中物件般般在,单单不见相爱相怜的美人。唉!寡人每临幸此地之时,只见庞夫人袅娜轻盈,上前接孤。芙蓉玉貌,带喜带羞,殷勤尽礼。莺声细语,慢慢言来,皆实为孤之爱。鸾凤衾中陪着朕,温存体态,多少的美情!有无穷之妙,无限之趣。指望同偕白发,岂知平地风波起,使孤恩情永绝。今朝物在人亡,玉体抛荒野外,深可悲也。"唉!美人啊,非是今日寡人辜负于你,谁知父亲与狄青结下深仇,连累你的。包拯一班同党,助着狄青,同口同声奏参你父,又使狄母后为主,内外来攻,使你父女一刻同日而亡,总是弄得寡人从此无人陪伴。美人啊,你有多少妙音可解寡人愁怀!"这多情天子伤感之际,忽想起一事在心,瞒了母后,不与王后、妃子得知,即差一内监,私出宰门,吩咐关了贵妃坟,并国丈尸骸好好收殓。另赐黄金千两与国太,以为扶柩回乡的路费。这仁宗天子为着庞妃面上有许多情,只为爱其生,如今不忍其死,加宠国丈所以如此。龙心终日恹恹纳闷,不怪他人,只恨着包文拯。他虽然正直无私,然而于寡人面上太觉无情的。

不言天子烦闷,再说太监何荣奉旨藏了千金,悄悄出了后宰门,觅着庞妃停柩所,命人扛抬了,来寻国太。先说庞飞虎痛恨着包文拯、狄青是杀父仇人,后日图报的。当下国太来到法场,看到尸首分开,心中痛哭哀哀,好不凄惨。又思量长女伴君,深得宠幸,岂知今日白绫赐死!儿哎,皆由你父连累,害你死得好惨刑也!丢下老娘,魂归阴府,渺然无踪,未知她可能随娘得转故乡否?如今单剩下次女飞凤在身旁,女夫又被国法正了典刑,母女双双为嫠妇①,此仇此恨,教老身怎生消清?国太正与孩儿收拾尸骸之际,忽来了太监何荣,丢了贵妃棺柩到来,交待黄金,说明天子之意。正是:

　　生离死别生何切?义重情深念不忘。

————————

① 嫠(lí)妇——寡妇。

第一〇二回

遵国法庞孙回籍　叙奸苗作恶多端

诗曰：

奸苗仗势害良多，国法全无众受磨。
自从权倾威福尽，昭昭天眼报如何！

话说国太正在收拾丈夫尸首，悲哀之际，忽然圣上差太监何荣到来，将天子之意说明："国太，今日收拾尸首回籍，国太不必过哀。今日万岁爷赐赠黄金千两，以为国太作路费之资，你且收藏了，并娘娘棺柩在此。"何荣交出黄金，回宫复旨去了。

单表庞飞虎母子尚然说此蛮话，说："圣上堂堂九五之尊，一些主意全无。凭从狄青、包拯胡行，被他压住，伤了宰相之命。只恐江山不久要让狄青了！"飞虎含泪说："母亲，事已如此，如今不必过伤了，且暂收拾父亲还乡吧。家中幸赖尚有家产过日，还有三兄弟，皆是英雄气宇，日后寻个机会，必将杀父仇人杀尽，方消了此恨罢！"国太听了，只得收拾。孙秀夫人悲哭哀哀，没有收场的，国太劝慰女儿一番。包公又有兵差到来，不出三天就要速出京。旁人百姓，谁人不笑庞洪前日靠了女儿，势力凶如狼虎，屡屡冤屈良民不计其数，纵容家丁欺压平民，只道他有女儿做力一程，直厉害到底。岂料今朝女儿死在宫中，父斩法场之上。还叨圣上天恩，不罪妻儿，不抄家产。想来善恶必然有报应的。若不报应，世人个个为非了。又有几人说："奸相平日屡屡剥削良民，今日犯此大罪，过了刀刑，还是造化了！理应该丢去油锅内，割舌抽筋，再将他千刀万剐，方尽其辜。"又有几人说："庞洪屈剥我百姓过多，将他一刀两段也便宜了他！还恐上天不容他，天火也焚他的棺柩。家中妇女为盗为娼，后人为奸为拐，此天报应以不祥的。"一路而来到十处地方上，百姓谁不骂他父女？母子听闻心中暗暗伤心。庞飞虎暗暗发怒，只由得人咒骂。有日必要报仇，将汴京削为平地，看你们还骂得我否？不理旁人说短道长，一路饥飨渴饮，夜宿晓行，历尽跋涉辛劳，一月多方到家园。有包公差官把文书交本省官。本处官接领,即回详复包公。取了盘费,二解差一路回京不表。

却说这大国舅飞虎娶妻无子,二国舅白虎、三国舅黑虎、四国舅彪虎,多是年少青春,因没有美貌佳人,故俱未就婚。纵是有几个乡宦小姐花容美俊的,父母俱说庞门作恶过多,不肯配他弟兄。然而年少,仗着父亲、姐姐的势头,屡屡又害地方,每每欺着良民,白手嫖娼,凭空捏诬。若逢女子有三分颜色动人,抢劫回家。俗语说:"肉随砧。"众从他则活,逆彼则亡。弟兄也是一般作恶,有些怕死的女子,或是贪欢的妇人,自然从他。或半年不用,赶逐出转回娘家,害得亲事不能对,岂不罪过更深?兄弟如狼如虎,万民怨恨。若告状鸣于官,只畏庞门势大,也不敢准告。这一天,哥弟分路出去玩耍。又讲一妇人正在窗楼观望,只见他家翁对楼上大叫:"媳妇,二国舅来了,还不下楼去!"这妇人听了,好不慌张,急急关了窗牖①。又说二国舅白虎正在街上游玩,只见家人飞跑到跟前说:"二国舅爷不好了!一家大祸非轻的。"二国舅喝声:"狗才,何事大惊小怪?"家将说:"不是小人大惊小怪,只为太师爷身受大灾被杀了。如今大国舅与太夫人扶柩回来了,现在码头上。二国勇爷不要游玩,作速回去料理丧事的!"白虎变色说:"这话可是真么?"家将说:"有飞福家人先回来报知。"白虎说:"有这等事,不好了!"吃惊不小,说:"你跟随来吧!"即快马加鞭,如飞去了。

又说到黑虎三国舅,一路而来街上玩耍,有妻的百姓民家,家家一闻三国舅远远在此游行,即飞奔回家,吩咐密关了门。有姐妹的也是如此。只是众人被害过多,所以如此惊惧。也有一民家婆子立在门前,年纪六十多,脸上皱纹多起,还是擦脂抹粉地扮俏。要为年已高,还作青年妆,实确可笑。立在门前,看看来往之人。忽听得庞黑虎来到,吓得慌忙扶了杖,急急关了门。黑虎正在街坊上寻觅钗裙美女,带了七八个家将跟随。忽来家人庞寿来报知凶信,三国舅闻言,犹如雷打脑顶,急随家人回转。

再言四国舅的行为。陕西本省近地有个酒肆,名曰"岳阳馆",步进酒馆,十分热闹。一座有二十余人谈笑吃酒。正在闹热之际,忽有店主跑来说:"列位贵客,快些算账,不吃酒了!"众人说:"你哪里话来,酒还未吃完,因何忽要算账?"店主说:"庞家四国舅来了!"众客听了大惊。单有一人自酌饮酒,是山东来的客人,说:"店主,他怎样狠恶,我是不惧的。待

---

① 牖(yǒu)——窗户。

这老狗狼来,俺老子活活打死他!"只见恶狠狠几人跑进来说:"四国舅爷来了!"众酒客人说声:"不好了,大家快走吧!"顷刻间,个个都跑了,只剩得山东客,自仗英雄,不知厉害。原来这人是前一天到来了,所以不知庞家势力,说:"我也不犯他,他也奈何我不得。"店主劝道:"贵客,不要取祸,快走才好!"他只是不依,端然坐下。有四国舅爷跑进来,下了马,店主人跪接。彪虎进内,两边一看,喝声:"大胆这狗才!敢在老虎头上抹汗么?家丁,快些捆打这狗强盗!"一声呼喝,一班家将如狼如虎,拥上前要捉李大麻。他见了,不得不慌忙,登时下跪磕头求饶谢罪。四国舅正在喝骂他之际,有家人庞禄赶进店中,说声:"四国舅爷不好了,小的往各处找寻,原来在此,快些回府吧!"四国舅喝声:"狗才,我有事情不回去的!"庞禄说:"京中太师执罪被杀了。"四国舅闻言大惊,说:"哪人敢杀我父亲?快快说来!"庞禄说:"小的不知底细,只见大国舅与国太扶柩而归,现在船中,就要来到家里,所以小人分头找寻,国舅爷回去吧!"彪虎慌忙说:"你言可真么?"庞禄说:"小的焉敢哄国舅爷的?"彪虎听罢,急忙上了马,飞跑了去。当时店主几人哈哈发笑说:"朝中国丈被诛,他弟兄无势力,从此地方可以宁静了,这些年少妇女去了大患。"李大麻笑道:"他倒运的狗才,欺着我李大麻,怪不得他父亲要砍了头的!"复坐下又吃酒。店主说:"我叫众人不要说,不要吃酒,且算了账,谁知众人个个不肯。后至小狗才拥到,众人才奔走散去,如今做了折本生意。"李大麻说声:"店主不必心烦,今须折去本钱,但各市上食物俱已卖尽罄①了,你店中还有许多食物,卖个加倍利息,就可还本了。"丢开店主,闲言不表。

　　再表近地百姓,被庞家扰害不少。如今得闻此事,人人传说喧哗,多道朝中国丈被杀害了,地方从此起运,众民安稳做生涯,从此不用大惊小怪地忧心。此时陕西一省地头,众百姓远远传说。正是:人人欣幸,个个安心。言言语语地叙谈,一一不能细述。话休细烦。

　　且说庞家三位虎狼舅爷,此日齐齐会叙,已到码头船中,见母亲、兄长,即问父亲被害缘由。国太见三子动问,含泪就将与狄青作对情由,细细说知三虎。兄弟听罢大怒,泪落纷纷哭父。时又忆姐姐,痛恨着狄青,呼声:"大哥啊,我们兄弟并胆合意,待等三年之后,杀父之仇定然要报

---

① 罄(qìng)——光,尽。

的!"庞飞虎呼声:"三位兄弟,此仇不报,枉为人也!为兄也等不得三年五载的。"国太含悲说:"你弟兄不要言长语短,且将棺柩迁移上岸,回家安葬吧。"正说话间,有孙云到来。不知此人是何来历,下回分解。正是:

　　由尔刁奸凭势力,终为罗网伏众心。

第一〇三回

萧天凤镇守三关　张将军洞房花烛

诗曰：

英雄未遇一樵夫，发达时来禄位高。

海水难量人不谅，焉知贫者是人豪？

当下这孙云不是别人，他是孙秀嫡弟。平日也恃兄长之力欺压良民，强占人之妻女，种种作罪多端。因甚前书并不详细于他，若不涉正书关紧，不能尽述。是时，孙云得胞兄被杀，气得二目圆睁，即跑上船头，对着庞飞凤叫声："嫂嫂，何故哥哥被害？"庞氏将前时被害细细说知，孙云听了，怒气冲冲说："嫂嫂，如今哥哥已死，不能复活，且到家中把棺埋殡了，抚养侄儿长大成人，与父报仇便了。"又进船中与庞家母子谈说此事一回。此时，扛到两乘轿子，母女分头上岸，各个回家。庞氏弟兄随娘回转，孙云与嫂嫂归家，各自埋葬。纸短情长，难以尽白。从此，庞、孙势力俱无，不敢妄为。不过借些家产度日，须有二仇之志，亦是妄想虚言耳。不过正传略略表明，休得长叙。

再说京中。一日，狄爷对萧天凤说道："雄关乃要紧之地，不可久无主将保守，须早日打点赴任才好。"萧天凤应诺连声。萧总兵又将苗氏、张忠婚事禀知，狄千岁说："此乃美事。"便说："张贤弟，你可一同到苗家完了花烛，然后再来叙会吧。"张忠便道："但小弟有话告禀。"狄爷说："兄弟再有何商议？"张忠说："从前小将没有住居，曾在盖天山打劫往来为生。如今意欲到此地造几间房屋为家。千岁，你道可否？"狄爷说："贤弟，不知此地可有主经管否？"张忠说："没有人管的。"狄爷说："既然如此，待本藩明日奏知圣上，差官到彼处，应该粮赋若干纳讫了，建造房屋住便了。"张忠称谢。千岁次日上朝奏明，天子准奏。狄爷回府，即差孟定国责带千金，吩咐前往盖天山左近地方，建造府宅。只宜速办不要延迟。孟将军领命。次日，拜辞千岁与众将军，带了八名手下将，跟随去了。

狄爷又问："李贤弟，你是北直顺天府人氏，你从前说过的家中无人

第一〇三回　萧天凤镇守三关　张将军洞房花烛

料理,想必房屋也是塌烂了。"李将军说:"不瞒千岁说,我的命运很蹇①,自幼父母双亡,几间房屋被火烧了,目下变做空荒之地了。"狄爷说:"粮税几年,何人管纳?"李义说:"千岁啊,至今一十二载犹未完税粮。"狄爷听了,即发出千金,吩咐焦廷贵:"前往顺天府该管地方,完了一十二年国税。料理兴工建造住居,需要快捷,不可迟延。"焦廷贵说:"千岁,若造得快,烧得快,到底延迟为妙。"狄爷说声:"休得胡说!"焦廷贵说:"小将没有胡言的,只说造得快,烧得快的。"狄爷说:"你原是这等痴呆的?"焦廷贵说:"不瞒千岁,小将的老人家焦赞也是痴呆的人,如今怪不得小将痴呆了。"狄爷说:"休得多言,明日早些起程。"到来朝,焦廷贵带了千金起程,一月到了北直顺天府。先将十二年税赋完清,又说李将军祖地已被他人占了。原来,本府有个土豪,家资万贯,逞富欺贫之辈,名唤王强,前数年已占了此地,建造了大厦楼房,出租别人。焦廷贵当时查察明白,心中大怒说:"狗乌龟,将李姓的地业占了,收租受用,好生可恶!本将军不要你赔还,不为好汉!"气愤愤地跑到县堂喧哗喊叫,县主惊疑,升堂问明缘故,即拿到王强究问明白,乃私占土地的。如今断还李姓地业。焦廷贵大叫道:"断判不公,还要断!"县主说:"将军,但不知要怎主断的?"焦廷贵说:"王强收租,李姓完粮,今单把房屋断送李姓,焦将军岂不动气么?禀知狄千岁,你这官儿做不成,王强的性命也活不成了。"县主说:"据将军的主见若何?"焦廷贵说:"需要王强拿出银子一千两,准了赋税之缺,将这狗强盗问个边远充军之罪。"县主说:"罚他五百两银子,不必问罪如何?"焦廷贵说:"罪也不相干,若银子短少分厘也不依的!"县主只得判断王强罚出银子一千两,限三日交出。王强气恼,叩头去了。县主吩咐衙役:"寻个所在,待焦将军安歇。每日三飨,酒食必须丰盛,倘费用若干,禀明给发。"衙役答应连声。焦廷贵毫不称谢,日日贪杯,醺醺大醉。到第三天,在县堂问:"这王强银子可曾交待否?"正说间,王强正在衙门外伺候,老爷坐堂呈缴,衙役报进。县主吩咐唤他进来。王强来到案前跪下,呈上一千两银子兑进,不少分厘,王强气闷回去了。县主命衙役扛抬银子,到焦廷贵歇所。焦廷贵命自带来的从人,一一置备家伙什物,件件齐全,按下焦廷贵慢表。

---

① 蹇(jiǎn)——不顺利。

再说朝中萧总兵要往镇守雄关,奏知天子,择日登程,拜别狄千岁、众大臣。是时,平西侯张忠要往结亲,故与萧、苗二总兵同行,下属官员俱来送行,一路地方官接迎,不必细表。行程二十余天,已到雄关。范爷、杨将军闻报大喜,率同部下,各将官带兵迎接。当下,范爷、杨青看见张忠也在其内,是时一同进关。范爷呼声:"张将军,你也奉旨同来守城么?"萧总兵说:"非也。苗总兵有胞妹,她母亲从前曾许婚姻,今日禀知千岁,是以同来完婚。"范爷听了,哈哈笑说:"这也有理,老夫贺喜方是。"张忠、苗显说:"范大人,小将不敢当的。"杨将军说:"贺喜不贺喜,总要吃喜酒。"是夜,大排筵宴,各个就席。次日,苗总兵在雄关七八里寻了地方,名为十锦村,即差家丁,督取工匠,兴造建工。工匠人多,不消一月已建造了。相迎母亲、妹子居住了,收买丫头数十个。如今比前日住破屋小窑,大不相同了。母女好欢欣。翠鸾小姐倍加称快,想:"哥哥身为总兵之职,奴又得配张姓人,他乃征西一员大将,今封侯爵,奴家也是一品夫人了!再不道与母亲苦守破窑,还有今日?"不提小姐心悦大开。

是日,苗显禀知母亲说:"狄千岁今命张将军在此完婚。"周氏听了大悦,说道:"孩儿啊,但是日期需要张忠定的。"苗显应诺。翠鸾小姐闻知,又惊又喜,惊为倒凤颠鸾未惯,喜是偶配荣封,也不多谈。当时,苗显回关说知,张忠定了良辰吉日。是日,苗府内张挂彩绸,乐韵齐鸣,真乃闹热!今知苗显身为总兵之职,谁人不到奉承?就有许多白日不相识认他,也来认亲。好比俗语两言:

贫居闹市无人问,富在深山有远亲。

又有下属武官文职,纷纷齐到苗府,不能详叙。苗总兵是日来迎张将军、萧总兵、范大人、杨将军,此日佳客盈堂,高朋满座,好生热闹。吉期已至,张将军更换了大红吉服,苗总兵即唤使女请小姐出堂,与张将军参拜天地,以成花烛。是夜,笙歌彻耳,音乐怡人。拥送入洞房,铺床撤帐,俗情另有一番做作,不表。且谈合卺①交杯,也是白文套话。此时,堂上客酒已完,各个称谢告辞。苗总兵纷纷送客,也不多表。

且说张忠是夜洞房,这小姐颜容并非绝色,却也体态动人。张将军自

---

① 合卺(jǐn)——成婚。卺,即瓢,所一个匏瓜剖成两个瓢,新郎、新娘各拿一个用来饮酒。这是旧时婚俗之一。

家原是个武夫粗莽,也不计较妻子的颜容,所以鱼水相亲,甚是相当。常日张忠既成了花烛,日中闲暇,仍到关中叙谈,暂且慢表不提。

又说京中刘庆。一日,禀知狄千岁说:"小将久别父母妻儿,常怀挂念。今已无什么事情,意欲归家看看父母妻儿,故此禀知。"狄爷说:"正该如此的,但本藩还有一事相托,从前未遇之时,本藩曾被庞洪在花园暗为图害,全亏得计英搭救了。受他活命之恩未报,今有书信一封、黄金五百两,可与本藩带去交与计英收领,以表微心。"飞山虎领诺。次日,早起来拜别老太君、千岁,刘将军快马加鞭而去,且也不提。

又说武都督苏文贵有女儿,年方二十,名叫赛玉,花容俊俏,还未定婚姻匹偶。一日,夫妇清淡无事,苏爷对夫人商议,要招赘定西侯李义。但不知此段姻缘和谐如何,且看下回分解。真乃:

征西劳力今朝息,美对良缘此日谐。

第一〇四回

苏都督入赘纳英雄　安乐王奉宣朝太后

诗曰：
出仕朝廷汗马功，君王赐爵宠英雄。
至教都督招赘婿，诰命夫人指日封。

话说苏爷一日与夫人商议说："夫人啊，下官看李义身高体胖，昂伟丈夫，然而平定西辽，原是一员上将，今日身为侯爵，四海扬名。下官欲把女儿配合与他，故与夫人商议，不知你意下如何？"夫人笑说："相公，你如欲意，便是妾的如意了。你虽意愿，不知李义肯允否？"苏爷说："夫人啊，这也不难。待下官对平西王说知，要他做主，此事必然和谐的。"夫人点头称是，是夜不提。次日，苏爷对狄爷商量，狄千岁一力担承，说知李义。就请石兵部为媒，选了吉期良辰，共迎佳客，又有一番热闹荣耀的光景，不要絮絮烦言。洞房花烛已过三天，上朝奏明万岁，天子恩封赛玉为侯爵夫人。定西侯夫妇和谐不表。

却说石玉本要荣归故里，早差家将往故土，托长沙府买了旧府左右地，建造新府。等待狄爷还乡，然后回归故土，按下不提。

狄爷的书信一日平安寄到山西，与姐丈、姐姐观看过，金鸾小姐不胜大悦，难得兄弟英雄，平定西辽，功大封王，只待候英雄弟妇来到，一同还乡。正是：骨肉团圆，门风重改，真是有兴。慢言小姐欢欣。

再说狄爷如今两次平西，圣上恩宠显耀封王，满朝文武王爷大臣敢不钦仰？以及天波府各府钦赐功臣，也常来往。老太君暗暗心欢，只待媳妇到来，同归故里。光阴迅速，又是新春了。

又说嘉佑王生母李太后，思念起有个干儿郭海寿。原来这郭海寿，乃太后恩人。前十八年，太后被刘妃谋害，逐出宫闱，街头丐食，得郭海寿卖瓜菜为度养活她。十八年苦楚挨尽，至太后灾满之日，郭海寿运起之时。时天子得包公陈桥认母，郭海寿乃天子救母恩人，故认为御弟，加封安乐王之职。这一日，思量起十八年苦楚，亏得他之力，方得身安。太后叫居

第一〇四回　苏都督入赘纳英雄　安乐王奉宣朝太后

处朝中,母子常常得叙,岂知他说"君子不忘旧",仍在窑宫安身。已封为安乐王之职,富贵荣华,无忧无虑了。但有妻无子,单生一女,深为可虑。近来与他别久,常常使我思念有恩孩儿。罢了,且宣他进京相见了,才得放心。忙传旨与当今。嘉佑王听命,即日差官去了。再讲这安乐王,虽然受封,他乐不忘苦,贵不忘贱。原在窑府居住,朝廷恩泽宠隆,又封赠王爵,他性格不移,行为俭用,俱不像王家气度。不独不似王家所为,他夫妻有堆积百万金银,也不轻用,只有家人、一使女自作自为。单生一女,他夫人终日思量:"丈夫须蒙圣恩封王位,乃太后干儿,当今御弟,显贵谁人可及?因何丈夫不独不像王家势头,有时出外买些物件,还是亲自携带,岂不见笑于陈桥之人?哪有一家王爵如此模样的?他不听妾劝言,为妻也难逆丈夫之命,且自由他吧。"长根之话,多是闲言。

这一日,天色晴明,王爷夫妇正在闲话,忽有家将来禀知:"启上千岁爷,圣旨来了。"王爷吩咐大开中门,排开香案恭迎。钦差开读毕,说:"千岁须作速登程,免得太后娘娘悬望。"王爷说:"有劳大人跋涉,孤家即日起程了。"钦差即日辞去。王爷将言说与夫人:"母后思念我,宣念孤家回朝。"夫人说:"千岁,既如此,应该速往。"

次日,王爷起程,别了夫人。这位王爷不用施威摆驾,上马带了八名家丁,不用鸣锣喝道。这一日到了京,众大臣多得知来迎接。有呼延千岁携带衙役,有二位官僚要行君臣之礼,王爷笑道:"天无二日,民无二君,况且众大臣是有功之臣,孤家乃微贱出身,若以平礼相见,孤家已是僭越①礼数了。"二位大臣微笑。各官依次坐下,吃过茶。到了黄昏,摆下席间,说起庞洪的事情,安乐王称赞狄王不已。交杯传盏,宾主尽欢。时交二鼓,众文武辞别散去。郭千岁就在呼延千岁府中安宿。

次日上朝,静山王奏知:"郭千岁到了候宣。"天子大悦,即宣安乐王进至金阶,俯伏候旨。天子即呼声:"御弟久不进朝,母后常常怀念,今日御弟到来,母后想念慰了。"安乐王称:"陛下,微臣有何德能,敢劳母后切思。圣恩浩荡,臣感恩不尽,犹如渊深。乞陛下降旨,待微臣拜恭尽礼,免得微臣有慢君之罪。"天子说:"御弟,你虽不与朕同胞,乃朕救母恩人,今

---

① 僭(jiàn)越——超越本分。古时指地位在下的冒用地位在上者的名义或礼仪、器物。

且休拘行君臣之礼。"说完即令内监相引安乐王进宫朝参母后。安乐王谢恩辞驾,随着太监去了。此日众里也无事启奏,天子退朝。

却说太监引道郭千岁来进宫内,太监禀知,太后娘娘大喜,宣进宫中。王爷进内俯伏叩首说:"母后娘娘在上,臣儿郭海寿叩见。"太后一见,即欣然命宫娥扶起,说:"儿啊,你休行大礼见,以常礼罢。"吩咐宫娥排位,与王儿坐下。此时王爷请安毕,太后说:"为娘思儿啊,因你别久,常常心怀挂念。近儿媳安康、孙女聪明么?"王爷说:"启上母后,儿媳托赖母后洪福,俱得安然,女儿长养。臣儿虽常常思念母后,奈无旨诏,不敢私自进京的。"太后说:"儿啊,你太愚了,为娘没有你,怎能今日活养天年?虽当今与你两姓,算来你也是大恩人。若没有儿你,我母子焉能得会?从今你听娘吩咐,你若喜居京,今日则在此建宅,倘喜旧居,来京也有限的路程,需要常常到来看看为娘的。虽当今没有旨诏,你若进京来,决无罪的。"王爷诺诺连声,宫娥递奉上玉盏香茶,王爷吃毕,母子再谈。言无非阔别多年之话。稍刻,宫中排上酒宴,王爷谢恩请罪。宴用毕,不觉天色渐渐将晚,郭王爷告别抽身,禀知母后要往呼延府中安歇。太后娘娘允许,说:"孩儿,你不必上朝了,且在呼延府歇宿,不用旨宣,你须日日进宫来。"郭王爷应诺,拜辞母后,到呼延府安歇。

是夜,郭王爷思量,当初好不苦楚,一贫如洗,卖菜为生。供养太后娘娘之日,吃尽万苦千般,只道今生一世没有好日期的,不料王宫内由孤出进,当今主上与孤同坐同行,母后过爱,圣上厚恩,孤家好不心欢。忆昔当年困苦,比着今朝,犹在梦中一样,但愿夫人产下一孩儿,接了郭氏香烟,孤家就毫无忧虑了。

不表郭王爷心欢,再说镇西侯刘庆到了故乡,见过父母、妻儿。是时,夫妻、父母叙会少不得问起平定西辽,另有一番谈说,不用烦言。飞山虎一日寻找计英交待了狄爷书信、五百两黄金,仍在家中耽搁了一月,即拜辞父母,吩咐妻儿,席云二日到京,见过狄千岁,仍在狄府安身。

又说张忠在雄关外苗府成亲,已有一月余。一日回朝见了狄爷母子,将成亲完毕之由细细说知。次日上朝奏明圣天子,圣上恩封苗氏,御赐凤冠霞帔,话休烦絮。又过几天,孟定国、焦廷贵也随后而到,将承办公务一一禀明。狄爷又呼:"张贤弟、李贤弟,如今你二人的住宅俱已建造筑成了,你们需要打点,荣归故里吧。"张忠、李义同声说:"千岁,小将且待单

第一〇四回　苏都督入赘纳英雄　安乐王奉宣朝太后　395

单国嫂嫂到来,护送了千岁母子还乡,然后我兄弟请旨回旋的。"千岁听了微笑说:"多蒙众位贤弟盛心。"不觉之际,红日归西,排开盛宴,差人往赵府请石兵部到来。五位英雄一同欢叙畅乐吃酒,不多细谈。

此时已是三月中旬了,却说单单国王前日接到天朝旨意诏宣女儿,国王逆不得旨,只得命四位大臣、宫娥二十四个、太监四名、三千军马护送公主。许多乡中物件,多装载车中。又有四车贡礼、表文一道呈贡天子的。时交四月,一路而来,风光好景。进了雄关,公主回头一望,不觉生出凄惨,凤目中暗暗垂泪。原来,公主乃孝心之女,想来今日虽已到中原,但今一别故国,无见父之日,所以进雄关回首一望,不觉惨切,岂忍抛疏?况公主乃孝贤柔顺,所以她一想,凤目含泪也。正是:

贤顺孝女名今在,恸别思亲泪涌泉。

第一〇五回
遵宣诏公主到中原　大叙会狄府排筵宴

诗曰：
　　二次平西复会离，入朝奉诏不延迟。
　　夫妻从此团圆叙，婆媳相逢不用期①。

慢言公主进了雄关，一路行程。再说狄千岁在府中，安闲无事，忽有流星快马到府禀明："公主娘娘已到，离城八十里了。"狄爷闻报，满心欢喜，直进内堂禀知母亲，太太闻言喜悦万分，说："为娘望贤媳眼望穿了。我儿，耽搁不得的，速速差人前往迎接吧。"狄爷应诺，出堂，打发焦、孟二人带了百名家将出王城而去。四虎英雄当时大悦不表。

次日，狄爷上朝奏知天子，嘉佑王呼声："御弟，既弟妇到来，朕也要排同辇迎接的。"狄爷说："陛下，哪里话来，微臣焉敢当的？"这仁宗天子原来是口头来的句好话，人人会说。难道天子真去迎接不成，无非明主厚结臣心耳。此时又降旨："朝臣、大臣代寡人迎接吧。"当时，狄爷苦辞不脱，各大臣领旨而去。狄爷回转府中，不一时，头报、二报说："公主到某处某处地头了！"一连七八报说，公主离城数里了。那边公主吩咐："不必放炮，上前有惊圣驾。"正在吩咐，众兵安营。忽有小番报上："公主娘娘，今有万岁爷差各位文武官来接娘娘，离营不远了。"公主听罢，脸生喜色，心花大开。正喜欢间，狄千岁进营下马，夫妻见面，喜气洋洋。公主说："千岁啊，蒙圣上洪恩，差众位大人迎接，千岁亦不代为相辞的？"狄爷说："公主，本藩已经苦苦相辞，圣上执意如此。众大臣敬重十分，坚辞不脱，也无奈何。"公主说："叫哀家如何消受得起？"忽又一报道："启上千岁爷、公主娘娘，各位王爷大人已到迎接了！"公主说："千岁啊，你快些出营辞谢各位大人吧！"狄爷又说："公主，你须望关拜谢王恩。"公主道："我即拜关谢恩。"狄爷不乘马，步出营辞谢，呼声："列位大人，公主说不敢当，有

---
① 期——等待，盼望。

第一〇五回　遵宣诏公主到中原　大叙会狄府排筵宴

劳众位大人，反说下官不力辞，心反不安。如今望阙拜谢了，望祈众人请回行吧。"此时狄爷殷勤辞谢，众大臣回朝去了。单有狄府六位英雄，人人进营见礼。公主开言："列位叔叔，哀家焉敢当？众位远迎，叫我竟置身何地？心反觉不安。"众位英雄同说："理该如此，公主何必谦恭？"

狄爷又请公主起行回府。当时，公主就命贡礼车辆、四位押官随着焦、孟将军先回王府而去。狄爷道："公主，我有两个儿子，为何不见？"公主说："千岁啊，两个孩儿本该一同带进来，只为父王无后，要留住狄龙接承香烟，故妾单带狄虎进中原。现在后营交与宫娥携带，但此刻劳忙得紧，待进府之后观看孩儿，千岁意下如何？"狄爷说："公主，只是狄龙尚还年幼，如何离得母亲？应该一同带来，长大之时，送去何妨？"公主听了含笑说："千岁啊，我也如此说的，无奈父王不依，反把妾身痛骂几声。"狄爷闻言，心中不悦。四位英雄说："千岁，事既如此，不必说了，且待一两载，不拘兄弟哪一个，总须到单单国看看小爵主。此日同行起马，吩咐三千番军安营在此，待等贡献领旨，一同还邦的吧。"狄爷众人上马，四位英雄前行，公主乘辇车，一路二十四对宫娥、太监拥护。跟随车箱什物，另有从人发运。还有宫娥怀了小爵主，坐轿而行。街上行人多羡美平西王的显贵，比万岁爷差不多，远远观看。又说外邦公主果然美貌，仍穿外国宫妆，恰像了昭君一般。

不表旁人议论，先说焦、孟前行，把番官四人安排书房内，后进内堂禀知太君，太君早已吩咐府中内外，结彩开筵，笙歌细奏，安排得热闹非凡。又传请石郡马太太、郡主母女。有狄太后不用相请，早已排鸾驾来至王府。又差人请天波府佘太君众人。此日佘太君闻请大悦，聚齐众媳，欲要看外国女英雄怎么体态，与两个番邦生长的小爵主怎样仪容。当时一同都到狄王府。众命夫人先拜见高年太后娘娘，然后见礼太太，分宾主坐下。正谈说之间，忽报："相府的夫人又到了！"众夫人齐求相见，重新见礼坐下。狄府家人、妇女正献茶毕，有家丁进来报说："公主娘娘进府了！"太太吩咐家人、使女齐齐跪接。狄爷与公主齐到，笙歌合韵，音乐齐鸣。进府仍不放炮，四位英雄齐侍立，先接过千岁。狄爷下马说声："列位贤弟，不必拘礼，请往书房陪四位番官吧。"四位应诺而退。

合府家丁多来两旁迎接，当下众宫娥扶公主下了辇车，夫妻先后而进中堂。轿中宫娥抱出小爵主，喜悦万分。众宫娥跟随公主进内，夫妇一双步行,早有诸位夫人立起身来进见。公主花容,众人称羡不已。太君见媳妇花貌婉约,心中暗喜。只有公主一时呆了,低声说:"千岁,不知这些是何人?多是凤冠霞帔的贵人,也有年尊的,也有年中的,叫我如何见礼得来?"狄爷说:"中央这位是下官的姑母太后娘娘,你可上前见礼朝参。"当时公主初到来,不会行中国礼,上前称说:"太后娘娘在上,侄媳朝参。"把头一低袖一摆,一只金莲从后一起。太后含笑呼声:"贤侄媳,不必拘礼,你且来此行拜见婆婆的礼,然后见客礼才是。"太太说:"理当先拜客的。"众人说:"今日公主初进中原,礼当先见礼婆婆,太太何必谦恭?"当时,公主向太太行礼,太君大悦,说:"媳妇休行大礼。"反手相扶,向众人说知。公主又个个见了礼。狄爷又向太君见礼,在众夫人前深深作揖,夫人个个还礼毕。又命宫娥带来小爵主,生得威仪气概,众夫人喜气洋洋,多羡小爵主像着父亲。太太手挽孙儿,喜得眼也细微了。这爵主笑嘻嘻地说了几句番话。狄爷近前说:"孩儿,你在着中原,要说中原言语。"小爵主只笑嘻嘻。太太说:"贤媳妇,我儿说是双生子,又何为今只得一个的?"公主即禀上:"婆婆,父王因无后嗣接宗,故留住狄龙在本国。父王之命,媳妇如何敢逆?故今独携一子到来。"众夫人说:"这爵主是未知人事的小孩童,母子如何分得两地?想来国王真乃差见不通也。"此时狄爷吩咐:"孩儿,且往母亲宫房更换了中原服饰吧。"当下宫娥带了爵主更衣去。狄爷转出外厢,进了书房,同着四位番臣、四兄弟不表。

书中原说内堂中此日老太君吩咐厨人备办酒宴,众丫环排开席位,东西两行座位一一安排停当。不一会,桌上摆上酒宴。此是王府备办的宴馔,非比平常。玉液琼浆,浅斟玉盏,珍馐佳味摆上。当时,席上公主花容但觉三分羞意。又说公主阵上交锋,男将见过多少,不独说害羞,还是威威烈烈的女将军。为何今日所会者,个个多是妇女,如何反害羞起来?书中必要详明的。前日上阵交兵之际,乃为国君公务事情,所以像着男汉威烈气概。今日公主乃初到来会亲,乃家庭私会的私事,所以带着三分羞怯的。此时,太君定了席位,太后娘娘首坐中央,佘太君、各位太君俱居东首,众夫人西阶,俱序齿依次而坐旁边,丫环侍立斟酒。当吃酒之际,公主想来,我国与天朝馔①席,犹如天高地厚的相悬。我邦的馔食乃獐、鹿、

---

① 馔(zhuàn)——饭食。

禽、狼,腥膻之气,岂似天朝的精美珍馐?想来不独膳馔相殊,他事就是我邦的人物,奇形怪状,怎及得上邦人俊雅风姿?服饰衣妆,另别一样,怪不得西辽王屡有夺中原之地。今日哀家到得天朝之国,岂非三生有幸的么?当时公主心中快乐,不知席间太后与夫人有何叙谈,正是:

祯①祥母子荣中贵,福禄家门锦上花。

---

① 祯(zhēn)——吉祥。

第一〇六回
平西府骨肉谈心　狄王爷进呈贡礼

诗曰：
　　赛花奉诏到中华，太后驾临王府家。
　　骨肉满门今叙会，谈情说旧乐无涯。

当下公主想来天朝气度之美，心花大开之际，有太后娘娘呼声："贤侄媳，老母看你身材袅袅，体态柔柔，焉能有此武艺胜比男儿？不畏凶狠，有胆量两次杀退辽兵，为解夫难。细想细思，尚还不准信。今朝老身何幸，与英雄侄媳相逢。"公主正要开言答话，杨府佘太君满面春风说声："太后娘娘，这是当今万岁洪福齐天，故出此英雄女将。算起来令侄若非错走国度，焉得相逢公主？又怎得公主前往西辽破敌解围？此乃国家有幸，又是令侄良缘，老太太的福荫，狄门有光。"此时太太连称不敢当。又呼声："贤媳，究竟你怎能习得武艺，因何有此神通？细细说明众位得知，不必含羞不语。"公主听了，说声："婆婆，媳妇自幼学法于庐山圣母，收为门徒。父王、母后信了师父之言，带上仙山几载，传习武艺，略赠了法宝，教传腾云雾遁之术，学全兵法，吩咐帮助天朝，这是圣上洪福，岂是妾身功劳？"众夫人听罢大悦，更有一番席上之言，余不必载。

却说狄爷在着外堂，弟兄五人款待四位番官，当时见公主带来的箱中物件，有扛夫抬进府中，府内家人点查收讫，交与宫娥细细收拾过。随来太监、宫娥各有小席款赐，你谈我说，共羡中原之地华美。各日用什物，裳服膳馔，比着下邦气度，甚之加倍。我等只愿一生一世不还转国中也罢！无奈舍不得爹娘的，不表闲言。

是日，众番兵在营，狄爷也有赏赐酒食。内堂宴毕，红日归西。众位夫人、三位老太君拜别太后、太太，婆媳一路送出中堂，各个坐轿而去。独有太后尚在府中，姑嫂、侄媳是夜在内庭灯下，细将从前之事说一番。说到庞家父女、孙秀三个奸党，狄太后恨声不止。太太说："这庞洪如此欺君不法，可笑圣上原要宽恕他的。"太后说："嫂嫂啊，若被当今恕了庞妃，赦其女必赦其父,只忧削草不除根,犹恐再发之虞。今得这奸臣尚有四个儿子在,日后还有了再发萌之弊。"狄爷听了微笑说:"姑娘啊,倘或他儿子不比庞洪心术,知道父亲行恶,理该正法,就不敢胡为。谨慎安分守业,做个善良人,也未可知。"太后说:"若依得侄儿之说,乃国家之幸也。但如今侄媳已到来,国务已完,侄儿可奏知圣上,辞驾归乡祭祖才是。"狄爷应诺。太太开言说:"姑娘你也离了故土四十余年,目下年尊,也无别事,何妨一共转家园?"太后点头说:"嫂嫂之言,正合我意。想起爷娘、先兄一念,怎不由人不断肝肠?"太后娘娘说起,泪珠垂落。太太也触动愁心,追思昔日丈夫狄广在朝,名声最重。不幸与公婆相继而亡,此时寡妇孤儿幸喜有些田产留后。只望苦节抚孤,以承狄氏一脉。岂料又遭水难,儿只说娘死,母只知道儿亡。两命亏得上苍庇佑,十年中分而复合。后来孩儿解送征衣,方能使母子再会。历尽许多苦楚,今日方得我儿贵显。想起前情,犹如春梦。说完不觉也流泪一行。公主此时见二年尊伤感,便称:"婆婆啊,离而复合,月缺又圆,世间所有,人有难而不死,此乃该有今朝显贵。所以庞洪弄权,屡次将千岁陷害,后逢鬼谷仙师点化,反得高官极品,乃婆婆的福荫,该有后头甜的。今日事倒亏得庞洪弄权之力。婆婆须宜快乐,何须记念前时,说起伤心之语?"狄爷说起:"公主之言,却为有理。"太太说:"我儿何出此言?倒使为娘不解。"狄爷说:"母亲,若非庞洪具奏孩儿解送征衣,焉得母亲、姐丈相逢?又不得领三关统领之职,以后庞洪保奏孩儿征伐西辽,索取珍珠旗还国,屡屡伤害孩儿,岂知今日得为高官显爵,夫妻圆叙,母子团圆。若以公论国法,庞洪原有滔天大罪,碎剐凌迟也不为过。若以孩儿私论,庞洪、孙秀也是孩儿得力之人。"姑嫂闻言,半悲半喜,谈谈说说,不觉二鼓摧残。是时太太吩咐各归安睡。

不表两位年尊,单叙美夫妻。狄爷是夜进房,吩咐宫娥出外,近前说声:"公主。"不觉一笑:"你还未睡么?"公主起身说:"妾也未睡。千岁,有何话且请坐。"狄爷说:"公主,下官有句话与你商议。"公主听了登时脸泛桃花,低着头含羞不语。狄爷说:"公主啊,你疑下官有甚别事么,所以这般光景的,原我与你明说,夫妻只得一月,早已分离,一经五载,今日才得相逢,不该仍各东西,理当同衾伴枕。无奈近日劳动着忙,下官意欲回归故里后,料理门庭,小完公务,下官少不得效比鸳鸯,于中补漏,竭力同欢。若不说明,还防公主见怪。"公主含笑说:"千岁之言,却像痴了。你难道欺着妾是下邦之妇,郑风①为比么?谁人思量与你同宿?你太将妾看低了。"狄爷微笑道:"公主贤良之德,人所难及。不知几时回归家园,云情雨意未卜,何期公主不思此?下官也悬望久了。"公主带愧低声说:"千岁休得谑言。既不同宿,快出房吧,妾要睡了,省得外人动疑。"狄爷微笑说:"下官去了,公主睡吧。"此时,公主关上房门,灯前思想:哀家在本国时常烦闷,只忧误配着本国丑陋蠢夫,一生不遂哀家之愿。今朝有幸得配上国英雄,非凡气宇。又是太后内亲,极品显贵,大大功劳,名扬宇宙。姻缘虽乃前生所定,原亏得仙母指点我,今虽是心安身乐,但未知何年再转本邦朝见父王,看看狄龙孩儿才放心。想罢,卸下宫妆,宽解罗裳,不嫌独宿。正乃:

> 一觉放开心地稳,梦魂行不到家园。

不言公主安睡,再说狄爷也不可睡,静坐灯前把兵书观看。到了四更将尽,狄爷梳洗了,穿过朝衣。命家丁将单单国送来的贡礼扛抬到午门伺候。当下,狄爷来到朝房内,众文武大臣相见,互相言谈。众大人说:"千岁,公主既到来,你该奏知天子,一同告假,荣归故里。狄千岁,你意下如何?"狄爷说:"列位大人啊,下官原有此心,但未知圣上准奏否。"正说之间,天子坐朝,百官参毕。两旁侍立,俱无表奏,只有狄爷出班奏说:"单单国赛花昨天已到。国王今差番官四人,贡来礼物已带进候旨。"将礼单、表文呈上。仁宗天子大悦,看罢传旨,扛进四车礼物,近臣检点分明,降旨:"收归国库,番官不必朝见,御馆暂且留款他三五天。"狄爷称:"臣领旨。"正要奏请还乡,天子先开言呼声:"御弟,这弟妇女英雄,曾助你平西,有功于国家,来日可同上殿见朕。"狄爷说:"臣启陛下,这赛花乃一女流,如何见驾,诚恐不便,伏乞圣裁。"天子说:"御弟啊,朕心如此,不必推辞。"狄爷只得领旨,退朝回归府内,吩咐弟兄款留番官。他进内堂请过姑娘、母亲安,与公主分左右坐下,把圣上要宣公主来朝见驾,孩儿在君前力辞不脱,圣心执意如此说毕。姑嫂闻言,心头大悦。只有公主心中不悦,说:"千岁,妾身乃一女流之辈,又是初到上邦,要上朝见驾,实觉不安。"狄爷说:"公主,少不得下官也同上朝的,你且放心。"太太说:"媳妇

---

① 郑风——即指《诗经》十五国风之"郑风"。郑风多歌咏男女情爱,真挚热烈,故被旧时道学家斥为淫艳之歌,以为不耻。

啊,无非君王见你有功于国,宣你朝见以示恩宠之意的,还有恩赐赠赏与你。"公主说:"婆婆啊,媳妇情性你也未得深知。妾只喜安静,不要浩烦,所以不愿见驾受封的。千岁啊,倘圣上恩封,你在旁须要极力辞让才好。"狄爷微笑应诺。不知公主来日朝参圣上如何,正是:

英雄女将辞烦浩,仁德君王宠眷深。

第一〇七回

八宝女朝参天子　李太后主结姻缘

诗曰：

　　君主恩宠女英雄，只为平西助力功。
　　今日奉宣朝圣主，全家天禄享丰隆。

次日四更时，穿过朝服，公主便换吉服。狄爷骑马，公主坐轿。是时，狄爷见过圣上，奏知公主候旨。天子听奏，龙心大悦，即传旨宣进女英雄上殿。不一会，公主步至金阶，俯伏丹墀说："臣妾单单国哈直利之女赛花朝见，愿吾主万寿无疆！"嘉佑王大喜，降旨："平身。与御弟东西对坐锦墩。"天子此时开言："女卿家，前日御弟兵危白鹤关，多亏得你解救。二次平西又劳女卿除了花山妖道，孤尚未有旌诏奖赐你邦，反使你父狼主厚礼先来，寡人若不收贡礼，恐防你父心中不安。孤即日有恩奖到你邦，免贡三年以表朕心。"狄爷夫妇起身谢恩。天子说："女卿乃一英雄之妇，雅度音容，与御弟为匹，可称佳配对登，如今封为英烈辅国一品夫人。"又赐黄金千镒，白璧百双，白金十万，彩绢百端。狄爷夫妇正要谢恩退朝，早有宫中李太后娘娘得知，也要看外邦女英雄生得怎样，即差太监一名到金銮殿启上："万岁爷，太后娘娘有旨：'宣进单单国公主朝见。'"天子听了降旨："弟妇进宫。"当下公主暗说："哀家只说到中原无甚别事，不过夫妻、子母闲叙，训教孩儿耳。岂知昨天一到，便有许多烦务，只得过一夜就要叩见天子。方得辞君，又有太后宣召，料也辞不得的。"只得勉强领旨，随着太监进宫去了。天子欣然喜悦，降旨退朝。当时，狄爷回归府中，将情禀知姑娘、母亲。太太含笑说："媳妇是外国女英雄，我朝人罕见的，所以李太后娘娘宣见媳妇。孩儿，得当今隆宠，此乃狄门之厚幸也。"太后喜色说："嫂嫂啊，侄媳乃是一个女中豪杰，配与侄儿，正是一对英雄美夫妻，真乃狄门之幸！"

不表平西府内之言，再说太监引进公主，又有几对宫娥执烛照道，后有跟随。是日，安乐王在御花园中万锦楼头玩耍，有太后早传旨要他免朝

第一〇七回　八宝女朝参天子　李太后主结姻缘

见。郭王爷是日不在宫中。此时公主到了，太后宣进。公主近前俯伏参见，李太后即命宫娥扶起，赐坐锦墩，宫娥递上香茗一盏。太后说："保安社稷，奏凯班师，皆赖女英雄。不惜辛劳，越国越都，有相助之力，是以特宣女卿一会，足慰怀思的。但女卿本是玉骨冰质之女，焉得有此胆量拼力沙场？"公主说："臣妾启奏太后娘娘：妾知武艺原得受习于庐山圣母，仗着圣母的法宝，是以托心放胆战斗于沙场。今日得平辽国，实乃苍天庇估了，保全兵将，原乃当今洪福，臣妾于功何有？早间已蒙万岁奖赐，只是下邦人受天朝厚禄，臣妾还防没福的当不起。"太后说："卿，你休如此谦言。"即传旨排宴款待，公主再三辞谢不脱，只得从命。太后此时细看公主容貌，真乃秀美可飨，规模端重，举止安娴，言谈清楚。太后无限欢怀，殷切细问前日招亲之由。公主含笑一一说知。太太听了微微含笑。又命宫娥引公主进见曹皇后、张贵妃，又传命二人陪宴。

当下公主随着宫娥出了安乐宫，一路思量，暗说："我来朝见太后尚且勉强，如今又要哀家去见妃、后，好不厌烦也。我想宫中妃子甚多，若尽要相见，直至来朝也见不完了。虽然太后的美情见爱于我，到底厌烦得太过的，只是又难推却。"当时随宫娥到了昭阳宫。只见宫势巍峨，四围高耸，栋宇雕式，纵有画工巧笔，难以描摹。公主此时暗说："我邦宫院也称美丽，焉能比得天朝上国的宫闱雕工手伶俐？"宫娥当下说："启上公主娘娘，这里就是昭阳宫了。待奴婢进去禀知娘娘，然后进宫罢。"此时宫女进内禀知，曹后娘娘即可整衣离位，亲身出迎。一见便称："姊姊且进宫来。"公主此时住足尊声："娘娘在上，如若这等称呼，臣妾也领当不起了。序了君臣之礼，方为妥当也。"曹娘娘说："姊姊啊，想你身为外邦公主，何曾受过天朝爵禄，竟肯不辞劳苦，帮扶我国家。细想哀家身受君恩不浅，以我无功之人反受厚禄，实称有愧。安邦定国，全亏你夫妻之力。今日妯娌之称，何为过分的？"公主说："娘娘，这是臣妾断然不敢当的。"娘娘说："姊姊休得太谦。"说罢进前携手，进至宫中立定。公主开言："娘娘请坐下，待臣妾朝参。"娘娘说："姊姊啊，何必过谦过恭？若是妯娌相称，断然不差的，何必再三拘执？"此时公主立定心要行君臣之礼，曹后只得偏立东边，对面三呼千岁，娘娘拱礼相还，曹后连忙扶起，重新行个平礼，命宫娥速去宣张妃。不一时，张妃已进宫中，见了曹后参礼毕。有公主立即上前见礼，是时，后妃十分敬重公主，命宫娥排开坐位，曹后坐中间，公主与张妃对坐。当下三人初说,无非是客中交言套谈。后妃次第问起平西事情,公主细细告知。这是前文屡叙,如今话休絮烦。此时后妃听罢,彼此赞羡公主贤能。你一言,我一声,闲说之言也不多载。

且言三人谈说一会,酒宴完备,太后传旨送到昭阳宫内分为三宗而坐。这后、妃二人奉了太后娘娘之命,做个陪宴主家。如今宴席是帝王所用,比着官家酒宴又是上些。是日,珍馐百味,是玉液金樽盈满,宫娥斟起琼浆在水晶盏内。三人吃酒席间又有多少言词,妃后殷勤劝敬美酒,不必多谈。宴毕,即拜辞后妃,珍重送别。公主复到安乐宫向太后娘娘谢过恩。与太后说谈闲话,问起双生儿子。这太后要看看小婴孩,即传旨到平西府。早已送进小爵主,公主此时含笑呼唤:"孩儿,快些过来朝见太后娘娘就是。"小爵主真伶俐十分,拳拳拱礼,俯伏尘埃拜见高年太后。这狄爷常常教导他要弓腰曲背见,他却是不忘记的。当下连连见礼深深,太后娘娘见了却喜得心花大开。即吩咐宫娥扶爵主近前,抚摸他一会,即赐取到小点心,与小爵主吃了。又命取块金镶白玉,上镌雕花件,人物玲珑工巧,挂在聪慧爵主怀中。公主向前谢恩。太后娘娘当下细将小爵主观看,但见他神洪气宇,天仓广阔,海额丰隆,生成威烈之相,日后长成而为国家栋梁之士。原来郭海寿有一亲生女儿,聪明乖觉,俊秀不凡,年纪五岁,何不对公主说明,待成了姻眷,两人乃国家御戚,匹配了亲谊,往来有何不美?太后主见已定,就对公主细说知。此时公主不好推却,只说:"悉听太后娘娘恩主定裁,妾怎敢不依!"太后娘娘大喜,当时又赐壁珍珠宝甚厚,不计其数。曹后、张妃各有物件厚赠与公主母子,无非是异宝金珠。爵主物件总是瑜玉玩器,不用烦言。当时,李太后有言说与公主:"今日与爵主定了良缘,执柯须着包卿吧。选个良辰吉日,纳了聘礼,等待长大成人再行完娶便了。"公主诺诺答允,叩谢太后、曹后、张妃。太后吩咐抬进銮车,公主乘上,小爵主自有宫娥携带。太后仍差太监、宫娥几名送归王府。不表太后是日欣欢。且说公主回府说知太后待安乐王招亲之由,太太与狄爷母子大悦不表。

却说李太后即日宣进安乐王,对他说明招亲缘故,郭王爷遵命。次日,太后选了吉期降旨,仁宗天子得知。天子特命包公作伐。是时,一对御弟招亲,多少奇珍异宝行聘,难以尽述。有朝内各大臣纷纷贺拜,狄府中庆闹一番,连日酒宴款待百官。事毕,次日狄爷上朝,叩谢君赐良缘。正是:

君王宠眷功勋将,太后主持爵主缘。

第一〇八回
平西王请旨荣归　佘太君宴邀公主

诗曰：
>太君邀请女英雄，杨府宴排盛席丰。
>婆媳今朝双赴席，谈心叙会两情浓。

前说两位王爷联结姻眷，也不多谈。是日嘉佑王降旨一道，回赐许多珠宝与单单国王，发赐白银三千以作还邦路费，另赐黄金六百两与四番官，以慰其劳。还有护送公主的三千兵丁，又赐白银三万赏劳，以表君心。令他人不可久留中国耽延，速速还邦上复狼主。四位番官与众兵卒尽感中原天子的恩赐。当时，四位番官叩别狄爷兄弟，拜辞公主。此时，公主又修书一封送与父王，又叮咛路上之言。四臣连声称诺，趁天晴即时起马出皇城而去，按下休提。

再说狄太后在着狄府过了三天，说："嫂嫂，我今还府去。但贤侄啊，你即来日可奏请天子还乡。选定了日期，同归故土，如今不可再延了。"狄爷诺诺答应。姑嫂作别，狄爷欣然而去。太后不用奢摆驾威仪，只用宫娥、太监十余名，身登宝辇还至宫中。潞花王接见母后，另有一番母子细谈，只是一口难分两处话，丢下前情说后因。

来朝天子登坐金銮殿，百官无事启奏。有狄爷俯伏金阶说："臣平西王狄青有事启奏天颜。"天子说："御弟有何事奏孤知？"狄爷说："臣奏非为别事，臣的祖居籍在山西榆次县，小杨村是家乡。臣幼年遭逢水难，母子分离，幸得王禅老祖将臣搭救。姐丈张文救了母亲，同为居处。前时臣奉旨解送征衣，才得母子重会。如今国务颇完，意欲母子还乡，重改门闾，祭祖先祀。伏唯陛下依臣所奏，存亡俱感君恩无尽了。"天子听奏笑道："此乃理所当然，孤如何不准的？今朝国务已完，御弟理当与弟妇、母子荣归，令限满三年还朝伴孤。御弟先祖，孤也差官追荐，听凭御弟定于何日登程便了。"狄爷谢恩。退朝回归府中，将言告禀母亲。次日选了吉期，是六月初三日起程。是时乃五日中旬，尚有半月光阴等候。当时狄千岁对四将说："众位贤弟，你们立下功劳，如今各受王封，也该自陈天子，打点还乡的。"四位英雄齐说："千岁啊，我们兄弟俱有此意，且待护送太后娘娘与千岁还乡后，我兄弟然后各回故土，未为晚也。"狄爷听了，哈哈发笑说："难得众兄弟同心合意，你们相送，本藩也当受不起。众兄弟速可辞驾，勿要耽延。不必相送本藩了。"再三相辞。当下，张忠、李义齐说："我记当初若是自家出身，彼此还是粗蠢之徒。后得与千岁相识拜结了，立了数年汗马之功，方才有今日荣贵，怎好我兄弟忘了昔日，不送千岁还乡？刘、石二位弟兄且先回归故土，我二人送千岁还了乡，稍尽本心。"刘庆、石玉同声说道："我等若是不送千岁，便是忘恩不义之徒了。"四弟兄执意要护送，狄爷推辞不脱，笑道："难得众兄弟义重如山，但本藩过意不去。"

兄弟正说话之间，忽报圣旨到来。狄千岁吩咐大开中门，排开香案。五位英雄躬身跪接。天使当中南面立读，朗朗而宣。原来这道圣旨到来，乃圣上降恩狄门，追荐狄祖。待起程之日，圣上即差包公代天子御祭。这是追赠先灵，深沐皇恩。五英雄谢过君恩起来，天使即时辞别千岁，五位英雄送出府门。狄爷洋洋喜色，四弟兄人人皆悦。不一会，无佞府差人到来，却是何事，只因佘太君的美意，又因十二位媳妇、小姐爱慕公主是个女英雄，故差人下帖请宴。狄爷微笑步入内堂，见了母亲、公主说知此事。公主就开言说："千岁，妻也不是贪杯之妇，何不即时辞谢了她？"狄爷说："公主，下官岂不知的，若是他人，自然辞了。这佘太君、十二夫人，多是英雄之女，有功于国，君恩隆宠，并敕赐天波楼、无佞府，永享朝廷厚禄，子孙世受王恩，满朝谁不恭敬？若请妻子，丈夫力辞，只怪下官妄为看低于她。"太太说："媳妇，前日你初到时，佘太君已先到府。如今她特诚请宴，如若不往，却了她意。"狄爷又呼声："公主，若是独请你赴会，是格外相亲，不去也吧。如今又请母亲，婆媳同行，有何妨碍？"此时公主应允。少刻，杨府又差人连邀几次，婆媳即更衣。太太乘轿带了八个丫环，公主惯乘马匹，即坐上龙驹。八个宫娥随左右，还有四十八名家丁拥护而行。远远人民赞美，闲言也不多谈。

再说杨夫人早已安排酒宴等待。忽闻姑媳、公主已到，佘太君迎接太太，十二夫人迎接公主。当下宾主一同揖让，进中堂见礼，分宾主坐下，说些寒温客套话，使女献过茶，吃毕。当时众夫人、公主初到时，已到狄府会过，已知姓名。此时公主说："妾乃下邦微贱之女，何劳太君与众人盛意。若不奉命到来叨领，犹恐却了太君与列位的尊意。"众夫人说："公主休得过谦,你乃外邦椒房之贵,狄千岁夫人,贵品非轻,有功于国。女英雄,今日相逢,何幸欣欢!乃蒙不弃光临,真是蓬荜生辉了。"客套之言,休得多表。当时桌席中俱珍馐海味。佘太君就席,众夫人请公主坐下。侍酒丫环数十个,美酒满酌玉盏中,一同欢饮。席上多少言谈,众夫人动问公主,无非说平西一段缘由,前书多已表过,此处不用复言。当时十二夫人听了公主二次平辽也来帮助,称羡公主之能,助夫为国,真乃女中豪杰。我们枉食朝廷俸禄,不能为国分劳,岂不有愧?老太太含笑说:"众位夫人,我媳妇初到中原,从前之事却也不知。若是中原人,谁个不晓杨家将立下多少汗马功劳?保宋开基,全凭杨家父子之力。"公主又接言道:"婆婆勿言媳妇不知。外国偏邦谁不闻杨门英雄?就是我邦单单乃僻远国,也是常常称慕的。"佘太君听罢众言,长叹一声,愁容生起,说道:"若提我家从前事,好不伤心!老身丈夫、儿子为保宋朝天子,至父丧子亡,全无一寿之人遗后。只存孙儿杨宗保领职三关,受君重任。后来又死在番人混元锤下,可怜骨肉化血而亡。如今只有曾孙文广,但年纪尚少,未知可能继嗣先人否?老身想起来,常常纳闷,虽定数当然,又乃杨门不幸。"此时,公主婆媳相劝多少良言,安慰太君。又欢然吃酒一会。酒未完,红日落西,满堂灯烛辉煌。是时,狄府随来家将、宫娥,另有小席,各自畅饮。直至二更时分方完宴席。佘太君、众夫人甚是恭敬情厚,仍要款留歇宿,来天回府。姑媳坚辞抽身,众夫人殷勤送出府门,作别而去。

　　自此之后,众位王侯、包文正、崔叩命、文彦博、苏文贵以下一品、二品各位大臣,天天差人下帖请宴,各家命夫人也有请帖相请太太姑媳。到狄府请宴多少,狄爷领情的领情,辞谢的辞谢。太太也是如此交代分明,不必烦言。当下,狄爷先修书一封回乡,达知张文姐丈,称说奉旨还乡,定于六月初三日起程,并太后也回故里。一封书大意如此文辞,照知张文,待他打点门庭事务。差家丁二名去了不表。

　　却说郭千岁与着狄千岁论国戚亲谊,本是弟兄之称。如今许了女儿姻事,乃两亲翁。这郭千岁在京中,日日在狄府玩耍说谈。他只待狄爷起程之后,方回窑宫。是以还在朝中,清闲无事,与仁宗天子常常相叙。君臣二人竟是弟兄一般。是时,真乃光阴似箭,日月如梭。又是七八天了,狄爷赶早三天,打点行程。又有太后传懿旨与当今,要同归故土。不知如何,后文交待。有分教:

　　荣耀先灵今日回,光辉当世此时扬。

第一〇九回

狄太后姑嫂还乡　安乐王闲中判断

诗曰：
　　太后娘娘返故乡，相携侄媳喜欢扬。
　　行程万里风光妙，一路官员恭肃庄。

却说太后降旨嘉佑王说，数十年别却家园，要与侄儿归乡祭祖。是时，天子依母后之命，即差御林军三百护送母后还乡。又差包龙图代君御祭狄祖，包公领旨。又有石兵部回归府中对母亲、郡主说："本该请旨还乡，只有张忠、李义、刘庆俱要相送狄千岁还乡。从前结义之时，曾有同心合志之言，理该我也要送千岁后，方可请旨还乡。"老太太说："我儿，这是理该如此的。"不提母子之言。

正是日月两轮圆转度，光阴催速起程日。狄爷三日之前先往列位王爷大臣处辞行，众人备酒钱行，狄爷一概辞谢。又到相国寺谢了隐修和尚。只为前时被孙秀暗害，用药棍打伤，谢他医治之恩。又差官带白银三千两，前往武当山金亭驿地方，装塑金身圣帝，酬答赐赠人面兽、神箭法宝。又着焦廷贵、孟定国掌管王府，点明箱笼物件，发扛夫扛抬。又说安乐王，是日禀知母后娘娘说："狄太后回归故里，臣儿送别启程。"李太后说："孩儿之见不差。"

且说天子隆宠狄爷太重，是日降旨光禄寺："安排御宴于长亭内，文武侯王代朕等候御弟平西王饯别。"此日狄爷恭辞圣驾出朝。又说狄太后启程时呼唤："我儿，为娘去了仍要回来，各物件不必多带，只用四个箱子。二个装金珠财宝，两个带暖袄皮裘以御隆冬霜雪。带了八名太监，八个宫娥。先传懿旨，只用龙凤大轿，不驾銮舆，官员不必相送。"潞花王说："孩儿应该伴母后还乡才是。"太后说："孩儿，一则宫院无人，二则为娘去三两月间就回来，你不必去了。"当时狄太后又到安乐宫相辞，李太后甚是情浓，也备酒钱行。分离期会之话也是许多，不能尽述。又有曹后、张妃子殷勤送出宫不表。

第一〇九回　狄太后姑嫂还乡　安乐王闲中判断

又说天子传旨排銮相送,太后乘了辇舆,坐上大轿,三百御林军拥护相随。潞花王随着狄青到来狄王府。又有各府太君、郡主及众王侯大臣的命妇夫人,或先或后俱有礼物到王府送行,当受则受,当辞则辞,不多表。是日,天色晴朗,四虎英雄安排队伍先出城等候,狄王府家丁数百随从太太,三百御林军拥随太后,狄王爷兵丁三千从后,仍骑龙驹。车舆大轿三百乃乘女眷。小爵主自有宫娥同坐轿中。公主此时二十四对宫娥分左右,各太监拥后相随。一班众将威威烈烈,三千御林军盔甲分明,前后一程笙歌鼓乐,雅韵悠扬。太太心中暗喜。公主心花大开想:"我生于外国,从不见中原风景。直到如今方知下国多不及上邦倍加热闹,人烟稠集,景致繁华,真乃锦绣江山。"狄爷想:"从前初到汴京之日举目无亲,全亏得姑母周旋。岂料今朝做了一人之下,万人之尊。忆想回思,真如春梦。"千岁正在思言之际,当下长亭文武官员不少,大小共有百余员,已早早俟候,代君饯别功臣。狄爷到了一一答谢,又跪下望阙叩首,拜谢君恩。然后与众大臣交饮御酒。一会,即拜别相辞,起马登程,众官复旨。一程所到,地方官谁不恭敬?并有太后娘娘在此,进程仪礼物何止千百次,狄爷一概不领,俱避辞。此时行程遥远,非只一日,暂且住言。

却说孟定国、焦廷贵领掌王府,每日清闲无事,无非吃酒闲谈,也不多表。又说安乐王饯别狄爷,也要转窑宫,即进宫中拜辞母后。李太后说:"儿啊,不是到京中水远山遥的路程,需要常常回京叙会,免使为娘挂牵。"郭爷诺诺连声,拜辞母后,又辞圣驾。满朝文武齐相送别。郭爷仍不驾辇,仍是乘马,带八名家将跟随。马上一拱,相辞众大臣,出了汴京城。行程已数日,回到窑宫。夫妇言谈,说起母后为媒,招亲狄千岁儿子。夫人听了大悦说:"难得太后娘娘做主招亲,只待女儿长大完婚便了。"此日千岁闲中无事,在府中与百姓家一般居处。

忽一日,有一老人家叫喊而来。旁人问他是何缘故,这老人回说:"儿子忤逆不孝,要告官处治他。"此时千岁刚出府门,闻说便问:"你子怎么不孝?说与孤家得知。"这老人说:"启上千岁爷,小人年将六十,有一子名唤何元,生来不孝,不肯供养小人,饿得我两眼昏花。以理难容,情殊可恨。故当官告诉,要处治他的。"千岁原是个大孝之人,听了此不孝儿子,心中愤怒,说声:"真乃可恼!你既是贫苦之人,目今饭也没有吃,倘去告官,有甚钱钞使用?你且随孤家进来府中,待唤你儿子到来,我自有道理,不忧你儿子不供养你老人家。"这老人家叩谢千岁之际,只见远远有人叫喊声而来。这老人说:"启上千岁爷,这叫喊之人,是小人逆子何元了。"千岁说:"你且唤他来,待孤家询问。"这老人家起来,去了一刻,已将儿子拖扯而来。此时多少闲人跟随来看,在府外议论。当时千岁说:"你是何元么?"这人应说:"小人是何元。"千岁说:"何元,你做何生理①?"他说:"启上千岁爷,小人贱艺,会做蒲鞋,只为时乖命蹇,岁岁遇饥,米粮腾贵。上年又不幸遇火灾,家中什物尽成灰烬,实情困苦不堪。小人是上有父母,下有妻儿,共成七口,唯小人手艺觅度,天天飧膳略略得足。只父亲有一事要告官,小人不说了,只求千岁爷劝我父亲不要告官,小人感恩不浅。"千岁说:"原来你父亲不实的。何元,你父亲因何要告官,你休隐讳,必要实言。"何元说:"千岁爷啊,小人贫苦不能鱼肉供亲,父亲要小人卖妻以供鱼肉,小人不忍即卖妻。父亲朝夕吵闹,可怜子哭母,娘哭儿,逼得情急,妻子已奔归娘家了,反说小人逆忤不孝,要告官。无奈愿卖妻子。所以转来寻父回家,不必告官了。"这老人说:"千岁啊,这是何元说谎了,他自己卖妻,小人不许是真。"千岁正要开言,只听得府外喧声,是何元邻里,多说:"何元行孝,他父逼子卖媳,反说何元不孝。"千岁侧耳听闻,说:"如此,果然何元父不好,发往县主重打四十。"这人说:"千岁,小人知罪了。"声声哀告叩头。千岁骂声:"老狗才,全不顾面羞! 逼子卖媳,反说儿子不孝,且看你儿子孝心! 姑且饶你,下次再犯,决不宽容!"何永说:"是是,小人以后痛改前非了。"千岁说:"何元,孤家念你孝心,奖赏白银一百两回家供亲。"何元叩谢千岁之恩,大喜而去。邻里一同散去。众百姓远传扬名郭王爷的好处,若是他做了地方官,我等沾许多恩德。如今我等百姓人家有什么事情,不要往各衙门告状,不若到王爷府来公断,不用报禀,不使钱钞的。休表闲言。

又过几天,千岁正在府堂闲坐,忽有一人喊叫到府门外,说:"千岁爷在上,小人名唤赵惟荣,有胞弟持刀要杀我。"千岁说:"你的胞弟是何缘故,怎敢行凶杀你?"惟荣:"只因兄弟不愿养娘,推在小人独养母亲。小人说了他几句,他就行凶动拳殴我。又拿刀一把,现有为凭,说道:'杀了你方称我心!'小人俱怯,只得暗盗此刀,思量去告官。只为无钱使

---

① 生理——生意,做买卖维护生计。

用,故求恳千岁究治恶弟。"千岁正要开言,府外又进来一人下跪。千岁说:"你是何人?"这人说:"千岁爷,小人唤惟仁,与赵惟荣一母同胞,及该分派养娘,只为着他游手好闲,不顾工艺,小人劝不得几句,他就要拿刀杀小人。望千岁察明究治!"千岁听了微微含笑:"你二人多是一面之词,准信不得。"此时不知判断得如何,下回分解。

　　国有贤良诚国宝,家生悖逆起家难。

第一一〇回
修狄坟张文料理　送荣归兄弟同心

诗曰：

平西千岁返山西，一路花香衬马蹄。
四虎兄弟多义气，同心并胆送荣归。

当下安乐王爷说："你兄弟二人诉此一面之词，孤家信不得的。但既是同胞手足，需要相和，一同供养母亲方才为是。为何你推我，我推你？弟兄多是个不孝的。"有赵惟荣说："千岁爷，小人一人养母，胞弟只是不管账的。"惟仁说："千岁不要听他妄言，母亲是小的一人独养。哥哥是个赌荡游闲之辈。怪小人劝解于他，故要持刀杀我，反说小人持刀杀他，只求千岁爷公断。"千岁即呼："惟荣，孤家看起来是惟仁不好，持刀杀你是真。孤家看你衣衫褴褛，是个贫苦之人，赏你铜钱五十贯做些小买卖，勿要游闲。人既孝心，上天必信。弟不养母，天必加诛，贫涸到底无人哀怜。领赏去吧。"惟荣领赏，心花大开。叩谢千岁爷恩赏，拿了钱，又拾起刀要走。千岁忙问："惟荣，你有许多钱，这把刀不要也何妨，何必拿去？"原来，千岁试赚他。岂知惟荣得了五十贯钱快活昏了，忘却前事，直说出来："不瞒千岁爷，这把刀是小人借来的物，若不拿去交还人，必要小人赔偿了。"千岁说："哪一家借来的？"惟荣说："好朋友张伦那边借来的。"千岁喝声："丧心狗才，原来你自己借来的刀，冤屈兄弟杀你！"吩咐家丁捆绑他，发与县主照律定罪，断不姑宽。此时惟荣改口已来不及，叩头哀告恳求，千岁全然不理，将五十贯钱赏了弟，惟仁叩谢千岁爷，出窑宫而去。惟荣发至县官重处。自此之后，安乐王不啻①地方官一样，民间有甚冤屈事情，皆来报告，千岁公断果也无差，所以众民远近称扬千岁恩德。本地衙门倒无案事办理。陈桥地面不独盗贼宁息，就是流猖窝赌多已尽除，酗酒行凶，刁奸恶棍多已潜踪。官员役吏不敢贪赃勒索，土恶富豪不敢倚势凌弱。从此远近闻名，扬到帝都，书休过表。

---

① 不啻（chì）——简直是，不只。

第一一〇回　修狄坟张文料理　送荣归兄弟同心

又说山西张文前数日接到狄爷家书,早已重新建造王府,祖坟修理,添栽松柏,茂秀十分。件件完全,只待他母子归乡祭祖。如今又接书一封,方知太后同来,少不得又要当心整顿宫院。就是汴梁与山西的经由要路,处处多是修理。街衢除污扫净,并太原一府十县各官,协同料理街衢,平坦道路。传谕民家店户预先备办香烛,结彩,免使临期局促。众民也有一番言谈,也不烦表。这张文与妻说道:"我前时与你讲过了,太后娘娘乃狄家内人,应该同岳母一同回来祭祖方为正理。你说她身为太后,必不肯轻身回来。如今方已到。"金鸾含笑说:"妾只道她乃玉叶金枝,惯住凤阁龙楼坐享,岂轻易抽闲回转家园?所以料她不来。如今既到,真乃有幸的,你何必取笑于妾身?"张文发笑道:"这是玩耍之言,有可妨碍?"闲言休得多表。

又过了十天,当时近有各差走报人,是府、县差来常常探听,天天有报。今日到某处,明日到那方,一天一天报近了。一日,报到千岁已到了三十里了。当时太原府各官员多出码头等候半日。头队已迎接平西侯张忠,后随是狄府家丁拥护。张忠下马与张文见礼,先说本县多少众民等候半日,头队已迎接平西侯。说太后娘娘、外邦公主未能看过,所以各处经由之路,男女多在着门里窗内暗暗观瞻,不表民众百姓。二队、三队、四队陆续而来,却是四位英雄齐集,家将纷纷。众英雄下马,千岁众人尚未到来。张文对四位英雄说:"千岁两次平西,全亏众位协力帮扶。又来同送还乡,足见意气深重。"四位英雄笑道:"张老爷,你说哪里话来。前日我弟兄结拜时,许以苦乐同均。就是两次平西,多是为国。原得跟随千岁,今日方得封妻荫子。如今我等送行,应该如此。况且太后娘娘也转家园的。"张文笑道:"幸得你五人同心共胆。"五人说起庞洪父女,孙秀俱已被诛,众人欣然发笑。

此时,谈笑未完,狄千岁、太后、太君也是陆续回来,到了码头,号炮三声,惊天震地,山西省大小众文武官远远两行跪接。百姓民家香烟喷鼻,灯烛光辉,好不恭肃。四位英雄会接,张文牵领众人下跪恭迎。狄爷一路好不威武,骑上现月龙驹,前呼后拥。公主坐上脚力,天姿国色女英雄,太监、宫娥齐拥。后二年尊护拥越多,狄太后喜静不喜烦,传知众文武知悉:"不必接迎,各个回衙,以后不必再至请安。众民且收拾灯烛,绸彩,各安生理。所随行人倘有酗酒胡闹者,押官究治。"太后娘娘旨下,各官俱散去了。只有百姓不约同心,多说太太娘娘到来,我等也不费什大财帛,所以不收灯彩,仍自如常,毫不喧哗,远远观看贵人。窗窗户户多不闭,倚楼望牖多是妇女。多说身穿蟒袍,腰围玉带,黄伞遮行,威威光彩,二十外年纪,必是狄千岁了。又看公主坐马上,生得果然是标致。实是坐惯马的,看她威威武武。身旁又见有宫娥、太监双双跟随,如此看起来必然是太后的大贵人了。内一妇女说:"嫂嫂啊,这不是太后,太后何人? 想既是太后娘娘必与老太君同辈之人,不是五十之外,定然花甲之期。面生皱纹,发必添霜,焉能有这等嫩姿容? 想来这位必是公主娘娘也。"众人说:"果也不差,但这公主娘娘真好气概也。"当时狄太后下轿也有一番议论,老太君下车也有羡言。此乃一众俗情所羡慕,正为锦上添花。旁人也多多羡美说:"美之中,常人未有不情驰于富贵,而殷殷爱慕,此乃个个皆然。"此皆闲话,不必多谈。

是日,已是午时了,这小杨村内好生兴闹,宝辇銮车纷纷进过,轿与马匹联络不断,一路笙音乐奏,次第随进王府中。平西王一到王府门首,下了马步进堂中,多少家丁、下人正在齐齐俯伏跪接。两旁四英雄也随千岁进府,立在一旁迎接太后、太君车驾。张文夫妇也下跪庭前迎接姑娘。太后一见说:"侄婿侄女乃一家骨肉之亲,休得如此。"吩咐起来,二人遵命立起来。两位年尊下了车辇同进内堂,金鸾夫妇上来拜见太后,再叩见母亲。狄爷五兄弟一同拜见毕,家人妇女们多来叩头,也不多表。狄爷进居了王府,分别已有几载,今日姐弟相逢,无非别后衷肠之话,也不多表。狄爷又着张忠安顿了御林军,张忠领命。

狄爷看这王府,好不威风,开言说道:"姐丈,前者劳顿你多少,在家中料理。方得今日回来,件件齐备。"张文说:"千岁哪里话来!"此时,太太再为言道:"但这楼画亭栋,多是上手之人创造雕成的,方不使为王府用作也。"众英雄细看窗檐格扇,果然雕造得十分精工,众人赞赏一番。当下众人吃过茶毕,多叙话中堂,无关之言不表。又说抬夫之人,时狄太后一一打发送走,这平西王至王府交点明白不多表。此时内堂狄金鸾见弟妇美貌花容,公主一见姑娘一貌鲜妍。金鸾一向不多见孩童之面眉,手挽侄儿微微含笑。看见侄儿,头平额阔,天仓丰满,目秀眉清,想来这侄儿长大成人也非等闲之人。此时叫声:"侄子啊,你父亲自出身就劳苦了,拼力沙场,历尽危险,保护宋朝。前时劳碌,今日方得玉带横腰,荣归故里。日后你长大成人当承父志,必须文武双全,光前裕后才好,但不知可能依得今朝姑母之言否?"但见小爵主面有笑容,语话答应。金鸾见侄儿乖觉,心中大喜。公主呼声:"姑娘。"不知公主说出何言,下回注载明白。正是:

  团圆此日多亲谊,叙会今朝喜气扬。

第一一一回

到家乡狄爷拜探　复圣旨包拯回朝

诗曰：

　　荣归谒祖狄王亲，圣上恩隆宠爱珍。
　　敕命包公代御祭，回朝复旨拜辞行。

当下狄金鸾正喜欢侄儿伶俐乖巧，有公主暗暗开怀说："姑娘，我有几位外甥儿子？"金鸾见弟妇一问，脸上泛出桃红，低头说声："嫂嫂啊，我名说夫妻曾经十载，今日张姓香烟还未有继嗣之人。"公主听了说："姑娘啊，命该有子休嫌晚。如今你才是中年，或者命该受子迟些，人人多是有子的，岂独姑娘你一人？"金鸾说："嫂嫂啊，此话今生休想望，说也枉然了。"公主听罢，又劝解姑娘一番，多少言词不必多表。

又说张文吩咐众家先住定了房间，太后娘娘另有宫院，格外雅致，床帐什物，件件完全，多是张文夫妇平日当心办理预备齐全的。此时，狄府众人多更换过衣裳。是时已将晡①，内外、堂中排开酒宴，一堂音乐，佳韵扬扬，堂庭中外喧哗畅饮。狄府家丁、使女俱有小宴席赏赐。一班御林军也是猜拳放马的，欢乐而饮。众吃酒至更深，方才散去残宴，各个安睡去了。

次日早晨，有各官是本府文武官员到来，问候请安。太后娘娘的懿旨仍降，各官员自此以后不容仍来候安，前日山西的官员尽到此处接迎太后娘娘，已遵旨意各个回去了。如今到府中请安的官员俱是太原本府的。各官遵旨，来日自此俱不到来请安，省却多少浩烦，众官大喜，多说太后恩德宽宏。不表。

再说平西王幼年撇却家乡，今日荣归故里，须一人也相识不得。当时与四位兄弟乘了马，备了名帖，一干家将跟随，一路往拜探地方官与乡绅

---

①　晡（bǔ）——申时，即午后三时至五时。

耆①老。这是登门答拜,留飨款酒,又劳忙了几天。若问这狄千岁身受王爵,又是王亲,因何要拜探他等?只为乡居比不得在朝,乡间乃序齿为先,且况州、县、总、戎、司、户,须是官职卑微,原乃本处应管官员。狄爷又是谦逊之人,故来拜探这下属官,又探望各绅耆。一言交待分明,不多再述。

　　是日,狄爷拜探方得空闲些,忽又报主祭包大人到了。狄千岁闻报,即齐整衣冠,带了四位弟兄一同出迎,接到王府中堂见礼坐下。狄爷开言说:"包大人,下官已沾得大人搭救深恩,未曾稍报,今又敢劳跋涉到来,下官反觉不安。"包爷说:"王亲大人,乃圣上差使下官的,狄王亲休得谦言。"当下包爷要参见太后娘娘。狄爷命家丁请出,太后吩咐:"包卿勿行朝廷礼,以宾主相见便了。"包爷说:"微臣焉敢如此?"当时仍是三呼千岁。太后命一同坐下,又呼:"包卿,你是宋朝一大忠臣,保国擎天柱,能使当今认母,削除庞党,皆亏包卿之力。就是我侄儿屡蒙提拔,老身尝念不忘。"包爷说:"太后娘娘休得过奖。千岁与我同为一殿之臣,古道'文官把笔安天下,武将提刀定太平',为臣食君之禄,理该如此,娘娘何必过奖微臣?"闲谈一会,太后辞别包公进内。有太君又步出中堂,丫环启上:"千岁爷,太太出堂要见包相爷。"狄千岁说:"大人,家母出堂相见。"包爷说:"太太出堂何敢!"即立起位。太太出来,满脸含欢说:"我儿几次灾殃多感大人搭救,恩德如天,老身念念不忘。今日又蒙光临,待老身拜谢一礼才是。"包爷说:"太太何出此言!"说未完,太太已跪拜在地,包爷连忙即时叩首回礼。礼毕,各立起来,又谈话谢言一番。太太辞过包公进内去了。此日,华堂上排开酒宴,五位英雄陪着包公吃酒,宴毕已是红日归西。是夜安排包爷在书斋歇宿。次日一同到狄坟代御祭主。狄爷吩咐扛抬祭礼同行,老姑嫂与着小姑嫂一同坐轿而去。宫娥坐轿,小爵主也坐轿,同千岁五人与包公先已到坟。但见坟头茂栽松柏,冢②地石马、石人高昂二丈,树木森森,风景秀茂。早有家丁排开祭礼,正是:

　　　　银烛高烧生瑞彩,圣诏朗读慰先灵。

　　当时包公代圣御祭,开读圣宣谕旨,狄府男女齐跪尘埃地上行礼。细乐笙歌真热闹,清香旨酒滴坟前。此坟自狄爷年幼身遭水患,至今十载多

---

① 耆(qí)——年老。
② 冢(zhǒng)——坟墓。

无人祭拜。今沾天子洪恩御祭,何幸欣欢!勿说生人沾恩惠,亡魂地府也开怀。狄千岁身居王位,比着天子郊祀王坟也差不多热闹,多少的百姓远远地观瞻。祭毕,天色尚早,狄爷吩咐扛回祭礼,一同回府。款留包公数日,每日排设酒宴,不再多谈。只为王命所差,不敢耽延,狄爷也不敢强留,只厚送程仪,修了谢恩本章一道与包公附带回朝。包公即时辞别太后、太君。太后说声:"包卿你回朝,此番劳你多多跋涉,我心甚不安。"包爷说:"娘娘何出此言,臣今拜别去了。"太后说:"包卿你回朝伏奏当今知道,原说我久别家园,耽搁一两月就回京,并烦你叮嘱我孩儿不必牵挂。"包爷应诺连声。太后再三致谢包爷许多感激之言,也不载。包爷拜别两位年尊,又别狄爷,五弟兄殷勤相送包公回朝去了不表。

再说狄太后祭过祖以后,心中甚安。姑嫂二人情浓意合,公主夫妻和合百般孝顺,两位高年与金鸾姑娘甚是相得。耽搁光阴,不觉又是中秋节期,府内中外,对月开怀畅饮,二鼓将残,酒宴方毕。此时王府中朝朝饮宴,夜夜笙歌,真为有兴。四位英雄在着府中,无非与在着京中王府一般,多是终日无事玩耍,或是吃酒下棋,待等护送太后娘娘还朝,然后归乡祭祖。八月已完,再耽搁已是重阳。是日,狄爷寿诞。原来狄爷是闰九月初九生辰,如今没有闰九月,故以正九月初九为祝诞,各官与诸亲戚丰厚礼物纷纷呈送,内外堂音乐喧天,王府宾客屏开,宴饮满堂。一切下人俱有赏发,一并家人、三百御林军有宴席给赏。

不觉又是喧哗有兴,已有七八天,时太后娘娘细叙前数十年事,悲离而复欢乐。又取出血结鸳鸯,共相赏玩传家之宝,若无此宝怎能使得姑侄相逢?焉能使得母子见会?太太听了大悦,喜色洋洋说:"姑娘啊,果已亏得这玉鸳鸯的。今日富享荣华,子媳团叙,皆由此物。"看完一会,又收藏了。太太又呼:"姑娘,我想李太后娘娘在着破窑受了十八年苦楚,全亏得包大人之力,方得当今陈桥认母的。"狄太后说声:"嫂嫂啊,所以当今天子甚是宠信这包文正的。前时剪除许多奸党,嫂嫂你也尽知。今日又除庞洪奸佞,肃清朝政,他乃不畏死活,耿耿忠心之臣,是以名声远震,宋室江山亏他之力撑持。原又因边国屡侵,也得侄儿弟兄鼎力。今有一文一武,可保天下无虞。"两位高年你语我言,说得十分欢悦。当时,又是九月已过,十月初旬了,狄太后要想还朝,即日说知嫂嫂。太君说:"姑娘啊,如今已近隆冬,天气侵寒,路途遥远,怎好行程?况且相亲不久,情甚难分,不若待来春和暖之日动身如何?"太后说:"嫂嫂啊,只有四位将军等候,耽搁于他。朝中儿子岂不悬望? 如今必要还朝了。"太太婆媳仍复再三相留,狄爷姐弟也来劝说。狄太后主见定了,选个良期吉日登程。狄千岁见强留姑娘不住,只得转出书房对四位弟兄说声:"众位弟兄,如今太后娘娘定了吉期即要回朝了,原是你弟兄护送回朝,然后各自奏明天子还乡祭祖。限满之日,弟兄众人自京中相会的。但水陆风霜,切须慎重方好。"四位英雄连声称:"领命。"各个打点,不知何日登程,以后姑嫂分别。有分教:

　　柔肠割断因情谊,珠泪倾流为意浓。

第一一二回
完祭祖太后回驾　大团圆五将荣归

诗曰：
　　太后娘娘祭祖先，光阴耽搁在家园。
　　亲情不舍相为别，返驾登程惹鼻酸。

再说太后定了吉期回京，即将打点行程护送太后。此日，狄爷吩咐安排酒宴与太后饯行，一同吃宴毕，太太岂忍分离，便呼声："姑娘，你虽然玉体康健，到底是花甲之期了，一切水陆风霜最要在意，同行需要欢乐开怀。"说未完，喉已咽噎①。太后说声："这是自然。嫂嫂也是年迈之人，起居寒冷还须小心的。若贤侄限满回朝，须要一同到京，再得姑嫂相会，我想从此再无回乡之日。你若不到京，难得再会。你须同侄媳还朝，免我目中悬望才好。"太太应诺之际已含着一汪珠泪。太后娘娘也忍不住的珠泪纷纷，乃出于无奈。回首看看侄媳，叮咛说："你夫妻和睦，休得情疏，孝顺母亲。为姑不来，你回朝之日必须携母同来。我言不可忘记了。"狄爷夫妇同呼："遵命。"又唤过小爵主近前，挽手说："小侄孙儿，你须受父母教训。愿你长成如父一般，身登廊庙，保护邦家。"小爵主诺诺应言，太后稍觉心安。又嘱张文夫妇，另有一番吩咐之言，不多细表。

又说太后带来的四十箱衣物如今仍发与扛夫先行。又有众官员相送，太后传懿旨，不必相送。狄爷又发出六千两银子赐赏御林军。太后一路离却小杨村，太监、宫娥齐行左右，有四位英雄一同护驾。狄爷乘马一路送至百余里程途，太后娘娘几番吩咐转回，狄爷无奈只得辞别姑娘，别过四位弟兄回归府内，按下狄爷回府去了。

再说狄娘娘来时乃是初秋景象，如今转去乃近冬至。所到之处，俱有官员迎接。一路水陆行程，天晴雨不阻，满目风光，不能细述。一日回归汴梁城，天子率领众臣共出王城迎接。太后回归南清宫，母子相会不表。

---

①　噎（yē）——没法继续说话。

四将一同启奏,各个告假还乡,天子准奏,限满再回朝。四将即辞过众大臣,带夫人同归故里。但须各个交代分明。

先说张忠是日别了众人,到三关十锦村,同了数人前往天盖山地方去了。前日平西,今封侯爵,远近辉扬。往过有许多官员迎接,不在话下。一到家园,有本方官员绅耆多来趋奉送程仪,纷纷不暇,忙了几天。然后夫妻吩咐众家丁,排开祭礼,拜祀先人。祭毕回府,排开酒宴,一家叙乐,不多细谈。后来平西侯限满回朝,五弟兄仍得叙会。说到这苗氏夫人后来连产两个婴儿,也是出任皇家之贵,后话甚多,难以尽述。

书中丢下前言,又表李将军。是日,李义别了同僚,衣锦还乡。一路下属官员奉迎,与苏夫人到了北直顺天府。原来班师封爵之日,狄爷命焦廷贵将李义的旧宅重新建造,府内什物,件件已经办齐。故今定西侯一到,件件什物齐全,李义好不欣欢。高堂大厦深沾天子荫庇,乃狄千岁的用心。即日诚虔祭祀回来,一家兴叙,夫妇开怀。当时又有这许多旧族、亲朋,也来拜探,此乃世态炎凉,从古所说。后来定西侯的夫人产下一男一女承嗣香烟,能袭荫父职。限满回朝,再得弟兄叙会。按下定西侯不表。

却说震西侯刘庆荣归故土,家丁、家将后拥前呼,多少旁人称羡,真乃两次平西功劳最重,门庭车马,纷纷拜探。是日祭祀先灵,劳忙数天,一家共吃团圆酒。震西侯夫人后生一子,仍为武将立功,书中丢下飞山虎。

再说石英雄是日选了吉期,先辞圣驾,后别众臣。拜辞毕,又有赵千岁府中已备酒宴饯行,石家太太再三致谢亲翁、亲母之情。石兵部感不尽岳父、岳母之德,各有几句分离的话不必多言。单有郡主此时盈盈珠泪,只因不忍抛别双亲。赵千岁夫妇一同安慰女儿,叮嘱言词多少。又有数个官箱所载什物,已发扛夫抬行百余。便乘上轿,小公子也在其中。赵大人等车马纷纷,多少同僚下属,不约而会一共送行。先说孟定国、焦廷贵前时狄爷着他掌管王府,看见四人俱已荣归故里,热闹非凡,他两人好生气闷,你说我言:"与他等同劳几载,如今他个个回转家园,单有你我掌管这王府,终日在着此地,未知守到何年月方能回归故里的?"

不提焦、孟心中烦闷,且说石兵部与母亲、妻子一路水陆行程,多少官员迎接。一到了长沙,也就有本处文武职官齐到恭迎,石兵部一概辞谢回

第一一二回　完祭祖太后回驾　大团圆五将荣归　423

行不表。即日三声号炮,起马登程,多少此地旁人百姓同观,互相谈说,接耳交头说:"曾记得七八年前他母子双双困苦,日给不敷,又无亲朋依靠,谁人肯为相怜?一出门已久,后来并不见母子,只道他死在外方,岂知今日是功勋大臣,荣归故里,赫赫威风,谁人可及?想来他的太太、夫人真乃后头甜。"丢下旁民虚论,却说石兵部母、妻进了府,又升三炮,鼓乐喧天,家将众人也进府中,石爷望阙谢君恩,有家丁使女各个叩见。太太、婆媳进内室更衣,老太太说道:"当初老身这般苦楚,上下无亲朋计较,只道今生如梅子样,越越黄,越越酸。岂料今朝也有今日,真乃令人不测。"不提太太之言,当时兵部初到家乡,连忙了五六天,祭祀已毕,又往谢长沙府代建造府之劳,方得闲暇。此乃夫妻并叙,母子相依,不用多表。又说郡主后生二子,今有一子,弟兄三人,将次子继了岳父香烟,后话休提。

且说平西王在府,自从太后姑娘回朝,如今日日安闲,母子、夫妻、姐弟一家聚首,十分情厚。一日,太太说当日事情:"在水发山西太原之日,我儿若非鬼谷仙搭救,怎得今日身荣?自古受恩必报,理当立庙再塑金身。"公主听了又说:"婆婆,我亦全亏圣母指点,也是受她大恩,圣母理该建庙。"狄爷点首称是。即发出白银八千,着姐丈张文买了两段大地,左边起建王禅寺,右边起造圣母宫,俱塑金身。如若短少银子,再发取用。张文领了,赶办买地兴工。建上二月多,筑造已成。一边圣母庙,一处鬼谷祠。只因前日受他大恩,至此夫妇今日不负忘其恩德,建造已成。狄爷夫妇亲身上炷香三天,太太也叩拜三朝。自此之后,朔望之期必亲到上香。又有民间男女也来上香,若有诚心叩神,仙师、圣母十分灵感。左边用着老道经管,右边用着老尼姑事香火。事已表明,不须烦载。

话说平西王千岁今日一门福禄双全,乡中自建庙宇已毕,完却一事,作报师父之恩,十分称快。狄爷即日吩咐设排宴席,先望阙拜谢君恩,然后就席。狄爷夫妇敬三杯美酒与高年太太,金鸾夫妇也递敬一杯,一堂乐叙酒宴,是日欢尽不表。一日,狄爷想起来,如今幸喜国家平泰,定唐金刀不用了,好生收拾。但这现月龙驹马,日日尚要骑的,仍交与马夫承管。血结鸳鸯一对,仍为狄门传家之宝。待等三年之后,限期已满,仍复还朝伴驾。狄太后娘娘叮嘱本藩要携母亲到京。待起程之日,娘亲愿往不愿往,由她之意便了。若问为官大小,何足轻重?只要做一生正直无私、忠君为国之臣,方有好收场,美结局。这庞洪、孙秀千方百计图害狄青不成,万般打算,到底成空,后来反及自身,落得臭名万代。真乃为善最乐,作恶难逃。先圣之言,一字无差。此书讲到狄青遇了瓦桥围困之后,领守三关,今日二取珍珠旗,得胜班师,事事已毕,后话甚多难统述。若问五虎如何归结,再看《狄青平南后传》,另有着落详言。兹今总结,有诗附后。狄太后有亲亲之义,有诗赞云:

不忘骨肉狄娘娘,痛惜亲兄身早亡。
体恤侄儿深切爱,孤孀母子感恩长。

狄青平南后传

目 录

第 一 回	南天国差臣进表	平西王夜宴观星	……	(429)
第 二 回	包公奉旨诏英雄	五虎兴兵临敌境	……	(434)
第 三 回	狄元帅以众攻关	张将军出敌斩将	……	(438)
第 四 回	段小姐夸能演术	飞山虎逞勇交兵	……	(442)
第 五 回	飞山虎出敌被擒	段小姐灵符迷将	……	(446)
第 六 回	破迷符宋将留神	遭大难刘庆得救	……	(450)
第 七 回	斗法宝大败红玉	施异术诈陷宋师	……	(454)
第 八 回	困高山宋将惊惶	越险地刘张讨救	……	(458)
第 九 回	孙总兵有心陷将	杨文广不意拿奸	……	(462)
第 十 回	露机谋传书得祸	明陷阱奏本伸冤	……	(466)
第十一回	闻被困议将解围	忆离情专心训子	……	(470)
第十二回	到汴梁弟兄同忠	当金殿太君陈兵	……	(474)
第十三回	平西后杨府托儿	范枢密三关调将	……	(478)
第十四回	王夫人奉旨兴师	孙总兵背君投敌	……	(482)
第十五回	杨文广奉命探山	段红玉施法取胜	……	(486)
第十六回	沙场布阵困英雄	锋镝中婚思小将	……	(490)
第十七回	段小姐暗问心口	狄公子假订姻缘	……	(494)
第十八回	段小姐谎言哄母	云中子真偶规徒	……	(498)
第十九回	段小姐移回宋营	狄公子羞惭女将	……	(502)
第二十回	出高山宋帅责儿	逢劲敌段洪忆女	……	(506)
第二十一回	南蛮王收录逃臣	王禅师开兵提将	……	(510)
第二十二回	王怀女助战得胜	王和尚布阵逞能	……	(514)
第二十三回	纯阳阵拿捉宋将	报异梦明传武曲	……	(518)
第二十四回	祈神祇翁媳相逢	因情义金兰助力	……	(522)
第二十五回	议破阵金兰同志	计劫营段洪失机	……	(526)
第二十六回	施巧计兰英斩僧	中机谋段洪降宋	……	(530)
第二十七回	老南将真诚降宋	少蛮女私订良缘	……	(534)

| 第二十八回 | 王兰英背义夺关 | 狄元帅正军斩子 | …………（538）
| 第二十九回 | 宋将军脱难回营 | 段小姐单身探穴 | …………（542）
| 第 三 十 回 | 大金环中术被诛 | 段红玉夺山救将 | …………（546）
| 第三十一回 | 庆洞房恩成虚愿 | 露缘故爱反为仇 | …………（550）
| 第三十二回 | 王兰英劝父归宋 | 段红玉兴兵讨伐 | …………（553）
| 第三十三回 | 红玉败走竹枝山 | 王凡归降狄元帅 | …………（557）
| 第三十四回 | 狄元帅计斩孟浩 | 达摩士毒陷宋军 | …………（561）
| 第三十五回 | 鬼谷师遗丹救将 | 狄公子奉命招安 | …………（565）
| 第三十六回 | 再投宋红玉完姻 | 施毒泉道人伤将 | …………（569）
| 第三十七回 | 救三军女将求泉 | 活生灵龙神运水 | …………（572）
| 第三十八回 | 获私书奸谋尽露 | 拜战本旨意参详 | …………（576）
| 第三十九回 | 包龙图登台选将 | 杨金花夺帅逞能 | …………（580）
| 第 四 十 回 | 当金殿三杰领兵 | 施法宝群英献技 | …………（584）
| 第四十一回 | 排八卦收除蟒怪 | 度昆仑剿灭蛮王 | …………（588）
| 第四十二回 | 获叛臣奏凯班师 | 诛佞贼荣封众将 | …………（592）

第 一 回
南天国差臣进表　平西王夜宴观星

诗曰：

暴戾①边夷屡不和，贪吞疆土动干戈。

扰攘未息兵遭困，征役无休将士磨。

却说前书五虎将征服西域边夷，奏凯班师，回朝见主，论功赐爵，俱受王封。当时各将士同告驾荣旋谒祖，仁宗天子准奏，各赐荣归故土，限以三年为满期，期满之后，仍复回朝伴驾，同保江山。后话休提。

再考大宋开基承统以来，边廷侵扰之患屡屡不息。始自太祖传位与匡义太宗，以至真宗，及今仁宗。然太祖之初，代周承统，登基一十六载而崩。太宗继御，在位二十二秋。其初，威武仁智，不在太祖之下，三年而收吴越，四年而灭北汉，天下一统之盛至矣。及真宗之世，在位二十五载。虽宽仁慈爱，大有帝王之度，然至景德初年，契丹大举雄兵猛将，入寇澶州，所到之方旦夕攻陷。当日若无寇准之才智，劝主亲征，国家几乎亡灭，其弱甚矣。

至仁宗在位，四十二年。虽然忠义之士满朝，仁柔有余武刚不足，是以边疆之患，不觉旋踵②而来。其初，文有王曾、孔道辅、包拯、文彦博。当扰乱之日，其武，朝廷所倚重，初知兵机韬略者，莫如范仲淹、韩琦、富弼等。智勇双全者，有呼延赞、杨宗保并帐下结义英雄甚众。前书已见，此书不提。以后皆年老既衰，相继而亡，却也不表。

再言上年五虎将征服西辽，其边夷拱服，入贡不绝。仁宗天子龙颜大悦，思念皆狄青五将之功。其众将回朝之日，告假荣归，原限三年，此时期限未满，正是二载，所以众将俱未回朝。当日乃嘉祐四年己亥秋九月，南

---

① 暴戾(lì)——粗暴乖张，残酷凶恶。

② 踵(zhǒng)——脚跟。

蛮王侬智高作叛。初起于广源川,后兴兵攻夺交趾,僭称南天国王。发兵入寇邕州,兵势甚锐,百姓惊慌。各州府县望风逃遁,所到皆破。不提。

忽一天,仁宗天子尚未退朝,有黄门官①俯伏金阶,奏曰:"微臣启奏陛下,今南蛮交趾南天国王侬智高差使臣到来,有表文一道,上谒天颜。"仁宗闻奏,说曰:"朕思这南蛮王,可恶无礼,前月边关有本,奏说这逆凶起兵侵掠,黎民不安,求恳发兵征诛。朕想劳师动将,府库浩繁,非同小可,是以尚未发兵征讨。不想彼势愈张,未满二月其边关本章雪片而来,说邕州危急,近日即思兴兵前征。他今又差使臣来上表,未知何意。即可宣进来。"当下皇门官领旨,即出午朝门,宣进使臣。这使臣官慌忙俯伏金阶,拜伏已毕,手捧着表文一道说:"边国使臣叩首仰见龙颜,愿圣寿无疆。"天子开言说:"外国差使见朕,有何本章奏?"使臣说:"微臣奉南天王,有本章一道与陛下,求龙目观瞻,便知明了。"当下有御前挡驾官将本章接上龙案展开。仁宗天子一看表文,上写:

南天国王书至大宋君御前。曰:从来天下者,人人之天下,非一人之所私得也。至于尧舜之君,圣德俱德,尚且揖让相逊。况今之君,圣德未及于尧舜,而柔弱不及才能。公然南面称孤,实为不称耳。兹故束锐师百万,战将千员,喜则待时坐守南国,怒则发愤奔越中原。宋君识时达世者,即割云贵两粤之地,暂止征伐之车。倘书到后尚属狐疑不决,戈盾耀于汴梁,帻帻②扬于中国。倘玉石不分,君耻臣寡,追悔何及?

当下仁宗天子看了这道战书,其中许多不逊无礼之词,不觉龙颜大怒,手拍龙案,骂声:"好胆大南蛮!逆畜焉敢逞强,出此大言欺侮于寡人。断不姑宽!"传旨将使臣官绑去斩首。这使臣看见天子大怒,又闻传旨斩他,吓得魂不附体,连喊数声:"圣主在上,容罪臣启奏:这乃国王差使微臣来上表,不干微臣得罪陛下,奉命差使,焉能推却得来?况其书中所犯罪者,皆由我主国工。微臣本内之词全不预知,恳乞陛下龙心鉴察。"说罢,不住连连叩首。仁宗王听了,尚然怒气不息,指着使臣骂声:"大胆逆贼,尚敢多言!你既奉命而来,与你无干。死罪免了,活罪难

---

① 黄门官——宦官。
② 帻帻(zé)——此指旗帻。帻,本指头巾。

免!"传旨捆打四十,发往开封,一路起解,监押出境。旨意一下,两边武士将使臣捆打四十棍方起来。仁宗天子指着使臣官喝声:"恩饶你回本国与狗蛮王得知,教他小心伸出狗项等候吧。不日大兵就到,断不死捉,定然活擒,碎剐于他。"这使臣官含泪谢了不斩之恩,起来往开封府一路回国去了。

当时仁宗天子把本章复看了一遍,怒气尚愤愤不息,说一声:"可恼!你这逆畜如此欺侮,藐视我中原无人。朕情愿江山不要,必须亲临征讨,以决雌雄。"言之未了,只见文班首中闪出一位大臣,执简上前俯伏,呼声:"陛下不可,不可!"天子闻言,向下一看:这位大臣乃无私铁面包龙图。看见即命侍御人下阶扶起,说:"包卿休得行此大礼。"即赐坐锦墩。这仁宗因何如此隆宠?这包爷比之别臣不同,素知他是忠硬无私之臣,多少奸谋不决之事得他理白,为国为民,社稷倚依之重。是以天子格外加恩,以师礼事之。

当时包爷谢了恩,起来坐下。天子说声:"包卿,这南蛮侬智高逆贼,作叛于南隅,攻打邕州甚急,朕本欲提兵征剿。今又下此无礼战书,欺辱朕躬,藐视太甚。寡人要亲自提兵捉拿逆党,以泄此愤。因何包卿谏阻?"包爷说:"陛下,自古以来,边廷之患哪一朝一代没有?如今南蛮之叛,邕州之危,皆因边关缺少智勇之将帅耳。苟能用韬略之将提兵征讨,未有不克,陛下何必御驾亲征。臣保举一人领兵前往,可以指日成功。"仁宗天子说:"卿所举何人与朕分忧?"包爷说:"臣所举者,乃平西王狄王亲也。此人领旨,定然马到成功。望吾主龙意参详。"天子闻言大悦,说:"包卿保举之人,但念他征西劳苦几载,才得安然。今又命他前往劳神,朕心觉得不忍。"包爷说:"陛下恤念臣下之劳,足见仁慈了。但食君之禄,担君之忧,理当如此。这也何劳圣虑?"天子说:"包卿所言者,乃为国之计。"说罢即发旨一道付与包爷,前往山西诏取狄王亲回朝。是日退朝,文武各散。包公接了圣旨,带了家丁,往山西而去。且慢表。

先说平西王自从平西得胜回,告驾荣归故土,与老太君带了公主娘娘回至家乡王府安享,已是无事。非只一日,乃对岁十月小阳春了。忽一夜,乃中旬天气,月色如银,中天灿烂,狄爷吩咐备酒设上西楼,与公主宴乐。夫妻对酌,两边宫娥歌舞,音乐悠扬。当下夫妻两边对酌,酒酣之际,狄爷手举金杯说声:"公主贤妻,下官当初受尽多少辛劳,西征北伐,方立下些汗马功劳,又得贤妻内助,才得玉带横腰,安享荣华,皆叨内助之力。贤妻吃了此杯。"公主开言说声:"千岁之命,焉有不遵?"即接了此杯。又说:"千岁尝言:夫乃妇之天。妇所荷重者,夫也。前者千岁与国家出力,屡立大功。今日身居三位,妾借有光,正要上贺。"说罢即命宫娥满满斟上一杯,玉手双拿送至。狄爷微笑说:"公主言重过奖了,下官哪里敢当也。"接了金杯,一饮而干。

夫妻对谈酬酢①间,时交二鼓。不觉正南方一派红光射入南窗里,只见一星大如碗,从南方滚到太阴,化为数百小星,将月围了半个时辰方散。公主一见,唬了一惊,连说:"不好了。南方贼星冲犯太阴星,有刀兵之患,国家不宁了。"狄爷说:"夫人,怎见得如此?"公主说:"妾颇晓天文,此乃吉凶预兆。"狄爷听罢,点首咨嗟:"倘然南方有事,圣上必然差遣下官领兵征讨了。"公主开言呼声:"千岁,你难道不见么?方才见贼星冲犯大阴,乃不祥之兆。只恐此回领兵主帅,凶多吉少。依妾主意,明天顶上一本,告驾归林。我夫妻趋吉避凶,侍奉年老婆婆,训诲儿子,以省烦忧。你道如何?"千岁闻言不悦,说声:"公主你且住口。本藩自布衣行伍出身,立了些功劳。叨蒙圣上恩封王爵,位极人臣,恨不能粉身碎骨报圣上,公主如何反教下官趋避,贪图安逸,这话何解?"公主道:"千岁呵,非是妾身多言。只因贼星冲太阴,领兵主帅,定然不利,是以妾劝你暂为权避。千岁啊,为人难道有知凶险不避之理?"狄爷笑道:"夫人之言差矣。我狄青乃一撑天立地的男子,须以忠孝两全。自幼习学武艺,必要出力于国家,岂为贪生怕死以污圣上?况死生自由天命,焉能以人料之,苟免逃避得来?且本藩久要芳名留于后世,何患死生利钝之机关!"

当下公主见狄爷说轰轰烈烈之言,又见他全执己性,不依良言劝解,不敢再说,只得手举金杯,呼声:"千岁,此乃上苍指示幽微,非妾所知也。倘有失言,望乞恕罪。"狄爷连忙接下金杯说:"公主不必如此。既然你预知今日南方有兵刀之患,圣卜不知下落也。明日回朝探听,果然南方有事,必要领旨平服南蛮,方才回来见你。"公主闻言大惊,不觉泪下沾襟,说:"千岁啊,方才皆乃妾之失言。但为臣虽要尽忠报国,倘天心不顺,非人力可强为。千岁何不听天命随时而遇?倘若圣上不差遣于你就罢了,

---

① 酬酢(chóu zuò)——主客双方互相敬酒,敬安曰"酬",还敬曰"酢"。

因何一闻有此凶险之事,即要回朝面圣领兵,不听妾劝解之言,又出此不利之语？万望千岁明朝不要回朝,坐以待时,且由圣上所命如何？"狄爷听了低头不语,半晌说道："既然如此,权依公主罢了。"是夜已交三更,公主吩咐收拾余宴,夫妻二人回宫,房内安寝不提。

再言这狄青乃武曲星降生,辅佐仁宗天子保国之臣,原乃大宋擎天玉柱,架海金梁,所以一腔忠义,赤心为国,不以死生利害为嫌。是以公主一说明南方有刀兵之患,即思回朝领旨征剿为己之任。劝你多少良言不依,这是从忠义之天性流出也。是夜不表。包爷何时到来诏取狄千岁回朝,且听下回分解。

第 二 回

包公奉旨诏英雄　五虎兴兵临敌境

诗曰：
　　食君之禄报君恩，尸位素餐枉做臣。
　　把笔文官分善恶，提刀武将立功勋。

慢言平西王与公主是夜家宴之言，再说包龙图领旨诏取狄爷回朝，一路带了王朝、马汉许多家丁，摆驾规模实难尽述。出了汴京城，向山西太原府而来。一程俱有各府州县相送，不用多谈。是时包爷有王命在身，不敢停留，无分日夜进发。一日，到了山西地面，进了太原府西河县，早已命家丁通报。是日狄爷正在银安殿闲坐，有宫门官来报圣旨下来。狄爷闻知，吩咐大开王府正门，预排香案灯烛接旨。当日包爷来到小杨村内，下了八抬大轿车，进至王府银安殿，开了圣旨。狄爷俯伏于地，包爷启读。诏曰：

　　奉天承运，皇帝诏曰：今有交趾逆寇侬智高作叛，举兵犯界反击，邕州危于旦夕。朕乃欲兴兵征讨，不意逆贼又差使官投下战书，内有不逊之言，十分无礼，侮辱朕躬，恨于切齿。正欲亲征擒拿，以正国法，方消朕恨，方泄朕耻。今特旨来诏，请卿家回朝商议平南之策，以靖边疆，以安庶民。旨意到日，卿须勿缓登程。朕预设筵宴于金銮殿，与卿饯行。钦哉。

包爷宣罢旨意，狄爷谢恩，起来接了圣旨。当时与包爷重新见礼，分宾主坐下，早有家将献上香茗。吃罢，包爷呼声："狄王亲，目下边关危急，圣上深恨叛贼战书之侮辱，原欲御驾亲征。但下官想起来，一者国家政烦，不可离君；况目下朝廷尚未定立太子，圣上却是不问，太子所立，乃国之本，群臣与下官谏陈多少，只不准依。是以下官荐本于王亲为平南总领，望祈早日动身。"狄爷说声："包大人，下官一介武夫，行伍之贼，初立些微小之功，蒙圣上加恩，今已位极人臣，须赴汤蹈火也要图报隆恩，何独马上之劳？即欲明日动身登程，回朝面圣了。但是一路风霜跋涉，有劳于

第二回　包公奉旨诏英雄　五虎兴兵临敌境

大人。"包爷说:"狄王亲啊,这也奉君之命,何须说劳?"狄爷点首称谢。当下吩咐排开酒宴,与包大人洗尘。对酌之际,谈论国家政务一番。至更夜已深,方才用过晚膳,安宿一夜。次日狄爷打点,备了行装登程。是夜公主知有圣旨相诏,难以谏阻,暗暗垂泪,不敢多言。此时狄龙、狄虎二位世子在书房闻爹爹回朝,也来送行。狄爷吩咐弟兄二人:"用力发奋攻书,不用远送。"言罢拜辞母亲,老太君也有一番嘱咐。相辞公主,许多叮咛之说,难以长谈。

是日,狄爷、包公一同起程离了王府,路出本省山西进京,非只一日程途。忽一天,到了汴京。次早天子临朝,文武百官参见已毕。有挡驾官传过旨意,包爷即上前俯伏,呼声:"陛下,前者,臣包拯奉旨宣诏狄王亲,今已回朝,现在午门外候旨。"仁宗天子大喜,说:"包卿平身。"又忙传旨宣平西王见驾。门官领旨宣进狄爷,俯伏金阶,朝见已毕。天子大悦,说:"御弟平身。只因南方侬智高逆贼作乱,入寇邕州,昼夜攻打,黎民不安。今下来战书,侮辱寡人。朕原欲亲征,包卿又谏止。故特宣御弟回朝,领兵征剿乱党,与寡人泄愤,足见卿之忠义也。今由御弟拨调那一方雄兵,先斩后奏,大展雄才。得胜班师回朝之日,大加升赏,以慰卿劳。"狄爷说:"陛下啊,臣受主恩,即粉身碎骨,难报万一。敢不效股肱之力,代主之劳!蛮兵虽锐,何足挂怀!臣托陛下洪福,此去必然马到成功。"

仁宗闻言大悦,传旨就于偏殿排宴款待狄爷,又赐统领帅印,狄爷饮毕谢恩。天子又呼:"御弟,提调各方军马,必得一智勇双全上将,同往为先锋方妙。"狄爷说:"不用调取别方之将,前者平西四将与手下焦、孟六将足矣。但四将上年告驾归家未回,需要陛下发旨,各路调齐回朝,然后发兵。"天子闻奏,即发诏旨四道去讫。是日退朝,狄爷与潞花王千岁并驾同行,一路往王府,直到南清宫内。潞花王千岁先进内禀知,狄太后娘娘大悦,即命宣进。狄爷进内拜见姑娘,见礼毕,又与千岁见礼,一同坐下。是日,姑侄兄弟相逢,仍有一番别后之言,狄爷请安,不一会,排上筵宴相款,不用烦言。自此狄爷就在南清宫等候四将回朝,然后发兵起程,按下不表。

不觉已有十余天,四位将军先后陆续回朝,俱已面圣。天子慰劳一番。与狄千岁相逢,欣欣喜色,四人到了狄王府,会了焦、孟弟兄。焦廷贵说:"自今又有趣了。"孟定国说:"你趣在何来?"焦廷贵说:"老孟,你难道不知？前者千岁平西回朝,告驾荣旋,兄弟五人走得干干净净,单剩我二人代管王府。差不多些守了二载,好生寂寞厌弃,今得南方作叛,方得聚会。今千岁又提兵前去把南蛮杀个不休,岂不大趣么？"四虎英雄听了,皆忍笑不住。狄爷说声："休得多言！众弟兄们,今夜须要准备刀枪马匹,明日发兵。"众将应诺。此夜不表。

次日,狄爷仍往南清宫拜别年老姑娘,太后一番叮嘱,狄爷诺诺连连。相辞潞花王千岁,也是一番言语,不能一一细述。是日狄爷到了教场中,挑选了十五万精兵、五十员偏将。是日,拜辞天子,相别众大臣,祭了大旗。当时天子又命各大臣在教场送别,备下饯行酒。元帅谢了君恩起马。先令刘庆为开路先锋,领兵一万；张忠为左监军,李义为右监军,石玉为后队中军接应；孟定国、焦廷贵二人各领兵三千,在后运粮。分派完了,各将自统大兵于中军,吩咐放炮登程。跨上现月龙驹,分开队伍,离了汴京城,向南方大路进发。涉水登山,旗幡招展,杀气冲天,一路威威武武。当时,狄元帅军令所到之处,不许惊扰百姓、私下行凶、强取民间一物,如违令者,立刻斩首。是以军中肃静,不敢妄行,民间安居如故。不表。大兵一路所到之地方,俱有官员迎接,不用多述。

水陆并进,有两月程途。一日,大军正在行走之间,远远探子报上,前面乃广西之境域了,狄元帅闻报。又闻报邕州已失,陈曙总兵阵亡,横州、宣州俱已攻下,兵进广州。当时,狄元帅一闻此报,即与广南总兵会合,同进征讨。正总兵孙沔、副总兵余靖此时得了狄元帅文书,紧守关中不出,待等大军一到,然后开兵。

再说狄元帅大兵是日择地安营,起了中军大帐。是晚三军埋锅造饭已毕,元帅有令：紧闭营门,兵丁停息三日,然后开兵。又发令小军小心逡巡①,以防敌人攻其不备。前面离关八十里乃蒙云关也,次日狄元帅即着飞山虎刘庆下了文书。按下宋营慢表。

且说蒙云关乃南方头座关塞也。守关老将姓段名洪,年已五十余,使一柄大刀,有万夫不当之勇。有儿子两个：一名段龙,一名段虎,也是能征惯战之将。还有女儿一个,名红玉,三小姐也,乃中南山金针洞仙翁徒弟。她八岁便学法,三年,这些腾云驾雾、隐身遁逃、撒豆成兵俱已习熟,更有

---

① 逡(qūn)巡——有所顾虑而徘徊不进。

法术迷人魂魄更加厉害。是日,段洪正在帅府帐中闲坐,忽闻探子报说:"大宋天子差平西王狄青五虎将,提大兵一十五万前来征伐,现在扎营于关外,下了大寨。"当下段洪闻报,传令紧闭关门,严加巡守。次日又得接战书,段洪说道:"我主南天王攻破邕城,已得昆仑关驻兵。这狄青不向此进兵,争夺此关,深入我南地征进,此乃先割根本后收枝苗作用,大合兵法。这狄青果然名不虚传。我主安坐于昆仑关,哪里得知?况及屡屡行此无道之事,凡民间美色女子,不论孤寡,有夫无夫,令兵抢了,百端淫欲;及于行兵,佻然放纵横掠,眼见得亡灭不远,焉能成得大事?但本官食他之禄,必要尽彼之忠,至死而后已。"是夜不表段洪之言。

是时已第三天,狄元帅有令开兵,一声炮响,精兵十万蜂拥而出,狄元帅后面带了四将来至关下。只见蒙云关十分高耸,气接云霄;扁圆垛口刀枪密密,剑戟森森,箭窗之内暗藏火炮;守城兵人人悬弓搭箭,俱是彪形大汉。狄元帅看了,令众军士攻打城池。众兵领令,个个奋勇争先,向前攻打,炮声不绝。上面守城军兵一见,急用箭石纷纷打下,又差人飞报中军。段洪闻知,急忙与二子说:"孩儿,如今宋兵攻城,你二人快些披挂随我出关,以退宋兵。"弟兄听了急忙披了盔甲,父子三人各提兵器上马,离了府帐,直至关头。段洪说:"我们且看他虚实,然后与他交锋。"二子依言,一马冲上城楼。往下一看,果见宋兵旗幡密密,杀气腾腾,盔甲鲜明射目,刀枪晃亮骇人。当下段洪父子三人看罢宋兵锐气,不知如何交锋出敌,且看下回分解。

第 三 回
狄元帅以众攻关　张将军出敌斩将

诗曰：
　　良将英雄有大名，六韬三略鬼神惊。
　　兵符掌执人钦服，一柱擎天定太平。

当下段洪父子三人在城上观大宋军马甚盛，锐气倍加。正看之间，只见大旗幡下一员大将，骑一匹高头骏马，在此指挥三军攻打城池。段洪向二子说："我儿，你看旗下这宋将，穿白盔甲，手提大金刀的，定然乃督兵主帅。若伤了此人，何愁宋朝军马不退？"段虎开言说声："父亲，孩儿不才，愿出马擒拿此将。"段洪说："我儿，你看此将身高马骏，定然骁勇英雄。况两边许多战将保护，你一人出马，焉能取胜？犹恐不美，不如你与哥哥同出，为父在此与你掠阵。但对敌之际需要小心，人不可乱进，马不可乱进才好。"段虎应允，弟兄一同下城，带领一千兵，放炮开关。二人一马冲出，一千精兵列开长蛇阵势。

狄元帅正在催赶众将攻城，忽然一声炮响，关门大开，一支兵马蜂拥而出。狄元帅看见，冷笑一声骂道："好胆大逆贼，敢出关与本帅对敌么？"金刀一摆，把雄兵阵势排开以待。远远只见旗下少年之将带兵冲来，正欲纵马挥兵上前，左边忽闪出刘将军说："不劳元帅动手，待小将出马。"元帅见是刘庆上前，便说："刘兄弟，既你去擒贼将，需要小心。"刘将军得令一马冲出，大喝："贼将休来！快些通名受死！"有段龙、段虎闻言，勒马一看：但见这员宋将生得身高体壮，脸黑颧高，海下短短乱须，十分威武，二目圆睁，高声呼喝。段虎大怒，把马一催，手提狼牙棍一指，大喝："宋将休得猖狂！通名待本将军取你首级！"飞山虎喝声："贼奴！你且恭听：吾乃大宋天子驾下，官封振国大将军名刘庆，你难道不知昔年平服西域边夷，各国俱已入贡称臣，你主乃隅角偏地乌合之众，妄称国号。擅敢下战书到中国，不自忖度。今日大兵至此，理宜自绑辕门，还敢出关迎敌。你有多大本领，敢与本将对垒么？你知事者，快快下马受死，还多言一字，我走马横刀,教你尸首不全。"段虎听见了,怒声如雷,骂声:"好狂妄匹夫,敢夸大言!与你拼个死生!"持起狼牙棒,拍马上前就打。飞山虎双斧急架相迎。二将一来一往,一上一下,二马交锋,只杀得乌尘遍野,大雾弥空,不分高下。

　　狄元帅在旗门下远远观看,二将杀得如虎争餐,如龙取水。说道:"好一员年少南将也!"命摇鼓助威。当下刘庆正在耐战南将,忽然听见战鼓加响如雷,便知元帅与他助威,即奋勇争锋,双斧如雪花飞舞。这一刻把段虎杀得两臂酸麻,浑身冷汗,招架不住。刘庆看见段虎棒法混乱,暗暗欢悦:"不趁此立功,更待何时?此贼休矣!"把双斧一紧,照定段虎头脑飞下。段虎连忙往上一架,刘庆又再拦腰一斧。段虎心中慌乱,叫一声:"不好!"两膝一夹,把马一催,又把马头拖转。刘庆大斧早已砍下,正中马后大腿劈开,骨筋多断了。这马忍痛不住,跨前一跃,有丈余,又不能走动,把段虎抛于地下,那马缰尚拴系着足,不能逃脱。飞山虎一见大喜,催马上前要伤他性命。蛮兵弓箭手一见,纷纷放箭射住。段龙大惊,忙绝马缰救段虎,此时马已跌地死了。狄元帅看见大怒,用鞭梢一指,一万宋兵飞步冲杀向前。段龙不敢混战,保了段虎败回。宋军杀一阵厉害,真乃犹如砍瓜切菜。段洪在城上看见败兵被宋军追杀,大惊,急令放下吊桥接救,败兵一齐慌忙奔上。狄元帅正在催兵追杀蛮兵,一见纷纷上了吊桥,传令快抢吊桥:"有人先登城者为头功。"一声令下,众将兵人人奋勇,个个争先,喊声不绝,奔上齐攻,竟来抢关。段洪一见大惊,忙令众兵放箭飞石,一齐打下,宋兵方才不敢上前。狄元帅方传令鸣金收军,回营大加犒赏。慢表宋营之事。

　　再说南蛮段洪见宋兵退去,再令军兵小心巡守四方城池,防备宋兵攻打。与二子回进帅堂,坐下谈论大宋兵将英勇,不觉天色已晚,大小三军用过夜膳。次日,段洪升了虎帐,众将立于两旁,定退宋帅之策,即开言说声:"列位将军,我老夫奉了我主国王之命,镇守此关,怎奈宋朝兵雄将勇,昨天开兵失利,折了一阵,段虎险些送了性命。列位将军有何谋以退敌宋兵?"言之未了,只见班部中一将高声说:"元帅因何长他人志气、灭自己威风?依小将看来,宋兵乃平常之勇,宋将乃些小之能。昨日虽然不胜,今日小将出马,定要雪了昨天之辱。如若不能擒得宋将,回关甘受军罚。"段洪闻言,抬头一看,是大将军花尔能,便说:"花将军,你有何高见,出敌退得宋军如此容易?"花尔能说:"元帅放心,小将出马捉得宋将,自然兵退了。"段洪闻言冷笑,说道:"花将军,你休得要藐视宋朝兵将,这狄青非比寻常将士,五虎将西征北讨,享过多少大名,武艺出众,刀法精通,用兵如神,何人敢敌? 昨因攻城,出敌一阵,三千兵丁伤残二千余。今日将军若肯临阵交锋,保得无事回关也算难得。"花尔能闻言不悦,说声:"元帅,末将今日出阵,胜不得敌将誓不回关了。"说完,不待将令,提刀上马出了帅府,领兵三千来至北城,吩咐放炮开关,一马当先跑到宋营中,喊杀如雷。

宋兵一见,连忙进内通报。狄元帅闻报,便问:"哪一位将军出马?"帐中闪出执山龙张忠,应声:"小将愿往!"元帅说:"张贤弟需要小心。"张忠得令下帐,提了大刀,上了银鬃马,带了一千精兵,一声炮响,冲出营前,一千精兵列开阵势。花尔能也排开队伍相待,但见来势威武严严,气概昂昂,遂大喝:"宋将何名?"张忠闻言。但见蛮将生得面如朱砂,浓眉怪眼,颔下无须,手执三尖大刀,声如霹雳,喊叫通名。当下张忠说:"吾乃大宋天子驾下、狄元帅麾下、官居定国将军张忠也!你这贼奴,也通下名来!"花尔能说:"本将军乃段元帅麾下正先锋花尔能也!你若知本将军厉害,快些下马投降,免做刀头之鬼!"张忠听了,怒声大喝:"休得夸口!"放马过来,提刀当头就砍,花尔能三尖大刀急架相迎,二将杀了五六十合不分胜败。张忠气愤难消,大刀砍发不住;花尔能三尖刀招开,二人再交手一番。这花尔能看看抵挡不住,气喘吁吁,大刀虚晃一架,带转马头而走。张忠哪里肯放走,忙把马一拍赶上,大刀照顶脑一挥,劈为两段,割了首级。南兵一见大惊,四散奔逃,张忠挥兵追赶,大杀一场,所得干戈器械,不计其数。收兵来至大营下马,小军收拾过兵器,上帐交令,献上首级。元帅大喜,上了功劳簿子,吩咐将首级号令,悬挂营前,然后贺功赏劳,不表。

有南兵败残的逃回关中,报知段元帅说,花先锋阵亡了。段洪闻报大惊,说:"花将军恃勇,今日阵亡,咎由自取。"闷闷不乐,只是点头咨嗟不已。天色已晚,有后堂夫人与红玉小姐闲谈。只见天色已晚,还不见段洪退进后堂,夫人疑惑一会说:"奇了,往日将晚,老爷必进后堂了,如今有六七天不进来的。"段小姐口称:"母亲啊,孩儿闻得大宋天子差遣狄青领兵十五万攻打我关,想必连日交兵事忙,所以爹爹不暇进堂。但不知开兵胜负如何,母亲可打发丫环出中堂打听老爷闲暇否,然后请他进来,待女儿问其连日交兵如何。"夫人说:"我儿,你乃闺中少女,哪里晓得交锋对垒事情,问它何用?"段小姐说:"启上母亲:古言君敬臣忠,父慈子孝。今日兵临城下,父亲终日汗流浃背,马上辛劳,为儿之心何安?倘然宋兵未退,女儿自愿领兵当先,与父代劳。"夫人闻言冷笑说:"女儿,你今日为何说此无根之言?临阵退敌,乃男子汉所为,你乃年轻弱女,因何说出临阵当先之言?"小姐说:"母亲不必多问,只请爹爹进来,女儿问他连日交兵胜败如何,女儿自有退兵之策了。"夫人道:"孩儿既如此说,可差个丫环往中堂请老爷进来便了。"

当下丫环领命,去不多时,段洪来至房中。夫人起接,小姐礼毕,各自坐下。段洪说:"夫人,你请下官进来何事?"夫人说:"老爷啊,近日宋兵临城,不知出敌胜败如何,妾与女儿放心不下,故特请老爷进来,问及宋兵攻打消息也。"段洪闻言叹声说:"夫人啊,不必提起宋兵事。连日交锋俱已失利,初阵段虎孩儿性命险些伤了,二阵先锋被杀。倘此关有失,下官必要尽忠了。但可惜一同玉石俱焚!"段小姐闻父亲之言,直气得柳叶眉直竖,银杏眼圆睁,便说:"爹爹放心,既然宋朝兵将如此猖狂,待孩儿明日出阵,若不将狄青生擒了回关,誓不生立于人世!"当下段洪一闻女儿之言,大怒,喝声:"胡言妄语!你这小小丫头,从小失于教诲,满口道着无根之言!"此时段洪发怒,不知如何,且看下回分解。

第 四 回

段小姐夸能演术　飞山虎逞勇交兵

诗曰：
　　年轻女将术精通，出敌关前独逞雄。
　　大宋将军诚不畏，沙场对垒见英风。

却说段洪一闻女儿之言，大怒，说道："你乃一闺中弱女，出此满口妄诞之言，反激恼为父的。还不退去！"夫人说："老爷何必动怒？我想女儿之言，不过一刻戏言，你就认以为真的。"段洪怒道："夫人住口！这都是你失于教训，还敢多言拦我，真乃令人可恼！"说完，往外去了。夫人见他愤怒而去，又不敢请他转来，只是不悦，不觉两眼含泪同小姐说："女儿，你往日说话，最是谨密的，为何今日如此狂妄，惹得你父亲动气？连我也怪了，受此恶气。"段小姐说："母亲不必心烦，此乃女儿不是，累着母亲淘气①的。"又再表明原由。

这段红玉会用法术，武艺高强，因何父母不知其由？但她前生乃是终南山金针洞看守洞门一女童，已得了半仙之体，只为一时思凡，托生于段氏之家为女。其金针洞一道人乃云中子也，他乃千年得道的仙翁，法力高强，道德清高。段红玉乃是他看守洞门的，见她惹了红尘，托生于世，心中不忍，所以特来度她为门徒。一日，在后园中化做一道人，假做化斋，授却三卷兵书与段小姐。书上所传飞天遁地、六丁六甲、神符隐形变化、撒豆成兵、各式阵图、多少真言咒语，一一难以尽述。又教她遇有不明不白与急难之际，焚起信香一炷，向南说声三次"金针洞师父"，即不过三刻就到了。是以红玉在闺中日日演习，熟看兵书、真言咒语，一连习练三年，乃件件俱备会了。她亦不与父母知之。

当下小姐说："母亲啊，你须放心，女儿虽是一闺中弱女，三年前曾得异人传兵书，上知天文，下察地理；呼风唤雨，腾云驾雾；能知七十二般变

---

① 淘气——受气。

化、三十六式阵图。我想宋兵不过十五万的军兵,何足道哉!"夫人说:"我儿,为娘却不知你这小小年纪有如此本领,莫非是你妄说谎言的?倘然果有这般手段,杀退宋兵,就是祖上之幸也,也与段门争光了。但不知你言究竟是真是假?"小姐说:"母亲不信,当面试验与你观看便了。"夫人闻言大悦,说:"既然试验我观看,方才说撒豆成兵,何不就将此术试演来?"小姐说:"此间地方狭窄,何不到后园演弄一番与母亲观看?"夫人应允。当时小姐回到自己房中装束停当,复进夫人房中。夫人见女儿如此打扮,但见盔甲鲜明,双挑雉尾,比往日大不相同,倒吃了一惊,说:"我儿,你这般打扮,虽然像一员女将,只欠了坐骑一匹。"小姐说:"女儿的坐骑在袍袖中,到了园中,就放将出来。"夫人闻言,半信半疑,就一起同出了房,来至后园中。在于空阔处,小姐先向袖中拿出条红汗巾,双手高擎,口中念动真言,对太阳吸一口气,吹于巾上,登时间一阵红光,已成一匹红马。夫人看见大喜,说:"我儿神通广大!不意你小小年纪有此手段,如此何愁宋将英勇!"

小姐当时见母亲褒奖于他,便大喜说:"母亲,女儿演取匹马何足为奇?还有三千兵马已带藏身中,待我取出来与娘观看吧。"言未了,取出小葫芦一个,拿在手中念咒,一会向空中抛起。只见葫芦内现出一道白光,白光之内涌出一支人马三千多,迎风变化,俱是身雄魁伟大汉,顶盔贯甲,手持兵刃。小姐将队伍排开,左进右出,把旗令一展,喝声:"听令!"忽闻呐喊,金鼓大振,旗幡展动,把夫人吓得眼振心惊,忙说:"我儿,快把人马收去!娘已看过了。"此时小姐见母亲害怕,连忙念咒,将葫芦空中一抛,这三千军士向小葫芦进讫了,不留一人。

夫人又说:"女儿,你今日有此手段,果然不惧敌人了。"小姐此时满心欢喜,又跨上桃花马,提了日月刀,说:"母亲,你可稍待片时,待女儿出城擒拿几员宋将回来,爹爹方才见我言不谬也。"言罢,将马一拍,只见一阵风,喝了一声起在空中。夫人一见,觉得惊慌,高声呼叫:"女儿不要去!快些下来,同为娘到中堂见了你父,点起人马跟你去讨战才好。"段小姐在上说:"母亲,女儿此去不用一兵一卒,我有三千神兵,自能迎敌,可擒拿宋将了,然后回来见父未迟。"说完就不见了。

夫人见她去后,心中十分不安,说:"不好了,女儿此番临阵当先,虽然她会用神术,但是从来娇养闺中,未曾出身对过大敌。倘有疏失,如何是好?"连忙离了后园,赶到内堂,吩咐丫环快请老爷进来。

不一会,段洪来至内堂,夫人就将红玉女儿到后花园撒豆成兵之法、腾云前往宋营之事说明。段洪听了,又惊又喜,想来女儿既有此法力,此事真乃奇怪了,便说:"夫人,我段洪从来不信鬼神,最恼的是兴妖作怪,自生来未见有几人会腾云驾雾之奇。况我女儿是未出闺门的幼女,如何有此法力?莫非我段门不幸,生此妖怪女儿不成?"说完,命家人呼唤进段龙公子到了后堂。段龙说:"爹爹,唤儿有何吩咐?"段洪说:"你快些带了二千人马,出关前往宋营接迎你妹子。"段龙问妹子因何会出敌之由,段洪就将夫人所说之言述了一遍。段龙闻知,也觉惊骇,急忙跑出中堂,至帅府选了人马,上了战驹,直到关前。吩咐守军大开关门,前往宋营,慢表。

先说段小姐驾云出关,来至宋营前,把怀中的葫芦取出,口念真言。葫芦内一道毫光放出,三千军马列开队伍,旗幡招展,杀气冲天。小姐布置已毕,即驱马至宋营前大呼:"守营的宋军听了:今在蒙云关段元帅的小姐前来讨战,快些报知,须令有名大将出马;若无名小卒,休来纳命!"此时宋军在营前见有女将讨战,急忙跑入中军帐内,禀知元帅:此刻有女将讨战,口出大言,要有名大将出马方可对敌。

元帅闻报一想,把小军喝退,低头不语。众将看见元帅如此并无发兵遣将意思,捉摸不着,不知何故。部班中有一将士上前呼声:"元帅,如今女将讨战,因何不发兵出马?莫非惧怕这女将不成?"狄元帅闻言抬头一看,说声:"刘将军,你问本帅不发兵遣将之意么?你有所不知,上阵交锋乃是男子之事,如有妇女、旁门道士、释教头陀这三项人出敌,必然会用邪术,或用暗器物件伤人,所以本帅正思众将中无可临阵之人。"刘庆闻言,愤愤不平,说:"元帅,你言差矣。你我行伍出身,战过多少将士,会过无数英雄,今朝岂惧一员女将?今日小将情愿出马,如若不胜,甘当军法!"元帅闻言便说:"刘将军,若论你本事,不算低微,莫说一员女将,就是千军万马,何足惧惮!但本帅今所疑者,这女将不是倚仗邪术伤人,定然有回马兵器,抑或袖藏暗箭取胜,我想到刘将军平日性子刚强,为人鲁莽,倘若开兵,只恐伤于女将之手。不如你且暂退,待本帅另点别将开兵便了。"飞山虎一闻元帅之言,气得浓眉倒竖,怪眼圆睁,大呼:"元帅,小将不是贪生畏死之徒!当日在大光山与元帅义结金兰,布衣出身,虽然行伍之贱,曾已身经百战,东征北伐,立下汗马功劳,跟随元帅多年。今日征南,因一员女将临阵,反用小将不着,小将羞惭死了。"元帅听了他一席之言,便说:"刘将军,非是本帅看低于你,用你不着,只因外国偏邦每用邪术伤人,想这女将不善邪术,焉敢出阵?今刘将军定要出马,需要十分小心。倘她败去,勿追;眼观八角,耳听四方。"方才发令箭一支,又是一番叮嘱。刘庆应允,即接令下了虎帐,点领精兵一千,提了双斧,上马出营而去。三军随后。

当下段小姐正在营前催战,忽闻炮响,知有敌将出马,住驹以待,看见队伍中一员虎将甚是猛勇。小姐望见说:"好一员猛将!怪不得爹爹夸奖宋将骁勇。今看他威威武武,面如黑漆,人高马骏,乃是一条勇汉。若动手以实力交锋,马上取胜,却似难了。"想罢即把桃花马拍催,提起日月刀一亮,启一点朱唇,露两行玉齿,喝一声:"来将住马!我段三小姐在此候战多时,快通名受死!"刘将军看见这员女将十分威武,千娇百媚,齐齐正正,年纪不过十六七岁,坐下一匹红花马,使一对银白钢刀,呼叫通名。刘将军看罢大喝:"女将要问本将军大名么?说出犹恐你翻下马来。我乃五虎名将振国将军刘庆也!本将军谅你一深闺弱女,有何本领,敢大胆出来送死么?"段小姐闻言冷笑说:"你这匹夫,不是我三小姐对手。你若知事者,快些回营与主将商议,收兵回去,便算你们造化。倘若仍复执迷不悟,必要攻我城池,不独你这匹夫与狄青五人被诛,连累了十五万军兵、百员宋将人人丧命;直杀上汴京城,叫你君臣一同尽做刀头之鬼,毫不留情!"当下不知刘庆如何答话,交锋之际何人胜败,且看下回分解。

第 五 回
飞山虎出敌被擒　段小姐灵符迷将

诗曰：
　　虽云虎将逞刚强，迷魂法术孰堪当。
　　宋帅慧心推测破，将军方免误伤亡。

当下刘庆闻女将一番辱骂之言，大怒，无名火高发三千丈，大喝："好花言贱婢！你有多大本领，出此大言？阵前若容你上十合，不为好汉！"把坐骑一催，喝声："贱婢休走，看大爷家伙！"一个猛虎争餐的架势，把双斧往脑顶砍下。段小姐见他来得凶勇，也觉惊骇，说声："好一员骁勇宋将！"连忙把双刀架开，这小姐的神力也不弱也，劈面相迎，男女二将一冲一撞，刀斧交锋，叮当响亮，战法不分高下。慢表。

再说南将段龙领兵二千前来接应妹子，此时来到宋营，但见沙尘滚滚，杀气腾腾。看见刘庆与妹子混战，两边金鼓齐鸣，呐喊喧哗，只杀得难解难分。看了一会，只见妹子手下约有三千军马，个个虎背熊腰，狰狞恶狠。段龙又觉得惊慌："父亲早说妹子单人独马腾云出关讨战，如今她手下又有此支人马，必定方才说撒豆成兵法术了。我想妹子从小未离闺阁，今能出阵，实见奇哉！又得异人传授法术，更觉罕见罕闻。"想罢，把众兵排开队伍，驻立于旗门下掠阵，不表。

又说狄元帅虽然发了令，令刘庆出马，到底放心不下，传令众将跟随出阵与刘庆接应。令一下，众人即提刀上马。当时元帅领了大小三军，放炮大开营门，至战场阵中。只见刘庆与这员女将冲杀，但见刘庆手中大斧如雪片飞舞，杀得女将只有招架之功，并无还兵之力，心中颇安。又见对面头队兵约有三千余，头顶一派乌云黑雾封迷，后面另有一支人马二千多，旗门下一员大将在此掠阵。那元帅细看女将这队兵，吃了一惊，忙传令："鸣金收军！倘延迟一会，刘将军性命休矣！"众将闻言说声："元帅，你看差了。刘将军与女将对敌，正在取胜之时，因何反要收军，放走了敌人？"元帅说："你等可看女将前锋这支人马，黑雾腾腾，一派妖气冲霄。

第五回　飞山虎出敌被擒　段小姐灵符迷将

此女将定然有邪术伤人,若不及早收军,刘将军性命难保了!"

当时令一出,鸣金喧震惊动了飞山虎,把眼一瞧,看见元帅与众弟兄一班战将同在营门外掠阵。忽又听鸣金收军,暗想:"早间元帅不许我开兵,如今见我将胜,生了疑忌之心。我且不理他,擒了这丫头,回营塞了他口罢了。"主意定了,手中双斧恶狠狠越发不住。原来段红玉虽用双刀,武艺不弱,到底蛮力不及这莽夫。刘庆此刻奋发冲锋,杀得小姐两臂酸麻,浑身香汗,骂一声:"狗强盗!营中既然鸣金,你还不退回!今若饶你,誓不为人!"即时虚架一刀,败走下去。此时刘庆见她败走,大喝道:"贱丫头!你还想败走,万不能了!"拍马追去。又道:"你乃是未出闺门幼女,哪有什么邪术伤人,有回马兵器胜我?况在军伍跑马抢刀,我刘庆大敌危机见尽多少!若不将这丫头擒了,誓不称为好汉大丈夫!既畏妖术伤身,就不该自称武将临阵,与朝廷出力了。"说罢,越发将马加鞭。有营前狄元帅看见,速催收军。刘庆决意不肯罢战,偏反追赶上去。众将大惊失色说:"不好了!"元帅说:"刘兄弟此番不听军令,追赶女将,定然有失!"即差张忠、李义二将赶上接应。有段龙在旗门下看见妹子败走了,又见刘庆在后紧紧追赶,宋营中又飞跑出两员大将随后同赶,吃了一惊,连忙拍马一催,跑上拦住张、李二将,三人战做一堆,按下慢表。

再说刘庆一路飞马追赶段红玉,恨不能一步赶上,拿她过马,在后面大声喊叫如雷。小姐只作不知,一边败走,回头看见刘庆赶上,即带转马头,向怀中取出一条红线套索,抛在空中,喝声:"着!"忽然,空中呼呼响亮,向着刘庆顶上落下来。便喝:"宋将!看看法宝取你!"刘庆正追赶之间,忽然见段红玉带回马头,仔细一看,只见半空中霞光灿烂,索子千条已向他顶上落下来。此时方才惊慌说:"不好了!果然中了元帅之言。如今不走,必遭其害!"即带转马,如飞而走。红玉看他逃走,冷笑一声说:"你休想活命了!"用手往上一指,其速如同闪电扇动,一声响亮,索子千条向刘庆落下来。这刘庆带马走时,正在囊中取出席云帕,要走已来不及,红光一冒,即被索子绑缚跌于马下,身压尘埃。见女将恶狠狠赶来,自知性命不保,嗟叹一声:"我当初悔不听元帅之言,至伤残性命。想丈夫临战场之地,生而何欢,死而何悲?舍命相死,以报朝廷罢了!"

此时段小姐已赶至跟前,下来正要割首级,忽然想起:"师父云中子有言嘱咐,说若初交兵,不可仗法力伤了敌人性命;若违背师父之言,难免五雷轰顶。若然今日仗此法力伤了来将一命,岂不是违了师言?何如将他拿进城中,听凭爹爹发落罢了。"想完上了战驹,招呼神兵拿捉刘庆。

小姐一路跑马而回,来到关前,只见兄长段龙还在此与两员宋将交锋,将要败下来。段小姐一看,急忙掐诀念起真言,日月刀往空中一指,喝令三千神兵,发喊如雷,一齐冲杀到宋营中。狄元帅忙令三军急退,岂知三千神兵已杀到跟前。张忠、李义只得抛了段龙,两下罢战,保护元帅。各兵丁舍命相争,又有南兵二千一齐动手,两边战鼓之声不绝。此时宋军只顾奋力冲杀,段小姐又用剑作法,念咒语一回,忽飞沙大作,蔽日乌天,宋兵在顺风之下,二目睁展不开。段小姐又喝令神兵把宋兵乱砍乱杀一阵,伤了宋兵不计其数。狄元帅与众将急急带了残兵败回,退到本营,呼令射弓守辕,一齐发射放箭,犹如飞蝗骤雨一般。

段小姐见了蛮兵被箭所伤太多,方才把葫芦抛起,收去神兵,与兄段龙领回军兵。将刘庆绑在关外,兄妹二人一同下马,进入帅府,交了令。段龙将妹子擒拿宋将刘庆得胜缘由一一禀知父亲,段洪听了大喜,说:"女儿,我当初说你一个闺中幼女,年方二八,有何本领。如今既能上阵交锋,又加无边法力。我儿既有此神通,岂畏大宋将兵之能?必要杀他片甲不留。原来我主洪福!如今宋将在于何处?"段小姐说:"他现有兵丁押绑于辕门外,候爹爹发落。"段洪闻言,吩咐刀斧手:"将宋将与本帅推进!"一声令下,两边刀斧手忙出帅府,将刘庆押至,推上帐前,站于丹墀之下,怒目圆睁,英气勃勃。段洪看见刘庆身高八尺,腰圆膀大,黑脸金睛,圆睁虎目,倒竖浓眉看着。段洪骂声:"大胆宋将!你既被拿,见了本帅,为何不下礼?还敢立着的!死在目前还敢藐视本帅么?"刘庆大怒喝声:"蛮将!我乃堂堂上将,误被你贱丫头擒来,唯甘一死,焉肯屈膝你乌合叛逆之流!"段洪怒骂声:"好强盗,既被擒拿,还敢擅发大言!"喝令刀斧手推出辕门斩首。两边刀斧手领令将刘庆推出,刘庆回头骂声:"叛贼,我乃一条堂堂汉子,难道畏刀避箭不成?我死犹生,为国身亡,名流后世,似你等叛逆之徒,万年遗臭!乌合之众,鼠窃之流,灭于旦夕,还敢施威,擅杀朝廷将士!我狄元帅闻知怎肯罢休,必领大兵前来打破城池,将你这逆贼同党一班狗畜类个个不留,杀得尽绝,悔之晚矣!"

段洪闻言大怒,大喝:"快快押出斩讫!"那些刀斧手急忙推出,有段小姐喝住:"刀下留人!"这段洪正在盛怒之下,见女儿拦住,有些不悦,便说:"女儿,你言差矣!你难道早间不闻宋将大胆辱骂之言?是以为父将他斩首。你即来拦住,是何缘故?"小姐呼声:"爹爹啊,女儿有一法术,善能迷人真性,摄去原魂。这刘庆乃宋营中一员上将,待女儿书灵符一道,封贴他脑顶发际之上,彼真性迷了,魂魄不全,以往之事全然不晓。与他五百兵丁,返去宋营讨战,他的斧法沉重,走马如飞,一定斩却几员宋将,岂不是一举两得的事?"段洪闻言笑道:"我儿,这刘庆本乃宋将,反教他往宋营讨战,岂不是放虎归山的?"小姐说道:"女儿有此灵符,书于他脑顶,乃百发百中的。将他真性迷去,魂魄离本体,女儿呼唤他往东,他就不敢向西,此乃灵符镇压之妙。休说宋营中将士他相认不出,就是生身父母也认不得了。除非将脑顶灵符揭去,真性真魂复还本体,方能醒悟如前。此乃借刀杀人,宋将弄他心如麻乱了,自己不费一弓一箭之力,且消前日段虎哥哥大败之耻,如何不可?"段洪闻言大悦,说:"既然我儿有此法术之妙,也不宜迟,即便可为。"但不知段小姐演此法术,飞山虎性命如何,且看下回分解。

第 六 回

破迷符宋将留神　遭大难刘庆得救

诗曰：
　　南蛮少女法高强，拒宋开兵斗战场。
　　异术灵符迷将士，英雄一命险遭亡。

当下段小姐说毕，段洪闻言大喜说："女儿既有法力，即可施行了。"当下命刀斧手把宋将押回关内，仍在丹墀之下，这刘庆还是怒目圆睁。此时段小姐吩咐手下兵丁取得净水，沐后拈香，告禀已毕，取出朱砂灵符一道拿在手，口中念真言，命人安放在刘庆脑顶之内。这刘庆魂魄，一时离了位舍，邪符恶气归心，两眼见人的相貌，个个多是狰狞凶恶，认不出一人，又呼唤不出话来。此时段小姐令左右松他绳索，另与他装扮，改换盔甲，还他原马兵器，复又念咒一回，喷水一口，向刘庆面上一喷，口念真言："真火速降！刘庆还不快往宋营讨战，烈火烧你！"此时刘庆在马上只见两边烈火飞腾，不知往哪里走，心中恍惚，只得拍马加鞭，飞跑而出，五百蛮兵连忙随后出关，排开阵势，来宋营中喊杀如雷。按下慢表。

且说狄元帅败回营，查点众兵丁，伤了千余人，幸得众将保护。独有刘庆被擒，心中纳闷，便对众将弟兄说道："刘将军虽心粗，乃真性的硬汉，今日被擒，必然骂贼而死。思量当日结拜一场，不异同胞，想来也觉令人伤感。"张忠、李义说："元帅，刘将军虽被擒，此时还不见号令，或者苍天怜悯他是忠君之汉，逢凶化吉也未可知。"元帅说："众位将军啊，这刘将军直性之人，定然有死无生了。想忆从前布衣起首，行伍出身，今日立下汗马功劳，才得玉带横腰。如此结局，看来富贵如同春梦浮云耳。"

正在言谈之间，有军士报上说："刘将军投降于南蛮，领兵前来讨战。"元帅与众弟兄闻报，俱吃了一惊。元帅说："刘庆与我几人在大光山结义，直至今日，甘苦同乐，义重情长，焉肯投顺叛党？分明是你这狗才报事不明！"吩咐左右拿出营前斩首。刀斧手一声答应，正要上前绑拿，军兵大呼冤屈。元帅大喝："奴才，你报事不真，妄哄本帅，还敢呼冤叫屈！"

第六回　破迷符宋将留神　遭大难刘庆得救

这报军急呼:"元帅爷,小的报事并无差错！这刘将军果然带领南兵数百,在营前喧哗讨战。元帅若还不信,可差人出营一看,小人若有一字虚词,甘当军令,死而无怨！"元帅听了,正要开言,又见来报刘庆讨战,一连几次,把元帅气得目瞪喉塞,叹声:"刘庆,我与你自相义结金兰,情同手足,甘苦与共,刀枪中不知见尽多少英雄,才挣得玉带横腰。岂知你今日改变心肠,投降了叛逆,贪生畏死,背主忘恩,结交之情,今付于流水。真乃是画虎画皮难画骨,知人知面不知心！背反了又来讨战,本帅若不亲自出马,真假尚然狐疑。"

想罢,吩咐放了报军,盔甲戎装已毕,正坐下军中大帐,忽有下面一将声如巨雷呼声:"元帅,正须小将出马,包管将刘庆拿来！"狄元帅抬头一看,原乃张忠。便说:"张贤弟,你此去观看他真假,生擒回营,还是伤他的性命？"张将军高声说:"元帅,如今刘庆既降了敌人,即是仇敌。他背反了朝廷,罢了家乡妻子,全然不念圣上之恩、朋友之义,这等奸险小人,古今少有。小将出营,只须走马抡刀,碎砍其尸,方消我恨！"狄元帅闻言说:"张贤弟,你休逞一时之气！想这刘庆平生为人性刚质鲁,乃硬直无私,焉肯背反投顺敌人？其中必有缘故。今贤弟逞一时之愤,不思彼平日为人,倘然万一错误,伤残了他性命,岂不有误了大事么？你且退后,待本帅亲自出营看过明白,果然他背反了,然后擒拿回营,定罪斩首未迟。"此乃狄青细心,体谅刘庆平日为人,乃一硬直汉子,况日久见人心,古言不错。这狄青不为众将之言所惑,细察参详,犹恐屈陷了将士,智量深高,搜求仔细,非人可及。当时不独张忠愤愤不平,就是李义、石玉与一班偏将,焦、孟二将,见元帅如此说来,俱各敢怒不敢言。张忠也不敢多说,便说:"元帅不用小将出马,我等前去观看如何？"元帅点头应允。此时与众将兄弟领了三军,俱备上马提刀,三声炮响,大队军马冲出营前。

狄元帅远远在旗门下把眼一瞧:对面数百南兵中,果然刘庆也。元帅使人呼:"刘兄弟,大宋天子待你不薄,你因贪生畏死便甘心降敌,姓名遗臭。本帅与你结义一场,也觉面无光了。"一连说了几次,刘庆只不回言,在马上瞪着双眼看着元帅。当时元帅看他如此光景,想一会又对众将说:"好生奇了。刘庆既投顺南蛮,领兵来讨战,为何本帅问他数次,一言不答？令人可疑。"张忠冷笑说:"元帅,你看刘庆头戴雉尾,领着南兵,耀武扬威前来挑战,分明投降了南人,元帅何必多疑？小将不才,自愿出马,立刻擒拿。何必与他再讲?"李义说:"元帅,你看刘庆,羞脸变成怒容,元帅问他的话一言不语。不如我们上前擒了这无义之人吧。"众兵也是纷纷谈论,亦要出马。

狄元帅细想:"刘庆如此痴呆模样,必有蹊跷了。若从众将出马对敌,抑或伤了他性命,如何是好?"想了一番,又见众将人人愤怒,个个摩拳擦掌,俱要出马擒拿。元帅一想,呼声:"众弟兄将军等听着!"手提金刀向地下画了一条刀界,说:"你等若无将令,出了本帅此条刀界之外,立刻斩首,决不姑宽!"说罢,一拍现月龙驹,与刘庆仅隔二丈之遥,细呼:"刘兄弟,你实因何意投降了南蛮,须说知本帅。"岂知刘庆全然不理,双目看着元帅,手舞双斧,砍来劈去。元帅把金刀拨开,又大叫:"刘庆,你因何反了?见了我们弟兄等如同陌路之人,倘若你中了敌人之毒计,捉弄于你,故而如此——"他也不回言,又把双斧砍来,又不发一言。元帅此时发怒,还刀急架相迎。二人刀斧交加地大战,此刻一班宋将在刀界之内勒马观瞻,见二人战杀一堆,众人纷纷议论说:"刘庆为人一生硬直,谁知今日其心改变,投降南蛮。竟与元帅对敌,真乃狼心狗肺之徒了。只恨元帅画此刀界,不然,我们上前擒了他,碎尸万段,方得消恨也。"不表众人之言。

当时元帅与刘庆来往冲锋三十多合,只管把刀虚架于他,见双斧一慢,即赶上一步,将近马头,伸开猿臂将他肋下甲带一扯,即拿过马来,往本阵而走。众南兵见刘庆被擒,一齐奔走回关去了。众将见元帅拿了刘庆,俱已大喜,一同回营。元帅将刘庆放下,众将把他捆绑了。元帅上了虎帐中一看:刘庆面上血色全无,照前二目圆睁,呆呆立看。元帅开言呼声:"刘庆,你食朝廷俸禄,就应该尽忠报国,因何贪生怕死,投降了敌人?你有何面目立于人世?"一连问了数次,刘庆只是二眼睁着,并无一言。元帅复又细看,只见他如凶神附体,乱跳乱舞,忽然高身跳跃,或呆呆立着。元帅细看,疑心不定,说:"莫非此女用什么妖法乱了他的灵性不成?"说完忙下了帐,至刘庆跟前,将他浑身上下一看,只见他盔头上露出一点黄纸角来,心中早已明白。即伸手除了他头盔,揭开发际,果然有朱砂书成符一道。元帅看罢,不觉点头嗟叹一声:"将军啊,你果然中了妖贼婢之毒计,险些伤了性命!"吩咐左右用火将妖符焚化了。

忽闻半空中有巨雷之声,众将惊异不已。又见刘庆此时大气喘了一

第六回　破迷符宋将留神　遭大难刘庆得救

声,真魂回归本体,又倒地下把身子一翻,二目一开一闭,往周围一看,只见众将与元帅弟兄俱在两旁,即开言说:"奇怪了,莫非我刘庆在梦中不成?分明早间被女将擒回关内,我在她帅堂骂贼一场,甘心一死,以报圣上之恩。岂知如今仍在本营,此事好不明不白也。莫非我做了无头之鬼,身入黄泉,游魂至此?"说罢立而不言。停息一会,呼声:"元帅,望乞将情由说知小将!"元帅点头叹声:"刘贤弟,若不亏得本帅知你平日忠硬,为人必不贪生畏死,就中了丫头的毒计!今日托上苍庇佑,天子洪福,全了你性命。"刘庆闻言一想,又见身上却被绑了,不悦说:"元帅,小将犯了什军令,把我捆缚!"元帅冷笑说:"原来刘庆弟你被妖术所迷,所行的事全然不晓理法。"吩咐手下军兵放了绑,然后细将前事一一说明。刘庆闻言说:"元帅,我早间所行之事全然不知,这贱丫头真好厉害也!倘非元帅如此留心细察,小将性命休矣。我刘庆若不拿得这丫头,报了此辱,恨断难消也!"说罢,即将南人的戎装盔甲拿来扯得粉碎,重新装束。

元帅又吩咐军中大排酒宴,与刘将军压惊。此日众弟兄将士俱各开怀畅饮,另有一番言语谈论,原乃是交锋对垒之事。刘庆得全性命,皆由元帅察看,却说起来,众将弟兄深服其能,大赞其智。闲话不多提。不知来日交兵,何人胜败,欲知详细,下回分解。

第七回

斗法宝大败红玉 施异术诈陷宋师

诗曰：

　　天生虎将护天朝，夺斗沙场各不饶。

　　败却法高年少女，威名赫赫镇南辽。

是日宋营内之事不表。且说南兵五百逃回城中，报知主帅段洪，这小姐在旁闻报，说道："我本想借刀杀人，岂知反被宋将擒他回去，倘然识破了迷符，将来除去，一定他平宁如旧了。就便宜这贼将。"段洪闻言，叹声说道："这也算他命不该绝，我儿不必说了。你有此仙术法刀，何愁宋兵不退？"此日，父女商议退兵之策，不觉天色已晚。

再到次日，段洪升了中军帐，众兵将排立两旁，有段小姐上前参见，叫声："爹爹，女儿今日出关，要擒回那宋将！"段洪说："我儿，进退需要小心才好。"小姐领命下帐，挑选了一千健卒，出关而去。来至宋营，命军兵前往喊战。

又说宋营狄元帅闻报有女将讨战，心中大怒，骂声："好贱婢，焉敢如此轻战，藐视本帅！前日擒了刘兄弟，今日又来逞强。如若再容你，誓不为人！你虽有妖术伤人，本帅必要拼个你死我活便了。"说完，拔令一支说："刘将军，今日本帅出马与丫头交锋，你可领兵一千在于要路埋伏，拦截于她，待本帅擒拿。"飞山虎得令去讫，又令石玉、张忠二将左右掠阵，焦廷贵、孟定国后队接应，李义守营。

此时元帅披挂上马提刀，带领三千常胜军，大开营门，列开阵势，元帅一马当先。段小姐正在讨战，只听得宋营中一声炮响，营前冲出一支军马，队伍齐整，旗下飞出一员大将，随后两员压住阵脚。但见来将年三十余，生得威威烈烈，手提大刀，旗门后面两张绣旗，身高马骏。段小姐看罢，喝声："来将住马！我段小姐候战多时，可通名来！"元帅抬头一看：一员女将倒也生得如花似玉，武艺必然平常，不过全仗邪术伤人耳。也不计量了，即喝道："吾乃大宋天子驾下平西王、征南主帅狄青也。只因你等叛逆朝廷,擅敢投递战书于天子,尔等叛逆化外顽民,本帅今日奉旨征剿。你等若知天命者,早早投降献关;不然本帅打破城池,可惜满城生灵了。"段小姐闻言不答,双刀便砍,狄元帅大刀一架,震得小姐两臂酸麻,马上乱晃,只得急架相迎,战不二十合,招架不住,只得虚砍一刀,即飞马逃走。要想败中取胜,向西而逃。狄元帅说:"这段红玉不是本帅对手,她既败了阵,因何不走本营队伍中,竟向西逃去?定然要用妖魔邪术了。自古道,打人强不过先下手,何不将我的法宝先施?"即向怀中取出一物,名为血结玉鸳鸯。此宝乃狄青在云梦山水帘洞王禅鬼谷仙师所赐,凡敌人用什么妖术,祭起放了此宝在盔上,便有霞光灼灼,将妖物打下;倘若祭起空中,金光一冒到敌人身上,即要翻下马来了。此时元帅祭起此宝,红玉仍在前跑走,听得后面铃銮声响,知是狄青赶来,暗暗大喜。在豹皮囊中取出金狮一只,不过四两重,乃云中子久炼的一件活宝,若念起真言,便长大成有二丈身躯,跑走急速,吼声如雷,喷出半天烈火,了不可挡,幸得狄元帅先抛起玉鸳鸯,不逢此难,大小将兵之幸也。此时段红玉正要发出金狮子,不料半空中金光一冒即落下来,红玉不意被金光坠下马,吓得大惊,三魂七魄不知去在何方,还用得什么法宝伤人?前面看见狄青飞马赶来,此时顾不得手下一千兵将,双足在地一蹬,即驾上云头而走。

狄元帅见她走上云端去了,喝令众军杀上前去。众南兵一阵惊慌,被杀得如瓜切落,血流成渠。段红玉在前看见,复下来厮杀。忽闻炮响,一支军马突出拦截去路,当先一员大将,立马横刀,喝声:"贱婢休走!"小姐一看,说:"已恩赦你,因何今又领兵拦阻?是恩将仇报了!"飞山虎大怒不言,双斧便砍,小姐急架相迎。战不数合,这段红玉虽然战斗,到底难抵刘庆,这狄青后面赶来,又闻喊杀之声已近,心慌意乱,把坐骑一催,念动真言。那马啸叫一声,四足一纵,腾云去了。飞山虎一见,连忙取出席云帕,遂即飞赶上云头而来,向红玉脑后一枪,小姐吓了一惊,将身一闪说:"原来宋营中有此能人,我今休矣!"口中再念催云咒向前奔走,刘庆只顾追赶,但见她快如闪电,直向关中落下去,只得下落尘埃中,与狄元帅众将领着兵追杀蛮兵一阵,一千兵杀得四散奔走。鸣金收兵,众将得胜回营,刘庆又将段红玉败了,驾云回关,禀知元帅。慢表宋营大赏三军。

且说段红玉败国关,落下帅府。段洪看见女儿喘息不定,就猜测几分不好,连忙问:"女儿收兵回来,胜败如何?"小姐见了父亲,只得将战败缘由一一禀知。段洪闻言吃了一惊,仰天长叹曰:"此乃天命有归,非可强也。"说罢,闷沉沉坐下无言。小姐说:"爹爹啊,女儿今日虽然败了一阵,如今还要商议一个万全计策,以退宋师,方为正理,爹爹不可以一败灰心。"段洪闻言说:"女儿之言有理。"即问众将军有何良策,以退大宋之师。原来段洪手下还有十余员将,并无人答应。段洪怒曰:"你等皆是一国臣子,今日兵临境界,众人并无一策一言,倘若城破之日,难道你等独生么?"段小姐说:"爹爹放心,不要烦恼,孩儿蒙师父一件妙法,名绑虎绝营。若使这一桩法力施出来,休说狄青几员宋将,若是有道术的人,不是高强,难逃性命。师父有言在先,再三吩咐,叫我不可轻易施为。但今犹恐城破家亡,危于旦夕,不得已要用此绝计耳。"段洪闻言大悦,说:"我儿,你既有如此手段之妙,何不早说出来?今日为父尽把帅令交付于你,手下兵将任凭你差遣,如有不遵者,即时斩首!"

段小姐听了说:"爹爹,此法将兵不用过多,只须一员大将领五百兵丁,可以困得住宋兵百万。此地离关十五里之遥有一岭,名曰黑风岭,高接云霄,岭下四面无处可上,只有一条万丈洞在于西,倘若山水发流,赛过汪洋大海,用船可渡上山。如今秋尽冬初,洞水低下,纵有船不能渡。瞭望下来,高低相隔有万千丈。涧边有山坳,可容一人一马行走,故女儿只用一员、五百军兵可守了。将兵不用战斗,只要往来巡查。女儿今夜仗着师父法力,将大宋营寨连人马移至此岭,只须待他粮尽,将兵都要饿死了。如若要脱此难,除非俱会腾云驾雾,纵有救兵到来,也难救出的。"段洪听了女儿之言,喜盈于色,说:"我儿才智过人,为父不及也。我父女忠诚保主,虽然伤害了多人,但忠于君国,却是不妨。"天色已晚,各将士用了夜膳。

是晚,段洪将帅印、令旗交与女儿。小姐坐了帅帐,拔令一支,差哥哥段龙带兵二十名悄悄出关,打探宋营。夜深了,人声寂静,前来报知。又差段虎领兵五百暗暗出关,往西涧边山坳把守,不许放出宋兵一人;须要往来紧紧巡查;宋兵一知此处有路,必然舍命杀出,然谅他一马之险路,杀出却也费力。如违将令,定按军法,决不姑宽。二人领令,分头去讫。时交初鼓,父女谈论宋将之能,狄青善于用兵。段洪又说:"女儿,此关无你一人善于法术,徒以兵力交攻,此关破之久矣。大宋狄青,名不虚传也。"

谈一会,时交三鼓,段龙回报宋营中已静了,必然众将安息。小姐闻

第七回 斗法宝大败红玉 施异术诈陷宋师

报,即吩咐左右摆开香案,小姐上前拈香跪下,祷告一番。礼毕起来,披发仗剑在手,念动咒语真言,烧了符章,喷了四方法水。忽闻狂风大作,走石飞沙,满山落叶呼呼响亮,又似走马飞奔一般。不知此术如何厉害,宋营中大小三军如何落难,且看下回,便知分解。

第 八 回

困高山宋将惊惶　越险地刘张讨救

诗曰：

　　驱邪作法女英雄，峻岭高山困宋戎。
　　越险刘张求取救，勤劳王室见精忠。

再言段红玉是夜三更时候出关，对着宋营仗剑施法，忽然半空中犹如天翻地覆，山中木叶尽落，狂风大作，走石飞沙。原来段红玉烧了灵符，念动真言，就有那山精野怪到来候旨，趁着大风势力，不一时将一座宋营与十五万兵丁将士一齐搬运至两峡高山，轻轻放下。是夜，宋营中大小三军将士耳边只闻狂风呼呼响亮，开不得眼，不觉身体浮浮荡荡，身不由主。不一会就不觉五鼓了，直至黎明，这狂风方止。大众二目睁开细看：四围是一座万丈高山，不知何故，这座营盘移至此处了。大小三军将士见了胆战心惊，魂飞魄散；狄元帅见此光景，也觉惊骇，只不敢说出惊慌之言。此时众兵丁人人慌乱之际，喊声大震，多说："不好了！我们被灾风乱吹到此，只怕有死无生了！"元帅一见三军慌张，大震喧哗，连忙出令禁止说："你等不用惊慌，昨晚吹此狂风，乃是南蛮女将施的邪术，移我营盘至此。待等一息，本帅命人探路，自然可出此山。若再喧嚷惑乱军心，一同斩首！"一声令下，大小军兵俱不敢喧哗。

当下狄元帅细看：此山一望无涯，不知有多少宽广，但见云雾漫空，连天接引，亦不知何地何山。细想："山洞之中，山势高耸，无路可上，定然有路可通的，不如命人前去探路。"想罢，传令三军，且下了连营，不许妄动。令一下，众军兵在山洞中拣下不受风雨之所下了营寨。元帅说："张、李二弟，你二人各带几名善能爬山越岭之人，分头前去探路，打听此山此地是什么所在，地土何名，有多少路途。倘有出路，快来报知。"众将领命，即使挑选二十名健卒，各带了短刀，分头而去。只见两旁高山，并无去路，一连跑了二三十里，尽是黄沙，人不能行走，足踏重些，沙陷数尺，不能前进。张忠、李义长吁短叹，只得依原路而回，将前事一一禀知。

元帅闻言大惊,仰天长叹说:"苍天,我狄青乃一心为国,提兵至此,满望扫平叛党,以报君恩。岂知此关有此能人,黑夜中连大营人马移于此地,天顶高山,四围又无出路,入了天罗地网。我本帅一人丧在此地也罢了,只可惜手下军兵十余万的性命!难道天子的洪福将尽不成?当初我妻曾有谏言,说贼星冲犯太阴,出师不利于兵将。今日看此光景,正中了公主之言。想来本帅命该死于此地,不如一死,以报圣上之恩便了!"说罢,拔出宝剑要自刎,有四弟,孟、焦抱住,众将大惊,大呼:"元帅不要动手!"焦廷贵早已跑上抢了宝剑。众将说:"元帅何必如此!众人商议,或别有良谋可出此高山,亦未可知。纵然元帅身首分开,也无益于事,望乞元帅参详。"有刘庆说:"元帅,我们幸得十万粮草也蒙他运进上山,不然势越急了。今暂守候在此,待小将席云前去探路,回朝取救兵,何愁不出此高山?"

元帅见众将苦劝,便说:"刘将军,你有席云帕,会腾云,难道这十五万人马也会腾云不成?"焦廷贵说:"刘将军,你有席云帕可能回朝,我也愿去的,可否借我用用?哪个困在此山,甘作饿鬼的么?"元帅一听大怒,喝道:"蠢材!众人多已困在此,目前你尚然说此无根之话,触恼本帅么?"四虎将也忍笑不住。焦廷贵又说:"刘兄弟,你有席云帕可回到汴京,但恐救兵到来也难得到此高山,如何是好?"飞山虎说:"只管放心,天波无佞府杨家众将,不论男女,俱是出类拔萃之人,岂无一法力高强的来相救?何愁不出此牢笼?"元帅应允,即修了求救本章一道交于刘庆接了,装束带了些干粮。有焦廷贵大呼:"刘将军,你切记不可私自走回家乡安享,若然没有救兵到来,我们困死在这里,我焦廷贵决不与你罢休!"元帅大喝道:"好胆大狗头!本帅不用你多言,你还敢违令么?"吩咐刀斧手:"与本帅绑去砍了!"两旁答应一声,焦廷贵跪下说:"元帅,小将以后不敢多言了,望元帅开恩一线。"只是叩头,狄元帅不言,众将忍笑不住,一同讨饶,元帅方才喝退刀斧手。焦廷贵叩首起来说道:"险些这吃饭的东西就难保了,以后我哑口不言罢了。"

此时飞山虎正要动身,有张忠说:"刘兄,小弟也要同去。"刘庆说:"我此去不过仗着席云帕,这样险峻高山,你步行如何去得?倘足踏不住,岂不送了性命?"张忠说:"昨天探路,近西角深涧下望,到底隐隐,奇奇怪怪好似有人声音,必有南兵把守,此路必然相通的。只是山坳狭隘,可容一人一马。或者南兵不在意,小弟出得此路就不妨了。况我步走快速,与你席云差不多些,二人做伴,岂不胜于独自寂寞寥寥?"刘庆听罢,只得应允。二人带了干粮,别过元帅与众将弟兄而去。焦廷贵说:"张将军,便宜你了,今走出阎王关去。"张忠微笑不言。

当下二人向西方行走了半日,但见好厉害的险峻高山!二人寻路不着,刘庆说:"待我上云头看此山在何处可通,再跑走吧。"张忠应允,住了足。刘庆驾起云四方观望,果见山坳间有南兵几人带了短刀,往来巡逻。刘庆也不去惊他,悄悄下来,对张忠说知。张忠说:"刘兄,你驾云下去一刻,出其不意将他打死,我就能爬下山坳了。"刘庆说:"贤弟之言不差。"即驾云落下,照定一兵,双斧砍下,已活不得了。有二人见了,双棍打去,刘庆一闪,一斧一个,又倒二人。一个拿短刀的要走,被刘庆上前一飞脚打倒踏在地上,大喝:"你还要命么?"那军慌忙大呼:"好汉饶我!"刘庆喝声:"你是何人,在守巡查?此山可再有别路易于出人否?离蒙云关有多少的路途?可一一实说,如有一字虚词,即照前三人,一例分为两段!"这小军慌忙说声:"好汉,小人说明吧:我乃蒙云关军兵,奉命把守巡查,困守宋兵的。尚有二公子段虎带领一百五十名兵丁日夜巡查紧守,今日二公子循山打猎去了,众兵丁一同前往,单剩得我四人,今被好汉打杀三个。望祈饶我。"刘庆说:"此外隔蒙云关多少路途?"小军说:"离关不过十五里,但此处下山路途崎岖,难以行走,今值冬初,涧水尽涸,船只不能渡上,仅有此山坳,只容一人一马上山的。小人并无一字虚言。"

刘庆听得明明白白,手中拔出利刀,将他首级割下,然后席云上山一一说知,张忠说:"这女将倒果厉害,困我师在山,又无出路,单有此山坳,又用兵把守住,只容得一人一马上山。今天幸他打猎去了,只留四个小军,又被刘兄打死了。不然,小弟回去不成,只得与元帅同困守了。"此时刘庆也不驾云,借着张忠,扳住奇峰怪石,一步步落此山坳深涧。落到半中,黑黑暗暗,二人也觉惊骇,又恐扒扳不住,倘一失足,便跌下去,必碎尸了。扒扳了两个时辰,方才落到山下,出了山凹,天色已晚。此时乃十月初旬,月色微亮,二人又行数里,初旬月光已落低了,山路渐渐黑暗,二人踌躇一会,只管往前走路,不觉又走数里,见有些灯光。二人望着灯光而来,行近,树林内有茅庵一所,二人进内借宿求见。里面有一道士,童颜鹤发,道骨仙姿。二人上前施礼,说明来由。道人说:"二位贵人到此,贫道已备下茶汤、铺盖,请里面坐。"二人称谢,进内吃茶,用过干粮,二人只因跑走山路辛苦,遂睡于庵中。

不觉忽已天明,二人醒来,哪里是庵中,原是一间古庙,见有书柬一个遗下,二人惊骇不已。二人拾起一看,不知如何,且看下回分解。

第 九 回

孙总兵有心陷将　杨文广不意拿奸

诗曰：
　　背主忘恩孙总兵，因将宿怨叛朝廷。
　　欺君误国奸臣事，千载臭名洗不清。
　　当下张忠、刘庆见此处不是茅庵，乃一间无香无火的古庙，上面旧牌匾隐隐有"星君庙"三字。又见神案上面有一束，二人拾起一看，上写着：
　　人情杯酒休贪恋，太白星君赠偈言①。
　　二人看罢，方知昨夜道士，乃太白星君，就是此神像，二人倒身下拜，谢神圣指示。出了庙门首，乃平街大道，居民、店铺稠密，但不知此是何方。一问土民，方知此处乃湖广地面辰州府，近襄阳城，与河南汴京交界，回朝十余天可到。二人欢喜不尽，皆得星君庇护之力。
　　二人一路行走，谈谈说说，不觉到了襄阳城。城中有一总兵把守，此人姓孙名振，乃兵部尚书孙秀之侄，借叔父势力做了总兵武职，圣上调他镇守襄阳城。自狄青取了珍珠旗，回朝参倒了庞国丈，拿了孙秀一同斩首。这孙振借着朝内一权臣冯拯之势，做了襄阳城总兵。冯拯官居吏部，赫赫有权，人人尊仰。孙振是他女婿，故孙秀被诛，他亏得丈人在内扶持，幸而漏网，不曾被参。但是他贼心不改，狠毒为人，一心恨着狄青，屡思报仇。料想他如今势大封王，不能下手。此日正在关中安逸无事，忽有守兵报知刘、张二人回朝取救兵之事，孙振听了一想，说道："我日夜思量与叔父太师报仇，今日既有此机会，何不将他二人用酒灌醉，囚禁住了，狄青困于山洞之中，粮草一断，岂不饿死了他？如此方消我恨也。"说罢，吩咐大开关门，出来迎接。
　　二人一同进了关中帅堂，分宾主坐下，孙振故问来意缘由道："二人将军奉旨征南，到此何事？莫不是得胜班师么？"二人见问，将回朝取救

————————————
　①　偈（jì）言——佛经中的唱词。

第九回　孙总兵有心陷将　杨文广不意拿奸

之事,一一说知。孙振听了说:"原来如此。二位将军如此劳苦,肚中必然饥饿了。"吩咐家丁摆上酒席,说:"二位将军,淡酒粗肴,休嫌简慢,请用数杯如何?"二人说:"总兵大人哪里话,我弟兄叨扰,实不该当。但我二人公务在身,酒不敢用的。"孙振说:"二位将军一路回来,关山跋涉,劳苦不堪。略饮几杯,以消闷怀,安息一宵,明早起程,岂不为美?况今在于下官处吃酒,也何妨?莫不是嫌下官恭敬不周么?"原来二人也是好酒之徒,刘庆为最,只因太白星君嘱咐他不要贪酒,有些灵异,是以初时推却。今见摆上香喷喷的佳馔、扑鼻香的美酒,此时二人又见孙振如此谦恭,蜜语甜言,便说:"总兵大人,你言重了,我兄弟二人哪敢当。"刘庆又说:"既承美意,吃数杯吧。"张忠见刘庆早已允了,也不阻拦,随即坐下。这张、刘二人不听星君指示,贪着杯中之趣,狄青众将兵多受五六个月之难,后来十五万人马死了一半在山洞中。这是劫数难逃,深属可悯。

当时这奸臣只竭意奉敬,杯杯殷勤敬劝,二人只因一日爬山越岭,身体劳倦,见酒岂有不贪的?孙振劝上一杯吃一杯,二人饮开胃肠,哪里还记着星君偈言?初时略忍,待孙振相劝,后来吃了多少杯,大呼小叫"拿酒来"。孙振只命人更换大杯,二人不分好歹,只吃得大醉,人事不知。孙振大悦,吩咐众家丁将二人捆绑起来。家丁领命,上前把二人捆得紧固。二人因酒大醉,全然不知。孙振又令家丁把二人本章搜出来,拆开在灯下观看,洋洋喜色。看毕了,又恐怕二人气力狠大,即加铁索监禁牢狱。是夜,又修本一道,劾奏狄青自提兵到边廷将已一载,按兵不动,妄差人回朝奏捷。今刘庆、张忠私自逃回,已经被拿收禁,候旨发落。另写密书一封,托岳丈冯太尉在圣上前如此如此,两路夹攻,方雪得胸中之恨。是晚,将本章一道封书,外加密书一封,差心腹家将二名,连夜赶上汴京,不表。

又言刘庆、张忠二人睡到五更天,酒醉已醒,方觉浑身被捆了。又见四面阴风惨惨,垣上一灯,半明半灭,耳边只闻铁链声。定睛细看,两旁都是犯罪之人,二人大惊。张忠说:"不好了!我们昨夜在关中吃酒,今日捆绑到牢狱中,眼见得上当了。"刘庆说:"张贤弟,孙振这贼要陷害我二人,如今不能回朝取救,元帅与众人性命休矣。皆因我二人违背了太白星君所赠偈言,吃醉了酒,故有此祸耳。"当下弟兄恼悔,怀愤大骂:"孙振好贼！我二人无罪被你囚禁,陷害无辜,有误军机大事,倘朝廷一知,只怕诛戮①你全家。"不表二人痛骂。

再说孙振的家人领了本章密书,前往汴京,不分日夜行程,十数天方到。经过开封府,进了大城,跑走不远,只见前面远远鸣锣呼喝之声喧振不绝,金瓜月斧,多少金牌、文武棍不断而来。八对看马,数道清旗,行道之人俱闪避一旁。孙振家丁二人只得跳下马,立在一旁。只见马旗完后,尚有许多兵丁护拥着一位年少小将军,生得眉清目秀,威仪堂堂,十分威武,戎装武扮。二人看罢说:"好一员小将,果然生得威武!看来武职不小,一定是王侯家的小将军了。"

当下二人因要上本,听候他耐久了,只因街道宽阔,不上马在街旁而走,只见护随小将一人拿着一根枪,刚刚与两个家丁对撞。枪头打着马头,这马咆哮一声就惊跳起来,四蹄跑开数尺。也是该当奸谋败露,这马向着杨文广的马前一撞,拥护之人呼喝狂骂。杨文广见有人撞他马道,也觉大怒,喝道:"好胆大的人,闯道么?"两个家人慌张着急双膝跪下,说:"小人乃襄阳城总爷孙振的家将,奉了主命到京中上本章。只因坐马不熟,一时错撞,误犯虎威,小人罪该万死!望乞宽恕。"杨文广说:"你既是孙振家人,上什么本,因何如此鲁莽?说得明白,饶你便了。倘含糊一字,活活打死,你家总爷奈何本官不得!"两个家人听了,呆想一会,便改口道:"小的奉命来不是上本,乃送总爷与冯大尉的家书。"此家人上前慌张错说上本二字,不知临行时孙振嘱咐,千万不可与别人知道上本。今见小将盘诘②,故改口说与冯太尉家书。杨将军听了,冷笑说道:"你初说上本,今见复问,因何说投家书?一时间两样言词,分明胡说可疑!"吩咐左右搜他身上,可有什么夹带东西否,原来杨文广叫人搜他身上是虚吓二人,看他如何光景。二人听说要搜他身上,犹恐泄出本章密书的机关,十分着急,面目失色,将头叩不住,口呼:"王爷,小人岂敢大胆说谎,果是奉命寄书的,不是上本。一时错说了,望乞饶恕小人之罪!"杨将军听他言语慌张,面上失色,听说搜,他手贴胸膛,其中必有诈弊,再喝手下快搜来。家将十余名答应,一齐上前将二人扭住,两个家丁惊得面如土色,两手紧

---

① 戮(lù)——杀。
② 盘诘(jié)——仔细追问。

第九回　孙总兵有心陷将　杨文广不意拿奸

抱胸膛，大呼："你倚王侯势力欺凌下属，胡行打抢，难道朝廷就无律法，由人乱抢的？"众家人不由分说，众家将大喝："快搜，休要听他！"众人拨开衣服，怀内果有本章密书，一齐呈上。杨将军接上，冷笑一声说："原来是孙振与冯大尉的密书，我想这个奸险小人做出什么好事来，不是私通南蛮，定是陷害大臣。我有个道理，此私书信又不可独自开看，不若将二人带到开封府，当着包公拆开此书，一同观看便了。"原来孙振二个家人，一名李四，一名王受，二人分辩不脱，带着惊慌，只随着众人同走。一路行来，已到了包爷门首，令人通报。

这包爷正上朝回来，在书房观看各处的文书，见众将报说无佞府的杨将军在外相见，包爷听了，起位吩咐开中门，请进后堂相见。杨文广却不从中门进，却往角门而入进内，只见包爷双手拱立而迎。这杨文广因何不从中门而进，却从角门而来？他虽是功臣之后，因袭封王，不过一位将军之职，况且年少晚辈，是以在角门而进，乃是尊敬前辈之礼。但不知这杨文广见包公，将二人如何发落，且看下回分解。

第 十 回

露机谋传书得祸　明陷阱奏本伸冤

诗曰：

　　天机文曲佐君王，大宋称忠万古扬。

　　铁面无私奸佞畏，丹心报国重纲常。

当时杨文广与包爷见礼毕，坐下。包爷呼声："杨将军，今日到来，有何见谕？"文广说："晚生今日到来，因有一件机密事与包大人商量。"说罢，在袖中将孙振的私书递与包爷。这包爷接过一看，说："杨将军，此书乃孙振与冯太尉的家书，如何算得机密事情？"杨将军就将前事说知，两个家人已经带到。包爷一想，说道："孙振家人寄书，内里夹着本章与冯拯，上面封皮写着机密大事，不可与别人观看。其中定有些缘由，怪不得杨将军起疑。若然你我拆开同看，果有奸谋不轨之事，就不相干了；倘是他家闲言，不关国事，恐冯大尉见怪了。若不追究此书，不怕误了国家大事。"

左思右量，又对文广说道："如今孙振这封书，皮上虽如此写的，但不知内里何词，倘果是他家书，不关国事，你我也不相干；若不拆看，也是不稳。今有一计，将军暂退后堂，又将孙振两个家人藏过，待老夫打发家人去请冯拯来，将书拿出，强要他拆看。如果是他家书便罢了，若有关朝廷，即时拿了这封书，你我上朝启奏圣上，岂不公私两全？"杨将军说："包大人高见不差。"即时传命出府，门首杨府家人不必伺候，俱已回去。

此时包公差人将王受、李四带入后堂，又命家将拿上名帖相请冯太尉。这家丁一直来到冯府，投递名柬，传说："我家老爷在府立候太尉商量一大事，即可起驾，勿延为妙。"冯拯一见家丁传递此柬与转述包公之言，便吃了一惊，说："这包拯素不与人交接，如今邀我何事？"不好推辞，只得吩咐家丁备了大轿，带家将数十员拥护而来。此日太尉一路思量，摸不着缘由，不觉到了，早有家丁通报，包公吩咐：大开中门，迎接进大堂相见。礼毕，家丁递茶。冯太尉开言呼声："包大人，多蒙见召，有何见教？"

包爷见问,冷笑呼声:"太尉,只因你的令婿孙振在边廷外寄有一封书回来,这寄书之人今日到下官衙门来叩首,告说太尉私通外国,为不忠于君。是以奉请前来判明此事。"说罢,将书拿出递与太尉。

冯拯闻言,大惊失色。原来此话乃包公试探他的,当时冯太尉连忙接书一看,封皮上面写着:"此书谨投往冯太尉府中,与岳丈亲拆。其中乃机密大事,不可与别人观看。"太尉看罢,暗暗着惊,抱怨于女婿。包公见他惊骇,拿着书只管沉吟不语,便呼声:"太尉,因何手拿此书,紧紧无言?你女婿在边关通了外国,与着太尉一党勾连,已有出首之人。今日事已败露,明早我与你上朝面圣,任凭圣上主意如何?"太尉闻言,呼声:"包大人,下官有小婿镇守边关,蒙天子洪福,焉敢行此灭门之事?就是下官,身受王恩如海,怎肯与婿勾连?这事一定是仇家诬赖,假造此书来陷害于我翁婿的,望包大人详察,如何?"包爷说:"下官也是疑心难定,故请太尉前来一同拆此书,两家观看,便知真假了。"太尉闻言,低头一想,说:"这黑子好不厉害!丝毫做不得人情。若不拆此书同观,定然不允,倘拆开内里真有私通外国谋反之言,怎推卸得脱?罢了!如有谋反之言,不若如此,方始可以保全性命了。"主意已定,只得将此书展开,一同观看。上写着:

书奉大尉岳文大人尊前:向日小婿叔父被诛,仇为狄青,祖父身亡,冤由狄广,三世仇冤,深如渊海,岳丈不述尽知。小婿屡思图报,奈彼势大封王,实成妄想。今被女将施法移营,被困高山,料已危急。兹差刘、张二将回朝取救,到关却被小婿用酒灌醉,囚禁南牢。今上本奏他按兵不举,将降南蛮;刘、张二将私自回朝,现已被获。恳求岳丈将本上达天颜,鼎力夹攻,除却狄青,得雪三世仇冤,则存亡感德汪洋矣。难逢机会,伏乞留神。密书投达,拜候佳音。

包公看罢,大怒说:"原来太尉竟与令婿勾连,陷害忠良,要误国家大事!"太尉此时吓得面如土色,说:"包大人休得胡疑!下官翁婿实无此事。必然仇家憎恶,故设此毒计暗害的。"包爷冷笑说:"现今人赃两获,太尉你还强辩,明早在驾前便见明白。"太尉听了,将密书、本章收入袖中说:"既然大人要面圣,老夫明早在朝房伺候吧。"吩咐家丁,正要上轿起身了。包公怒道:"老冯,你想拿回书去,明日在天子驾前糊涂抵赖么?我包拯只有头可断,奸不可留。漫说你是太尉权臣,我要做对,就是王亲御戚,且多不容情。"吩咐关了府门,不许放走误国奸臣。家丁即把府门关上几重。太尉见此光景,料得难以挽回,必要天子驾前奏知,不如将此事推卸在孙振身上,我身洗清再作商量。只得放下笑脸,呼声:"大人,何必动怒,孙振这奴才虽然我的女婿,做此不忠之事,我肯随他?明日面见天子,差人前去扭解回京!"言罢,在袖中取出书,本交还包公。便说:"包大人将这书做个凭据。明朝上本,你我出头。"

包公接回说:"太尉,虽然如此,你还未必全信,今已将令婿的家人带至了,需要审问明白,方知不是仇家陷害的。"吩咐传三班衙役排堂伺候!一言未了,杨文广又到。包公一见,呼声:"杨将军来到正好,你与太尉一同到大堂上审问这孙家人,免得明日面见天子,两下含糊抵赖。"文广说:"我也不明何事,但奉陪二位大人吧。"太尉无奈,只得随行到大堂。一声云板响,包公升堂,府门大开,三班衙役侍立,像活阎王殿一般。又命带出孙家人两个,那王受、李四一见,胆战心惊,跪下说:"襄阳李四、王受叩见大人!"包爷喝声:"胆大的奴才!焉敢私传密书,陷害忠良!快把实情供上,免受重刑。"二人呼声:"大人在上,小的奉命听差,不是自主,内里缘由,小人如何得知?求大人参详。"包爷发怒说:"你是奉命所差,不知情由,孙总兵将刘、张二将用酒灌醉,收在囚牢,你难道亦不知?"吩咐拿头号夹棍来!左右一声答应,正要动手,二人忙呼:"大人息怒听禀!小人一日听得来了刘、张二将军,称说狄王爷困在高山,差二人上汴京讨救。是晚孙老爷与他吃酒,次日听说拿下南牢,说是临阵私逃之犯。即时打发小人寄书与太尉,岂知到此冲犯着杨将军马道,被拿下搜出密书,送到大人公堂上。此非我二人私事,望乞大人开恩。"包爷听禀,即命书吏将二人口供录明,已毕。吩咐仍将他二人押下监禁了,听旨发落。此时包爷离位,呼声:"太尉与杨将军且暂各回府,明早上朝相会如何?"二人无语,相辞去了。太尉回到府中,一夜思量,此事只好推在孙振身上,就可抵赖了。

到次日五鼓上朝,早有文武在朝房等候。不一会,天子临朝,文武同参已毕,只见包爷俯伏,天子传旨平身赐坐,包爷谢恩坐下。仁宗天子说:"包卿有何本奏与寡人?"包爷离坐奏说:"襄阳孙振总兵,差人上本,事关重大,老臣不敢隐讳。有本求陛下龙目观看。"将本呈上,仁宗接本,看罢大怒,说:"谁知狄青往边关按兵不动,妄差人奏捷,虚耗军粮,纵众三军奸淫妇女,军民受害,将已叛降。刘庆、张忠临阵私回到襄阳城,幸亏得孙振拿获,不知做何。究竟如此欺君误国之臣,若不早除,终为后患!"包爷

第十回　露机谋传书得祸　明陷阱奏本伸冤

闻言，又呼："这本不足为奇。还有一书更见相反之奇。"说罢，又将书呈上。仁宗看罢，大惊说："包卿，孙振本上说狄青按兵不动，将投降敌人，因何这书又说被困高山，女将施法，特差二将回朝取救。孙振要报仇，用酒灌醉二人，已收禁了，托冯卿奏朕？好生不明，卿且奏来。"

包公就将杨将军拿到孙家人审问的口供呈上，天子大怒说："此贼擅敢欺君作弊，暗害忠良，若无杨卿拿获，包卿稽查，险些屈害功臣，误了军国大事。"传旨立拿冯老贼，再差人到襄阳拿孙振举家进京，一同治罪。旨下，即将太尉去了衣冠，冯拯大呼冤屈。仁宗大骂："老奸贼，你翁婿勾连，蒙君作弊，罪重如山，该灭满门，还敢在朕前叫屈！"太尉呼声："陛下开恩！容臣细奏，死也甘心。"天子开言传旨，放他转来。跪下奏说："臣婿孙振，素日为官不仁，心歪意毒，几番训劝，不但不听，反因谏成仇，至今音信不通。谁料他今又心怀不善，差人上本，暗寄私书，未到臣门，已被杨将军拿下。累及老臣，皆由此贼。老臣身居阁府，深沐皇恩，焉敢欺君误国？今日我主盛怒之下，岂不屈了老臣么？臣一死何足惜，只是冤屈无伸，遗臭万年，痛恨不已！"仁宗是仁慈之君，听他言词恳切，向包卿说："朕想他未必知情，一时犹恐屈错于他。不如待解到孙振审问，然后正罪吧。"即时传旨，暂发天牢。太尉欲要强辩，唯恐包爷在驾前想出不好计来，反性命不保。不如暂下天牢，差人通知孙振投了南蛮，无人对证，可全性命。不知后事若何，下回分解。

第十一回
闻被困议将解围　忆离情专心训子

诗曰：
　　忧国忧民是帝王，监梅辅弼赖忠良。
　　调和鼎鼐赓①扬治，圣君臣贤化万民。

却言冯太尉押往天牢而去，仁宗主又说："包卿，今御弟困在高山，不知差何人领兵解围才好？"包爷奏道："南蛮困我师于高山，所怕的是妖术邪法耳。据臣主见，除非是无佞府杨家的人马方能解此重围。二者，襄阳孙振，不用差兵部前往擒拿，有刘庆、张忠被他囚禁，即降旨调二人扭解这孙振回朝对证。不然，迟缓时日，恐这逆贼生变了。"天子说："卿言不差，今差卿到无佞府调杨家能将领兵便了。"包公领旨，辞驾往无佞府而来。一到杨家，命家人通报，佘太君闻知，与杨文广接旨，包爷到了中堂，将圣旨宣读，诏曰：

　　奉天承运，大宋皇帝诏曰：自朕为君，四海颇宁，全赖文武忠勇，以安天下。向日，宋太祖恩赐天波无佞府第，可见卿门忠勇。兹南蛮反叛，御弟狄青领兵征剿，已被困于高山。朝中虽有武将，然精于法力者，唯尔杨家，舍尔杨家众将，孰能敢当此任？旨到日，望太君挑选奇能者，总领三军，以解边关围困。危急甚于燃眉，莫虚朕意，方睹杨门忠勇尚存。

包爷宣罢，佘太君与杨文广叩头谢恩，站起请过圣旨。包爷开言说："太君，圣上要你们选能将一员，领兵解围，立此一段功劳。"太君闻言呼声："大人，老身家中自从丈夫老令公辞世，八子为国相继而亡，至今孤儿寡妇，单剩杨文广，大人尽知，哪里还有能将英雄？恳求大人转奏当今，免误了国家大事才好。"包爷说："老太君，圣上不是必要你们领兵，皆因敌人女将法术高强，满朝文武无精于法术者，故圣上特谕旨尊府，挑一员上

---
①　赓（gēng）——继续。

第十一回 闻被困议将解围 忆离情专心训子

将破除邪术,包管成功。为国分劳,太君何必推辞?你家数位夫人,个个精于法力,圣上所知,教下官如何复旨?"太君说:"包大人,非是老身推辞,只为我杨家自从别山后归投大宋,辅太祖立下血战之功。岂知后来父子被奸臣所害,相同归世,提起令人下泪。你心想来,忠义之士受此恶报,如何不心灰意冷?如今南蛮反叛,狄王亲遭困,倘不依旨领兵,断乎不能。既如此,大人暂且请回,明朝老身上朝,面圣奏闻,我家便教媳妇带领文广孙儿领兵罢了。"包公大喜,即时辞别太君,文广送出府门,去了。按下慢说。

再说狄千岁家中,公主娘娘二子,一名狄龙,一名狄虎,弟兄二人乃一胎双生,身体相貌一般无二,年方十六岁,乃天上左辅、右弼临凡。弟兄二人生得仪容俊美,骨格清奇,日在书馆勤习诗书、闲操武艺。公主用意教导,二子操练兵马纯熟,刀枪精通,不用多表。这公主娘娘自从丈夫提兵征南,一别光阴一载,前者星犯太阴,果然兵动于南,终朝挂念,唯望早日得胜班师。但星犯太阴,出师必不利于主帅,究不知如何,吉凶未卜,想来不觉潸然泪下。

又到狄龙、狄虎弟兄进宫房向母请安,公主一见说:"我儿,为娘倒也是安。但你兄弟二人好在书房习学诗书,闲时操演弓马,休要生疏了。犹恐你父得胜回朝,归家就要考校的。"弟兄二人说:"为儿谨依母命。"起来要出宫房,抬头看见母亲眼中含着珠泪,二人一齐跪下说:"母亲为何不乐起来?"公主见问,便说:"我儿,为娘思量你父起兵征南,至今将已一载,音信不闻。未知胜败,未卜吉凶,为娘日日担忧。倘有疏失,如何是好?故以伤心。"二子闻言说:"母亲,我父奉旨提兵,此乃借天子洪福,定是旗开得胜,母亲何须过虑?"公主娘娘听了说:"我儿,你二人但知其一,不知其二。你父与娘上年一夕在于西楼设宴,有南方贼星直犯太阴南角,有兵刀之患,出师不利于主帅。今日你父提兵去了,是以为娘过于思虑。"二人同说:"母亲,古云吉人自有天相。吾父王今日提兵,为征南主帅,大宋天子乃有道之君,借圣上福庇,自然逢凶化吉,转祸成祥,请母亲放心。前两月打发家人狄成上汴京探听父王消息,也该回来了。"

母子三人正说之间,只见庭前来了老家人狄成,往汴京回来,说:"有要话达禀娘娘。"公主听罢,教他快来禀达。不一会,狄成进来跪下,呼声:"娘娘,小人叩禀:前时奉命到京打听数日,一桩天大事好不怕人!只因我家千岁兵到南方,连战连捷得胜,后被一员女将用邪法连人带马将大营移困在高山上了。差张忠、刘庆回朝取救,路经襄阳,却被总兵孙振用酒灌醉,毁了求救本章,拿回了二位将军入南牢。反说他临阵私回,我家千岁按兵不动,日费斗金,纵兵害民,将降南蛮,与密书嘱冯太尉传本。幸得杨文广将军擒他家人,搜出私书,在包大人府中审出缘由,奏知圣上。天子大怒,将太尉囚禁了,又差人到襄阳捉拿孙振。又闻挑选杨家将出兵解围,故小人不分星夜赶回来报知娘娘、世子。"

母子三人听了,吓得魂不附体。公主骂声:"奸贼!我夫困于山洞中,二将爬山越岭回来取救,你倒欺心要报私仇,不顾十余万人生命,耽误军机!幸得上天怜念,泄露奸谋。如今圣上虽然调遣杨家将前去解围,算来已有两月多,只不知千岁死生存亡。"说罢,放声而哭,珠泪纷纷。二子见母痛哭,忙呼:"娘亲,父王被困边廷,但粮草丰足,如今不过两月余。今包公究出奸由,父王无罪,母亲不必伤怀。孩儿明日上京,面见天子,会同杨文广一齐兴师前去解围,父王无害了。拿了孙振方消我恨!"公主闻言怒道:"你二人满口胡言!乳臭孩儿,又未经阵伍,如何出敌交锋?你父乃英雄名将,行伍之中身经百战,今日尚然遭困,未卜存亡,何况你弟兄初习武艺的孩童!"

二子闻言不乐,呼声:"母亲,孩儿虽然年少,有些感念之恩。为子尽孝,为臣尽忠,岂有父困在边廷遭难,子在家中坐视,可谓孝乎?况儿年轻弱冠,文可略达,武已超能,岂有坐享家中,不去救父之理?"公主闻二子之言,心中着急起来,说:"儿啊,非是为娘拦阻你救父。但你弟兄从小不曾远离膝下,况千里程途,远征南地,为娘好不心忧!今圣上已降旨杨家将帅提调兵马,此去定然救出你父。只须差家将回京打听此事如何,方为正理。"此是公主无可奈何之说,劝阻二子,乃父母爱子之心,将夫妻情分丢在一边,反说宽心来劝弟兄二人,恐他当真要去随征之意耳。

二人又呼:"母亲,父王困于山峡之中,至今两月有余,未知生死。母反说此宽泛之言,乃为孩儿年少,前去打仗冲锋,唯恐有失。这也请老母放心,有志不论年轻,无志空长百岁。昔日周瑜年方十八岁,他就执掌大权,退曹兵百万于赤壁①;甘罗十二之年为相于秦廷;近唐之罗通,年少十

---

① 昔日句——赤壁之战时,周瑜三十三岁。

四挂帅平定北夷,英名冠世;唐末史建唐年交十五,大破王彦章于宝鸡山,英雄出于少年。历观少年幼将,多少建立奇勋,与国家出力!孩儿虽不及古之人,但君父之难,孩儿断不坐视安享,而为天地间之罪人也!"说罢,不住地叩头哀告。

公主见二子参透其中意见,暗暗心头喜悦,喜他敏慧志高。但二子自小娇生惯养,犹如掌上明珠,又再无三兄四弟。如今要远去驰马抢刀,沙场险阻,倘有疏虞,悔之不及。想来二子智慧明白,难以言语恐吓于他。罢了,不若如此可能吓退二人的,遂喝声:"好两个孝子!我养育你一场,做尽多少劳心事,才得你兄弟长大成人,尽些孝道。岂知你年今十六就不依母命,再三劝谕还是执拗①,可惜我数载劬劳已成乌有,但命该招此逆忤之儿!"说罢悲泣不止。

弟兄二人一见,惊慌起来,呼声:"母亲,孩儿焉敢逆娘之命!不过是出于无奈。既是娘亲不欲孩儿前往,就罢了。何须动怒!"公主闻言止泪说:"我儿,非是为娘懊恼,只因你弟兄不遵训诲,是以伤心起来。"说罢,弟兄起身又说:"今孩儿不去也罢,但于心放不下。要到汴梁,一来探听实信,二来相谢包公,以见厚情。未知娘亲意下如何?"公主听了,沉吟一会说:"既然如此,老家人狄成随你二人前去吧。"当时又唤至狄成,公主开言说:"如今两个小主要到汴梁城探听信息,拜谢包大人。你须小心服事,要早日回来,免使我心中怀念。"狄成说:"娘娘放心,小人自然小心侍奉,速催早回。"说罢,狄成去了。是日天色已晚,母子三人用过晚膳,安歇一宵。次日早晨,弟兄二人起来,梳洗已毕,进宫内拜辞母亲。公主叮咛一番,不用多述,无非速去速回,涉水登山须要小心。弟兄一一应允,与狄成一同出了王府,上马登程。不知他弟兄到汴梁之后再得如何,且听下回分解。

---

① 执拗(niù)——固执。

第十二回

到汴梁弟兄同忠　当金殿太君陈兵

诗曰：
　　忠臣孝子两相同，救父兴师立大功。
　　年少英雄谁可及，平蛮指日位封隆。

却说狄龙、狄虎弟兄二人带了老家人狄成，随后出了王府，一程向汴京城而去。狄龙在马上一路行来，向狄虎说："贤弟，如今父王困在高山中，未知生死，至今将已三个月，还未动救兵，父王在山上盼望。圣上虽已调点人马，但不知何日兴兵。母亲又不许我弟兄同去随征，我心甚觉不安。"狄虎说："哥哥，我想到了汴京见景生情，先拜探过包公，相求他保举我二人前去平蛮救父。圣旨准了，一定金殿封官，奉旨征南。命狄成先回家报知母亲，有了旨命，他也拦阻不得了。你我速到边廷，奋勇当先，救出父王，岂不忠孝两全的？"狄龙说："言之有理。此去见包公，诉说心肠，他定然应允。"

一路你言我语，这狄成一一听得明白，吃惊不小，慌忙称说："二位公子，你说随征去，岂不害了小人？主母娘娘临行再三嘱咐二位公子早去速回。你说上京相谢包公，到了京时又求包公荐举随征。倘若朝廷准了本，叫小人回归怎生上复主母娘娘？倘二位公子要去，需要回家说明白。若是娘娘从你去的，免得小人受累，说我不谏阻你们，公子意下如何？"这公子二人闻言大怒，骂声："大胆奴才，敢来擅自拦阻我！何难把你这牛筋打断。专将主母来欺压于我！如今不用你同往，快回去吧！"狄成大惊，忙呼："公子不必动怒，老奴就是浑身是胆，也不敢拦阻二位公子。因主母临行吩咐多少言词于老奴，一到汴京，叩谢了包公，不可耽搁，须早去早回。将二位公子交于小人。你今反往边关去了，岂不违背了母亲之命？乃为不孝。又教小人难复主母之命，是以难怪小人拦阻。"

弟兄二人听了，一齐住马说："胆大的奴才，你敢说我二人违背母命，身属不孝！这样言词也说出来，我弟兄不打杀你这狗奴，誓不为人！"狄虎生来秉性刚烈，上前便将马鞭照头打下。不知他力强手重，脑后打破，流出血来。打得这老家人哀哀叫喊，说："公子息怒，饶了小人吧！"狄虎不听他讨饶，又要打。狄龙阻住说："贤弟不必与他生气，把他赶回家去，不要他跟随便了。"狄虎住鞭大喝："奴才，快些回去！我弟兄不用你跟随！"狄成说："公子，这也使不得！若是回去，倘主母娘娘一怒，只怕性命难保了。不如跟随公子才好。"狄龙开言说："你不肯回去，只忧主母生气。若要跟随我们，以后不须你多言管事。再要违背，定然打死！"狄成说："小人下回不敢多言了。"兄弟方才催马扬鞭而去。

数十天水陆，一日到了汴京城，进酸枣门，过了数十条大街，有狄家旧宅子。王府里面还有家人看守，弟兄二人进内到了书房，狄成把行李搬运收好。早有家人捧水与公子洗浴毕，狄成打开衣箱，与公子更换了。又有家人摆上夜膳，弟兄二人用过，不觉天色已晚。弟兄商量，灯下修书一道，明日见包公进朝上本，不表。

狄成在途中脑袋被狄虎打破，用绿绢扎包了。有守王府的家人，一名陈青，一名何进，一见说："老管家因何用绢包头？莫非骑马不牢，跌下来打破的么？"狄成说："列位兄弟，迟些慢慢说你们知之。"是夜，公子睡了，有何进打了一壶烧酒，摆上肴馔，邀了狄成到灶厅一同坐下。三人吃酒，陈青说："老管家，你一路跟随公子到来，关山跋涉，劳苦不堪，缘何头上着了伤？"狄成见问，就将前事一一说知。陈青、何进二人说："原来如此。老管家受了一番屈气，须看老主人之面。况二人年少，无分好歹，劝他休违母命，这话也不是伤犯于他，为何就将管家头打破？"狄成说："我也如此想，又不是强词冲撞于他，下此毒手！但我有一事，烦二兄与我写个禀帖，明日打发人送回家去，禀知主母娘娘，方止得他随征势头，我亦安心回去。"何进说："要得。"陈青说："此见不差，待我去叫管账李先生写个禀帖，明日差人赶回山西便了。"三人吃酒一会，又谈老主人待下以恩，安慰狄成一番，不用烦言。次日五更，陈青、何进与李二取了禀帖，命人带了盘费、干粮，赶回山西。不表。

再说杨府佘太君，一日五更黎明，穿了冠带，拿了龙头拐杖，坐上銮车，出了府门，到了朝天门外候旨。一到景阳钟一撞，龙凤鼓重鸣，文武各官纷纷进朝。有包公执笏，步履金阶奏道："今有故臣杨业之妻佘氏，要上殿谒见天颜，现于午门下候旨。"天子闻奏，传旨宣太君进见。佘太君闻召,手执龙头拐杖,到了金阶俯伏。天子一见,命侍臣扶起,赐坐。佘太君谢恩坐下。仁宗开言说:"老太君今日亲身上殿,不知有何本奏?昨天寡人差包卿到你杨门,劳太君选法力高者领兵挂帅解围。不知老太君挑选哪一位前往?"佘太君奏道:"臣妾昨天也曾接旨,但臣妾家中并无可任之良将。有臣之媳妇们今近衰老,难以当其大事。望乞我主另择良将领兵,庶不有误国家大事。"仁宗王说道:"只因南蛮女将善用妖术,将狄御弟困于高山。朝中将士虽有,但已年老力衰,只剩下些世袭少年。故朕特调你杨家精于法力者提兵。如若太君推却,无人可用,就以杨文广为帅便了。"

佘太君奏道:"臣妾孙儿年方十余,如何执掌得兵权?军机重任,非同小可,还求我主参详。"仁宗王说:"文广虽然年轻,智勇双全,心灵智慧,实乃国家之栋梁。待寡人诏回三关昔日杨延昭手下小英雄相助随军,攻战无有不克。"太君想来推却不得了,即奏道:"臣妾孙儿文广虽然年少,尚谙武略,不是粗蠢之徒,即三关众小英雄俱乃将门之后。但一众俱是年少之人,倘内有争权心,各不相让,必然自生矛盾,岂不误了军机?不如命臣媳王怀女执掌中军,带领众英雄前往,不知我主龙意如何?"仁宗天子大悦,传旨:"众卿哪个愿往三关调众小英雄回朝?"言之未了,有枢密使范仲淹步下金阶,口呼:"陛下,老臣愿往!"天子一见说:"卿乃身居宰辅,燮理阴阳,与君宣治之臣,怎好远离劳顿,待朕另选别臣吧。"范爷呼声:"陛下,臣之荣列三公,躬膺厚禄,俱托圣上洪福。事君致身,臣子之职,何辞些小跋涉之劳?不须圣虑,乞吾王准奏。"天子龙颜大悦,说:"足见贤卿忠君爱国之心!"说罢,即书圣旨与范爷。这范爷接旨谢恩。天子又呼太君说:"王怀女前为征西元帅,今朕再加封征南元帅,赐以宫袍、宫带、千两黄金,回朝另加封赏。杨文广征南副元帅,赐赠蟒袍、玉带、黄金五千两。"佘太君叩首谢恩而回。次日,杨文广与王怀女进朝谢了天子隆恩,出朝挑选军马,专候三关众将到来发兵。按下不表。

先说狄龙、狄虎是日一路到了包府,令家丁通报。只见包爷家人传命出府:"请二位往书房相见,我家老爷在此恭候。"弟兄二人一同举步到了书房,见包爷一同下礼,呼声:"包大人,家父遭困边廷,被奸臣计害,幸蒙包大人与杨将军破彼奸谋,救了父亲。小侄奉家母之命,特来叩谢大人。"包公说:"老夫哪里敢当。此乃国家公事,非为私情,何劳二位公子

第十二回　到汴梁弟兄同忠　当金殿太君陈兵　477

相谢?"连忙挽起说:"请坐吧。"弟兄行礼坐下,二弟兄又呼:"大人,家父屡被奸臣算害,多劳搭救,感德无涯。但今父困于边廷,为子焉能放心?今我弟兄实欲恳求大人与侄上本,自愿随征救父,未知大人意下如何?"包爷听了说:"二位贤侄有此武艺,正当施展之日。一来救解父亲之危,二者与国家出力。此乃忠孝两全美事,老夫何不成人之美?明日与你荐本便了。"弟兄称谢,登时告别。包公送至外堂,因他长辈朝臣,弟兄力请他回驾。

次日,包公将他弟兄之本呈上,天子大悦。封狄龙、狄虎为行军指挥职,二人随征有功,回朝厚加官爵。旨意一下,弟兄谢恩,又往参见过正副元帅。然后进南清宫谒见太后娘娘、潞花王千岁,兄弟请安,另有一番言语相叙。是日在此留宴,不用烦言。

次日,狄龙弟兄见圣上准了本,封他指挥之职,是晚写下家书一封,交狄成明日赶回山西西安府去,回家报知母亲,免她悬望。这老家人狄成,因前日路途中被他弟兄打过,所以不敢多言,凭他所为。此日一接家书,即别了公子,赶回山西去了。是时,弟兄只等候三关众将到来,即与元帅动身。不知如何发兵征剿,且看下回便知端的。

第 十 三 回

平西后杨府托儿　范枢密三关调将

诗曰：

　　杨家嘱咐两娇儿，爱子情深不忍离。
　　善体亲心虽尽报，昊天罔极①见深思。

却说狄成领了二位公子的家书，只因心头太急，意欲早日回归，报知公主娘娘禁止二位公子，不去随征提兵，故日夜不惜辛劳地赶路，是他一心为主的忠诚处。先说狄府家人李二领了禀帖，非只一日，到了王府，将禀帖传进，公主厚赏他而去。拆开禀帖，吃了一惊，叫声："不好！这两个小冤家一时又改变心肠，违背了嘱咐之言，求包公上本随征。狄成劝谏，反被打伤。倘若圣上准了本，这两个嫩骨头去冲锋当阵，如有差失，怎生是好？"想来想去，心如麻乱，说："罢了。丈夫被困高山，未知生死，如今两个儿子又要同征，岂非是念夫又是忆子？正是心悬两地，令我愁烦！"

不想过了两天，丫环报进狄成回来，有话禀知娘娘。公主闻言，即命传进。狄成跪下说："小人奉了娘娘之命，随二位公子到京拜谢包公。谁知他弟兄俱改变心肠，反求恳包大人荐本，二人封为指挥之职，随营效用。今着老奴顺带家书回来。"说罢，将书呈上。丫环接了，公主开书观看，长叹一声，说："果然圣上准了本，二人封为行军指挥之职，不日就要起程。这两个小冤家去了，叫我如何放得心下？罢了。不若明日亲上汴京，面见天子，领兵亲到边廷。一来带了两个孩儿，免得心悬两地；二来救了丈夫之困，岂不为美？"又呼："狄成，你可知杨府大兵几时动身？"狄成说："天子许准了佘太君之奏，王怀女为总兵元帅，只等候三关众小将到来，方才发兵。大约还有一月余。"公主听了喜悦，说："今圣上差王怀女为总领元帅，我想这位夫人有鬼神莫测之机，百战百胜之勇，此去一定成功。二子托她照管，彼与姜家有通家之谊，明日到京，当面言明嘱托，便不用哀家亲

---

①　昊（hào）天罔（wǎng）极——广阔的天宇没有边际。昊，广。罔，没有。

第十三回 平西后杨府托儿 范枢密三关调将

领兵了。"说罢叫狄成:"你赶路劳苦,快去安歇。"狄成叩谢去了。公主娘娘又吩咐宫娥打点预备行装。是夜休表。

到了次日,公主起来,梳洗已毕,带了八个宫娥、侍女、家将五十名,一路催速行程,向河南汴梁而去。忽一日,来到了旧宅府门,早有家人飞报入内。狄龙、狄虎闻得母亲到来,吃了一惊。狄虎说:"不好了。母亲一定为着我们上本随征,不依她吩咐之言,必然恼我,是以星夜赶来拦阻弟兄。如何是好?"狄龙说:"贤弟,不必着忙,事到其间,说'不得了'也是枉然。且去迎接母亲便了。"说完,弟兄即出仪门外。公主方才下了大轿,弟兄一齐迎接,一见,口称:"母亲,孩儿们迎接。"公主娘娘见了二子,也不回言,往内去了。弟兄二人已知母亲不悦,只得跟随进内。

公主娘娘坐下,弟兄请安已毕,公主看看弟兄,带怒骂声:"不逆畜!我在家中临起程之日怎生嘱咐于你?岂知你二人不听教训,到来反托包公上本随征。反自违逆母言,好生胆大!犹与母一般作对,老家人狄成好言劝你,何必将他妄打?是何道理?彼乃临行受我重托,不得不行的。"兄弟二人听罢,即下跪说:"娘啊,父亲边廷遭困,现有儿子两人正在血气方刚之际,况我弟兄已学全武艺,岂有坐视父亡不去解救之理!今日违背母亲,实出于万不得已。母亲不欲孩儿前往,乃是爱子之心,未详大节。今我弟兄二人违了母命,获罪非轻,任凭母亲如何责罚。"

公主听了二子一番驳论,句句言词合理。及说到身获重罪,任凭责罚之言,就动起爱子之心,不觉反心酸起来,呼声:"小冤家!既前去救父,须依娘三件要事,为娘方得放心。"弟兄说:"母亲慈命,为儿焉敢不遵!请娘吩咐。"公主娘娘说:"我儿,此去边关,首记小心仔细为本,军令森严,须防有犯;与敌冲锋,如若得胜,穷寇勿追,还防回马兵器,不可私劫贼营,私自开兵;爱惜手下兵丁,勿生暴虐之心,倘遭急难之时,他必舍命为援。此乃行军保命之大略也。领兵元帅王夫人,彼与我们有通家之谊,今娘将你弟兄面托于她,无有不照管之理。你二人须要听她之言,你弟兄万不可违背了娘今日之言。"二人连声应诺。公主又唤他起来,同往杨府。

弟兄二人当日随娘摆驾望着杨府而来。早有家丁传报府中,佘太君连忙令人大开中堂府门,有王怀女、杜金娥、穆桂英、杨宫主、马赛英、耿金花、董月娥、杨金花、杨七姐、杨秋菊,佗龙女八姐九妹等前来迎接公主,连佘太君也来到银安殿。公主娘娘一见,叹声:"妾有何德能,敢劳太君与列位夫人远迎?"佘太君笑道:"平西王后非是别人,乃国家诰命;况有通家密谊,老身与媳妇们不敢不出来迎接。"当下一同上中堂见礼毕,坐下。佘太君说:"自从娘娘奉旨回乡,至今几载,暌①违远地。今日回朝光降,莫非为着狄王亲遭围,知我媳领兵,有言见教否?"公主说道:"一来敬请老太君金安;二来有事相托与王氏夫人。丈夫已被困了,但二子又要随征救父,妾再三劝训,只是不依,私自托包大人荐本随行南征。他二人年少,娇生惯养,未涉风霜,是以妾放心不下。今闻王氏夫人奉旨领兵,但这两个小冤家全仗夫人指点,临深蹈险,伏乞扶持,妾之恩感无尽矣。"佘太君闻言道:"你二位公子,年方十五六就有孝心救父,吾媳自然照管,公主何须过虑!"王氏接言呼声:"公主娘娘,杨、狄两臣外交亲谊,你二位令公子即妾之孙儿一般,何分彼此?况我孙儿文广一般年少,就是三关调回众将全是年少之人。两位公子乃将门之种,他焉肯坐守家中,不去随征之理?公主且请放心,所有阵内历险临深,妾自留心指点。"公主闻言称谢。佘太君早已命家人摆上酒宴,公主不好却意推辞。分宾主坐下,外堂二位公子进内谢了太君与众夫人,然后与杨文广三人一同坐下。堂中内外一片歌乐之声,袅袅不绝。慢表母子在杨门宴乐。

说到枢密使范仲淹领了圣旨,一路饥食渴饮,历尽风霜,登山涉水,数十天方至三关,乃六使杨延昭的老营。杨延昭殁后,真宗天子命杨宗保镇守,北夷屡犯,皆被杨宗保杀败。后来西辽犯界,杨元帅出敌,被辽将薛德礼化血金钟所伤。杨宗保殁后,杨文广年幼,未能受职。前时狄元帅领守数年,征西收录得二位英雄,一名萧天凤,一名苗显,二人随同狄元帅征西,立下战功,班师回朝之日,天子命他二人镇守此关,俱为总兵之职,代了狄元帅之劳。又有杨延昭帐下后代小英雄同守此关,一名岳纲,岳胜之子;一名高明,高怀德之后;杨唐,杨青之后。焦廷贵,焦赞之后;孟定国,孟良之子,但二人已随征了。三关五员小将皆是武艺超群。

是日闻报范爷到来,大开正门,众英雄出关迎接,排开香案,接了圣旨。五位英雄请范爷坐下,要行参见之礼。范爷一见说:"列位将军,这是老夫不敢当的。我们俱是一殿之臣,何必行此大礼?众将军此去立功,即王侯之位可至。请坐吧。"众小将见范爷如此谦让,俱各大悦。是晚,

---

① 暌(kuí)——隔开;分离。

第十三回　平西后杨府托儿　范枢密三关调将

吩咐设宴伺候,与范大人洗尘。众位英雄请他上坐,各人然后依次坐下。萧天凤手执金杯呼声:"大人,薄酒不堪恭敬,聊且请用数杯。亵渎之罪,乞诉宽宥。"范爷说:"各位将军,哪里话来!老夫深领厚情,铭于五内。但今军情紧迫,甚于燃眉,明朝众位即可登程回朝了。"众人说:"大人吩咐,小将焉有不遵?"范爷喜悦,与英雄开怀吃酒,言谈一番,更将二鼓。用过晚膳,收去残宴。是夜范大人就在帅堂上安歇一宵。次日,五位英雄请安毕,萧天凤、岳纲、高明、杨唐四将一同起程,单剩苗显总守三关。此日四人一起与范大人出关,苗总兵送至关外数里,范大人请他数次,方才住马拜别范爷,相辞萧、岳、高、杨四位英雄,殷勤而别。不知众将何日回到汴梁兴兵,且看下回分解。

第十四回

王夫人奉旨兴师　孙总兵背君投敌

诗曰：

　　杨门女将有雄名，救解重围领大兵。
　　背主总兵投敌国，忠奸异路各分明。

却说范仲淹与三关众将涉水登山，赶趱路途，数十天到了汴京。范爷进朝奏知天子，仁宗王宣到了众位英雄，四人即拜见天子，一同俯伏金阶。天子一见，大悦，降旨加封萧天凤为正先锋，岳纲为副先锋，高明、杨唐为左、右翼威武将军。众英雄谢过天子洪恩出朝，一同来到天波无佞府参见过正副元帅。是时，王元帅见众将俱已齐集，即挑选了五万精兵，三关众将调来五万，共成十万。择了吉期，拜辞天子、大臣，带领众将。是日公主娘娘唤至二子，亲自叮咛一番，然后辞别太君与众夫人小姐，又往南清宫拜别狄太后娘娘，回归山西而去。按下不表。

当下王元帅动身，三声炮响，大兵起程，十万人马，一干众将，浩浩荡荡向南进发，日夜行程，一路催赶。有二位先锋岳纲、萧天凤带领一万人马为前队，逢山开路，遇水搭桥。一连走了十余天，过了荆州，将到襄阳城。王元帅忽然想起："刘庆、张忠爬山取救，被孙振所擒，收下南牢。前日圣上已差官去拿孙振回朝，并放回二将随征。想圣旨行程未必有行军赶路之速，不若命人到襄阳，放了二将同征，免他回朝跋涉，二将又早已心安，路途且又惯熟，有何不可？"即唤副先锋岳纲、行军都统高明二将领令一支，速往襄阳而去，限期三天要到，违令者斩首。二将得令，带了健卒五十名，不分日夜行程。这且慢表。

先说孙振自从把刘庆、张忠二人囚禁了，毁他求救木章，差了心腹家人上汴梁约岳丈行事。他日日听候回音，岂知一去两个多月，并不见家人回来。正在十分纳闷，忽一天只见家人报说外面有一人，口称从汴梁而来，乃冯太尉家人，说有机密事要见老爷。孙振闻言，不见自己家人回来，反是岳丈差人有话，心下猜疑，不觉着忙，令他进来。不一会，只见家人带到一人，一见即下跪叩头。孙振说："起来，你家老爷有何机密事要见？"那人说："小人奉了太尉之命，日夜赶路到来，有书一封上呈观览。求老爷照书行事，即速可为，不然钦差大人一到，悔恨已迟。"

孙振听了，意乱心麻，急拆书一看，吓得魂飞天外，说："不好了！我只望报前仇，岂知反害了自己，已累及岳丈，如何是好？可恨杨文广这小贼及包黑子如此厉害。岳丈已被禁天牢，若非他有书通知，本官险些落于虎口。如今若不投南蛮，再无别处可存身了。罢了！定然要依岳丈来书投降了南蛮，保了家口，前去逃脱此难。事不宜迟，我也不回书了，拜上你家老爷说，本官照书行事，倘脱逃出，必设计救脱岳丈牢笼。"冯家人领命，即时叩别去了。

孙振吩咐家丁，即速备马应用。急进内房中对妻子说知，打点金宝细物之类。正要上马，忽然想起一事，说："我仇未报，反害得有家难保，有国难存。如今现囚禁着张忠、刘庆二人，不若杀了他，带着他首级去南蛮王处献功，一见自然收录，以雪心头之恨。"想罢，吩咐家丁排着车轮往城外伺候，急忙升帐，传刀斧手提刘庆、张忠二人捆绑在辕门斩首。正在押出二将，只见府门外来了数十个军兵，飞跑撞入帅府，呼喝而来，犹如凶神恶煞。孙振吓得面如土色，暗说："不好了！朝廷差人来拿我的。"连忙离了位，往内而走。随后出城，早见家人备了马匹，孙振一见马匹，犹如得了珍宝一般，连忙跨上，离了城厢，一程跑出西城，赶上家口，保护飞奔而去。

先说这数十人闯入帅府的人，乃是岳纲、高明带了五十名军兵，奉了王元帅之命，前来调取张忠、刘庆同去随征。只因二位小将军限期三日要紧回复军令，二人年少英雄，性子急，奔到了帅府，不着人通知，直闯进大堂。孙振心虚，只道朝廷来拿他，吓得魂不附体，哪里还顾杀害别人？只往后城逃走。岳纲二人来得快速，不然迟些，刘庆、张忠二人头已落下。此乃二人未曾被害，天子福庇，不该失此二员忠勇之将。

岳纲、高明一进了帅堂，喝声："你等快些唤孙振出来，有紧要语与他说！"这些衙役等早见孙振已命人提出刘、张二人，所以刀斧手俱在帅堂伺候。此时孙振往后西门逃去，众人尚然不知，只道老爷退进后堂去，众衙役便说："二位老爷是哪里来的？有什么公事，请说明白，好进去回话。"岳纲、高明喝声："胡说！我们军情紧急，焉有长篇话说！快快唤出你们狗官出来，问他有多大官儿，误了我军情？"众衙役见二人口出大言，必是有些来历,不敢言论,连忙进内。只见后堂悄悄肃静,并无一人。楼外房中找寻了一会,不独老爷不见,连夫人、侍女俱无。这差人只得出来向二人说:"老爷方才进内,此刻不知往何处去了。"二人闻言大怒,喝声:"胡说!你本官出门,难道你们不知?"正说间,只见辕门口远远捆绑着二人,有四个刽子手守着在此。忙问:"这是何人?"差人回说:"这是狄元帅手下二将刘庆、张忠,只因临阵私逃到此,被我家老爷拿住,今日奉令开刀。"岳纲、高明听了,嗟叹一声,大骂:"狠心孙贼!我们来迟一刻,二人性命休矣。"忙命兵丁解了绳索。但这些刀斧手、衙役见二位相貌凶恶,口出大言,又见本官逃去,不知为着何故,谁敢拦阻?正是蛇无头而不行,鸟无翅而难飞,众人竟一个个走尽了。

当时张忠、刘庆在辕门得放了绑,一程来至大堂,欲寻孙振厮闹。一见了岳纲、高明二人,方知他们来搭救,但不知其详。二人见问,一一说明,刘、张大喜,叩谢道:"不是二位早来一刻,已被奸臣所害。我亦不待钦差到来拿他,且扭锁这奸臣回朝,亲自杀剐,方消此恨。"岳纲说:"二位将军不必了。早间众行役说他已逃去,但朝廷钦差不日就到,他焉能逃脱?况我二人奉令来取二位同去随征,因你路途惯熟,如若二位一去朝中,往返二十多天,行军救困急于燃眉,如何是好?不如我们不理这奸臣,待钦差去拿。我等同去,快快催兵,解了狄千岁之围,有何不妙?"二人应允,一程不分昼夜赶回,一同下马,进来见了元帅。岳纲、高明将前事一一禀明,王元帅与杨将军众将且惊且喜,背后骂奸臣恶毒,若待朝廷钦差到来拿这奸臣,放二位将军,已是不及,不然被害了。刘庆、张忠二人说:"若非元帅差人搭救,我二人必做刀头之鬼。今得全性命,皆赖元帅之力与二位小将军行程之速。恩同再造,不可有忘!"王元帅与二将说:"此乃将军二人造化,圣上洪福,不应失此忠义之臣。"二人称谢不已。言谈一会,不觉天色已晚,元帅吩咐摆下酒宴,与二位将军压惊。是晚排来酒宴,元帅与众位小英雄各依官职高低而坐,一同尽欢吃酒,至更深方散。

到了次日,王元帅问张忠、刘庆二人路程如何阻险,狄元帅如何被困,二将说:"元帅,我们一到边关,在蒙云关安营,此关高耸,十分坚固,雄兵猛将不足为多。头一阵小将出马,已杀败了南将,伤兵千余;第二阵将张弟出敌,斩他大将先锋,也伤他兵千五百余。我兵非不精,将非不勇。但此关主将姓段名洪,有女名唤红玉,神通广大,法力高强。第三次讨战,元帅不许人出敌,欲挂免战牌,小将心头不服,恃勇开兵,被她妖术擒拿回关,用邪符迷了真性,反奔宋营讨战。若非元帅细心体察,小将一命难存。后来移营至高山,也是女将法力。此关贱婢甚是厉害的。"王元帅听了点头说:"南蛮乃一乌合之众,叛逆之徒也,也有女将如此之能?倘此女降顺,何愁不指日成功?"说完,吩咐拔寨登程。一路赶兵兼程进发,已有月余,进至南蛮之地。初入广南,一路俱有武将把守,关隘地土还属大宋。王元帅是日正在催兵进发,忽有探子报道:"我军慢进!"不知如何,下回分解。

第十五回
杨文广奉命探山　段红玉施法取胜

诗曰：

　　英雄小将到边关，解救重围破敌蛮。
　　为国为亲诚两尽，他朝奏绩凯歌还。

却说大宋师一路行程，催促进发，忽有探子报道："前面有兵一支，打着大宋旗号，不知哪方军马，请令定夺。"元帅闻报，吩咐暂驻征兵，三军驻足，看其哪一方救兵。驻师一会，果见前面旗幡招展，打着云南总兵旗号。原来这支军马乃云南总兵孙沔、余靖二人。前时狄元帅初进兵，已知会他同征，只因南蛮王早已取了昆仑关，邕州尽下，至此狄元帅吩咐陈、余二总兵，把守住广南，待他大兵征进方才无后顾之忧，此乃狄元帅行军慎重之处。至此二人奉命紧守广南一府，前时屡屡差人打听，只闻元帅大胜，正副二位总兵大悦。是以安心把守广南，待等狄元帅大兵攻破他数关，复进交趾，破他巢穴，便见成功。然后移兵复回昆仑关，擒拿南蛮王，早日班师。后数月，探听元帅，不独不闻胜败，连营盘人马不知去向。至此二人心实惊慌，是以尽兴人马三万，亲往蒙云关看元帅下落。此时两军互遇，陈沔、余靖二总兵见了正副元帅、众位将军，各自说了起兵之由，合兵一处。二总兵闻元帅困在高山，算来已有五月，实为惊骇。

大兵又是行程半月，已至蒙云关，离城五十里，元帅吩咐择地安营。二位元帅升帐，众将坐于两旁。王元帅说："哪位将军往探其山穴，然后进兵？"有狄龙、狄虎应声愿往。王元帅说："二位虽然英勇，但初至边廷，路道不熟，待本帅另点别人吧。"狄龙正要开言，有杨文广愿与他弟兄同往。元帅许之。有张忠、刘庆亦愿随副元帅与狄龙、狄虎二侄前往。王元帅见是张忠、刘庆，心下喜之，说："二位将军同去甚善，只因你路途已跑熟，需要小心。"众将应诺，领兵三千而去。王怀女又放心不下，仍差岳纲、高明带兵一千，分进峡山接应副元帅，不得有违。二人领兵而去。慢表。

第十五回　杨文广奉命探山　段红玉施法取胜

又说南蛮探子报进府堂:大宋救兵已到。段洪闻报缘由,对女儿说:"今大宋已有救兵到来,扎营关外,杨家将领兵也是有名的,我儿倒要小心。"小姐说:"父亲放心,他纵然本事高强,自有女儿抵敌。他既先差人到山坳,纵使杀散守山的兵,狄青远隔高山万丈,焉得知之?除非生翅能飞。他兵既至,待女儿先挫他锐气,教他救兵不敢藐视我们。"段洪说:"但凭我女儿主意,需要小心。"女儿应诺,即时上马提刀,领兵一千出关而去。

再说杨文广与四将带了三千兵,一路来到两峡山坳,虽有南兵把守,不过数百名。杨文广喝令杀奔上前,众南兵见宋兵大队杀来,早已吓得惊慌四散,不剩一人。刘庆、张忠细观这个山坳,吓了一惊,说:"不好了!我们前时回朝取救,山坳上下俱是崖地;今水势奔腾,汪洋上下。纵能杀散守山兵将,席云回山上报知元帅,但无船筏渡下众人,也是枉然!"只是长嗟短叹。杨文广听了,默默无言,二位公子仰天惨切,呼声:"上天!我父王困于山涧之中,未知生死,今救兵到来,又遇水灌山坳,不能上去,必然凶多吉少了。"哀哀痛哭。刘庆、张忠见他弟兄二人痛哭,心头不忍,不觉虎目圆睁,忍不住泪流,呼声:"元帅,今日看来,果然难以搭救你了!"兄弟二人倍加凄惨,恰似平西王当真死了一般地痛哭。

弟兄悲恸之际,狄龙将手中长枪抛于地下,跳下马来说:"不能救父,为子焉能苟全性命,不如跳下山坳涧中与父同死吧!"说未完,狄虎也跳下马,一同走前数步。杨文广看来不对,连忙下马拦住说:"不要走!"早已左手挽着狄虎,右手挽着狄龙,张忠、刘庆亦忙来拦住二弟兄,大呼:"二位贤侄,今你父虽然遭围,今日王元帅奉旨解围,回营商议,自然有个主意,可使你父脱离此难的。二位贤侄何须性急?"杨文广也来劝他回营。狄龙、狄虎见三人力劝他回营,带泪含悲说:"蒙列位相劝,乃一场盛心。只是古云君有难,为臣死节;父有难,子岂独生?乞三位放手,全我兄弟之念吧!"说完大哭。三人此时十分着忙,杨文广说:"二位贤弟,我且问你:君父有难,应臣子死节;但今你父困在山中,手下现有将兵十五六万,不过是没有出路,目下不能即脱此难。我今回营,见了元帅商量,自有计策解救你父。倘你一时气愤,跳下涧坳中死了,岂不枉送了性命?且身负不孝之名,有何益处?你父实乃未死,你们如此执迷,岂不作他当真死了?不孝孰大于此?即使你父果死,还有母亲在,何至一刻轻生!贤弟,你二人可想愚兄之言是否允当。"当时狄龙、狄虎听了杨文广之言,忽然醒悟,忙向三人深深打拱:"蒙兄金石良言,敢不如命!"说完,众人上马。

忽见前面来了一支南兵,摆开队伍,拦阻去路。杨文广一见,吩咐列开阵势以待,队伍中来了一位女将,刘庆对杨文广说:"这位女将便是会用邪法的段红玉,她今来拦阻,我们倒要小心。"杨将军听了,催马上前,大喝:"贱丫头,通名来!"段小姐看见来了一员小将,十分威武,想来早间探马报道杨家女将王怀女领兵,如今看这员小将打扮模样,又有四人保护,极似个领兵主帅一般,遂大呼:"来将何名?"杨将军说:"小丫头,你听着:我祖乃山后寨威震石关金刀杨令公,我父杨宗保,本帅乃副帅杨文广。若知我的大名,早早下马献关投降,放出天朝将士,共拿叛逆,不失加封禄位。如若仍然执迷不悟,难免玉石俱焚!"段小姐闻言怒起,指着杨将军喝声:"你这年少匹夫,我且问你通名,就说出瞒天大话,许多妄言。看刀!"言未了,双刀挥来,杨文广金枪急架相迎。一连战了三十余合,段红玉看看抵挡不住:"不好了!这小贼本事厉害,再战只忧性命难保,不如用法擒捉他吧。"杨文广喝声:"小贼婢,交锋未有十合之勇,就来拦截我师,本帅来取你命!"正要催马追赶,一想:"不好!赶她,但她用妖法;我且勒马,看她怎样,再作道理!"登时停马不追。段红玉见杨文广一时住马不赶,暗骂一声:"好个伶俐的小贼!知我有法术伤他,是以勒马不追罢了。虽然你乖巧,如若单单容你回去,不独便宜你了,也不知我法术高低!"即口念真言,向北方用剑一指,霎时间飞沙走石,日色无光,其沙尘竟向宋军队里打来。宋兵登时大乱,队伍不整,四下奔逃。小姐喝令一千兵杀上,宋军大败。小姐正在催马喝兵追杀宋师,又见两峡山一队军马,打着大宋旗号,十分严整,方才不敢穷追,收军回关而去。

且言宋兵见飞沙走石住了,见后没有追兵,方得聚会一处。当下岳纲、杨唐见了副元帅说:"奉王元帅之命,唯恐有失,特差我二人来接应。"杨文广五人清点人马,折去七八百余。即时回营,进了帐中,将探山战败一一说知。王元帅说:"胜败初次,何足挂怀!败此一阵,乃本帅之过也。明日待本帅临阵,拼个高低便了。"有狄龙、狄虎上前,口称:"元帅,我父困在高山之中,未知生死,望乞元帅早定良谋,救出我父,恩如山海,自当犬马效劳。"王元帅说:"孙儿,你休得性急。这小丫头用法移营于高山,时值三春,山水灌发在山坳。昨刘庆将军所说,秋冬时山坳干涸,俱是旱地,只容一人一马,山坳下有兵丁把守,上面虽有英雄好汉数十万雄兵,不能得下。为今之计,必然众兵往山伐木为渡,杀散守山兵,刘将军席云上山报知,狄元帅一渡可下。但性急不来的。明日本帅出阵,一者看其山势,在何方可乘木筏;二者看他这蒙云关如何险阻,然后众军上山伐木,十天方能足用。二位孙儿,性急不得的。"弟兄闻言,打拱称谢。但不知来日交锋,何人胜败,如何救出狄元帅众人,下回分解。

第十六回

沙场布阵困英雄　锋镝中婚思小将

诗曰：

年少英雄肯让谁，沙场对垒勇为先。

阵中被困缘谋广，方信六韬三略奇。

再说次日王元帅带领一万军马与众将杀奔至蒙云关下，投寨讨战，只闻一声炮响，关门大开，段小姐一马冲出，三军随后。王元帅一看，这女将果然生得姿容绝色，美貌娉婷，细看：

皓齿莹眸柳叶眉，神为秋水玉为肌。

恰如仙女临凡界，秀色堪餐足解饥。

王怀女看罢此员女将，暗暗赞道："这丫头果然有沉鱼落雁之容。"杨文广见了说："待我出马，好报昨天折兵之仇！"元帅吩咐小心，杨文广应允，一马飞出，大喝："贱婢休得逞强，本帅来也！"段小姐一看，笑道："杨文广你这小畜生，昨日容你败去，今日还敢临阵？"杨文广怒道："本帅昨天误中你妖术，今日特来斩你，休想要活命！"提起金枪便刺，段红玉双刀急架相迎。男女二人战不上三十合，段红玉实是招架不住，只得把马退了数步，口念真言，忽一阵狂风大作，半空中落下许多豺狼虎豹，向宋营阵中扑来，吓得宋兵惊慌逃走。王元帅看见，急拔宝剑一指，口中念动真言，半空中只闻雷声霹雳一响，这些兽物纷纷化成纸剪的，落下地中。段红玉见了大惊，不知何人破法，又见杨文广持枪刺来，小姐双刀架住，想下一个主意，便呼："杨文广，我闻你杨家大小男女俱称无敌，据我看来，不过仗着血气之勇，演习得几路枪刀之法耳。我今与你斗阵，摆个小小阵式，你若打破，我便献关投顺；若打不破，你的性命难逃，枉你杨家名望。"杨将军冷笑说："丫头，你小小女子，有何本领！由你摆什么阵图，只须我一人一骑就来破了你的。"段小姐见他答应打阵，暗暗欣悦，便呼："杨文广，且待片时，看我摆来。"言罢往本营而去。

杨文广勒马观看，只见布兵一千，东西南北幡旗动摇，不一刻摆成一

第十六回　沙场布阵困英雄　锋镝中婚思小将

阵。杨文广笑声："丫头，我只道你什么奇难惊人之阵，原来如此平常也。"说未了，只见段红玉到来，呼道："杨文广，你会打这阵图么？"杨文广说："本帅只道你摆得什么奇难怪异之阵，岂知乃一字长蛇阵也。这十座古阵，本帅自十一二岁时已熟悉了，何必再来卖弄？"小姐冷笑说："杨文广，你夸此大言！我摆的虽乃长蛇阵，你敢来打的，方算你是英雄。"杨将军喝声："丫头，不必多言，看本帅打破你的阵。"说罢，飞马冲入阵头。

王怀女一见杨文广冲入阵中，吓了一惊，说："不好了！孙儿此去必中这丫头之计！"众将忙问道："元帅，据末将看来，段红玉摆来只是一字长蛇阵，只得用兵一千。副元帅向阵头冲入，只打乱蛇头，此阵即破。元帅何须着急？"王元帅说："列位将军有所不知，她摆的虽然一字长蛇阵，容易攻破。只防这丫头用起妖法，孙儿受她牢笼了。"岳纲及萧天凤说："元帅，既然如此，待末将前去接应！"王元帅说："如此，萧将军打阵尾，岳将军打阵腹。倘阵一破，不可恋战追赶这丫头。"二将领令，拍马向前。

先说杨文广冲入阵中，勇不可当。段红玉见杨文广闯进阵中央，暗暗欣悦，呼声："小贼中计了！"连忙念咒一会，仗剑一指，只见阵中天昏地暗，不分东西。这杨文广正冲杀进阵中，忽见一时黑暗，伸手不见五指，耳边但闻喊杀如雷，犹如千军万马之声，心中慌乱，喊声："不好！中了贱婢之计，此番性命休矣！"此时，萧天凤、岳纲二人也冲进阵中，只见乌天黑地，不见人形，只认得声音。三人只得勒马，暂聚于一处停住慢表。

且言王怀女观三人进阵中不一刻，见阵内起了一朵乌云，将长蛇阵罩住了，大惊说："不好了！必然这丫头用些妖法，三人中了他计。"正要抽身，又见阵内跑出一支人马，乃段红玉用撒豆成兵之术。当时她又来喊战，恼了狄龙公子，怒道："可恶贱婢，我来也！不斩你下马，誓不回营！"提枪飞马而出。段红玉看见来了一员小将，甚是齐整：

　　金冠雉尾两边分，粉脸朱唇体貌新。
　　直竖秀眉多耀彩，横排美目有奇神。
　　征衣合亲黄金甲，章袋联装白羽筠。
　　摆弄银枪风雅样，哪吒相似下凡尘。

当下段红玉看见狄龙，恰似潘安再世，宛如卫玠重生，暗暗想来："好一个风流小将，美貌郎君！倘若得我匹配了此人，风流一世！但今两为仇敌，岂非妄想枉思的？"思量一会，自言："我好不知羞耻！我乃一闺中幼女,难道终不知礼节的?婚姻大事,当有父母之命,媒妁之言①。如何一见这美少年就胡思妄想?况与为敌国,一面未交,不知姓名,何不向他说一声?"便喝声:"那位少年宋将,休得逞强!我段小姐在此!快通上名来!"

狄龙早上已饱看这段红玉一会,但见她生得果然绝色无双,恰似昭君再世,又如月里嫦娥。三寸金莲,令人可爱;手拿双刀,娇声滴滴。狄龙看罢,想来:"此女生得美貌如花,古言昭君之美,至今所传,比之这红玉,不知又何如也?但我中国,目睹者未一个及她之美。这样嫩躯弱质,想彼怎样与人对敌冲锋?不过仗着邪法厉害伤人,因我父王人马于高山,至今未知生死。若不拿得这丫头,焉能救得我父!"想罢,催马上前,喝声:"段红玉,你问我的大名,须要洗耳恭听!我乃大宋世代簪缨之臣,我父平西王,我乃应袭大世子狄龙也。我父身居王位,奉旨征南,误中你妖术,困于山涧中至此。目今本公子领兵前来救父,特来先拿你小贱婢,雪了此恨,再来剿灭你们!若知事者,急急下马投降;倘然执迷,尚敢抗拒天兵,一同灭尽,悔之晚矣。"

段红玉一闻他是狄青之子,怪不得生来如此之美,即开言呼声:"狄公子,你青春多少,家中有几位令夫人?"狄龙见她忽然问起此言,也觉十分稀奇,便呼声:"贱丫头,我与你两军对敌,因何动问起家中事情?"提起枪喝道:"我与你非亲非故,既不愿投降,休说闲言,看枪!"对面刺来,小姐双刀架住,叫声:"小将军休得发怒,待奴奉告一言,未知公子意下如何?"狄龙说声:"你有何言语,快快说来!"段红玉满面笑容道:"奴家久仰公子令尊大人,如雷贯耳,乃大宋朝一条擎天玉柱,保守江山,社稷倚重之臣。前者一时错了主意,冒犯了虎威,困他于高山,至今劳动公子众人前来,奴家多多有罪。今我实告一衷肠之言,望祈公子猜测。若然猜得出,救父何难?我且回关劝父投降,与你们一同南征。奴之心事尽在于此,公子你乃聪慧之人,定然猜透奴家心中之事。"当下,狄龙闻段红玉之言,心说:"这丫头叫我猜她的心头事。倘若猜透,救出我父,且回关劝父归降。这话十分奇了,莫非此女如此柔和光景,思量与我订结良缘?"正是:

  欲知闺内意,尽在不言中。

---

① 媒妁(shuò)——指媒人的介绍。

第十六回　沙场布阵困英雄　锋镝中婚思小将

当时段红玉看见狄龙不做声,便呼声:"公子,枉你堂堂一表,只道你聪明过人,岂知你如此懵懂!莫非你明知其故,哄着奴家不言么?"狄龙诈做不知其意,喝声:"贱婢不必多言,看枪!"段红玉用刀架住,呼声:"蠢冤家,奴家这一段衷肠心腹事,你何故推开,只作不知?你本是一个王侯的公子,知书达理,岂有这样事情不知之理?自古有言说得好:月老做定姻缘簿,千里合婚天配成,系足红丝偕到老。"

此时段小姐一时间说出婚姻配合数言,不觉脸上泛出桃红,一时实见羞愧。当下狄龙闻她说出此言,暗说:"丫头既有心与我配合,不该亲自明言,实乃不知羞愧之女。罢了,待我诈做不会其意,耍她一耍,看这贱婢如何回答于我。"便唤声:"小姐,我狄龙生来愚蠢,不知你有什么衷肠心事,何不明言?不必这样半吞半吐。既肯投降,即速献关救出我父王,任凭你有天大事情,我无有不依的。快快明讲吧!"此时小姐不知如何答话,姻缘订结否,另有下回分解。

第十七回

段小姐暗问心口　狄公子假订姻缘

诗曰：

天定良缘不可强，赤绳系足是前生。

虽然假定终身事，月老神祇已察明。

当时段红玉听了狄龙之言，暗骂一声："小冤家，你分明知我为着姻缘之言，你故意推做不知，叫我说明。我乃未出闺门的少女，这话如何叫人说得出口！"想了一刻，心说："这小畜生倒也老辣，心中明白，反难我明言。若不说明，他假推不知，岂不将此段良缘当面错过？罢了，我也忍羞，不如与他当面言明便了。"唤声："公子，奴家乃未出闺门的少女，今年十六。幼年十岁时在后花园玩耍，偶遇终南山云中子仙师，传授与我兵书仙术，件件法力俱齐。前时我主进了反表于中国，天子震怒，差你今尊提兵南征。初到我关，几场得胜，后来奴家施法困在高山中。今虽受困，幸喜他军中有粮。若要令尊脱离此困，有何难处？只要公子依我一事，除非你我约订了姻缘，两下许成佳偶。"

狄公子闻言笑道："好个无耻的贱丫头！自古婚姻须待父母之命，须凭媒妁之言，哪里有男女亲自对言婚姻之理？你实不知羞耻而败人伦，我堂堂一男子，生长天朝，岂肯匹配你化外不知廉耻之女？如若久后人知你我于阵上自认为婚，岂不羞惭的么？我劝你休要胡思妄想，收拾此念吧。"狄龙几句言词，说得段红玉恼羞成怒，说："狄龙，你这个不识好歹的蠢东西！焉敢出口伤人？你说是个堂堂男子，生长天朝，不肯匹配我蛮方之女，只怕你久后求救兵时，踏破铁鞋无觅处。我虽乃生于南方，父为伪官，但南方一角，九溪十八洞俱已闻名，他是豪杰英雄之汉。我虽年方十六，女子之工何所不晓？诗文绣刺何所不精？兼能隐遁变化、腾云妙术，善于六壬神课。你国纵有雄兵猛将，哪里在我挂怀？就是奴家的容貌，虽不敢称为尽美，也不是败陋之姿。我虽一少弱之女，法术精通，文武两全，你敢胆大狂言，藐视我么？早知你如此轻薄，奴家错于口吐真情。今日不斩你头颅,难雪胸中愤怒!"拍马抡刀,照头砍下,狄公子长枪急架挑开,二人冲杀了二十余合,两边战鼓如雷。

有王怀女在旗门下看见狄龙与段红玉杀得难解难分,说:"这二人果乃将门子女!"当时这狄龙小将想道:"我称将门之子,武艺家传,难道反不如一个油头粉面的少女?今日不胜了她,誓不为人!"即抖擞精神,长枪一紧,上下飞腾快刺,刺得段小姐有招架之功,无还兵之力,口中发喘,遍体生津。段红玉说:"这小畜生的枪法厉害,真乃少年英雄。怪不得他眼横四海,旁若无人!少年出众,人物轩昂,超群儒雅!观他是定然福禄齐全!我段红玉若得匹配这员小将,就死瞑目!此非我私心淫行,但是终身大事,百年会叙,必求相当,岂可草草为伍?"正想之时,狄龙枪已飞至面门,小姐一惊,拍马逃走。狄龙催开坐骑赶去。

段红玉回头看见狄龙赶来,便取出一宝贝名落魂幡,正要插起,又恐经受不起,伤了他的性命。虽然还有解救,但爱惜这员小将心切,不忍他受苦楚。"但恨他不肯依从,我还来多言羞耻,奴家何不取红纸绳擒他下马?"即念动真言,只见一道毫光,飞起仙索,小姐呼声:"狄龙,看我的宝贝来取你!"公子听她宝贝二字,忙将马勒住,但见半空中毫光闪闪,正是:

红光透起日无明,飞舞空中乐军情。
不啻天罗兼地网,纷纷滚滚到天灵。

当下狄龙不知这件是何东西,吓了一惊,说声:"不好了!果然这丫头以妖术弄人。想这件东西落下来,只怕性命难保了。"连忙拍马而逃。段小姐冷笑说:"你思逃脱,休想的。"用手往上一指,只闻一声响亮,红光忽落,狄龙身上忽被捆绑住,跌于马下。小姐催马上前,手举双刀喝声:"狄龙,我来取你性命!"狄龙此时料不能逃脱,说声:"罢了!再不想我狄龙今日死在阴人之手。"说罢,闭目待死。段小姐喝声:"狄龙,你今被擒,我刀一下就身首分开。你只管打算来:若还应允婚事,我就饶你;如有一句不字,枉送你性命。"狄公子想道:"这无耻贱人,痴心妄想要我许婚,我若允了,久后人知岂不耻笑于我?我宁可死在她手,此事断不可依她!"又一想:"身已被擒,若一言不允,她刀一下,我死在目前。我死也不打紧,但父亲困在山中未曾救出,母亲尚在,我若死了,好不凄惨!不若我诈哄了贱人,放我起来,谅她的武艺不是我的对手,此时出其不意刺死于她,岂不为美?"想罢,呼声:"小姐,我一时愚昧,不依从于你,今已悔过,伏望涵容。我今允你婚姻之事,快些放我起来,待小将回营告知元帅才是正理。"小姐闻言大悦,呼声:"狄公子,你此话真的么?"狄龙说:"小姐,我并不虚言的。"小姐说:"既然如此,奴家焉肯得罪?放你起来吧。"口中念念有词,登时仙索解下。狄龙翻身上马,提起银枪,瞪起目看着段红玉,大骂:"无耻贱婢!依仗邪法邪术拿我,好不羞耻!要强逼为婚。我狄龙是个顶天立地奇男子,焉肯匹配你化外之人!"说罢,提起长枪便刺。段小姐怒道:"好负心小贼!"双刀架住,战不几合,又照前捆他下马。

段小姐提起双刀,不过是恐骇于他的,哪里当真舍得斩下,勒住马喝声:"好失信的冤家!你既不肯允婚姻之事,当面食言,我也不擒你。但你不该假言谎说哄我,辱骂于我。本该即时杀你,但今果若真心许我婚姻之约,奴家即回关劝父归降,然后放出你父亲,你意下如何?倘若允肯,快快说来,待奴家打发你去路!"狄龙此番思来想去:"这贱婢三番两次不忍伤害,不过欲结订婚姻。何不哄骗她,解了目下父王之困,岂不胜于自设机谋,又要上山伐木,许多辛劳?今她许我放回父王,不用吹毛之力,有何不妙?倘若见了父王之面,反说未允,也由我。"主意想罢,唤声:"小姐,我今当真许了此事。成就了百年之好,你就要收兵回去,救出我父王,献关投降,万不可失了信约的。"段小姐呼声:"小冤家,奴家说了半日话,你难道不闻知么?"狄龙冷笑说:"小姐,如此何难依你,倘救出我父,乃我的恩人。献关投降,乃弃暗投明,均属一殿之臣,与我就好成为夫妻,如今再不失信哄你的。"

小姐听了,呼声:"公子,你的言词实难真信的。若是真情,可对苍天发了一誓!"狄公子闻言,踌躇一会,便说:"岂有此理!我男子汉一言既出,难道反悔的么?"小姐说:"公子,你早间已骗我一次,焉可再骗二次?倘反复起来,一时之怒伤害了你,奴家心何忍?若不对大盟了誓来,谅你有反复的。"公子听了,暗暗骂声:"好厉害贱人,迫我盟誓方信为真!我如今既瞒不过她,何不盟誓这不痛不痒咒言,哄骗于她?"即呼声:"小姐既要凭信,我就对天盟誓:倘我狄龙反悔失信,辜负了小姐之约,自身遭其

第十七回　段小姐暗问心口　狄公子假订姻缘

兵难。"此时狄公子对天发誓,只道无心乱说之言,岂知成了忏偈①,日后却也应验了。他后来要抛弃了段小姐,困于敌阵中,险些丧了性命,幸亏得小姐前来搭救,性命方以保全。如此盟验,却也奇的。

当下小姐见他发了咒言,心花大开,呼声:"公子,奴家今收兵回去,等到晚间,将狄千岁众人放回。待你父子叙会了,三日后奴家便劝父归降,你道如何?"公子应允。又想:"这丫头果然投降的,且哄她收了长蛇阵,救出杨元帅三人,再作道理。"便呼:"小姐,如今话已说完,你何不回去收了此阵?"段小姐说:"公子之言有理。你且慢些回营,待奴家先收兵回去,准三日后便来投降。"说完,上马加鞭去了。有狄龙公子方才上马提枪,垂头丧气而回。一路思量这段红玉的痴心,觉得好笑:"若非仇敌,她生得如此美貌,为我之妻不是辱没的。"

又说王元帅见狄龙去赶段红玉,不见回来,心头挂念,正在差人前去探听,见狄公子远远回来,心头放下。想起实为奇了:"段红玉法力多端,狄公子因何逃奔而回?"想未完,狄公子已到,即开言呼声:"公子,你追这红玉,胜负如何?"狄公子见问,反觉得羞惭起来,将早间之事一一说明缘由。王元帅听了,不胜大喜,说道:"既然这段小姐一心归降我朝,与公子结为夫妇,真乃一双美满夫妻!亦由当今天子洪福!这员女将,法力高强,得她为助,南方何愁不灭?等元帅明日脱离此难,老身自然与令尊细细说明,成全你二人的美事。想来真乃万里程途的姻缘也。"狄公子闻言,满面发红说:"元帅啊,此事休得提起了。我狄龙既以英雄自诩,岂肯屈于这丫头之下?今日不过权词,暂哄骗于她,即日救出我父,强如自己劳师动将,设施谋计。我父倘脱离此山,与她拼个死活,纵然身死,亦无所恨的,断然不要这贱婢为妻!"不知王元帅如何答话,且看下回分解。

---

① 忏偈——忏偈,无此词,疑为"谶(chèn)记",表"预言未来事项的文字图录",但用在此又有误。

第十八回

段小姐谎言哄母　云中子真偈规徒

诗曰：
　　一心订就好姻缘，谎哄双亲结凤鸾。
　　下降祖师相赠束，他年破敌理方连。

　　却说王怀女当下闻狄龙一番负约失信之言，便说："公子，你言差矣。你既英雄自许，一言既出，驷马难追。此乃婚姻大事，岂可轻于出口？对天盟誓，难道天神地祇皆不灵验的么？我不与你争论，待狄千岁身离虎穴，段小姐前来投降，老身必然执柯①的。"

　　再说杨文广、萧天凤、岳纲等在阵中，只因暗如黑夜，不敢放马，守候多时，忽然光亮，其阵纷纷自解。三人不知其缘故，不敢追杀这些南军，一同拍马向宋军队伍而回。来到王元帅跟前，各言困于阵中暗黑之由。王元帅说："此乃段红玉用法掩了阵中光明，今幸狄龙与红玉私缔姻缘，收阵回去，汝等得出。"传令三军回营。慢表。

　　且说段红玉收了神兵，领了一千兵回关，一路思量婚姻之事，不觉进关来。想起十分难言，只忧父母不允，不若先探父亲之言，随机应变，此事方妥。当时来到滴水檐前，下了马，拜见父亲交令，段洪一见道："女儿今日出阵，胜败如何？"段小姐说："今日与王怀女斗法，她果然厉害，手下战将甚多，皆是骁勇之汉。女儿对敌一场，未得其利，是以收兵回来。"段洪说："胜败乃兵家常事，今日虽然未胜，明日为父尽令城中众将与她见个雌雄！倘退了大宋人马，为父方得安心与你订个良缘，乃公事、私事两毕。"段小姐闻言，默然不语，别过父亲，往后堂而去，见过母亲。

　　老夫人正在后堂，一见女儿进来，忙问："女儿，你连日军务事情十分劳苦，今日开兵，胜负如何？"段红玉见母亲问她，谎说："女儿今日出兵，遇了杨家女将王怀女，她的法术精奇，女儿的法术施去总不灵验，不知何

---

①　执柯——做媒。

第十八回　段小姐谎言哄母　云中子真偶规徒　499

故。"夫人听了说:"我儿,你平日说过,倘遇疑难之事,可以请得师父到来。今女儿何不焚香请师父前来,细问缘故?"此时段小姐忽然醒觉起来,心中暗喜:"何不如此将计就计说去,看娘亲如何?"此时小姐将眼一揉,双眼流泪,口中嗟叹。夫人一见大惊,说:"女儿,你因何忽然伤怀起来?快说知为娘!"小姐见夫人追问得紧切,不但不说,反大哭起来。夫人越觉惊慌,连忙近前扯女儿玉腕,与她拭泪,说:"女儿,你有什么事情?不必如此,快说与娘知!"小姐呼声:"母亲啊,只因你提起师父仙师来,为儿不觉心中凄惨,以致悲伤。"夫人说:"女儿,为娘提起你师父来,因何就触起你心事?到底是何缘由?"

段小姐说道:"此事论理孩儿不能说出口,事到其间,无可奈何,只得禀明吧。当日我师父传授女儿的法术时,临别之日,吩咐女儿:有某年某月大宋兴师前来,领兵主帅乃王怀女,她的武艺高强,法力精通。她提兵至此,立刻就前去投降。况南天王我主乃一叛逆之流,终为狄青所灭。我们拒敌,就算逆天行事,传我法术,自然不灵验的。果然今日交兵,法宝全然不应。若不早降,举家还有性命之祸;倘降了大宋,世代身受国恩。还有一言不好出孩儿之口,但母亲要我说明,女儿也顾不得羞惭了。仙师说女儿的姻缘该是宋营中狄龙,若违背了师言,就有滔天大祸,再三叮咛而去。女儿谨记在心,直到今日早上交兵,果有狄龙其人出阵,与女儿战斗了二十合,他的武艺高强,女儿非他对手,只望施法得胜,奈王怀女更高于女儿,只得收兵回城。方才母亲说起师父,倘女儿欲待不言,诚恐祸有不测,说出来实见羞愧。"当下夫人听了,吓得目定口呆,叫声:"女儿啊,幸得你对我说明此事!若竟含羞不说,险些误了大事!娘且请你父进来,与他商议。"忙唤丫鬟传请。

不一时,段洪进来坐下,说声:"夫人,有何事情?"夫人见问,就将女儿的话一一述知。段洪闻言,默默不语,想了一会,唤声:"夫人,我想此话甚是荒唐,况且终南山云中子仙师怎肯忽离仙界,来管这俗间之事?我段洪虽生蛮地,身受主恩,岂肯低头受降?夫人休信女儿之言!"段红玉初时假造虚言,谎哄双亲,满拟可遂她心愿。岂知今日父不准信,心内暗惊,粉面通红,暗说:"不好了!这事休矣。如何是好?且看母亲如何答话。"原来这夫人乃是妇人之见,把女儿之言认定为真,今听得丈夫不信其事,心中暗怕,呼声:"老爷,我想云中子仙师乃道德深高,能知过去、未来之事,既是预留下此事此言,老爷何不准信的?只忧逆天悖理,大祸临身,悔之晚矣!"段洪闻言,喝声:"妇人家听信谗言,随口乱道,陷我行此不义之事,我断不背主求荣的!"夫人见丈夫大怒,不敢再言。小姐当下说:"不好了。父亲决然不信的,姻事不成了!"想一会,呼声:"爹爹,女儿焉敢在父母跟前说谎!若还是不信,待女儿今夜焚香请祷师父下凡,便知明白了。"段洪说:"我从来不信鬼神的,你说法术乃云中子仙翁授你,我亦不信。如若你请他到来,为父亲口问明,方才准信的。"小姐满口应承,一心思量师父偏庇于她。是夜命丫环排开香烛,深深拜祷,暗祝仙师助赞姻缘。

却说云中子仙师正在洞中坐,忽闻一阵信香风过,屈指一算,已知其意,笑道:"徒弟啊,你虽与左辅星有姻缘之分,怎奈机缘未到,况你以法力擒他,这小将心中不服,口虽应允,不过哄骗你的。只等候到黄花洞狄门父子被王铁头和尚困住,该你前去相救,那时才是你姻缘会合之日。右弼星姻缘乃王兰英,二人还未会面。今她叩祝,要贫道助力,怎奈你姻缘未至,又失信于你。不如前去赠她数言。"

即时提笔将柬上书了几句,吩咐道童洞中谨守,抽一柬驾云而来。不一时到了,按下云头,呼声:"贤徒,为师到了。"小姐当晚祷告完,正在盼望之际,见仙师到来,大悦,跪伏于地。仙师唤声:"贤徒,你事为师已尽知明白。今授你柬一纸,观看柬中之言,便知你终身大事。"说完,云中落下一柬,仍驾云而去。那段洪一生不信鬼神,见女儿焚香叩请,一时果然来了一位仙翁,吩咐一番,云头落下一柬,忙上前拾起。小姐叩首起来,见父亲已拾起柬帖,一齐在灯下观看,上有七言律诗一首云:

千里为婚一线牵,也须待命达时权。
左辅红玉成当配,右弼兰英也共联。
其中变幻真难测,个里机关岂预言?
询问和谐花烛夜,黄花洞口结良缘。

八句之后又有字数行列后,上写着:

贫道言词须当谨记,倘违背师言,轻举妄动,必遭天谴。凡事随缘安分,自有一定之数,岂可强为?此八句诗是你终身之事,尽在于此,切嘱。

段洪看罢此柬,霎然大怒,说道:"好个狡猾丫头!险些被你哄弄,误了忠臣名节！你为着婚姻事就要父投降大宋,陷我于不忠之地,若非仙师来指示,轻举妄为,祸不远矣。我养你这不孝女儿,败坏家门,要你何用！"说罢,拔剑走到红玉跟前,正要动手,夫人连忙上前扯住。夫人含泪急呼:"老爷且息怒,听我一言。想起来女儿请师到来,亲赐一柬,上面言词隐而不发,未有显言,如何要杀她？你且说个明白！若还屈死了她,妾身与你决不干休的！"段洪说:"你言我无故杀女,你难道未曾听见仙师柬上言词？先八句诗其中深奥,一时难明;后面书明白吩咐,不许轻举妄动,凡事随缘,不可勉强而为。她早间对你之言,皆乃谎说,明是阵上遇着少年宋将,私许了婚姻,所以回来谎哄欺瞒。若不斩了这不孝之女,难雪心恨！"夫人说:"纵有此事,求老爷暂且容了她,妾身自有主意。"有段龙、段虎闻知,也来解劝父亲,段洪只得收回剑。小姐满面羞惭,啼哭起来。夫人说声:"老爷,我想女儿自行为端正,岂有一时改换心肠？于阵上遇了宋将,这婚姻之事如何说得出口？况仙师柬上言词含糊不明,细细参详出内里情由,或者女儿该配合这宋将,也未可知。"段洪说:"夫人,你要见个明白也不难,那贱人谎称应配这狄龙,但宋营中必有其人,明日教贱人出马,若将狄龙擒来,或阵前伤他,就罢了;如若不然,定是难容！"夫人说:"老爷之言不差,明日叫她出敌便了。"段龙兄弟又劝父出园而去。

有夫人劝解女儿说:"你父一时气怒,认错机关,要来伤你,明日又要你出敌擒宋将。但娘心明白,不用悲伤。"小姐只是含悲不语,夫人吩咐丫环搀小姐回房安歇,小心服侍。此时小姐坐于房中,心中羞怒恼恨,师父下了此柬,出丑一场,越思越恼,愤怒中欲寻自尽。又想:"在阵上与狄公子许下婚姻,又许他放回狄元帅。我死不足惜,一来未曾放出狄元帅,二来未见公子一面,诉我被屈一场,对他说明,我死了,使他知我不是失信负心女子。"想罢,纷纷珠泪滚流,有侍女上前,再三解劝。小姐不知如何,且看下回分解。

第十九回

段小姐移回宋营　狄公子羞惭女将

诗曰：
　　姻缘订就小英雄，许救天朝众将戎。
　　施法移营真险地，狄家父子得重逢。

当下侍女几人劝解："小姐不必伤心，我家老爷性如烈火，不过一时之气怒。古言狼虎不食儿，老爷后来醒悟，必悔过的。小姐若然恼恨坏了玉体，老夫人受惊，小姐心也不安。生身父母，不比外人，虽然错怪了小姐，还须忍耐才是。"小姐见众丫环不住解劝，方止了泪。时交三鼓，吩咐众丫环安睡去了，单剩四个心腹侍女，一同伴着小姐来到后园待月亭上。只见得皓月当空，不禁触动愁肠，嗟叹一声，丫环已排开香烛，小姐当中下拜，披发仗剑，步斗踏罡①，仰天叩祷："过往神祇，今日奴家施法移营，救回狄青，非因挽主求荣，实因许下狄公子姻缘，方存我的信行。"祷告已毕，烧了符，但闻半空中一声霹雳，走石飞沙，狂风大作，月色阴阴，乌云四起。两峡高山这些山神妖怪，遵着法旨将一座大宋营乘风连马带人吹起半空中，移回沙场地原处。小姐收回了法术，回归房中安寝。按下休提。

再说狄元帅自从打发刘庆、张忠回朝取救，已经半载，粮草将尽，十五万军兵内中有胆小者，日夜惊惶，死者数万，元帅众人日日悬望救兵。忽一夜中旬天，月色光辉，霎时间，天乌月暗，狂风大作，鬼叫神惊，这些人马吓得战战兢兢，不觉身体浮起，飘飘荡荡，黑暗中飞沙走石，不辨东西，渐渐落下平阳大地。大风止息，众将兵方才定了神，二日方得睁开。风已息了，黑雾未散，不分东西。迟一刻，霞雾一散，方才现出一轮明月。初时，众人多说被此大风又不知吹到哪一处，各个称奇，不觉你言我语。许久，天色光亮，狄元帅传令齐整三军，各归队伍，令人探路，方知大营一座仍归原处。得脱岩穴，心头大喜，一同叩谢苍天。元帅说："圣上洪福，有此神

---

①　罡（gāng）——北斗星斗柄。

力扶助。"

正说之间，探子回报说："启上元帅爷，我营隔三十里，又有一座大营。小人前去打听，原来是我朝大宋的救兵。领兵主帅乃无佞府杨门王夫人，副元帅大将军杨文广，统兵十万，在蒙云关左边屯扎。请令定夺。"狄元帅闻报大悦，说："好了，定然刘、张二人请得救兵回来！怪不得昨夜狂风大起，将大营人马移回原处！"忙令："众将兵，快随本帅前往叩谢王元帅！"此时，众将、大小三军拔寨起行，随着狄元帅。按下慢表。

再说蒙云关段洪，次早逼令女儿出马擒拿狄龙，小姐无奈何，只得带人马来到宋营中，令人讨战。有宋军飞报进营中："启上元帅爷，有段红玉在营外讨战，请狄大公子出马。"王怀女说："这段红玉昨与公子交锋，已约订婚姻，放出被困人马，为何今日又来讨战？真乃外国蛮人反复无定。"正说着，帐前一个上前呼声："元帅，小将愿领兵出马，擒此贱婢！"元帅一看，乃是狄虎。王元帅说："二公子，昨天段红玉将你哥哥连擒二次，要结婚姻，你兄虽然应允，不过是诈哄于她。原许放出被困人马，今天不见放出，又来讨战，指明要你哥哥出马。本帅想来，这南蛮化外之人反复无常。二公子休得出马，还叫你哥哥出营，问明于她为是。"有狄龙说："元帅之言有理，贤弟且慢出敌。"狄虎说："哥哥，何得拦阻我的？你昨日交兵，被她三擒三纵，弱尽亲祖威名。弟今出马，定与这贱婢拼个生死，岂畏她妖法高强！"王元帅闻言暗暗说道："真乃将门之子，果然智量包天！"便说："公子既要出敌，需要小心，杀败了她，切记不可追赶。"狄虎应诺下帐，提了八耳九环大刀，领了一千精兵，一声炮响，冲出营前。

段小姐远远见宋营中一队军兵，拥出一员少年将，只见：

头戴紫金冠，上插雉尾翎。

手提九环刀，年少有英名。

段小姐看他，只作他是狄龙，便呼声："狄公子休得逞强，奴家在此。"狄虎抬头一看，只见女将生得十分齐整，手持双刀，坐下一匹胭脂马。狄虎看罢，喝声："贱婢，你莫非就是段红玉么？我今特来擒你，快放马见个高低！"小姐闻言，不解其意，呼声："公子，奴家昨日与你订结婚姻，为何今日反面无情，又来与奴家做仇敌？怪不得人说中原男子反复无常！此话不为虚语也。昨日已对天盟誓，今日就丧尽前言。王魁无义，比你倍加。只忧你后日多要犯誓的。"

原来狄虎弟兄两人乃公主双生,所以一般面貌,一样身体,若大意之时,就认不出哪个是兄,哪个是弟。故公主一产之时,因他相貌声音无异,恐后来难以分辨,将狄虎耳上带一个金圈以为认记。段红玉昨日初遇狄龙一面,今日狄虎出马,一时哪里认得出来?是以责怪他昨天盟誓,今日负约之言。狄虎闻言,想来哥哥果然与这丫头私订了婚姻,怪不得指明要他出马,却原有此段缘由。她误认我作哥哥,可笑之甚!原来狄龙公子乃年少英雄,正直无私,假哄段红玉共订姻缘,实欲她放出父亲,并非真意留心于彼,岂知段红玉一心认以为真,错认狄虎作狄龙,说了一席私订婚姻之言。狄虎听了,暗想:"哥哥好没志量!一心贪恋着她颜色,不愿放我出马。对你同胞手足因何不以诚心相待?罢了!待我擒了这丫头回营,看他有何着落的!"正思动手,忽又想到:"既然这段红玉错认我为哥哥,有如哄引她真话吐说出来,看她有何言语。"呼声:"小姐,昨天小将与你约订之言,焉敢有负!只因今日出阵一时忘记,只道交兵,望祈恕怪。小姐今日出城,呼唤小将,有何商议,望小姐说明内里情由,待我回营与王元帅酌量,对父王说明,早晚共成亲事,同心协力,共灭南蛮,那时一家完叙,岂不为美!"

小姐听得公子动问,尽将昨日回关劝父归降受屈一段情节一一说完,眼中落泪,伸颈提刀正要自刎,狄虎一见竟忍笑不住,呼声:"无耻贱人,你当我是何人?我名狄虎,狄龙是我哥哥,共母同胞,相貌相同,我有耳上金环为证。你不明时,看我手中兵刃使用不同,他使的是点钢枪,我用九耳八环刀。错认我为夫,将这些丑陋事对我说尽,不顾一些羞耻,好一个未出闺门的女子!自己寻婚觅配,不从父母,听命月老传书,岂不羞煞人也!还敢临阵见人,真乃可羞可耻!"狄虎一席之言,说得红玉粉脸尽放桃花。细细看他,果然与狄龙无异,但耳上多了一只金圈,手用九环大刀,坐下浑红马。举止各别,打扮略不相同,认真方知不是狄龙。看罢,羞愧难当,众兵在于左右,十分羞辱,把马一催而去,即腾云而起。南兵见小姐去了,一同跑走。狄虎见段红玉驾云去了,催动兵丁追杀,南兵四散而逃,方才收兵回营。

却说段红玉在云头往下观看,只见南兵被宋军杀尽,心里带怒,又羞又恼,又骂一声:"狄虎套出我的私约之言,当面羞辱于我。是我一时失于检点,真乃令人羞死。如今虽然走了,但难以回关,如何是好?"欲要自尽，又未逢公子狄龙一面，心下实在难煞，忽然想起："我不如往芦台关去，王兰英贤妹与我一师之传，情同骨肉。我今去投她，尽诉心头之恨。她乃一女中豪杰，智勇双全，宝贝、法力不让于奴家。父亲王凡，官封王位，手下雄兵数万，战将百员。明日与她来，拿了狄虎，以报羞辱之愤，岂不为美？"想罢，推云向芦台关而去。

先说狄元帅带了三军众将来到王元帅营前，令人通报，王元帅大悦，狄龙、狄虎喜之不胜。王元帅吩咐大开营寨，与众将出营一同迎接。狄元帅一见连忙下马，踏步上前，深深打了一躬，说："下官多亏搭救，已是感恩，又敢劳二位元帅远迎！"王元帅、杨将军说："我等接驾来迟，休得见怪。"遂揖让进营中，一齐上了中军大帐。礼毕坐下，有狄龙、狄虎上前拜见父王，狄爷大喜，命他起来。不知说出什么话，且看下回分解。

第二十回

出高山宋帅责儿　逢劲敌段洪忆女

诗曰：

　　掌扼三军法度昭，亲情父子不轻饶。
　　如违将令难私庇，立绑辕门把首枭。

当时狄元帅满面春风，说声："我儿休要见礼。父今得重生，乃蒙二位元帅与众位将军之力，我儿代为父叩谢吧。"弟兄二人领命，正要叩谢，元帅众人哪里肯依，只得一同答拜。又有刘庆、张忠、萧天凤、岳纲、高明一众偏将十员一同上前拜见，狄元帅又与众将见礼。狄元帅呼声："列位将军，休行大礼。本帅已蒙列位相助，脱解困围，实在感恩，没世难忘。"当下王怀女呼声："狄千岁，我王氏蒙圣恩旨命，领兵前来救解重围，只为山高险峻，一时无计可施，正要上山伐木为渡，不知元帅一时到来，未知如何脱出了此山？"狄元帅闻言着惊说："元帅，被这丫头移营于高山，将近有六月，不知刘、张二位贤弟爬山讨救，得到汴京；军兵不服水土死去数万，粮草将尽，正待自毙。偶然昨夜一阵狂风，比前更加猛烈，将大营与被困人马吹到了原处，早间令人四下打听，方知二位元帅救兵到来，只道托仗虎威，我众人得离大难，因此前来叩谢。为何元帅推辞不受，莫非怪着我等来迟不成？"王元帅听罢道："千岁，哪里话来，老身果然不会移营之术，但必有一人也。"此时王怀女已知段红玉了，不即明言。

有狄虎上前说："父王与王元帅不必猜疑，移营者必段红玉也。"他将今早间出战，羞走了段小姐之事，一一说明。王元帅笑而不言，狄元帅唉声："狄龙，你前日交锋，与段红玉果然私约了婚姻么？"狄龙道："父王在上，孩儿昨天与这丫头大战，她再三求恳婚姻，孩儿不允，她用法擒拿我两次，只要孩儿许婚姻，她就投降，定然救出父王。孩儿只得假意应允，哄骗了她。今日放出被困人马，必然是这丫头。"狄元帅闻言怒道："好愚蠢之子！被女将擒拿，贪生畏死，暗许婚姻，贪其美色，辱我清名，弱尽锐气。先斩你这不孝之子，后擒这丫头！"拔剑抽身，众将上前拦住，王元帅便呼声:"元帅,且息怒,听禀一言。令父子本是英雄之汉,在战场上三合两趟就败了南蛮女将,论彼武艺,怎敌你们!奈今所用邪法,是公子无奈,假许联婚,并非有意贪图美色。她用了妖法,你堂堂大将尚且被她困了,何况公子少年之人?"狄爷听了王元帅之言,说他堂堂大将,已被围困,也觉羞愧。说声:"罢了。你二人年轻,谁要你领兵前来!"王元帅说:"弟兄二人为君救父,忠孝两全。"狄元帅收回剑坐下,又问张忠、刘庆爬山取救如何,二将就将孙振陷害一一说明。狄元帅嗟叹一声,说:"若非上苍庇佑,众人多死在此山中!"王怀女又说:"千岁,想来段红玉有意投降,实欲招婚。不若招安了她,与世子完婚,取却蒙云关,得此咽喉之地,谅它九溪十八洞不济矣。"众将多言有理,狄元帅点头称是。又说:"刘兄弟,且将军马一同调聚扎营。"刘庆领命出营去了。王元帅吩咐备酒宴与千岁、众将压惊。一时酒筵排开,众人欢叙,酒至更深,各往营寨安歇。次日,元帅三人升帐,众将参见已毕。狄元帅说:"本帅昨夜思量,段红玉既要联婚,本帅就准她投降,若得了蒙云关,得她为助,一路势如破竹矣。"王元帅闻言说:"千岁之言足见审权达变,但必元帅亲往招安方妥。"狄元帅允诺,戎装披挂,带了三军,三声炮响,与杨元帅一同向蒙云关而来。这且慢表。

却说段洪只因一时之气,逼女儿出关去擒狄龙,不一时败兵来报说小姐驾云逃去,众兵俱被狄龙战败,小姐不知走往何方。段洪闻报大惊,盼望了一夜,不见女儿回来,夫妻二人心中方慌乱,老夫人含着一包珠泪说:"我好好一个女儿,被你逼得她不敢回来,定然自刎在沙场。城中若没了她,焉能抵挡大宋人雄马壮之师?倘一朝攻破城池,你我一死倒罢,又连累了满城百姓。"说完哀哀痛哭。段洪听了夫人抱怨,心下十分不安,低头不语。只得到帅堂,忽见军兵来报宋将讨战,要小姐出马。段洪闻报说声:"不好了!宋将要女儿出敌,不知她往何方,又无能将,谁人退敌?这便如何是好?"想罢,即传众将计议。

帅堂坐下,众将参见已毕,段洪呼声:"列位将军,宋将讨战,谁人出敌?"众将闻言,面面相看,不敢应令。段洪怒道:"你等无能匹夫,食君之禄,当分君之忧。今日宋师临城,因何个个畏死贪生?"骂了多时,即令备马。披挂上马,离了府堂,众将随后,上了城头。只见宋军队中,远远望去,杀气连天,旗幡密密。段洪父子看了,实觉心寒。众将观此,哪里还敢出战,忙令人挂出免战牌而止。

那狄元帅、杨元帅在关下闻知挂出免战牌，狄元帅说："他挂出免战牌，料他城内缺少能人。但段红玉不出关答话，不知何故？"杨文广说："他既挂出免战牌，又不见段红玉，且回营再议吧。"狄元帅点头，即传令回营而去。

当时，段洪落下城头，吩咐军兵小心防守巡视，不许擅离。即退出后堂，坐下思想：宋兵势大，难与争锋，不如上本一道，到主驾前请教便了。即写一道本，差段龙前往。段龙领命，带了本章离关。催马急行十余天，已是临安地面。遇着一队人马，男女共数十人，极似官家模样，看来不是民家，心中着惊：这些人莫非是宋朝奸细？遂催马向前，喝声："你等往何处的？"原来这些人乃孙振带了家兵要投奔南蛮，跑了数月，方才到此。见喝之声，来人似南蛮装扮，即口称："将军，我姓孙名振，祖居中原，官封总兵，镇守襄阳有十余载。只为与狄青仇敌，结下深怨。天子偏爱于他，况他羽党大多倚着王亲势力欺压文武。提兵征南，在我关前经过，纵兵掳掠，乱得鸡犬不宁，因此下官一怒，反出襄阳，要投南天国王驾下，以效犬马之劳。"段龙听了孙振之言，便说："你今果有真心来降我主，有何良谋以退宋师？"当时孙振见他问起退兵之言，便呼声："将军，你高姓大名，官居何职？"段龙说道："吾乃蒙云关总帅段洪长子段龙也。奉了父命到昆仑关来取救兵，以退大宋人马。"孙振闻言连忙下马，深深打拱说声："原来乃大公子。久仰英名，如雷贯耳，何幸此地相逢！"段龙见他如此谦恭，也下马施礼。孙振乃势利之人，最会趋奉迎人，上前手拉段龙，呼声："小将军，你今日邕城求救，何不带了小弟同行？荐我见国王，自有退兵之策，当取宋室的江山。"段龙见说，允许同行，即时一齐上马赶路。

二十多天到了昆仑关，有令传上，军兵进内报知：有蒙云关差人有本奏知大王。南天王闻报，即传旨宣进。不一时，段公子进关中，于阶下参见已毕，呈上求救本章一道。南天王将封皮拆开，上写：

蒙云关主将臣段洪领命镇守边关，自我主战书一达中国，宋王即命狄青带兵到来征伐。与臣交锋数次，胜败未分。今彼又添兵益将，臣之城内缺少英雄，却被攻击，有泰山压卵之势。倘吾主稍缓救兵，则关非吾有矣。况蒙云关乃我国归家退守之道，咽喉扼要之地，倘若有失，进退无依矣。

南天国王看罢，传递与混元长老、刘雄、鲁达三人看罢，南天王呼声：

"国师与二位王亲不知有何高见,可退大宋雄师,以救蒙云关之危!"有混元长老说:"大王啊,臣思蒙云关果然我咽喉之地,即问带本之人何名,与大宋救兵主帅何人,细细奏来。"段龙奏道:"臣乃蒙云关段洪之子,奉父命前来求取救兵。初时狄青大兵一到关时,交兵失利,他手下几员战将英雄无敌。二阵花先锋被伤后,得臣妹子用法力困他于高山,已有半载,只待他粮草一尽,自然饿死山中。不料宋天子又差杨府王怀女、杨文广领兵前来,救出狄青,杀败吾妹,未卜存亡。目下此关危急,伏望吾主即日发兵,方保无误。"混元长老说:"怪不得段元帅着急此关之危!"当下不知长老说出何言,且看下回分解。

第二十一回
南蛮王收录逃臣　王禅师开兵提将

诗曰：
　　背主奸臣投敌邦，蛮王不察妄收藏。
　　罪刑满贯难逃日，天眼昭昭报应扬。

却说混元长老对南天王说："怪不得段元帅失机。狄青乃大宋有名之将，智勇双全；王怀女，杨家有名法力。我主若要退大宋人马，除非差黄花洞驻云溪铁头王禅师方可。"南天王说："国师之言有理。"即于案前书敕旨一道付交段龙。段龙又言孙振来投，一一达知。南天王正要使孙振进见，混元国师说声："不可。安知不是敌人诈乎？需要我主如此如此作用方可。"当时南天王依了国师之言，然后命兵丁拿孙振进见。

孙振至阶下，见有二三百人分列两旁，手持利刃，居中设一滚油锅，上面南天王怒目圆睁，孙振看了大惊。又见兵丁狰狞阶下，南天王喝声："武士，将大宋的奸细与孤家拿下油锅去。"武士答应上前，吓得孙振胆战心惊，叫喊哀求，呼声："大王，容臣说明，死也甘心。"南天王命放他来，喝声："你乃大宋奸细，敢骗孤家！"孙振叩头，一一说明来投之意。南天王又问："你既来投奔，家口何在？"孙振说："大王，臣家口现在关外。"南天王命人出看，回报果有家口随来。南天王便呼孙振："这是孤家心疑了。但你今来投奔孤家，一定忠心为国，你可将大宋朝的底细一一说个明白，孤自当因材重用，若有妙计退得宋师，再加官爵。"孙振听了，口称："大王，臣弃宋来投，只为狄青不仁，依势欺凌下属，臣心实有不甘，定然一心竭力图报。宋朝文臣所依者，孔道辅、文彦博、包拯，武将不过范仲淹、狄青、杨家几名寡妇；今狄青被困高山未知生死，但王怀女救兵曾到否，臣实在不知。句句实言，望大王鉴察真情。"南天王见他句句真情，即封为参谋之职，共议国事。孙振叩首谢恩，退出安顿家口不表。

再说段龙领命来到黄花洞调兵，一日到了洞中。王和尚本有两徒弟，一名青松，一名卜贵，师徒三人神通广大，手下雄兵二十万，个个秃发，名

第二十一回　南蛮王收录逃臣　王禅师开兵提将　511

为和尚兵。段龙一到,命人通知,王禅师吩咐二徒一同接旨。段龙读罢,和尚师徒谢恩毕,与段龙见礼。是日即刻登程,王禅师吩咐二徒看守山洞,自己带领十万军马与段公子向蒙云关一路而来。跑走十余天,已至关下,早有兵丁报知,段洪即时出关迎接,按下慢提。

先说段红玉那日被狄虎羞辱一场,在云头中竟投芦台关而来。正走之间,只见一座大山名回雁山,离芦台关只有十五里之遥。段小姐见山坳之中旗幡招展,呐喊惊天,一员女将带了无数女兵在山中打围。原来这员女将就是芦台关王兰英公主。红玉一见,心中大悦,连忙按下云头,来到公主跟前,叫声:"贤妹,愚姐在此。"公主听了细看,笑道:"原来段姐姐到此。因何单人匹马而来?"段小姐见问,即将前事一一说知,只瞒了私约狄龙姻事不言。王兰英听了,说声:"姐姐既然失机败阵,奴家一定去相助。如今且请姐姐回关歇息一宵,待奴禀过父王,然后与你同往兴兵。"说罢,二人并马进关不表。

且言段洪开关迎接进王禅师,分宾主坐下。段洪说道:"未能退敌宋兵,今敢劳佛驾相助,何幸如之。"王和尚呼声:"元帅且请放心,贫僧不独杀退宋兵,我还要攻进汴梁,夺了大位,方显我法力高低。"段洪闻言大悦,吩咐将免战牌收回。是晚备酒与国师接风。

又说宋军看见蒙云关收去免战牌,连忙进至帅府报知三位元帅。狄元帅闻报,说:"这蒙云关高挑'免战'月余,今日收去,定然救兵到了。"杨元帅说:"既然如此,我们何不差人去讨战,看他领兵者何人?"狄元帅点头称是,便问:"何人出敌?"有岳纲应声愿往。元帅说:"岳将军需要小心。"岳纲得令出营。到了关前,令兵骂战。南兵报进元帅府,禅师大怒,实时别段洪,吩咐放炮开关,冲过吊桥。岳纲看见乃一和尚,大喝:"何处妖僧敢来对阵?快些通名上来。"王和尚勒马一看,见来了一员少年宋将,便喝声:"要问俺法师之名,吾乃黄花洞驻云溪铁头王禅师,法号静池。你师侵我南界,今奉南天王命前来擒你,快快通名受绑。"岳纲呼声:"妖僧,吾乃大宋天子驾下威武将军狄元帅帐前副先锋岳纲也,不必多言。"提起大刀就砍,禅师铁杖急迎,杀了三十多合。王和尚想:"此将虽然年少,果然骁勇,不若用法宝拿他罢。"转马逃走。岳纲大喝:"妖僧休走。"催马赶上。王和尚暗暗喜悦,向囊中取出金铃一个,口念真言将铃摇了,一声轰响。岳纲追近,一闻铃响,登时人事昏迷,跌于马下,有和尚兵上前捆绑拿了,命人带回关中,又来喊战。

有宋军败兵入报,狄元帅大惊,忙问:"何人出马?"有张忠说:"小将愿往。"元帅说:"需要小心。岳将军被拿,皆由轻进。"张忠应允,领兵上马,提刀冲出营前。王和尚一见来将猛勇,不敢恋战,杀不上十余合,摆铃如前拿去捆绑进营,元帅众人失惊。

又有宋兵见主将被擒,个个慌张奔回营内,走到中军帐前跪下,口称:"元帅爷,不好了。张将军出马与妖僧交战,战不上二十合妖僧败走,张将军追去,妖僧怀中挂一皮囊,登时取出一铃向张将军一摇,就跌于马下,被和尚拿去。我等舍命往救不及,只得败回禀知。"狄元帅怒道:"原来妖僧用妖物伤人,连擒去两员大将,这还了得,本帅出营擒此妖僧,方消此恨。"吩咐备马出敌。有刘将军呼声:"元帅不可亲临险地,你乃三军之主,万一有差,如何是好?不若待小将去擒他罢。"元帅说声:"刘将军,妖僧有术伤人,但不能擒他就罢了,若败逃去,不可再追的。"刘庆说:"元帅放心,小将特拿席云帕与战,倘他用着妖物,小将即驾云逃走。"李义说:"刘将军,小弟也愿同去。他只擒得一个,焉能拿得两个!"刘庆应允。元帅说:"需要小心本帅之言。"

二将领命,登时上马持了枪斧飞跑出营。一见妖僧,不问名姓,枪斧一齐砍刺。这王和尚见二员宋将来得凶勇,铁杖招架不住,心头带怒说道:"怪不得元帅屡败如此危急,所来对敌来将个个骁勇英雄。如今二人凶勇齐战,倘不用宝贝必反遭其害。"说罢,跑开数步取金铃向李义一摇,早已跌于马下。又提起向刘庆一摇。刘庆看见拿了李义,看来不好,早已席云逃去,反把王和尚吓了一惊,说道:"不意宋营之中,有此异术之人,果然狄青行军不可轻敌。"此日一连拿三将,王禅师得意洋洋,又吩咐众兵将李义捆绑了推进关中而去。

有刘庆驾云逃脱回到营中,一见元帅,说声:"不好,李贤弟亦被拿去。"元帅闻言,气怒得五内生烟,双眉直竖,骂声:"妖僧连擒拿三员大将,若不出营与他拼个死生,难消此愤。"喝声:"快些备马!"王怀女说:"元帅既要出马,我等相随。"当时带领众将一同出马。元帅顶盔贯甲,带领一万精兵众将杀奔而来。到战场中,见妖僧生得虎头怪眼,十分雄壮,胸中挂着一皮囊。王元帅想,这和尚用法术,除非待元帅与他交战之间,如此算计方能取胜。

当时,王和尚喊战之间不见有人出营,正要收兵,忽闻炮声响亮,营中冲出一支军马,队伍分排,旗幡密布,两杆大旗高悬"帅"字,就是主将出马,心中暗喜,大呼:"宋将何人出马?我禅师在此候战多时。"狄元帅听了,一马飞出,大喝:"何处妖僧敢逞猖狂!吾乃平南主帅狄青也。"这王和尚一看狄爷,果然好一位平南王,生得气宇轩昂,人才出众,与前出敌四将大不相同,暗暗称赞。狄元帅大喝:"妖僧,你国化外顽民,依仗邪术哄动依智高逆贼背叛朝廷,百姓被害。今日本帅奉旨擒拿,还敢率兵抗拒!况乃佛门弟子,理当深藏古寺炼性修真,因何贪恋红尘扶反助逆!今日本帅出马,还不献上秃头来,免本帅动手!"王和尚听了大怒,喝声:"狄青,你纵有擎天架海之能,我禅师道高法广,哪里在心!"不知二人斗战胜败如何,下回分解。

第二十二回

王怀女助战得胜　王和尚布阵逞能

诗曰：

精通法力女英雄，破敌沙场建大功。

不愧杨家前烈辈，兴师相助狄元戎。

再说王和尚说完，手中铁杖打来，狄元帅金刀架住，二人对敌。当时，王怀女见这和尚生得形容古怪，坐下独角兽，胸挂皮囊，想来这僧战斗原弱，全仗妖术伤人的。又王怀女何云精于仙法？她父王令公乃北漠之臣，这王怀女乃金刀圣母之徒，宋太祖平定河东时，王令公与杨业订了儿女姻缘，匹配六郎。后来王怀女别师下山，带了雄兵侵宋，前来认夫，杀得三关众将无人拒敌，六郎却被她擒拿了，无奈只得成了亲。是以王怀女屡次开兵，仗着圣母的法力，到处成功。此日想："这王和尚必然战敌元帅不过，又用起邪法。不如先下手为强，出其不意暗助元帅一阵便了。"即向怀中取出一面小黄旗，口念真言，往空中招摇，忽然间半空中一阵狂风，涌出一群虎豹、豺狼、巨蟒，平地又起一个霹雳，向南兵队伍冲来。这二千和尚哪里站得住，杀得四散奔逃，这个和尚与狄元帅战不上二十合，抵挡不住，正要败下施法，一见狂风大作，又见满山怪物猛兽乘着狂风飞奔撞来，大惊败走。狄元帅拍马赶去，王元帅呼声："狄千岁不必追赶，恐他有妖物伤人。"狄元帅听了，住马不追，杨文广早已喝令众军追杀王和尚兵，被他杀得四散奔逃，王怀女收回法宝，狄元帅吩咐收兵回营，坐下短叹长吁，口言："罢了，我弟兄五人自布衣起手，立下战功才得身荣，如今失去二人，万一有伤，如何是好？"众将用好言安慰，按下慢表宋营。

再说王禅师败回关中，段洪迎接坐下，呼声："禅师，你连擒宋将，使他丧胆了。"王和尚说："元帅，虽然擒他三将，但不知他用何法术败我们一阵。贫僧若不泄此恨，不算手段高强。"段洪呼声："长老何须着急。今日胜中得败，皆因宋将本是能人，若非长老法力，焉能擒他勇将！"王禅师说："待贫道明日摆下一阵，若不拿尽宋师，誓不称雄。"段洪闻言大喜，吩

第二十二回　王怀女助战得胜　王和尚布阵逞能

咐治酒与禅师贺功。次日早晨,禅师与段元帅升帐。禅师又差人往洞中,命卜贵徒弟来起法台一座,有三丈高,离城十里,台中挖一个深坑。一日,卜贵到了,领命去摆弄停当,回来交令。

是日,禅师与段元帅带兵三万出了蒙云关,登上台。原来此座法台有三层:中央立起一支大旗,幡立一"帅"字,下面一杆,中旗二十四面,按先天二十四煞;二层首立十二杆小旗,应十二支,下面周围排着六十四座大炮,以应八八六十四卦之数;台外选战将一百零八员,合着三十六天罡七十二地煞,两行侍立。王禅师左手执令,右手持着宝剑,一时间布成一阵;再更法衣,顶礼祷告一回起来,仗剑焚香,登时请了二十八宿下凡镇守阵中央;登程驾云去了一刻,请得两位法师,一名王麻礼,一名王麻成,他二人乃王和尚之兄,同一师学法,用他二人守阵正门。然后下台,备了战书,命段虎前往通报。

段虎领命来到宋营,命人通报。狄元帅三人听了,命段虎进营中。一见三帅,打拱,将战书呈上。狄元帅接看言词不逊,带怒递与王元帅。看过,冷笑一声说:"可恼!你这秃贼口出大言,有多大本领?前日与萧后幽州对敌,我杨门曾破天门七十二阵。难道你摆此一阵就可倾尽我师?狂言可恼!"喝令:"将投书之人推出斩首。"左右将段虎拿下。这段虎全然不惧,反冷笑道:"段虎不是贪生畏死之人,倘然畏死,我亦不来了。"狄元帅一见赞叹,对王元帅说:"你看这少年南将,果然胆略非凡,恐吓他不得,要知三将下落,除非用着重刑拷问于他。"王元帅点头说有理,命左右放他回来。狄元帅大喝一声:"南蛮,本帅今日开恩宽恕。我且问你,前天王和尚拿我们三将,至今如何,快将情由实说,放你回去。"段虎说:"元帅,你宁可斩我,军机断不可泄露的。"元帅怒道:"好大胆狗才,本帅问你,你因何不说?左右与我拿下重打四十。"军士上前将他扭下就打。这段虎虽然性硬,但少年未曾受过这苦,被文武御棍打至二十,早已禁受不起:"我愿说了……"军士住手,这段虎待不言又怕再打,只得上前说:"元帅,王禅师拿了你三将,如今已监禁城中,并未加害的。"元帅听见他吐出真情,三将未曾被害,心中暗喜,即于他战书后批回,第三日打阵,与段虎带回去了。

当下狄元帅说:"王元帅,这妖僧下此战书要我破阵,不知他阵势如何,狂言不逊?"王怀女说声:"千岁放心。明日整顿人马,我们先去观看阵式何名,然后见机而作,调人前往破他。"狄元帅应允。到了次日,三位元帅装束停当,带领三军众将炮响出营。来到阵前不远,元帅传令扎营,也布了一个五方阵势,中央设立一道云梯。三位元帅登上云梯观看,只见南蛮阵内齐齐整整有冲天之势,一座大阵,人如金光映月,马如怪蟒追风,旌旗乱摆,变化无穷,明显杀气,暗藏玄机,看来此阵十分厉害。王怀女看罢,知是先天纯阳阵,便呼:"元帅,此阵何名?"狄元帅说:"此乃先天纯阳阵是也。"只见满四方毫光透起,中顶黑气冲霄。王元帅说:"阵是纯阳阵式无差了,只是阵中定有神人把守,只要五遁俱全腾云暗隐之人方可进阵。他有二个正门杀入,今我只进一门,手下战将临阵,如以卵投石,送尽性命。此阵要两个会腾云穿遁、有法保身才可看来。除非上汴京请了穆桂英来,让她进阵,以阴破阳方得成功。"狄元帅说:"昨日约妖僧以三日打阵,如今回汴京来往三月余,如何使得?如若出免战不往打阵,妖僧越得藐视猖狂。"王元帅说:"千岁,令刘将军席云,六七天已到汴京,穆桂英一日一夜可至此了,不如今日遣两员将前去探试他阵虚实,然后差刘将军回朝,好全了我打阵的话。"

狄元帅说声有理,便问:"何人愿往?"只见二将应声愿往,狄元帅一看,见是焦廷贵、狄龙前来应令,吓了一惊,暗骂道:"好不孝之子,你是未逢大敌少年,焦廷贵是个鲁莽之人,进阵必然有失。"只因众将跟前,又不能退他不往,带怒喝声:"你二人要去探阵么?"狄龙说:"父王,孩儿愿往。"焦廷贵亦言愿往。元帅喝道:"你二人诚非大将,此阵厉害非凡,莫言年少无知不能进阵,即超群宿将倘不知机,亦是有去无回的。"此语乃元帅暗点二人不可前往之意。焦廷贵是个莽夫之徒,狄龙亦是年轻,只道父王说他年少力弱,不会父王之意,二人说:"若不取胜,甘当军法。"王元帅说:"你二人既要去,须依我将令方可,第一,须立下军令状,违令者斩;第二,在阵外略探信息,不得轻进内阵;第三,一闻大营鸣金立刻回营,违者斩首。"二人领令,纳下军令状。

双马冲到阵前,焦廷贵说:"公子,怪不得我们二位元帅再三叮嘱,看此阵果然厉害。"见阵前毫光昭昭,杀气腾腾,狄龙说:"须带兵一同杀入罢。"焦廷贵说:"公子之言不差。"正是二人皆有此难,带兵飞马打入阵中去了。王怀女大惊,说:"不好了,你看此阵门不冲自开,他进头座即回乃可,若不知利害攻进中央,必然休矣。"忙令鸣金。此时焦廷贵、狄龙杀入阵头二门,并无拦阻,二人初进此阵,南兵偏将哪里在心,一同枪挑棍打不计其数;二人杀出了神,定要打破妖阵,一听本营鸣金,只作不闻,催兵杀进阵中央。离法台上不远,一片锣声响亮,雷音大作,只见四方八面俱是旌旗,天兵一派飞动。二人早已不辨东西南北,只得勒马观看,又见四方大将杀来,台上俱是奇形怪状神将,二人才觉心惊。此时又无出路,王和尚仗剑作法,将后路化为洋海,二人无奈,杀上前法台,又见妖僧仗剑挥指天兵杀下。狄龙对焦廷贵说道:"你看这妖僧,在法台上指引天兵来围困我们,今日看来死在目前。我二人是要束手待毙了。"说完不知二人性命如何,且看下回分解。

第二十三回

纯阳阵拿捉宋将　报异梦明传武曲

诗曰：

　　妖僧排阵困英雄，助逆回天强立功。
　　哄动蛮王开杀戮，生灵百万丧场中。

却说狄龙、焦廷贵在阵中央，王和尚喝令神兵来拿他，狄龙说："如今料不能逃脱，我与你跑上法台将妖僧杀死，我们纵死在阵中也得瞑目。"焦廷贵说："公子之言有理。"二马一拍，抢上法台。王和尚一见二将来得凶勇，飞枪上台，急忙取出落魂铃，口念真言摇了两摇，二将在马上已昏昏迷迷，跌落马下。王禅师吩咐手下兵丁："将二人收入囚车，待拿了狄青，一同解上我主大王发落。"歇一会，焦廷贵、狄龙苏醒了，睁眼一看，见身陷入囚车，方知被妖僧法术擒了，此时心中十分懊恼：不该强领帅令到此打阵。焦廷贵愤恨难消，将秃贼呼骂不绝口。

又说众天兵把宋军一千五百，齐困到中央戊己土陷坑中。宋兵心慌意乱，踏着此处，"喀"的喝声响处，一千五百人马俱下坑中。王和尚用旗一挥，天兵各归本位，令人到蒙云关，将张忠、李义、岳纲俱上了囚车，推入阵中，连焦廷贵、狄龙共是五架囚车，齐放法台之下不表。

再说王元帅与狄元帅，见狄龙、焦廷贵二人，带兵直进阵中，只望鸣金，意二将便回，岂知彼二人自逞英雄，闻金不退，进阵不回。二位元帅吓得大惊失色，连说："不好了，二人杀入阵中，定然性命不保。"心头着急。又见阵内杀气冲天，旗幡变动；有半个时辰，阵中方才不见杀气，动静收藏。二位元帅就知，不是被擒，定必伤残了性命。王元帅口中嗟叹不已。狄元帅思起父子亲情，犹如万箭穿心，暗暗垂泪，呼声："逆子！你未出马就嘱咐你浅进阵中，略探消息。你就满口应承，与王元帅立令，鸣金即回。岂知你闻金不退，硬进阵中，如今生死未卜。这焦廷贵，虽然一鲁莽之夫，也是忠义之人，随着本帅多年，也深可惜。"王夫人劝言，呼："元帅，何必烦恼，死死生生自有数分。公子打阵虽然凶吉未分，料这妖道伤人，俱用

第二十三回　纯阳阵拿捉宋将　报异梦明传武曲

落魂铃,生擒阵下,也未可知。"狄元帅说:"他二人自取其祸,也言不得了。只忧这妖道摆下恶阵,何日能破他,如何打算方可?"王夫人说:"你放心,虽然妖道有此法术,摆下此恶阵困了我师将士,也是众将该有此灾,非我兵将之弱,我们且紧闭营门,往汴京调取穆桂英。她一日一夜可至,相与进阵,自可破了。"狄元帅无奈,只得收兵,连夜差人回汴京。又发令紧闭营门,不许懈惰。

当夜,狄元帅为思儿子被陷阵中,无情无趣闷坐帐中,不觉隐几①而卧。忽闻外厢有脚步声响,一刻,只见二位青衣童子至帐前笑言,呼:"武曲星君,吾主武侯差吾等来相请,现在洞中相见。"狄元帅也不问他姓名,即随着二青衣而去,耳边只闻风响,身如入云中。不一时到了一座宫殿,甚觉幽雅,元帅进了中门而入,侧耳又闻音乐之声,无数仙官两旁坐定,一尊神圣在中央,纶巾羽扇,身披鹤衣,色分八卦,腰束九股丝绦,面如冠玉,目似流星,一见即离位躬身,揖至大殿中见礼坐下。尊神呼:"狄元戎,你今日奉召征南,蒙云关上遇了妖僧摆下恶阵,若破此阵,除非是段红玉,她乃千年狐狸转世。她有一宝,名曰阴沙,若用此沙一撒,其阵立破。令公子狄龙,乃左辅星下凡,他两人乃千里姻缘,必然请到女将军方能破此阵。吾曾算过,若是甲子之日错过,这段良缘再没处寻了。若汴京人至,也不能破此阵,这是天数,非人力所强为。但令公子良姻为要。吾乃后汉诸葛也。"言罢,吩咐二青衣:"速送狄元戎回营。"狄元帅正要开言,只见青衣将他一推,忽然苏醒,四下一看,方知做一大梦,开言便问左右:"此时候将有几鼓?"有巡逻更军人禀上:"正三更了。"狄元帅闻言,细想梦中之事,实奇哉。不信此事有些奇验,有此神灵。果有此事,乃天助成功也。再思一番,还是历历可说。他言如此,狄龙二人未曾被害。

思思量量,不觉天色已亮。命左右出营外,唤一二处土民速带进来。左右领命,去了半刻,带了两个年老土民来到帐前下跪。狄元帅吩咐他起来,询问道:"你此处可有诸葛武侯庙否?"二老民禀说:"此地有名山,曰富春山,在西南角,离此一百八十里,果然山上有一武侯庙。前时,蜀汉得他征平孟获,不伤害一个黎民,百姓沾感他恩,是以建立庙宇把享。"狄元帅大悦,厚赏老民而去,带喜色道:"这是天子的洪福,感动神明前来托

---

① 隐几——靠着几案,伏在几案上。

梦。这武侯乃后汉一忠臣也,他指示说,要破此阵除非段红玉。前者她已有意投降,思我儿为婚,但今不知她在于何处,实难寻见。"又想,神圣吩咐,不可不信,何不前去进香谢谢神明,求签再探消息便了。五指推算来,今日壬戌,明日癸亥,后日甲子又到。次日,狄元帅说与王元帅知之,王元帅说道:"此乃南蛮之地,若去,必改换去戎装悄悄而行才好。"狄元帅说:"本帅此去,只带大将一员,暗藏兵刃假扮商人,在客店一宵,暗中密访。"言罢,狄元帅即令石玉换过衣装,暗藏兵器,别过众人而去。王元帅放心不下,又差孟定国、高明、杨唐三将,带领精兵二千在半途埋伏,以防不测,又差五十名小军,在富春山四方周围打听,若有急事,即速奔回,以便救应。

且言狄元帅与石玉一路言谈,不觉天色已晚。二人进了饭店,用过晚膳,寄宿一宵。次日,备了香烛,一程跑了二十里方才到了山前,果然好一派山景。二人也无心看玩,一程上到山中进庙,慢表。

先说王兰英公主说起富春山武侯灵验,呼姐姐去叩谒同往。段小姐大喜,呼声:"贤妹,愚姐屡闻父亲说,武侯神圣灵感,祸福无差,乃一尊正直之神。离此不过五十里之路,明早去烧香许愿,于狄公子婚姻之事,果然神圣准我奴家心愿,即死亦甘心。"王兰英听了笑道:"姐姐,你我一闺中之女,焉能自择婚姻自寻佳偶。我想,这员小将虽然生得美貌,他乃中原大国的贵公子,犹恐他从小有了亲事。姐姐一心念他,只怕后来懊悔不及,做大反小,不遂你心愿的。倘姐姐听我所谏良言,且将狄龙公子丢在一边,免得你日日怀思苦念,坏了身体,你道如何?"段小姐听了,无言可答,满面通红。王兰英看见她长吁不语,便呼:"姐姐,奴适才之言多多有罪。只因你我交结情深,胜如骨肉,是以倾肝吐胆尽忠告之言,望姐姐休得见怪。"段红玉说:"贤妹何出此言!你我姐妹情深,有善相助,有过相规,正当如是。但奴前生欠下牵连债,故以此段姻缘蹉跎不就。但奴今生不得与狄公子相配,自愿终身守贞,誓不适人。"王公主见她心如铁石,不觉好笑,说:"姐姐,你伶俐一世懵懂一时,岂不闻姻缘前生所定,人事焉得强为?姐姐今坚守无二,可谓钟于情也。"段小姐说:"贤妹可为知奴肺腑。"说完,命丫环带备香烛,家丁数十人,二人上轿,登程而去。

先说狄元帅、石将军二人到山顶,一程进了庙门。头座乃是后汉五虎将关羽、张飞、赵云、马超、黄忠五位尊神。过了头进,穿下丹墀就到大殿。

第二十三回　纯阳阵拿捉宋将　报异梦明传武曲

只见香烟霭瑞,灯烛辉煌,几个道士在大殿一旁并立,殿中端坐此位尊神,上有牌匾,书云:后汉诸葛武侯。狄元帅看罢,顶礼祝完,石将军答叩,下阶与道士见礼。这些道人见那两个人打扮不同,相貌不俗,连忙下阶顶礼相迎,说:"二位居士贵处何方,哪里人士,尊姓大名? 乞道其详。"狄元帅说:"承老道下问,吾乃远处湖广人氏,贱姓王,名青。此位舍弟,因为置办货物路经此山,闻得武侯灵感,是以虔心前来进香。"众道士说:"原来二位乃中国之人,小道失敬了。"连忙请他上客堂上坐待茶。忽有本庙侍者来报:"老师父来了。"众道士听了慌忙起位,吩咐侍者:"款待尊客,小道稍刻再来奉陪。"说完,个个奔去了。狄元帅见此心疑,忙问侍者:"这老师父来了,因何你们如此慌张跑去的?"不知侍者如何答应,且看下回便知。

第二十四回

祈神祇翁媳相逢　因情义金兰助力

诗曰：

　　神明指示狄元戎，翁媳富春山上逢。

　　大破纯阳归降日，姻缘得遂两情浓。

当下这侍者闻狄元帅动问，便说："二位上客乃远方中国人，不知来历。这位老师父乃本庙中一尊活佛，道行非常，能知过去未来之事，在本山南角小蓬莱回光洞居住，但凡本庙有祸福与有缘的贵人降临，老师父方才下山到来，今日不知何故又下山的，所以合庙道士前去迎接。如今怠慢二位，休得见怪。"狄元帅听了大喜，说道："这老师有多大年纪，道号何名？"侍者道："闻人说，老师父乃残唐时郭威的军师王朴也，后出家访道至此，道号静云，见本山幽雅清静，在此修行，后来见本庙人多，故迁往小蓬莱闭户不出……"侍者说未完，有先时见过的二位道士进来，呼声："二位贵人，小道奉老师父之命，前来请相见。"狄爷、石将军听了，心下惊疑，只随同道士一路到了一间静室，只见一个道士红颜白发，已在室堂外恭迎。狄爷二人见这道人仙姿古貌，上前迎接，老道连忙答礼。

到了室中坐下，老道说："狄王爷、石将军今日驾临，故贫道下山相迎，莫道无因却有因，且喜今日甲子期，令公子良缘有机会了。"狄爷闻言，实见惊怪，说："老师能知过去未来之事，果不虚也。今日弟子心事难以相瞒，后事还望老师指点一二。"老道人微笑曰："不劳千岁盼咐，小道此来，一者为大宋天子平定南方，二来助成令公子一段万里姻缘，是以贫道特来饶舌。"狄爷大悦，道："弟子何幸，得逢老师！"

当时道人呼声："千岁，歇一刻间，仍到武侯庙后坐坐，等待段小姐二位到来进香。你不可见面无情，只待她叩赞完神明，然后千岁在后堂诉说情由，痛哭令公子，小姐一闻知即来与千岁会面。但令公子与小姐尚有一债未完，小贫道不敢预泄天机，破阵之后便知分晓。"狄元帅呼声："老师，弟子多蒙指点之恩，得胜班师回朝奏闻天子，请旨宣诏加封以报老师。"

第二十四回　祈神祇翁媳相逢　因情义金兰助力　523

老道人说:"贫道山野之人,弃红尘已久,那功名富贵视之如浮云中,只知闭户念经,不管几间世事。"狄爷闻知,自知失言,忙上前打拱,呼声:"老师,弟子一时失言,望祈宽恕。"老道者起位赔礼,说:"千岁之恩过厚,贫道福薄耳。"狄爷又说:"吾今奉旨征南,未分胜败,我终身之事若何,望祈指示。"老道人说:"千岁,你乃大宋保国名臣,忠心贯日,天道岂无报之以福禄位! 王侯子孙历荫永无灾殃,何须过虑。"狄爷点头称是:"人生只要忠孝两全,祸福机关何暇计及。"老道人又呼:"千岁,段小姐将至了,你到庙中等待方好。"狄爷、石将军听了,一同谢了道人,辞别他回到庙中。

只闻众道士说:"芦台关二位小姐到来进香。"狄爷二人隐于殿后,只见兵丁数十人拥护,使女排开礼物焚起香烛。只见二位小姐进上大殿中,一同恭身下跪,吩咐屏退从人去了。二人各有禀祝。狄爷早听段小姐祝言:"弟子段红玉,只因大宋来征伐,奴用法困了大宋将兵已有五月余,后至杨门王怀女带来小将军狄龙,与奴许下婚姻之约。但两为敌国,父亲不允投降,至婚姻蹉跎未遂。今借汉相威灵扶持得遂,情愿重修庙宇,再塑金躯。"此时,狄爷一一听得明白,暗暗大悦,登时想起老道之言。小姐正参神已毕,忽闻内厢咨叹之声,静听口口声声哭叫"狄龙儿子",心想:"莫非是宋元戎狄青到来此山进香? 他的言辞正是中国之音,莫非狄公子困于阵中,是以前来叩诉神明保护?"正想之间,又闻呼声:"元帅不必忧心,死生皆由天命,公子虽然困于阵中,倘杨家穆桂英一到,可破此阵了。"又闻:"虽然如此,但父子天性,我怎能放心? 穆桂英不知何日到来破阵。"又闻说:"昔日蒙云关段小姐与公子两下订了婚姻,因何至今不见回音? 这事小弟不明。"只闻说道:"这是我狄青没有造化。被不孝子狄虎在战场之上羞惭了她数言,将小姐气走了,是以姻缘不就。当时错了这个机会,方才有妖僧布阵之强,困了我儿与众将,至今不知生死,无奈前来望救于神圣的。"

此时段小姐听了,又惊又喜,说:"此人原乃宋元帅也。我何不面见他,救了狄公子成就婚事。贤妹,你道如何?"王兰英说:"姐姐既言此人乃狄青,正是机会不可失的。"小姐遂进后厢,呼声:"千岁,段红玉在此。若肯施恩,愿即归降,同心协力征南,先去破了纯阳阵搭救公子,后劝父一同归宋建立奇功,不知千岁意下如何?"狄爷大喜,说:"小姐既是真心归降,离却叛党,实为可喜。本帅成功回朝奏知圣上,你父兄一门受封。但今小姐破了此阵救出众将为要。"小姐说:"千岁放心。奴一到王和尚那里,此阵必破的。"狄爷带喜说:"如此甚好。请小姐与本帅回营,好去破阵。"小姐说:"千岁请先回营。外面奴同来参神的乃结义妹子芦台关公主。奴在此关有月余,如今与她回去辞别她父母,然后再来破阵。"狄爷说:"众将与小儿陷于阵中,度日如年,万勿迟回方好。小姐既去,不知几日回营?"小姐说:"奴计芦台关、蒙云关一百五十里相隔,奴不过三天赶回破阵。千岁不必吩咐,奴自然速至的。"说完,拜别狄爷,转出外厢,与王兰英说知,一同坐轿而去。有狄爷对石玉说:"贤弟,今得神圣灵感,蛮女投降,你我且谢神圣罢。"二人转出拜毕,又向小蓬莱辞别老道人下山。次日,方同回营。

王元帅调回各路去的孟定国、高明、杨唐二千兵与五十名巡山小军,续接而回。狄爷将进香得遇老道人指点、段红玉允降情由说知。王元帅说:"她既投降,何不与她同回营?"狄元帅说:"虽允降,只要回至芦台关辞别王兰英父母,是以不得同来,大约三天她就到了。"王元帅大喜:"小姐既降了,不待穆桂英到来,此阵可破。但她进阵必要两人的。"

不表宋营议论。再说段红玉在庙祈神,遇见狄元帅当面许她归降,满心欣悦,二人说说笑笑已回至芦台关。小姐忽然想起一事:"想这王兰英已然与我结拜姐妹,但要这三颗阴沙方能破阵。但此乃她随身至宝,此宝神通广大,祭起神鬼不能近,岂肯容易与我去破阵?"又思需两人进阵,方得照应。思思量量,不觉回关。进至宫房,二人更衣坐下,宫女奉上香茗。段小姐开言说:"破阵法宝首用阴沙,不知贤妹肯借与愚姐一用否?"公主说:"姐姐,你一心要去救出狄公子,借此宝贝,但此颗宝沙,镇守芦台关全凭此宝。虽然借你一用即可,倘一失去,非同小可,奴实放心不下。但与你姊妹之情,焉能不成全姐姐姻缘之事?不若与你同去,又得助姐姐一臂之力,又免奴担心,岂不为妙?"段小姐听了大悦,说道:"若得贤妹如此用情,真乃厚交过于同胞。"公主说:"虽然如此,但不可泄露风声,倘被父王闻知,其罪不小。只要如今想一个脱身之计方为稳当。"小姐说:"此何意也?"公主说:"明日必须禀知父王,只说蒙云关失机,姐姐前来特为请救,要我同往返敌。大王若允,那时与你同去,不允,才借宝沙与你用罢。"段小姐说声:"有理。"不觉天色已晚,各自安歇。次日五更,天尚未明,二人梳妆,一同上殿。

又说这王凡,生得身材魁伟,额下一把胡须,使一柄九环大刀,一百二十斤,坐下一匹獬象,有万夫莫敌之勇。自从侬智高反叛,他未曾挫败一阵,实为头功,是以蛮王封他为常胜王,命他镇守芦台关。此日在殿前商

第二十四回　祈神祇翁媳相逢　因情义金兰助力

议军情,忽左右报说:"公主到来。"言未了,公主、小姐一同上前行礼。王凡见女儿与一青年女子在阶下见礼,便问:"吾儿与那位姑娘免礼。此位是何人?"王兰英说:"父王,这女子乃蒙云关段小姐,昨天前来求救。他关被宋人攻打甚急,要女儿同往相助。儿念着金兰之谊,实欲前往相助,但不敢自专,特来禀知父王。"不知王凡允否,下回分解。

第二十五回

议破阵金兰同志　计劫营段洪失机

诗曰：
　　金兰契合义相投，大破纯阳用计谋。
　　降宋弃蛮归圣主，姻缘得遂乐同俦。

当下王凡说："我儿，段小姐与你姐妹之情，你当相助。此去若退了大宋军马，即要回来。但是我久闻人说，杨家人马个个善于术法，狄青善于用兵，你前去且要小心，勿倚传法力，轻敌必然有失。"公主领命，二人拜别王凡去了。公主又进宫辞过母亲，也是一番叮咛。出宫门挑选了一万精兵，二人并马起程，向蒙云关而来。

自辰刻催兵赶路，至二更天方到关下。立下营来，用过晚膳，公主呼："姐姐，你我前去破阵，反去助了敌人，与反叛何异？须要偃旗息鼓，做得机密，休使外人知道的。"小姐说声："不差。昨日我看兵书上面写的明白，说此阵有二正门可进，台上面有天兵神将把守；中军凝结纯阳之气，都是这和尚练就阳气发胜，日则难攻，夜则易破，只因阳衰而阴旺也。用五千军马各进一门杀入，黑夜中这和尚纵有法不敢用，恐伤了自家人马，一阵成功救出狄公子。夜来神鬼不知，与贤妹各回关去，你道如何？"公主说："姐姐之言有理。"二人商议已定。公主又呼："姐姐，不知王和尚之阵到底摆于何处，今不过二更余，何不先去探他，看其如何？"段小姐说："你我前去探阵，诚恐爹爹和王和尚看破行藏，反为不美。不如命精细军人前去探听为稳当。"公主称言："有理。"即差人去了，也且慢表。

却说王和尚自从困了宋将几人，连日出阵到宋营处挑战，并无一人出马，心中不悦，与段洪商议："宋将不敢前来打阵，如何是好？"段洪说："宋将畏惧此阵厉害，不敢前来，定然另有设施。依我愚见，今夜带领人马前去劫他的营，禅师在后接应，一阵可以杀他片甲不回了。"王和尚大喜，说："老将军高见不差。"说完，时交三鼓，段元帅即差二子段龙、段虎，各带三千军马、副将各五员，为左、右翼；自为中军；王禅师随后接应。令下，各去打点。禅师令卜贵守住法台,自己带了随身法宝而去。

先说王兰英的探子来报,说:"此阵在西南方,离关十五里,阵式周围四十余丈方圆,有门有户,一派毫光,其中奥妙小人不知。"小姐二人见探子报明白,公主说:"今已知阵在西南,不用带兵杀入。我向南门杀入,你向东门杀入。退了大兵,你于台下放火,乘乱可用法脱出宋将了。"此时,公主驾起云头;段小姐带兵一万,偃旗息鼓一程,到了离阵不远,埋伏于茂林,待阵一动然后杀入。

先说王兰英驾云来到阵前,看见阵内黑气冲天,四角毫光闪闪,暗说:"此阵果然厉害。我若无此颗神沙,焉能破得此阵,自然立足不住的。"言未了,台上旗幡一动,众天兵大将杀来。公主葫芦内放出宝沙,咒念真言,一撒,只听得一声雷响,犹如天崩地裂,神沙光亮将黑暗冲散了。阵中旗幡自乱,阵内鬼哭神愁。众蛮兵只当作宋人来打阵,黑暗中不分真假,刀斧交加,自相残杀殆尽。天兵神将回避神沙,俱升天而去。卜贵不知何故,吓得目定口呆,有法不能施展。公主见天兵走散,法台上只剩一僧发振腾腾,公主飞跑上台,一刀斩于台下。南兵众将大乱。

段小姐一见阵乱,即杀进中央放火。看见法台里五架囚车,就知被擒宋将乃岳纲、张忠、李义、焦廷贵、狄龙。小姐看看公子,目中下泪,暗呼:"公子,可怜你年轻体贵,焉能受得如此辛苦!"吩咐众兵:"将囚车打开放了宋将。要慢些放手,犹恐着伤。"南兵领命,即时打开。五位将军看见段红玉令人放他,心下惊疑。焦廷贵大呼:"这妖妇与我仇敌,须防她来算账。"岳纲说:"这妖妇虽然放我们出来,决无好意,何不趁此上前,将她拿住除了大害罢。"早有焦廷贵大喊一声,飞奔上前,四人一齐拥着将小姐拿住。众兵正欲动手,反防伤了小姐。这小姐看来不好,念咒对焦廷贵吹一口气,焦廷贵反变化作一个段红玉,这段红玉却化作焦廷贵。五人正拥着段红玉要擒拿,岂知是焦廷贵,段红玉在旁逃去,他众人惊疑不定,却放开段红玉将焦廷贵拿住。小姐趁势一纵,跑上云头而去。当时众人拿住,只见是焦廷贵,吓了一惊,多说:"奇了,反被妖妇走了,拿的又是焦廷贵!"张忠道:"她走了,不可再追,且回营罢。"五人即出了纯阳阵。此时已四更天,路途黑暗,只得随步慢行。

又说段小姐跑上云头,怒骂一声:"好匹夫!奴好意救你,谁知你恩将仇报,反将我擒拿。幸然奴有此法力,不然一命难逃。"又说王兰英见段红玉带兵杀入阵中，不见动静，忙下了法台，见是带来的兵马。众兵执火，照辉光亮，认得公主，遂将小姐救出宋将反被他擒拿说了一遍。公主听了大怒，说："姐姐，你既脱了此厄，还不来寻我！"想了一会，说："必然救出他五人，不想宋将恩将仇报，见劳而无功，所以羞愧不来见我。待奴前往找她。"说完遁光而去。寻见段红玉，呼声："姐姐，因何独自一人在此？"段小姐说："贤妹不消提起！只望破了阵救出公子降宋，自有好处，岂知宋人险恶，一离大难就反面无情来拿我，若非有些法术，险遭毒手。料想婚事不成，枉费贤妹与我一番的跋涉，用尽机谋，空成画饼充饥。"言罢，泪珠盈盈。公主说："姐姐不用心烦，且听我一言，教你忧中变喜。"段小姐说："贤妹有何良谋？"公主说："你当日在富春山，与狄元帅许下投降与公子结婚，教你破阵搭救五人。想五将困于阵中已有半月，焉能得知你投降了？因何你一人放出五人之时，又不说明其故？倒是你失于检点，如何怨恨他人。"小姐听了方才醒悟，说："贤妹，若非你言，愚姐错怪于他人了。但想众兵还困住五人在阵中，烦贤妹与奴同往将前事说明五将得知，以便回营报知狄千岁，如何？"公主说："姐姐，你言差矣。这五人乃堂堂好汉，众兵哪里是他对手？他们早已杀出回营去了。你我何不回去，命众兵多持火把，追赶上他五人，同到宋营报知狄元帅，以成就姐姐的良缘。你道如何？"段红玉大悦，说："贤妹高见不差。"即按下云头。一刻，阵中已到，冰消瓦解，和尚兵的尸首满地，实为可悯。二人叹惜一番，招回众军，传令随同走路不表。

再说王禅师与段洪带来兵马前去劫取宋营，人马肃静衔枚。此时仍复四更未残，将到宋营，段洪对王和尚说："今夜劫营，又遇大雾弥空，云封月色，乃天助成此功也。倘退了大宋之师，皆得禅师之力。"正说之间，只见探马如飞来报说："不好了，纯阳阵被敌人打破，一万和尚兵已被他杀尽。"段洪大惊，和尚大怒，即令："回营！必然宋人知觉。"行不上二里，只见远远来了一支人马，灯笼火把照耀如同白日。王和尚将军马排开，等候敌人。

又说段红玉、王兰英正催兵追赶众人，只见前面扎定一队兵马，只说是大宋之师。行近灯光细看，见是南蛮旗号。王兰英见是段洪与和尚，便对段红玉说："姐姐既见他面，只需如此如此答应，方才不露出机关来。须将令尊大人哄诓过。所惧者那王和尚，需要算计了他，方保得无事。若被他看破行藏,投顺大宋,就连累非轻,再难设计了。"段红玉闻言,说:"贤妹果然妙算无遗,非人所及。"二人于是催马上前。

段小姐呼声:"父亲,孩儿红玉在此。"段洪听言,在灯光之下抬头一看,见一员女将金甲全披,戎装威武,手拿双刀在那里呼"父亲"。看真原来是女儿,也思量:"这贱人一去两月,并无行踪,在于何处居止,莫非已投大宋不成?"遂开言大喝一声:"你这不孝之女,不从父训,流离失所,好个未出闺门的幼女!你又因何黑夜领兵至此,是何缘故?一定有心反叛了。若不斩你这不孝之女,岂不被人耻笑,被人谈论,说我不忠!"言罢,拍马数步,跑到段红玉跟前,提刀斩去。段小姐闪开躲过,呼声:"父亲息怒,待儿细细禀明。"此时,不知小姐如何说出,下回分解。

第二十六回

施巧计兰英斩僧　中机谋段洪降宋

诗曰：

　　天网恢恢焉可逃,助逆强僧杀戮遭。
　　国运当兴归大宋,被诛失计女英豪。

当下段小姐见父亲发怒要斩,即便说:"父亲不必动怒,待女儿禀明。"段洪说:"有话快些讲来。"小姐说:"女儿自那日出敌,只望取胜,岂知反败了,无面回关见父至此。一程走到芦台关,多蒙兰英贤妹相留两月,今日起兵相助,日夜催师行程,只赶至此处。但黑夜之中闻人说出风声:打破阵图放走了宋人,打开五架囚车。又闻父亲与王长老前去劫取大宋之营。是以女儿一闻,与公主前来接应,并无反意,望乞父亲鉴察参详。倘因一时之怒伤害了女儿,岂不有屈难伸,且臭名难免,爹爹于心何忍?"当时,段洪听了女儿一番言词,料必不是谎说,正在沉吟思想。有王和尚闻段小姐之言,看见段洪疑惑,喊声:"元帅,令爱句句忠诚实说,有何虚言,元帅何必执性生疑!"段洪听了便说:"你既请得公主前来,如今在于何处?"小姐说:"现在中军队伍中。"段洪说:"她既在中军,何不请来相见。"

公主闻请,催马上前,称声:"元帅、王法师,奴兰英甲胄①在身不能全礼,休得见怪。"说完,打拱。段洪与王禅师忙答礼,同说:"有劳公主起兵相助,感谢不尽。"王和尚又呼:"公主与小姐,你二人一路而来,谅必知情,不知贫道的阵法何人打破,可对我说知。"二人听了一惊,公主忙唤:"法师,若问你阵法谁人打破,我们不知。但带兵来到阵,隔二三里但闻败残和尚说'阵被宋人打破了',我二人一闻此说,正赶上阵前,意欲除杀宋师。未到阵前,只远远见灯光照耀一派红光,喊杀如雷,料想此阵已破,只得回兵,意欲进蒙云关。又闻耳风,元帅、法师去劫宋营,特回兵前来帮

---

①　甲胄(zhòu)——即铠甲和头盔。

第二十六回　施巧计兰英斩僧　中机谋段洪降宋

助。"

王和尚闻言，信以为真，惊吓不小，说道："此阵虽厉害，已被他打破，想来天命有归，中原天子洪福非轻，自有神明相助。看来贫僧虽有法力终于无用，只恐有败无赢，枉用心神徒开杀戒耳。"王和尚想到此处，把刚强杀伐之雄心性灰冷了。公主、小姐见他信以为真，方才安心。公主想："这秃贼往日攻取各城，依仗法力哄动南王作叛，即将所取地方妄加杀戮，今日强狠在哪里？我何不哄他，出其不意杀了他，然后劝段伯伯投降大宋，有何不妙，如此姐姐姻缘又就了。"想罢，呼声："禅师，不但大宋神圣佑助他，还有一句稀奇的话，只众军前不可说，恐乱了军心。"王和尚说："不妨。"公主道："不可，不可。需要法师行近，细细说的方好。"王和尚听了，心中疑惑一会："公主有何稀奇之事，且请说来。"将坐骑跑上数步，指望王兰英说什么机密大事。公主暗暗挽着王和尚，手起刀落早已挥为两段。

有段洪吓一大惊，喝声："王兰英，你将长老杀死，定然要反了投顺宋朝！"公主呼声："老伯父你还不知么？"将段小姐的事情一一说知。段洪闻说，大怒，气得三绺长须根根直竖，喝声："你等不由我做主，私降敌人，此玷辱门风之女，我今不杀你这个丫头，誓不为人！"说罢，拍马抢上，双手持刀向段红玉砍去。公主双手驾住。段洪见她架住大刀，复又横刀斩去，公主又横刀挡过，呼声："老伯父，且暂请息怒，听奴奉告一言。大宋天子乃受命之君，中原之主，运会当兴。我南天王，乃一叛逆布衣。初起时，尽是匪贼亡命之徒，僭夺了交趾，妄自称孤道寡。所行非义，所做非仁，焉有甚福荫成其大事？纵使他再攻僭得一二省，亦不济事。中原大国兵多将广，文忠武勇，天命所归。审时度势，南蛮不久必为所灭。即我父王，久有降宋之心，但未得线引耳，苟有机会必然降顺天朝。但今老伯父不降宋，必有大祸临身。"

段洪说："不降宋何得有祸？你且说来。"公主说："这王和尚乃奉南王之命来助阵，不是死于敌人之手，乃在你关自杀死也。倘他手下一泄出言，言你陷害于他，南王岂不动怒？况达摩军师又与他是道友，在南王跟前劾奏你私杀命官，那时，一家性命不能逃脱，不是大祸临身么？倘老伯父不听我谏言，奴即赶往昆仑关，奏你私杀法师，脱了我的干系。"段洪说："你杀他，反诬我的！"公主说："奴只脱了干系，何分你我？"段洪想：

"这丫头自然厉害,倘她当真诬奏起来,一家性命休矣。"说:"罢了,今从你二人陷我于不义。"段小姐、公主大喜,合兵一处,吩咐埋葬了王和尚尸首,一同回关。段洪命段虎查点府库,预备来日投降。是夜,父子兄弟公主五人议论投降。这一番言语不必细述。

又说狄龙五人杀出重围,天色黑暗,辨不出路途,况地头广杂,五人只管慢行。走到天明一看,众人惊疑勒马,说:"我昨夜无暗,只管跑走,如今走错了,不知此是什么地方?"张忠说:"南蛮地广人稀,又无村民一问去路,又无人指引,如何是好?"焦廷贵说:"我们何不跑上前面高山看看,找了出路。"众人于是走上山头,只见山侧松林下,有两人在此抬头张望。五人一见,说道:"有了,那山上有人在此。"狄龙说:"待我去询问路途。"催马去了。张忠对李义说道:"公子年轻,此去问路,山上人装束不同,不知是好人是歹人?倘有失足,上他们的当了。"二人即拍马追上。狄龙在前,张、李在后,三人只往松林中走,相隔不远。

山上两人见三骑来近了,一回身,往松林中就跑走。狄龙带怒,拍马已赶入树林中。忽听得一声响锣,就地上拉起绊马索来,将狄龙连人带马绊倒在地上。两旁跑出若干人,手持挠钩将狄龙拿去。张忠、李义一见狄龙拿住,心中着急,拍马大喝。众人看看赶近,只闻锣声震耳,松林内拥出一队兵,当中一员蛮将,生得丑陋奇形。二人大喝一声:"野奴,你是何人,擅敢无故拿人?快快送回,下礼赔罪,就饶你不死。"这员丑将喝声:"你等莫非是宋人差来问道的?自到吾此山大胆横行,还想要回被擒人,休想了。"二将听了大怒,枪刀齐刺,南将提刀相架,三人杀起来。张忠、李义不是本事低微,皆因放出囚车,只得小军短刀,所以敌不过此将,又被拿住了。

焦廷贵与岳纲二人在山下看见,忙跑上来追。南将见山侧又有二人杀奔上来,只得勒马以待。二将看见这丑汉十分威武,怪不得他三人被擒,原来这贼凶恶武勇,遂大喊:"贼寇,一连擒我三将,是何缘故?"南将闻言不答,长枪又戳来,二将短刀架开。三人战了一回,二将抵挡不住,亦为刀马不堪使用。岳纲想想三人被拿去,原因刀马不合,如今再战,难保不输,即拍马败走。焦廷贵看见岳纲先走了,他亦拍马跟随。南将不来追赶,收兵回山而去。岳纲道:"吾五人出阵,只道脱离虎口回营,谁知黑夜错行,错入此山,遇着蛮将擒去三人,未知生死,怎能回营见元帅?"焦廷

第二十六回　施巧计兰英斩僧　中机谋段洪降宋　533

贵说:"依着我言,找路回营,禀明元帅,兴兵前来踏破此山,可救出三人。"岳纲无奈,依允寻路。已交巳时,肚中饥饿,路上又无住家人,只得忍饥而走不表。

又说蒙云关段洪,此日打点开关投降,心中忽然想起:"兵法云:'以虚为实,以实为虚。'又未曾与狄元帅面订,若开关出投,宋兵杀入城来不准投降,那时一家性命难保。不若命女儿前去,先献了降书,果然应允,然后开关未迟。"即时写了降书,交与红玉说:"女儿可到宋营献了降书,倘宋师准降,即可回来。"小姐领命,正要动身,有王兰英思量:"这段红玉去献降书,一恐她不顾生死,一心要匹配着狄龙,必然此位小将军生得相貌非凡,人才出众,何不跟随她前去,看看这狄公子?"说声:"姐姐慢行,愚妹陪你走走。"段小姐说:"如此甚好。"二人上马,带了数十名家丁,辞过段洪与段龙二位,徐徐而去。

走了二十多里,已到了宋营,遂令家丁通报进营中。狄元帅闻知,又惊又喜,说:"蒙云关既愿投降,因何不放五将回来?"低头一想,问军士:"此员女将有何人同来献降书?"不知如何投降,段小姐有何答话,下回分解。

第二十七回

老南将真诚降宋　少蛮女私订良缘

诗曰：
　　南蛮老将降天邦，大宋当兴气运昌。
　　择木而栖名鸟德，拣君以事是臣良。

　　当下狄元帅见段小姐来投降，有降书纳款，不见被擒五将回营，又见军士回禀，只同一员女将同来，兵丁数十人。狄元帅听了，低头不语，王元帅便呼："千岁不言，莫非疑着段红玉有什么诈处？"狄元帅说："然也。段红玉既破了此阵，缘何不放五将回来？莫非段洪不降，他女儿私降的？"王元帅说道："不如命人出营问她明白，然后准她投降相见。倘若含糊有诈，抢关便了。"狄元帅便问："何人出去？"狄虎说："孩儿愿往。"元帅说："你去恐失。盘诘敌人需要随机应变之事，你年轻智浅，哪里参得他人面情虚实，岂不误了大事。"狄虎满面羞惭而退，想道："父王不叫我去，只言我做事不牢，待我暗暗出营埋伏在蒙云关大路旁，候段红玉回时，截住这丫头，将她生擒了，问她爹爹的消息，岂不是好！"主意打定了，悄悄走到帐后唤了七八个家人，吩咐一番："不要走漏风声。"说罢，提刀上马而去。

　　当时，狄爷见狄虎退去，又问："谁人前去？"有杨文广上前说："小将愿往。"狄爷说："杨将军前去更妙，需要谨细诘问她。"杨文广领命出营，带了人马一字排开，看见二员女将。王兰英便问红玉说："姐姐，宋营这员小将莫非是狄龙？"小姐说："非也。乃山后杨业的后裔杨文广也。他是一员骁勇小将，奴与他交锋，险些丧在他手。幸然有些法力。但不知他因何带兵出营？狄元帅如何主意？"王兰英说："何不前去问个明白？"小姐说："贤妹之言不差。"即拍马上前，呼声："杨将军，今日领兵出营不知何故？"

　　杨文广早已看见两员女将，生得美貌超群，一人是段红玉，一个不知何人。开言说："我元帅闻你前来投降献降书，特差本将军问你：既然破了阵，因何不放我们五将回来？"段小姐说："自从在富春山别了元帅，次夜即领兵攻打,破了阵杀死一万和尚兵。救出五将,正要诉说前情,岂知这五人反将奴拿住,幸得我有法力脱身,不然性命不保。"杨文广说:"既然放出众将,因何不见回营?明明你害了他们性命,如今又来诈降,幸得我元帅参破机关,差我前来擒你。"抢枪就刺。小姐大怒,说道:"奴好意来投降你,只为破此恶阵,费尽许多心神,杀了王和尚,劝谏父亲多少方肯归宋,谁知你难信我的,反面无情!救了五人,反说我诈降。早知你们失信,奴枉为极力辛劳,今叫我如何回归见父,岂不被他人耻笑?你是不知其缘由的,快请狄元帅出营,待奴问他,在武侯庙的言词至今何在?"杨将军说:"据你言词,亦是真情归降,但我五将不见回来,难以准信。"小姐说:"黑夜中五人杀出阵,一定迷失路途。既然将军不信,且收了降书,限我二日,探听五人消息再来回报如何?"杨文广说:"小姐之言有理。待我回去与你转达元帅。"说完,接了降书回营去了。

小姐见杨文广回营,长叹一声:"只说前来献了降书即姻缘两合,岂知又是吉内成凶。五将不见回营,狄元帅心疑不定,岂不活活将奴急杀。"兰英在后,见姐姐呆呆不语,虽不耻笑于她,却也忍耐不住,跑到跟前呼声:"姐姐不必如此着急。此处不是望夫台,如何站立不动?古言:万般皆是命,半点不由人。姻缘乃前世所定,赤绳系足,岂能逃脱?若听我言,何必去寻狄龙,他既与你无缘就罢了,倘若勉强而为,恐有关于性命,又防与你父兄伤了和气,反为不雅。"小姐闻言又羞又愧,低头不语。王兰英见她进退两难,当时只得又劝道:"姐姐不必忧愁,如今事已至此,需要寻个计策方是。"小姐说:"望求赐教,开奴茅塞。"兰英说:"依奴愚见,那五将走失了路途,必然在竹枝山。此山离此不远,其中路径丛杂,想必误走此山。姐姐可速到彼找寻,奴今回关见段伯父,将前事说知,使他放心,就在关中等候。"小姐应允,二人别了,按下段红玉不表。

有兰英公主带回众兵向大道而行,一路暗笑段红玉痴心。正想间,忽听得前面人喝声:"妖妇休走。"公主一看,见来了一员小将,生得眉清目秀,俊雅风流。"想必此将乃狄龙,怪不得段红玉如此痴心为他。"看罢便问:"小将何名,因何阻吾去路?"狄虎看见此员女将,生得一貌如花,世所罕有,三寸金莲令人可爱,丰姿艳冶倾城。狄虎暗赞道:"好一个齐整蛮女,看她弱质柔柔有何本领,俱是仗着邪术伤人。"仔细一看,又不是段红玉,乃另一员女将也。"想段红玉,吾父王不准她投降,被我兵杀败,未知走往何处？"正在思量，见女将问他姓名，便答言："吾乃平西王次子狄虎也。若知我二公子刀法厉害，快快下马投降，饶你一死。"王兰英听了一想："段姐姐言平西王公子狄龙生得一美非俗，我只道此人是狄龙，如何又唤做狄虎？想必是他手足。"便说："吾乃芦台关王兰英，乃王凡之女。请问小将军，即是狄元帅公子，今年青春几何？狄龙是你何人？"狄虎闻言冷笑，想："此女问长问短，此是何故？"遂答言："狄龙乃吾之胞兄也。你问他，是何缘故？"王兰英说声："将军，你既然是狄龙的令弟，岂不知蒙云关的段小姐与他订结了姻缘，今日亲到宋营献纳降书，因何狄公子阻于半途？"狄虎听了，想道："我父王既好好约许了段红玉为婚，今日她是随行来归降于我们，若半途阻截她，于理不合。不若哄激于彼，看此女有何关节之言。"便说："我兄虽许段红玉为婚，不过诓哄于她。方才小姐被我们埋伏擒回营了，今又奉父命来拿你，快快下马受缚。"公主闻言怒道："匹夫！你们俱是忘恩负义之人。谁敢来拦我？你想擒拿万不能了。"说罢，双刀斩去，狄虎大刀相迎，一连杀了二十合。

　　公主抵敌不住，暗暗喝彩："真乃将门之子，话不虚传。料难取胜，又不可用法宝伤他。即是狄元帅之子，姐姐既匹配狄龙，又何妨订约于狄虎？不如与他面言罢。"架住大刀，喝声："公子且住，奴有言相告。"狄虎听了说："你有何言，快快说来。"公主说："令兄既匹配了段小姐，你我不若联了婚姻，同心协力以灭南蛮，不知公子意下如何？"狄虎闻言想："此女好不顾羞惭。我且耍她一会，看她如何。"笑说："公主既有此美意，却不难。我今实奉命来擒段洪，在元帅跟前夸了大口，倘公主成全我此段功劳，我是无有不依。"兰英听罢，心下十分难处，想："此事如何是好？若依了他，姐姐怪我不义；若不依他，这婚事难成。事在两难。想来段红玉去寻找五将，奴不若与狄虎进关，只说宋帅差二公子前来请去，待他拿绑了段洪，请宋将进关，岂不两全其美？"即对狄虎说："此事即在奴身上，只是不要失了前言。"狄虎心中暗喜，呼声："公主既然应允，但不知有何良谋，乞道其详。"公主说："奴哄了段洪出关，说公子奉命相请，即将他绑了，你道如何？"狄虎大悦，说道："公主且回关做作，我在此等候。"

　　公主辞去，进关见了段洪。他问："事体如何？"公主说："狄元帅虽然收了降书，他心中疑惑五员将士不见回营，段小姐许他找寻五人去了。狄元帅实疑我们有诈，传言要我请老伯父到他大营，与狄元帅面订一言方为真实。我不知老伯父意见如何,未敢应允,不知他内里有什么机谋。今狄元帅又差二公子在后面相请,老伯父,你意见去否?"段洪说:"既如此,本帅就亲到宋营,与狄元帅一会何妨。"公主又说:"老伯父既去,不必带人马,诚恐宋将疑心。"段洪应允,即时上马与公主出关而去。行了一程,只见狄虎匹马横刀立于大道,王兰英诈做不见,段洪勒马向公主说:"我看来将不怀好意,莫非不准投降,差人前来迎敌?"王兰英说:"伯父放心,这员小将乃狄元帅次子,名狄虎,想是狄元帅差他来迎接。"段洪听了,只得前进,与狄虎答话。不知段洪如何被擒,且看下回分解。

第二十八回

王兰英背义夺关　狄元帅正军斩子

诗曰：

　　契结金兰意味长，缘何日久竟相戕①。
　　夺关背义恩情失，且看交深是虎狼。

当下段洪只言狄虎奉了元帅之命来迎接于他，连忙上前，口称："小将军，老夫乃无能降将，何劳远迎。"狄虎见他来近，起手横刀刺去，刀尖刺中咽喉，段洪一命呜呼跌于马下。王兰英一见，面如土色，忙呼："公子，你说擒拿他，因何伤了他性命？"狄虎说："公主，我意欲大刀挑他下马，不意误刺中咽喉，悔已不及。"王兰英听了，心如麻乱，只忧段红玉知他杀死父亲，焉肯干休？叫我如何回答？想了一会，对狄虎说："你今误杀了段洪，皆因我错了主意。一不做二不休，如今不若与你同去取了此关，差人回营报知狄元帅，请他前来进关。倘若段红玉回来，慢慢与你调停劝解于她。若有不依，即时拿住，挟她投降方为妥当。"

又谓这王兰英为人，前后极似分为两截。初时，待红玉情深意厚，为设计周全，算无遗策，智量堪嘉，无如今日为着狄虎结婚，误伤了段洪，毫无怜惜之心。她虽非骨肉，但念与红玉结契深情，于心不忍。何也？"只要我躬连理藕，哪管他人不戴冤"！当下狄虎听了，便呼："公主，蒙你美意相助，我岂相忘！事妥日，与你永结百年之好。"于是二人进关。此时，段龙、段虎只道宋师势大，爹爹已死，即时与母亲奔往芦台关去了。狄虎收殓了段洪，差人回营报知。

狄元帅大惊，说："这畜生好大胆！不奉令，前去杀了段洪骗抢他关，如何是好？"王元帅说："我想，段洪既来投降，又去取了他关，伤他性命，如此不仁归于我们。公子虽然有功，难逃违令之罪。如此，悔亦不及。且去安了民罢。"元帅留了高明、杨唐、孟定国三员战将，副元帅杨文广同守

---

① 戕（qiāng）——杀害。

营盘,其余战将随往,又带兵五万,一路来到蒙云关。兰英公主乃投降之人,只得与狄虎迎出。二位元帅进了帅府大堂,一同坐下。狄元帅令探子四路追赶盘诘①段氏家口奔逃何处,打听明白即来报知。又命将段洪棺柩运入关内,出榜安民,然后吩咐兰英公主进见。

公主进内,只见众将威严与本国不同,心中惊恐,含羞说声:"芦台关王兰英叩见。"狄元帅起位,拱手说:"公主请起。"王怀女早早离位挽起,说:"公主,你乃南蛮之女,我乃中国之臣,以此并无管辖,何必行此大礼。"公主见此,心中方安,说:"奴本久仰千岁与夫人威德,军民感仰,所以蛮女献关归降,望乞收留。"说完,又要下礼,王元帅扶住,请她坐了旁首。王元帅说声:"公主,这段小姐不知往哪方找寻五将去?"公主说:"只因元帅不准投降,小姐今已往竹枝山找寻五人未回,是以奴一人前来献关。"王元帅说:"狄虎差人说攻打关城,这算不得是公主献城归顺。狄虎又不该杀了段洪,此事反复不明,望公主细说其详,免本帅疑惑。"

王兰英低头不语,暗想:"此事叫我如何回答?"欲将前事说出,狄虎危矣;欲要说诓,又怕哄她不过,反为不美。倒不如含糊说了便罢。即呼声:"元帅你未知其详。此日段红玉去竹枝山后,奴独自回关与段洪商酌。只有军士说,宋营有将一员叫关,段洪只道好意,元帅差人来关打探虚实,段洪出关迎接,狄公子以为他出城迎敌,并不答话,大刀略举,实为误伤。段氏一门闻知,俱逃走了。奴家献了城池,公子以为夺关。"王元帅心中明白,想来此女言语支吾,必有难讲的话,休要诘破她,待后来问明便了。即说道:"原来有此缘由,难得公主见机投顺,真乃审势达权。"狄元帅说道:"此中必有委曲,只须问那逆子便知明白。传令狄虎进来!"不多时,狄虎到帐前来了,说:"父王,孩儿破了此城,特来请功。"狄元帅大喝:"逆子一派胡言!不遵将令,私出妄伤降将,乱我军规,还不知罪,反来冒功。姑从实言说来,免得动刑!"狄虎听了,心下惊慌,只得跪下,诉声:"父王与元帅听禀:只是孩儿单刀独马往河边饮马,刚到河边,不提防草丛中跳出一虎扑面走来,惊我马直到城下,遇见段洪带了几个小军出城,孩儿误伤了他。登时,关内军民大乱,段氏家口逃去无踪,芦台关王兰英只得投降了。至此,孩儿来请功。"狄元帅大喝一声:"好逆子,满口胡

---

① 诘(jié)——问询。

言!此处离山甚远,焉有猛虎?纵然马失惊,不过一箭之路,何得一连跑到十余里到他城下?况且自己战马,如何降它不住?既然沿河饮马,何用带刀?眼见诳言欺哄,乱我军规!"吩咐刀斧手拿出正法。两边刀斧手答应一声,上前将二公子正在左捆右绑,王兰英见了着急,心慌意乱,自己又不敢开言劝解,眼看没有解救,只是暗中下泪。忽有探子来说:"段氏家口俱逃往芦台关去了,特来交令。"细细禀上。

又说王怀女当日出兵之日,狄家公主将二子叮嘱,托她照管。难道今日二公子犯了军令,死在目前,袖手旁观,不来劝救之理?只因狄青为人性刚硬直无私,军令严肃不受人情。苦于先前细问二公子之时,若即劝阻,不但狄青不依,只怕狄公子死得更切。所以,心中虽急,仍不敢开言,只思量寻个机会,待他怒略减,方好劝解。此时,探子回报,段洪一家奔往某处,他又盘诘一番,交回令,厚赏探子。此时怒气已过,正好乘机劝解,遂呼:"元帅,妾奉告一言,不知尊意若何?"狄元帅说:"有何见教?"王元帅说:"二公子实属年轻,幼小生长王侯门,不知法律,一时误犯军规。如若杀了公子,一来伤了父子天性,二来正在用人之际,不如命公子戴罪立功,差他招降段氏兄弟回关,将功折罪。若不能招降,正法来迟。"狄爷说:"元帅说情,本当依允,唯有两件事不能从命:一来,狄虎乃我亲生之子,今日犯罪,若是轻饶,岂不被人谈论,众将若是效尤①,这数十万人马不能管了……"王元帅说:"戴罪立功也是常情,谁敢不服。"狄爷说:"第二者,段洪乃南蛮老将,一心归顺,不曾沾中国点水之恩,反被逆子伤了性命,若不将他斩了,倘段红玉找寻五将回来,闻知此事问起缘由,你叫本帅何言以答!"王怀女:"元帅放心,段洪既死不能复生,如今与他盖造庙宇,请旨封他,春秋祭祀,倘段小姐回来,妾另有设施,管叫无事,且看妾薄面饶他。"狄元帅说:"罢了,且看元帅之面放了这逆子。"吩咐左右:"放了!"狄虎上前叩谢父王、王元帅不斩之恩。狄爷喝声:"逆子,今看在王元帅面情,权且饶你,如今日领兵五百,戴罪招安段龙兄弟,限你五日功夫便要招降回来,将功抵罪。倘若不能,治罪不免。"说完,拔令一支掷于地下。狄虎连忙拾起,说声:"得令。"领兵而去。

王兰英见狄虎去了,心中挂念,不如同狄虎去招安,指点他方为妥当。

---

① 效尤——明知别人的行为是错误的,仍照样去做。

正欲开言，又想，与公子同往，只恐元帅不依；纵然依了，又怕名声不好，岂不被众人谈论？想了一会，对王元帅说："二位元帅，奴虽投顺天朝，并无寸箭之功，心中甚是惭愧。这芦台关系奴父镇守，手下雄兵三十万，粮草丰如丘山，奴意欲回关，说了父母前来归降，不知二位元帅意下何如！"元帅大喜，说道："但得公主一段美意，倘劝得老将军投降了，此段功劳非小，焉有不依公主之理？本帅在此专候佳音。"当时王兰英拜辞二位元帅，即刻上马出营而去，按下慢表。

再说段红玉，自别了王兰英，一路往竹枝山而来，独自赶路行程，越岭登山找寻五位宋将。

先说焦廷贵、岳纲二人，失去狄公子与张忠、李义三人，只因腹饥，寻路回营，无神无气向前而走。忽远远见段红玉对面而来，焦廷贵说："岳将军，你看对面来的不是段红玉这丫头？"岳纲一看，说道："不差，昨日被她走脱，今日又在此处，为何？"焦廷贵早已拍马，提起铁鞭大喝："贱婢休走，焦廷贵在此，快快下马受缚。"段小姐急架相迎。不知她访着五将消息，如何着落，且看下回便知端的。

第二十九回
宋将军脱难回营　段小姐单身探穴

诗曰：
　　强伤危地古英雄，轻进无谋定丧身。
　　兵法两施虚实变，三军司命见才人。

当下段小姐见焦廷贵铁鞭打来，即将双刀架住，呼声："将军，奴特来找寻你。"焦廷贵闻言大怒，喝声："好贱婢，你既寻找我，不要走，吃我一鞭。"手提铁鞭打去。段小姐将身一闪，双足一蹬，连人带马起在空中。焦廷贵大骂："贱婢不要使邪术逃走，你若好汉，可下来拼个死活。"段小姐在云端呼声："将军，我如今不是与你敌手，何必动怒！奴只问你，狄公子今在何处？"焦廷贵说："狄公子与你有什么相干，你要寻他么？"岳纲听他言语，忙上前说："焦廷贵将军，不必性急，且听她说来。"段小姐说："二位将军听禀，自从奴在武侯庙遇见了狄千岁在此参山神圣，只为众英雄被困于阵中，许为狄公子结为姻缘……"小姐言到"姻缘"二字，就不觉羞惭起来，不说下去。焦廷贵大呼："因何不说？"段小姐无奈，只得说："奴与狄公子，先在阵上许了姻缘，后在富春山狄千岁面允。公子既困于阵中，哪有不怜惜之理？是以不惜辛苦，与芦台关王兰英一同冲破恶阵，放出众将军。忙中有错，如今将缘故说明，谁知你五人疑心，忙中将奴拿住，奴家用法逃脱，不然遭你毒手。昨夜回关，今朝奉父命前来投降，岂知狄千岁见阵虽破，不见五将回营，心中疑我不是真心归降，限三日找寻公子等回营，然后方准投降完婚，故奴到此地找寻。你们五人被困，缘何只剩二人，公子往哪里去的？"

岳纲二人听了，回嗔作喜，请小姐落下了云头。岳纲口称："小姐，我五人自从出了阵，有劳搭救，意欲归营，不想迷失路途，错进此山。早间，张忠、李义与狄公子往问道路，遇了山寇擒去，我二人舍命去夺，无奈兵器、马匹不合，是以不能取胜。如今赶回营中，欲破此山救取公子。"小姐说："你们战败于何处？"岳纲说："倒也不远，直向西去，一转，山左树林内

第二十九回　宋将军脱难回营　段小姐单身探穴　543

就是。"小姐说："如此说来,此地乃竹枝山也。二位将军何不与奴同到此处,救出三人一同回营,岂不为美?"焦廷贵说："使不得的。我们饿了一日一夜,回营食个饱顿,睡觉养神。"岳纲说："休讲闲言,我想,公子与二将被擒,未知生死,事关不小,倘你救不得,岂不误了我事?"小姐说："既然二位要回去,奴不敢相强。二位见了千岁时,须替奴禀上,说我舍命前去找寻,救回三将,随后就到了。"说完,将身一晃,连人带马随风而去。

二人同声称她法力高强,今得她投降,实乃圣上之福,南蛮当灭。赞叹之间,无奈人困马乏,只得缓缓而走,又走了半个时辰方回到营前。进内,有小军早已通报,杨文广大喜。二人已至中军大帐,又不见了二位元帅。有杨文广说："二位将军因何今日方到,昨天在于何处,又不见张忠、李义、公子三人,是何缘故?"岳纲因将三人失路在竹枝山,他二人特回取救说明。杨元帅说："失去狄公子与二将非同小可,快些到蒙云关取救方好。"岳纲闻言,呼声："杨元帅,休要戏言。我营中雄兵猛将不少,因何反到蒙云关敌人取救?"杨文广听了,将得关缘由说知。岳纲二人说："原来如此,但此事缓不得,肚中饥饿难当。"二人往后营中用过膳,岳纲辞别众人,飞马向蒙云关而来。

又说狄元帅见王兰英去后,一心牵挂狄龙与四将,时交午后尚不见回来,放心不下,纳闷沉沉。王怀女劝慰说："段小姐已去找寻,定有消息,元帅何须过虑。"正言间,忽探子报说："岳先锋现于关外求见。"元帅忙令进来,岳将军来到帅堂,参见已毕。元帅一问前事,岳纲将脱离敌阵并失去三人一一说明。元帅说："你二人回来,因何不见焦廷贵到来?"岳纲说："他已在杨元帅营中,小将一人来报知。但段红玉一人去救公子三人,犹恐未必可胜,如元帅发兵去帮助,方保无虞。"此时,元帅听了,说："既然如此,你且退去歇息,本帅自有商量。"岳纲谢了元帅,往后堂安歇。

当下,狄爷对王元帅说："本帅自提兵将有二载,方得一关,如此迟延岁月,不知何日奏凯班师?他三人被擒,不知生死;段红玉女子一人,果然厉害,胜败未知。"王元帅呼声："元帅,天命有归,但杀运已起,忧不来的。段红玉法力高强,何虑不能救回三将?慢些等待自有回音。"言谈不表。

却说段小姐别了焦、岳二人,驾云即刻落下山坡一看,前面好派树木荫林,十分幽静。小姐一步步纵马上山来到,走入林中,不提防,扑通一声响亮,连人带马落在陷坑中,惊吓不小,急忙将身一晃,腾空而起,往下一看,只见山林内走出三四百军兵,手执挠钩赶到坑边,不见一人,望上一看,见一女将身骑红马,手执双刀,直吓得小军四散奔逃。段小姐说道:"怪不得三人被捉。但不知守山将何人?不免拿个小军问个明白,方好讨战。"将身飞下,将一军人横拖于马上。这小军吓得魂不附体,大呼饶命。小姐喝声:"你快说明白,此山何名?守山将何人?一一说知,饶你一命,倘有半字虚词,只挥为两段。"小军慌忙说:"此地就是竹枝山,守山副元帅大金环,山寨中结下五个大营,每营五万兵,战将十余。原因为大宋南征,是以主帅设此陷入坑,等待来师过山,一鼓而擒。今早来五将,被我元帅拿了三人,走了两个。如今不知仙姑下降于此,小人一时冒犯,望乞恩宽。"小姐想来,三人虽被捉去,但不知吾的狄龙性命如何,倘若伤了我小将军,虽斩金环,不足消奴之恨,不免再问明白,免得挂怀,又喝道:"你今主帅拿了三员宋将,今在哪里?快快说来。"小军说:"今早拿了三将,如今现困在山中,明日起解往邕州昆仑关,待南王发落。"小姐喝声:"我饶你性命,你快去报知主将,叫他即刻放出三员宋将,万事皆休,倘若延迟,奴乃蒙云关段小姐,奉了狄元帅将令,杀进山中寸草不留。饶你去罢。"小军慌忙鼠窜而去。段小姐想道:"山中尽是陷坑,我虽不惧,倘若踏翻了药箭、架刀,躲之不及,就不妙了。不若低驾起祥云,离地数尺,四个马蹄不沾尘土,如此方好。"于是,驾云扬鞭乘马,径奔山寨而来。

先说这小军跑回山中,到府堂禀上主帅,说:"山下来了一员女将,口称蒙云关段小姐,奉狄元帅之命,前来救取三员宋将,若早早放出便罢,若稍迟延,杀进来寸草不留。"当时金环已将三人装入囚车,方要起解去。一闻此言,喝声:"胡说!蒙云关主段洪与我无仇无怨,焉得差人犯我?况狄青提兵到他关对敌年余,两为仇敌,他女儿焉有替狄青来救三人之理?"有通臂猿众将说:"莫非段家敌不过宋将,投降了也不可知,何不出山一看,便知明白。"正言间,又报:"女将在山前讨战。"大金环只得带兵一千、八员战将出寨而来,列成阵势。

段红玉一见,将刀一指,喝声:"来将莫不是大金环?好好放出三员宋将,饶你一命,若有半个不字,即叫你尸横于野。"大金环听了,怒目圆睁,大喝:"贱人休得妄语!本帅正是竹枝山管辖五营头领大金环也。你既是段洪之女,我主待你父子不薄,不能尽忠,反替宋人出力,讨他三将,如此卖国反叛之人,不如畜类也。"段小姐喝声:"你乃山禽野鸟,焉知鸿

第二十九回　宋将军脱难回营　段小姐单身探穴

鹄之志！岂不闻：良禽择木而栖，贤臣择主而事？南天王侬智高乃一叛逆之民，妄自称尊，不久亡灭，故我父子弃暗投明。今奉狄元帅之命，前来讨取三将，你不早献出，妄自逞舌，要你死在目前！"金环喝声："小小丫头死期至矣。左右，与我拿来！"早有先锋王仁答应一声："待小将擒来。"说罢，拍马舞锤砍去。段小姐双刀架开，喝声："留下名来！"王仁说："吾乃协定山先锋王仁也。你这个丫头快快下马受缚。"段小姐听了，怒道："你乃无名下将，敢逞狂言。"双刀直下，王仁铁锤架开。二人战斗，不知胜败如何，且听下回分解。

第 三 十 回

大金环中术被诛　段红玉夺山救将

诗曰：
　　行军首重是关机，有勇无谋不足奇。
　　轻敌定然遭失败，小心为胜古来词。
　　当时，男女二将杀了二十多合，胜败未分。这南将王仁想来诈败，待她往隐坑跌下，方可取胜，即纵马向陷坑边地而逃。小姐乘云，离地数寸，往坑中而追，早已赶近，抢上喝声："奴才看刀。"照定脑后双刀一下，王仁跑闪不及，已砍于马下。副先锋吴智看见王仁被杀，摧开战马，挺枪刺去，小姐双刀架迎，战有三十合，又被小姐杀于马下。
　　大金环见段红玉一连杀他二将，大怒，持铁叉刺来，小姐急架相迎，刀枪各碰得丁当响亮，火粒飞扬。小姐见他用叉乱戳，看来抵挡不住，将刀虚砍一下，往下跑走。大金环拍马追赶。小姐用法，使个借影移形之术，向王仁尸骸念咒几句，刀一挑，尸骸变作一个段红玉，她原身一闪，借影已不见了。这尸骸跨上小姐战马，飞跑而逃。大金环正在追赶段红玉，一到陷坑边，只见段红玉连人带马跌于坑中。大金环心中大喜，哪里认得出马上人是尸骸化的，不敢从坑中跑走，只绕道边赶近向段红玉陷坑，双手一叉将尸体切为两段。只因用力太猛，将尸骸截断，铁叉还刺入泥土二尺多深，定睛一看，乃王仁尸首，方知被段红玉摆弄，急急转用力拔叉。未及拔出泥土，段小姐已在后面双刀砍下，早已分为两段。
　　他手下将一员，名叶惠，诨号开山豹，抡大刀，拍马杀来，与段小姐不分高下地大战，他的妻刁氏，又名母大虫，一见，拍马追来。段小姐想来，战一人尚且费力，何况又添一人相助，不如用仙索擒他罢，急向怀中取出捆仙索，向空中一抛，往这叶惠落下来，捆跌马下。母大虫一见大怒，飞马抢来，并不答话，大锤劈头砍来。段小姐双刀一架，两手震得疼痛，马退几步，说："不好了，这泼妇力狠锤重，力战反遭其害的。"急忙退后，双刀急挂于马鞍上，取出葫芦，放出豆子，撒起空中，口中念念有词。好仙家妙用,非比寻常,只化成千军万马,纷纷从空中而下,喊杀如雷,向母大虫杀来。

刁氏见空中落下许多人马,个个盔甲鲜明,摇旗喊杀,蜂拥而来,心中大怒,骂声:"贱人,你使妖术拿老娘,只怕万不能了。"也住了大锤,向袖中取出一条绿绫帕,口念真言往空中一丢,登时之间,就滚长有十余丈,好不厉害,变化作一条大蟒龙,眼睛圆睁,竟向神兵阵直闯去,冲得些神兵纷纷自乱。此时,段小姐见母大虫用帕化成蟒怪,冲乱她神兵,喝声:"泼妇,你要耍弄法力么?"即念真言,把五指一放,半空中响亮一声大雷,大喝:"逆畜,还不回头!"五雷齐震。果然,邪不胜正,这蟒怪被小姐五雷正法降了,就不敢向前,竟奔回向刁氏扑来。刁氏心中慌乱,即念咒收回绿绫帕。段小姐见她收回绿帕,挥动神兵一齐杀去。小姐又拿出红绒套丢起,万丈红光冒落刁氏身中,即时绑于马下。

只剩二员南将,一名关奇,一名云海,看见主帅已死,母大虫如此厉害也被她擒了,我二人如何迎敌,只得愿降。小姐说:"既然你们投降了,这三员宋将在于何处?"关奇说:"现在山寨中。"小姐说:"你们既降顺,须回山传谕众将兵知之,奴然后进山。"二将与众兵人人领命去讫。小姐见他投顺了,即收回神兵,来到叶惠夫妇跟前,说:"你合山人马俱已投降了,你二人今要生或要死?"叶惠夫妻说:"段小姐,如今我主将已死,众人既已投降,何独于我夫妻二人?况小姐法力武艺非凡,我夫妇一时冒犯,但求宽恕,足见大恩。"小姐见他愿降,大悦,忙收回法宝。夫妇得放,起来拜谢。山中又有两将,一名梅聘,一名贾青,一同二十万军,内有一半自愿回家去的,小姐也不勉强。

当时,众人引她进山寨中,升了大堂,众兵参见。当时,小姐早已命人带至三员宋将。小姐一看,只见三人被他囚牢,人人闭目。段小姐离座,呼声:"三位将军,奴段红玉来迟,有赖三位多受磨难,幸今得脱虎口,此地相逢,直乃厚幸也。"三人听得"段红玉"三字,一齐二目睁开一看,果见段红玉立在跟前,便喝:"丫头,昨天被你逃脱,今日反来拿我们么?"小姐说:"你三人不知缘由,只因奴在武侯庙遇见狄千岁,说明铁头王和尚摆下一阵,将五位英雄困于阵中,奴即许投顺千岁,与芦台关王兰英带领人马大破此阵,救出众将军,只因仓忙,未曾说明详细,反被众位疑心,将奴拿住,幸奴用法逃走了。不料众位将军错走路途,却被此处陷坑拿了。千岁不见众将回营,限奴三日,命我找寻。幸得途中遇着焦、岳二位将军,说三位被擒,故奴找寻到此,杀了本山守将,合山人马投降了。搭救来迟,奴多有罪。"吩咐:"快将三位放下。"叶惠众人将绳索割去。

三位听了小姐之言如梦初觉。李义、张忠说:"原来小姐投降了我元帅,今又蒙搭救,活命深恩,不敢有累。"三人深深打拱地相谢。段小姐回视说:"均皆一殿之臣,何必言谢。"张忠说:"昨夜得蒙搭救,实出不知,反将小姐捉拿,乞祈恕罪。"小姐说:"不知不罪,焉有恨心。"三人大喜。小姐又吩咐备办酒筵。与三人起来,早已排开盛馔。小姐情意殷殷,与公子眼角传情,但见着众人,不敢说秘情,只言:"奴不奉陪了。"移步进去了。三将饿了几天,一见此佳肴美酒,好不甘甜,如龙取水,似虎争餐,吃个尽饱大醉方休。三人用膳已毕,即要告别回营。当时,日已晡①了。小姐允说:"想必千岁在营中指望,正该早些回去。"又吩咐小军牵着马匹候着三人,命二小军引路。小姐说:"奴本该与三位同往,但合山人马恐有不愿投宋,听其自便。奴今夜点过名,来日必到。有烦众位上达元帅。"三人连诺起程,小姐送出山门外,作别而去。

这三位将军出山,顺平川大路而走。时已日落西山,得到营中。有军士报知,杨将军接进,一同坐下言谈,又说:"狄元帅众人已在蒙云关。"是夜歇了一夜。次日,三将拜辞杨将军,往蒙云关而来。

先说狄爷与王夫人说:"狄龙三人被山贼擒去,今早不见段小姐回来,定然凶多吉少,不若即发兵去灭焚此山,助着小姐,方知下落。"王元帅说:"千岁放心。我思段红玉为着令公子的姻缘,她舍命也夺回来。况此女法力高强,有胜无败,千岁何须过虑?"

正在言谈,有小军进禀:"三位将军回来。"二位元帅大喜,即令传进。不一时,三将直至帅堂,一同参见元帅毕,狄爷说:"昨天焦廷贵二人回来说,你三人被擒,今日怎得回来?"张忠说:"元帅,只因出阵,我众人迷失路途,误落虎口。后得段小姐寻到,杀了守山将,救我们回来,皆得此女不惜辛劳之力也。昨夜,末将等回营,杨将军说明,方知元帅得了蒙云关。段小姐临别时,多多致意,明日到来。"张忠说完,三人退出。

狄元帅思量,段小姐到来,如何调停?自觉闷闷不悦。王元帅一见千

---

① 晡(bū)——申时,即午后三时至五时。

岁不乐,说:"如今众将已回,又得段红玉平了竹枝山,不用我们吹毛之力,岂不是大喜之事,因何不乐起来?"狄爷说:"元帅,吾所忧者,这段红玉既与我儿有婚姻之约,若得成就姻缘,又愿献关投降。当时五将又被擒困于阵中,不能解救,又得武侯梦中指示,往富春山,有老道人指点,得遇于她,面许为婚,所以她破了阵,却不惜辛劳救出五将,是有功于我大宋。况此女虽然生长蛮地,却也美貌超群。吾儿虽也不才,乃一王侯之子,才貌不弱,岂不是相配佳偶?又有救将一段功劳。所悔者,本帅不该错疑于她投降,不应该令她寻找五人,才有狄虎小畜生妄杀她父亲之祸。本帅思量,过意不去,段小姐到来,如何调停,倘若一闻父亲被戮无辜,她怎肯罢休,本帅如何答她?此事难于处置,如何不闷的!"不知王夫人如何答话,怎生设计,段小姐到来,姻缘得就如何?且看下回分解。

第三十一回
庆洞房恩成虚愿　露缘故爱反为仇

诗曰：
　　洞房花烛本姻缘，何故初谐反结怨。
　　一丝未系因前定，谋事人为成在天。

当下王夫人呼声："元帅，事已至此，说不得了。依妾愚见，即日与大公子完了婚，趁她初时不知其缘由，权且瞒过于她，不然迨①缓了数日，一旦回关知二公子之事，必然要报仇雪恨了。她神通广大，法力多端，我营中谁是她的对手？一反起来就不妙了。趁她不知，与大公子两下成了亲，既知此事，不过是叔嫂争斗一场，到底看着手足分上，不致十分反目，又着旁人劝解，自然停安。千岁意见若何？"狄元帅听了，点头说："多蒙指教。"即拨令一支，唤到旗牌："吩咐众将与大小三军，有段小姐问杀段洪之事，俱言不知，若有泄露半言，即斩首。"又令中军："在城外搭起一座鼓乐亭，俟候着至洞房花烛。"二事已毕，旗牌、中军回来交令。二位元帅商议已毕，退入后堂，将诸事停当，只待段小姐一到，迎接完婚，好瞒其杀父之仇，慢表。

又说刘庆，用席云帕回汴京，求请穆桂英来破阵。是日，一同驾云到了南方，一齐落下云头进宋营中。杨文广见母亲到来，大喜。母子言谈一回，刘庆方知得了蒙云关，阵又破了。他要到元帅交令，穆夫人也要同见元帅，二人起程，杨文广送出营外方回。二人进蒙云关，见了元帅，言谈一会，又知会了段小姐婚事，也且慢表。

再说段小姐送别三将，到了次日，梳妆了，吩咐众将兵守住山寨，带领了叶惠夫妇、一千小军，提刀上马，往蒙云关而来。行了一会，已过宋营，杨将军出营会她。小姐一见，拱手请杨元帅通报："奴已救出三将，今日回关投降。"杨将军说："原来小姐不知狄元帅众人俱在蒙云关了？"小姐

---

① 迨(dài)——等到、及。

第三十一回　庆洞房恩成虚愿　露缘故爱反为仇

说："原来千岁准我父投顺，兵俱扎屯于关内么？"杨元帅说："然也。"说罢带转马，说："小姐请往，某不陪了。"拍马回营去了。这也是狄爷预先吩咐杨文广的，犹恐她多问询出情由。

当时，小姐一程来到关前，只见城门外搭起一座鼓乐亭，小姐看罢，只要进城。只见外面来了一人，高叫："小姐住马。"小姐一看，认得飞山虎刘庆，便呼："刘将军，因何阻奴进城？"刘庆说："小姐有所不知，某奉了元帅将令，在此专候着小姐到来。"小姐说："不知元帅主意若何？"刘庆说："今日乃良辰吉日，元帅吩咐，小姐到来不可进城，暂扎屯于城外，等候帅府之中，鼓乐三通，王夫人亲来迎接小姐入城，与狄公子完婚。"段小姐说："因何如此急速也？本该让奴见过父母，为何不许进城，反要在城外安扎？"刘将军说："这是阴阳官选日辰说，本月本日乃吉，其余多有冲犯不美，但此日仍有碍父母，成亲三日后方可相见，这亦是日辰所忌。是以元帅吩咐安扎此亭于城外完婚。"段小姐听了，又要询问，只见城中来一旗牌，手执令箭，呼声："刘将军，元帅有令，唤你急速回关，有急事差你。"刘庆听了，明知元帅之计，心中会意，便呼："小姐，快到鼓乐亭侧安屯人马，某今回关听令，不得奉陪了。"小姐听了刘庆之言，半信半疑，只得吩咐众兵离城二里之地安屯下。

当时，段小姐坐于中营，思量说道："既是完婚，出自真诚相待，因何狄元帅不许我入城，又不许我见双亲之面？据刘庆所说，是选择日辰所忌也未可知。难道父母亦不差人来看看我么，此是何故？"正想念之间，远远只闻音乐悠扬之声，又有小军入报："狄元帅命人来伺候小姐。"言未了，音乐已至，营外早有四个妇女，一见了小姐，一齐跪下，口称："小姐在上，奴等奉了狄千岁、王夫人之命，前来伺候小姐。"小姐听了，即吩咐她起来，厚赏四人。众妇女喜悦，言言语语也不烦叙。当日，四名妇女又带来宫妆之物，这公子乃四品之职，诰命小姐的凤冠、霞佩、玉带定然是四品的。梳妆各物俱已齐备，专候着吉辰。

歇一会，时已交酉刻，四个妇女拜上小姐："请小姐早些梳妆起来。"段小姐说："暂且停一刻，待奴家中人一到，问个详细，梳妆未迟。"众妇女说："小姐，你家中人只恐没有人来了，等候多久，岂不误了良辰？"段小姐听了，心中就有些不喜悦，说道："你们这些妇女，说话全无道理，难道老爷、夫人不知今日成亲的日期？见不得他面，定然差我两位哥哥来的，因何你们知道我家中就没有人来的？"众妇女见小姐怪责，自知失言，不敢再说。当时，小姐猛然看见内中有一个妇女暗暗下泪，小姐一见大怒，细看此妇女，有些认得她，喝声："你这妇人，莫非我家夏莲女么？"这妇人见小姐呼她的名，一发悲哭起来，当时跪下说："正是奴婢。"小姐听了，骂声："好贱人，你一向来去在何处？今日随到于此，难道不知奴喜事，因何两泪汪汪赚我势头？快快说来何故，免得动刑。"夏莲女闻言，呼声："小姐，如今事到其间，奴婢不得不说了。奴自初笄①，蒙夫人育长成人，老爷将我嫁军兵王成为妻。自从出了帅府，不上两年，丈夫死了，孤身苦恼，日食难敷，时常思念夫人小姐，未得见面，因奴一个下流婢女，不敢进见夫人、小姐一面的。"小姐说："你这几年既在民间苦挨，今日奉宋元帅前来，是何缘故？"夏莲呼声"小姐"，即将昨天段洪被杀缘由，一一说知。小姐闻言，不禁悲啼大怒，即命叶惠速即回山，立行快点人马杀奔进关，擒拿狄虎与老爷报仇，叶惠领命即时拨寨。三个妇女哭声："小姐，你们既去，我三人回关俱是死的。"小姐说："不必啼哭，一同随我去罢。"说完一齐上马而去。吓得同来伺候兵丁，急忙回关报信。是夜，段小姐回到竹枝山，再点起三千人马，恨不得赶到芦台关来，慢表。

话分两头。再说狄虎奉了帅令到芦台关招安段氏兄弟，人马正在行程，后面王兰英领了五百兵赶来，已到狄虎跟前，说明奉令回关劝父归降。狄虎闻知大悦，合兵一处，二人一路并驾而行。公主闻言，呼二公子："你今去招安段氏兄弟，如何主意，乞道其详。"狄虎说："公主，我去招安段氏，少不得说明误伤了段洪，戴罪前来，倘若段氏不允，自然与他交锋。今求公主帮助，如何？"公主冷笑说："你言差矣。芦台关非同小可，我父王既有万人之勇，手下雄兵有二十万，九溪十八洞有名，段氏兄弟与你有杀父之仇，焉肯投降？定然以死相拼，尚且不知鹿死谁手。"狄虎闻言大惊，说："不好了，你父骁勇还是小事，段氏与我乃杀父之仇，果然焉肯投降？定有一场恶战的，但我兵微将寡，收兵回去父王必不容情，这便如何是好？"想一会，不觉长叹一声。王兰英说："公子，你若果有真心许我婚姻，奴自有妙计，何愁段氏兄弟不降？"不知公子如何答话，且看下回分解。

----

① 笄（jī）——原为女子盘发的簪子，后也代指成年。

第三十二回

王兰英劝父归宋　段红玉兴兵讨伐

诗曰：
　　劝父归投大宋朝，只为姻缘配合调。
　　赤丝系足非今定，五百年前凤愿招。

当下狄公子听了王兰英之言，便说："公主，你却多心，前日已蒙公主不弃，订了姻盟，我一男子汉，岂有失信之理？你休得起疑。"兰英呼声："公子，若果诚心许为夫妇，少不得将计就计：与你进关见过父王，只说军前被你擒拿，狄千岁不杀，反与二公子匹配成亲，已有三日，特要送回关见父母，但父亲平生性烈，定然不依，幸他原有降宋之心，又值母亲慈善，从小溺爱于我，在旁必然庇护的，奴再申理劝谏父王，无有不允。我想，父王既已归顺，何愁段家兄弟？"狄虎听了大喜，说声："公主果然妙计。"二人一路并马言谈，不觉已到芦台关。公主勒马叫关，有守城军士看见公主回关，连忙报与主帅。

王凡与夫人言谈，只见小军跪下，口称："千岁，如今公主回关了。"王凡听了，吩咐军士退出，说："前日段龙说，这贱人投降了大宋，暗引敌人杀夺了蒙云关，今日回来是何主意？"夫人听了大喜说："女儿去后，妾日日忧心，今幸回来，大王有什么狐疑之处？"王凡闻言，冷笑说："夫人，自从女儿去救蒙云关，已有一月，只道她与段红玉去退宋师，岂知前数天段氏带来家口，逃进关中，说这贱婢投降了大宋，勾引敌人杀了段洪，抢了蒙云关，与段红玉同谋。我想，她乃幼年之女，与敌人为伍，败坏我声名不小，岂不被人谈论？"夫人听了，呼声："大王，这是耳闻之言，未为凭信，不如命她进来询明，便知内中详细。"王凡听了，即令："传公主进来！"

不一时，只见女儿与一位少年宋将并步而来，并无愧色。王凡一见大怒，即拔出剑来。夫人一见大惊，暗呼："女儿啊，只怕你今日性命难保了。岂不闻：男女授受不亲，你如今竟同这少将并肩而行，但不思你父向日为人性刚，今日怎肯容你？"又不好明言，暗暗着急。只见丈夫抢上几步,手起剑落。公主将手托住手腕,呼声:"父亲息怒,且听女儿告禀一言。"王凡只气得三尸神暴跳,七内火生烟①,喝声:"贱人,任你巧语花言,不过多活半刻,总难逃一死。"公主说:"父王,君要臣死,必死;父要子亡,必亡。但内有缘由,女儿说明,父王且放下此刀,待自己受用罢。"王凡听了,顶上生烟,喝声:"贱人,你敢恶语伤父?我的宝剑杀你不成,你反要为父留着自用,好生胆大。快快说明!"公主说:"不是女儿言词伤父,待女儿明白禀了,虽死亦甘心。"王凡被她苦苦哀求,接托住手,砍不下。夫人共扯住袍袖,两泪汪汪,无奈,只得放了手。宝剑落于地下,夫人连忙拾起,命侍女拿去了,劝丈夫坐下。

公主跪于地中,眼含泪珠说:"自那日起兵去救蒙云关,岂知大宋能人不少,女儿出敌被他擒去。不知狄元帅不加杀害,将女儿匹配于二公子,王夫人为媒,已与公子成亲数日。如今奉命前来劝父归降。叮咛吩咐,倘父允降,奏明大宋天子,许以永封王爵,强如父王做此伪官。"王凡听了,喝声:"贱人,你贪生畏死,投降了敌人,又匹配了宋将,已将名节丧尽,还敢前来劝说我的?你不思,食君之禄,报君之恩;不思为父平昔为人,岂效此寻常下等之辈!"公主说:"父王,你言差矣,古云:'君不正,臣逃外国。'如今,南王乃一反叛伪王,所行残忍好杀,陷害了多少良民,上天必然不信,焉能成得大业?目击南天王大势,犹如风前之烛,釜中之鱼耳,倘若父王不及早知机,只恐临时悔之晚矣。"王凡喝声:"小贱人且住口!只要心无二向,尽君之忠,任君之祸。"

公主又呼:"父王,女儿已匹配了狄虎,蒙云关又失,我国人人尽知,父王纵有忠心自许,南王一生疑忌,那时祸及满门,反为不美者所笑也。况他所任之人,俱是邪说妖言害民之贼,足见奸佞亡命之徒。今大宋差千岁狄青,统领堂堂正大之师,手下是个个英雄豪杰,南蛮王灭在眼前,父王与之俱亡,甘做亡命之徒,莫若及早降宋:一者或得封王之位;二来脱了叛贼之名。识时务者为俊杰,父王,请自参详。"王凡平日见南王无故常夺民妻女,种种不仁,原有退步之心,今听女儿言词,句句合理,他心原乃明白的。

夫人此时见他不语,料他有投顺之心,便呼声:"大王,妾想,女儿匹

---

① "三尸"句——形容人盛怒时的样子。

配敌人也是万分无奈的,况狄元帅身居王位,狄公子乃玉叶金枝,女儿配了他,也不辱没你的。据女儿言来,降宋实乃高见不差。"王凡说:"此言虽是,但降了大宋,有知道者,说我女儿被擒,出于无奈者;有不知者,说我畏死贪生,献女与敌人为妻,只贪荣华不顾耻辱也。"夫人说:"这事不然。在前被擒,谁人不知女儿已失身于宋将?今事已至此,悔已不及,不如趁早归降方为万全之策。"王凡听了,只得应允。公主见父王允降,心中暗喜,起跪。狄虎又上前施礼。王凡看见公子果然一表人才,少年美貌,大悦,令人摆宴。他虽是外国伪官,已封王位,家宴比之别官不同,美肴琼浆,说不尽的丰厚,阶下音乐齐鸣。畅叙之间,有小军来报,说:"蒙云关段小姐领兵前来,要狄公子出马。"王凡吓了一惊,便问女儿冤恨缘由,公主回言误伤她父。王凡说:"你二人一师之徒,异姓骨肉之谊,公子不该伤她父亲,岂不是咎归于你的。她与你夫妻有杀父之仇,既领兵前来,怎肯罢休。况她武艺高强,我儿非她敌手。"公主说:"父王放心,女儿自有退她之兵。"王凡说:"不可粗莽的。"公主允诺,戎装已毕,上马提刀出关去了。

先说段小姐正在讨战,忽见关门一开,拥出一支人马,乃过了吊桥,兵阵排开。小姐一看乃王兰英,心中大怒,喝言:"贱人稍歇,红玉在此。"公主见了,呼声:"姐姐,你到竹枝山找寻五将,得胜回关与狄公子成亲,正要新婚燕尔,不去享受,因何领兵到此,有何缘故,莫非怪着奴不曾贺喜么?"小姐听了大怒,骂声:"贱人,你还敢巧语花言。从小至长,与你义结金兰,情胜同胞,你今忘恩负义,勾引狄虎杀我父亲,谋抢关城,以致奴父死母逃,一家离散,今日与你有一天二地之仇。你若将狄虎献出,万事皆休,如若不然,誓不与你同生。"王兰英冷笑说:"姐姐休得错怪他人,不想你自身不正,反来怨我。大宋与你敌国仇人,因何见了狄公子就起淫心,忘了君父之恩,父母、手足全然不顾,谎言欺哄,妄想成亲?一家骨肉分散,皆是你自己招来。今日兴兵到此,姊妹相攻,不知是何主意?"段小姐大怒,抢刀砍去,公主将刀架住,呼声:"姐姐息怒。奴与你一师姐妹,倘有不是之处,还望你海涵。"段小姐喝声:"贱人,难道我杀父之仇忘了,来念什么私爱?"说完,双刀又落。公主架开又呼:"姐姐,你休要使尽势头,望宽一线,后日还有相逢,若认真反面无情,只恐你往日英名从此尽矣。"小姐听罢,气得咬着银牙,喝声:"我与你仇如渊海,日后还有什么相逢,今日不斩你，誓不为人！"提起双刀，当头就砍。公主亦怒，急刀相迎；二人在阵中四刀交加，杀在一方。

又说王凡坐在中堂专候女儿消息，忽想起一事，说："不好了。"夫人与狄虎忙问其故，王凡说："孤想起段龙兄弟带来家眷在此，倘若闻知贤婿在此，二人岂肯容情？况段红玉兴兵关外，不知与我儿打仗否？这事到其间有些为难，段洪与我有一拜之盟，岂有心陷害？他弟兄若留在关外不妨，今居关内，必然生祸端，如何是好？"狄虎说："愚见却也不难，将他兄弟并带来家口，哄差到一所僻静房屋，把他关锁此处，用人看守，进膳不容出入，待退了段红玉人马，大王亲自去劝他归降，共为一殿之臣，岂不两全礼义？"王凡听了大悦："贤婿妙算不差。"即差人将段氏家口关锁了门，令人看守去了。

王凡说："不知女儿与段红玉对敌否？不若孤与公子出关去看看罢。"二人披挂，领兵一千出关，向前一看，只见她二人杀得如同猛虎下山，蛟龙出海。王凡看见女儿与段红玉交锋多时不分胜负，暗暗称赞，向狄虎说："你看她二人杀得难解难分，真乃女中豪杰也。"狄虎说："据我看来，段红玉双刀上下飞腾，真乃厉害，令爱只有抵敌之功，没有还兵之力，若再走上几合，只恐有失就不妙了。待我前去相助，共擒于她便了。"王凡说："需要小心，不可伤害于她。这也原是你夫妻不是的。"狄虎应允，即飞马跑去冲杀。

段红玉正与王兰英杀个平交，一见狄虎冲来，犹如火上添油，不胜愤怒。不知三人争战哪人胜败，且看下回分解。

第三十三回

红玉败走竹枝山　王凡归降狄元帅

诗曰：

　　金兰雅谊已成仇，只为姻缘各自谋。

　　恩义两乖从此日，当初何必结绸缪。

却说段红玉正与王兰英大战，只见狄虎冲到阵前来帮助，心中愤起，正是：仇人相见分外眼红。咬牙切齿大喝一声："小畜生，你我有不共戴天之仇，今日来得甚好。"即撇了王兰英来杀狄虎。二人动手，杀得翻江搅海，刀斧交加，公主又跑来助战，三人又战了二十合。段小姐想来抵挡不住两般兵刃，欲用法伤他，王兰英俱已晓得，不如用红线索擒他罢。想完，将双刀虚砍，飞马败走，狄虎拍马赶来，小姐取出红线索祭起当空，犹如天罗地网一般，将公子捆于马下。王兰英飞马来救，段红玉看见说："奴的法宝拿他，被贼人救去，岂不枉用力的？"连忙把索用力一收。狄虎此时被索缠住，心中慌乱，只望挣脱，又被小姐收紧。王兰英转马向段红玉背后一刀，谁知刀短，落在马后腿上，这马负痛，后足一掀，把段红玉已掀于马下。王兰英一把双刀，尽力一下，段红玉大惊，魂不附体，忙借地云起在空中。兰英只因用力太猛，亦跌于马下，砍地略深有数寸。

段小姐见她跌下，亦思回手，只因下马时失去双刀，手无兵刃，想道："趁众人在此，关内无人，将母亲、哥哥放出，同到竹枝山，再点人马来报仇。"即驾云落下城中。找寻一遍，只见一所屋宇有兵数百看守住，小姐就知是王凡的主意，说："奴在城外战斗，不道王凡这老贼放心前去掠阵，原来将我的家口困住，如今且去看母亲、哥哥，一同杀出城来再作道理。"即时腾空跑下，只看母亲、哥哥闲坐于一处。小姐来近，夫人一见，吃了一惊，母女相逢，不觉泪下。小姐又将前事说知，吓得夫人、哥哥目瞪口呆。小姐说："母亲、哥哥，如今不必慌忙，可与我保着家口杀出关去，到竹枝山点起军马再来报仇。"段龙应允，即时披挂，保了家口出来。数百看守兵抵挡不住，由她杀出。

又说王兰英跌于马下,见段红玉驾云走了,连忙爬起来与狄虎抢去索子,奔回到王凡跟前,说:"段红玉败走了。"王凡说:"她既逃走了,我们回关罢。"公主正在催兵回关,只见城内冲出一队人马,当先乃是段虎兄弟,后面红玉保着夫人、家小。王凡一见,手持大刀一柄,将人马分开,拦住去路,喝声:"你往何处走,快快下马受缚。"段小姐见手下兵少,只得取出葫芦揭开,倒出豆子,念动真言,撒起空中。登时,迎风化出数千军马,手持兵刃,呐喊摇旗。小姐用刀一挥,只见众兵上前冲杀,段龙、段虎也趁势动手。众兵抵挡不住,被她冲杀出阵。小姐保着家口,断后而去。王兰英与狄虎见红玉走了,又要追赶,王凡即令收军,带领人马一同回城。三人回进内堂,卸下盔甲。王凡向夫人细将交锋之事说知。夫人早已命人备酒宴,再坐花烛,与儿联婚。席间,夫妻、父女言谈,酒至三巡,时交二鼓,用过晚膳,夫人命侍女掌了灯烛,送公子夫妻归洞房。丫环领命,提了银灯,公子夫妻拜辞父母,携手归房。此夜正在成婚之期,夫妇二人股肱恩爱,万种风流,一夜欢娱,成了百年姻眷,春风一度,倍觉情浓。

慢言此夜之欢,到次日黎明,夫妇二人起来,梳洗已毕,王凡要前往宋营投降。是日同了狄虎,上马出关,一路往蒙云关来。此时正逢季夏佳景,只见山花满目,荷沼凝珠,绿荫交加,青莲径道,真堪注目,足驻行人。王凡对狄虎说:"贤婿,如今又是夏残秋至了,真乃光阴迅速的,令尊大人自起兵南征,不觉已有二载多。"狄公子点头称是。二人一路言谈许久,不觉到了关前。

狄公子问守城军士,通知狄元帅传进。当时,狄公子引了王凡,直进关来。王凡进去,见大宋一旗一旗的军马,真乃人雄马壮,粮积如山,不觉怅然长叹曰:"行军在于主将,信不诬也。怪不得西辽败降,只有我南王妄图天位,强侵疆土,自取灭门之祸耳,纵使他再攻下一二省,亦非久远,如今他得了邕州西粤地,安坐昆仑关,与几个佞臣日夕行此不仁之事,命将把守关地,以为安然万全之固,岂知今日段洪已死,妖僧既诛,蒙云关已失。吾初时以彼为豪杰,激一时之愤,见酷吏剥民,随了他攻下了许多疆土,后来见他残暴伤民,劫夺妇女,无远大之谋。实思退步,趁今随儿降宋,脱了此祸,正就了机谋。"言罢,不觉已到了帅堂,看见左右众将状貌十分威武,但见:

凛凛神威众杰豪,岩岩气象把枪刀。

第三十三回 红玉败走竹枝山 王凡归降狄元帅

鲜明盔甲多骁勇,个个忠心为国劳。

王凡看罢众将英勇,说:"固然中国将士非凡,狄青用兵井井有条,诚不及的。"行至滴水檐前,只见左边狄千岁,右边王夫人,早已站起。王凡连忙上前拱手,呼声:"二位元帅,我王凡乃边地反逆之人,昨天蒙元帅差二公子与小女到关招安,今日奉命前来,情愿投降,献上芦台关,今特请元帅前去安民。"二位元帅大喜,连忙离位下来还礼:"请老将军皆坐罢。"三人告坐。狄元帅说:"将军,本帅虽然奉旨征战,但非好杀之辈,是以破了蒙云关,不肯兴兵到你边城,故差人前来招安,果然将军从顺见机,待本帅奏闻圣上,恩封官爵。"王凡拜谢。

又有狄虎跪下交令,禀上父王:"孩儿奉命招安,遇着段红玉,与她交锋一阵,她施法逃去,与段龙、段虎保了家眷奔往竹枝山去了。请令定夺。"狄元帅听得段红玉又返上竹枝山,便说道:"这丫头反复异常,待本帅亲自提兵拿她便了。"王元帅说声:"千岁,段红玉虽然反去,其势已孤,蛮王又疑忌于她,虽有法力,也无用处,元帅何必着急兴兵,不若先差人去芦台关招安百姓,此乃要紧,后到竹枝山。"狄爷说:"言之有理,谅段红玉虽返回竹枝山,然已计穷力尽,走不远矣。"令军中设酒庆贺王凡,然后差使杨将军往芦台关安民去讫。当日,二位元帅与王凡吃酒间说起狄虎与兰英匹配成亲,狄爷允诺。到次日,狄爷留下五万精兵、三员大将:孟定国、萧天凤、高明守蒙云关,然后带领大兵往芦台关挂榜,树起大宋旗号不表。

却说南天王在昆仑关,是日正与达摩军师言及蒙云关已失,王禅师阵亡,段氏不知逃走何处。正言间,探子又报:"芦台关王凡投降了,与狄青之子联为婚姻,归属大宋,请令定夺。"蛮王听了大怒,骂声:"王凡老贼,孤家见你立功多次,封你王位,谁知你忘恩降敌。"正在大怒,有达摩道人呼:"我主息怒。王凡降了大宋,乃癣疥之疾,何足为忧?待贫道提一支兵,兴师前往,杀他片甲不回。"蛮王大悦,说:"若得国师前去,何愁宋师厉害。"即令设酒饯行。次日,道人带领雄兵十万,往芦台关进发,非只一日。

原来这达摩乃冒名的,他本是大蟒蛇,神通广大,千年得道,修炼功夫,变化无穷,冒了达摩名字,前来哄动侬智高作叛。他果有法力无边,屡次借他得胜,妄言数年后大宋江山必得。当时伤了许多性命,交趾王的地方,乃粤西全省,与攻至云南,至伤了百万生灵。天生之物,尚且惜养,何况妖道伤害多人,上天如何不怒!后来,不免刀下而亡,倾了千年道行,皆因自作之孽,后话不提。

当日,道人一路带领人马,来至关前,屯扎下寨。有探子报进,狄元帅闻报大惊,说:"僧道领兵,只忧众将兵难星到了。"王夫人点头说:"果然。这些人出阵倒要提防。"

却说达摩次日升帐,便令飞将军孟浩出马。此人乃毒水溪寨主,姓孟,名浩,自称孤朵王,南天王命他领兵为后队。此人乃后汉孟获苗种,生得身躯雄壮,力大无穷,颏下根根短须,一柄钢叉一百五十斤。宋军飞报,狄元帅便问:"何人愿往?"焦廷贵上前说:"小将愿往。"元帅说:"你出敌切不可轻为,需要小心。"焦廷贵领命,带兵出阵。孟浩看见来了一员宋将,十分凶恶,便喝:"通名!"不知胜败如何,且听下回分解。

第三十四回

狄元帅计斩孟浩　达摩士毒陷宋军

诗曰：

南蛮孟浩也称能，逞勇沙场赛斗争。

无奈天时归大宋，夸强轻敌枉伤生。

当下焦、孟二将会阵，焦廷贵见来将生得面如锅煤，马壮人雄，高喝"通名"，便喝："贼奴，吾祖焦赞，拜兴国公之职，六国闻名，幽州韩石闻他丧胆，只因盗取尸骨，死于吴天塔下；吾乃焦廷贵，大宋天子驾下、狄元帅麾下，官封威烈将军。你老子鞭下不死无名之卒，快快报名。"孟浩说："吾乃毒水溪孤朵王孟浩也。南王命吾为后军主帅，统兵前来灭你大宋。你非本帅对手，急唤狄青出马受死。"说罢，拍马抡叉当胸刺来，焦廷贵铁鞭急架相迎，大战三十多合，孟浩本事高强，杀得焦廷贵抵挡不住，孟浩将钢叉横旁一搠，使个乌龙伸爪过去，焦廷贵说声"不好"，将身一闪，在左肘下早已中了一叉，刺进征衣透甲，鲜血流出。焦廷贵喊叫一声，负痛拍马逃走回营。

孟浩又来讨战。狄元帅见焦廷贵被伤，怒道："谁人出马擒他？"张忠说："小将愿往。"即领人马杀出关前，大喝："贼奴休得逞狂，我来也。"孟浩喝声："来将何人？"张忠道："吾乃大宋天子驾下、官封五虎上将，本将军乃狄元帅麾下扒山虎张忠也。若知厉害，快快下马受缚，免得动手。"孟浩听了大怒，喝声："休得多言，看叉。"张忠大刀一架，二将飞开战马，杀得刀斧交加。一连冲锋四十多合，张忠觉得招架不住，虚斩一刀，拍马便走，回归本阵。

孟浩正要追赶，有长沙小将石玉一马飞抢来，大喝："贼将休来！"孟浩见他来得凶狂，提叉指道："本帅刀下留情，不斩你无名小卒，快唤狄青出来受死。"石玉怒道："吾乃五虎名内将军，难道斩不得你这奴才么？"孟浩笑道："本帅尝闻人言，大宋五虎将英雄无敌，却原来乃狐假虎威的伎俩。"石玉闻言大怒，喝声："不必多言，看枪！"孟浩钢叉又急架迎，冲锋到五六十合,石将军看看抵敌不住,想来难以取胜,只得拍马回来。

狄元帅早已闻报,即时披挂上马,带领众军,出到关前。孟浩催马正追赶石玉,只见关前来了一支军马,旗下一员大将,手持大板刀。他忙勒马看,见宋将来得威风凛凛,相貌非凡,把马退后几步,喝声:"来将何名?"狄爷大喝:"奴才听着,吾乃大宋天子驾前征南主帅、平西王狄青也。本帅威名四方畏服,扬名宇宙,谁人不知?你们侬智高乃一无赖小民,妄敢倡首为乱,据陷五土,本帅今日奉旨征剿,还不献上首级,尚敢抗拒么?"孟浩听了大怒,放马过来,一叉直刺,狄爷大刀架开,二将一来一往,杀得征云遍野,雾气腾空,正是:棋逢敌手,将遇良才。杀过平交,一连争持百十合,两边战鼓如雷,三军呐喊。狄爷想道,若与他力战,便费力了,不如用拖刀计斩他罢。即虚砍一刀诈败而走。孟浩冷笑道:"谅你走到哪里?"拍马追来。狄爷故意把马一催,见孟浩来得切近,狄元帅即带转马,大喝:"贼将休赶,看刀!"孟浩已退后不及,砍于马下。元帅见孟浩已死,他手下众兵逃回营去,狄爷也不追赶,即令回兵。王元帅出关迎接,设酒贺功不表。

又说南兵败回,报知这道人。此时,道人大怒,正要出马报仇,一班众将劝息说:"天色已晚,难以交兵,况宋将已回关去,我兵又是初到,正在劳动,国师且息一宵,明日出马如何?"道人说:"列位将军之言有理。"言罢,退去。

次日用了战饭,即时拿了铁铲,三声炮响,大开营门,向关骂战。早有小军报知帅堂。狄元帅闻报,怒道:"本帅明知这妖道有异术伤人,我何惧怕?事君致身,何忧利害机关?必要与你拼个雌雄的!"传令:"抬进金刀、盔甲,马匹伺候。"王夫人说:"千岁且息怒,今日切不可亲临敌地。你乃一军中主帅,倘有差池就不妙了,不若命别将出关吧。我想,僧道出军临阵,定然恃用妖术的。"言未了,只见帐前恼了穆桂英,大呼:"元帅之言也差了,妾想,邪不胜正,堂堂大国岂惧一妖僧?如若是迟延不即出敌,由他辱骂,岂不被妖道耻笑我大家无人,惧怕于他?"

此位穆夫人,乃天门破阵惊夷狄、杨家女将是名员。当时这位穆夫人,头一位女英雄,怪不得她一团豪气,不肯任敌人施威。

这王夫人见她定要出马,便呼:"贤媳,你出关迎敌倒也使得,只是要小心为主,千祈勿恃法力穷追妖道。"穆桂英应诺,即时戎装上马,带领女

兵三千,放炮出城,来到沙场。妖道一看,只见宋营中队伍内冲出一员女将,但见装扮得:

头挽青丝用勒箍,外披铁甲内征袍,
狮头兽面腰间系,锦翠貂裙脚下符。
金莲斜踏葵花蹬,玉腕手提雪片刀,
虽然半老佳人质,四海闻名女丈夫。

道人看罢,喝声:"妖妇通名受死。"穆夫人一看这道人,生得面如朱砂,一面杀气,颔下一派红须。夫人道:"吾乃天波无佞府杨府穆桂英也,你这妖道不必言语支吾,看刀。"言未了,大刀夹头砍来。道人大怒,铁铲急架相迎,杀将起来,不分胜败。

却说狄元帅在关,只闻远远战鼓之声,狄爷对王夫人说:"穆夫人出关与妖道交锋,本帅也放心不下,不若与元帅同出关视敌如何?"王夫人说:"妾也有此意。"二人各各戎装披挂,带领三军众将,炮响出城。

又说这道人与穆桂英,没有三十多合,耳边又闻炮响之声,就知道有救兵出城,远远见关内果然拥出大队人马,中央两柱龙杆帅旗,左右分开男女二员大将,后面数十将拥护。道人心中暗喜,料得二将乃大宋的中军主帅,倘若伤她,宋师何愁不退。当时与穆桂英斗杀,料难取胜,只得混成一口毒气喷将过去,形如黑烟,腥气难闻。穆夫人按捺不住,毒气归心,自知不好,忙借土遁走回关去不表。

场中二位元帅大惊,连忙喝令众将冲杀过去,将妖道围在中央厮杀。当时道人依仗法力赛斗。这穆夫人与他法力本差不多,现有王夫人为助;所厉害者,他未脱蟒形,千年毒气,凡体故不能禁受,即练成仙道,亦要避他。此时来将刀斧交加,杀得道人前后受敌,蛮兵一万已被杀散。道人大怒,即混口毒气向王凡喷去,王凡立时跌于马下,道人伸手一铲,王凡脑浆迸出。王兰英大惊,抢回尸首。道人一连四喷,四员偏将落马,他一铲四下,已分为八段,他趁势杀出重围。

狄元帅见他伤了许多大将,心中愤怒,舍命拍马追去。王元帅大惊,早已驾云跟随狄爷,刘庆也飞来随后。道人当时见一大将随后追来,心中带怒,把马兜回,也不动手,将毒气喷出。狄爷打个寒噤,又跌于马下。道人正要动铲,王夫人跑上一枪,向他面门刺来,他吃了一惊,收回大铲。刘庆将元帅抢回。道人毒气又向王夫人喷来,不意王夫人驾云走了。道人得胜回营。

　　当时王夫人进回关中,吩咐将王凡与四员偏将尸骸收殓了。但狄元帅、穆夫人面如黑漆,七窍流血,然心头尚暖,身体未被伤。狄家兄弟下泪纷纷,王兰英放声痛哭,众将均为伤感,王夫人与杨文广十分悲痛。王元帅含泪呼声:"孙儿、众人,不必过哀,已死不能再活。一来狄元帅已死,军心恍惚,二来妖道得胜,今日一阵,将我大宋军威挫尽。这妖道如此厉害,毒气伤人,看来三军之众危矣。"王兰英带泪说道:"妖道,南地屡闻他这口毒气厉害,伤人无药可救。依妾愚见,一面紧守城池,理了元帅丧事,赡养三军。然后差刘将军回朝奏知圣上,元帅归天,待天子知道,再选能人。速令公子往竹枝山,招安了段红玉来投降,可以抵敌这妖道。"王夫人说:"公主之言有理。"即拨令与狄龙,命他往竹枝山去招安段红玉。公子含泪领令去讫。王夫人又拨支令,正要差刘庆回朝,他忽然想起一事,大呼:"元帅与夫人有救了。"不知如何有救,且看下回分解。

第三十五回

鬼谷师遗丹救将　狄公子奉命招安

诗曰：

托形蟒怪法高强，助逆违天拒宋邦。

毒气喷伤中国将，难逃罪恶过刀亡。

当下刘庆想起一事在心，满怀大悦，说："众位不必心烦了，元帅、夫人有救星的。"王夫人与众位问何故，刘将军说道："前时，末将奉令回朝，请穆夫人至此破阵，席云于空中，与王禅鬼谷仙师相遇于半途，他有言嘱咐小将说，取了芦台关之后，有一场恶战，伤将甚多，只恐主帅凶多吉少，有性命之忧。付下丹丸二颗，倘有元帅不测，服此丹可救了，一颗可活一人。我当时求恳仙师下降破阵，他说，阵有人破的，但元帅服丹之后，南蛮渐渐当灭，吩咐收藏好。我回来亦未泄知众人。今日元帅、夫人被害，正应了机会。"说完，王夫人、众将大悦。刘庆箱中取纸包拆开，上有二丹一束：

二命难逃丧毒中，丹丸二颗见奇功。

回生起死非凡妙，一服还阳化尽凶。

众人看罢大喜。王夫人叹声说道："死生自有天命，非人力可强逃。今日仙师来救他徒弟，连我们穆媳妇亦可救了。刘将军，事不宜迟，快些开化金丹与二人服罢。"刘庆急忙用水化开，拨开他牙关，每人灌了一丸。不上一刻，只见穆夫人口中吐出许多恶水，大气喘息。狄元帅也吐恶水，身体转动，俱各二目睁开。穆夫人先爬起来，见了杨文广、王怀女，长叹一声："奴只道今日一阵，中了妖法、毒气，必然永别婆婆，丢抛孩儿了，何以又得还阳？只恨我自幼空学了神仙之术，却不免轮回之苦。何必为人中争利夺名，思量果是回头见岸为高。"王夫人与杨文广泪下，只说："今得余生，多亏王禅仙师之力，因他救元帅，及于母亲的。"穆夫人说："原来多蒙鬼谷仙师赠赐灵丹，这再造之恩，何日图报？"正言间，狄元帅亦苏醒，起来，狄虎兄弟一齐上前扶住，放声呼叫："父王！"狄爷也长叹一声，说："本帅早上遇这妖道，被他毒气伤亡，只道父子今朝永别，岂知又得相逢，不知如何复活？"狄龙含泪说："得刘庆遇着仙师。"细细说明。狄爷听了道："又得师父赐丹相救，深感活命之恩。"当时王夫人与众将说道："千岁与穆夫人，辛劳过极且精神未复，且请回帐内调养精神，再作商量。"众人扶穆夫人往后堂去了。

到了次日，狄龙与杨文广别了父王、王夫人，前往竹枝山而来。杨文广见近了山下，吩咐军中往营立下寨。狄公子上马提枪冲出营来，呼军喊杀。段小姐正在山中，忽见军人入报："宋将带兵来讨战。"段小姐一闻报语，即戎装上马冲下山来。只见一员小将，看来不是别人，乃狄龙公子也。暗内叫声："小冤家，奴为你弄得家破人亡，做下弥天大罪，忍耻含羞，不逢你一面诉说。你今又来军前出马，眼目众多，何不擒他回去，问个明白缘故，死在九泉也甘心。"想到此处，不觉下泪。狄虎一马飞近，连忙扣住，唉声："小姐，如今到来非为别事，只因你言而无信，反复不常，实见不明，特来请教。"小姐听了，呼声："公子，非是奴心不定，你们既是中国大臣，也该存立信行①。我父忠诚投降，因何你父命狄虎杀奴之父？奴实有不忍之心，定拿狄虎报仇。"公子听了微笑，呼："小姐，你平日素称伶俐，达理通情，如何今日就不明白了？吾弟伤害你令尊，原有缘故，他不是奉令，不意在关外遇着了老将军，此时乃仇敌之人，各为其主，一动手时误伤令尊，夺了关城。回营时，吾父王大怒，说小姐已经投降，责他擅自伤了你令尊之命，一怒将他斩首，幸得王夫人、众将解劝多少，至此戴罪招安王凡。实乃如此，请小姐上裁。况我父身为主帅，全凭信义以服三军，焉有暗害降将之理，于外邦落下不美之名？但你令尊已死，倘日后班师回朝，奏明圣上，墓顶封王，以报降将子孙，世昌荣化。小姐，若依我良言，且自释愤心罢。"

小姐听了，呼："公子，你弟误伤我父既属不知缘由，令尊与公子，奴家全无恼恨，可恨王兰英贱婢无义，要配狄虎，就暗算奸谋。夺了蒙云关也罢了，就不该哄骗我父，于半途截杀了。我段红玉绝不饶她，誓不与贱婢俱生。"狄龙说："小姐息怒，我还有一言相告。兰英与你结拜，自小密谊之父，情同骨肉，焉肯背义负心如此不仁？此乃旁人逸说，你休信为真，若乃吾弟误伤令尊，他此时有口难辩，只求小姐原情，姑置勿论。小将将

---

① 信行——诚实守信的品行。

来同你会花烛,但丝萝①已经缔结,纵有一切恼恨之事,只求俱看我面情解释。小姐若然果要认真,只说不得由了尊意,从此水流花谢各自东西。"小姐说:"公子,你言虽是,只是我父仇人不共戴天,岂得轻舍?若是我不依公子之言,必然见怪了,若然依你,只恐旁人言我为着婚姻忘了父仇,只恨自己错在当初罢了。奴今日既去了父仇不报,想来难处,已不愿居于阳世了,公子不必以奴为念……"说到此言,不觉目中纷纷滴泪,苦切伤心,拔剑正要自刎。

公子一见,惊骇上前,扯住小姐手腕,含泪呼:"小姐啊,劝你勿要性急,若小姐寻了短见,我狄龙也愿相从于地下矣。我奉命前来招安小姐,救解破敌,倘小姐寻了短见,无人退敌,数十万人马危矣,也是难处之事,我也不愿留生了。"说罢泪珠沾襟。小姐到底心肠慈软,见公子伤心,即收回剑,扯着公子袍袖,说:"公子,你何必伤心,且你言差矣。奴报不得父仇,枉生于人世,情愿自刎于九泉。因何你要说不留于生,此乃何解?"公子说道:"只因吾父已得芦台关,南王又差来达摩妖道,十分厉害,口吐毒烟伤我大将无数。我父得灵丹救活,敌兵屯于关外,目击此关已难驻扎,还防众人不免妖道之难,已经差人回京,奏知圣上速救,但远水难救近火。小姐若怜惜我狄龙,拔刀相助,擒了妖道,则我父子感恩不浅,如此我何虑哉?"

小姐听了达摩领兵,不觉惊唬了,说:"公子,这妖道兴兵来战,非同小可,他妖术无边,向日闻他之名,头一件毒气伤人。还有一事,他乃妖怪修炼成形,若与敌人战到深处,一转形,张开大口连人带马吞陷肚中,未知是否。但此人到来,你大宋将士遭劫了,奴虽有法力,只恐擒拿不得他。"狄龙听了大惊,说:"小姐,如你言来,妖道的法术就无人破了?难道大宋反让于法力之徒?"小姐看见狄龙不悦,呼声:"公子不必着忙,奴今且把父仇权放了,今与公子到关会会妖道。"公子闻此言大喜,说:"小姐如此用情,乃是我的恩人了,何其幸也。"小姐说:"既为夫妇,何必言谢。公子且请回营,待我禀明母亲、哥哥,然后与公子一同前往便了。"说完,二人分手。

---

① 丝萝——即菟丝和女萝,都是蔓生植物,纠结在一起,不易分开。在古时多以此指代姻缘。

小姐回山,向母亲、哥哥说知,夫人允了。小姐即时带了随伴侍女来到宋营。杨文广与狄龙接进中军,见礼,言谈一刻。只为军情紧急,不敢迟缓,连夜拔营起马,定是五更到关。狄龙先进内禀知,狄爷大悦,传令进帅堂相会。不一时,小姐与杨文广进来参见二位元帅。王夫人呼声:"小姐请坐,休行见礼。老身久仰你贤良,又是弃暗投明,真乃女中豪杰,实乃令人可敬。"小姐说:"元帅过奖。奴乃一无知弱女,焉敢当此重赞之言。"王夫人说:"小姐休得过谦,今日既来相助,足见忠诚,但退得妖道时,功劳簿上算你头功,奏知圣上。"小姐说:"奴乃南方蛮女,胸中有何经略,全仗二位元帅天威,与妖道会敌,倘若侥幸得胜,也尽奴一点义气之心。但这妖道厉害,倘有不测,只要二位元帅看顾我母与哥嫂,奴就感恩不浅矣。"狄元帅听了大喜,吩咐置酒款待。当时摆上酒宴,狄爷见不便相陪,着王夫人与小姐对酌,与穆夫人三人共是一席。原来,狄爷进至后堂,唤到狄虎、王兰英夫妻二人,说:"段红玉到帅堂上吃酒,王夫人一刻必然讲情面之说,你二人趁此席间之言前去请罪,必然她有回心的。"夫妻领命出来。

先说王夫人起位,双手执起金杯,呼声:"小姐,今日老身奉敬一杯,一来替狄虎、王兰英二人请罪,二来贺喜小姐投降我邦,请饮此杯。"段小姐一见,也起位一双玉手接了,说:"蒙夫人一点见爱之心,又蒙指示,奴家自然领命。"一饮而尽。王夫人十分欢悦,又是一连奉劝三杯,小姐饮下。穆夫人也来劝敬,但不知狄虎、王兰英二人出堂请罪,段小姐允许否,且看下回分解。

第三十六回

再投宋红玉完姻　施毒泉道人伤将

诗曰：

　　二次归投大宋朝，天生女将定蛮辽。

　　洞房佳话唯今夕，琴瑟从今两合调。

上回，王怀女、穆桂英与段红玉开怀乐饮，你酬我劝之际，忽见王兰英、狄虎二人来到席前双膝跪下，一呼"姐姐"，一呼"小姐"。狄虎说："小姐，我前时误伤了令尊，实因不知小姐已投降了。当时既是各为其主，乃仇敌也，望小姐谅情鉴察，看王夫人与我父之面，消了前恨不怪，足见小姐大德。"王兰英呼："姐姐，愚妹也要说明缘故，然后请罪，免你怪我不义薄情。当日令尊老伯父出城，原因狄千岁疑心投降不真，姐姐既然寻不得五将回来，城内还有老将军段洪，既愿投顺，也该前来营中一会，是以小妹回关说于老伯父。他闻言，即刻与我出城。行不上数里，遇着狄虎，小妹与老伯父只道他奉令前来迎接，谁不知，他也不知是投顺来由，一时动手，误伤了令尊，引兵抢了城。姐姐的家口早已逃散，奴见势孤，只得投降了。但我二人自幼交深，情投意合，岂有不仁，故伤你父？今非小妹谬言遮饰，现在元帅之计，特请姐姐共破妖道，望姐姐不记前仇，共图功业。"红玉道："事既至此，既承狄元帅、王夫人等美意，只得先商破敌之计。"于是，姐妹和好如初。

城中，笙歌鼓乐，结彩张灯，好生兴闹。到了黄昏后，诸事停当，众将士大排筵宴，大小三军俱有赏赐喜酒。是夜，音乐齐鸣，请出小姐夫妻交拜，送入洞房。二人交杯合卺，携手共进纱帐，云兴雨布，遂其旧识知心，自此，段小姐遂了痴心之愿。狄龙思量，弄假成真，实乃万里良缘。此夜思幸，真如鱼得水，快乐不啻登仙。好事之中，实难尽述。

不觉欢娱夜短，寂寞更长。已交五鼓，狄爷升帐，夫妻叩见。狄爷对王夫人说："前日命刘庆回朝，圣上必然火速差兵前来，至快有两月方到，但灭得妖道，不用差兵来的。"有小姐开言说："元帅，奴家今日出敌试试妖道法力，以定胜败如何。"王夫人说："小姐，这妖道毒气厉害，需要小心。"小姐应诺，上马提刀，领兵三千出关讨战。

达摩闻报，带兵出营，只见一员女将在此耀武扬威，生得千娇百媚，绝色无双。妖道喜得手舞足蹈，连声赞羡："好个美貌佳人，不若贫道拿回营中受用，岂可当面错过的！"拍马上前，带笑呼："女将何名？"小姐见道人问她之名，喝声："我非别人，乃蒙云关段洪之女红玉也。只思南王乃反叛之贼，近日残民好杀，成不得大事，故奴父子投降于大宋朝，脱了叛名，有功于国。奴今奉狄元帅之命来擒你，倘若知事者，退归隐于山林，方免杀身之祸，是你之知机，速急回头。"道人冷笑一声："美人，你原来是段洪之女，焉肯投降天朝？我想，中国之人，狡猾之辈，忠厚属我南方，小姐若依贫道功，依然投南蛮王。贫道爱你天姿国色，随我回营，保得南王赦你，匹配吾国师，富贵荣华凭你受用。"

小姐听了大怒，一刀砍去，道人用铲架住，微笑呼："小姐不必发怒，你道本国师的法力，难道不知在本国官职不小？你若与贫道成了夫妻，可谓佳偶相配的。"小姐骂声："妖道休得胡言！"双刀又砍，道人又架过，说："小姐，因何如此气愤？方才贫道与你订婚之言，千万不可辜负了吾的美意。但吾法力厉害，一动时，恐伤了你，贫道舍不得你花容。"小姐听了，怒从心上起，恶向胆边生，大骂："妖道，奴若饶过你，誓不为人！"说罢，双刀乱砍。道人看此光景，谅这女子如此强横，以言语劝她焉肯听从，全没有一点惧怕之心，反恃勇杀来，不若暗施法力，将她拿回营时由吾快活，岂不妙哉！想罢，提铲急架相迎，二人杀将起来，一阵斗杀，杀了二三十合，胜负未分。

道人想来，这段红玉刀法精熟，武艺不低，倘用毒气喷去，又怕这个丫头禁受不起，不如诱她到无人之处，现了原形，拿她回去取乐有何不可？即时放马败走，喝声："红玉，你国师今日回营有事，不与你恋战，明日再决定雌雄。"说罢，拍马逃去。段红玉心说："这妖道逃去，必定是诈败了诱我，要使法来伤害奴，岂惧怕你！不若先下手为强。"按下刀，取出小小一支神箭，拍马赶去。道人一见大喜，暗骂声："贱人，你今赶我，休想回营了。"即时口念真言，向东南巽位吹一口气，不时狂风卷面，黑雾弥空，暗中现出一个怪物，口大如脚盆，长有三四丈，遍体合鳞，张牙执爪，像个东海龙神，口吐黄烟，远远竟往小姐扑来。

小姐一见冷笑:"你这大蟒怪修炼成人形,怪不得口生毒气,厉害伤人,一沾染即亡。"当时,见大蟒来近,拾起神箭,对准怪物一放,弦一响时,早射出小箭,正中大蟒怪右目。那妖道大叫一声,疼痛不止,连忙打了一滚现出人形,跑上马,痛叫难忍,怒声如雷,说:"贱人啊,我倒有仁慈之心于你,不使毒气,不过欲拿你回营,想与你结为夫妇,岂知你无情无义下此毒手,用小箭伤吾右目,今日贫道若饶过你这贱婢,誓不为人。"即运满口中毒气对段红玉喷射过来。小姐说声:"不好!"双足一蹬,腾起空中。这阵毒气一沾着战马身上,一跤跌下地死了。小姐在云头看见好惊慌,说:"好不厉害妖道,若非奴走得急快,只怕性命难保。"

当时,这妖道指望毒气要喷红玉,岂知被她驾云走了,气得怒发冲天,忍痛拔出眼中小箭,血流不止。收兵回营,用药搽洗,越思越恼。至晚施出一条毒计,在月下焚香,当空拜礼,禀告一番,书符念咒,仗剑作法。忽见半空中来了一怪神,说:"大力鬼奉命前来,不知法师有何使唤?"道人说:"无事不敢烦大王。今夜有劳带鬼兵十万,将毒水溪之水,连夜运进关中井泉下,不得有违。"大力鬼王领法旨去了,连夜召集齐数十万鬼兵,往毒水溪一齐挑运数十万担,大力鬼王到营来复法师之旨,也且慢表。

次日天明,大宋将兵大小三军,哪晓得次日大早饮食了此水,未到午昼,人人染病,只有王怀女、穆桂英、段红玉、王兰英皆有半仙之体,病不沾染。王夫人见众将、士卒忽然如此,心中十分着急,仰天叹曰:"莫非吾大宋江山已尽,忽然众三军将士人人得此暴病,上天降此灾殃?倘敌人来讨战,谁人出敌、守城?观看此关,难以保守。"段红玉说:"三军一时得此暴病,或妖道施毒计来陷害也未可知。"王夫人道:"你言不差,定然是妖道被你射伤,因而暗施毒计。今小姐生长此地方,平日妖道惯用何术伤人?"小姐说:"昨是妖道被我伤射右目,今看众人疾,恰似误食了汉溪毒水一般。"小姐猜疑,不知下回如何分解。

第三十七回

救三军女将求泉　活生灵龙神运水

诗曰：
　　妖道毒泉陷宋军，逆天拒敌助蛮君。
　　无如运会归真主，难免他年杀戮身。

当下，段红玉说："众将兵的暴病，实似吃了汉溪毒水之状，定然是妖道夜施邪术，运来恶毒水，要陷害我们。若真有此事，众将兵不过三天日期，五脏六腑皆腐烂而死。"王夫人说："这便如何是好？"小姐说："若要救众军，除非到飞云洞去求威灵圣母。"王夫人道："这飞云洞今在哪里？"小姐说："离此不过三百里之遥，只因圣母从不与人相见，居于接天山飞云洞修真。她洞中有井水，名曰救命宝泉，时常有外方人误饮此水命在旦夕，吃了泉水，吐出恶毒立刻痊愈。夫人要救众人，除非往求宝泉方可救，她又不受人礼物，只要虔诚顶礼前往，无有不见与之理。"王夫人听罢大喜，说："果然如此，即要与小姐前去，留下穆桂英、王兰英看守城池。"

二人出关驾云，不满一个时辰已到山脚，二人按下云头，一路上山，无心观玩景物。但这仙山比之别山大不同，其词赞曰：

　　接天方古山，细看色斑斑。顶上云飘飘，岩前树影翻。飞鸟争枝立，走兽夺争餐。凛凛松梢解，大大竹嫩竿。野猿啸聚立，鲜果麋鹿扳。枝上翠岚岚，冷冷水漫漫。暗闻幽鸟语，间关几处溪。藤萝牵又扯，怪石集香兰。磷磷怪石，磊磊峰崖。孤鹿成群走，猿猴作队玩。行客正愁多险峻，奈何古道步艰难。

王怀女看罢此山，二人加鞭并上，又对小姐说："这座高山峻广，但不知可是接天山否？"段小姐说："元帅，这座就是接天山了，圣母的飞云洞，附近西北一座奇峰之下便是了。"王夫人听了大悦，二人又拍马向西角而走，方才到了一派松荫之下，时已日落西山，又走了一会，只见远远有些灯光。洞口外只闻猿啼鹤唳，异草奇花，忽又闻琴声嘹亮。王夫人与段小姐侧耳而听，音韵悠扬，如怨、如慕、如泣、如诉，静听之间，令悲者倍悲，乐者

第三十七回　救三军女将求泉　活生灵龙神运水

倍乐。二人听见七弦瑶配五音,按宫、商、角、徵、羽,韵其词曰:

人生在世如春梦,夺利争名枉费神。身过百,终须散,名上凌烟不算能。世人枉作千年计,大梦回头两手分。不信但看郊野外,无分贵贱尽旧坟。古今兴废无休歇,有福兴来无福灭。江山转眼姓名更,疆场尽是英雄血。得放手来且放手,光阴近连无长久。百年三万六千日,劝君何不早回首。当年英烈秦始皇,并吞六国逞豪强。只望子孙传万世,岂知不久属他邦。楚汉争锋韩信至,九里山前战霸王。埋兵十面一场战,刚强项羽刎乌江。汉朝被篡因王莽,光武中兴汉运昌。懦弱献帝出三国,英雄并起各逞强。晋兴一统群雄灭,五国纷争起战场。天命归隋文帝出,炀帝荒淫属大唐。一统山河三百载,残唐五代动刀枪。梁唐晋汉周连灭,一统江山炎宋当。陈桥兵变成体命,执掌乾坤坐汴梁。烛影摇红龙入海,仁宗天子继为皇。四海升平民尽乐,只有南蛮叛逆强。领旨剿灭推武曲,王师一怒奋膺扬。妖蟒夸狠施毒水,违逆天心不久亡。贵人今夜来求水,可活三军将士伤。

王夫人与段小姐听罢,惊骇道:"圣母果然灵验,她示逢吾二人,就知我军被害,并知吾二人已到了来求水,众人称她是一地仙,果不虚传也。既知吾到此,定然肯赏宝泉与吾的,且下马进洞罢。"二人下了马,正思起步,只见洞门里来了一仙女前来引路。

一起到了头门,只闻香风阵阵吹来,又行到大丹墀,左右许多麝、鹤、獐、鹿,上了丹墀,当中座下一位圣母,刚刚放下瑶琴,起位来迎接。王夫人细看这圣母,头戴七星冠,身穿八卦氅衣,飘飘然,真有神仙气象。二人看罢,连忙上前施礼,称言:"圣母,弟子王怀女、段红玉,虔心前来朝见圣母,乞恕吾二人不恭之罪。"圣母一见,连忙挽扶着二人,呼:"院君与小姐免礼。贫道乃山野鄙贱之辈,敢劳中国二位贵人以礼相见,贫道哪敢当!如今鼓琴慵①性未得远迎耳。"言罢,手携上堂,见过礼,三人坐下。只见旁边一桌上,横放一架瑶琴,中央焚起一炉香,扑鼻直透五心。

当下,二人道其来意毕,圣母说:"院君、小姐请放心,你二人未来之先,贫道早已得知。这妖道乃千年蟒怪修行得道,日久炼成人形,心毒意狠,哄骗侬智高叛乱,妄想谋占宋室江山,倡首反叛,伤害了百万生民。上

---

① 慵(yōng)——懒惰。

天震怒,他性命只在早晚之间,还是永不超生作人伦,深为可悯,因他害命太多的。待杨家人一会集,就是南蛮授首之期,但按依氏之罪,亦与妖道不相等的。"王夫人说:"圣母方才所言,妖道乃是蟒怪精修炼成形,怪不得毒气伤人如此厉害。"圣母说:"他果然蟒怪也,但今时交三鼓,夫人、小姐且请先回关去,待贫道命龙神作雨,运泉到关,方得多来,只因大小三军将士有三十多万之众。"王夫人、段小姐听了大悦,抽身拜谢了,仍复驾云而回。

当时,圣母仗剑作快,喝声:"井泉龙神听旨。"一言未了,只见半空中红光缭绕,瑞气分翻,现出一位神圣,落下云头上前施礼,圣母一见,便说:"有大宋将兵,被蟒怪使起毒气,逆天害人。龙神今夜可将解毒泉运进芦台关去,救活了宋将兵,是你的功劳不小,玉帝必有封赠你了。"龙神领命去了,即施展神通,到解毒泉中运取宝泉。一刻,乘云驾雾,雷电交加,遮住了一天星斗。

是夜,王怀女、段红玉回至关中,令人接水,丹墀之中,排列了数十个瓦缸。一时只见雷电大作,猛烈狂风一阵,骤雨倾盆,龙神显圣,关外半点俱无,关内地水有一尺,下至天明而止。小姐、王夫人乃传令众将兵,取水分服,数十缸已满。众人饮下圣水,吐出恶泉,个个精神恢复如常,一齐顶礼,当空拜谢。王夫人对狄爷说知,大喜,按下不表宋营。龙神回山,上复圣母法旨,也不烦表。

却说南蛮营中道人,只因箭疮未愈,二来仗着宋兵中毒,待他人人自死,一连静养营中几日,方才令人前来探听。但见关中四城门紧闭,城楼上旗幡招展,剑戟如林,腾腾杀气。有探子报回,道人惊疑,只得带领人马向关讨战。城中无一人出马,道人无计可施,只得收兵回营,不表。

孙振自从在襄阳城逃出投降了,南王封他为参谋之职,他得苟存了性命,在南王跟前百般奉承。知南王好美色,就命了家丁往民间四下找寻,遇着有美貌的青年,不论民妻官女,立刻抢了就献于南王。侬智高乃好色之徒,定然喜悦。至此,君臣相得,孙振之言,无有不依,加封为大夫之职。伪臣中有正直的,心中不悦,又难与争衡。谏止南王,反冲其怒,或被诛,或赶逐。剩下这些奸党佞人,多来奉承孙振,相助逢迎南王。须乃反叛当灭,实乃万民遭殃,收了这奸臣,受着万民嗟怨。他在此做了高官,有冯氏夫人时常埋怨,说他因害狄青,反害他父亲:"你今在此为官享乐,岳丈在

第三十七回　救三军女将求泉　活生灵龙神运水

天牢囚禁,其心何安？况且当日逃出之时,也亏得我父有书到来,通知逃脱,不然,一家已做刀头之鬼,今日得安,你亦不记前恩了。"日常埋怨于丈夫。孙振说:"夫人不必烦恼,下官于岳丈的恩德岂敢有忘,时常在心,他陷于大宋天牢中,恨无机会可救,今日已想出一计来,可以救脱他,到此同享荣华了。"夫人说:"相公有何妙计救得妾父到来？请言其故。"孙振说:"夫人,要救得脱岳父,只须其精细有识的家人数名,暗到汴梁,交结这狱官,说是你家老夫人差来服侍太尉的,多与金银送他,且先到你母亲处通知此事,待下官传书与岳丈观看,知会其意。待十天、八天不定,寻些机会,黑夜中将狱官杀了,暗中放出岳丈,带了岳母,一同逃出,到来共享荣华,有何不可？"孙振此计可救脱太尉与否,下回分解。

第三十八回

获私书奸谋尽露　拜战本旨意参详

诗曰：

叛臣狡猾曲肠多，欲救同谋出网罗。

奈何天眼昭昭显，败露行藏计反疏。

当下，夫人听了丈夫之言大喜，说："相公果然妙计，在于何日行事的？"孙振说："下官即日修书，明日可往了。"是夜，夫妻商议，修了密书。到次日，挑选了十名能干家丁，带藏密书信，叮嘱一番，出了昆仑关而去。

却说狄元帅只因妖道厉害，毒气伤人，不许众将出敌。妖道只因眼目被伤不愈，亦不前来讨战，狄爷一日思量，侬智高攻下粤西邕州得了昆仑关，前月已差李义探听他虚实，已有一月余，打听明白正在回来。他带小军五十名扮作京差模样，只见前面远远来了十多人，一见数十名京差，即闪闪缩跑在树林里面。众兵丁见此蹊跷，大喝一声："你是什么人在此埋伏，不是行刺客定是盗贼了。"说未完，早有一人应声呼："将爷不必见疑，我们十人乃是近处小民，只因探亲吃酒，是以夜晚回来。"言未了，此人身上一把刀脱下地中，众小军见了越觉猜疑，有一军人禀知李将军，李义听了即前来喝道："黑夜行走，身上又有腰刀，必非良善之人，何须与他争论，且拿住搜他身上，看他人人可有刀斧否？"众兵上前要搜。

原来，孙振的家丁，十人内有一人藏书的，心中着急，这十人原是孙振挑选的，有些武艺，他仗着本事，初时只道以言说就罢了，今见众人要搜，怕什么数十个官差，大怒，骂声："贼囚，朝廷养你是巡查敌国奸细，不是叫你欺压小民！若要搜时，只怕你有性命之忧。"李将军听了大怒，喝众军擒拿，十人早拔出腰刀，众人一齐动手杀将起来。黑夜中刀斧交加，原来十人果有些本事，斗了多时不能拿获。李将军大怒，提出双鞭冲入中央，左一鞭死一个，右一鞭跌一人，不一刻，打死五六人，剩下几个思量逃走，也脱不得，被众人乱刀砍于地下。

时已天明了，李义盼咐："既杀十名强盗，未曾搜他身上可有什么夹

第三十八回　获私书奸谋尽露　拜战本旨意参详

带否?"众军将十个尸骸搜完,内有一人身上一封书,并众人有些干粮之类。李义接书一看,书套上面写着:"此书岳丈大人亲收披览。"下面:"愚婿孙振拜。"李义看了,原来系孙奸贼反投敌国了。若非奉命到此打听蛮王,焉得知之?想他又有密书与冯老贼,又有什么委曲在内,不免待回关时与元帅观看,便知他有何奸谋了。即时,军士埋了十人尸首。李义等一路跑走七八天,方才回关中交令,说:"元帅,小将奉命前往粤西探听,蛮王十分不仁,抢夺民家妇女,灭亡不远。又于半途中截杀得一伙奸细,原来是孙振奸臣的家将。搜出一书,是与冯太尉的。"元帅说:"有这等事?"李义将书呈上,元帅看过封皮,即时拆开此书,展披案上。书上写着:

愚婿振书奉上岳文大人座前:自上年小婿有书到来,捉拿刘庆、张忠,只望扳倒了狄青,报了大仇消却心中之恨,岂料被杨文广搜出来书,带累岳文陷入网罗,小婿昼夜不安。又蒙岳丈有书通知,逃得性命,合家得脱虎口,依命走往南蛮。兹南王收录,现为上大夫之职,十分信用。小婿挂念岳文羁绁①天牢,特差至家将十名,着他暗投狱中见机行事,改扮衣装逃出京城,到此一家完叙,共享荣华,免受囚禁之苦。恭候早日脱难成祥,并请金安。

狄元帅看罢此书,心中带怒,骂声:"奸臣投降敌国,真乃生成人面兽心也,又有书回朝劫狱,要救太尉,幸得李贤弟前往探听蛮王消息,又拿得他私书。待等平服了南蛮,捉回叛贼回朝正罪便了。"王夫人接书看过,便说:"元帅之言有理,可密收下此书,以待班师奏闻圣上,好摒逐奸臣党羽,方得国固邦安。"狄爷称是。

又有岳纲上前说:"元帅,小将前时与高将军奉命到襄阳救取张将军、刘将军时,他便逃走,小将一向未曾说知。当时若要捉他转回,易如反掌矣。"狄元帅说:"岳纲,你有所不知,如若此时拿捉他,就便宜了此贼,不投降敌人,罪也轻了,如今又有书来特救冯太尉,背面欺君,又扳倒了冯拯的,待等班师回朝,拿他正罪,焉能得活!正是:奸臣机深祸亦深,大限恢恢岂能逃遁?"岳纲说:"此言不差。"按下慢表众言。

却说刘庆奉命,持了本章回朝。席云不至三日已赶回汴梁,天色将晚,就在金亭驿歇一宵,次日,枢密院上朝,代他启奏天子。即时刘将军俯

---

① 羁绁(jī xiè)——羁,原指马笼头;绁,绳索。这里指被拘禁。

伏金阶之下,将本呈上,御前侍卫接上,展开龙案,仁宗一看:

> 征南总帅臣狄青奉旨征南已逾三载,败胜参差,后蒙圣上添兵益将,兹将蒙云关、芦台关得取。收录女将二员,已匹臣二子。但二人所立战功颇多,意擒灭南王在于旦夕。不料他差来妖道,异术非常,毒伤将士甚多,头阵,穆桂英与臣及降将王凡,数员偏将,俱已中毒被伤,所活者,臣与穆桂英耳,余皆救已不及。当时军心破乱,无人出敌,敢撄①妖道毒气之风。臣兵非是众,将非不广,奈妖道拒阻,大军不能进取,倘得法力高强、不畏妖毒者一人,收除妖道,奏凯班师指日可待也。临表不胜迫切惶恐之至。

仁宗天子看罢,大惊,说道:"南蛮叛逆如此厉害,有妖道毒气伤人,阻挡大军不能征进,如何得灭南王?御弟本上,只要一人收得妖道毒气,不用救兵多少。"言罢,正思量之间,只见文班中闪出一位大臣,执笏上前,天子已看见是包拯丞相。天子说:"包卿,边关人马,被妖道阻住不得进取,只恐刀兵没有收场了。御弟有本来,只要一人抵挡得妖道毒气,就易于剿灭。朕想,朝中文武众人,哪个有此法力之士?"包爷奏道:"妖道有毒气伤人,必然妖怪修炼成人形,纵有英雄好汉,也不能抵挡妖法。臣想,无佞府十二寡妇中,去了穆桂英一人,尚有十一人,俱有法力的。旨命下去,着佘太君挑选其人前去,必有可往之人。"仁宗天子听了,点头说:"包卿所言不差。"即书旨一道,着包爷前往。包爷领旨辞朝而往。

包爷一程来到杨府,早有家丁报进,佘太君吩咐大开中堂门迎接。包公下了大轿,到了大堂中,开读圣旨:

> 奉天承运,大宋帝诏曰:兹平南主帅奏本回朝,已近得胜班师,不料蛮王差来妖道,毒气厉害,伤将甚多。朕思,朝中将士虽有,但非精明法力者,无可任其职,故着包卿赍②诏前来。旨到之日,太君可于十二寡妇中有能抵敌妖道者,即进朝领旨以慰朕。钦哉。

包公读罢,佘太君着惊,说声:"思想自从吾夫老令公撞死于李陵碑下,八子相继而亡,只有杨文广一点骨肉,今已奉旨南征。十二寡妇中,俱已年迈,哪有什么英雄领兵?有烦大人回朝代为转达当今。"包公听了

---

① 撄(yīng)——接触,触犯。
② 赍(jī)——以物送人。

说:"老太君,朝廷岂不知你府没有英雄!只为南蛮用了妖道,用毒气伤人,一触着即死,非以战斗为强,要精于法力者,方拿得妖道。所以,圣上命佘太君于十二寡妇之中,挑选一人进朝足矣,望太君以朝廷江山为重,勿要推辞。"太君听了,呼声:"大人,难道你不知老拙①家中之事?自从吾夫山后归来以来,祖孙父子西征北伐,俱丧没了沙场,只剩下的重孙文广,已随了媳妇南征,现在十二寡妇奈俱老不中用了。今日大人想我家中,还有何人法力广大的?"包爷说声:"老太君,圣上旨意又不是诏你亲身领兵,你何必如此力却?不过求你于众人中间,察明可以抵挡得妖道法力,破他毒害耳。老夫看你们大小妇女、老少丫头、家将,有法力武艺之人居多,老太君声声言无有,倒有欺君逆旨之罪也。"

不知老太君如何答话,包公选得何人领兵,且看下回分解。

---

① 老拙(zhuō)——老年人自称时的谦词。

第三十九回

包龙图登台选将　杨金花夺帅逞能

诗曰：

叛逆南蛮大逞凶，生灵百万丧场中。

干戈不息民遭害，势尽难逃入网凶。

却说佘太君见包公不信她家没有能人，推却不下，忙说："大人既不确信老身之言，何不劳步到鼓将台，传鼓点问，便知有人否。不知大人意下如何？"包爷说："太君之言有理。"佘太君吩咐擂鼓点将，家丁领命。

当时，佘太君、包公同上了将台坐下，只见杨府中家将，男分于左，女分于右。包公在将台上，两边一看，这些男将，个个虎背熊腰，身材凛凛，果像武夫；只见右边女将十二寡妇，皆是年老，下些是小姐们、丫头辈，短衣窄袖，竟非妇女气概，倒像个勇战将军。包公见了众将男女英雄，不知哪个是出类拔萃之人。

佘太君见包公沉吟思想，呼声："大人，何不传圣旨所命，或有能奇者可擒妖道，去领旨，也未可知。"包爷点头，便大呼："你等男女众将兵听着，老夫奉旨前来选将，因为狄千岁征南，蛮王差来了一妖道，神通广大，妖法高强，还有毒气喷人，受毒即死，是以无人抵挡。你今众中男女将士，如有破得妖道才能，快些前来应旨，待老夫启奏知天子，加官爵重赏，领兵前往——"言未了，只见女班中有一人应声愿往，包公抬头一看，但见这女子生得：

身材短小方三尺，圆眼浓眉粉面凶。

跑走如飞来往急，声音响亮似铜钟。

包公看见，说道："好个奇丑女子也。"便问那女子："若肯领旨，可通名上来。你胸中有什么韬略，法力如何？"它龙女闻言口称："丞相，奴家乳名它龙女，只因生得身材短小，面貌奇形，行事粗鲁，合府中人三百余，吾独任厨中饮食之职。我虽一丫头，且喜武艺，闲来后园演习，合府中人哪里是吾对手！我用一对火叉，又重有一百四十斤。有一日在厨中打睡，

第三十九回　包龙图登台选将　杨金花夺帅逞能

梦见灶君老爷说,我后来有大贵之命,只要去随征南蛮立功方有出头之日。他传我一腾云五遁之法,教吾将双叉咒念真言飞起,即化火龙,说数年之后可擒敌人。"包公听了大喜,说:"你言虽如此,未见你法力,不敢准信,万一虚词,有误国家大事,非同小可。"它龙女说:"包黑子,你何必以言捉弄我?小丫头平日为人一片老实,并无一句谎言。果然灶君老爷教吾许多法力,虽然身材矮小,力量高强,武艺不弱,必要去随征南蛮的。"佘太君听了喝声:"好胆大贱丫头,无些礼律,得罪包大人!"吩咐:"与我拿下,重打数十。"包爷忙呼:"太君且息怒。此女言来若实,口出大言必有奇术的,且试验她罢。"太君说:"虽然如此,她言语不逊得罪大人,乞祈恕怪海涵。"包公说:"这也老夫不介怀。"当时,太君喝声:"你的法术何来?哪有此事?快快拿兵器来看。"它龙女说:"太君不信,待奴婢取兵器来,只由太君挑个好汉,来与奴婢比拼五六合。倘若数合之中不能取胜,奴依旧回厨中炊火煮饭。"言未了,身子一扭已不见了,借土遁去取兵器。太君、包公大悦。包公叹息说:"海水既不可量,人亦不可量,此女必然可用的。"

不一时,它龙女飞跑而至,手持两把铁叉,有五六尺长。众男女将士一见哂笑。它龙女见众人笑她,心头带怒,说:"众位,有本事可来比武。"有杨金花喝声:"贱人出言无状,压欺众人,吾来也。"包公把金花小姐一看,生得:

　　头戴垂金凤,娇花一朵新。
　　腰细如春柳,步走似行云。
　　心慧知韬略,才高达武文。
　　天降凌霄女,扶助圣明君。

佘太君见是金花小姐,便说:"孙儿,你今来与它龙女比武,只恐吾儿手重伤了她,不若在众人中选一将来与她比试便了。"佘太君言尚未了,见男部中飞出一家将,出马喝声:"吾来与你比试。"二人上前禀明,太君吩咐:"只许你比武,不许你伤残性命,如有伤了性命,即比胜了,亦重处逐出,永不再用。"二人领命。此将乃陈洪先也。二人动手战有三十多合,陈洪先打败,走了。

有金花小姐拍马上前要比武。它龙女一见,说:"奴婢不敢与小姐比手段,情愿小姐出师,奴婢为先锋。"金花说:"这不相干,奴只要比拼武艺、法力高低的。"一枪刺去，它龙女双叉架过，金花又是一枪，她仍用双叉架过，不回手。包公与佘太君一见，喝住说："你二人不必动手，上前听吩咐。"二人下马走到将台前。包爷说："老夫看来，你二人皆有可用之材，不必相斗争雄。明日奏知天子，金花封为主帅，它龙女为先锋，往擒妖道回朝，其功不小。"

拜谢起来，只见下首一人大呼："留下先锋印与我来。"众将一看，乃是魏化也。包爷一闻此将声如巨雷，果然生得勇猛：身高九尺貌凶狠，两目如珠闪射光。英勇杨门为领袖，飞腾神术最称强。当下，它龙女一见着惊，想道："我素知杨府中只有此人，名魏化，合府中称他第一条好汉，力能推山。今来夺先锋印就不妙了。罢了，他以鲁力为强，奴以法术胜他。"此时，佘太君喝声："魏化，你也来比试？料它龙女不是你对手，依吾主意，你也跟小姐前往随征，与朝廷出力均同一体，何必争夺此印？"魏化听了，冷笑说："太君，非是小人前来逞勇，只因她眼横四海，目底无人，藐视一府中人，若让丫头夸了口，岂不羞杀了杨府中男子英雄？小人一定与她比武见高低。"佘太君尚未回言，它龙女大怒，喝声："匹夫敢来与奴比武么？"魏化说："然也。"二人放开坐骑大战，斗杀二回，它龙女到底敌不住，忙跑下几步，口念真言，咒起左手火叉，它龙女跨上，腾云而起，上九霄云外而去。魏化见了，把金头鸟一拍，只见神禽二翅展开，起在空中赶来。它龙女见了，又抛起右叉，化作一条火龙，口吐乌云张牙舞爪追来。魏化一见，惊骇而逃，它龙女赶去，魏化喝声："它龙女，吾本欲取印，不想我法力低微，让你为先锋罢。我无颜回府，烦你转达包公，上本说我魏化要随小姐去平南，明日我在教场伺候小姐。"它龙女大喜应诺。见魏化既说明了，忙收回火叉落下，拍马来至将台下马，将魏化之言达知。包公、太君大悦。当时，包公下了将台出了杨府，回朝复旨不提。

当日，刘庆上了求救的本章，即又席云到山西。是日，进了小杨村，直至狄王府，下了席云，将狄爷家书传进王府内。有这位夫人，自丈夫被困，二子随征，时常放心不下，终日忧怀。前时，差人到汴京打听，屡闻奏捷回朝，其心略安。是日，只见丫环进来禀上："千岁爷边关有家书回来。"即时递上。平西夫人拆开书一看，云：

愚夫奉旨南征，别母抛妻，不觉光阴三载。自进兵南方，屡次得胜，连取二关，收录降将二员。女将段红玉、王兰英已匹配二子，二女将俱有战功于宋,正乃才貌相当,毋庸为念。近日下,蛮方妖道抗阻大兵,愚夫临阵中毒而亡,后得恩师灵丹活命。今拜本回朝,顺附家书,倘朝内觅取不得破妖之人,未知何日班师,哪军胜负。如贤妻优于法力可除妖道,望祈领旨兴师,倘得其人,不劳跋涉,代夫奉侍年老萱亲,足感愚夫远离膝下之罪,便见贤妻恩德。但愿早日得胜还朝,夫妻再叙。

公主看罢,说:"书上虽言他父子无灾无咎了,但今又来此妖道,如何是好?俺想自家贪利图名,焉得埋名自乐!倘他有日得胜回朝,劝解丈夫弃职归林下以度天年,免得担惊受恐,尘雾中没有收场。况二子年少随征,倘有不测,追悔已迟,幸他书上传言平安,想来朝中未知差哪人前往除妖道。倘若无人,哀家必要领旨的。"命丫环问明刘将军,圣上差何人去收除妖道。不一时,丫环到来,说:"刘将军言,圣上旨到杨家,着老太君挑选众将,今已定夺了。乃是杨金花为元帅领兵,他府中人它龙女为先锋,魏化为后军统制,领兵倒也有限——不过二万五千人。只为狄千岁并不是求请救兵,只拜本回朝寻觅法力高强者,不畏喷毒之害,就进兵,指日可破灭南蛮了,是以不用多领军马,但他兵定于本月数日后动身了。"公主听了点头说:"哀家久闻杨金花小姐法力高强,深明图阵战策,吾师父说起她乃桃花山圣母传她的兵书、武艺,如今领兵去,一定得胜回朝了。但愿丈夫、二子早日得胜班师方好。"

当日,刘庆辞别去了。回朝奏知天子:席云回去南蛮地,以安元帅之心,天子允奏。即日驾云先走了。不知大兵何日动身,且看下回分解。

第四十回

当金殿三杰领兵　施法宝群英献技

诗曰：
　　顺逆存亡是古言，如何妖道强违天。
　　北奔势尽难逃日，身首分开孰可怜？

当日，包公复了圣旨，奏知天子：已选了杨金花，深明韬略，武艺超群，堪为主帅；有丫环它龙女，法术精奇，可为先锋；家将魏化，义勇无双，可为后军总管。是日，仁宗天子见选了三将，说道："救兵如救火，实是迟延不得。"即时传旨，宣诏三人上殿。不一会，杨小姐三人进朝，俯伏金阶朝见。天子闻言，说："赐卿等平身。"三人口呼"万岁"起来。仁宗一看杨金花，果然人才出众，生得气宇岩岩，不像个妇女之态，反似个年少将军；又看它龙女，身材不满四尺，体貌不扬；一看魏化，身体高大，颏下无须，圆眼大珠，浩气扬扬。天子看罢，疑惑说："它龙女生得如此，焉得有什么奇能？"因为包卿说她法力精强，保为先锋。包爷见天子疑惑，忙奏道："陛下不必多疑，此女虽然生得丑陋不扬，臣在杨府中已经试验她，果然有法力之人，她为先锋实称其职，臣保她断不误事。"天子大喜，即封杨金花为元帅，它龙女为先锋，魏化为后军都统，当殿御酒三杯，三人谢恩出朝。

它龙女、魏化在教场伺候杨小姐，点起一万二千五百一军人马，即日登程。拜别老太君与众夫人，三声炮响，拔寨起程。一路上旗幡招展，杀气连天，向南面进发，日夜追赶，非只一日，水陆程途，已有一月多方才得到。

却说刘庆这一日回到芦台关，细细达禀元帅，狄爷听了，安心紧守城池。当时，已有一月外，妖道被伤右目已经痊愈，日日领兵到关前来讨战，宋军并无一人出马。天天如此，妖道十分恶恼。一日，带齐十万大军，将城池围困得水泄不通。狄元帅吩咐："多加滚木、石灰，督兵压守。"妖道之兵亦不敢近城，只因守城之具齐备，箭炮甚多，蛮兵一攻近城池，不是被滚木所伤，定遭箭炮所害。道人一连攻了三天，不独未攻得城破，反伤了兵千余。

不言道人气怒攻城,却说杨金花小姐三人,领了三军兵马,一路进了云南,行程数天,已至蒙云关,知会过萧天凤、孟定国,然后起行二将送出关外。又走三天,到了芦台关。但见蛮兵远远围困住此关,喊杀之声喧斗如雷,刀枪密密,剑戟森森,不见城中大宋旗号。杨小姐当时领了众军,一马当先,大兵随后,杀进阵中央。如蛟龙取水,长枪一摆,众蛮纷纷坠马,个个受伤。它龙女、魏化一杀入阵,将蛮兵狠杀一阵,伤了数百,众兵逃散甚多,自相残杀。

有小军急急报知国师,说道:"宋军将蛮兵杀得七零八落。"道人大怒,说:"大宋救兵到来冲杀,贫道有何惧哉!"即跨上神兽来到南城,只见一员女将,遂大喝一声:"贱妇休得逞强。你法师在此。"一铲打来。杨小姐一见,知是妖道,将长枪架开,大喝:"妖道慢来,今日天兵到此,还不下马受缚!且你修炼有年,若还归于正教,再续得一二百年功力,身入仙班。因何逆天妄为,不思修行之苦,一日倾尽前功?原形立现了。"道人听罢说他始末根由,心中大怒,喝声:"贱婢,你有多大前程,敢出狂妄之言?拿你碎尸万段,方见国师手段。"言罢,恶狠狠一铲打来,金花小姐亦怒将长枪急架相迎,只杀得沙尘四起,战鼓喧天。魏化、它龙女二人只带了万余军马,以一当百,只管四边透杀。

慢言关外战杀喧哗。狄元帅此日在关中,正与王夫人议论军机,静听,只闻远远金鼓之声不绝,喊杀喧天。二人正在惊疑,方欲令人探听,早有小军报知:"启上元帅爷,今有我邦旗号人马到来,已在关外战杀了。请令定夺。"元帅闻报,即下令大小三军,一齐出敌以接应救兵。军令一下,各将领兵,放炮开关。四虎将军,陈平、余靖二位总兵,各带兵马杀到阵中,将蛮兵大杀一阵,尸首堆积如山,血流遍地。妖道手下亦有百员偏将,哪里抵得大宋众位英雄,差不多他十万兵去其大半。

当下,道人与杨金花杀个平交,又见众兵被杀得大败了,四散奔逃,心中大怒,退后几步,口中念动真言,怀中取出一巾,名曰掩日云,丢起在空中。一时间,乌天暗地,伸手不见五指,手中拂尘向宋军队伍中一指,只见一团烈火乘风卷去。宋兵个个心惊,只因地方乌暗,又不能脱逃。金花小姐见了,即射出一弹子,明日开阳石,丢起空中,一道毫光,已是天明日色了,烈火俱无。道人见破了他的法,大喝:"你敢破贫道的法宝,罢了,看你再有什么神通来与贫道斗赛的。"言罢,即抛掷起手中铁铲,在空中旋舞不止,忽然间变作千千万万,向军阵中飞打来。金花小姐连忙拔出桃木剑,一丢在空中,也化作万万千千,满天交加响亮,在空中赛斗。拼一会,小姐剑已将铁铲打下来。道人看见大怒,即收回铲。小姐向空中一招,又收回宝剑。

当时,道人说:"看不出这丫头有此法力,真乃不可轻敌也。想来,不若如此,拿她回营便了。"将身一摇,忽然变一怪物,长有一二丈,遍体生鳞,金光射目,张开血口,舞爪獠牙向杨金花扑来。小姐一见,冷笑一声喝道:"好怪物,敢来作弄么?"正要用五雷正法击他,有它龙女一见,丢了蛮兵不去追杀,呼声:"小姐,待奴婢拿他。"即祭起一火叉,左右旋转,化作一条火龙,比那怪物更加十倍,向着蟒怪便扑去。原来妖道原形见火龙来得凶恶,要拿他,不觉大惊,急忙滚回原形,运满一口毒气喷来,向对着宋军众人。狄元帅与王夫人一见大惊,说:"不好了,毒气来伤人,需要提防……"话未完,只见火龙口吐赤气一团,狂风大作,向着毒气打回。道人见了,心更着忙,口又咒念真言,一阵狂风四起,飞沙走石向宋兵打来。金花小姐用桃木剑一指,念动真言,此一会,狂风顿息,飞沙走石不起,又破了法。

当时,王兰英说道:"此时不下手擒妖道,更待何时!"即发混元锤;段红玉抛起红绒索;王夫人见众蛮兵尚不少,即取出小黑旗一面,即向太阳摆了数下。忽见半空中纷纷落下来许多虎豹豺狼、山精野兽,向着南兵队中纷纷冲去,吓得众将兵魂魄俱无,俱已逃散。单剩下道人一个,又见众女将发起许多宝贝来拿,心中大怒,谅来斗不过,大呼一声:"不好了,如今不走,性命忧矣。"向着神兽喝声:"畜生,快些向地下走罢,不然性命不保了。"此兽大吼,一蹬,向地钻进去了。众人一见大惊失色,说:"这妖道逃走去了,如何是好?"金花小姐说:"妖道此坐骑十分厉害,既会腾云又能遁土,但腾空不足为奇,他遁地,必要指地成铜的法术方才擒拿得他。"狄元帅听了大喜:"既然妖道走去,且收兵回关再作道理。"令一下,众兵队队得胜回城。

狄元帅、众将回至关中,帅堂一同见礼坐下。它龙女与魏化来参见元帅,又与众位将军见礼,通了姓名。狄元帅开言说:"多蒙小姐不辞跋涉之劳,领兵前来,破了妖道,果然法力高强。从此,料南蛮能人有限了,灭剿叛逆在于早晚,皆赖二位小姐之力也。但不知为先锋此女是何人,有此仙法的?"金花小姐见问,细细说知。狄元帅与众人多有羡慕,倒看不出,此女身材如此短小,外貌不扬,有此法力伎俩。众人暗暗说笑,且不表。

当下,金花小姐谦逊已毕,又说:"这妖道虽然败去,其心必然愤怒不平,不甘屈于人下的,未必醒悟回头。他再来时,这妖道亦是劲敌,法力原不弱,在阵场中一时难以捉获收除,他隐遁飞腾,乘风变化,五行中妙术,俱已通晓,除非摆下一阵,待他前来攻打,困他于阵中,方才可以消灭的。"王怀女听了,说道:"孙儿之言不差,他将已千年道行,若非用阵困住,难以擒拿。"狄元帅听了大喜。是夜,大排酒席庆贺,大小三军俱有犒赏。众位英雄见今日将已成功,也觉心欢,是晚开怀饮酒不提。且看下回分解。

第四十一回

排八卦收除蟒怪　度昆仑剿灭蛮王

诗曰：

　　力微休负重千斤，兵弱如何斗勇军。

　　气运不归功枉用，逆天必败古来云。

是晚，宋营大小三军犒赏，欢乐吃酒，按下不表。又说道人借了土遁大败回营，只得召集败残军马。十万兵只招回二万余，内有受伤者不少，偏将百员，逃生者不满二十人。败进营中，气喘吁吁，坐下思量，越觉愤怒不消，说道："今日就输却大宋女丫头，我的数百年功力及不得她众贱妇！贫道明日斗过一会法术，倘若再不得胜，必要前往阴山求道兄，请他下山帮助。他法术比吾高强数倍，他如不肯下山来，待贫道亲往，相借他混天囊，将大宋这些一众狗党收入囊中，以定雌雄。但前月有本回南天王要他发大兵来围困他城，要早夺回二关方显吾国手段，但今兵微将寡难与他争锋。今大宋兵雄将勇，贫道有此手段也难取胜。"他正在思虑之间，有小军禀道："启上国师爷，今有吾大王差彭虎领兵五万前来助战，已至营外了。"道人闻言大喜，正要抽身迎接，不觉彭虎已到帐中，二人见礼，一同告坐。彭虎问起交兵情由，道人将昨天败下一一说知，彭虎听了大怒，说："宋将英雄哪在吾心！待小将开兵，擒拿宋将消昨天之耻。"道人应允。

彭虎出营喊战，宋将焦廷贵出马，与彭虎斗了三十多合，焦廷贵抵敌不住，正要逃走，却被彭虎架开铁棍，伸手擒拿过马，喝令军士绑缚了，进营去了。狄爷闻报大惊。刘庆大怒，出关，不问姓名，双斧乱劈。彭虎本事高强，刘庆又败走了。后来，魏化出敌，与彭虎杀百余合，胜负不分，天色已晚，各自收兵。彭虎回营，道人大悦，摆酒贺功。

次日，狄元帅说："南蛮也有此勇将，擒去焦廷贵如何是好？"金花小姐说："元帅，虽廷贵被擒，必然生禁的。但今摆阵，除了妖道打破他营，何愁焦廷贵救不出来？"元帅称言有理，即将帅印令交与小姐。当时，小姐领了印令，挑选了一万壮勇精兵、二百八十四员偏将、二十八名大将；另

第四十一回　排八卦收除蟒怪　度昆仑剿灭蛮王

选会腾云遁土有法的八人,乃王怀女、穆桂英、段红玉、王兰英、刘庆、它龙女、魏化,自守一门,共成八人守八个门。小姐执令一摆,只见一队兵,尽执黄旗,驻于中央戊己土;小姐令一摆,又见青旗一队,驻于东方甲乙木;令一摆,又见红旗、红甲一队,驻于南方丙丁火;令一摆,又见白旗、白甲一队,驻于西方辛庚金;又令一摆,又见黑旗、黑甲一队,驻于北方壬癸水。阵内,用八个八员将把守,二十八将按以二十八宿,八门合于八卦方位,三门三百八十四爻,按以周天三百八十四数。阵排停当,远远离关三里,好不厉害,变化多端,祥瑞冲天。穆夫人一看,知女儿摆的乃先天八卦阵也。狄爷与众将称赞小姐,狄龙、段红玉、王兰英也各深服。

当日,小姐差人下战书,激说妖道,待叫他前来打阵。是日,道人看过战书,内言十分欺藐不逊,果然大怒,领兵二万余出兵,令彭虎守营,出马果看见八卦阵,十分厉害,说:"贫道法宝甚多,何惧于她!"看见乾、坤、艮、震、巽、离、兑、坎八位,他即向乾门领兵杀入。杨小姐看见道人向乾门杀进,此门乃王怀女把守也,一惊动,中央戊己土上,黄旗一展,四方沙起,黄烟滚滚,众兵不见东西,被二十八将杀了一阵。道人带了伤兵败卒向南方而走,守阵坤门乃穆桂英也,红旗一展,只见烈火烧来,蛮兵好不慌张,道人领兵即退,已烧了千八百军人。进东门意欲逃出,此门乃段红玉把守,只看见青烟云雾迷途,道人不敢向东门而走。不分南北门进三重阵中,三百八十四员将大杀一阵,折兵万余,只剩数千军马。

道人此时心慌意乱,不知跑走哪方有路。不分东西南北,哪能寻觅得出路?八卦之门跑乱了,路途又生出八八六十四卦门。此时,道人方知不好,不顾数千兵,发开神兽四方骤驰,无奈,杀不出八卦门,东、南、西、北跑过,折兵已尽。杨金花看见只剩妖道一人冲杀,执令一展,八门法力将士合以为一,将道人八方截住。杨小姐大喝一声:"妖道休走,今日已罪盈满贯,还思逃脱,枉妄思量了。"道人一见杨金花,实觉怒从心上起,喝声:"贱丫头出此狂言,你料贫道无能,小小阵式逃不出么?"言罢,一铲打来,小姐长枪急架大战。守八卦门七人王怀女等,看见杨金花与妖道战杀,即时一齐动手,将道人团团围住。道人八方受敌,哪里抵挡得住!思量今日不逃走,必遭她毒手,且跑出阵中去才好。今又无军马回营,实觉羞见彭将军,不若借势腾云,前往阴山求情道友来破阵罢,遂将神兽一拍,向空而起。八人连忙腾云围住他厮杀。道人又见逃走不去,心中大怒,将神兽打了三鞭,此兽口吐黑烟,满天乌暗,忽不见了妖道。它龙女即飞火叉化作火龙,将黑烟吞尽,只见道人已离,向南坤位阵逃走,乃穆桂英守的。她见妖道从此门逃走,口念真言,掌中五指一放,一声雷响,已将道人打回阵中,八人又赶回阵内。道人见她用五雷法打他回阵,心中慌乱,又喝神兽向地而遁,不想金花小姐早已用法,周围阵指地成铜,此兽钻遁不入。道人大惊说:"不好了,今番性命休矣!"只恨错了主意,不想大宋有此能人,不该下山护助南王的。正懊悔,王兰英发起阴雷,一声响亮,将他打下神兽来。思量现形逃走,穆夫人仍用雷击他,变原形不能复现人形,乃一大蟒蛇也。刘庆飞跑上前,大斧一下,已挥作两段。

杨小姐见诛了妖道,令旗一招,收散八卦阵,带兵直攻踏他大营。彭虎闻报,领兵数万前来对敌,正遇刘庆,两下交锋。刘庆正在招架不住,有魏化上前帮助,彭虎抵挡不得两般兵器,却被二将斩于马下。当时军中无主,各自逃窜。宋兵大杀一阵,散于四方。王怀女吩咐攻入他营,救出焦廷贵,早已众兵逃散。宋军众将回营,狄爷大悦,吩咐养兵三日,拔寨起行,前往邕州,要复回昆仑关。

当日,狄元帅思算早定计谋,如此乃妥。当日即吩咐众军,偃旗息鼓,不许喧哗,一路只声言"班师回朝";当时又留下焦廷贵、石玉、李义,与兵一万,同守芦台关,然后登程。一连涉水登山,急速催兵,发兵大进,一路过去,不许惊扰居民,百姓感恩,不用多谈。一连走了一月,进了西粤邕地,离昆仑关五十里安扎下大营。

此日,关内侬智高探子报进,方知大宋有兵驻于城南,吓得三魂六魄俱无。只道国师领兵去,必胜得大宋,灭得狄青。不期今日宋师临于城下,方知国师败亡。"以他如此法力高强,尚且丧于狄青之手,再有何人与孤抵敌宋师?此乃天亡我也!"心中忧闷,况近日左右之人,皆是谄媚奸臣,无能之辈,只因宠孙振而来。当时,蛮王便问一班文武:"何人与孤家对敌,破得大宋之师?"两行文武面面相看不敢答应,蛮王大怒,骂了一回,又忽然不见孙振,小将报知."孙振一闻宋师到了,连家一齐逃走,不知去向哪方。"蛮王闻知大怒,今日方知他乃一大奸臣也,十分切齿,进内去了。

当日何以狄元帅不许声张兵势而来?只待敌人不介意,一时束手无策也,此乃兵贵神速之意。即日,大兵五十多万将昆仑关围困了。军士报知,侬智高看来不好,上城头一看,好不怕人,杀气连天,炮响不绝。下了城头,无计可施,几次命将领兵杀出,不能抵敌,伤了数万,料得此城难以保守。还防逃走不出,是夜思想了一计。到了三更时候,在南门放起火来。登时火焰冲天,遂大开关门,向南逃去,带兵数万。是夜,大宋师进了城,城中大乱,众兵杀入,砍得尸首堆积如山,直杀至天明。狄元帅命人救息了火,埋了尸首河下约十万,实见伤心。又命即将侬智高锁来。有军士报知元帅:"后堂有尸,身覆龙衣。"众人多言侬智高自缢,狄爷微笑不言。不知何故,且听下回分解。

第四十二回

获叛臣奏凯班师　诛佞贼荣封众将

诗曰：

　　害人反害自身亡，善恶分明报应扬。
　　且看今朝孙佞贼，高飞远走也难藏。

当下，狄元帅一闻众人之言，谓这覆龙衣之尸骸乃侬智高尸首，说他自尽了。狄爷说："不然，岂非他之奸计欺诈也？今若草草不实察，不特有诬朝廷，且招了后日之患矣。"众将闻言，俱已拜服，齐呼："元帅智虑，果远非吾等所及也。"狄爷又说："本帅想，这侬智高被围困也，已计穷力竭，吾料他又不舍命斗杀，必自纵火乘乱逃走了，用此金蝉蜕壳之计也。"即呼："余靖、孙沔二总兵，这贼必然由此邕州西城走回云南地方，但尔二人身在此处多年，熟习地理，你即可领回本部军马，回云南细细缉查，必获叛首。回朝之日，其功不小。"二将领命，带回本部兵三万，拜辞元帅众人，登程而去，按下慢表。

当日，狄元帅出榜安民，出令众军，不得借势残民惊扰百姓，倘有违令，百姓出首者，定斩不宽恕。所以狄爷大兵一到，不满三天，万民安乐，十分感狄元帅之恩。只为前被孙振陷害本多：奉承叛主，抢劫民财，掳掠民间妇女以献于蛮王……种种为非作歹，非只一端，万民嗟怨。今日大兵一进了城，反安静如此，百姓如何不感狄元帅的恩德！

闲话休提。再说孙振奸臣，只道南蛮兵势甚大，不防大宋胜他，况有道人法力厉害，谅不至败的。今日一闻大宋师临城，自知不好，心下忧惊，又不顾蛮王了，即日带领了家口奔逃了，但不敢十分露迹，只因在本处陷着人民不少，如今势尽奔逃，好不胆怯！是日，原欲跑逃离关远些，不想家小人众，走路烦难，逃不得四十里，天色将晚了，只得投了饭店。是晚，店家看见投宿客人许多家眷，初时他也思疑。后来，又察他乃汴京人氏，又见他行为非民家气象，所有器物乃官家物。只因狄元帅安民出榜之后，就出示晓谕军民人等：若将侬智高送到关前，赏给白金与他一千五百两；知其埋伏何处来报明者,赏白金五百两;倘有收留藏匿者,罪与他同等,全家诛戮;近处知而不报者,亦定充发;又有投来伪官孙振,倘若拿到关者,赏给白金一千两;来禀报藏在哪方者,亦赏白金二百两;收藏于家不献出者,重处不宽。是以各客寓与客店,多方盘诘,方才宿歇一人。

当日店主见孙振如此光景,猜度七八分是孙贼。正是奸臣该当败露,这店主一则思量领赏此银,二来这奸臣与他是仇人,这店主乃本处人士,承父业开此旅店,生理家道颇足。父已弃世,有妹子一人,已许字①了,年方十七八,尚未出门,姿容有七八分美貌。一日乘轿去参神,被孙振抢回去献与叛王。后来此女不从,自缢而死。但他这女子许字了人,弄得这店主赔补百两银子与人,才罢了。如今这孙振来投他店,岂不是自投罗网的?是夜,这店主思量:"若拿他去见狄元帅,倘若不是此人,岂不罪大如天?但今猜得七八分,不若明早五更天速跑去昆仑关,禀知狄元帅,依直言我不认得此人面貌,若看形影,倒有几分,若不来禀知,犹恐走脱奸臣,待他差人来认他捉拿领赏,这二百两银子,岂不稳当的?"

这店主是夜定了主意,果也识见高明。次日,天气尚未黎明,即时飞奔走至昆仑关,用了十两银子叩求中军,将言禀进狄元帅。狄爷一闻此言,即差张忠、刘庆二人与店主人飞跑而来。不上一刻,已到门首。这孙振用完早膳,正要起行奔走。张忠、刘庆一到,店主正要引二人入后阁来认他,不想这奸臣领了十余家口出店来。刘、张二人一见,上前扭住奸臣,吩咐手下数十兵丁一齐将他捆住,连押家口起程。这店主跪下呼:"将军,千岁出赏的银子,求给与小人。"二将说:"千岁出示没有虚的,你且随来领赏。"店主大喜,拜谢起来,大骂:"奸贼,抢吾妹子,诌媚叛王,只望永图富贵,岂知今日大理昭昭?你往日情势凌人之威,今日何在?"当时人民愈众,有人骂抢去妻,有人骂夺去女,一刻间何下百十余人,痛骂十恶的奸臣。张、刘二人叹道:"奸臣害人太多,何苦结此重怨的!"当时,张、刘二将押了他,连家口十余人,一程回关,见了狄爷,吩咐打入囚车。赏给二百两银子,店主大喜,谢赏而去。

是日,狄爷一点仓库,比别城多于数倍,乃侬贼掠民聚敛所得。当时,狄爷吩咐:"银子数百万,带回圣上处分。"是日班师,留将数员,兵一万,

---

① 字——嫁;许配。

渐行守关。传令大小三军拔寨登程。三声炮响,众义士喜气洋洋,鞭敲金鞍响,人唱凯歌声,一路威威武武,出了西粤。行路一月,又到湖广省,出了襄阳、荆州,外又走了十余天,方进汴京城。

仁宗王闻报,传旨众文武,出城十里外迎接一程。大兵到了教场,吩咐三军不许放炮惊动。当下,众人在午朝门外候旨。

天子传召,众将随着元帅步进金阶,一同俯伏。天子和蔼龙颜,传旨众卿平身,众将山呼,谢恩起来,天子赐坐。五人谨敬陈明南征一路事情,又将昆仑关被侬智高劫夺民财,带回白银三百余万。天子闻奏大悦:"今日平南,复回西粤、云南,皆御弟与杨门众将之力。这些银两系民之财,不必收归国库,且赏与众将三军。"狄爷奏道:"我等得胜还朝,皆借陛下洪福。"言罢,又将孙振要救太尉的密书呈上,仁宗大怒,说:"这奸贼死有余辜,险些误了国家大事,屈了有功之臣。如今该贼投降敌人,须碎剐其尸,不足以伸朕恨。如今此贼何在?"狄爷奏道:"臣已拿下囚车了。"天子传旨取出他,又往南牢提出冯拯,跪于阶下,口称:"罪臣见驾。"天子不开言。武士打碎囚车,拿孙振伏于阶下,不敢做声。仁宗一见,大怒,喝声:"可恼你这狼心狗肺之徒,朕有何事负于你,你以私仇宿怨要害有功之臣,暗施毒计,心向外邦,险使朕君臣永别,江山送与敌人。如此大奸大恶误国叛臣,是朕的仇人。"传旨:"拿出西郊碎剐其尸,妻、子虽无罪,但是谋反大逆背国之臣,罪及妻小,一同斩首。"当时,武士献过三颗首级交旨。其家人、小使不罪,俱已放去。当时冯太尉魂飞魄散,战战兢兢。仁宗大骂:"你这老贼,位极人臣,不思报国,与奸臣为党,图害忠良。前者,虽然包卿未曾审断,如今孙振又有书暗传,显见你平日为人不端,罪死不为过,拟念你先朝老臣,恶迹未能证,拟开你一线之恩,削职赶逐,不许再言。"吩咐除官逐出。当时天子杀、逐奸臣,怒气已消,传旨与孙、余二总兵:"获了贼首回朝之日,加封官爵。"各个谢恩。是日退朝,狄爷奉旨,将三百余万银子分给了众兵,众人欣悦沾恩。是日,各个回家见过父母妻兄,脱了征役劳苦,好不欢欣。

不上半月,孙沔、余靖二人回朝,奏知圣上:"侬贼果逃往云南大理府,已捉获。恐他逃脱,至即斩他,将首级解京。"天子见了今日已获贼首,传旨南征将士受封。当时,天子说:"狄御弟虽然功劳浩大,已加封王位,极品无加,前者二次平西已有旨意。但有功无报,朕心不安,恩赐金花

第四十二回　获叛臣奏凯班师　诛佞贼荣封众将

金牌三十六道，每月加俸银一万两。"杨府六将，除了金花、魏化未曾受封，王怀女，六郎在日也受一品诰命之职，如今年迈，加封一品太郡君，御赐龙杖；杨文广，封为御前太尉，杨金花，只因年少未曾婚配，封英烈少女，一品服色；封刘庆为耀武公；张忠封保国公；李义封安国公；石玉封定国公；狄龙封护宋侯，狄虎封卫宋侯，段红玉、王兰英俱受一品诰命之荣；孟定国封英武侯；焦廷贵封烈武侯；萧天凤封安宋大将军；杨唐封定宋大将军；岳纲封保宋大将军；高明封护宋大将军；魏化封异勇将军，与它龙女赐婚，封安国夫人；降将段龙封震南将军，段虎封平南将军；阵亡降将段洪阴封忠烈侯，王凡封英烈侯，阵亡三偏将各封靖忠侯，俱以春秋祭礼。封赠毕，天子令户部各头去建祠，又传旨于金銮殿，大排筵宴，随征各大小三军，俱有赏赐。君臣欢叙，酒至三巡，齐鸣音乐。值殿官见至午时，酒宴已撤，酉刻酒闹已浓，犹恐失了君臣之礼，跪下请奏："酒宴当散。"除去残宴，众臣谢恩，各回府中。

次日，天子加封孙沔、余靖二位总兵为虎卫将军，命他镇守昆仑关，二人去讫。萧天凤四将也辞圣驾，回守三关，辞别狄爷众人去讫。圣上又命魏化夫妻到襄阳，补了孙振之缺；夫妻又到杨府拜辞老太君、众夫人等，上任去讫。段龙、段虎，即命他回去分守芦台、蒙云二关。二人领旨，进狄王府拜别千岁、辞过妹子夫妻而去。

当时，天子又命狄爷五将仍回家三载，以平西回时未及二年，又召回征南，见众人劳苦，此乃仁慈之君，体谅臣心。

当日，狄爷不免进南清宫，拜见太后娘娘。姑侄相逢，弟兄相会，不胜喜悦。两位公子夫妻同日参谒。当晚酒宴相待，不用烦言。

前时得胜，狄爷已命刘庆席云回山报知，今公主领了婆婆家小又到京来，岂不是一家完叙，乐莫大焉。狄爷请过母安，然后夫妻相见。礼毕，二位公子夫妻先礼拜祖母，后叩见翁姑，公主扶起，命儿媳坐下。一见二个媳妇一貌如花，与公子匹配，可称四美，暗暗大悦。

当日，四虎、焦、孟也在狄王府中，一闻太君、公主到了，俱来拜见。他四人乃狄爷结义兄弟，焦、孟随狄爷多年，七人实乃意气相投，故不住别处，只在王府安歇。狄爷说："众位弟兄，本藩母亲一家已至，不用回旋了。昨数天，圣上已降旨，你们何不回旋去的？限满回朝，叙会日久。"六人说："千岁，我们不回旋，只因老太君与娘娘未到，今日见过老太君，自然旋回。"狄爷称谢："难得众位情深见爱也。"次日，各个回旋去了，不表。

当日老太君到了，又进南清宫与太后相逢，少不得公主娘娘随行，拜见狄太后，相会言谈，也无非别后衷肠之语。是夜，老太君就在南清宫内安歇，只因年老，妯娌情深，久别了，今日相见，不忍即分，故老太君就在宫中安歇。公主拜别二年尊，回归王府不表。

如今五虎平南成功，奏凯回朝，上书已有《平西初传》载录，此是续集。宋仁宗自西夷一乱，赵元吴一反，侬智高一叛，以后方得国家平宁无事。史言："仁宗之世，西域扰攘，范仲淹、韩琦战功居多，而侬智高之叛而全收功绩者，狄武襄也。"而后人言"文有包，武有狄"，引七绝诗为结。侬智高乃叛逆之民，乃欲谋图大位，后来不得善终，身首异处，思量免不得利心看得太重，世人苟能将利字看低些，凡事必无争论之端矣。其诗曰：

富贵焉能分外求，愿君自知早回头。

乐天由命何常损，放利而行众疾仇。

图书在版编目（CIP）数据

狄青平西平南/（清）无名氏著.—北京：华夏出版社，2015.6
（中国古典文学名著丛书）
ISBN 978-7-5080-8462-6

Ⅰ.①狄… Ⅱ.①无… Ⅲ.①章回小说－小说集－中国－清代 Ⅳ.①I242.4

中国版本图书馆CIP数据核字(2015)第083196号

狄青平西平南

作　　者	（清）无名氏
责任编辑	高　苏　韩　平
责任印制	顾瑞清
出版发行	华夏出版社
经　　销	新华书店
印　　刷	三河市万龙印装有限公司
装　　订	三河市万龙印装有限公司
版　　次	2015年6月北京第1版 2015年6月北京第1次印刷
开　　本	880×1230　1/32
印　　张	18.875
字　　数	630千字
定　　价	30.00元

华夏出版社　地址：北京市东直门外香河园北里4号　　邮编：100028
　　　　　　　网址：http://www.hxph.com.cn　　电话：(010)64663331(转)
若发现本版图书有印装质量问题，请与我社营销中心联系调换。